ÜBER DEN AUTOR:

MICHAEL SCOTT ROHAN kam 1951 als Sohn eines französischen Vaters und einer schottischen Mutter in Edinburgh zur Welt. Ausgebildet wurde er an der Edinburgh Academy und in der St. Edmund Hall, Oxford. Er hat neun Fantasy- und Science-Fiction-Romane geschrieben, unter anderem die preisgekrönte Trilogie *Winter of the World*, war als Co-Autor an drei weiteren Romanen beteiligt und ist Verfasser mehrerer Sachbücher. Seine Bücher werden in den USA, Japan, Israel und in ganz Europa verlegt. Wenn er nicht gerade Bücher schreibt, betätigt er sich als Kolumnist für die *Times*, als Herausgeber von Nachschlagewerken, kritisiert CDs und Videos für *Classic CD* und andere Zeitschriften, spielt mit Langbogen und Computern, trinkt Bier, isst orientalische Spezialitäten und versucht, sich seinen Hobbys zu widmen, zu denen Archäologie ebenso zählt wie Paläontologie, Singen und Diskutieren. Außerdem reist er gern und viel. Nach vielen Jahren in Oxford und Yorkshire leben er und seine amerikanische Frau Deborah nun in einem kleinen Dorf in der Nähe von Cambridge neben einem Pub.

BASTEI
LÜBBE

MICHAEL SCOTT ROHAN

MAXIES DÄMON

ROMAN

INS DEUTSCHE ÜBERTRAGEN
VON FRAUKE MEIER

BASTEI
LÜBBE

BASTEI LÜBBE TASCHENBUCH
Band 20 417

1. Auflage: Juli 2001

Vollständige Taschenbuchausgabe

Bastei Lübbe Taschenbücher
ist ein Imprint der
Verlagsgruppe Lübbe

Deutsche Erstveröffentlichung
Titel der englischen Originalausgabe: Maxie's Demon

Diese Werk wurde vermittelt durch die
Literarische Agentur Thomas Schlück GmbH, 30827 Garbsen

Lektorat: Rainer Schumacher / Stefan Bauer
Titelillustration: Mick van Houten
Umschlaggestaltung: QuadroGrafik, Bensberg
Satz: QuadroPrintService, Bensberg
Druck und Verarbeitung:
Brodard & Taupin, La Flèche, Frankreich
Printed in France

ISBN 3-404-20417-4

DANKSAGUNG

Mein Dank gilt Colin Murray und Tim Holman für die redaktionelle Unterstützung; dem verstorbenen und schmerzlich vermissten Richard Evans für seinen unfehlbaren Glauben und seine Hilfe; meiner Frau Deb aus den gleichen Gründen, und weil sie mich mit Prag vertraut gemacht hat; und Mike Skelding sowie dem ebenfalls verstorbenen und ebenso schmerzlich vermissten Pete Bayliss, der – allerdings in einem völlig anderen Zusammenhang – mit dem ersten Satz dahergekommen ist.

Kapitel 1

Rechts abbiegen verboten

SEX ist ganz nett, aber die Erfüllung ist es ja nun auch nicht.

Behutsam drückte ich meinen Fuß nieder. Fast zuckte ich zusammen, als mir ein dunkles, stilles, gerade noch fühlbares Fauchen entgegenschlug. Das alte elektrisierende Gefühl brandete wieder in mir auf. Urplötzlich war ich Herr über eine grenzenlose Kraft. Der Schalensitz zog mich in seinen weißen Bezug und ließ mich zu einem Teil der Maschine werden, dem Gehirn eines größeren, stärkeren Körpers, dessen Beben ich fühlte und kontrollierte. Jetzt war ich stark und wild. Ich gab den Ton an.

Draußen vor mir erstreckten sich bunt gesprenkelte Reihen fetter, gefügiger Schnecken; mich dagegen sah ich, wie ich mich auf einem Feuerstrahl durch sie hindurchwand und -schlängelte. Zurück blieben herunterklappende Kinnladen und volle Unterhosen. Pfeilgerade zog sich die Straße bis zu dem Punkt, an dem sie den Himmel traf, und ich hatte das Gefühl, als müsse ich nur das Pedal durchtreten, um wie von einer Startrampe direkt in die Abendsonne zu schießen. Aber da war dieser elende Verkehr im Weg. Rücklich-ter schwärmten um mich herum wie hirnlose Motten ums Licht, und ich mußte vorsichtig sein. Ich würde doch keine Aufmerksamkeit auf mich lenken, oder? Bis hierher war ich mit Vorsicht gekommen, leicht am Gas, niedrige Drehzahl. Gemach, gemach. Hier gibt's Kameras und sowas. Nur nicht auffallen. Bloß ein Pendler mit gepflegtem Auto.

Nervenkitzel würde ich später noch zur Genüge haben.

Mit einem eleganten Schlenker entging ich schlitternd einem verträumten Mitbürger auf der rechten Spur. Wie eine Sardine glotzte der Mann aus seiner gewöhnlichen, kleinen Blechbüchse, und während ich noch fluchte, merkte ich, dass ich langsam unaufmerksam wurde. *Lass den Pöbel, Junge; lass sie gaffen. Bleib ruhig, und behalte deine gute Laune.*

Ich hatte ein ungutes Gefühl im Nacken. Kameras und so ein Dreck – also warum zum Teufel war ich auf die Autobahn gefahren? Das Mistding röchelte nur noch bei diesen niedrigen Drehzahlen. Geschwindigkeit, nur daran hatte ich gedacht. Blöd, saublöd. Wäre ich bloß auf den Nebenstraßen geblieben.

Aber vielleicht kam ich ja noch runter. Fieberhaft kramte ich in meinem Gedächtnis. Ja, gab es dort vorne nicht so ein saublödes Autobahnkreuz, wo sich die Spuren erst trennen, um dann wieder zusammen geführt zu werden und schließlich parallel zu laufen? Welch eine schwachsinnige Planung. Eine Hölle in Kleeblattform, wie eine Venusfalle.

Letztendlich könnte ich dort aber der Überwachung entkommen. Meine Hand, die eigentlich nach dem Straßenatlas auf dem Beifahrersitz tastete, erwischte stattdessen den kleinen Funkscanner.

Himmel, ich hatte ihn nicht einmal eingeschaltet! Mit dem Klicken des Schalters rasten die Lichterreihen die Frequenzanzeigen hoch und runter und nach einigem bedeutungslosen Krachen war eine Stimme zu hören.

»... Fahrzeug gesichtet – Verdächtiger bewegt sich im dichten Verkehr auf der westlichen Schnellstraße. Ich wiederhole: westlich, rücksichtsloses Fahrverhalten ...« Ich starrte in meinen Rückspiegel, aber bei diesem Verkehr konnte ich nichts Ungewöhnliches erkennen. Ein Schweißtropfen lief hinter meinem Ohr herab, und der Instinkt spülte erfolgreich meinen Verstand hinweg. Scheißegal, ob die nun mich meinten oder nicht! Jetzt bloß keine Zeit verlieren, schnell weg von hier, einfach nur weg! Diesem animalischen Urtrieb folgend trat ich das Gaspedal bis auf den Boden durch, schaltete hoch und hoch, und eine riesige Hand presste meinen Brustkorb nach hinten, bis der Wagen tatsächlich abhob.

Der Mittelmotor unmittelbar hinter meinem Kopf brüllte ohrenbetäubend, während der Druck mich fast im Sitz zermalmte. Das Sportlenkrad schlug und bockte gegen meine Hände wie ein wildes Tier, ein Gerangel, das kaum noch etwas mit Lenken zu tun hatte. Es war, als würde ich gegen einen fremden Willen ankämpfen – ein krankhaftes Winden nach allen Seiten. Inmitten des Hin- und Herpendelns zwischen Privatwagen, verrosteten LKW's und Anhängern mit Gefriergemüse sorgte schließlich meine Angst dafür, dass ich im Spiegel jenes eisblaue Flackern entdeckte, das erst mit der Dämmerung sichtbar geworden war.

Die Sirene hörte ich nicht, aber das brauchte ich auch nicht. So dicht, wie sie hinter mir waren, mussten sie mich praktisch von Anfang an beschattet haben, gewissermaßen in Lauerstellung, unauffällig, damit ich nicht panisch die Flucht ergriff und womöglich noch das schöne Auto demolierte. Herrgott, das hieße ja, dass sie auch vor mir waren! Sie warteten mit ihrer Nagelkette seelenruhig darauf, dass die Reifen platzten, und sie mich gefahrlos stoppen konnten...

Sollten sie doch kommen! Bullen können doch sowieso nicht fahren. Da war ich besser – außerdem konnte *ich* kaum etwas anderes. Nur einmal freie Bahn haben …

Ich ackerte mit durchgedrückten Armen am Lenkrad und schaltete fließend hoch und runter, nur begleitet von gelegentlichem leichtem Tippen aufs Bremspedal. Einem Schlenker folgte ein Schleudern, dann brutales Bremsen, während die Mitbürger aneinander klatschten und zerbeult im Straßengraben landeten. Aber ich nicht, keiner berührte mich, nicht einer!

Unvermittelt war die Luft raus. Die Traumblase, platzte; sie endete, wie alle meine Träume endeten. Ich sackte hinter dem Steuer zusammen und wimmerte still vor mich hin. Warum hier? Warum jetzt? Warum ich? Warum müssen diese Arschlöcher da draußen sein? Warum jagen die nicht irgendwo richtige Verbrecher?

Nun schau dir diesen Misthaufen an! Da ist der Herr Bürger aus seinem Loch gekrochen und hat wohl nicht einmal zwölftausend in diesen Klassiker gesteckt. Benutzt ihn wahrscheinlich als Wochenendauto, weil er von seinem Roller die Schnauze voll hat. Mann, das ist ein Verbrechen. Genau das Richtige für meinen alten Herrn ...

Schilderbrücken und Lichterbatterien huschten über mich hinweg – und Kameras. Ich sah, wie sie herumschwenkten und zeigte ihnen sauer den Mittelfinger. Das blaue Flackern war trotz meiner Geschwindigkeit näher gekommen. Inzwischen füllte es den ganzen Rückspiegel aus und zuckte durch das Wageninnere. Himmel, war der nahe dran. Aber wie – in seinem stinkenden kleinen Streifenwagen? Bullen *können* nicht fahren.

Gerade waren wir an einer Ausfahrt vorbeigeschossen. Ich versuchte, ihn mit einigen Schlenkern abzuschütteln, bremste hart, kurbelte an dem eleganten Lederlenkrad, riss den Wagen quer über die Fahrbahn, den Standstreifen, das Gras – es schlug und krachte in der Radaufhängung, als trockene Erde und Unkraut emporgeschleudert wurde – und ab ging es die Böschung der Auffahrthinauf, während es Mr. Blaulicht in die Walachei schleuderte. Hämisch ruckte ich in meinem Sitz herum.

Der Motor würgte, die Drehzahl sank. Erinnerungsfetzen blitzten auf – die Benzinzufuhr wird abgeriegelt, wenn der Wagen sich überschlägt und der Fahrer aus dem Sitz gerissen wird. Bei einem Ferrari gehört so was einfach dazu – Renntechnik eben. Und ich wog nicht gerade viel; wenn ich mein Gewicht verlagerte …

Ich rammte meinen Hintern in den Sitz, doch die Maschine rotzte und hustete unter den Fehlzündungen wie wahrscheinlich all diese hochtourigen Biester …

Und plötzlich war da nur noch der LKW. Er wuchs und wuchs und quoll fast durch die Windschutzscheibe, das strahlend grüne Ungeheuer mit einem bösen roten Grinsen – o Gott, warum ich?

Der Fuß knallte auf die Bremse; ich zerrte am Lenkrad; ich schrie. Alles recht unoriginell. Der Wagen hob ab. Wie auf einer Startrampe. Direkt in den Sonnenuntergang. Immer noch kreischend.

Landung – ich wurde hochgerissen und krachte gegen das Dach. Ein weiterer Hüpfer, und ich lag ausgestreckt da, den Schaltknüppel im Rücken; dämonisch heulend jagte das rot glänzende Geschoss auf berstenden Reifen und kollabierendem Fahrwerk weiter. Ich muss auf den verdammten Schalter der Benzinzufuhr geprallt sein. Wir rasten quer über die Fahrbahn; Bremsen kreischten gellend; Autos gerieten ins Schleudern; käsige Gesichter erstarrten zu schreckverzerrten Masken – in diesem Augenblick wäre ich nie darauf gekommen, dass mein eigener Anblick wohl nicht viel besser war. Auf der nächsten Fahrspur dann ein sanfter Stoß, ein harter Aufprall, kreischendes Blech – und diesmal sah ich *wirklich* den Sonnenuntergang. Er wirbelte spiralförmig, während mein Körper in dem Wagen umherflog wie in einem Würfelbecher. Ich wusste, mein Ende würde eine Feuerhölle sein. Eine riesige Pranke versetzte mir einen solchen Hieb, dass mir schwarz vor Augen wurde; den Atommodellen im Physiklabor gleich wuselten winzige rote Pünktchen in meinem Kopf umher. Und weiter ging das Drehen und Aufprallen, und weiter und weiter …

Warum brannte es noch nicht? Warum?

Heftiger Schmerz brandete in mir auf. Die Schläge raubten mir den Atem, während ich in wilden Pirouetten durch den Wagen flog. So mußte sich eine Katze in einer Wäscheschleuder fühlen. Orgien endloser Stöße malträtierten Ellbogen, Kopf und Knie. Die anschließende Stille war widerlich, doch ein Geräuschgab es noch: Das Klicken und Knarren erkaltenden Metalls. Brandgeruch stieg mir in die Nase. Irgendetwas löste sich, und ich plumpste mit meinem ganzen Gewicht auf den Nacken. Mein Kinn bohrte sich schmerzhaft in meinen Brustkorb. Kopfüber, die Knie an den Ohren, zeigte ich der Welt, was ich eigentlich von ihr hielt.

Dann dämmerte mir, dass ich noch lebte. Vielleicht war ich nicht einmal verletzt. Eigentlich war ich gar nicht so scharf auf das Leben, aber dann vereinten sich so nette Sachen in einem einzigen Gedanken wie Sonnenschein, Äpfel, Pimm`s No. 1 – wie lange hatte ich mir das Zeug schon nicht mehr durch die Kehle laufen lassen? – Celia, die Schlangentänzerin, Steak und Pommes.

Sie meinen, das geht nicht? Hängen Sie mal mit dem Arsch nach oben unter gut achtzig Litern Hochentflammbarem!

Eine furchtbare Mischung aus Hoffnung und Panik baute sich in mir auf. Ich sah schon fast meinen Hintern in Flammen; sinnloses Zeug quatschend versuchte ich, ins Freie zu zappeln. Ein Bein fiel ins Leere, was mich unfreiwillig zu einer Rolle rückwärts veranlasste. Plötzlich spürte ich frische Luft und Gras. Wie ein Verrückter krabbelte ich auf allen Vieren weg und krallte mich gierig und dankbar in den Boden.

Erst als ich völlig außer Atem war, drückte ich mich

auf schmerzenden Ellbogen hoch und blickte mich um. Das Auto war hinüber. Zerknüllt wie eine leere Bierdose lag es von Rauchschwaden umgeben auf dem Dach im tiefen Gras. Wem auch immer es gehört hatte – er würde sein Spielzeug nicht wiederbekommen. Geschah dem Bastard recht.

Ich saß auf einer Gartenmauer, blickte auf eine Anzahl Spielzeugautos und erklärte zwei kleinen Jungen, dass mein Vater in der Fabrik arbeite, in der die Dinger hergestellt würden, und dass ich schon morgen genau solche bekommen könne, wenn sie mir ihre gäben. Also suchten sie natürlich ihre Lieblingsmodelle heraus. Es war ein Genuss, ihnen zuzusehen.

Ich schaute zu dem ehemals so herrlichen Jaguar meines alten Herrn hinüber, der mit dem Kotflügel in den Torpfosten eingeschlagen war und bemerkte erst jetzt meine nasse Unterhose – zur Hölle, und *wie* nass sie war! Bei diesem Gedanken verlor ich die Kontrolle. Ich begann, heftig zu schwanken; dann rebellierte mein Magen. Halbverdautes schoss in einem Schwall über die Wiese.

Seltsamerweise fühlte ich mich danach besser, als hätte ich meinen ganzen Ärger ausgekotzt. Wenigstens hatte die Polizeifalle nicht zugeschnappt. Mit der idiotischen Klarheit, die typisch für eine Gehirnerschütterung ist, entschied ich mich, vielleicht doch den Scanner aus dem Auto zu holen; man könnte ihn zu mir zurückverfolgen. Behutsam drückte ich mein schmerzendes Knie durch und versuchte aufzustehen. Hitze schlug mir ins Gesicht und warf mich wieder um. Es war keine filmreife Explosion, eher ein Elefantenfurz, aber sie war heftig genug, ein machtgieriges, spöttisches Brüllen, das mir den Trost nehmen wollte, noch am Leben zu sein. Es erzählte mir davon, wie dicht ich meinem Ziel schon gewesen war und fraß seelenruhig all das Geld, das zusätzlich in meine Taschen geflossen wäre. Nicht, dass Ahwaz so etwas wie einen fairen Preis bezahlt hätte. Nein, er hätte einfach mit den Achseln gezuckt und irgendetwas über Schifffahrtskosten am Golf gemurmelt – wie immer. Der Mistkerl hätte es nicht einmal nötig, fies zu werden. Es gibt eben so Tage …

Nein, was Ahwaz betraf, konnte ich nichts tun. Ich konnte für überhaupt niemanden irgendetwas tun. Und außerdem taten mir die Arme und Beine weh. Der Schmerz ließ mich zusammenzucken. Und dann noch der Hinterkopf … Ich hatte mir in die Wange gebissen und meine dampfenden Unterhosen rutschten hoch. Das Geld würde nichts geändert haben. Ich schlang die Arme um die Brust und winselte.

Jäh schreckte ich hoch. Jemand beobachtete mich, und ich hasste ihn dafür wie die Pest. Gelassen stand er dort, etwa zehn Schritte von mir entfernt, ein recht kleiner Mann, wenig größer als ich, dafür von etwas kräftigerer Statur. Sein Gesicht, soweit ich es in der zunehmenden Dunkelheit erkennen konnte, war ledrig, wettergegerbt und zeigte keinerlei Regung; er stützte sich auf einen undefinierbaren langen, gebogenen Stab. Vorsichtig rappelte ich mich auf. Er schwieg weiter.

Mit schnellem Blick prüfte ich die Fluchtmöglichkeiten. Es gab einige; das Feld war nach allen Seiten offen und reich bewachsen mit irgendeinem Getreide, vermutlich Weizen, dessen volle Ähren im sanften Abendwind flüsternd das Getöse der Autobahn dämpften.

Das Auto war durch eine Naturhecke gebrochen und im saftigen, fetten Gras daneben zum Stillstand gekommen. Hoch über der Hecke, überraschend weit entfernt, vereinten sich Brücke und Überführung zum Autobahnkreuz; das Licht der Autobahnlaternen verschwamm in der Dämmerung zu einem neblig goldenen Schleier. Unruhig forschten meine Augen nach flackerndem Blaulicht, doch nichts war zu sehen. Vielleicht hatten sie meinen Absturz nicht einmal bemerkt! Vielleicht hatte es *niemand* mitbekommen!

Doch das Feuer würden sie noch früh genug entdecken – und die Schneise, die ein Düsenjet kaum besser hinbekommen hätte. Ich mußte schleunigst weg von hier. Ich schaute hinter mich. Auch dort war das Autobahnkreuz. Seine Zubringerstraßen leuchteten endlos in der Dunkelheit. Und seitwärts – Himmel, es war ja überall um mich herum! Dieser Flecken Erde mußte genau in der Mitte liegen. Doch ich konnte mich nicht daran erinnern, dass das Kreuz dermaßen groß war.

Sachte rieb ich mir den Hinterkopf. Es war alles ein bisschen viel. Der Bauerntrampel war noch immer stumm, was meine Meinung über Bauern bestätigte. Ich sah ihn direkt an. Er erwiderte den Blick, ein gewöhnlicher kleiner Schweinehirt in den üblichen, schäbigen Klamotten. Nur eines fiel mir an ihm auf: ein winziger Schimmer von Metall am unteren Ende seines Stocks. Es war eine Sense – Gott sei mir gnädig – eine von der uralten riesigen Sorte, die nur noch selten für Straßenränder benutzt wurden, aber in dieser Situation mochte ich über ihre andere Verwendungsmöglichkeiten gar nicht näher nachdenken. Der Kerl sah tatsächlich aus wie der Sensenmann höchstpersönlich.

»Ferrari«, sagte er plötzlich, »ah«.

Nun, so viel dazu, Spannung aus der Situation zu nehmen, das musste ich zugeben. Der Kerl hatte eine Stimme wie ein Mähdrescher, bloß ein bisschen beruhigender. Wenigstens fasste er sich kurz. Ich setzte mein letztes Selbstbewusstsein ein. »Jo. Reichlich verrückte Landung, was?«

Schweigen.

Wehmütig schüttelte ich den Kopf. »Ich mochte den Wagen. Kann wohl froh sein, dass ich noch lebe. Und dass niemand verletzt ist. Er ist ausgebrannt. Sollte nicht auf den Weizen übergreifen, oder was auch immer das da ist.»

Schweigen. Am liebsten hätte ich ihm in den Hintern getreten, aber so sicher fühlte ich mich noch nicht auf den Beinen, und er wirkte verdammt kräftig. Außerdem – da war die Sense. Also, immer locker bleiben. »Pass auf, Kleiner. Ich sollte zusehen, dass ich ein Telefon zu fassen kriege, stimmt´s? Gibt es hier irgendwo ´ne Kneipe?«

Mit einem Rucken des Kopfes deutete er hinter sich auf etwas, das wie eine Eichenkrone aussah, in Wirklichkeit aber eine Art Windschutz darstellte. Als ich genauer hinsah, erkannte ich dahinter ein windschiefes Dach, wahrscheinlich strohgedeckt. »Oh. Richtig. Ja – ich werde dann mal – da rüberdackeln, ok? Ähm, ja.«

Schweigen. Er beobachtete mich dabei, wie ich davonhumpelte, erst in das Feld hinein, dann, nachdem ich mich zurechtgewiesen hatte, außen herum; aber er sagte keinen Ton mehr. In Gedanken kam ich zu dem Schluss, dass seine Eltern Geschwister gewesen sein mussten.

Ein Telefon war ungefähr das Letzte, das ich jetzt wollte. Ich wollte einfach nur weg, irgendwie weg, aber es als Anhalter zu versuchen, dazu noch in der Nähe des Autobahnkreuzes, war wohl ähnlich klug wie Stepptanz in einem Minenfeld. Was soll´s. Was ich jetzt brauchte – ich meine wirklich *brauchte* – war ein Schnaps.

Als ich schließlich die Tür erreichte, war das längst nicht mehr genug. Ein Weg führte an einem Holzzaun vorbei, und ich durfte wenig erfreut feststellen, dass ich wie ein nasser Lappen an den Latten klebte. Von dort aus war die Kneipe gut zu sehen, und die ziemlich neu aussehenden roten Ziegel leuchteten fröhlich in schattigem Grau unter dem schmucken und verdammt spitzen Strohdach. Da hing ein Schild; aber es schwankte so sehr in der frischen Brise, dass ich es nicht lesen konnte. Oder? Als ich den Pfosten erreichte, an dem das Schild hing, war es jedenfalls windstill.

Das Rad, stand da zu lesen. Die Schrift war von einem alten, hölzernen Wagenrad vor einem Hintergrund umrahmt, der offensichtlich einen Sternenhimmel darstellen sollte. Wie anheimelnd, dachte ich ein wenig benommen. Irgendwie biblisch. Gelobt sei Hesekiel. Mühelos schlurfte ich den Weg hinunter, fummelte eine Weile an der altmodischen Türklinke herum und fiel mehr oder weniger in den Schankraum hinein.

Der Laden war ein dunkles Loch – nicht die einzige Ähnlichkeit mit einer Höllengrube. Der Bierdunst war recht erfreulich, aber er trug ein breites Spektrum weiterer Ausdünstungen mit sich, alles vom Geruch ungelüfteter Umkleideräume bis hin zu dem unverkennbaren Beweis, dass der Wirt Schweine hielt - viele Schweine und gut genährt. Mir war es egal. Während meine Augen sich redlich mühten, sich den Lichtverhältnissen anzupassen, ließ ich mich auf die nächste Bank fallen, stützte die Ellbogen auf den Tisch und vergrub den Kopf in den Händen. Kaum übertrug sich die Last auf meine Ellbogen, schrie ich auf und legte die Hände darum. Meine Ellbogen waren zerschlagen, die Haut aufgerissen. Wimmernd und fluchend lehnte ich mich zurück. Dann fühlte ich eine leichte Hand auf meiner Schulter. Erst jetzt bemerkte ich, dass jemand mit mir sprach. Ich sah auf und starrte in ein freundliches, pausbäckiges Gesicht, weiblich und ziemlich jung, das mich aus der Düsternis mitfühlend anstrahlte.

»Unfall gehabt, was, Süßer?«

Ich nickte kläglich. »Von der Straße abgekommen, nicht weit von hier. Bin auf der Weide hinter den Bäumen gelandet. Schätze, ich hatte Glück, dass ich rausgeschleudert worden bin.«

Das Gesicht nickte. »Oh, klar, Süßer, hättest dir einen Haufen Ärger einfangen können, was? Und ich wette, du kannst einen Drink vertragen. Bleib einfach sitzen, und lass dir von Poppy ein anständiges Bier bringen. Und Arznei für deine Schrammen obendrein.«

Ich nickte dankbar. Ich konnte kaum noch einen Ton herausbringen. Gott, was für ein nettes Mädchen! So viel Sympathie haben mir die Bräute, mit denen ich sonst ausgegangen bin, nie entgegengebracht. Ich zwinkerte ihr erleichtert zu – und richtete mich halbwegs auf; die Schmerzen und alles andere waren vergessen. Das Mädchen trug eine Art Kostüm – weiße Haube, langer Rock, weite Bluse – die brauchte sie auch, so gut ausgestattet wie sie war. Wozu erzähle ich das alles? Nennen wir sie einfach Tresenschlampe, und schon wissen Sie, worum es geht.

Gott, so viel Glück kann auch nur ich haben. Ich war in einer dieser verfluchten Touristenfallen gelandet. *Ye Olde Banquet Fayre* oder so'n Scheiß; aber dieses Loch wirkte authentischer als die meisten anderen, und sei es nur wegen der Düsternis. Das einzige Licht drang durch die kleinen Bleiglasfenster in den Raum, und auch das wurde in rasender Geschwindigkeit schwächer, sodass sich zwischen mir und dem Tresen eine tiefdunkle Schattenzone bildete. Keine Lampen mit künstlichen Kerzen, kein Plastiklüster – überhaupt keine Lampen, wie es aussah. Das ging mir doch ein bisschen zu weit. Immerhin konnte ich erkennen, dass ich nicht der einzige Gast war. Ein derber Akzent schmerzte mir in den Ohren. Offenbar hatten die Leute ihr Gespräch unterbrochen, als ich hereingekommen war, es aber inzwischen wieder aufgenommen, ohne sich weiter um mich zu kümmern. Mir sollte es recht sein. Nach kaum einer Minute hüpfte das Mädchen mit einem aufmunternden Lächeln und einem vollgepackten Tablett wieder auf mich zu.

»Da, schütt dir das in den Hals, und iss ein Stück Brot dazu.« Sie knallte einen gewaltigen Tonkrug mit Bier und einen Holzteller mit einem riesigen Kanten Brot vor mir auf den Tisch. »Und hier ist Wasser und Salbe, Süßer, und ein oder zwei Tücher. Aber wenn du nicht ...«

»Nein, schon gut, Süße, ich komme schon zurecht. Ist wirklich nett von dir.« Ich prostete ihr mit dem Bierkrug zu und wurde Zeuge einer Grübcheninvasion. Das Mädchen hatte ein echtes Komikergesicht, nett, verschlafen aussehende Augen und eine Stupsnase, sowie eine auffallende Oberlippe, die sich irgendwie seltsam um ihre rustikale Aussprache herumkrümmte und ihr Lächeln zu einem strahlenden Halbmond formte. Beinahe tat es mir Leid, als sie mich wieder verließ. Trotzdem ging sie mir irgendwie auf die Nerven; vielleicht wollte ich auch einfach nicht, dass sie so einen Wirbel um mich veranstaltete. Eigentlich hatte ich sie nach Pflaster fragen wollen, aber ich fürchtete, sie würde sofort losgaloppieren, um welches zu besorgen oder irgendwas ähnlich Peinliches; jedenfalls sah sie aus, als würde sie so reagieren. Nett, aber damit konnte ich nichts anfangen. Mit dem Bier schon.

Das war ein richtiges Bier, mächtig gut, hopfig wie die Hölle und voller Schwebstoffe, aber nicht zu stark. Und obwohl ich normalerweise Weißbrot vorziehe, musste ich zugeben, dass dieses frische Vollkornzeug ein ziemlich guter Ersatz dafür war. Aber als Gegenpol zu diesem gesunden Zeug hätte ich schon ein bisschen Butter vertragen können. Hatte das Mädchen etwas in das Bier getan? Schon nach ein paar Minuten fühlte ich mich stark genug, mich an Erster Hilfe zu versuchen. Das Wasser hätte beinahe dafür gesorgt, dass ich vor Schmerzen an die Decke gegangen wäre, aber die Salbe - irgendwas mit Kräutern, scheußlich grün, soweit ich es erkennen konnte, und mit einem kräftigen Minzgeruch - verschaffte mir schnell genug Kühlung und betäubte den Schmerz. Zum ersten Mal, seit ich mich hinter das verdammte Steuer gesetzt hatte, kam ich endlich wieder ein wenig zur Ruhe. Im Grunde genommen war ich bei der ganzen Geschichte noch gut weggekommen. Ich saß vielleicht in der Scheiße, aber wenigstens hatte ich Schwimmflügel.

Jedenfalls glaubte ich das.

Ein grauhaariger alter Kerl wackelte in den Gastraum, eine Laterne in jeder Hand, die er an kleinen Haken an den Balken aufhängte, während die Gäste ihm obszöne Zoten zuriefen. Das schien die hiesige Vorstellung von Varieté zu sein, sozusagen die örtliche Antwort auf Las Vegas. Mit viel Gestöhn und Geklapper und vor sich hin brabbelnd wie Gabby Hayes schaffte der alte Kerl es schließlich, die Dochte anzuzünden. Nach all der Dunkelheit wirkten sogar diese fahlgelben Flammen so grell wie eine Flutlichtanlage.

Ich blinzelte und wollte gar nicht mehr damit aufhören. O Gott, das war nicht nur einfach eine Kneipe, die sich einem bestimmten Stil verschrieben hatte. Hier fanden wohl tatsächlich Olde English-Bankette statt. Es hätte mich kaum gewundert, wenn plötzlich Charles Laughton im Kostüm Heinrichs VIII mit einem Hühnerbein in der Hand aufgetaucht wäre. Was die malerisch anzusehende Stammkundschaft anging, hatten sie höllisch übertrieben: Es war die schlimmste Horde Bauerntrampel, die je einer Butterwerbung entsprungen war, ein Panorama ledriger Wangen und buschiger Bärte. Ein paar von ihnen trugen tatsächlich richtige Fuhrmannskittel, und ein mit Warzen übersäter Gastdarsteller trug sogar abgetragene Kniebundhosen und Holzschuhe, die eine deutliche Ähnlichkeit mit Booten aufwiesen. Aller Wahrscheinlichkeit nach kam er direkt von der Künstleragentur und war jenseits aller Vernunft um einen passenden Ruf bemüht.

Nur das Mädchen Poppy nicht. Irgendwie war es unmöglich, sie für etwas anderes zu halten, als für das, was sie war. Und da ich nun einmal schon so weit war, stellten sich die ersten Zweifel in Bezug auf die anderen ein. Diese Gesichter, das Wind-und-Wetter-Rouge auf ihren Wangen, die schlechten Zähne, der Schmutz in ihren Haaren und an ihren Kleidern – Leben und Arbeiten können so etwas hervorbringen. Aber heutzutage lebten nicht mehr viele Menschen so, nicht einmal Zigeuner oder Nomaden. Landstreicher vielleicht, aber auch die sahen nie so aus. Diese schmutzigen Tische, die düsteren Wände mit den bunten Tapeten, deren Farbe beinahe unter dem Rauch und dem Dreck verschwand, die ausgetretene nackte Erde, Gesteinssplitter und alte Knochen – das alles wirkte verdammt zu echt für eine Inszenierung. Nachdem ich meine Nase einige Minuten in den Wind gehalten hatte, hätte ich außerdem jeden Eid geschworen, dass dieses Pack noch nie etwas vom Gesundheitsamt oder von Hygienevorschriften gehört hatte.

Und so gärten im Verborgenen all diese widerlichen kleinen Gedanken …

Wie zum Beispiel, dass dies ein verwunschenes Gasthaus sei und was ich sah …

Oder, dass dieser Bauerntrampel mit der Sense …

Oder, dass ich vielleicht nach dem Unfall überhaupt nicht aus dem Auto herausgekommen war …

Verzweifelt klammerte ich mich an den kümmerlichen Rest meines Verstandes, der sich mit einer knappen Entschuldigung von dannen machen wollte. Ich habe nie an Geister geglaubt – nicht wirklich, na ja, jedenfalls nicht sehr. Und das Bier kam auch nicht aus dem Nichts, oder? Und wenn diese Leute aus irgendeiner vergangenen Zeit stammten, warum staunten sie dann nicht mehr über meine moderne Erscheinung?

Außerdem wäre ich tot wohl kaum so heiß auf eine Rettungsboje gewesen.

Dann hörte ich, wie hinter mir die Tür geöffnet wurde. So etwas entgeht mir nie, und ich mag das Geräusch nicht sonderlich, vielleicht weil ich mein ganzes Leben damit zugebracht habe, auf dieses Geräusch zu warten – der alte Herr, die Lehrer, die Cops oder die Schläger meines Buchmachers, irgendwas in der Art. Auf jeden Fall war es für mich immer ein guter Grund, mich unauffällig umzusehen.

Was ich dann sah, erfüllte mich mit grenzenloser Erleichterung. Ein großgewachsener Mann stand in der Tür. Ein moderner Mann mit modernen Kleidern - sehr modernen Kleidern. Er ging an mir vorbei zum Tresen und klopfte mit seinem eleganten Spazierstock leise auf die groben Planken. Er hätte überall schick ausgesehen, aber hier, unter all den Scheißetretern, wirkten sein Haar und seine Kleidung beinahe lächerlich, als hätte ihn jemand aus einem Hochglanzmagazin ausgeschnitten.

Aber eben nur beinahe. Irgendwie kam er mir übertrieben selbstsicher vor. Er nahm einen Bierkrug, nein, einen Humpen, von dem alten Sack entgegen, lehnte sich mit dem Rücken an den Tresen und sah sich in aller Ruhe um. Ein Stammgast, der sich offensichtlich hier zu Hause fühlte. Auch möglich, dass er mehr als das war. Die Ansammlung Dorftrottel bedachte ihn samt und sonders mit einem Winken oder einem kurzen Hochziehen der Brauen oder was auch immer. Für einen Spuk eher ungewöhnlich.

Ich gab mir Mühe, nicht allzu erleichtert zu wirken. Das war ein Motto-Laden – das musste so sein –, und ich konnte mir einbilden, dass unser Flash Harry hier der Eigentümer war. Oder wenigstens der Manager. Oder vielleicht …

Nach und nach ging mir ein gewaltiges Licht auf. Das mussten Nostalgiker sein – Mittelklasse-Arschlöcher, die ihre Kohle dafür zum Fenster rausschmeißen, mittelalterliche Fantasien bis ins x-te

Detail nachzustellen. Bis hin zu Unterwäsche aus Sackleinen, oder auch gar keiner Unterwäsche und vermutlich authentischen Stubenläusen namens Bill und Shirley. Die Sorte hatte ich schon in Bürgerkriegskostümen oder Wikingerrüstungen an den U-Bahn-Stationen rumhängen sehen, wo sie darauf warteten, in irgendeine imaginäre Schlacht zu ziehen – absolute Schwachköpfe, und sie waren auch noch stolz darauf. Ihre Gegenwart war mir etwa so angenehm wie Sackläuse oder so was in der Art. Vermutlich hatte dieser Bursche sein Wams und die Strumpfhose im Auto gelassen – natürlich in einer Tüte von Harrods.

Ich entspannte mich endlich – allerdings zu früh. Die Augen des Mannes fixierten mich so gnadenlos wie die Zielvorrichtung eines Bombers. Meine Reflexe verlangten von mir aufzuspringen und wie der Blitz zur Tür hinauszustürzen, aber ich rang sie nieder … na ja, mehr oder weniger. Sein Blick war von dieser typischen, ruhigen, nachdenklichen Art, die ich an allen möglichen Leuten erlebt hatte, die mir in irgendeiner Form Ärger bereitet hatten, und als er sich gemächlich vom Tresen löste und auf mich zukam, rutschte mir das Herz in die Hose. Er setzte sich auf die Sitzbank mit der hohen Lehne an der Wand und schwang die Schuhe - ziemlich gute Schuhe - auf die Bank auf der anderen Seite des Tisches. Ich klammerte mich an die schwere Tischplatte, bereit, sofort den ganzen Tisch umzukippen und davonzulaufen. Vermutlich war das aber ohnehin unmöglich. Der Kerl hätte mich sofort erwischt. Und er war ein geschmeidiger, großer Bastard, nicht mehr ganz jung, aber schlank und von kräftiger Statur wie ein Tennisprofi. Er war sportlich gekleidet, trug Cordhosen und ein teuer aussehendes Blouson, das ihn kaum behindern würde, falls er sich auf mich stürzen sollte.

Der Kerl nickte mir höflich zu. Seine Stimme klang

erstaunlich tief, und er sprach so akzentfrei wie ein BBC-Sprecher. »Guten Abend. Sie sind der Knabe, der am Kreuz von der Straße abgekommen ist, nicht wahr?« Er wartete gar nicht erst auf eine Antwort, sondern schüttelte den Kopf und fuhr fort: »Willum hat mir erzählt, wo Sie hergekommen sind. Schlimme Sache. Sie haben Glück, dass Sie noch hier sind.«

Das war zweifellos Ansichtssache, aber ich murmelte nur irgendetwas in mein Bier und versuchte, möglichst benommen und geschwächt auszusehen. Insgeheim wünschte ich mir, er würde endlich diese verflixten Augen von mir abwenden, doch er legte nur den Kopf ein wenig in den Nacken.

»Und traurig. Netter Wagen, *sehr* nett. Ferrari Testarossa, nicht wahr? Sieht man heutzutage nicht gerade oft. Eigentlich überhaupt nicht. Und der Wert – Gott, ich weiß es nicht, was meinen Sie? Mindestens zweihundert große Scheine, schätze ich. Mindestens«, wiederholte er.

Ich versuchte, mir nichts anmerken zu lassen, obwohl ich wusste, wohin das alles führen musste. »Sicher. Möglich. Ich weiß es nicht genau. Er gehört meinem alten Herrn.« Zumindest hätte er ihm gehören können, und vermutlich hätte ich ihn dann auf die gleiche Weise zu Schrott gefahren – zu viel Testarosteron.

Der elegante Kerl wirkte ein wenig überrascht, vielleicht wegen meines Akzents; trotzdem hakte er nach. »Und die Versicherung! Ein klassisches Männerspielzeug wie das, allein die Haftpflichtversicherung dürfte, na, ich weiß nicht, wie viel? Ich meine, sogar meine Morgans kosten mich schon so einige Hunderter. Etwas wie der muss doch noch ein paar große Scheine mehr im Jahr verschlingen. Wow! Sie müssen es wirklich gut getroffen haben.«

Ich knirschte mit den Zähnen. Aus der Nähe konnte ich mehr von ihm erkennen, und zwar genau die

Dinge, auf die zu achten ich mir angewöhnt hatte: sportliche Wildlederschuhe, nichts Besonderes, wenn man davon absieht, dass sie kein Herstellerlabel unter der Sohle trugen und offensichtlich perfekt passten. Sportliche Cordhosen, nicht neu, aber von guter Qualität, ohne Bügelfalten, mit einem weichen, breiten Gürtel, darüber ein ebenso sportliches Shirt, gesprenkelt, so wie man es nicht überall kaufen kann. Aber mehr als alles andere fesselte mich der Blouson; irische Designermode, bunt und knotig, hätte aus Wolle eine Menge Geld gekostet, aber diese Jacke bestand aus reiner, dicht gewobener Seide. Und ich konnte ein handgemaltes Motiv auf dem Futter erkennen, eine Art Segelboot.

Diese Art Klamotten kannte ich verdammt gut. Etwas mehr Glück und Verstand, und ich würde immer noch etwas ähnlich Gutes tragen. Dieses Zeug platzierte diesen aalglatten Hundesohn direkt in die Millionärsklasse. Sogar sein beschissener Spazierstock wirkte wie ein Teil eines zur Schau gestellten Persönlichkeitskonzeptes. Das Holz war vermutlich peruanischer Herkunft und stammte von irgendeiner längst ausgestorbenen Baumart.

Schön, er war also kein Cop, aber gefährlich. Er besaß Macht: die Art von Macht, die mit dem Besitz eines Herrenhauses samt Motto-Kneipe einhergehen mag. Oder – erbärmliche Vorstellung – damit, einen Ferrari zu fahren. Damit konnte er sich bestimmt identifizieren. Morgans waren schließlich teuer genug. Macht. Ein Wort, eine Bewegung, und ich hätte all diese loyalen Arschkriecher im Nacken gehabt, darauf können Sie wetten.

»Nun«, erklärte er mir, »da Sie sich überhaupt einen solchen Wagen leisten konnten, nehme ich an, Sie werden auch den Verlust verschmerzen können. Wie ich schon sagte, Sie haben wirklich Glück.«

Und auch er betrachtete meine Kleidung eingehend: billig, Levis, Bomberjacke aus Leder, abgetragen, dünn, aufgerissen und voller Brandmale, darunter ein Shirt aus dem Supermarkt, am Halsausschnitt ausgefranst, sowie dreckige Turnschuhe. Aber ich wollte ihm die Befriedigung nicht gönnen. »Ja. Meine Leute haben Geld, aber darauf kann ich mir nichts einbilden. Ich wurde geboren, mehr habe ich nicht dazu beigetragen. Wie in *Figaro*. Den silbernen Löffel im Mund, so was in der Art.«

Jetzt hatte ich ihn, und so sollte es auch sein. Außerdem kam das der Wahrheit verdammt nahe, und das war für mich in letzter Zeit mehr und mehr zu einem Luxus geworden. Der reiche Kerl kniff die Augen zusammen und ließ sich noch tiefer in seinen Sitz sinken.

»Trotzdem schafft der Besitz eines solchen Wagens Probleme, habe ich nicht Recht? Diebe, beispielsweise – oh, ich meine nicht die üblichen kleinen Jungs, die sich das Auto für eine Spritztour ausborgen, sondern die Sorte organisierter Autodiebe, die gezielt für den Wiederverkauf stehlen. Manchmal sogar mit einem Auftrag für einen ganz bestimmten Wagen, über den ihnen ihr Hehler alle notwendigen Informationen zur Verfügung stellt. Klassiker für den Export in Länder, in denen bei der Zulassung nicht so viele Fragen gestellt werden. So etwas in der Art.«

»Yeah«, erwiderte ich bissig. »Die bringen mich nachts manchmal um den Schlaf. Hören Sie, ich sollte mir wohl besser ein Telefon suchen, und hier gibt es offensichtlich keins.«

»Zurzeit nicht«, bestätigte er in mildem Tonfall, »mein Handy liegt im Wagen. Aber beim Autobahnkreuz …«

»Dorthin wollte ich nicht zurück«, unterbrach ich ihn, und mein Hirn überschlug sich fast beim Denken. »Das, äh, das Bier – ich hätte es nicht trinken sollen. Wenn die einen Alkoholtest machen – noch ein Punkt in der Verkehrssünderkartei, und ich kann mir mit meinem Lappen den Arsch abwischen.«

Überrascht erkannte ich etwas in diesen kalten Augen, das ziemlich stark an ein vergnügtes Funkeln erinnerte, und ein Körnchen Hoffnung keimte geradezu schmerzhaft in meinen Eingeweiden auf. »Sagen Sie, gibt es nicht zufällig einen anderen Weg hier raus? Einen Unauffälligeren? Dann könnte ich den Unfall einem Autodieb in die Schuhe schieben und …«

Nun lachte er sogar, wenn auch tonlos, und in seiner Stimme lag ein verstörender Hauch von Mitleid. »Ich glaube, ich sollte Ihnen etwas erklären. Eigentlich wollte ich das nicht, aber Sie – nun, Sie sind ziemlich gebildet, nicht wahr? Ein kluger Bursche für einen … vergessen wir das. Also, hören Sie mir zu, hören Sie genau zu, und versuchen Sie, ihr Gehirn zu benutzen, denn hier sind Sie in eine Sache hineingeraten, die viel größer ist, als Sie es sich vorstellen können. Was denken Sie über diesen Ort?« Er machte eine ausladende Armbewegung, die das ganze Gasthaus einschloss. »Sie brauchen nicht zu antworten. Er ist real, nicht wahr? Vollkommen real. Könnte, nun, elisabethanisch sein, 17. Jahrhundert, 18., vielleicht sogar frühes 19., irgendwo, wo die industrielle Revolution noch nicht angekommen ist.«

Ich hatte nicht die Absicht, irgendwas dazu zu sagen. Offenbar wollte er mir etwas verkaufen.

»Nun, das ist es nicht. Es ist all das und noch viel mehr. Das Gasthaus wurde an der Straßenkreuzung errichtet – logisch, soweit. Aber dann wurden andere Straßen gebaut, alle in dieser Gegend, und plötzlich haben weniger Leute hier gehalten. Sie sind einfach vorbeigefahren, und die Bäume wurden immer größer, bis das Haus hinter ihnen verschwunden war; aber niemand hat sich die Mühe gemacht, sie zurückzuschneiden. Straßen kreuzten sich um das Gasthaus herum, wieder und wieder, immer mehr. Sie zogen unendlich viele Kreise um das Haus herum. So etwas bleibt nicht ohne Folgen, müssen Sie wissen, Folgen in Raum und Zeit – Kreuzungen und Reisen, meine ich. Dinge, Orte, sie treten in den Hintergrund, verschwinden, sind immer schwerer zu erreichen, außer auf bestimmten Wegen zu bestimmten Zeiten. Man könnte sagen, sie treiben davon, nicht stofflich, aber in der Zeit. Treiben in entfernte Gebiete oder Reiche. In eine seltsame Welt, die manche Leute die Spirale nennen.«

»Faszinierend«, entgegnete ich. »Und von dort kommen auch die fliegenden Untertassen, richtig?«

Früher hatte ich eine Weile als Laufbursche für ein professionelles Medium gearbeitet, einer von der löffelverbiegenden Zunft. Das war immerhin einer meiner besseren Jobs gewesen. Ich war an den Umgang mit Spinnern und wahren Gläubigen aller Art gewöhnt. Aber dieser Kerl hier wirkte wie ein Skeptiker: ein wenig amüsiert, unvoreingenommen, distanziert und dabei recht freundlich. »Nüchtern betrachtet: Nein. Die werden nur von totalen Spinnern herbeigeträumt. Trotzdem mögen sie durchaus irgendwo da draußen sein, denn alles *ist* irgendwie. Alles, was ein Mensch sich vorstellen oder erträumen kann, und noch viel mehr.«

Amüsiert blickte ich ihm in die Augen. »So was habe ich schon mal irgendwo gehört. Interessant, sicher, aber, nun, es ist doch nur eine Philosophie, nicht wahr? Gewissermaßen die Weiterführung der Theorien von Giordano Bruno oder irgendjemanden in der Art. Sie mögen existieren oder auch nicht, diese Welten, aber das wird nie viel …«

»Oh, sie existieren«, unterbrach er mich mit sanfter Stimme. »Und sie können einen großen Einfluss auf uns ausüben. Die Frage ist: Formen wir sie, oder sie uns? Was mich angeht, trifft gewissermaßen beides zu, und das Gleiche könnte auch für Sie gelten.«

»Für mich? Warum sollte gerade ich jemals …?«

»Weil Sie es schon sind. Betroffen, meine ich. Es gibt Orte, an denen sich Raum und Zeit vermischen, und dies – hier und jetzt – ist einer von ihnen. Sie sind schon mittendrin, und je mehr Sie darüber wissen, desto besser. Hören Sie zu, und merken Sie sich meine Worte. Sie müssen mir nicht glauben – noch nicht – aber Sie müssen sich erinnern, damit Sie erkennen, falls ... wenn es soweit ist.«

Zumindest würde er mich nicht den Bullen ausliefern; also zuckte ich die Schultern. »Ich kann Sie wohl kaum aufhalten, Sonnenschein.«

»Verdammt richtig, das können Sie nicht. Orte wie dieser sind eine Art Grenzland - gefangen am inneren Rand der Spirale. Ihr Einfluss dringt durch sie hindurch und über sie hinaus, dann und wann bis in Ihre Alltagswelt – nachts öfter als am Tag und meistens in der Morgen- oder Abenddämmerung. Und wo immer das geschieht, können Dinge passieren. Ziemlich sonderbare Dinge. Aber auf der anderen Seite sind diese Orte auch imstande, ein Tor zu öffnen. Schön, Sie kennen offensichtlich Beaumarchais, aber haben Sie sich je mit naturwissenschaftlichen Fragen beschäftigt?«

»Ein wenig. Nicht gerade auf Hochschulniveau – da waren es mehr die modernen Sprachen. Aber ...«

»Schön. Haben Sie je von Maxwells Dämon gehört?«

Plötzlich überkam mich ein albernes Gefühl der Panik, so, als würde man eine Quiz-Show im Fernsehen sehen, und die Antwort auf die entscheidende Frage raste ständig im Unbewussten herum, bis sie plötzlich an die Oberfläche drang. »Hey ... ja! Eine Art Paradoxon, nicht wahr? In der Thermodynamik? Maxwells Gleichungen oder so?«

Seine makellosen Brauen hoben sich vielleicht um einen Milimeter. »Ich bin beeindruckt. Ja, eigentlich ein Witz, geschaffen von einem Wissenschaftler des 19. Jahrhunderts namens Maxwell. Eine Art Ventil, das die Moleküle nur in einer Richtung passieren können – man könnte unter anderem sagen, ein potenzielles Perpetuum mobile. Hätte es funktioniert, so hätte es die Entropie ad absurdum geführt; und bisher gibt es immer noch keinen Funken eines Beweises, dass es nicht funktionieren könnte. Damals hatten sie noch keine Computer, also bediente Maxwell sich eines Dämons. Nun, ich denke oft in ähnlicher Weise über die Spirale, nur dass ich die Moleküle durch Wahrscheinlichkeiten ersetze. Die wildesten Wahrscheinlichkeiten fließen stets nach außen, aber sie laden das Zentrum mit Energie auf, welches wiederum ständig neue Wahrscheinlichkeiten generiert. Und es gibt viele dieser Tore. Sie öffnen sich zu all diesen … Welten, Reichen, Regionen, wie auch immer Sie es nennen wollen. Sie können sich einen Weg durch sie bahnen, wenn Sie sich auf die richtige Art der Navigation in der Natur verstehen. Sie können die Vergangenheit besuchen, die Zukunft und Zeiten, die nie waren oder sein werden. Mythen, Legenden, Ideale, Träume, sogar Wahnvorstellungen, soweit sie nur beständig genug sind – all die Schatten Ihrer ganz gewöhnlichen Alltagswelt.«

Er streichelte den Griff seines Spazierstocks. Die Laternen flackerten in der Zugluft. »Alles wirft auf seine Weise einen Schatten. Jedes Land, jede Region oder Stadt kreiert ihre eigenen Archetypen, ihr Schattenselbst, in dem sich Vergangenheit und Gegenwart – manchmal auch die Zukunft – mit ihrer mythischen Existenz mischen. Sogar die Menschen selbst werfen solche Schatten, mythische Duplikate, die um die reale Person herum entstehen, so wie Robin Hood oder König Arthus. Oder der George Washington, der tatsächlich einen Silberdollar über den Potomac geworfen hat – und vermutlich diesen gottverdammten Kirschbaum gefällt hat, jedenfalls nach allem, was ich weiß. Und auf der Spirale treffen sie alle aufeinander, diese Schattenwelten, treiben um uns herum, als säßen wir in der Radnabe.«

Er kippte eine beachtliche Menge Bier hinunter und seufzte zufrieden. »Was, übrigens, ein anderer Name für die Spirale ist und daher auch der Name dieses Gasthauses.«

Ich zuckte mit den Schultern. »Pub zur Mitte hätte mir besser gefallen.« Nichtsdestotrotz war ich beeindruckt. Der Bursche war so gewandt wie der letzte Marquis of Bath, und der war ein echter Visionär. Und er besaß genügend Geld, sich ganz seinen persönlichen Fantasien zu widmen, so viel war offensichtlich. Ich wünschte, ich hätte etwas von dem, was der Bursche geraucht haben musste.

Ein wenig verärgert schüttelte er den Kopf. »Sie verstehen es immer noch nicht. Das hier ist nicht das Zentrum – oder die Nabe – jedenfalls nicht mehr. Das ist die Spirale, und hier draußen gelten die alten Regeln nicht. Es ist ein Dschungel: Sicher, es gibt Pfade, aber es gibt auch alle paar Meter neue Fallstricke und wilde Kreaturen, die überall im Gebüsch lauern. Hier ist alles möglich – buchstäblich alles, was Sie sich vorstellen können. Sogar … nun, ich nehme an, Sie würden es Magie nennen. So ist es überall in der Spirale, sogar in den Randgebieten – in den Bereichen, die bis in unsere Welt ragen, wie ich schon sagte. Sie übt Macht aus, schreckliche Macht. Vielleicht war Maxwell der Wahrheit näher, als er auch nur geahnt hat.« Er lächelte, doch sein Lächeln galt offensichtlich nicht mir, und es gefiel mir absolut nicht. Dann zuckte er mit den Schultern. »Natürlich glauben Sie mir kein Wort. Das erwarte ich auch gar nicht – nur, seien Sie einfach vorsichtig.«

»Dann brauchen Sie sich um mich keine Sorgen machen. Im vorsichtig sein bin ich wirklich gut.«

»Sind Sie das? Sind Sie das wirklich? Das Beste, was Sie tun können, der sicherste Weg, den Sie einschlagen können, ist, zu diesem Autobahnkreuz zurückzugehen. Sofort. Aber da gibt es noch etwas zu bedenken. Als Sie auf diesem Feld waren, bei dem Auto, hat es da nicht so ausgesehen, als wäre das Kreuz weiter entfernt, als es eigentlich sein dürfte? In jeder Richtung?«

»Eine optische Täuschung. Der Einfluss der untergehenden Sonne …«

Plötzlich sah er wirklich gefährlich aus. »Verarschen Sie mich nicht, Junge. Wie weit können Sie mit dem Wagen geflogen sein? Hundert Meter? Zweihundert? Warum hat der Aufprall Sie dann nicht zu Büchsenfleisch verarbeitet? Sparen Sie sich ihre schnippischen Antworten. Die können Sie für sich behalten, und Sie werden sie brauchen.«

»Sicher«, erwiderte ich in möglichst neutralem Tonfall, denn das Aufblitzen plötzlichen Ärgers hatte mich erschreckt. »Äh … und die andere Richtung …«

»Zur Tür hinaus, rechts, die Dorfstraße hinunter und geradeaus über die Kreuzung.«

»Danke«, sagte ich und versuchte, mich möglichst lansam zu erheben, um nicht den Eindruck zu erwecken, ich wäre auf der Flucht. Dann erinnerte ich mich an einen anderen misslichen Umstand und kramte in meiner Tasche. Wenn hier alle so taten, als lebten sie in der elisabethanischen Zeit oder wann auch immer, würden sie mein Geld dann überhaupt nehmen?

»Machen Sie sich keine Umstände«, grunzte der Kerl, als er mein Zögern bemerkte. »Ich werde für Sie bezahlen.«

Beinahe hätte ich angenommen – wie üblich. Ich hatte so oder so kaum Geld, und das würde ich vermutlich noch brauchen, aber irgendetwas in mir verklumpte sich zu einem winzigen Knoten puren Widerstands. Vielleicht lag es an der gelangweilten Geringschätzung, die ich in der Stimme des Mannes wahrgenommen hatte, vielleicht aber auch an Poppys

Freundlichkeit. »Das mache ich lieber selbst«, entgegnete ich stur und verkniff mir mühsam ein spöttisches Grinsen.

Überrascht blickte er auf. »Nun gut. Ich schätze, ein Pfund wird reichen, Trinkgeld eingeschlossen.«

»Dann nehmen Sie also unser Geld in dieser …«

»*Auf* der Spirale. Hier tun sie das; und zu einem sehr guten Wechselkurs. Weiter drin nicht.« Er sah mir dabei zu, wie ich das Geld auf den Tisch legte. »Da Sie für vernünftige Argumente nicht zugänglich sind, denken Sie einmal über Folgendes nach: Vor langer Zeit, als ich zum ersten Mal über die Spirale gewandert bin, hat mir ein sehr weiser Freund erklärt, dass die Umstände eines Aufenthaltes an diesem Ort oft davon abhängen, wie man ihn erreicht hat, auf eine gute oder auf eine schlechte Weise. Ich hatte Glück. Sie – nun, was würden Sie sagen? Ich brauchte Hilfe. Sie vermutlich umso mehr. Sie können mir jederzeit hier eine Nachricht hinterlassen. Mein Name ist Steve.«

»Ich heiße Hugh«, sagte ich, was eine Lüge war. »Danke, aber ich will Sie keineswegs in Atem halten. Und richten Sie dem Mädchen meinen Dank für die Salbe aus.«

Ich bemühte mich nach Kräften, wie ein zivilisierter Mensch zur Tür zu gehen und nicht einfach loszurennen. Trotzdem war die Erleichterung beinah Schwindel erregend, als ich die Tür hinter mir zuschlug und hörte, wie das Schloss einrastete. Da gab es doch diesen alten Exzentriker mit der dunklen Brille und dem Dauergrinsen, der so gern in Zügen herumlungerte und jedermann zuwinkte einzusteigen. Irgendwie hatte er auch immer ein Abteil für sich allein. Und genauso war dieser Typ gerade mit mir umgesprungen. Er wollte mir Angst einjagen, damit ich zu dem Autobahnkreuz zurück flüchtete – auf dem es inzwischen von Bullen nur so wimmeln musste, vermutlich war inzwischen jeder Cop der ganzen Gegend dort eingetroffen, und alle waren damit beschäftigt, Zeugenaussagen aufzunehmen und einen Rückstau von mindestens fünf Meilen zu verursachen. Reinlegen wollte er mich! Vermutlich hatte er sich schon bei dem Gedanken vor Lachen bepisst. Für mich war der einzig sichere Weg der, der in die andere Richtung führte, wohin er mich auch bringen würde.

Beim letzten Mal war es offener Vollzug gewesen, nur Schwindler und Betrüger um mich herum – die Oberklasse der Verbrecher, ganz wie die Freunde meines alten Herrn. Dieses Mal würde ich nicht so glimpflich davonkommen; also würde es kein ›dieses Mal‹ geben.

Maxies Wort darauf, und Maxie irrt sich nie, na ja, zumindest seit dem letzten Rennen in Kempton Park. Aussichtsreiche Sache.

Kapitel 2

Grünes Licht

Dorfstraße war die falsche Bezeichnung. Sicher haben Sie schon davon gehört, wie es ist, sich auf ausgetretenen Pfaden zu bewegen. Das traf es schon eher. Stellenweise konnte man tatsächlich von einem Weg sprechen, gut befestigt und mit Kies bestreut schlängelte er sich zwischen grasbewachsenen Böschungen hindurch. Zu jeder Seite gab es vielleicht zwei oder drei Häuschen, ein paar heruntergekommene Schuppen, weiter abseits, und am Ende von noch schmaleren Wegen, das eine oder andere Bauernhaus.

Doch nichts war mit Ziersträuchern und Blütenduft in der Abendluft, eher schon mit verstopften Abwasserkanälen – oder auch mit gar keinen Abwasserkanälen.

So habe ich mir den Broadway immer vorgestellt.

Die anderen Straßen, die an der mickrigen Kreuzung zusammentrafen, sahen exakt gleich aus. Wirklich praktisch, so was; bewahrt vor anstrengenden Entscheidungen. Die Abenddämmerung war hereingebrochen, doch ich sah nirgends erleuchtete Fenster. Vermutlich waren sie alle in diesem Pub. Kurz kam mir der Gedanke, mich einfach irgendwo einzuschleichen und mir zu nehmen, was ich zum besseren Vorankommen brauchen konnte; aber diese Bauerntrampel benutzten vermutlich immer noch Pranger, Folterstühle oder so was Ähnliches. Außerdem: Wollte ich tatsächlich die besten Maulwurfslederhosen von irgendeinem dieser Kerle tragen? Nein, je schneller ich von hier verschwand, desto besser.

Ich hastete über die Kreuzung, stieß meine ungeschützten Zehen an Steinen und fluchte herzhaft, während ich dem Pfad folgte, der sich jenseits einer kleinen Senke langsam aufwärts schlängelte. Die Gegend war nicht gerade gebirgig, dennoch schienen sich von hier an einige sanfte Hänge dahinzuwälzen, die offenbar als Weideland genutzt wurden. Sie waren durch dichte Hecken geschützt – hübsch anzusehen, aber mörderisch, wollte man sich durch sie hindurchdrängen. Ich blickte gehetzt zurück, um nachzusehen, ob ich verfolgt wurde, doch der einzige Mensch, den ich entdecken konnte, war eine vage weibliche Gestalt, die in einem Gemüsegarten vor einem der kleinen Häuser wie wild auf irgendetwas einprügelte, das sich meinen Blicken entzog.

Ich zitterte. Irgendwie fühlte ich mich dem Unkraut verwandt. Mich wollte auch niemand haben. Ahwaz würde mich nicht wollen – nicht, nachdem ich ihm den größten Profit des ganzen Jahres versaut hatte –, und seine Rivalen wären ebenso wenig an mir interessiert. Also würde ich mir wohl ein neues, mehr oder minder kriminelles Betätigungsfeld suchen müssen. Aber wo sollte ich anfangen? Die Sonne verschwand hinter einem Hügel, und Dunkelheit umfing mich auf meinem Weg.

Ich humpelte den Pfad hinauf und trat dabei Kieselsteine los, die sich für mich unsichtbar, in den Grasbüscheln verborgen hatten. Mir tat alles weh, es wurde eisigkalt, und meine Füße fanden auf dem halbgefrorenen Schlamm kaum Halt, aber ich redete mir standhaft ein, mir würde das nichts ausmachen. Ich war fest entschlossen, diesem Haufen Schwachsinniger den Rücken zu kehren und in die reale Welt zurückzugehen, mit der umzugehen ich gerade erst halbwegs gelernt hatte, was die offenbar nicht konnten. Die Böschungen am Wegesrand, die von wackeligen Zäunen gekrönt wurden, ragten noch höher auf, als ich mich dem Ende der Senke näherte. Sie hoben sich als spitzes ›V‹ vor dem Sternenhimmel ab. Fest in meine Jacke eingewickelt, trottete ich zitternd und frierend weiter. Wenigstens schmerzten meine Knie inzwischen nicht mehr so sehr; sie waren taub vor Kälte.

Ein Stern – vermutlich ein Planet – leuchtete golden über der Hügelkuppe. Ich nutzte ihn als Orientierungshilfe, während ich wieder und wieder über die Grasbüschel und die Härten des Lebens stolperte. Vor Erschöpfung bekam ich einen Tunnelblick, und es dauerte eine Weile, bis ich bemerkte, dass die Böschungen wieder niedriger waren und ich die Hügelkuppe hinter mir gelassen hatte. Mein Stern strahlte an der weiten blau-silbernen Kuppel eines eisigen, wolken- und mondlosen Himmels. Er war wunderschön, peinigend schön, fluchte nicht, sorgte sich nicht, dachte ganz einfach nicht, saugte einfach alles in der reinen Luft in sich auf. Und sie war rein; sie roch …

Keine Ahnung, wonach sie roch. Geatmetes Sternenlicht vielleicht, stechend, beißend, als würde ich scharfe Splitter atmen, Feuer in meinen Lungen. Ich hustete. Es klang sonderbar laut, unheimlich laut, und die Dunkelheit schluckte das Geräusch, kaum dass es erklungen war. Die Kälte drang durch mich hindurch. Sie schmerzte. Ich dachte an die miefige Wärme eines beheizten Wagens und sah mich gierig nach der Straße um.

Sie war weder zu sehen noch zu hören. Nur meinen eigenen rasselnden Atem hörte ich beängstigend laut. Sonst war da nichts, nicht einmal das schwache Hintergrundsummen, das einen in den frühen Morgenstunden verfolgt, wenn man wach liegt und trübsinnig darauf wartet, dass die falsche Person an die Tür klopft. Das war Wahnsinn, vollkommener, beschissener Wahnsinn. Die Straßen waren überall um uns herum. Ich hatte sie mit meinen eigenen Augen gesehen. Herrgott, ich war von einer heruntergeflogen. Dieselbe Auffahrt müsste ich jetzt in der Ferne sehen können, Asphalt, drei Lagen übereinander, samt der zugehörigen Betonlandschaft, hier und da mit grünen Flecken und halbtoten Sträuchern getüpfelt. Und warum konnte ich sie nicht hören? Auf dem Feld hatte ich sie gehört, im Dorf auch … an meinem Gehör konnte es nicht liegen.

Richtig. Da war nichts, gar nichts. Nichts zwischen den Sternen und dem samtenen Himmel, außer einem Pfad, zwei Zäunen und mittendrin: ich. Die Bäume waren nur zweidimensionale Silhouetten am Fuß der Kuppel, unendlich weit entfernt, nur Schatten, ohne jede Substanz. Es gab keine Lichter, weder starre noch bewegliche, keine Lichterreihen, keine einzelnen hellen Punkte. Nichts, außer dem Licht der Sterne. Da war zu viel ›Nichts‹, viel zu viel, und langsam empfand ich einen unsäglichen Druck. Die Leere selbst durchbohrte mich, starrte mich an wie einen

Schmetterling, aufgespießt auf ein Stück Karton. Wie ein tonnenschweres Gewicht lastete sie auf meinen Schultern. Da war nur mein eigener Atem, der inzwischen zu einem kurzatmigen Keuchen verkommen war, und mit jedem Atemzug blies ich ein wenig mehr meiner letzten Körperwärme in dieses Nichts, und es sog meine Wärme gierig auf. Nichts, und das war falsch.

Als wollte es meine Gedanken beantworten, war plötzlich etwas da. Licht blinkte in der Ferne. Ein schwacher, durchbrochener Schein drang müde durch das Laub, und ein paar Bäume materialisierten sich in der Nähe aus der Finsternis. Nun, nicht allzu nahe, und der Anblick war keineswegs beruhigend. Das Licht leuchtete in Bodennähe, aber nicht *auf* dem Boden, und es war absolut gleichförmig. Vielleicht ein Fenster im Obergeschoss eines Hauses, nicht sehr groß; aber es schimmerte fahl, grünlich. Dieser einsame Lichtschein trug keinerlei Wärme in sich. Selbst die Sterne schienen wärmer zu sein als er, und seine bloße Existenz verstärkte nur das Wissen um das, was fehlte. Dies war nicht meine Welt.

Im Vergleich dazu war mir das Dorf warm und normal vorgekommen. Ich wusste nicht, woher das Licht kam, und ich hatte nicht die Absicht, mir darüber den Kopf zu zerbrechen. Ich würde ganz einfach kehrtmachen und noch einmal das Dorf mit seinen winzigen Häusern durchqueren. Ich würde mich nicht einmal in dem Gasthaus aufwärmen, sondern geradewegs zu dem Autobahnkreuz zurückkehren und dort mein Glück versuchen.

Mich aufwärmen? So kalt war es doch gar nicht gewesen. Ich war in einem Feld mit reifem Getreide gelandet, kurz vor der Ernte – vielleicht noch ein bisschen vor der Saison. Es war ein warmer Abend gewesen. Schäfchenwolken waren in Massen über den Himmel gezogen; das Wetter konnte sich nicht so stark verändert haben, nicht so schnell. Um mich herum herrschte Winter, ein Winter wie in Weihnachtsliedern, und wenn gerade kein eisiger Wind pfiff, so holte er wohl gerade kräftig Luft. Mir saß die Angst im Nacken. Ich würde nicht zurückgehen; ich würde rennen, als wären sämtliche Teufel hinter mir her. Aber bevor ich auch nur kehrtmachen konnte, hörte ich es.

Es kam von dem Feld gleich hinter mir, und es war kein menschlicher Schrei, dessen war ich sicher – und nur dessen. Und wenn es kein menschlicher Schrei war, dann musste er tierischen Ursprungs sein, oder? Aber in diesem Punkt war ich eben nicht sicher. Schrill und hungrig hatte es geklungen, so grausig, dass er mich in ein Tier verwandelte, zusammengekauert und erstarrt wie ein Kaninchen im grellen Licht aufgeblendeter Scheinwerfer. Aber ich schüttelte die Lähmung mit einem einzigen krampfhaften Schaudern ab; dann, zerschlagen wie ich war, war ich schon in hohem Bogen über den Zaun gesprungen und trieb meine Füße über die kahle Erde, während mein Atem in meinen Ohren zischte.

Der Schrei einer Füchsin ist ziemlich schockierend. Ich hatte mal einen gehört, spät in der Nacht auf einer finsteren Landstraße. Er hatte mich erschreckt, aber er hatte mich nicht in die Flucht geschlagen. Das hier war etwas anderes, und es ließ mir keine Wahl Der Schrei weckte meine Urinstinkte. Es war ein Schrei, dessen Ursprung irgendwo hangabwärts lag, zwischen mir und dem Dorf.

Mein Schuh klatschte in eine Abwasserrinne; eine Wanderratte sprang auf und rannte wie – na ja, wie ich. Meine zerfetzte Jacke knirschte unter der Belastung, während meine Arme Blut durch meine Adern pumpten. Ellbogen nah am Körper, die Balance halten, nur keine Energie verschwenden und immer die Füße hoch. In der Schule war ich in der Mannschaft gewesen, aber beim Langlauf, und das hier war ein Sprint, eine gnadenlose Geschichte samt Gottweiß-was, was sich jeden Augenblick an meine Fersen heften musste. Zumindest war ich leichtfüßig genug, nicht durch die gefrorene Oberfläche zu brechen. Erst, nachdem ich schon mehrere Minuten gerannt war, erkannte ich, welche Richtung ich eingeschlagen hatte. Ich lief direkt auf das Licht zu, einfach, weil es das einzige war, worauf ich zulaufen *konnte*. Inzwischen schien ich ihm näher gekommen zu sein, doch es wirkte kein Stück beruhigender. Es schimmerte noch immer fahl und grünlich.

Hals über Kopf rannte ich in den Schatten der Bäume und fand mich gleich darauf an einem Weißdornbusch gekreuzigt wieder. Das ist in etwa so angenehm, wie auf einem Stacheldraht zu vögeln; trotzdem konnte ich nichts weiter tun, als keuchend hängen zu bleiben. Dann hörte ich wieder den Schrei; nur war er diesmal viel, viel näher. Wild mit den Armen rudernd riss ich mich keuchend los, was weitere Kratzer an meiner Jacke und meiner Haut zur Folge hatte. Blut lief über mein Gesicht, und Zweige verfingen sich untrennbar in meinem Haar. Dann war ich durch. Ich ließ die Bäume hinter mir und rannte auf das Haus zu, das hinter ihnen verborgen lag.

In gutem Zustand und bei gutem Licht hätte es wahrscheinlich ein wenig besser ausgesehen – vielleicht sogar malerisch. Aber sogar in dieser allumfassenden Dunkelheit waren die schäbig aussehenden Lücken im Strohdach ebenso unübersehbar, wie die verrotteten Fachwerkbalken und die verfallenen Füllungen, deren Flechtwerk an die vorstehenden Knochen eines scheußlich zugerichteten Leichnams erinnerte. Ich konnte nicht anders, als mich nach einem Pfefferkuchenofen umzusehen.

In den unteren Fenstern brannte kein Licht; sie waren mit schweren Läden verriegelt, und die Tür war ebenfalls verschlossen und war mit einem altmodischen Riegel, wie man ihn in unserer Welt allenfalls an einem Gartentor benutzen würde – jene Sorte, die man mit einem schlichten Taschenmesser öffnen konnte oder mit einem ausreichend vertrockneten Kartoffelchip. Das Licht drang aus einem kleinen Fenster im oberen Stock, knapp unter der Traufe. Es bahnte sich seinen Weg durch die halb geschlossenen Läden und flackerte, als würde sich jemand vor dem Fenster bewegen. Irgendwie kam mir gar nicht in den Sinn zu klopfen, jedenfalls nicht in diesem Augenblick; aber ich musste hier weg und zwar schnell. Also aufwärts und einen Blick riskieren; danach würde ich es vielleicht riskieren, mich mit den Bewohnern bekannt zu machen.

Es gab keine Regenrinnen, doch einen niedrigen, mit Schindeln gedeckten Schuppen, an dessen Außenmauer eine Regentonne stand. Von dort aus konnte ich den Fenstersims erreichen. Das Fass ächzte unter meinem Gewicht, und irgendetwas wirbelte eine Staubwolke auf und gab nach. Trotzdem war ich innerhalb von Sekunden auf dem Dach und schob mich auf das Fenster zu. Noch konnte ich nicht hineinsehen; dazu musste ich auf den Sims, und der war verdammt schmal. Ich hatte einige Fassadenkletterer gekannt, die mir das ein oder andere hatten beibringen wollen und mich immer wieder aufgefordert hatten, dieses oder jenes zu versuchen; aber, wie mein alter Herr zu sagen pflegte: Kauf dich nie in den einbrechenden Markt ein.

Aber andererseits … ich wollte schließlich nur mal schauen, und so weit oben war das Fenster nicht. Außerdem gab es Büsche, die einen Sturz abgefangen hätten. Vorsichtig drückte ich mich an die schmutzige Außenmauer und streckte einen Zeh aus. Was für ein Glück, dass ich keine großen Füße habe. Keine Probleme an dieser Front; das Holz war so solide wie eine Türschwelle. Ich verlagerte mein Gewicht, hangelte mich an der Mauer entlang und zog mich mit zitternden Fingern hoch. Dann blieb ich eine Minute schwer atmend stehen, ehe ich ganz langsam den Kopf vor das Fenster schob. Die Vorsicht hätte ich mir sparen können. Der modrige Rahmen enthielt kein Glas. Die Scheiben bestanden aus einem dünnen, braun-weiß gestreiften Material und waren größtenteils undurchsichtig. Ich berührte sie und erkannte, dass es sich um Horn handelte, extrem dünn geschliffen und stellenweise sogar transparent. Eine dieser Stellen war für mich erreichbar. Also lehnte ich mich weiter vor und gab mir Mühe, nicht zu laut zu keuchen.

Das Licht war eigentümlich, aber ich konnte in den Raum hineinsehen, wie ich mit einem dankbaren Seufzer feststellte. Ein wenig verschwommen erkannte ich Menschen. Nur Menschen. Ich weiß nicht, was ich sonst noch erwartet hatte, aber dieser Schrei war durchaus dazu geeignet gewesen, mich auf die wildesten Gedanken zu bringen. Wie auch immer, vielleicht waren diese Leute sogar ganz vernünftig, wer konnte das schon wissen?

Nicht, dass ich darauf gewettet hätte. Der ältere der beiden, der den ich einigermaßen deutlich erkennen konnte, sah aus wie etwas, das man bei einer Exhumierung von Grateful Dead hätte erwarten können – na schön, bei einer Wiederbelebung. Nur Haare, Bart und Kaftan, sehr weiß, groß und dürr, zweifellos ein Woodstock-Opfer – oder eine wandelnde Leiche. Der andere kehrte mir den Rücken zu; doch ich konnte deutlich erkennen, dass er jünger war. Er besaß struppiges Haar, war nicht gerade groß, muskulös und hatte eine gespannte Haltung. Seine Hand lag verkrümmt wie eine Spinne mit dicken Beinen auf der aufgeschlagenen Seite eines gewaltigen Buches auf einer Art Kirchenpult. Beide Männer beugten sich vor und starrten zu Boden, als hätte einer von ihnen eine Kontaktlinse verloren. Der alte Hippie stocherte mit einem langen, dünnen Stock auf dem Boden herum.

Dann sah ich, dass sie sich im Takt zu irgendwas auf und ab bewegten, vielleicht zu einem Gesang. Plötzlich empfand ich das kaum erträgliche Verlangen, zu gackern und nach Körnern zu picken. Die Schatten der beiden Männer an der Wand betonten die Bewegungen in grotesker Weise; Schatten, die mir zeigten, dass die Lichtquelle irgendwo zwischen ihnen auf dem Boden sein musste. Es war grün, schön – sehr grün und sehr hell, sonst hätte es diese trüben Scheiben nicht durchdringen können. Wenn ich die andere transparente Stelle erreichen könnte …

Mit lautem Krachen gab das Holz nach. Mein Fuß verlor den Halt und ich das Gleichgewicht. Leere lauerte hinter meinem Rücken. Ich versuchte, mich an einem Fensterrahmen festzuhalten. Moder und Schmutz wehrten meine zupackenden Finger ab. Logischerweise hätte ich den Sturz in einen Sprung umwandeln müssen, um in den Büschen zu landen, aber in solchen Augenblicken pflegt sich die Logik stets zu einer Zigarettenpause auf den Flur zurückzuziehen. Ich kämpfte also weiter um mein Gleichgewicht, warf mich nach vorn, verlor erneut die Balance und stürzte mit dem Kopf voran gegen das Fenster.

Es gab nach, und Splitter flogen in den Raum. Ich segelte geradewegs mitten hindurch und heulte vor Panik auf, während sich Klauen aus Horn und Holz in mein Gesicht und meine Hände bohrten. Dann streifte einen Stapel Bücher und landete in einer mehr oder weniger obszönen Hockstellung in der Mitte des Raumes. Die Bücher fielen um, und der Tisch unter ihnen brach in einem wilden Schneesturm winziger Papierschnipsel zusammen. Ich kollidierte mit etwas Heißem; es kippte mit lautem Klirren um. Grünes

Feuer strömte über den Boden, und ein unglaublich scheußlicher Gestank beleidigte meine Nase. Das grüne Licht verlosch, und plötzlich lag der Raum in tiefer Dunkelheit, abgesehen von den tanzenden Flammen. Der alte Kauz reckte sich hoch und stieß ein wahrhaft verblüffendes Kreischen aus.

»Der Verderber! Der Verderber!«

Ich hörte, wie eine Tür aufgerissen wurde und Füße eine Treppe hinunterratterten, das Ganze unterstrichen von wiederholtem Kreischen. Schließlich versuchte ich, aufzustehen und fand mich sogleich Nase an Nase mit dem anderen Mann wieder, der schnatternd über den Boden kroch.

»Was zur Hölle ...«, knurrte ich, woraufhin er einen noch grausigeren Schrei ausstieß, obendrein gekrönt von einem Pesthauch schlechten Atems.

»Hölle? O nein, nein, gnädigster aller Dämonen, ich beschwöre Euch. Ich bin es nicht wert. Ich bin nur ein elender, irregeleiteter Spinner, verleitet von Menschen höherer Bildung und Weisheit, deren Forschung von der Gier nach Reichtum und Macht beseelt ist und für die ich in der Tat versucht habe, einen Geist herbeizurufen, doch nie um alles in der Welt hätte ich Euch stören ...«

Etwa in der Mitte seines ausufernden Entschuldigungsgestammels wurde mir bewusst, dass irgendetwas mit meinem Rücken nicht in Ordnung war. Um genauer zu sein: Mir war mehr als nur ein wenig warm. Und woher stammte der Feuerschein? Und der Gestank ...?

Nun war wohl ich an der Reihe zu schreien, und wer würde das nicht? Ich brannte. Meine zerrissene Jacke schmorte und versengte mein Haar. Ich sprang auf, zerrte an der Jacke, schlug mir den Schädel an einem Dachsparren an und stürzte auf den eben erwähnten Bewohner nieder. Dieser brach den örtlichen Rekord im Schreien und schoss unter mir hervor und den Geräuschen nach zu urteilen Hals über Kopf die Stufen hinab. Ich war viel zu sehr damit beschäftigt, mich über die Bodenbretter zu rollen, um die Flammen zu ersticken, als dass ich mich weiter darum hätte kümmern wollen, und als ich es endlich geschafft hatte, hörte ich nur noch ein fernes Kreischen – etwa eine halbe Meile von hier entfernt, was wohl zu der Vermutung Anlass gab, dass sich seine Beine mit Höchstgeschwindigkeit bewegten. Geschah ihm recht, dem blöden Arsch.

Ich sah mich auf der Suche nach dem Gegenstand um, den ich bei meiner Ankunft umgestoßen hatte. Es war eine Art Kohlenpfanne, gefüllt mit Gott weiß was für einem Dreck, der, sich noch immer langsam über den Boden verteilte, zischte, knisterte und hier und da aufflackerte. Es handelte sich um Schwefel, dessen war ich sicher, altes Schweinefett oder Talg, vermutete ich, und was den Rest betraf, so wollte ich es lieber gar nicht erst wissen. Ich war in Versuchung, das ganze Haus abbrennen zu lassen, aber ich wollte bis zur Morgendämmerung nicht auf ein Dach über dem Kopf verzichten. Also schaufelte ich den Dreck mit einer Messingkelle zurück in die Kohlenpfanne. Dann stellte ich einen niedrigen Stuhl auf, ließ mich auf ihn fallen und barg das Gesicht in den Händen. Noch mehr Verrückte …

Meine Hände wurden feucht. Ich blutete aus hundert kleinen Kratzern in meinem Gesicht. Ich musste einen prachtvollen Anblick bieten. Was würde Poppy wohl jetzt mit mir anstellen? Vermutlich würde sie mich in Verbände wickeln und mit nach Hause nehmen, um mich ihrer Mami vorzuführen.

Plötzlich kam mir ein Gedanke, und ich blickte mich um. Sie mussten doch noch andere Lichtquellen haben. Da standen ein paar Kerzen in primitiven irdenen Haltern auf dem Kaminsims. Ich zündete sie an – nein, keine Kerzen, stinkende Binsendochte in einem

Haufen Dreck, aber sie würden reichen müssen. Ich sah mich genauer in dem Raum um und stellte fest, dass ich mitten in einem Gewirr aus Kreide- und Kohlemarkierungen stand, die offenbar mit größter Sorgfalt aufgetragen worden waren, aber doch so unsinnig aussahen, dass der Schöpfer gute Aussichten auf ein Stipendium für die Kunstakademie hatte. Daneben stand eine Tafel voller Buchstaben, jeder in einem eigenen Kästchen, etwa hundert Lettern und in der Mitte … Nun, ich konnte erkennen, wo ich gelandet war – Klatsch-Bumm, geradewegs im Zentrum des sonderbaren Gebildes. Er war kreisförmig, wie für ein Ritual bestimmt, ein Magischer Kreis, vielleicht auch ein Pentagramm. Ja, da waren die Spitzen des Sterns.

Großartig! Ich hatte ein satanistisches Scrabblespiel unterbrochen.

Das, allerdings, war ein Grund zum Nachdenken. Ich war hier hereingeplatzt, und heulend, mit blutigem Gesicht und stinkender, schmorender Jacke mitten in dem magischen Kreis gelandet, eingehüllt in Flammen – und ich hatte etwas über die Hölle gebrüllt. Diese beiden hatten mit ihrem Hüpfen und Singen irgendetwas bezweckt – etwas, das möglicherweise alles andere als unschuldig war. Vielleicht waren sie tatsächlich … Ich spürte, wie sich langsam ein bösartiges, höhnisches Lächeln auf meine Lippen stahl. Kein Wunder, dass sie die falschen Schlüsse gezogen hatten. Und jetzt saß ich gemütlich in ihrem trauten Heim, und sie waren dort draußen, zusammen mit dem schreienden Etwas, das ihnen wirklich einen Anlass zur Furcht liefern dürfte.

Im Stillen hoffte ich, dass sie die Tür nicht offen gelassen hatten.

Ich schnappte mir die Kerzen und schlich langsam und vorsichtig zur Zimmertür. Dort lauschte ich eine Weile, ehe ich hinausging und die Treppe hinunterstieg, während mein Puls in meinen Ohren dröhnte. Ein verräterisches Knarren, und ich wäre wie eine Rakete wieder oben. Verrückte, alles nur Verrückte; und dann auch noch verrückte Hexer, so wie es aussah, einer dümmer als der andere. Zehn zu eins, dass sie Veganer waren – und natürlich Nichtraucher. Absolute Spinner.

Und während ich so darüber nachdachte, kam mir der Gedanke, dass das Heulen vermutlich einem weiteren Vertreter dieses Menschenschlages zuzuordnen war – jemanden, der versuchte, sein männliches Selbstbild aufzupolieren, indem er sich eine Art Wolfscharakter zulegte oder was auch immer. Wahrscheinlich stand er jetzt gerade draußen am Zaun und hob sein Bein.

Aber wie auch immer … Nicht einmal dieser Gedanke half mir, mit dem Zittern aufzuhören. Das mittlere Stockwerk war beinahe leer. Es bestand aus nur einem Raum, von einer Außenwand zur anderen, mit ein paar Rollbetten darin, einigen aufgestapelten Büchern und darunter eine offene Falltür. Ich starrte hinunter und sah weiter nichts als einen schlichten Holztisch, einen großen Kamin samt einem Stapel Holzscheite und einem hin- und herbaumelnden Kochtopf. Und die gottverdammte Tür stand weit offen! Dabei hatte ich schon fast mit einem Loch in Form und Größe eines Mannes im Türblatt gerechnet. Ich hastete die wackelige Treppe hinunter und schlug die Tür mit Wucht zu. Das Schloss war kaputt. Es gab Halterungen für einen Querbalken, doch keinen Balken. Aber irgendwas musste es doch geben, um die Tür zu sichern …

Ich drehte mich um und wollte mich auf die Suche zu machen, als mir jemand sacht auf die Schulter tippte.

Das war der Tropfen, der das Fass zum Überlaufen brachte. Meine Nerven kapitulierten. Aus irgendeinem Grund waren die Kerzen nicht mehr in meinen Händen, und sie brannten auch nicht mehr. Der Schrei versetzte mich in Panik, obwohl ich wusste, dass ich ihn ausgestoßen hatte. Ich prallte derart heftig gegen den Tisch, dass ich ihn umstieß, rannte in die Richtung, in der ich die Treppe vermutete, ramponierte mir den Schädel und landete schmerzhaft auf meinem Hinterteil. Jemand, der ebenso schrie, stolperte über mich und stürzte ebenfalls. Er lag am Boden, und ich trat um mich, woraufhin er noch lauter brüllte. Nun, jedenfalls war er menschlich, und mein Groll warf die Panik aus dem Rennen. Jetzt gab es nur eines zu tun. Ich sprang ihn an, ehe er mir zuvorkommen konnte, landete auf seinem Rücken, legte eine Hand auf seinen Kopf und drückte ihn gewaltsam auf die Planken, während ich ihm den Arm auf den Rücken drehte.

»Srsr!«, protestierte er. »Bieur Ehrr Gntlmn Sr!«

»Wenn du auch nur zuckst«, zischte ich direkt in sein Ohr, »dann schneide ich dir das Gekröse raus und verarbeite dich zu Grillfleisch!« Verzweifeltes elisabethanisches Gerede. Ich war stolz auf mich. Wenn meine Sprachgewandtheit auch noch zu wünschen übrig ließ, zumindest schienen meine Worte den Kerl unter mir beruhigt zu haben. Nach der Handvoll Haare zu urteilen, musste dies wohl der alte Knacker sein. Also entspannte auch ich mich ein wenig und gab ihm die Möglichkeit, klar zu sprechen.

»Euer Erbarmen, Sir, und auch Euer Griff, sind mir Beweis, dass Ihr kein Dämon seid, wie ich – äh, ha, ha, zunächst unangemessenerweise angenommen hatte. Dieses ganze unglückselige Missverständnis, welches zu allem Ärger auch noch durch Euer, nun, vielleicht könnten wir sagen, ungewöhnliches Eintreten verstärkt wurde, führt mich zu der Frage, ob ich Euch in irgendeiner Weise zu Diensten sein könnte – wenn Ihr gestattet, mit etwas Abstand zu diesem durchaus geräumigen Boden.«

»Wir werden sehen!« Ich tastete nach seiner Taille. Er hatte eine Art Gürtel getragen. Ich fand ihn, löste ihn und fesselte seine Hände damit. Gott, ich fühlte mich so stark. »Nur, damit du keine Tricks versuchst – und ich einige ehrliche Antworten bekomme.«

Das Zittern in der Stimme des Alten kam mir trotz seiner Lage übertrieben vor. »Ich muss Euch dringend bitten, Sir, mich nicht gefesselt zurückzulassen. Wir sind in großer Gefahr. Wir beide.«

»Gefahr? Wie soll ich das verstehen?«

Er zögerte. Also zog ich den Gürtel fester um seine Handgelenke. »Sir, wir waren mit einer Untersuchung streng philosophischer Natur befasst …«

»Ein Experiment?«

»*Experimentum,* in der Tat, Sir. An diesen entfernten und einsamen Winkel der Welt haben wir uns zurückgezogen, einen Ort, von dem gemunkelt wird, die alten Mächte wären an ihm für alle Zeit präsent, um eben jene zu beschwören. Im Geiste voll unschuldigen Wissendurstes haben wir versucht, ein Wesen rein engelhafter Natur zu, äh, rufen. Aber um die Reinsten unter uns lauern stets auch böse Mächte, und wir, äh …«

Rein, unschuldig. Der beteuerte mir zu viel. Aber ich wusste, was los war. Ich war schließlich dabei gewesen. »Lass mich raten. Habt wohl geglaubt, ihr hättet einen anderen Besucher hergelockt, was?«

»Unser Fehler, Sir. Ihr werdet uns sicher vergeben. Doch Euer Eindringen war gewissermaßen das Letzte, womit wir gerechnet haben. Und die Beschwörung ist unvollständig geblieben, der Kreis zerstört! Dabei sollte es gerade erst richtig beginnen, wenn Ihr versteht, was ich meine. Wenn wir den Prozess nun nicht umkehren, wer weiß, was dann …?«

Plötzlich erklang ein tiefes Stöhnen, und das ganze Haus bebte.

Wir blickten beide auf. Die Planken über unseren

Köpfen krümmten sich knarrend unter einer mysteriösen Last. Ein Balken bog sich mit einem schaurigen Ächzen durch. Ein Geruch hing in der Luft, den ich nicht beschreiben könnte – und es auch nicht wagen würde. Dann wirbelte ein Windhauch Staubwolken auf, als würde irgendetwas tief Luft holen – und in dieser Bruchbude gab es eine Menge Staub. Anschließend riss der Balken mit einem lauten Krachen wie ein Schuss.

Mit zwei Sätzen war ich zur Tür hinaus, und erst, als ich mit einer Stechpalme kollidierte, fiel mir auf, dass ich den alten Knaben dort drin zurückgelassen hatte. Sehen Sie es mir nach. Immerhin habe ich mich umgesehen, aber ich hätte mir gar keine Sorgen machen müssen. Eine halbe Sekunde später, und seine Fußabdrücke hätten meine Kehrseite geziert. Gefesselt oder nicht, er war draußen und an mir vorbei, und seine Robe flatterte um seine hageren Unterschenkel. Das war alles, was ich im Bruchteil einer Sekunde erfassen konnte – das, und das scheußliche fahle Licht, das noch immer durch das Fenster im Obergeschoss drang. Okay, ich glaubte nicht an übernatürliche Phänomene; trotzdem würde ich bestimmt nicht umkehren, um mit was auch immer darüber zu diskutieren. Auch unter naturwissenschaftlichen Gesichtspunkten kam mir dieses Etwas ziemlich bösartig vor.

Da war ich also wieder, zurück auf dem umgepflügten Feld, und rannte wie ein Wahnsinniger, dem Anschein nach auf demselben Weg zurück, den ich gekommen war. Unter anderen Umständen wäre das wohl ein bisschen langweilig gewesen, aber zu diesem Zeitpunkt kümmerte mich das wirklich nicht. Ganz besonders, nachdem ich einen weiteren dieser Schreie hörte, diesmal aber lauter, und er kam nicht aus der Richtung des Weges, wo ich ihn zuletzt gehört hatte, sondern aus dem Haus. Das bedeutete, dass das, was auch immer diese beiden haarigen Burschen herbeibeschworen haben mochten, die ganze Zeit über näher gekommen war, genauso bereit, ins Haus einzudringen, wie ich es zuvor gewesen war. Nette Vorstellung. Wirklich nett. Eine oder zwei Minuten später wäre ich dem Etwas womöglich auf der Türschwelle begegnet – oder auf dem Fenstersims. Trotzdem hörte ich nicht auf zu rennen. Wenn es erst feststellte, dass niemand mehr im Haus war, würde es sich vielleicht entschließen, ebenfalls auf demselben Weg nach Hause zurückzugehen – soweit jedenfalls die vernünftige Erklärung für mein Verhalten.

Schließlich hielt mich der Zaun auf. Der Aufprall trieb mir gnadenlos die Luft aus den Lungen; und ich ruderte mit den Armen und schluchzte scheinbar eine Ewigkeit vor mich hin, bis ich mich endlich weit genug beruhigt hatte, um zu erkennen, was los war. Langsam kam ich mir ein bisschen blöd vor. Das muss man sich vorstellen: ein uraltes Ding wie das, halb zerfallen, vermutlich, weil niemand es sich leisten konnte, es zu reparieren …

Ich hätte es besser wissen müssen. Derartige Situationen hatte ich schon oft erlebt, als ich mich noch mit architektonischen Bergungsarbeiten beschäftigt hatte – oder anders ausgedrückt: als ich noch alles vom einfachen Handgriff bis zum kompletten offenen Kamin geklaut hatte. Aber ein Ort wie dieser, gepaart mit zwei abergläubischen Irren – da konnte man leicht an alles glauben. Das Licht? Vermutlich ist die Kohlepfanne wieder umgefallen. Vielleicht brannte jetzt die ganze Hütte nieder. Schade auch.

Ich drehte mich um und starrte in die Finsternis. In diesem Augenblick flog das Dach von der schaurigen Hütte, und das Licht wallte aus dem Inneren des Gemäuers hoch. Wie ein halb verfaulter Zahn ragte der grelle Schein aus dem Loch empor. Es glich einem Pilz, und einen Augenblick lang dachte ich an grünes Licht und einen stillen, unsichtbaren Tod. Eine Explosion hatte es nicht gegeben. Nur Balken waren gesplittert, und das Licht stieg in Form einer Kugel langsam höher wie ein Ballon, bis es scheinbar reglos in der Dunkelheit hing. Dann erst erkannte ich, dass sich die Sphäre bewegte und über die Felder auf mich zukam. Eine fahle Lichtkugel, in deren Kern sich irgendetwas bewegte. Umrisse – eine schreitende Gestalt.

Sie ging, und das Licht kam näher – aber viel schneller als zuvor. Es bewegte sich vielleicht zwanzig Meter über dem Boden durch das Nichts, und es war nicht länger still. Ich konnte jeden einzelnen Schritt durch den eisenharten Boden vibrieren fühlen, und das Geräusch hallte dumpf in meinen Ohren nach. Rauch oder Dampf kräuselte sich träge um die Sphäre und schwebte durch die windstille Luft. Habe ich schon erwähnt, dass das Etwas direkt auf mich zuhielt?

Ist das nicht immer so?

Wie ein Kaninchen sprang ich über den Zaun und riss ihn dabei halb auseinander. Dann ging es den Weg hinunter, wo die Böschungen zu beiden Seiten aufragen sollten – sie taten es nicht. Falsche Richtung! Trotzdem war ich kaum imstande kehrtzumachen. Nur der Gedanke, vor mir könnte etwas noch Schlimmeres lauern, verlieh mir schließlich die Kraft dazu – das und das offene Gelände um mich herum. Die Böschungen boten wenigstens ein bisschen Schutz; aber als ich mich der Anhöhe näherte, schimmerte das Feld zu meiner Linken plötzlich schmierig grün, und die dunstige Kugel schob sich wie ein höllischer Mond vor mein Blickfeld. Dann war ich schon an ihr vorbei und jagte meinen eigenen Schatten in dem fahlen Licht, vollkommen unfähig, mich auch nur umzusehen.

Ich rannte wie eine Küchenschabe, völlig automatisch und ohne die geringste Unterstützung durch mein Gehirn. Ich litt, glaubte, mein Herz würde aufgeben und sich einfach aus eigenem Antrieb setzen, um sich auszuruhen. Aber dann war da eine Kurve, Bäume – und Häuser, hier und da mit beleuchteten Fens-tern, und das Schild dieser wunderbaren, liebenswerten, gastfreundlichen Kneipe. Ich prallte so heftig an den Pfosten, dass das Schild ins Schaukeln geriet. Ich blieb wie ein um Asyl flehender Flüchtling vor dem Kirchenportal an ihm hängen und schrie.

Ich schrie nach Poppy – glaubte ich jedenfalls –, und ich glaubte, irgendwo dort müsste auch die Polizei sein, was, wenn man es recht bedenkt, eine ziemlich komische Vorstellung ist. Es war ein großartiges Gefühl, in der Nähe der Häuser zu sein, die Arme um das solide und reale Holz geschlungen. Ich wusste, hierher würde es mich nicht verfolgen. Irgendwo knallten Türen; bald würden sie mich hineintragen, mir ein Bier geben und dafür sorgen, dass alles irgendwie wieder in Ordnung kam. Dann sah ich mich um.

Die Bäume an der Wegbiegung hoben sich wie Skelettfinger vor dem frostigen Schimmer ab. Stellen Sie sich einen schaumigen, algenverseuchten Tümpel vor, der an einem grauen Nachmittag gefriert, dann haben Sie eine Vorstellung von der Farbe. Und es wurde immer größer. Das reichte. Unter Schmerzen löste ich mich von dem Pfosten. Ich schwankte. Vage erkannte ich, dass sich die Sohle von einem meiner Turnschuhe gelöst hatte und nun wie der Mund eines Vollidioten immer auf- und zuklappte.

Wo war ich? Was glauben Sie?

Zeit endlich weiterzurennen. Vollkommen erschöpft schwankte ich von einer Seite zur anderen, als wäre ich volltrunken, prallte gegen Zäune, Büsche und Baumstämme, aber der Weg unter meinen Füßen war nun eben und die Luft milde. Ich hörte das Kornfeld in der Nacht flüstern. Oder war das das Rasseln meines eigenen Atems? Die Hälfte des Feldes war abgeerntet, und ich stolperte über die Stoppel und kreischte, als sich die strohigen Reste der Halme in meine ungeschützten Zehen gruben. Und dort, in der Ferne, beinahe wie eine himmlische Vision, schimmerten die Lichter des Autobahnkreuzes Da war die verbrannte Fläche rund um den Ferrari, und ich rannte und rannte, und die Tränen liefen mir ungehindert über das Gesicht. Und sollten die Bullen mich dort erwarten, ich glaube, ich hätte ihnen dankbar die großen, verschwitzten Füße geküsst. Weiter hinten sah ich eine Gestalt, gebückt unter dem Gewicht einer gewaltigen Sense, die unentwegt in die andere Richtung deutete.

»Vergiss es!«, brüllte ich. »Diesmal bekommst du mich nicht. Nicht noch mal!«

Die Sphäre verharrte, schien mich anzusehen, aber nun war ich an der Hecke, wühlte mich wie ein übergeschnappter Dachs zwischen den Zweigen hindurch und eine rutschige Böschung hinab. Da war ein Graben – natürlich –, und ich fiel geradewegs hinein – was auch sonst? –, aber er war einigermaßen trocken. Ich streckte die Hand aus, um mich aus dem Dreck zu ziehen ... und schreckte vor dem gotterbärmlichen Lärm und der plötzlich vor meiner Nase auftauchenden Monstrosität zurück.

Mit einem irren Aufschrei zog ich die Hand zurück, und der Sattelschlepper rumpelte an mir vorbei. Kein halber Meter, und er hätte mir im Graben Gesellschaft geleistet. Nicht, dass es keine Schilder gegeben hätte. *Seitenstreifen nicht befahrbar*, konnten die denn nicht lesen?

Nun war ich an der Hauptausfallstraße des Kreuzes und unterwegs zu den Lichtern der großen Stadt. Nervös blickte ich über die Schulter zurück, aber da war verdammt noch mal nichts außer einer ungepflegten Hecke mit einem großen Loch auf der Oberseite, etwa anderthalb Meter hoch, zu hoch für mich, um über sie hinwegzusehen. Keine Bremsspuren, gar nichts. Der Ferrari hatte den Bodenkontakt verloren, als er hindurchgerast war; also hätte der Aufprall mich umbringen müssen, so viel stand wohl fest. Und vielleicht hatte er das auch. Doch dann hielt ein Laster an, als ich den Daumen ausstreckte, und es fiel mir nicht schwer, den Fahrer davon zu überzeugen, dass ich einen Unfall hinter mir hatte.

»Ziemlich übel, so wie du aussiehst! Und bist du sicher, dass du keinen Krankenwagen brauchst?«

»Nein. Nein danke. Ich bin okay.«

»Und dein Auto …«

»Nur 'ne alte Klapperkiste.«

»Hoh. Und nicht versichert, was? Angemeldet? Wohl nicht. Und jetzt läufst du einfach weg. Ich weiß nicht. Ihr jungen Kerle haltet euch immer für unverwundbar. Na ja, aber du hattest wohl deine Lektion für heute schon. Spring rein. Ich setze dich dann in der Stadt ab. Maybury Circus, in Ordnung?«

Den ganzen Weg über erteilte der Fahrer mir väterliche Ratschläge, bis ich ihn am liebsten so heftig gewürgt hätte, dass all seine Pickel von selbst aufgeplatzt wären. Schließlich setzte er mich an einer Telefonzelle ab, und die hatte er verdammt gut gewählt. Der Apparat schluckte Münzen, nicht nur Karten. Langsam sortierte ich mein verbliebenes Geld, schluckte dann einmal heftig und trat in die Zelle, um Ahwaz anzurufen.

Der Hörer hüpfte mir geradezu in die Hand. »*Maxie*! Was glaubst du, wie spät es ist? Wo warst du? Und wo ist der verdammte Wagen?«

Ich schluckte erneut. »Ich … Ich habe ihn nicht, Ahwaz! Es tut mir leid …«

»Du hast es versaut! Das glaube ich einfach nicht. Ich glaube einfach nicht, was du mir da erzählst! Der größte Job, den ich dir je gegeben habe, und du kleiner Scheißkerl hast ihn versaust!«

»Hör mal, das war nicht meine Schuld! Die Bullen sind mir irgendwie auf die Spur gekommen. Sie waren hinter mir her und haben mich …«

»Natürlich sind sie dir auf die Spur gekommen, du verdammter Idiot! So wie du fährst! Sie haben dir sogar einen beschissenen Hubschrauber auf den Hals gehetzt. Ich weiß es. Wir haben hier jedes verdammte Wort gehört! Warum, glaubst du, habe ich dir diesen Scanner gegeben, hm? Also, wo ist der Rote? Du hast ihn doch irgendwo stehen lassen, oder, du bescheuerter kleiner Feigling?«

»Nein! Ich habe ihn zu Schrott gefahren! Ich habe versucht, ihnen zu entkommen – bin dabei beinahe draufgegangen, ehrlich …«

»Du …«

Das Telefon explodierte förmlich. Es war laut genug, dass ich den Hörer vom Ohr nehmen musste. Die Hälfte konnte ich nicht verstehen, aber das war auch nicht nötig. Ahwaz warf mir jedes Schimpfwort auf Erden an den Kopf und drohte, mir die Leber herauszureißen. Zumindest hatte er nicht aufgelegt; das hätte bedeuten können, dass er sie mir wirklich ausreißen wollte.

Der große A war kein Verbrecher oder so was. Er war Autohändler. Er vertrieb teure Autos und hatte exklusive Niederlassungen in London, Bradford, Manchester und solchen Orten. Dann und wann handelte er tatsächlich legal mit Ferraris. Er strich lediglich gern die größeren Gewinnspannen auf dem freien Markt ein. Und den Gerüchten zufolge stand er auch den einträglichen Geschäften mit bestimmten nicht ganz einwandfreien Substanzen ziemlich aufgeschlossen gegenüber und trieb auch damit regen Handel. Bestimmt hatte er auch einige ziemlich kräftige Burschen auf der Gehaltsliste; aber ich hatte noch nie gehört, dass er tatsächlich jemanden in die Mangel genommen hatte – zumindest nicht allzu heftig. Das sollte mir doch eigentlich das Recht geben, ebenfalls den Mund aufzureißen.

»Hör zu, ich habe dir doch schon gesagt, es tut mir leid, oder etwa nicht? Komm wieder runter. Ich meine, du weißt selbst, dass das nicht gerade eine sichere Branche ist. So ist das nun einmal. Mal gewinnt man; mal verliert man. Und diese Sache war verdammt schwierig. Ich meine, einen Ferrari kann man eben nicht einfach so im Verkehr verstecken.«

»Schwierig? Du wolltest doch einen schwierigeren Job, du kleiner Scheißer!«

»Ich wollte einen richtigen Job, eine Chance, richtiges Geld zu verdienen.«

»Und den habe ich dir beschafft, oder etwa nicht? Ein Job, den ich drei Wochen lang vorbereitet habe, mit einem wartenden Kunden ... richtiges Geld ... Ich bin einfach zu nachgiebig. Ich hätte wissen müssen ...«

»Ja, sicher, richtiges Geld! Lausige zwei Riesen von den zweihundert, die du damit verdient hättest!«

»Mehr, als du je wert sein wirst! Ich habe das Risiko getragen ...«

Das war genug. Ich hatte wirklich zu viel durchgemacht. »Du? Für ein paar gefälschte Fahrgestellnummern, und weil du die Scheißkarren in einen Container verlädst? Was denn für ein Risiko? Hast du Angst, du könntest dir Tinte auf den Anzug spritzen, wenn du die Papiere fälscht?«

»Das ist keine sichere Leitung, du verdammter kleiner Idiot.«

»Nein, ist es nicht. Hör zu. Ich bin verletzt; ich habe Verbrennungen abgekriegt und mir vor Angst fast in die Hose gemacht ... Dafür wirst du bezahlen, hast du gehört?«

»*Bezahlen?* Dann hör du mir jetzt mal zu: Ich kenne dich nicht; ich weiß nicht, wovon du überhaupt redest – und solltest du mir noch einmal unter die Augen kommen, dann werde ich dich aus meinen Schuhsohlen kratzen müssen, verstanden? *Verstanden*, du beschissener, nutzloser kleiner Zuhälter? Sag es. Ich will es hören. Sag mir, dass ich Recht habe, dass du ein beschissener kleiner Zuhälter …«

Im Gegensatz zu Ahwaz war ich nie Zuhälter gewesen, und ich konnte Zuhälter nicht ausstehen. Ich habe ein Mädchen nie so wie die behandelt. Mir war nicht viel geblieben, aber das schon. Keine Ahnung, was ich in dem Augenblick vorhatte. Vielleicht wollte ich ihn gerade niederschreien. Ich hatte einfach zu viel hinter mir, und ich war einem Zusammenbruch verdammt nahe. Und wenn ich gesagt hätte, was ich sagen wollte, dann wäre ich vielleicht in einem Plastiksack auf der Müllkippe wieder aufgewacht.

Aber es kam anders. Plötzlich leuchtete die ganze Telefonzelle flammend rot auf. Es war ein grelles Rot, das die Venen in meinen Augäpfeln zum Glühen brachte und einen Funkenregen über die Glasscheiben jagte. Auch das Telefon glühte rot auf; ich konnte die Hitze spüren. Der Hörer glühte in meiner Hand. Ich schleuderte ihn von mir, und er blieb einen Augenblick lang reglos in der Luft hängen, gefangen von den Energien, die ihn durchströmten. Aus der Hörmuschel drang ein abgehackter Schrei, gefolgt von einem furchterregenden Knistern. So mochte sich ein elektrischer Stuhl anhören.

Dann war alles so plötzlich wieder vorbei, dass es schien, als wäre ein Loch in der Luft zurückgeblieben. Anders kann ich es nicht beschreiben. Plötzlich Stille in den tauben Ohren, plötzlich Kälte auf meinem versengten Gesicht. Das war die kühle Nachtluft, die um die Zelle fegte. Der Hörer fiel herab, baumelte hin und her und schlug klirrend gegen das Glas. Rauch stieg auf. Ich konnte die Hitze spüren, die von dem Telefon ausstrahlte; aber es war nicht genügend Hitze, um die Farbe zu rechtfertigen, die es gerade noch angenommen hatte. Vorsichtig streckte ich die Hand aus und berührte den Apparat. Er war etwa so heiß wie eine warme Mahlzeit. Die kurze Berührung genügte allerdings, ihn zusammenfallen und aus der eisernen Halterung stürzen zu lassen.

Und eine Flut heißer Münzen ergoss sich über meine schmerzenden Füße.

Kapitel 3

Dichter Verkehr

Am nächsten Tag zögerte ich, zur Arbeit zu gehen – oder irgendwo anders hin, wo ich erkannt werden konnte. Na ja, überhaupt irgendwohin.

Was war mit dem Telefon passiert? Ich wusste es nicht, und ich wollte auch nicht darüber nachdenken. Aber ich hatte kaum noch Geld, nicht einmal, nachdem ich den Jackpot in der Zelle geknackt hatte. Den größten Teil hatte ich für ein Taxi ausgegeben, weil ich für Bus oder Zug zu erschöpft gewesen war. Dann war noch was für eine Jacke und neue Turnschuhe draufgegangen. Sie waren gebraucht, stammten wahrscheinlich von einem Makaken, aber Maxies können es sich nicht leisten, wählerisch zu sein.

Meine Jeans, die ich schnell in dem geborstenen Waschbecken gewaschen hatte, waren noch nicht trocken; trotzdem zwängte ich mich hinein, zitternd darum bemüht, die Nähte nicht übermäßig zu beanspruchen. Schließlich hatte sie bisher vor allem der Dreck zusammengehalten.

Eigentlich hätte ich mich schnellstens nach Birmingham oder so verdrücken sollen – aber andererseits wäre sogar Birmingham, Alabama, nicht weit genug entfernt gewesen, sollte Ahwaz wirklich wütend sein.

Schön, ich hatte noch nie gehört, dass er tatsächlich jemanden umgelegt hätte. Aber vielleicht waren seine Jungs auch einfach gut genug, dass nichts davon bekannt wurde. Und ich hatte erfahren, dass er in seiner Anfangszeit kein Problem damit gehabt haben sollte, selbst ein paar Knochen zu brechen. Aber wie auch immer … Ich brauchte Geld, egal wie. Wenn es mir gelang, diesen Tag unversehrt zu überstehen konnte ich vielleicht das Weite suchen. Also war ich zur Stelle, frisch und munter und früh um zehn, als Chaddy das Dutzend verschiedener Schlösser an der stahlverstärkten Tür öffnete.

»Jesus, du siehst ja vielleicht schlimm aus!«, lautete sein Gruß. »Was hör' ich da über dich? Sollst Mist gebaut haben.«

Inzwischen wusste vermutlich schon die ganze Welt Bescheid. »Ich habe einen Job für Ahwaz versaut«, gestand ich.

Chaddy brach in schallendes Gelächter aus. »Was willst'n dann hier? Was ich so gehört hab, haste noch mehr Scheiß gebaut.«

»Ach, Chaddy, lass es. Warn mich doch einfach, falls er auftaucht, dann kann ich durch die Hintertür verschwinden, okay?«

Chaddy zuckte mit den Schultern. »Werd mein Bestes tun. Ist wohl besser, wenn du erst mal die Kabinen sauber machst. Und da sind noch die Aschenbecher im Zimmer der Mädchen …«

Es war stets eine Freude, für Chaddy zu arbeiten. Nicht, dass das sein Etablissement gewesen wäre; die Eigentümer, soweit man den Weg über eine ganze Kette von Holdinggesellschaften zurückverfolgen wollte, waren offenbar Malteser, unsichtbar und vorsichtig. Chaddy war lediglich eine Art Geschäftsführer, der wiederum einer anderen Art Geschäftsführer unterstellt war; doch das hinderte ihn nicht daran, sich wie ein kleiner Hitler aufzuführen. Ich war davon überzeugt, dass er mir nur die Hälfte dessen bezahlte, was er in seinen Büchern vermerkte; aber ich wäre lebensmüde gewesen, irgendjemandem davon zu erzählen.

Ich schlurfte durch den kitschigen vorderen Bereich des Ladens mit den abblätternden Kunststoffwandverkleidungen und den unzähligen zweideutigen Postern und öffnete die Fenster, die nicht von Bildern verdeckt waren. Chaddy grollte: »Um Himmels Willen! Bist wohl in einem Stall geboren worden, was?« Aber ich wusste, dass er viel zu faul war, sie selbst wieder zu schließen, und die warme Stadtluft, die hereinströmte, war immer noch besser als die Überreste des Gestanks von letzter Nacht. Mit Schrubber und Eimer bewaffnet zog ich durch die Kabinen und benutzte den Stiel, um die Kaugummis und Papierzwingen zu entfernen, die die Typen immer in die Schienen klemmten, um die kleinen Läden offenzuhalten, wenn ihre Münzen verbraucht waren. Es funktionierte nicht. Der Mechanismus war dafür viel zu stark, und die Läden pressten das Zeug lediglich zusammen, bis es sich am unteren Ende der Führungsschiene zu einem Haufen Dreck zusammenklumpte, den dann, raten Sie mal wer, entfernen durfte. Eilig fegte ich den Müll unter den Sitz, zusammen mit den Kippen und den Taschentüchern; in letzter Zeit wurden es immer mehr.

Krachend fiel die Tür ins Schloss, und ich wäre beinahe selbst unter dem Sitz verschwunden. Es war jedoch nur Ellie, eines der Mädchen von der Frühschicht. Sie winkte mir freundlich zu, so wie es die meisten der Mädchen zu tun pflegten. Ellie war ein gutes Kind, doch gebaut wie ein halb verhungerter Papagei samt buntem Kamm. »'Allo, Maxie, 'attest du eine schöne Nacht? Nischt? Ah, schade – isch, isch 'atte viel Spass. War mit Frankie aus, sum Wrestling. 'abe sugesehen, wie sie sisch die Gesischter zerschlagen lassen.«

Dann schlenderte sie zu dem Zimmer, das albernerweise als die Garderobe der Mädchen bezeichnet wurde. Mir fiel ein, dass ich die Aschenbecher noch nicht geleert hatte und mich langsam beeilen musste. Wenn Ellie schon da war, würden die anderen auch nicht mehr lange auf sich warten lassen.

Ich schlängelte mich durch den Geruch von Puder, Parfüm, Nikotin und Achselschweiß, wich den verstreuten Kleidungsstücken aus und fragte mich, was zum Teufel die armen Irren davon hatten, Ellies gesammelte Knochen anzugaffen, die überall aus ihrem Leib in seltsamem Winkel hervorstachen. Sam, das andere Mädchen, sauste vorbei, küsste mich auf die Wange und nannte mich ›Dahling‹, was ihrer Vorstellung einer gehobenen Aussprache entsprach. Sie überredete mich, ihr zu helfen, und fegte Ellies Strumpfhosen von meiner Schulter, wo sie aus unerfindlichen Gründen gelandet waren.

Die Mädchen mochten mich, auf eine ganz besondere, unvoreingenommene Art. Ein paar von ihnen waren schon mit mir ausgegangen, wenn ich ein bisschen Geld hatte, und ein paar Mal sogar, wenn ich kein Geld hatte. Sie sagten, ich wüsste, wie ich sie zu behandeln hätte, was nicht unbedingt ein Kompliment war, wenn man ihre jeweiligen Freunde kannte. Nicht alle waren Huren, Profis oder Amateure. Einige aber schon, einschließlich des einen oder anderen Mädchens, das Kinder durchbringen musste, doch andere stammten auch aus einem recht soliden Haus. Die meisten schienen einer niedrigen Einkommens- und Bildungsschicht zu entstammen, in der familiäre Gewalt mehr oder minder vorprogrammiert war. Und beinahe unausweichlich würden sie auch wieder in diesem Sumpf versinken, sollten sie nicht vorher irgendetwas anderem zum Opfer fallen.

Wenn ich dagegen an meinen eigenen Werdegang denke …

Vor Männern konnte ich das Geheimnis mühelos bewahren, aber die Mädchen lockten es gleich aus mir heraus – wenigstens einen Teil davon; die ganze Wahrheit hätten sie mir vermutlich auch nicht abgenommen. Sie würden nie verstehen, wie jemand so tief sinken konnte, der einen so guten Start ins Leben gehabt hatte wie ich. Saufen, Drogen, Spielsucht, vielleicht; aber wenn ich mich diesen Lastern in den letzten Jahren auch immer wieder gern hingegeben hatte – manchmal allen dreien auf einmal –, war ich doch nie ein Sklave meiner schlechten Gewohnheiten geworden. Nicht einmal in Bezug auf Autos.

Den Mädchen erzählte ich, ich würde mir immer wieder die gleichen Fragen stellen wie sie, doch das war gelogen. Ich hatte schon lange aufgehört, Fragen zu stellen. Ich versuchte nur noch, meinen natürlichen Platz im Leben zu finden, und das hatte ich wohl noch nicht geschafft.

Sam ließ sich gerade über die neueste Rolle aus, die sie beim Fernsehen zu ergattern hoffte – zwei Stunden Arbeit bei einer Polizeiserie –, als ich hörte, wie die Tür mit großer Wucht ins Schloss geworfen wurde. Ich zuckte unwillkürlich zusammen; doch Chaddy hatte keinen Ton von sich gegeben, und folglich war ich nicht wirklich vorbereitet, als die Tür zum Umkleideraum mit ebensolcher Gewalt aufgerissen wurde. Ich stand nur wie gelähmt da und starrte Ahwaz an, der sich im Türrahmen breit gemacht hatte.

Natürlich hatte Chaddy, dieser Mistkerl, mich nicht gewarnt; er hatte nie die Absicht gehabt. Stattdessen hatte er Ahwaz angerufen, kaum dass ich den Laden betreten hatte, so wie es ihm gesagt worden war. Und jetzt saß er bestimmt vor der Tür, kicherte vor sich hin und hoffte, dass Ahwaz seine Einrichtung nicht mit mir als Keule zerschlagen würde – oder zumindest nicht in einem Maß, das die Reparaturfähigkeiten einer Tube Klebstoff übersteigen würde. Ich hingegen machte mir auch in dieser Beziehung wenig Hoffnungen, als die fleischige Faust sich um meine Jackenaufschläge schloss, mich hoch stemmte, bis ich mit knirschenden Hosensäumen auf den Zehenspitzen stand, und die Mädchen kreischend davonliefen.

»*Ganz* – ganz ruhig, Ahw…«

»Warum sollte ich? Sieh mich an, du beschissener kleiner Waschlappen. Weiß du eigentlich noch, was du verdammt noch mal tust?«

»Ich konnte den Wagen nicht retten. Ich habe dir doch schon andere gebracht, oder nicht? Und ich werde noch mehr besorgen. Es lag nur an diesem Laster …«

»Ich rede nicht von dem verfickten Ferrari! Sieh mich an!«

Das hatte ich, obwohl ich versuchte, es nicht zu tun, weil mich Ahwaz Anblick reizte, in unbändiges Gelächter auszubrechen. Statt der langen schwarzen Locken, die er sonst mit Pomade zurückgekämmt getragen hatte, zierte nun ein Stoppelschnitt seinen Schädel, der mich stark an eine Knastfrisur erinnerte. Und selbst das reichte nicht, die bräunlichen, gekräuselten Haare auf der rechten Seite seines Kopfes zu verbergen, oder die schwarzbraunen Flecken an seinem Ohr und seiner Wange, in denen kleine rote Punkte wie von einem Sonnenbrand zornig aufleuchteten. Selbst sein goldener Ohrring war plötzlich matt und sah irgendwie versengt aus. Ahwaz bot ein Bild, als hätte ihn ein Phrenologe mit einer Lötpistole als Dummy benutzt.

»Sieh dir an, was du angerichtet hast! Und ein Hundertfünfzig-Pfund-Hemd *und* ein echter Armani-Anzug *und* die Seidenkrawatte, die mir mein Bruder aus Mailand mitgebracht hat! Alles zum Teufel! Und jetzt werde ich ...«

»Was ist denn passiert? Das war doch nicht ich. Ich habe gar nichts getan – *argh*!« Letzteres war meine Reaktion darauf, dass er mir die Luft abschnürte.

»Mein verdammtes Telefon ist explodiert; das ist passiert! Direkt in meiner Hand, und direkt an meinem verfluchten Ohr! Hochgegangen wie eine verfickte Bombe! Ich dachte, ich würde für alle Zeit mein Gehör verlieren!«

»Dein ... Dein Telefon ist explodiert? Ja, meines auch. Ich meine, das Telefon in der Zelle – oder so was in der Art – *urg!* –, und es tut mir wirklich leid, aber wie meinst du, hätte ich so etwas zustande bringen sollen?«

»Du warst schließlich derjenige, mit dem ich gesprochen habe.«

»Ja, aber – *ulk!* – wie? Ich habe keine Ahnung, wie man so einen Trick hinkriegen soll! Du vielleicht, aber ich nicht. Und außerdem, war das dein normales Telefon? Das kleine Drahtlose?«

Nun runzelte Ahwaz die Stirn, was ich für ein gutes Zeichen hielt. Alles, was nicht dazu führte, dass er mir die Lichter ausblies, war gut. »Natürlich. Dreihundert Pfund, schmal wie eine Kreditkarte. Und?«

»Na ja, ich meine – *grrk!* – das ist es doch. Verstehst du nicht? Funkwellen – keine Drähte – kein gar nichts, alles läuft über Relay-Stationen – selbst wenn ich den Hauptanschluss manipuliert hätte oder irgendetwas in der Art, hätte ich das nicht tun können – *ugh!* Vermutlich hätte ich das noch nicht einmal bei einem normalen Telefon hinbekommen; die müssen schließlich irgendwelche Sicherungen haben, Überlastschalter oder so. Zum Schutz vor Blitzen – aber nicht einmal ein Blitz könnte dein Funktelefon hochgehen lassen ...«

Geistesabwesend schüttelte er mich noch ein bisschen. Ahwaz war bestimmt nicht dumm. »Was zur

Hölle kann das dann verursacht haben? Das und dein Telefon noch dazu?«

»Frag mich nicht. Hast du schon bei der Telefongesellschaft nachgefragt? Und da ich es nicht gewesen sein kann, könntest du mich bitte runterlassen? Ich glaube, mein Kopf explodiert gleich auch noch …«

»Was anderes hast du nach der Geschichte mit dem Ferrari auch nicht verdient, du kleiner Scheißer!« Er schüttelte mich noch einmal kräftig durch. »Wenn ich das nächste Mal ein Tretauto brauche, werde ich an dich denken!« Fünfmal versetzte er mir links und rechts einen Schlag ins Gesicht, ehe er mich gegen die Wand schleuderte. Das wäre nicht so schlimm gewesen, hätte er nicht all diese Ringe getragen. Ich legte den Hautfetzen, den er mir aus der Nase gerissen hatte, über die Wunde. Verlierer trifft es eben immer am härtesten; Gott allein wusste, wie sich die Franzosen gefühlt hatten, als Wellington sie bei Waterloo geschlagen hatte. Ich wischte mir das Blut von den Lippen und rappelte mich wieder auf. Glücklicherweise war Ahwaz noch immer mit der Telefongeschichte beschäftigt. Gewohnheitsmäßig verlegte er sich darauf, mir intelligente Informationen zu entlocken, was immerhin viele Leute taten.

Früher einmal hatte er mich als den Prof gekannt – zumindest eine Weile –, aber dieser Name setzt einen gewissen Respekt voraus. Was hängen bleibt, ist immer der treffendste Spitzname, und seit fünf Jahren war ich nur noch Waxie Maxie, auch bekannt als das fünfte Rad am Wagen.

»Etwas ist passiert«, sagte er schleppend. »Vielleicht ein zu starkes Signal von der Basisstation?«

»Das glaube ich nicht. Funkwellen, die so etwas anrichten können – Gott, ich schätze, nicht einmal ein überregionaler Transmitter wäre stark genug dafür. Außerdem hätten sie das Ding höchstens gegrillt, nicht in die Luft gejagt. Vermutlich hätten sie alles in der näheren Umgebung gegrillt. Und Sprengstoff in dem Gerät? Die Batterien … Heutzutage sind da einige seltsame Chemikalien drin. Vielleicht können die irgendwie miteinander reagieren und eine Explosion auslösen.«

»Aber das hätte keine Auswirkung auf dein Telefon gehabt – warte mal, warum hast du keine Verbrennungen?«

»Vielleicht weil es ein Münztelefon war und ich nur den Hörer in der Hand gehalten habe. Das Gerät selber ist heiß geworden. Aber es ist nicht hochgegangen.«

Ahwaz schüttelte den Kopf und zuckte unwillkürlich zusammen, als die verbrannte Haut leise knisterte. »Das ist mir zu hoch. Schätze, ich werde die Telefongesellschaft besuchen und dort jemandem in den Arsch treten müssen. Diese Telefonzelle, in der du warst … ich will sie mir ansehen. Und was dich betrifft …« Er dachte nach. »Bist du immer noch scharf auf dein Geld?«

Geschickt formuliert. Und gefährlich. »Na ja, ich habe den Wagen geknackt – Es war nicht mein Fehler …«

»Hah! Aber deinen Spaß hast du wohl gehabt. Andererseits warst du mir auch schon von Nutzen. Vielleicht gebe ich dir noch eine Chance. Kennst du die Ecke Parker Street, neben der Galerie? Gut, dann sei heute Abend dort, exakt um zehn Uhr. Geh nicht in die Nähe der Galerie. Dunkle Kleidung. Sieh dich nach einem blauen Ford-Van um.«

»Äh – okay – Nummer?«

Ahwaz zuckte mit den Schultern. »Hab die Schilder noch nicht angefertigt. Du bekommst vierhundert Pfund. Nicht mehr und nicht weniger.«

Das war nicht viel, aber viel mehr, als ich derzeit besaß. »Okay, aber was …«

Ahwaz schnaubte. »Was bildest du dir ein? Glaubst du, ich setze ein Inserat in die Zeitung? Punkt zehn

Uhr. Du bist dort, oder ich komme wieder. Das ist mein Ernst.«

Ich schluckte. »Natürlich. Klar. Punkt zehn Uhr.«

Ich blickte ihm hinterher, als er hinausschlenderte. Seine Gorillas, die sich bis dahin mit Chaddy unterhalten hatten, starrten mich milde überrascht an, und als sie Ahwaz folgten, sah ich entsetzt, dass einer von ihnen etwas bei sich trug, das verdammt nach einem Benzinkanister aussah. Kein Zweifel, Ahwaz hatte die Spielregeln verschärft.

»Hey, du Glückspilz!«, rief Chaddy. »Geh und hol mir einen Kaffee. Drei gehäufte Löffel Zucker, und versau mir damit nicht den ganzen verdammten Laden.«

Einen Augenblick lang schloss ich die Augen. Die Regel lautet: Bitte nie jemanden um einen Kaffee, den du gerade erst in die Scheiße geritten hast. Zucker ist ein gutes Mittel, einen anderen Geschmack zu übertünchen. Chaddy hatte mir die Gelegenheit zu einer wahrhaft süßen Rache gegeben.

Die Vorstellung, Ahwaz auf seiner nächtlichen Spritztour zu begleiten, bereitete mir ein wenig Unbehagen, doch nicht allzu sehr. Wenn er mir wirklich hätte wehtun wollen, so hätte er auch auf das ganze Palaver verzichten können. Um zehn Uhr abends an irgendeiner Straßenecke war ich auch nicht mehr in Gefahr als hier und jetzt. Also brachte ich den Rest des Tages so gut gelaunt hinter mich, wie es ein Ort wie dieser gestattete. Gegen Abend konnte ich mich sogar ein wenig an den Einnahmen der Peepshow erfreuen – Chaddy litt ganz plötzlich an einer ziemlich schmerzhaften Magenverstimmung und war mit einem Taxi nach Hause gefahren –, um mit ihrer Hilfe Trace, eines der Mädchen von der Spätschicht, zu einer Portion Fish&Chips einzuladen und mir ein paar anständige Klamotten zu besorgen.

Also war ich wohl gesättigt und gekleidet. Ich trug

Motorradlederjacke und frische Jeans, hatte einige wärmende Pints Bier und einem Whisky zum Nachspülen im Bauch, als ich um zehn Uhr an der vereinbarten Ecke stand. Ja, es ging mir gut; trotzdem fing ich an, die Pints zu bedauern. Von dem Van war nichts zu sehen; also schlich ich um die Ecke und benutzte einen geparkten Laster, um mich zu erleichtern – jedenfalls, bis eine Wagentür aufgerissen wurde, Ahwaz den Kopf herausstreckte und ich beinahe meinen rechten Schuh verloren hätte.

»Hey! Was zur Hölle glaubst du, was du da tust?«, zischte er.

»Wie sieht es denn aus? Du hast gesagt, ich sollte nach einem blauen Ford …«

»*Das hier* ist unser Wagen!«, schnappte er. »Pass gefälligst besser auf!«

Ahwaz und einer seiner Gorillas stiegen aus. Der andere beugte sich vor, stieß die Tür weit auf und riss mich hinein, ehe ich noch den Reißverschluss schließen konnte. Ich krabbelte Richtung Vordersitz; üblicherweise spielte ich bei solchen Anlässen den Fahrer. Aber der Schläger am Steuer blieb einfach sitzen, und ich endete eingeklemmt zwischen ihm und Ahwaz. Das war so ein Augenblick, wo einem im Film immer die Schlinge um den Hals gelegt wird; aber ich fühlte mich noch immer recht sicher, zumal Ahwaz voll und ganz damit beschäftigt war, dem Fahrer Anweisungen zu erteilen, welcher sich wiederum ziemlich widerspenstig zeigte. Ich war sogar mutig genug zu fragen, wo es hingehen sollte.

»Zum Strand«, grunzte der Affe auf dem Rücksitz. »Hoffentlich hast du Schäufelchen und Eimerchen dabei.«

Irgendwie gefiel mir nicht, wie das klang. »Und … äh … Worum geht es? Was habe ich zu tun?«

Ahwaz zuckte mit den Schultern. »Geschäfte – echte Geschäfte. Nichts zu klauen, meine ich. Du musst nur ein bisschen mit anpacken, den Mund halten und keine Scheiße bauen. Anderenfalls hast du es nicht nur mit mir zu tun, sondern auch mit Sifaoin O'Faolain.«

Mein Herz sackte durch die Hose und das Bodenblech auf die Straße hinab und hüpfte hinter dem Wagen her. »Was, Stevie Fallon? Jesus, was hast du denn mit diesem Kerl zu schaffen? Er bedeutet schlechte Nachrichten. Der Kerl ist irre. Er hat für die IRA mit Stoff gehandelt …«

»Ich weiß. Halt die Klappe.«

»Scheiße … Ich meine, er ist wirklich bösartig …«

»Halt die Klappe, hab ich gesagt. Wir werden ihm eine Schiffsladung abnehmen. Du wirst uns helfen, sie in den Van zu laden und zu mir zu bringen. Mehr musst du nicht darüber wissen. Und jetzt sei still, und genieß die Fahrt.«

Ich hatte mir bereits überlegt, ob ich irgendwie aus dem Wagen springen könnte, vielleicht an einer Ampel; aber dafür war ich zu sehr eingeklemmt. Eine Scheißsituation, so wie seinerzeit in Nagasaki. Mit einem jämmerlichen Gefühl im Bauch lehnte ich mich zurück, gefangen zwischen den Achselhöhlen des Gorillas am Steuer und Ahwaz' Aftershave – gewonnen von echten Stinktieren – und starrte zur Frontscheibe hinaus. Für mich klang das nach hartem Stoff, zumindest aber nach einer großen Ladung Shit, und das gefiel mir überhaupt nicht. Seit der Krebshysterie konnte ich mit Haschisch nicht mehr viel anfangen, abgesehen von einem gelegentlichen Zug, wenn irgendwo der Joint kreiste. Und mit hartem Stoff wollte ich nichts zu tun haben, nicht als Pusher und schon gar nicht als Junkie, nicht einmal als Dealer. Ahwaz hatte mit seinen Autos ziemlich viel Erfolg; dafür, dass er noch mehr wollte, sollte er sich eigentlich in psychiatrische Behandlung begeben, besonders, wenn es um so etwas ging.

Dann fiel mir etwas auf: So wie es aussah, teilten seine Schläger meine Meinung. In dem Wagen herrschte eine seltsame Spannung, nichts von dem üblichen Hin und Her, keine dummen Sprüche, gar nichts, und Ahwaz war sichtlich gereizt. Er sah immer wieder auf seine Uhr oder seine Landkarte. Nun, jeder, der sich mit diesem Mistkerl Fallon einließ, dürfte sich so ähnlich verhalten. Diesem Scheißkerl wollte niemand näher kommen als unbedingt nötig. Dann ging mir langsam ein Licht auf. Darum hatte er mich mitgenommen. Ich war entbehrlich. Fallon konnte mir den Kopf abschlagen, und sie würden nur grinsend daneben stehen. Netter Gedanke. Wirklich.

Und zutreffend, wie sich herausstellen sollte. Wir fuhren nicht bis zur Küste, sondern nur am Ufer der Themse entlang, dorthin, wo die kleinen Schmuggler vermutlich schon seit hundert Jahren ihre Geschäfte abwickelten. Ahwaz gönnte mir jedoch nur ein Grunzen, als ich eine entsprechende Bemerkung von mir gab. Durch vereinzelte Risse in der Wolkendecke drang das Mondlicht, und der Fluss erinnerte an einen stumpfen schwarzen Spiegel. Auf der Wasseroberfläche spiegelten sich nur beleuchtete Objekte, und Dornensträucher und Nesseln zählten nicht dazu.

Irgendwo da draußen lag ein Boot, auch wenn ich es nicht sehen konnte.

Und von dort aus kam etwas auf uns zu, das sich, kaum erkennbar in der Dunkelheit, als großes Schlauchboot im Stil eines Rettungsbootes mit einem sehr, sehr leisen Außenbordmotor entpuppte. Offenbar machte es nur langsame Fahrt, und als es endlich auf das jämmerlich schlammige Ufer auflief, in dem ich gerade zu versacken drohte, erkannte ich auch warum. Das zog etwas Großes unter der Wasseroberfläche hinter sich her, etwas, das einfach so abgeschnitten werden konnte. Bequeme Sache. Und – wie hätte es auch anders sein sollen – als das Boot aufs

Ufer lief, stieß im seichten Wasser ein schwerer schwarzer Plastiksack durch die Oberfläche und wölbte sich auf wie das Ungeheuer von Loch Ness. Na ja, ganz so groß war es auch wieder nicht. Jedenfalls würde sich wohl kaum jemand so viel Mühe machen, wenn es lediglich um Pot ginge. Dieses Zeug musste mehr Gewinn abwerfen, und das bedeutete, dass es weit bösartiger war.

»Gut«, murmelte Ahwaz. »Du gehst runter und nimmst ihn in Empfang. Sei nett zu dem Mann. Tu, was er will und halt die Augen offen. Hilf ihm, das Zeug an Land zu bringen. Wir werden nachkommen.«

Ich schluckte. Mir war vollkommen klar, was Ahwaz vorhatte. Ich sollte treudoof zum Ufer gehen, und schon würden ein paar Stöße aus einer Maschinenpistole reichen, damit Stevie sein Crack behalten konnte, und das war's dann sozusagen. Wenn Sie mich nun für paranoid halten, dann liegt das daran, dass Sie üblicherweise nichts mit Typen wie Stevie zu tun haben.

Zweifellos würde es niemand eilig haben, ans Ufer zu hüpfen. »Ist Vertrauen nicht eine verdammt schöne Sache?«, fragte ich die Dunkelheit, während ich durch sie hindurch zum Wasser schlenderte und mit beiden Armen winkte. Einen Augenblick lang herrschte Stille; dann lief das Boot endgültig auf Grund und Fallon sprang an Land. Ich kannte ihn vom Sehen, ein hochaufgeschossener Schläger mit dem Gesicht eines räudigen Wolfs und einem Grinsen, dem jede Spur irischen Humors abging. Jetzt sah er allerdings etwas massiger aus als sonst. Zehn zu eins, dass das daran lag, dass er unter seiner Windjacke eine schusssichere Weste trug. Vielleicht hatte er sich auch seine Gedanken über Ahwaz gemacht.

»Ich habe euch gesehen«, sagte er wenig begeistert. »Wo ist der Kanake?«

Ich deutete mit dem Daumen über meine Schulter.

»Da hinten. Er ist nicht allein. Ich soll Ihnen beim Abladen helfen.«

»Okay«, murmelte Fallon, während er den anderen Gestalten im Boot zuwinkte. »Je schneller wir das hinter uns bringen, desto besser. Die ganze Gegend ist radarüberwacht. Komm her, und hilf uns, das Zeug an Land zu ziehen.«

Jemand warf ihm aus dem Boot eine Leine zu, und ich erhaschte einen kurzen Blick auf etwas, das gefährlich nach dem Lauf eines Armalite-Schnellfeuergewehres aussah. Schaudernd zerrte ich den Sack an Land. Fallon überließ mir die Arbeit. Nur dann und wann packte er kurz zu, um das beträchtliche Gewicht ans Ufer zu ziehen, ein raschelndes, mehrfach verpacktes Paket, umwickelt mit starkem Klebeband. Ich spürte, wie sich in dem Gebinde fest gepackte Bündel verlagerten.

»Mach es auf!«, ertönte Ahwaz' Stimme. »Vorsichtig! Und kontrollier den Inhalt.«

Fallon klappte ein Messer auf. Scharf wie ein Skalpell durchtrennte es das Klebeband, wenngleich ich nicht davon überzeugt war, dass Fallon das Messer zu diesem Zweck mitgenommen hatte. Im Inneren des Pakets fand ich exakt das, was ich erwartet hatte: in Plastikfolie gewickelte Päckchen mit einem weißen Pulver, genau fünfundzwanzig Stück, jedes so schwer wie eine Packung Zucker. »Prüf es!«, verlangte Ahwaz.

»Mach's doch selber!«

»Willst du das Geld oder nicht?«

»Ich würde es nicht einmal merken, wenn man mir Pferdescheiße vorsetzen würde! Ich habe mit so was nun mal nichts am Hut!«

Fallon sog ungeduldig die Luft ein. »Verdammt. Ich hänge doch nicht für nichts und wieder nichts hier in der Scheiße rum.« Er packte mich am Kragen und hielt mir die Klinge unters Kinn. »Du prüfst das Zeug, oder er tut es, aber wenn ich nicht in Punkt fünf Minuten meine Kohle habe, dann leistest du den Fischen Gesellschaft, verstanden?«

»Schon gut«, sagte Ahwaz. »Such dir ein Päckchen aus, und bring es her. Von unten.« Aber als ich ihm den Plastikbeutel geben wollte, zog er hastig die Hände weg. »Du hältst ihn!« Ahwaz klappte ein perlmuttbesetztes Messer auf, bohrte es vorsichtig in den Beutel und führte dann die Messerspitze an seine Lippen. Er kostete, spuckte aus und nickte. »In Ordnung.« Der Fahrer zog eine Aktentasche hervor und öffnete sie. »Gib ihm das, aber bring mir den Umschlag zurück, und dann sorg dafür, dass der Rest verladen wird.«

Verwirrt griff ich nach dem fetten Umschlag. Ahwaz brauchte mich nicht als Mittelsmann; in Begleitung seiner Schläger war er auch ohne mich sicher genug. Und er schien großen Wert darauf zu legen, nichts zu berühren …

Ich erstarrte. Er wollte, dass ich das tat. Ich trug keine Handschuhe, und er hatte einen Beutel mit Heroin, auf dem meine Fingerabdrücke prangten. Meine und nur meine. Und bald würde er einen ganzen Haufen davon haben. Und dann hatte er mich. Mit derart stichhaltigen Beweisen gegen mich, hatte er mich voll und ganz in der Hand. Er konnte sich eine nette Geschichte ausdenken und mich den Bullen ausliefern; dann hätte er mit einem Schlag mich erledigt und sich mit der Obrigkeit gut gestellt. Es gab eine Akte über mich, nichts Schlimmes, aber wer sollte mir unter diesen Umständen noch glauben? Vermutlich würde ich so tief sinken, dass ich bald über meine eigenen Barthaare stolpern würde. Schon morgen konnte er mich bei den Cops abliefern, oder er machte mich bis zum jüngsten Tag zu seinem Sklaven, weil das für mich immer noch eine Spur besser wäre als Knast. Er würde voll und ganz über mein Leben bestimmen …

»Los, los!«, knurrte Fallon. Offenbar war ich an Ort

und Stelle erstarrt, und Ahwaz wusste, warum, denn ich hörte ihn lachen.

Das versalzte ich ihm so heftig, dass er beinahe an seinem eigenen Gelächter erstickt wäre. Es war dumm, und ich hätte es nicht wagen sollen; aber mir dröhnte das Blut in den Ohren. Nach allem, was ich in den letzten beiden Tagen durchgemacht hatte, hatte ich nicht halb so viel Angst vor Ahwaz, wie angebracht gewesen wäre. Ein Grund war, dass er nicht grün leuchtete. Ich hatte viel zu viel hinter mir, und er war diesmal schlicht zu weit gegangen. Ich sprang ans Ufer, blieb schwankend im Schlamm stehen und hielt den Umschlag hoch in die Luft.

»Der wird wie ein verdammter Stein untergehen«, brüllte ich. Natürlich sah ich die Bewegung an Bord des Bootes, aber ich konnte jetzt nicht aufgeben, sonst hätten sie mich sofort umgebracht. »Selbst, wenn ihr mich erschießt …«

Und noch im selben Augenblick wusste ich, welchen Fehler ich begangen hatte. Man durfte andere Leute nie auf dumme Gedanken bringen, schon gar nicht, wenn sie selbst nicht gerade für ihre Geistesblitze berühmt waren. Ahwaz war klug genug, sich zurückzuhalten, auf Fallons Gorillas traf das jedoch nicht zu. Irgendwo da draußen trafen zwei einsame Gehirnzellen aufeinander, schlossen sich in die Arme, und der Lauf des Gewehres schwang herum. Ich konnte es deutlich sehen, ein schwaches, metallisches Schimmern in der Nacht, und mir blieb nicht einmal genug Zeit, Angst zu bekommen. Ich hörte den Schuss, tief, fremdartig und hohl, überhaupt nicht wie der peitschende Knall, den ich erwartet hatte. Ein Luftzug jagte an mir vorbei – viel zu nahe –; aber irgendetwas stimmte nicht …

Ich spürte nichts. Doch der Lauf flog hoch und entlud sich himmelwärts, krachte scheußlich in der Stille der Nacht, und eine Flamme tanzte auf dem schwarzen Gewässer wie ein Feuerwerk. Dann bohrte sich das Gewehr mit einem leisen Plätschern mitten hinein, und ein massiger Umriss kippte vornüber als wolle er hinterhertauchen Er landete jedoch auf dem Lufttank des Schlauchboots und krümmte sich dort vor Schmerz. Hinter dem ungepflegten Stoppelbart hob sich Fallons Gesicht fahl von der Dunkelheit ab. Weit aufgerissene Augen lagen tief in ihren Höhlen; aber er sah an mir vorbei. Hier gab es keine Türen, und doch hatte ich das Gefühl, jemand hätte eine aufgestoßen.

Da war noch ein Boot. Das konnte man sehen, auch wenn es kein erfreulicher Anblick war – nicht, weil es einen Suchscheinwerfer oder die Abzeichen einer Zollkontrolle hatte, nein, nicht wegen derart netter, normaler Geschichten. Es zeigte sich in seinem eigenen Licht, fahl, nur ein schwacher phosphoreszierender Schimmer. Es war eine Art Segelschiff, nicht sehr groß, und es jagte mit weit geblähten Segeln direkt auf das Ufer zu. Das Problem war, dass kaum ein Lüftchen wehte, und was da wehte, wehte nicht in diese Richtung. Und an Bord war keine Menschenseele zu sehen.

Nun, an diesem Punkt hätte ein vernünftiger Mensch einfach gehen sollen, und Gott wusste, dass ich allein in der vergangenen Nacht genug einschlägige Erfahrungen gesammelt hatte. Aber in dem Augenblick, in dem ich versuchte, mich zu bewegen, erklang ein Lärm wie von einem brünstigen Walross, und der Schlamm schlürfte zufrieden um meine hübschen neuen Turnschuhe herum, bis ich fast bäuchlings im Dreck gelandet wäre. Ich bewahrte das Gleichgewicht und wünschte mir gleich darauf, ich hätte es gelassen. Im Schlamm war es vermutlich sicherer. Kaum sichtbar sprangen Gestalten an Land; Rufe wurden laut. Jeden Augenblick musste ein Hubschrauber mit einem Suchscheinwerfer auftauchen und ein Megaphon durch die Nacht plärren:

›Polizei! Ergeben Sie sich!‹ Sie liefen geradewegs auf mich zu.

Aber der Klang ihrer Rufe ... Das waren nicht die netten, anständigen Rufe der Beamten der Küstenwache, nicht einmal die der Drogenfahnder, eher schon die der Fans von Manchester United –, und plötzlich war ich von Kopf bis Fuß mit Schlamm bespritzt, und in wilder Jagd ging es an mir vorbei. Es waren kaum erkennbare Schatten, düster wie Gespenster, aber verdammt real, in seltsamer, lumpiger Aufmachung und mit flatterndem Haar, die schwer definierbare Gegenstände schwangen, welche bedrohlich in der Finsternis schimmerten.

Ganz klar United-Fans.

Fallons Unterkiefer hing immer noch herab, und wer wollte ihm das auch übel nehmen? Aber seine Hand schlüpfte bereits unter seiner Jacke hervor, und sie war bestimmt nicht leer. Irgendetwas ging in dem Schlauchboot vor sich. Ich stand unmittelbar in der Schusslinie – wie immer. Meine Knie gaben nach, und ich schrumpfte zusammen und wünschte mir, ich könnte einen Sandwurm imitieren – oder einen Phönix.

Die Maschinenpistole pendelte sich direkt auf die vorderste der Gestalten ein. Doch in dem Sekundenbruchteil zwischen Zielerfassung und Schuss hatte eben dieses Ziel die Distanz zu Fallon bereits überwunden.

Irgendetwas blitzte auf, dann ein wilder Schrei, ein Wort, das ich nicht verstehen konnte, und etwas flog durch die Luft. Die Waffe zuckte, flackerte bei jedem Schuss rot und gelb wie züngelnde Schlangen; aber sie zielte abwärts, und die Kugeln peitschten den schlammigen Boden auf. Fallon war nicht in der Lage zu zielen. Tatsache war, dass er stattdessen buchstäblich seinen Kopf verloren hatte. Der Rest von ihm tat noch einen gezierten Tanzschritt und fiel zu einem schlaffen

Haufen zusammen. Die Gestalten drängten an ihm vorbei auf das Boot zu.

Es war Übelkeit erregend, und wieder hörte ich den Schrei, dann ein Schuss – nicht der Knall einer Pistole oder das scharfe Krachen eines Gewehrs, sondern ein dumpfer, schwerer Ton. Jemand schrie und wurde von einem wirklich scheußlichen Rumms abrupt zum Schweigen gebracht, doch ich bemerkte es kaum. Diesmal hatte ich das Wort verstanden, das sie brüllten, und ich konnte es immer noch hören. Es war vollkommen ohne Zusammenhang und klang unglaublich wild und blutrünstig. Sie alle brüllten dasselbe Wort.

»*Maaaxieee!*«, dröhnte eine derbe, männliche Stimme, ein Klang, wie Metall auf Metall, gepaart mit einem schauerlichen Klirren.

»*Que Viva Maxieee!*« Das war eine Frauenstimme. Etwas Schweres platschte über Bord, dann zufriedenes Gelächter.

»*Maxie! Ein Hoch auf Maxie! Hoch!*« Mit einem leisen Quietschen zischte Luft aus etwas heraus.

»*Que Muera!*«

»*A Morte! A Vittoria! Viva Maxissime!*«

Und das war alles, was ich von der Geschichte mitbekam. Diese Gestalten prügelten den Dope-Boys die Scheiße aus dem Leib und brüllten dabei meinen Namen.

Ich stand die ganze Zeit über einfach nur da und erfreute mich an der Abendluft – natürlich. Die ganze Zeit dauerte, wie ich später erkannte, etwa zehn Sekunden, höchstens fünfzehn. Insofern kam ich angesichts des Schocks doch ganz gut zurecht. Ich vergeudete keine Zeit mit Herzattacken, einem Kontrollverlust über meine Ausscheidungsorgane oder so was. Nein, ich befreite einen Fuß aus dem Schlamm und setzte buchstäblich zum ersten Schritt meiner Flucht an, als mir bewusst wurde, dass es um mich herum plötzlich sehr still geworden war.

Da war nur noch ein Zischen, als würde irgendwo Luft abgelassen, und etwa aus der gleichen Richtung ertönte ein blubberndes Stöhnen, das sich im Nichts verlor. Und ein aufgeregtes Glucksen, weiter entfernt an Land, und im Schimmer einer schlammigen Pfütze sah ich drei Gestalten fröhlich hindurchplatschen. Sie waren ziemlich schnell für ihre massige Statur. Dies war definitiv nicht Ahwaz Tag.

Oder vielleicht doch; er hatte jedenfalls gut angefangen. Wie gesagt, bestimmt nicht dumm, der Bursche.

Das war der Augenblick, in dem mir klar wurde, dass ich noch immer den Umschlag in der Hand hielt.

Und dann huschte die Schattenmannschaft zurück vom Schlauchboot und wieder quer durch den Schlamm – direkt auf mich zu. Sie waren um mich herum, ehe mein Fuß wieder den Boden berührte oder wie man diesen Untergrund sonst nennen sollte.

»Hey, Maxie!«, sagte eine barsche Stimme, und eine Hand klopfte mir wohlwollend auf den Rücken.

»Maxie, *Bambino!*« Das war eine Frauenstimme, und, hey, ein langer Arm auf meinen Schultern, als ich keuchend nach Luft schnappte.

»Maxie! Was haben sie dir angetan? Alles okay mit dir, Kumpel?«

»Mack-a-sie! Hey, ist er in Ordnung, ja? Er ist ein tapferes Kerlchen, nicht wahr?«

Sie waren überall um mich herum, boxten mich in die Rippen, klopften mir auf den Rücken, zerzausten mein Haar und – ich hoffte, das war eine der Frauen – kniffen mir in den Hintern, und sie bemächtigten sich ebenso sinnlos wie unentwegt meines Namens. Als mir das letzte Mal so viel Aufmerksamkeit zuteil geworden war, war ich von einer Rasta-Gang verprügelt worden, und ich fürchte, da war es mir auch nicht schlimmer ergangen.

Mühsam schnappte ich nach Luft, atmete und bedauerte es sofort. Das war wie in der Peep-Show um zehn Uhr abends in einer heißen Nacht. Vermutlich würde es sogar den Morast erschlagen. Was auch immer diese Bande zu ihren Vergnügungen zählte, Baden gehörte nicht dazu. Aber kaum hatte ich den Gestank bemerkt, da war er auch schon wieder verflogen, und das war wirklich ein Grund, mich umzusehen.

Ich war umzingelt. Etwa acht von ihnen, mindestens zwei Frauen, das war alles, was ich erkennen konnte – abgesehen von den Waffen und dem Blut. Dann kam der Mond hinter den Wolken hervor, aber vielleicht stellten sich auch nur meine Augen endlich scharf. Ich habe bestimmt schon angenehmere Dinge gesehen, doch dieser Anblick war sogar unter den gegebenen Umständen noch entmutigend.

Die Fremden waren wirklich herausgeputzt. Sie japsten nach Luft – welch Überraschung – ihr Atem rasselte. Und sie trugen mehr Waffen als Kleider. Der Bursche unmittelbar vor mir, ein verschlagen aussehender Orientale mit drahtigem Haar, das sich fächerartig um den spitz zur Nase zulaufenden Pony gruppierte, grinste mich an, doch der Dolch zwischen seinen Zähnen, dessen Klinge seinen herabhängenden Schnurrbart bedrohte, zerstörte den Effekt. Da waren ein paar Fetzen eines schwarzen Hemdes und einer Hose, Reisbauernstil, aber der Rest von ihm bestand nur aus Gürteln, Bandeliers und einem interessanten Muster dunkler Flecken.

Die Frau neben ihm trug definitiv kein Hemd, und statt einer Schärpe hatte sie eine Peitschenschnur um die Hüfte gewickelt, in der gleich drei oder vier Pistolen steckten – große, schwere Steinschlosspistolen. Um ihre Taille trug sie irgendeinen Stofffetzen, aber das, was mir wirklich auffiel, waren die beiden Macheten, die von ihrer Leibesmitte baumelten. In jeder Hand ein Heft sah sie doch ziemlich scharf aus.

Okay, sie trug Schmuck, Ohrringe, aber sogar die besaßen die Form von Dolchen und schlugen nüchtern klappernd gegen ihren stählernen Halsreif. Ihr Gesicht war in Ordnung – wenn man an hohen Wangenknochen und strengen Zügen unter Strähnen glatten schwarzen Haares Gefallen findet, ganz zu schweigen von den Blutflecken. Und sie grinste ebenfalls.

Der schwarze Kerl neben ihr – er trug eine Rüstung, gewölbter Brustpanzer, bootsförmiger Helm, und lange, sackartige Hosen, die, dort wo sie nicht von hässlichen Flecken bedeckt waren, weiß schimmerten. Auch er grinste. Die ganze Nacht war voll von entblößten Zähnen.

»Hey, Maxie!«, sagte der Kerl in der weißen Hose mit einer absurd hohen Stimme. »Du hast es wirklich gut getroffen.«

»*Häh?*«

»*E vero!*«, rief die andere, rundlichere Frau, die mich herzlich an der Schulter schüttelte. »Schau her, *Señor*, was wir für dich haben!« Hastig wichen die seltsamen Fremden zurück, als wollten sie einem Kleinkind einen Christbaum zeigen.

»*Urp*«, sagte ich. Der Mond verhielt sich immer noch ziemlich zurückhaltend; trotzdem konnte ich jedes noch so kleine Detail erkennen. Das Schlauchboot lag halb luftleer im Schatten, und aus einem halben Dutzend Schnitten blubberte Luft. Ein erschlaffter Arm hing auf der einen Seite heraus, darüber ein blasses Gesicht, dessen herabgesacktes Kinn auf dem zerschmetterten Schaft eines Gewehres ruhte. Auf der anderen Seite ragte ein Stiefel heraus, dessen Lage verriet, dass noch ein Fuß samt Bein in ihm stecken musste. Womit dieses Bein verbunden war, war nicht zu erkennen. Ein anderer Schemen lag bäuchlings im Wasser und schauckelte auf den sanften Wellen. Und am Boden, viel zu nahe für meinen Geschmack, hockte

Fallon – jedenfalls der größte Teil von ihm. Auch er grinste. Tatsächlich sah er aus, als wäre er in Hochform. Und der aufgerissene Sack mit den weißen Päckchen knisterte leise in der leichten Brise.

»Wirklich nett«, sagte ich schwach. »Genau das habe ich mir immer gewünscht.«

Ein anderer meiner neuen Freunde, ein blonder Halsabschneider mit einem Pferdeschwanz und einer gewaltigen Machete auf dem Rücken, trat vorsichtig gegen den Sack. »All die Drogen«, grunzte er mit deutschen Akzent und dem Lächeln eines Engels. »All die Moneten. Alles für dich, Maxie. Bist schon ein Glückspilz.«

»*Wow*«, entgegnete ich in der Hoffnung, dass meine Gesichtslähmung wenigstens entfernt einem begeisterten Lächeln ähnelte. »Aber seht mal, Jungs ... Ich meine, ich will eure Gefühle nicht verletzen oder so, und, Mann, ich weiß wirklich zu schätzen, was ihr für mich tut – aber ich und Stoff, ich meine, ich habe nie –, es passt einfach nicht zu mir – und so viel, wie soll ich das loswerden? Ich will nicht einmal etwas davon wissen – und außerdem«, fügte ich ermutigt durch das Fehlen der Klinge an meiner Kehle hinzu, »ich – eigentlich halte ich nicht viel von dem Zeug. Überhaupt nichts, meine ich. Ganz und gar nicht.« Meine Stimme klang überraschend fest.

Ein niederschmetternder Schlag erwischte mich zwischen den Schulterblättern. So also fühlte sich der Tod an.

»*Hey!* Er meint das ernst!«

»*Arrr!* Verdammt richtig ...«

»Das ist ein *Hidalgo*. Er hat Prinzipien! *Viva el Jefe!*«

»Gut so, Maxie!« Jemand trat gegen den Plastiksack, und ein weißer Regen verteilte sich über den Schlamm. Ich zuckte unwillkürlich zusammen.

Mehr Schläge, mehr dumpf begeistertes Gebrüll. »Klar, das Zeug ist Gift.«

»Aye! Werft es ins Wasser, meine Herzchen!« Nun ergingen sie sich in einem Geheul moralischer Entrüstung, rissen den Sack in Fetzen, traten die Päckchen herum, schlugen mit ihren Schwertern wie mit Baseballschlägern auf sie ein und jagten einige schneeweiße Kometenschweife über das Ufer. In nächster Zeit würden die Frösche in dieser Gegend eine Menge Spaß haben. Aber vielleicht quakten sie auch nur empört.

Was auch immer ich von harten Drogen hielt, der Anblick von so viel Geld, das einfach so davonflog, verursachte mir körperliche Qualen. Trotzdem würde ich nicht versuchen, meine neuen Freunde aufzuhalten, so wenig, wie ich mich einem Bulldozer in den Weg stellen würde. Stattdessen presste ich den Umschlag an meine Brust.

»Ein sauberer Bursche, unser Maxie!«, brüllte eine der Gestalten.

»Klar, kein rechtschaffener Mann kann so ein Vermögen sammeln!«, schrie ein anderer. »Komm mit uns, Maxie, Baby!«

»*Si, como no?*«, rief eine der Frauen lachend. »Komm mit uns, heute Nacht. Teil unser aufregendes Schicksal.«

Ich weiß nicht, welche Art Geräusch ich von mir gab, aber es hörte sich wie ›Was?‹ an.

»*Rrrg!*«, knurrte einer der Schwerbewaffneten. »Weg, Segeln, setz die Segel für ein Leben in Freiheit ...«

»Den Wind im Haar ...«

»Ein Mädchen an jeder Hand ...«

»Ein fantastisches Leben! Jeder Tag neu! Jeden Tag ein anderer Ort, ein anderes Abenteuer! Und ein Berg an Schätzen, die es zu plündern gilt! Und du wirst befehlen! Du, wenn du unser Freund bist.«

»Unser Bruder! Komm mit uns!«

»Unser *Señor!*« Das war die Frau, die sich gerade vollständig um meinen Arm wickelte. »Komm mit uns! Segel mit uns! Du bist von edlem Blut. Führe uns, und wir werden dir folgen!«

»Befiehl uns! Komm mit uns! Wir werden dein starker rechter Arm sein!«

Vorsichtig stellte ich meinen Fuß auf einen noch ungetesteten Flecken Morast und bemühte mich, nicht allzu tief zu atmen. Mit all dem Stoff, der hier herumflog, musste ich schon eine ziemlich kräftige Dosis abbekommen haben. Die Dinge verschwammen vor meinen Augen. Ich sollte befehlen? Ich konnte sie nicht einmal mehr zählen. Etwa sechs konnte ich erkennen, die Frauen eingeschlossen, bei denen war ich sicher; aber da mussten noch zwei mehr sein, vielleicht auch drei, denn ein paar von ihnen bewegten sich immer hinter mir, außerhalb meines Blickfeldes. Genau konnte ich es nicht sagen. Sie flirrten umher wie Hornissen. Und ihre Stimmen halfen mir auch nicht weiter. Eine Frau hatte einen spanischen Akzent, eine klang eher italienisch, und es gab noch einen Schwarm Schwarzenegger-Charaktere, der ständig in Bewegung war.

»Jetzt mal halblang!«, stieß ich hervor. »Was soll der Scheiß? Wie wollt ihr … Ich meine, wer seid ihr überhaupt? Und was wollt ihr von mir?«

»Du brauchst Freunde, Mann!«, zischte mir einer in verschwörerischem Tonfall zu. »Freunde, die dir helfen zu bekommen, was dir zusteht, die dir alles zurückholen, was die Welt dir genommen hat …«

»*Si, si!* Freunde, mächtig und unheimlich stark, eine ganze Mannschaft aus Freunden, die dir die Reise zu Macht und Reichtum erleichtern …«

Diesmal gelang es mir, den Sprecher ausfindig zu machen, eine gelockte Kreatur, die in etwas gekleidet war, das entweder einen Fetzen Stoff im Wert von höchstens zwanzig Lire darstellte oder direkt von einem Mailänder Laufsteg stammte. »Hört mal. Ihr habt nicht zufällig irgendwas mit dieser Loge zu tun,

P2, oder so? Weil, wenn es um italienische Politik geht, will ich nichts davon wissen.«

»Keine Politik außer deiner eigenen, Maxie!«, erwiderte der Orientale, während er seinen Schnurrbart glatt strich. »Von jetzt an gilt, was für Maxie gut ist, ist auch gut für den Rest der Welt. Oder wir werden uns darum kümmern.«

Die Stimmen waren unvorstellbar verlockend, ganz besonders die der Frauen, die lachend an meinen Armen hingen. Wäre ich ein oder zwei Jahre jünger, und leichter zu beeinflussen gewesen, wer weiß? Es war verrückt; es war beängstigend – aber das galt auch für die Vorstellung, zurückzugehen, zurück zu Ahwaz, Chaddy und den anderen. Und wenn die Masche nur etwas moderner gewesen wäre – beispielsweise hatte niemand schnelle Autos erwähnt –, dann …

Wer weiß? Ich jedenfalls nicht. Aber ich wusste, wer ich war – kaum einen Meter sechzig groß, unbekleidet vielleicht sechzig Kilo schwer, etwa so muskulös wie Tante Marys Kanarienvogel und mit dem passenden Schnabel ausgestattet. Und *ich* sollte losziehen und dieser Bande aus Schlächtern, Freibeutern, Straßenräubern oder was auch immer Befehle erteilen?

»Komm mit uns, Skipper! Komm mit, an Bord. Ab zu unserem Schiff. Zu einem Leben, von dem nicht einmal ein König zu träumen wagt …«

»Reisen und Abenteuer! Fremde Orte und fremde Musik! Wollust, Wein und Schätze …«

Das war die andere Frau, spanischer Typ mit struppigem Haar.

»Weg aus diesem beschissenen kleinen Leben hier - weg von all den Verletzungen und Demütigungen …«

»Freude und Macht, und wir, das scharfe Schwert in deiner rechten Hand, *para siempre Amigos Verdaderos!* Dein Wille, unser Gesetz! Komm mit uns. Jetzt. Komm fort von hier, *venid!*«

»Mit euch kommen?«, echote ich entsetzt. Ich hatte

nicht erkennen können, wer gesprochen hatte. »Ihr müsst vollkommen irre sein. Ihr *seid* vollkommen irre. Was seid ihr überhaupt? Verdammte Robert-Newton-Klone?«

»*Harhar*, Maxie, mein Bürschlein«, brummte der Kerl, den ich mir geschnappt hatte, und ich sah, wie er die Augen verdrehte. »Wenn du es sagst, sind wir vollkommen irre, Skipper! Und jetzt komm mit. Das Boot wird gleich hier sein.«

»Ich bin nicht euer verdammter Skipper!«, protestierte ich. »Und ich werde so sicher wie die Hölle nicht mit euch in irgendein Boot steigen.«

»Aber Skipper …«

»Maxie-eee! *Mi Jefe, mi Corazon* …«

Wieder waren sie überall um mich herum, versprachen mir dies und das und noch viel anderes – eine Menge anderes. ›Vielleicht‹ würden sie als Antwort nicht gelten lassen, ganz zu schweigen von ›nein‹. Ich hatte das Gefühl, sie würden mich jeden Augenblick einfach packen und davontragen. Ich war durchnässt; ich fror; ich hatte Angst und das halbe morastige Ufer an meinen Jeans, einige sich krümmende Kleinlebewesen eingeschlossen, und das Letzte, was ich wollte, war irgendwo ins Niemandsland schanghait zu werden – an Bord des Schiffes dieser seltsamen Meute, wer auch immer sie sein mochten.

»Hört mir zu!«, brüllte ich, während ich mit den Armen ruderte und versuchte, meine Courage wiederzufinden. »Lasst mich einfach in Ruhe! Würdet ihr das tun? Haut einfach ab!«

Langsam und widerstrebend ließen sie von mir ab und zogen sich zurück. Sie blickten wie ausgesetzte Hunde drein. Der blonde Mann warf protestierend die Arme in die Luft.

»Hey, aber der Skipper …«

»*Haut ab!*« Je weniger sie reagierten, desto mutiger wurde ich – und wütend, mit jedem Augenblick wütender. Etwas wie eine Alarmsirene hallte durch mein Hinterstübchen; als ich das letzte Mal so wütend geworden war, war alles in die Luft gegangen. Aber jetzt schien nichts dergleichen zu geschehen. »Hört zu«, polterte ich los, »ihr wollt doch alles tun, was ich von euch verlange, richtig? Dann geht. Ab mit euch. Verschwindet – oder ich werde dafür sorgen, dass ihr es tut.«

Wieder bekam ich die Getretener-Hund-Mienen zu sehen, gepaart mit Lauten des Widerspruchs und tiefer Enttäuschung. »*Pah*«, machte der Kerl mit der schroffen Stimme. »Es ist wohl besser, wir lassen ihn allein, bis er wieder bei Sinnen ist. Für einen Sterblichen ist das ein großer Schritt!« Sie scharten sich zusammen und brachen in sachlich zustimmendes Geheul aus.

»Also!«, murmelte der Orientale an seinem Dolch vorbei wie ein Oberbonze mit einer Zigarre im Maul, »dann gehen wir jetzt. Aber vergiss Folgendes nicht, Lord Maxie! Du glaubst nicht an uns, weil du nicht an dich selbst glaubst. Wir erkennen einen geborenen Anführer, wenn uns einer begegnet.«

»Wir brauchen dich, und wir werden nicht zusehen, wie du dein Leben vergeudest, mein tapferer Held.«

Die Frauen, die neben mir auf die Knie gefallen waren, richteten sich geschmeidig auf. Eine von ihnen warf das lockige Haar zurück und kicherte spöttisch. »Das Angebot gilt immer noch, Maxie. *E altro infortunio*. Wir warten auf dich.«

Die andere wandte sich ab und warf mir über die Schulter einen heißblütigen Blick zu. »*Verdad!* Und wenn du in Schwierigkeiten bist, musst du nur rufen, *mi Corazon!*« Ihre Augen funkelten in der Dunkelheit, und sie schnappte mit den Zähnen wie eine Falle. »*Estaremos alla!*«

»Weg hier!«, rief eine raue Stimme. Dann trotteten sie zum Wasser und ließen mich schwankend und keuchend zurück, tiefer im Morast versunken als zuvor. Finsternis herrschte über dem Wasser, und in ihr erkannte ich die vagen Umrisse der Masten des Loggers, als die Segel sich blähten und der Bug vom Ufer abdrehte. Als die Schatten langsam über das Wasser glitten, eine bewegliche Zeichnung auf einer schwarzen Tafel, drang von Ferne eine Stimme an meine Ohren. »Auf dich wartet Ärger – so wie wir.«

Dann herrschte Stille. Nur das Plätschern der Wellen war noch zu hören. Ach ja, und mein Wimmern.

Der Schlamm hatte einen meiner Turnschuhe verschluckt, und ich genoss die Ruhe, während ich ihn im Dreck suchte. Keine Spur von ihm – und ich hätte beinahe den Umschlag verloren. Ich sah hinein ... und dann fing ich erneut an zu schwitzen, obwohl ich erbärmlich fror. Fünfzigtausend in Hundertern. Ahwaz Fünfzigtausend. Er hatte gesehen, dass sein großer Deal geplatzt war. Er war gerannt wie noch nie in seinem Leben, und er hatte sein Geld verloren – und ich hatte es.

Bei dem Gedanken klapperte ich vor Entsetzen mit den Zähnen. Das mit dem Telefon hatte er geschluckt, aber das hier – nicht in tausend Jahren. Und ich kam mir vor wie eine Eintagsfliege.

Ich presste das Geld an meine Brust, aber eine Zeitung hätte mich besser vor der Kälte geschützt. Ich musste weg von hier. Womöglich kam Ahwaz zurück. Aber ich war meilenweit von allem entfernt, hatte nur einen Turnschuh und trotz all der großen Scheine, mit denen ich jetzt fröhlich wedeln konnte, hatte ich nicht genug kleine, um mir eine Rückfahrt zu leisten. Versuchen Sie mal, einem Taxifahrer einen Hunderter anzudrehen. Wahrscheinlich fährt er Sie direkt zur nächsten Polizeistation. Es sei denn, Sie geraten an einen von diesen Minicab-Burschen aus East London;

der wird sie vermutlich ausplündern in der vagen Hoffnung, mehr zu finden.

Ich schluckte. Hier gab es genug Geld und vermutlich auch Schuhe. Ein bisschen Wasser konnte meinen Jeans nur nutzen; also watete ich zu dem Schlauchboot und kletterte über die glitschigen Lufttanks zu der schaurigen Fracht hinein. Einen konnte ich einfach nicht anfassen. Außerdem war wahrscheinlich alles, was er je gehabt hatte, inzwischen dahin; aber der andere hatte einen Haufen holländischer Gulden und etwa hundert englische Pfund dabei, und seine Turnschuhe taugten mehr als meine, auch wenn sie mir nicht richtig passten. Danach gelang es mir mit abgewandtem Blick und leisem Stöhnen sogar, Fallons Taschen nach mehr Geld zu durchsuchen.

Alles in allem kamen so etwa fünfhundert und noch mehr Gulden zusammen. Das war mehr Geld, als ich in den letzten Jahren zu Gesicht bekommen hatte; aber es fühlte sich unter meinen Fingern kalt und klamm wie der Tod an. Und da war noch ein Problem, aber ich konnte nicht nachdenken, und ich hatte nicht die Absicht, hier noch länger herumzuhängen. Vor mir lag ein langer Spaziergang, besonders, da ich es nicht wagte, zu der Straße zurückzugehen, an der wir Ahwaz Van verlassen hatten. Vielleicht hätte ich einfach auf diesen Logger springen sollen, und alles wäre in Ordnung gewesen.

Und dann nahm ein Gedanke mit erschreckender Klarheit in meinem Kopf Gestalt an: Diese Freibeuter oder was auch immer sie waren, warum hatten sie nicht die Taschen ihrer Opfer durchsucht? Sie hatten die Drogen einfach weggeworfen. Sie waren nicht des Geldes wegen gekommen und auch nicht aus sozialer Gesinnung.

Also warum waren sie dann gekommen?

Meinetwegen?

Kapitel 4

Signale beachten

All das viele Geld, so viel Cash. Ich konnte kaum an etwas anderes denken.

Wem gehörte es jetzt? Wer könnte es suchen?

Fast blind schleppte ich mich durch den Morast, und die Rädchen in meinem Gehirn klapperten wie ein Hamster-Laufrad mit Düsenantrieb. Fallon würde wohl kaum zurückkommen, um seine Kohle einzufordern; aber ob Sie es glauben oder nicht, wenn er käme, ich würde es ihm geben, und zwar ohne Widerworte.

Ahwaz ... Na ja, ich schätze, wer bei einer riskanten Sache die Flucht ergreift, muss mit den Verlusten leben. Natürlich würde er früher oder später aufhören zu rennen und sich nach jemandem umsehen, dem er die Schuld an der Geschichte in die Schuhe schieben konnte, und vermutlich würde er bei mir anfangen; aber erst einmal musste er mich finden.

Fünfzigtausend können einen ein gutes Stück weiterbringen. Außerdem schuldete Ahwaz mir so oder so was. All die Jobs, die ich für ihn erledigt hatte, all diese herrlichen Autos, die ich für ihn gestohlen hatte – und die Peanuts, die er dafür hingelegt hatte. Er war ein verdammter Dieb, das war alles – ein gemeiner Dieb.

Und damit war ich wieder bei diesen Halsabschneidern oder was auch immer. Sie hätten mir das Geld einfach aus der Hand nehmen können – oder mitsamt der Hand, wenn ihnen das lieber gewesen wäre. Sie kamen ziemlich direkt zur Sache und das verflucht energisch. Aber ich konnte sie mir nicht ins Gedächtnis rufen. Jedes Mal, wenn ich an sie dachte, bekam ich Kopfschmerzen, und die Erinnerungen verschwammen einfach. Das musste an dem Stoff liegen, der in der Luft gewesen war. Sie konnten nicht wirklich so gewesen sein, wie ich sie erlebt hatte: wie die Geister alter Schmuggler oder Piraten, die sich früher an diesem Ufer herumgetrieben hatten und vermutlich oft genug in ihm versunken waren, erledigt von der Staatsgewalt oder ihren Rivalen. An einem einsamen Galgen im Marschland aufgehängt und zur Warnung für andere verrotten gelassen …

Es war ziemlich warm. Ich zitterte trotzdem, als ich mich umsah, wenig erpicht darauf, eine baumelnde Silhouette vor einem unheilvoll schimmernden Himmel zu entdecken. Ich sah natürlich nichts dergleichen; doch ich sah auch nicht das stinkende Sumpfloch genau vor meiner Nase, in dem ich gleich darauf mit einem Bein bis zum Knie versank, stürzte und mitten in irgendeinem Dornengestrüpp landete, was eine gesunde Skepsis in mir wachrief.

Ich war paranoid, das war alles. Zehn zu eins, dass diese Piraten lediglich eine zerlumpte Bande wilder Arschlöcher waren, Schwindler oder so was, die gekommen waren, um einen großen Deal zum Platzen zu bringen – des Geldes wegen, nicht wegen dem Stoff, der war schwer loszuwerden. Das würde auch erklären, warum sie das Zeug einfach in der Gegend herumgetreten und so dafür gesorgt hatten, dass sie und ich am Ende vollkommen high waren. Ich hatte einige wirre Bilder gesehen; sie hatten das Geld vergessen. Ich aber nicht; aber auch dann war ich kaum mehr bei Sinnen als sie. Dumm gelaufen. Pech für sie. Die Beute dem Sieger – besonders, da der Sieger keine Adresse hinterlassen hatte.

Das Dumme war nur, dass der Sieger keine Ahnung hatte, was er nun tun sollte. So konnte ich nirgendwo hingehen, nicht, bevor ich trocken, aufgewärmt und ein wenig ausgeruht war. Ich würde Aufmerksamkeit erregen, Misstrauen; man würde sich an mich erinnern. Ich würde eine Spur hinterlassen. Sollte ich es wagen, nach Hause zu gehen? Es war riskant, aber andererseits … Was war es nicht? So, wie ich aussah. Die Ratte rennt in ihr Loch zurück, aber das war mir zu diesem Zeitpunkt nicht bewusst.

Der Umschlag war inzwischen ziemlich zerknautscht; also stopfte ich ihn unter mein Shirt, gab mir sozusagen selbst die Brust. Auf dem ganzen langen Heimweg knisterte er direkt über meinem Herzen. Und es war ein verdammt langer Weg. Als ich endlich den Morast hinter mir gelassen hatte, in dem ich immer wieder ausgerutscht und in Pfützen von Gott weiß was gefallen war, war es beinahe zwei Uhr früh. Keine Busse, wenig Verkehr, keine Taxis, keine freundlichen Autofahrer, die bereit waren, mich mitzunehmen – jedenfalls nicht mehr, wenn sie angehalten und den ganzen Dreck an meinen Kleidern gesehen hatten. Der Gollum-Look war dieses Jahr nicht in Mode.

Und deshalb gab es auch nicht viele verschlagene, kleine, dreckige Gestalten, die mit einem kleinen Vermögen unter dem Hemd, Spuren von Heroin am ganzen Körper und vier toten Drogenkurieren hinter sich durch die Gegend liefen. Irgendwie kam ich mir ein kleines bisschen misstrauenerweckend vor. Also musste ich ziemlich vorsichtig sein, wenn ich einen Wagen anhalten wollte. Ich meine, stellen Sie sich nur vor, ich hätte meinen Daumen vor einem Polizeiwagen in den Wind gehalten …

Darüber mochte ich noch nicht einmal nachdenken. Und dann musste ich mich noch zwingen, die Finger von dem netten kleinen MG zu lassen, den ich in einer Nebenstraße entdeckt hatte, verlassen und verräterisch nahe an einem gemütlichen Heuschober. Ich wollte nicht riskieren, mit dem vielen Geld erwischt zu werden, ganz zu schweigen von dem Mist, der an meinen Kleidern klebte; aber bei meinem Glück würde mir genau das passieren.

Zugegeben, ich war längst im Auto und suchte nach den Zündkabeln, ehe ich noch einmal eingehender darüber nachgedacht hatte; aber das ist nun mal die Macht der Gewohnheit. Und immerhin war ich dann stark und ließ den Wagen stehen. Sollte sich doch das Liebespaar im Heu später seine Gedanken darüber machen, warum jemand den Fahrersitz mit Schlamm und Froschlaich eingedeckt hatte, während sie ihrer Leidenschaft gefrönt hatten. Und wieder ein Fall für die X-Akten.

Platschend watete ich zu einer automatischen Autowaschanlage, die auch nachts geöffnet hatte, steckte eine Münze in den Automaten und hüpfte durch das Waschwasser. Am anderen Ende kam ich patschnass und mit Schaum an den Ohren wieder heraus, aber wenigstens stank ich nur noch nach billigem Autoshampoo. Jetzt war ich im wahrsten Sinne des Wortes Waxie-Maxie.

Im Gegensatz zu Gestank wirkt Nässe mitleiderregend. Also ließ eine freundliche Seele mich auf der Ladefläche eines Autotransporters mitfahren und setzte mich keine fünfhundert Meter von meiner Wohnung wieder ab. In dieser Gegend bedeuteten fünfhundert Meter fünf potenzielle Straßenräuber; aber inzwischen war es beinahe vier Uhr morgens und damit vermutlich außerhalb ihrer Arbeitszeiten. Entweder das, oder ich sah durch das Autowachs einfach zu schlüpfrig aus.

Die Nachbarschaft, die ich gegenwärtig mit meiner Anwesenheit beglückte, lag nicht im eigentlichen Sinne auf der falschen Seite der Gleise; im Grunde lag sie unmittelbar *auf* den Gleisen. Inmitten eines Güterverkehrs-knotenpunkts war das Haus in mehrere Lagen Origi-nal-Ruß aus der Zeit der industriellen Revolution einbalsamiert. Würde man heutzutage die

Steine aus den Mauern reißen, das Dach würde von allein stehen bleiben, und ich hatte Grund zu der Befürchtung, dass mein Vermieter das längst getan hatte. So sah meine Straße aus. Die hiesigen Kulturwächter jammerten ständig, wir würden eine negative Wirkung auf die Immobilienpreise ausüben.

Wie auch immer … Ich hatte meine Haustür mit einem Minimum an Umwegen und Tauchstationen erreicht. Die Tür selbst bot keinen allzu erfreulichen Anblick. Sie war ein massives viktorianisches Monstrum, etwa im gleichen Zustand wie das Britische Weltreich und wurde von Stahlbeschlägen und Graffitis zusammengehalten. Sollte auf derartigen Türen je ein Name geprangt haben, so können Sie sicher sein, dass er *Schuldnerverlies* oder *Knast gelautet hatte.*

Vielleicht auch: *kein fester Wohnsitz.*

Ich trat über den üblichen, nach Salmiak stinkenden, schnarchenden Leib zwischen den Mülltonnen hinweg und stahl mich zu dem großzügigen Penthouse hinauf, das ich gemietet hatte, oder genauer gesagt, für das ich die Miete schuldig geblieben war. Ich schob die Tür hinter mir zu, legte den Riegel vor und drehte den Schlüssel im Schloss herum. Dann lehnte ich mich mit dem Rücken an die Tür, glitt langsam zu Boden und ächzte. Der Boden ächzte ebenfalls. Schließlich tastete ich wie wild nach dem Umschlag, der geschützt unter meiner Lederjacke lag, und zupfte an den Rändern der Banknoten in seinem Inneren.

Fünfzigtausend Pfund, alles neue Scheine, aber keiner davon gefälscht oder registriert, soweit ich das beurteilen konnte. Der Morast war zu ihnen vorgedrungen, jedenfalls hier und da, und das Wasser aus der Autowaschanlage – gewaschenes Geld, ha ha –; aber es war nicht zerknittert, und vor allem war es immer noch da. Kläglich kichernd starrte ich es an. Das war Glück. Das war der Durchbruch, der Augenblick, auf den ich sehnsüchtig gewartet hatte. Ich fing an zu gackern wie Ebenezar Scrooge. Das war meine Rückfahrkarte. Das war … Das Licht ging aus.

Rasch warf ich eine Münze nach, riss mir Hose und Turnschuhe vom Leib und warf beides in das beschädigte kleine Handwaschbecken. Meine Kleider waren immer noch voller Dreck, ganz zu schweigen von dem Autoshampoo, wodurch sich das Wasser im Becken schnell in einen scheußlichen, schäumenden rosafarbenen Morast verwandelte. Doch schließlich konnte ich die Klamotten ein ganzes Stück sauberer wieder herausziehen. Ich hängte sie auf die Leine am Fenster und verkroch mich ins Bett, um mich aufzuwärmen. Ich konnte nicht schlafen. Die Matratze fühlte sich kalt und klamm an, genau wie ich; doch das war ich gewohnt. Die Decke war schon angenehmer. Also rollte ich mich so gut wie möglich ein, versuchte, mich an dem zarten Kitzeln der Federn zu erfreuen und grub meinen Kopf in das Kissen, um mein vor Angst schlotterndes Gehirn zu kühlen. Hatte das verdammte Ding immer schon nach abgestandener Kotze gestunken? Wie lange war es überhaupt her, seit ich die Bettwäsche gewechselt hatte?

Fünfzigtausend! Mein alter Herr hätte darüber nur herzhaft gelacht. Wie viel hatte er durchgebracht? Vielleicht acht mal so viel im Jahr, vielleicht mehr. Lachend, in Gesellschaft seiner hochwohlgeborenen Busenfreunde – so erinnerte ich mich an ihn. Er lachte mit ihnen und musterte mich tadelnd. Tadelnd, ganz egal, was ich tat, aber besonders, als die Sache mit den Autos begann. Damals hatte ich zitternd in dem Raum gestanden, den er sein Studierzimmer nannte. Meine Ohren hatten von den Schlägen geklingelt, die er ihnen mit der geballten Faust versetzt hatte, und er war wütend vor mir auf- und abgegangen. *Autodiebstahl! Mein Sohn stiehlt! Was hätte deine arme Mutter wohl gesagt, wenn sie gewusst hätte, dass du dich eines*

Tages als gewöhnlicher Dieb entpuppen würdest? Ein Streich? Hast du eine Vorstellung davon, wie viel es mich gekostet hat, diesen verdammten kleinen Streich zu vertuschen? Immer die gleiche Leier: die Phrasen, die Vorwürfe, das grobe *Raus hier!* mit dem es jedes Mal geendet hatte. Bis zum nächsten Mal.

Lachend, im Kreise seiner Freunde – diesen stets vergnügten onkelhaften Typen, die mich in die Rippen geknufft, mir Zigarren spendiert und mich klammheimlich in die Clubs mitgenommen hatten. *Wir werden uns schon um dich kümmern, Max. College? Na ja, wenn es sein muss, aber vergiss nicht, dein Schreibtisch wartet auf dich! Ich und dein alter Herr, wir waren genauso, weißt du? Genauso!*

Und dann begann die graue Zeit für mich. Dieser Bentley-Oldtimer mit der gewaltigen, außen angebrachten Handbremse, die ich kaum bedienen konnte, und mein zweites Jahr am College, als ich nach Hause geschickt wurde und feststellen musste, dass der alte Herr nicht da war, und all die lustigen Onkels waren auch nicht greifbar, nicht einmal telefonisch zu erreichen. Dann die ruhigen, graugekleideten Herren am Morgen, die durch das heilige Studierzimmer trampelten und die Papiere des alten Herrn aufstapelten. Die Festnahme, die Schlagzeilen, die Untersuchungshaft, eine Kaution, die er kaum aufbringen konnte, dann der schwere Infarkt und die Privatklinik. In einem öffentlichen Krankenhaus wäre die Wiederbelebungsmaschinerie vermutlich noch rechtzeitig angelaufen; aber mein alter Herr hatte stets Wert auf seine Privatsphäre gelegt und alle Krankenschwestern in die Flucht geschlagen. Vielleicht sogar mit Absicht. Er hatte sein Leben lang betrogen, hatte seine Klienten bestohlen, seine Aktionäre und schließlich sogar die anderen Mitglieder des Verwaltungsrats. Dann konnte er wohl auch das Gesetz betrügen. Ich schätze, der Gedanke hätte ihm gefallen. Immerhin war er nie ein gewöhnlicher Dieb gewesen. Bei ihm war es etwas anderes, einfach, weil er er war.

Nicht, dass er mich mittellos zurückgelassen hätte, weit gefehlt. Er hatte keine Vorkehrungen getroffen, ja; ich persönlich nehme an, er hat sich für unsterblich gehalten, und sogar sein Testament war nur ein ordentlicher Sichtschutz für das Finanzamt. Aber er hatte mich tief in seine überaus kreativen Geschäfte hineingezogen. Ich erfuhr, dass ich in all der Zeit Dinge besessen und verkauft hatte, von denen ich nie gehört hatte: Geschäftsanteile, Aktien, Aktiva aller Art, größtenteils von anderen Leuten. Und die ganze Zeit über war ich sogar Eigentümer eines Hauses gewesen, des Hauses, aus dem er mich immer wieder hatte hinauswerfen wollen. Das Haus und vieles andere gingen für Schadenersatz und Steuernachzahlungen drauf, und für die Rechnungen seiner ach so hilfreichen Rechtsanwälte, seiner ergebenen Doktoren und für beinahe eine halbe Million Handlungsbevollmächtigter, Organisatoren und anderer Kletten. Aber die Anwälte mussten mir etwas übrig lassen, schon, damit die Geschichte nicht gar so übel aussah, und dann war da noch eine Erbschaft, die zu lange zurückdatierte, als dass das Finanzamt noch hätte Ansprüche geltend machen können. Folglich verfügte ich über ein recht anständiges Vermögen, als die Wogen sich endlich geglättet hatten.

Was denken Sie, habe ich damit angestellt? Ich weiß es nicht. Ich kann mich kaum erinnern. Aber eines Tages wollte die Bank nichts mehr von mir wissen, und von da an führte die Rolltreppe nur noch abwärts. Als ich endlich aus dem Knast kam, gaben sie sogar den Versuch auf, das Geld von mir einzuklagen.

Und hier war ich nun. Aber dieses eine Mal, nur dieses eine Mal, musste ich nicht bleiben.

Das Problem war, dass ich nicht wusste, wohin. Je weiter, desto besser, könnte man sagen – und je schneller. Aber wenn ich das tat, würde ich möglicherweise Misstrauen erregen und den Verdacht wecken, ich hätte etwas mit dem Massenmord am Themseufer zu tun – ich konnte die Schlagzeilen schon vor mir sehen –, oder sogar, ich wäre dafür verantwortlich. Wenn sie sich an Ahwaz wandten, würde er versuchen, alles auf mich abzuwälzen. Außerdem gab es auf der ganzen Welt kein Loch mehr, in dem ich mich hätte verstecken können. Nicht einmal Bösewichte mit weit mehr Geld konnten sich heute noch auf Dauer verkriechen. Inzwischen holten sie einen sogar aus Brasilien zurück. Sollte ich also einfach hier sitzen bleiben, zur Arbeit gehen wie an jedem anderen Tag auch und den Mister Unwissend spielen? Gut, wenn nur die Cops hinter mir her waren; weniger gut, wenn es Ahwaz war. Nicht mit Chaddy und seinem hilfreichen Charakter, besonders nicht, wenn er auf die Idee gekommen war, dass ich etwas mit seinem Dünnpfiff zu tun hatte.

Lustig, das, und so effektiv. So eine kleine Ursache und so eine große Wirkung. So wie meine Wut am Telefon – oder meine Angst im Morast. Irgendwie glitt mir alles aus der Hand, wurde alles eine Nummer zu groß für mich.

Ich wälzte mich hin und her und fühlte mich zunehmend nervös und angespannt. Es war, als würde ich auf etwas warten – einen Anruf oder ein Pochen an der Tür, das falsche Pochen natürlich. Ich zog die eisigen Knie an und schlang die Arme um sie herum. Wen wollte ich eigentlich verarschen? Hier war noch nie jemand aufgetaucht, den ich tatsächlich hätte sehen wollen. Jedes Pochen musste das falsche Pochen sein.

Schließlich sprang ich aus dem knarrenden Bett, griff nach dem Plastikbeutel, mit meinem neu gekauften T-Shirt, wickelte mit größter Sorgfalt den Umschlag hinein und verschloss den Beutel mit einigen Aufklebern, die in meiner Wohnung herumlagen.

Dann vergewisserte ich mich, dass die Tür verschlossen war, obwohl ich das ganz genau wusste, ehe ich so leise wie möglich das Fenster öffnete und mich an meiner feuchten Jeans vorbei zu einer bestimmten Stelle im Mauerwerk des alten Schornsteins schob.

Dieses so genannte Medium, für das ich gearbeitet hatte, hatte als ganz gewöhnlicher Zauberer angefangen, und ich war einer seiner Handlanger gewesen – der vollkommen unvorbereitete Bursche aus dem Publikum, der auf die Bühne gerufen wurde, um in Stücke gesägt zu werden oder in einer Kiste zu verschwinden, all so ein Zeug. Dafür musste man schon ein ziemlicher Schlangenmensch sein.

Niemand, der größer oder weniger geschmeidig war als ich, konnte sich so weit herumschlängeln, dass er die Mauersteine sah, ganz zu schweigen davon, sie zu berühren. Mir fiel das nicht sonderlich schwer. Ich zog einen Stein aus dem Mauerwerk, den ich schon vor einiger Zeit sorgsam gelöst hatte, um einige Wertgegenstände wie die Uhr meines alten Herrn hinter ihm zu verstecken, bis ich zu dem Schluss kam, dass sie im Pfandhaus viel besser aufgehoben wäre. Hinein glitt der Umschlag, und der Stein kehrte ordentlich an seinen Platz zurück, getarnt durch eine dicke Schmiere aus Ruß und Spucke. Dann kroch ich zitternd wieder unter die Decke, legte mich aber nicht hin, sondern zog mir die Decke lediglich bis unters Kinn. Dieses unheilschwangere Gefühl wurde immer stärker und baute sich zu einer Art qualvollem und schweißtreibenden Berg auf.

Dann öffnete sich unvermittelt die Tür. Kein Bersten, kein Lärm, sie stand nur plötzlich weit offen, als gäbe es kein Schloss oder irgendetwas in der Art. Ohne irgendwo anzustoßen schwang sie auf und blieb in einem Winkel von neunzig Grad hängen. Das Licht der nackten Glühbirne im Hausflur flutete herein. Und dann spähte ein Gesicht um den Türrahmen herum.

Es war kein bekanntes Gesicht, und doch war es irgendwie vertraut. Männlich, runzlig, aber nicht alt, und irgendwie beeindruckend – sogar auf herbe Art attraktiv, trotz der einen oder anderen Warze und dem schmutzig braunen Kopf- und Barthaar. Ich kreischte, und der Mann konterte mit einem aufmunternden Aufblitzen seiner Zähne.

»Nun, wie geht es uns denn so, werter Herr?« Er sprach einem leichten, runden Akzent, den ich nicht einordnen konnte. Unter anderen Umständen hätte das durchaus einen gewissen Reiz gehabt, ebenso wie die funkelnden Augen. »Nun sagt mir, Sir, ist Euch in jüngster Zeit etwas Seltsames widerfahren?«

Ich würgte. »Sie meinen – abgesehen von jetzt?« Einen Augenblick lang starrte ich das unfassbare Gesicht an, ehe ich mir die Decke über den Kopf zog. Stress. Das war nur ein Albtraum, sonst nichts, die Art Traum, die einen kurz vor dem Aufwachen befällt. Wenn ich die Decke wieder wegziehen würde, war der Mann bestimmt nicht mehr da.

Erstaunlicherweise war genau das der Fall. Die Tür war zu, verschlossen und alles, als wäre sie nie geöffnet worden, und das Licht im Treppenhaus brannte offensichtlich auch nicht. Kein Anzeichen ließ noch auf irgendeinen Besucher schließen. Ich schluckte mühsam; mein Gaumen fühlte sich an wie ein mumifizierter Hundearsch. Unsicher senkte ich meine zitternden Füße auf den Boden und stolperte zu dem dreckigen Waschbecken hinüber. Die rostrote Brühe aus dem Hahn wirkte wie ein besänftigender Nektar auf mich. Gerade kippte ich die zweite Portion hinunter, als das Bild im Spiegel meine Aufmerksamkeit mit einem freundlichen Grinsen auf sich zog und zu sprechen begann. Ach ja, irgendwie war ihm plötzlich eine Menge schmutzig braunen Haares gewachsen.

»Seltsame Vorgänge, meine ich, guter Herr! Etwa Visionen, die Euch ganz plötzlich überraschen, Gefühle der Erregung, den Eindruck erstaunlicher Kräfte oder Macht, je nachdem.«

Das Glas explodierte wie eine Bombe, und Splitter regneten in das dreckige Becken. Quiekend wirbelte ich herum, und dort am Fenster – im dritten Obergeschoss – war noch ein Gesicht. Aber dieses war anders. Dieses erkannte ich wieder.

Zumindest war es freundlich. Es bedachte mich mit einem feierlichen, irgendwie schüchternen Lächeln, hob eine recht seltsame Kopfbedeckung und sprach tonlos zu mir. So wie es aussah, stellte es mir eine ziemlich ernsthafte Frage, und ich konnte an den Lippen das Wort ›Ereignis‹ ablesen, und vielleicht noch ›neugierig‹. Das war der alte Knabe aus diesem Horrorhaus, und da ich schon dabei war … Der haarige Bursche war der andere, der, auf dem ich gelandet war. Na, war das nicht nett? Sozusagen alte Bekannte. Schreiend verschwand ich unter dem Bett.

Eine Flutwelle alter Bierdosen, Bonbonpapiere und gebrauchter Gummis – Gott, wie alt waren die bloß? Gehörten die überhaupt mir? – schoss auf der anderen Seite hervor, wodurch mein Versteck irgendwie ziemlich sinnlos war. Aber, Jesus, ich fühlte mich wirklich besser. Jedenfalls, bis ich die Augen aufschlug und das Gesicht des alten Knaben kurzsichtig unter die Decke blinzeln sah.

»Ich muss Euch aus tiefster Seele um Entschuldigung bitten, verehrter Herr, aber mir liegt sehr an einer weiteren Bekanntschaft …«

Ich quiekte, vor allem weil meine Kehle wie zugeschnürt war und mir keinen Spielraum zum Schreien ließ, drehte mich um und fand mich Nase an Nase mit dem haarigen Kerl wieder. Seine Nasenhaare kringelten sich wie Korkenzieherlocken, umrahmt von einer kleineren Sammlung auffälliger Warzen.

»Pardon, junger Sir. Es täte mir leid, sollte ich Euch Verdruss bereitet haben. Aber die Angelegenheit, zu der ich Euch all diese Fragen zu stellen habe, namentlich eine auffällige Häufung seltsamer Begebenheiten in Eurem Leben …«

Ich versuchte zu sprechen, brachte aber keinen Ton heraus.

»Etwas, das plötzlich über Eure Tagesgeschäfte hereingebrochen sein mag«, intonierte das alte Gespenst hinter mir. »Alltägliche Taten, die vielleicht plötzlich ungeheuer an Macht gewonnen haben? Möglicherweise gar unerwartete Hilfe in problematischen Situationen?«

Ich ergab mich dem unkontrollierten Zucken meiner Lippen und nickte matt. Vermutlich hätte ich alles getan, um sie nur loszuwerden.

»*Ahhh!*«, machte der alte Knabe in zufriedenem Ton. »Seht Ihr nun, Bruder Edward, wie Recht ich mit meiner Behauptung hatte?«

Ich sah mich um. Edward war noch immer da; doch seine Züge hatten sich nachdenklich, fast bis zur Unkenntlichkeit verzerrt. Er sah aus wie ein abstraktes Arrangement aus Haaren und Warzen, und glauben Sie mir, das war keine Verbesserung.

»Aye, aye«, murmelte er in einem Tonfall grimmiger Zufriedenheit. »Und der Vertreter dieser Unterstützung, mein werter Herr? Ein … stämmiger Bursche, kein Zweifel.«

Ich schüttelte den Kopf und zappelte mit den Fingern. Er schien die Geste zu verstehen.

»Dann also nicht nur einer? Mehrere?«

»J-ja«, stieß ich mühsam hervor.

»Ah.« Verstehend nickten die beiden einander zu. »Nun, mein werter Herr«, ergriff der Alte wieder das Wort, »ich muss Euch um die gleiche Ausdauer bitten, zu der Elihu einst Hiob riet, wenngleich ich zuversichtlich bin, dass Eure Heimsuchungen weit weniger bedrängend sein werden. Fürchtet Euch nicht! Eines Augenblicks, in nicht allzu ferner Zeit, werden wir wieder vor Eurem guten Wesen erscheinen. Dann werden wir Euch die Taten und Umstände offenbaren, die zu diesem unglückseligen Verhängnis geführt haben …«

»Oh, Sie müssen sich …«

»Und wir werden Euch einen sicheren Ausweg weisen«, fuhr er fort, wobei er unentwegt mit dem ganzen Oberkörper vor sich hin nickte. »Bis dahin, werter Herr …«

Ein kurzes Blinzeln. Er war nicht mehr da. Ebenso wenig wie Bruder Edward.

Ermattet ließ ich mein Gesicht auf den Boden sinken und riss es hastig wieder hoch, als der Staub aus dem verrotteten alten Teppich in meine Nase drang. Es heißt, neunzig Prozent des Hausstaubs seien Absonderungen des Menschen, und wenn das stimmt, dann hatte ich gerade die Hälfte von mir wieder inhaliert. Ich musste einige Male kräftig niesen, und jedes Mal schlug ich mir den Kopf an den Bettfedern an, die den Aufprall mit einem matten Summen kommentierten. Die Nutte unter mir hämmerte gegen die Decke.

»Hey, hier unten gibt's Leute, die verdammt noch mal schlafen wollen!«

»Na, das ändert alles!«, brüllte ich zurück, während ich mich schwerfällig unter dem Bett hervorschob. Warte mal – wenn sie versuchte zu schlafen, dann musste es schon früher Morgen sein, sogar schon nach sechs. Wo war bloß die Nacht geblieben? Ich musste immer noch niesen; ich fror immer noch, und wenn ich nicht von der Annahme ausging, dass ich von einem furchtbaren Albtraum heimgesucht worden war, dann hatte ich keine Sekunde geschlafen. Großartig. Kein Wunder, dass sich meine Augen wie die Pinkelgruben einer Rattenfamilie anfühlten. Ich wischte mir den Staub aus dem Gesicht, ging den Glassplittern im Waschbecken und auf dem Boden aus dem Weg und fiel mit dem Gesicht voran auf mein mit Kotze verschmiertes Kissen.

Sie wollten also zurückkommen, richtig? Sollten sie es nur versuchen.

Ich atmete einmal tief ein, und der Schlaf übermannte mich mit der Behaglichkeit weicher schwarzer Seidendecken – und ein heftiges Hämmern an der Haustür riss mich zurück in die Wirklichkeit. Ich schoss hoch, stützte mich auf einen Ellbogen und brüllte instinktiv: »Verpiss dich!«

Etwas polterte über die Stufen. Der Schrei der Nutte verstummte auf ein einziges gebelltes Wort, und schon die erste Silbe dieses Wortes löste bei mir unverzüglich eine Reaktion aus.

»*Polizei!*«

Innerhalb eines Augenblicks war ich aus dem Bett, riss meine nach wie vor nassen Jeans samt den Turnschuhen von der Leine, kämpfte mich hinein und zuckte unwillkürlich zusammen, als sich ein Strom kalten Wassers aus den vollgesogenen Säumen über meine Beine ergoss. Gerade, als ich meine Füße in die nassen Turnschuhe zwängte, erbebte die Tür unter den wuchtigen Schlägen einer schweren Faust.

»*Hey! Mach auf, da drin!*«

Meine Instinkte leisteten Schwerstarbeit. Von mir aus dürfen Sie es auch als bedingten Reflex bezeichnen, wenn Ihnen das besser gefällt. Mein rationales Ich zitterte vor Panik. So früh hatte ich mit diesem Ärger nicht gerechnet. Dann lief mir ein Schauder des Entsetzens über den Rücken, beinahe wie das Wasser aus den Jeans, nur viel kälter. Natürlich gab es eine Möglichkeit, wie sie mich rasend schnell mit den Ereignissen der letzten Nacht in Verbindung bringen konnten – Information dankend erhalten.

Chaddy, dieser Hurensohn! Er hatte gehört, was Ahwaz mit mir besprochen hatte, und er kannte Fallon genauso gut wie ich. Chaddy hatte nur eins und eins zusammenzählen müssen, als die Buschtrommeln die Neuigkeit verbreiteten. Wie es schien, hatten sie dafür nicht lange gebraucht. Und er hätte sicher seinen Spaß daran gehabt, sich von seinem Krankenbett aus etwas dazuzuverdienen – oder von seinem Thron! Viel zu gefährlich, Ahwaz zu verpfeifen, sicher, aber mich … Wen würde das schon interessieren? Und die Polizeicomputer konnten eine Person manchmal sogar noch schneller ausfindig machen als Ahwaz.

Sind Reflexe nicht erstaunlich? Als die Burschen endlich das Brecheisen angesetzt hatten und die Tür aufbrachen, war ich bereits halb zum Fenster hinaus, ohne bewusst darüber nachgedacht zu haben. Allein die Panik hatte mich angetrieben. Das müssen Sie erst mal schlagen, Dr. Pawlow!

Die Bewegungen und Rufe hinter mir waren mir vage bewusst, aber sie kümmerten mich nicht, während ich in der feuchten, grauen Morgendämmerung auf den Fenstersims krabbelte. Eine kurze Strecke über das Dach des Anbaus, dann im Neunzig-Grad-Winkel weiter über eine Fläche hinweg, die einmal der Garten hinter dem Haus gewesen war. Ich konnte über das Dach krabbeln, aber Springen wäre leichter – dachte ich. Aufgeregt überlegte ich, ob ich mir das Geld schnappen sollte, entschied mich aber dagegen und sprang. Mächtige Wurstfinger packten meinen Kragen; dann gab irgendetwas nach, und ich schlug mit einer Wucht auf, die das Haus etliche Dachschindeln und mich den größten Teil meiner Atemluft kostete. Während ich mich wie ein Affe festklammerte, erwartete ich, über mir den Cop mit einigen Fetzen meines Shirts zu sehen; doch stattdessen starrte ich Riesenross auf eine Handvoll von etwas, das wie struppiges braunes Haar aussah. Vielleicht war ich ja wirklich ein Affe.

Dann gab es etwas anderes, um das ich mich sorgen

musste. Ein anderer ziemlich großer Bursche tauchte im Fenster auf und sprang; aber die überbeanspruchten Firstziegel gaben unter seinen gewaltigen Doc Martins nach, und er ruschte wild mit den Armen rudernd ab. Seine Stiefel schossen über die berstenden Schindeln und zogen einen Funkenregen hinter sich her, und er landete breitbeinig auf dem First. Seine Augen traten hervor, und sein Mund öffnete sich so weit, dass er sich problemlos einen Nebenjob als Goldfisch hätte suchen können. Er blieb flach auf dem First liegen, erfreulicherweise so, dass er seinen Kollegen den Weg versperrte. Ich vergeudete keine Zeit. Bald hatte ich das Ende des Daches erreicht und glitt zwischen Laub und toten Tauben hinunter zur Dachrinne. Dann streckte ich die Hand nach dem Fallrohr aus, wobei ich ein verfaultes altes Nest zu Fall brachte, und versuchte, an dem Rohr hinabzuklettern.

Das war gar nicht so einfach. Inzwischen war ich bereits eine Etage tiefer, aber damit blieben immer noch zwei volle Stockwerke, die ich hinunterstürzen konnte, und der Abstand zum Boden erschien mir hier weit größer als auf der bequemen, sicheren Treppe. Mit jeder Bewegung gab das Rohr knarrend ein wenig nach. Ich wimmerte und klammerte mich fest, als wäre das Rohr mein einziger Freund auf der ganzen weiten Welt, was nicht so weit von der Wahrheit entfernt war. Dann hörte ich von unten vergnügte Stimmen. Verzweiflung flutete über mich hinweg. Ich hätte wissen müssen, dass sogar Bullen klug genug waren, die Hinterseite des Hauses zu überwachen. Gerade öffnete jemand einen Mülleimer und lud einen kleinen Scheißer ein, hineinzuspringen.

Wen meinten die nur?

Ich beugte mich vor, um nachzusehen, ob ich das nächste Rohr erreichen konnte. Sofort erklang ein unheilvolles Knarren, und Mörtel regnete auf mich herab, als sich die Rohrhalterungen über mir aus der

Wand lösten. Ich jaulte vor Entsetzen auf, ehe ich verängstigt in ein jämmerliches Kreischen verfiel. Eine Million Meilen unter meinen rutschenden Füßen explodierte das Ende des Rohrs, das bis dahin noch fest mit der Wand verbunden gewesen war, in einer rot glühenden Stichflamme kurz über dem Boden. Das Rohr schwang herum, während ich noch immer wie ein nachtaktiver Lemur daran klebte oder – Aye-Aye – *aiaiaiaiaiaiaia!*

Die mit allerlei Müll bedeckte Grasfläche blitzte vor meinen Augen auf. Eigentlich hatte ich mit den wichtigeren Stationen meines Lebens gerechnet, aber vielleicht war dies eine Art symbolischer Ersatz.

Gleich darauf schlug das Rohr auf der soliden alten Gartenmauer auf, und wir trennten uns voneinander. Dann trat ein Augenblick, man könnte sagen, momentaner Verwirrung, ein, gefolgt von einem fürchterlichen Donnern, einer schaurigen Dusche aus Mauerfragmenten und einer Woge des Gestanks, die sogar dem Morast am Themseufer noch etwas vormachen konnte.

Angewidert betrachtete ich den schleimigen schwarzen Sumpf. Entweder war das der Styx, oder ich hatte mit der mir eigenen Zielstrebigkeit einen der Müllberge der Nachbarschaft erwischt, modernde Vulkane, an denen die städtischen Mülllaster so schnell wie möglich vorüberfuhren, als könnte der Müll sie jeden Augenblick anspringen und nach Marokko entführen. Wenn Sie mich fragen, wäre das allerdings eine Verbesserung gewesen. Hier in der Gegend bringen wir eine ziemlich üble Art von Abfall hervor.

Naserümpfend und fluchend rappelte ich mich auf. Ein schwarzer Plastiksack biss in meine Unterschenkel. Unter einem Regen aus Obstschalen und Pizzakartons – wer konnte so verrückt sein, hierher zu liefern? – fiel ich wieder um und sprang gleich wieder auf, als eine ganze Horde stämmiger Leiber die Wand hinter mir stürmte wie die olympischen Hürdenläufer aus Ruanda (Berggorilla-Division).

Ich rannte los und zog eine Spur von allem hinter mir her, was Sie sich vorstellen können, aber bestimmt nicht wollen. Wie kommt es bloß, dass die Bewohner ärmerer Viertel immer so viel wegzuwerfen haben? Besonders, wenn man bedenkt, wie heiß wir darauf waren, unseren Müll zu recyceln – gewöhnlich fürs nächste Mittagessen. Der einzige Trost für mich waren die hörbaren Aufschläge und die angewiderten Rufe hinter mir. Bisher hatte ich allerdings noch nicht bemerkt, dass ich in die falsche Richtung lief.

Ich war tatsächlich ein wenig desorientiert. Statt mir einen Weg durch die dunklen Gassen zu bahnen, lief ich direkt auf die Hauptstraße zu. Dieser wichtige Umstand wurde meinem Hirn etwa zu der Zeit bewusst, als ich um eine Ecke rannte und mich drei Uniformierten und einem Streifenwagen mit rotierendem Blaulicht gegenübersah. Ich schrie auf und wirbelte herum, aber mir blieb nicht die geringste Hoffnung. Wieder ging es um die Ecke und direkt in ein Gewirr starker Arme. Ich schlug um mich. Dann stellte ich fest, dass diese Arme nicht in Uniformen steckten; tatsächlich steckten sie größtenteils in überhaupt nichts, und sie rochen auch nicht nach Old Spice. Außerdem rasselten und klimperten sie bei jeder Bewegung.

»Maxie, lieber Maxie!«, sagte eine schroffe Stimme.

Meine Haare richteten sich auf, und mir blieb gerade noch genug Zeit, Luft zu holfen und zu schreien: »*Bringt sie nicht um!*« Aber das reichte nicht. Gott allein wusste, was sie stattdessen anrichten würden. »*Tut ihnen nichts!*«

Dann kam der Streifenwagen um die Kurve und fuhr geradewegs auf die Halsabschneider zu. Halb erwartete ich, Leiber durch die Luft fliegen zu sehen, doch stattdessen schlug ein Morgenstern mit großer Wucht gegen ein Rad. Der Reifen platzte mit einem hallenden Knall, und der Wagen schleuderte kurz, ehe er zum Stehen kam. Eine riesige Machete bohrte sich durch die Haube in den Motorraum und setzte eine Fontäne milchigen Kühlwassers frei. Das untere Ende eines Speers zertrümmerte die Windschutzscheibe auf ganzer Länge. Die Sirene quäkte, und jemand schoss.

Eine Peitsche mit einer stahlbesetzten Schnur heulte durch die Luft und erwischte einen der herbeieilenden Bullen an der Brust. Er war ein riesiger Scheißer mit buschigem Schnurrbart; aber die Peitsche, die sich um seinen Brustkorb gewickelt hatte, riss ihn von den Füßen und schleuderte ihn über das Wagendach. Unterwegs zertrümmerte er die Signalleuchten.

»Jesus Christus!«, brüllte er, während er das barbusige Vögelchen anstarrte, das ihn zu sich zerrte. »Ruft die Sitte!«

Ein anderer Polizist zog seinen ausziehbaren Schlagstock hervor, der jedoch schon im nächsten Augenblick von einem monströsen Schwert nur Zentimeter von seiner Hand entfernt abgetrennt wurde. Wie betäubt starrte der Polizist einen Augenblick lang dumpf vor sich hin, und die Piraten drangen mehr oder minder mit bloßen Händen auf ihn und seine Kameraden ein.

»*Verletzt niemanden!*«, brüllte ich. »*Das ist ein Befehl, hört ihr?*«

»Wir hören dich, *Señor* Maxie!«, kicherte das braunhäutige Mädchen. Sie riss an ihrer Peitsche. Etwas flog vom Dach und schlug geräuschvoll in dem ehemaligen Garten auf. Dann stieß sie beide Arme durch die geborstene Windschutzscheibe und zerrte die schreiende Polizistin heraus, die am Steuer gesessen hatte, musterte sie eine Weile nachdenklich, drehte sie um und stopfte sie dann kopfüber in den Fußraum des Fahrzeugs zurück, worauf ihre Beine eine Art Cancan vollführten, nur Strapse und Rüschenslip, netter Anblick.

Die andere Frau funktionierte das Heck des Wagens zu einem Sprungbrett um, setzte mit einem Schlachtruf über meinen Kopf hinweg und stürzte sich auf die Cops, die über die Mauer gekommen waren. Wild »Maxieee-eee!« schreiend folgten ihr die anderen, während ich schnatternd auf der Stelle tänzelte.

Schon komisch, wenn Sie bedenken, dass ich sie angebrüllt habe, den Bullen nichts anzutun. Sicher, ich tat es aus reiner Menschfreundkeit und weil Leute, die sich dem Gesetz allzu gewaltsam entgegenstellten, tendenziell Thema der Boulevardpresse wurden – *HERUNTERGEKOMMENER FATZKE GREIFT UNSERE JUNGS IN BLAU AN*, gepaart mit dem passenden Urteil. Ganz zu schweigen von den daraus resultierenden Übergriffen, den Stürzen über die Gefängnistreppe, bis zu zweimal am Tag. Wie auch immer, es kam mir einfach nicht richtig vor.

Vorsichtig spähte ich an den stöhnenden Polizistenhäuflein vorbei, die die Banditen zurückgelassen hatten. Einem war der Parka über die Arme herabgezogen und die Knie hineingestopft worden; ein anderer war mit Handschellen zu einem strammen Knoten gefesselt worden, ein Bein hinter dem Kopf.

Einen grauenhaften Augenblick lang glaubte ich, die Piraten hätten den Dritten enthauptet, aber der Eindruck täuschte. Vermutlich hätte der Mann sich von der Hose über seinem Kopf befreien können, wenn seine Beine nicht in den Ärmeln seiner Jacke gesteckt und ein Gürtel das ganze Paket verschnürt hatte.

»Nichts passiert«, erklärte ich ihnen begleitet vom Klirren berstenden Glases. »Nur jugendlicher Übermut.«

Etwas schlug klappernd gegen den Wagen, stolperte weiter und rollte schließlich auf mich zu, ein Mülleimer auf Beinen – auf nackten Beinen. Die verschrammten Stiefel kamen mir bekannt vor. Offensichtlich war das nicht sein Tag.

»Ihr seid alle verhaftet!«, schrie jemand inmitten der wilden Rauferei im Müll. *»Jeder von euch! O Jesus, Weib – runter von mir.«* Eine rasche Bewegung, dann flog eine Hose triumphierend durch die Luft, und so etwas wie ein gehäutetes Riesenkaninchen hüpfte über die Mauer zurück – dem wilden Schrei nach zu urteilen direkt in die Brennnesseln auf der anderen Seite. Am Wegesrand stand die Frau mit dem struppigen Haar unter einem der wenigen verbliebenen Bäume in dieser Gegend und starrte zu den unteren Ästen hinauf, von denen zwei Paar nackter Beine herabbaumelten, während sie gelangweilt schmutzige Boxershorts über ihr Schwert spannte.

»Gib sie verdammt noch mal her! Sofort!«, röhrte eine Stimme herab. Die Frau nickte liebenswürdig und stieß ihr Schwert in die Höhe. Ein heftiges Quieken ertönte, und das Laub fing an zu zittern.

»Fordern Sie sie nicht heraus, Sarge!«, jammerte eine andere Stimme. *»Die ist doch nicht menschlich. Und außerdem sind das meine Shorts.«*

Ich persönlich hätte in diesem Punkt die Schnauze gehalten, aber jeder nach seiner Fasson.

Alles sah recht anständig, korrekt und ordentlich aus. Alle schienen sich allmählich miteinander bekannt gemacht zu haben, und ich wurde hier offensichtlich nicht mehr gebraucht. Natürlich war da noch das Geld, aber das war sicher verstaut; ich konnte es mir später holen. Viel später. Wirklich schade, dass ich keine Gelegenheit hatte, mich zu bedanken und zu verabschieden, wirklich; aber inzwischen war es schon ziemlich hell. Zeit für mich zu verschwinden. Gerade schlich ich auf Zehenspitzen an den zappelnden Bullenpaketen vorbei, als ich einer plötzlichen Attacke zum Opfer fiel und mich in einem Gewirr muskulöser Arme und fröhlicher, idiotischer Jubelrufe wiederfand.

»Hey, Maxie! Nur keine Panik, Baby! Wir haben die Schweine ordentlich verschnürt!«

»Jenau, und nich' mal ein jebrochenen Knochen! Alles janz nach dein' mitleidijen Kommando, mein feiner junger Herr! Harrharr!«

Langsam wurden sie gefährlich vertraulich.

Das Grinsen, die Stimmen.

»Hast wohl gedacht, wir würden zulassen, dass sie dich uns wegnehmen, Maxie, *mi Capitan*?«

Ich wurde von einem zum anderen geschubst, und das zunehmende Licht zeigte sie mir diesmal in aller Deutlichkeit. Es hatte nicht an dem Stoff gelegen. Sie waren verdammt real, und sie waren genauso unheimlich, wie ich sie in Erinnerung hatte; aber Geister waren sie nicht. Der schwarze Bursche grinste noch immer und rieb sich die gewölbte Brustplatte, als wäre sie aus Fleisch und Blut. Seine kohlschwarzen Wangen zierte ein Narbengeflecht, und an seinen Armen klimperten kostbare goldene Armreifen. Der wilde alte Knabe mit der Robert-Newton-Stimme sah tatsächlich wie ein Pirat aus, und das lag nicht allein an den Dolchen und den Macheten, die an seinem Gürtel hingen, oder an dem zerfetzten Wams, den Pantalons oder der Pudelmütze. Auf jedem Quadratzentimeter nackter Haut prangten Tätowierungen. Einige waren ganz gewöhnliche Meerjungfrauen, Anker und so ein Zeug, wohingegen andere aussahen, als wären sie das Werk eines sexwütigen Tibetaners auf Dope, das Ganze akzentuiert durch eine hübsche Sammlung unterschiedlichster Narben. In seinem Grinsen prangten einige Zahnlücken, und Tabaksaft troff aus seinen Mundwinkeln und färbte seinen struppigen Bart gelb. Seine drahtige Stirnlocke war in einer ähnlichen Schattierung geräuchert. Er sah wirklich gemein aus, und ihm war anzusehen, wie gut ihm das gefiel.

Dann war da der schlaksige Teutone, vielleicht auch ein Skandinavier. Er sah aus wie die sprichwörtliche blonde Bestie: ein Schlitz von einem Mund, fliehendes Kinn, Bodybuilder-Statur und eine halbstarke Leck-mich-Haltung. Mir waren ein paar Profikiller begegnet, die ähnlich ausgesehen hatten. Der Orientale zwirbelte seinen Schnurrbart und wirkte etwa so harmlos wie ein rot glühender Fleischspieß. Er sah nicht wie ein Chinese aus – eher wie ein Koreaner oder, noch exotischer, ein Birmane, vielleicht ein Karen, wenn ich den gewaltigen Haarschopf berücksichtigte. Und er wirkte total irre, ja geradezu tobsüchtig.

Und die beiden verdammten Weiber, die sich wirr kichernd aneinander lehnten, bis ihre nackten braunen Titten bebten und die Dolche klirrten? Sie schwenkten stolz ihre Trophäen, einschließlich eines uralten Suspensoriums und diesen schauerlichen Shorts (Malve mit bunten Teddybären). Ich mochte gar nicht daran denken, was sie sich genommen hätten, hätte ich ihnen nicht Einhalt geboten.

Einige andere konnte ich noch immer nicht genau erkennen. Sie drängelten sich im Hintergrund, während die anderen begeistert auf mich eindrangen. Alles in allem waren sie etwa so vertrauenerweckend wie das PR-Team von Attila dem Hunnenkönig.

»*Hört zu!*«, keuchte ich. »Hört mal, danke, einen Haufen Dank – Ich meine, vielen, vielen Dank, *trés trés* professionell und eine Wonne mit anzusehen – aber, ich muss jetzt wirklich weg von hier und zwar schnell – und ...«

Ich und meine große Klappe. Beinahe hätte ich sie gefragt, ob sie mir helfen würden, das Geld zu holen. Vielleicht hätte ich das als erstes tun sollen, schließlich wusste ich, wie schnell sie reagierten.

Das Nächste, was ich noch weiß, ist, dass ich von den Füßen gerissen und in Schulterhöhe gestemmt wurde – und dass ich *verzweifelt* hoffte, die Hand wäre die einer Frau. Dann, noch ehe ich wieder zu Atem kommen konnte, rannten sie mit mir davon. Die Geschwindigkeit war erschreckend. Sie schienen einfach über alles hinwegzutrampeln, was ihnen im Wege war, und als sie vor einer Mauer anlangten, kletterten sie übereinander und reichten mich einfach von Hand zu Hand weiter. Es war wie eines dieser Rennen bei Truppenübungen, bei denen Mannschaften keuchender Quadratschädel Gewehre oder irgendwelche Ausrüstungsgegenstände über einen Hindernisparcours transportieren mussten. Gleich darauf jagten sie über einen Eisenbahnzaun, Stacheldraht und alles, ohne auch nur einen Augenblick lang innezuhalten oder sich wenigstens nach einem Zug umzusehen.

Und jedes Mal, wenn ich an einem von ihnen vorbeiglitt, sah ich ein freundliches Nicken, ein Winken, erhielt einen wohlwollenden Klaps und hörte aufmunternde Jubelrufe, die in mir den Wunsch nährten, sie alle auf bestialische Weise zu ermorden. Gleichzeitig hielt sich in meinem Hirn hartnäckig die Vision eines Bündels Banknoten, die sich heimlich auf Zehenspitzen davonstahlen.

Jenseits meiner wild strampelden Füße erhoben sich die hohen Mauern der alten Lagerhäuser, deren Schatten die kleinen Gassen in düstere Schluchten verwandelten, die sogar noch dunkler erschienen, als sich die ersten Sonnenstrahlen ihren Weg auf die breiteren Straßen und offenes Gelände bahnten. Letzteres war nicht unser Ziel. Diese Halsabschneider waren Experten darin, nicht gesehen zu werden. Also glitten wir wie heimkehrende Geister von Schatten zu Schatten. Ich konnte um mich schlagen, wie ich wollte, es half überhaupt nichts, und erst, als sie im Schatten einer sechs Meter hohen Ziegelmauer kurz innehielten, gelang es mir, genug Luft zu holen, um sie anzubrüllen. Sofort wurde ich auf die Beine gestellt, und Hände klopften mir den Staub aus den Kleidern, tätschelten meinen Kopf und strichen meine Klamotten von Kopf bis Fuß glatt.

»Hey, was'n los, Maxie?«

»Irgendwas nich' in Ordnung?«

»Die Wand is' kein Problem. Wir können …«

»*Nein!* Ich meine, danke, vielen Dank, aber ihr solltet – Ihr solltet mich nicht so herumtragen! Wohin wollt ihr mich überhaupt bringen? Es gibt da … Dinge, die ich zu erledigen habe.«

»Besitztümer? Ach, Unrat, Dreck, Nichtigkeiten! Was willst du noch damit, wenn wir dir die ganze Welt zu Füßen legen? Du musst nur mit uns kommen …«

»*Ich sagte* … Ich meine, ich habe gefragt, *wohin wollt ihr mich bringen?*«

»Wiesou? To de Schip, wat sonst?«

»Schip – Jesus, nicht schon wieder. Ich will nicht zu eurem Schip – Ich meine …«

Enttäuschtes Gejammer rund um mich herum.

»Ja, wit du! Gift keen sicherer Ort wie den! Keen Ort, wou du het mehr Freunde!«

»Da werden dich die Bullenschweine nicht bekommen, *Señor*! Komm, sei nett! Begleite uns!«

»Aye, aye, er wird seine Schiffskameraden nich' im Stich lassen!«

»Wir werden segeln, Lord Maxie, weit fort von ihrem Zugriff, dorthin, wo Perlen und Gold und feinste Jade warten, zu Palästen in denen willige Konkubinen ihre schläfrigen Weisen spielen, zu sonnigen Freudentempeln in Höhlen aus Eis …«

Ich blickte auf. »Wie bitte?« Der Orientale kam mir nicht gerade belesen vor. Wenn überhaupt mochte er sich mit Kung-Fu oder Wing Tsun auskennen, aber doch nicht mit Coleridge.

Wieder zwirbelte er seinen Schnurrbart. »Seine Lordschaft Maxie glaubt mir nicht? Sieh und staune!«

Er riss eines jener furchtbaren Schwerter so schnell

aus seinem Gürtel dass es pfeifend durch die Luft fuhr. Es war ein japanisches Schwert, nicht die elegant gekrümmte Klinge eines Samurai, sondern die gerade, mörderische Waffe der Ninja. Er wirbelte sie herum wie der Hauptdarsteller in einem fernöstlichen Prügelfilm, aber schnell, so schnell, dass sie vor meinen Augen eine Art Schirm aus schimmerndem Stahl zu bilden schien, der meinen Blick unwiderstehlich anzog. Und in diesem zischenden Lichtkreis trat langsam ein Bild zum Vorschein.

Ich blinzelte verwirrt. Ein Mädchen – japanisch, nehme ich an, obwohl der Orientale anders aussah. Allerdings nicht die typische Geisha. Da drüben gab es diese Sache mit den kleinen Mädchen in Schuluniformen, und genau so eine Uniform trug sie – mehr oder weniger – und sie sah ziemlich zufrieden damit aus. Aber sie war nicht nur ein Bild. Sie lächelte und streckte die Hand aus – nach mir. Sie wusste, dass ich da war. Ihre Lippen formten meinen Namen, und sie wand sich aufreizend. Und hinter ihr sah ich ein blondes Mädchen, dass sich gerade aus einem altmodischen Négligé schälte – für meinen Geschmack ein wenig zu oberlastig. Es war eine veraltete Vorstellung oder vielleicht eine orientalische – in der Art wie diese glubschäugigen Manga-Heldinnen oder so. Und dann noch ein schwarzes Mädchen, ebenfalls überentwickelt, dann noch eine, möglicherweise Polynesierin …

Wieder blinzelte ich. Meine eigene private Miss-Welt, und alle sehnten sich offenbar nach mir. Unsichtbare Schwaden berauschender Düfte wogten um mich herum, kitzelten in meiner Nase und an anderen empfindlichen Körperteilen. Wie zum Henker ich bemerkt habe, was der schwarze Bursche tat, kann ich beim besten Willen nicht sagen; aber ich erkannte vage, dass er seinen Helm über dem kreisenden Schwert umstülpte. Münzen regneten heraus, gefolgt von einem

Schauer aus Edelsteinen, Perlen und mehrreihigen Halsketten, die sich über die Mädchen ergossen, welche quiekend und kichernd versuchten, sie zu fangen.

Dann stand das Schwert plötzlich vor meinen Augen still und spiegelte das Bild in seinem glänzenden, grün schimmernden Metall. Die Mädchen räkelten sich am Fuß eines Podestes, auf dem ein gewaltiger schwarzer Ledersessel stand, eine Art moderner Thron, wie ihn Geldadel und irre Diktatoren zu schätzen wissen dürften, flankiert von betont männlichen Leibwächtern in niedlichen Uniformen und bewaffnet mit Furcht erregenden Maschinenpistolen. Die ganze Szenerie sah aus, als hätte jemand Dr. Nos Innenarchitekten dafür engagiert. Ich hätte mich nicht gewundert, wenn sich, Ilya Kuryakin jeden Augenblick vom Kronleuchter abgeseilt hätte.

Männer verbeugten sich zu beiden Seiten, Männer in makellosen Anzügen, Männer, die bis ins letzte Detail wie Industriemagnate oder fernöstliche Mafiabosse aussahen, jene Art Mensch, die für einfache Millionäre wie die Freunde meines Vaters nur verächtliche Blicke übrig hatten, so wie jene für mich. Sie alle fielen auf die Knie oder wurden von einem Schlägertrupp dazu gezwungen. Aber die lässig-elegante Gestalt auf dem Sessel ignorierte sie und fuhr fort, ihre verwöhnten Spielzeuge mit Reichtümern zu bewerfen …

Raten Sie mal, wer …

Na ja, schön, ich wusste, was ein Köder ist. Ich war auch mal Anheizer in einem Striplokal gewesen, und das hier war Futter für die billigen Plätze. Aber denken wir an die Wachen. Mein echtes Selbst hätte mehr Angst vor ihnen als meine Feinde. Ich würde paranoid werden und anfangen, in Betten zu schlafen, die in einem See aus Quecksilber schwammen, damit die Meuchelmörder sich nicht an mich heranschleichen könnten, als wäre ich irgendein alter chinesischer

Kaiser oder so. Andererseits hätten sie das mit all den Quecksilberdämpfen um mich herum auch gar nicht nötig.

Nicht, dass die Visionen mich unberührt gelassen hätten, besonders, wenn ich mir Ahwaz unter all den unterwürfigen Kriechern vorstellte. Trotzdem gingen meine wüstesten Fantasien nicht über einen kräftigen Tritt in den Arsch und einen kurzen Aufenthalt in einer Schlangengrube hinaus - kurz, weil Schlangen empfindliche Kreaturen sind, und ich ihre Gefühle auf keinen Fall verletzen wollte.

Und das Gleiche galt für diese Bande.

»Ja, ja«, sagte ich vergnügt, während ich das Schwert vorsichtig mit dem Finger zur Seite schob. »Wirklich nett, aber … Seht mal, das ist einfach nicht mein Ding. Dafür bin ich nicht der Richtige. Ich will nur mein G… meine Sachen holen und mich eine Weile zurückziehen, um nachzudenken …«

»Sieh hin!«, bellte Hong Kong Pfui. Er drehte die Klinge nur ein paar Zentimeter von meinen Augen entfernt herum, sodass mir keine große Wahl blieb. Das Licht fing sich in dem Metall, wurde in einem blendend hellen Blitz von smaragdgrüner Farbe reflektiert, und ein neues Bild erschien wie aus dem Nichts. Dieses war so trübsinnig wie realistisch: fahlgrüne, irgendwie amtlich aussehende Wände, an denen unordentliche Schreibtische und Aktenschränke aufgereiht waren, eine große Landkarte, geschmückt mit konzentrischen Kreisen und selbstklebenden Pfeilen, einige Porträtfotos und Großaufnahmen. Männer mit verhärteten Gesichtszügen in aufdringlich salopper Kleidung, die an Plastiktassen nippten, an Schreibtischen saßen und lebhafte Ansprachen hielten vor … vor anderen Männern mit verhärteten Zügen, die zerschlagen und abgerissen aussahen und mit einer Menge Schnickschnack behängt waren. Einer trug einen buschigen Schnurrbart, und seine nackten Beine ragten unter einem langen Regenmantel hervor. Ich kannte ihn, und ich konnte diese Karte lesen und erkennen, wohin die Pfeile deuteten. Und die Fotos kannte ich nur zu gut. Ich erinnerte mich, dass sich der Polizeifotograf sarkastisch über mein edles Profil ausgelassen hatte. Dies war eine Polizeistation, die, in der die Vorfälle am Themseufer untersucht wurden, und das einzige Gesicht weit und breit war meines.

Ich winselte leise. Die Halsabschneider gaben sich hingegen auffallend still.

»Maxie!«, flüsterte schließlich eine der Frauen drängend. »Jetzt *musst* du mit uns kommen! Was bleibt dir schon für eine Wahl?«

Ihre Hand krallte sich in meinen Ärmel, allerdings nicht allzu fest, und in ihren Zügen und ihrer Stimme lag nur aufrichtige Sorge. Ich zitterte und senkte Hand. »Yeah, keine Wahl. Okay, Leute, dann eben auf eure Art.«

Sie entspannten sich spürbar – und ich riss meinen Ärmel los und tauchte zwischen ihren Beinen ab.

Mit Eigenwerbung konnte ich umgehen, damit lebt unsereins jeden Tag. Aber wenn jemand plötzlich Aufrichtigkeit aus der Tasche zieht, dann *weiß* ich, dass ich verraten und verkauft bin.

Es war an der Zeit, andere Saiten aufzuziehen. Ich rollte mich über den Boden, sprang auf und rannte los. Sicher, sie konnten sich bewegen wie angesengte Katzen, aber durch die Überraschung vielleicht…

Am Ende der Straße blieb ich im strahlenden Sonnenschein stehen und fragte mich dümmlich, warum ich nicht von einem Gewirr brauner Arme umzingelt war – oder klirrender Klingen. Irgendwie war das beinahe enttäuschend. Blinzelnd sah ich mich um, halb in der Erwartung, nichts als eine plötzlich verlassene Straße vorzufinden. Aber sie standen noch da und rührten sich nicht, farblos in den grau-grünen

Morgenschatten und zusammengedrängt, als wollten sie mich an die Solidarität erinnern, die sie mir bieten konnten.

»*Komm zurück!*«, riefen sie. Ihre Stimmen flossen ineinander, und sie hoben die Arme ein wenig und breiteten sie aus. Zum ersten Mal geriet ich ins Schwanken. In diesen Stimmen lag ein echtes Verlangen, und es berührte etwas in mir. »*Komm zurück, Maxie! Komm und segle mit uns davon, Glück und Reichtümern entgegen! Komm, und sei nie wieder einsam! Nie wieder soll ein Wunsch unerfüllt bleiben! Komm, und segle mit uns über die Meere der Spirale!*«

Ich erstarrte. Diesen Namen hatte ich schon einmal gehört, und ich wusste auch wo. Das Gasthaus. Das Rad. Dieser schleimige Hurensohn Steve. Irgendwie hatte ich das alles fast vergessen. Aber nun kam es zurück. All der verdammte Blödsinn, den er mir erzählt hatte, schwoll zu einer Flutwelle der Entrüstung an.

Die Halsabschneider kamen auf mich zu, langsam, als wären auch sie plötzlich unsicher geworden.

»Vergiss nicht, *Señor* Maxie«, rief eines der Mädchen, deren Stimme seltsamer Weise immer entfernter klang, je näher sie kam. »So nah, so fern, können wir dir doch nicht helfen. Nur an den Orten, an denen sich die Wege kreuzen und wieder kreuzen, dort, wo die Mauer zwischen den Welten besonders brüchig ist, nur dort können wir zu dir kommen! Rufe uns in der Not, dann sollst du alle Macht bekommen, die wir dir überlassen können! Denn sind wir nicht dein, *Señor*, und bist du nicht an uns gebunden, stärker, als ein Seil oder eine Kette es vermögen?«

»Und am Ende«, sagte der Orientale sanft, »gilt dann das alte Sprichwort, das besagt, dass sich ein jeder schließlich doch in den eigenen Fesseln verfangen wird.«

Plötzlich streckte er den Arm aus, und seine Faust

schwoll an und verschwamm vor meinen Augen wie ein unscharfes Foto.

Ich sprang zurück und hastete um die Kurve, stets in der Erwartung, hinter mir Schritte dröhnen zu hören. Aber da war nichts. Kurz darauf schob ich nervös die Nase um die Ecke, gestützt auf die Theorie, man könne sich leisten, das zu riskieren, von dem man am meisten besitzt. Die Gasse war verlassen. Kein Geräusch, keine Schritte. Sie waren einfach ... verschwunden. Die Sonne war endlich über die Mauern geklettert und die Gasse lichtdurchflutet. Noch war es früh am Morgen und entsprechend still, keine Schritte, kein Verkehrslärm. Abgesehen von diesen Sirenen ...

Ich hüpfte davon wie ein Kaninchen. Ich musste von der Straße runter, mich außer Sichtweite bringen. Diese Vision von dem Polizeirevier hatte mir vermutlich die Zukunft gezeigt. Die Sirenen dürften zur Verstärkung des Greifertrupps gehören. Sie würden jeden bemerken, der so früh herumspazierte, und ihn zum späteren Missbrauch in ihren kleinen blauen Hirnen speichern. Besser, ich verschwand irgendwie aus ihrem Blickfeld. Die Sirenen wurden lauter. Ich kauerte mich in einen dunklen Hauseingang und tat mein Bestes, auszusehen wie eine Türangel. Auf gut Glück versuchte ich die Klinke – na ja, macht man doch, oder nicht? Die Tür rührte sich nicht. Stattdessen öffnete sich eine kleine Klappe, kaum mehr als ein Loch.

Meine Augen traten aus den Höhlen. Ein weißer Bart kam hervor, wischte durch mein Gesicht, und in seiner Mitte prangte ein gütiges Lächeln. »Was nun die Natur dieser Manifestationen angeht, guter Herr ...«

Ich gab etwas von mir, das sich nach einem erstickten Kastrationsschrei angehört haben musste, prügelte die Klappe zu und rannte um mein Leben, ohne noch einen Gedanken an die Sirenen zu verschwenden.

Die Spirale.

Dieses Wort hatte mir gegenüber schon einmal jemand erwähnt, und damit hatte der ganze Ärger angefangen. Und nun hagelte das alles wieder auf mich ein, rann eisig über meinen Rücken. Die Sirenen kreischten über die Hauptstraße, und ich tauchte hinter die Mauer des Vorgartens eines Bürogebäudes ab und zwar keinen Augenblick zu früh. Zusammengekauert in Gesellschaft einiger kläglicher Miniatur-Koniferen, die meine Haut an der Lücke zwischen Shirt und Jeans kitzelten, bekam ich endlich wenigstens eins auf die Reihe. Ich fand heraus, vor wem ich tatsächlich mehr Angst hatte.

Vergiss das Geld, vergiss die Flucht, vergiss alles andere, wenigstens so lange, bis diese Psychopathen weg waren, so nützlich sie für mich auch manchmal sein mochten. Ich würde zum *Rad* zurückgehen, und dort würde ich mit Mr. Steve Schleimscheißer persönlich reden. *Wirklich* reden.

Kapitel 5

Vorsicht walten lassen

Die Sache hatte nur einen Haken. Ich konnte das verdammte Ding nicht finden.

Ich stand oben auf dem schmalen Fußgängerweg an der Autobahn, und der Wind peitschte mir die Haare in die Augen, die so oder so schon von der angestrengten Betrachtung dieser Betontagliatelle schmerzten, die sich unter mir ausbreiteten. Verkehr strömte unter, hinter mir und um mich herum und wälzte sich über die Straße wie Würmer durch eine endlose Gasse. Es war wirklich niederschmetternd. All diese herrlichen Autos, und ich konnte keines von ihnen in die Finger bekommen.

Und ich konnte auch nicht länger hier herumhängen. Hier fiel ich zu sehr auf. Das war nun einmal nicht gerade ein besonders schönes Ausflugsziel, eher schon einer der Orte, deren Besucher überredet werden mussten, sie auf normalem Wege wieder zu verlassen. Sollten die Polizeikameras mich erwischen, würden die Cops vielleicht glauben, ich wollte zum letzten Sprung ansetzen.

Und wenn das noch lange so weiter ging, dann war der Gedanke vielleicht gar nicht mehr so abwegig.

Wenigstens sah ich anständig aus, was andererseits lediglich die Vorstellungen über das Auftreten potenzieller Selbstmörder untermauern würde. Dies waren die ersten ordentlichen Klamotten, die ich seit Gott weiß wann am Leibe trug, bezahlt von der bunten Leichensammlung draußen im Morast. Nur gut, dass ich ihre Kohle nicht zusammen mit dem Rest versteckt hatte. Aber es waren nur ein paar Hunderter und die Gulden; damit würde ich nicht weit kommen. Immerhin kannte ich noch ein paar gute Herrenausstatter, und die großen Waschräume in den Bahnhöfen boten Gelegenheit zu einer Dusche nebst Rasur. Also fehlten mir nur noch ein paar heiße Reifen, aber das war wohl kaum was Neues.

Natürlich war ich nicht so dumm, einfach loszuziehen und eines dieser typischen teuren Dinger zu klauen. Genau darauf würden die Bullen warten, *Modus Operandi Maxissime.* Also begnügte ich mich mit einem netten, langweiligen und billigen Toyota, jener Sorte Auto, die Tausende gewöhnlicher Leute jeden Samstag liebevoll in der Einfahrt polieren.

Na ja, was hätte ich auch sonst tun sollen?

Okay, normalerweise würde ich in so einem Ding nicht einmal tot aufgefunden werden wollen; aber ich konnte mir nichts kaufen, und ein Autoverleih würde meinen Führerschein sehen wollen. Wie auch immer, ich fuhr, als wäre der Wagen voll roher Eier – und das war er auch, schließlich hatte ich ihn auf dem Parkplatz eines Supermarktes geklaut. Der Bursche, der ihn samstags polierte, würde kaum merken, dass er zwischendurch weg gewesen war. Und ich hatte ihn an einem auffälligen Ort zurückgelassen, vor *Vi's Egganburger*, einem heruntergekommenen Wohnwagenkaffee, das darauf lauerte, ausländische Trucker und andere Unschuldige einzufangen. Da konnte der Polierheini den Wagen in unverändertem Zustand wieder einsammeln und seiner Wege gehen – es sei denn, er gönnte sich zur Feier des Tages eines von Vi's Sandwiches – Käse, Schinken oder Salmonellen? Den Gerüchten nach bestand das Fundament des Autobahnkreuzes aus ihren Doughnuts und die Straßendecke aus ihrem Tee.

Nicht dumm hatte ich den Toyota offen und mit dem Zündschlüssel im Zündschloss stehen lassen. Mit ein bisschen Glück würde ihn irgendjemand noch einmal stehlen und sich damit die ganze Schuld aufladen.

Aber nicht einmal dieser Gedanke konnte meine Laune großartig bessern. Als ich endlich zu Fuß hier angekommen war, hatte ich schon entsetzlich gefroren, und inzwischen war es sogar noch schlimmer. Die Kreuzungsmitte lag unter mir, und alles, was ich sehen konnte, war eine ungepflegte Hecke, ruiniert durch diese modernen Schneidemaschinen, und eine kleine Grasfläche. Die tief stehende Sonne warf lange Schatten über den schäbigen Rasen; aber es sah nicht so aus, als würde sich in ihnen irgendetwas verbergen können. Dafür war einfach nicht genug Platz. Das war nur eine größere Ausgabe irgendeines vernachlässigten Grünstreifens oder einer verwilderten Rasenfläche im Zentrum eines Kreisels – eine ungestutzte Zuflucht für wildlebende Tiere, auch bekannt als Straßenschlachthof. Auf jeden Fall war die Fläche viel zu klein für all das, woran ich mich erinnerte. Ächzend rieb ich mir die Schläfen. War das alles nur eine Halluzination gewesen? Hatte ich es mir nur eingebildet?

Klar doch, genauso wie das Geld in meiner Tasche, die Klamotten an meinem Leib und etwa fünftausend Bullen, die mir am Arsch klebten. Wenn mir nicht verdammt schnell etwas einfiel, dann würde ich sogar Gelegenheit bekommen, sie danach zu fragen. Nein, es war passiert, und der Einzige, der mir vielleicht etwas über das Wie und Warum erzählen konnte, war dieser Steve-Typ. Ich wollte die ganze Geschichte, eingeschlossen das Ich-habe-es-dir-doch-gesagt-Hohngrinsens in dem Männermodelgesicht.

Ein schauerliches, flaues Gefühl peinigte mich, als würde der Boden unter mir nachgeben. Nach allem, was ich über Straßenbauunternehmen – und Vi's Doughnuts – wusste, war der Gedanke gar nicht so abwegig; aber das war nicht der Grund. Dieser Bastard war mir von Anfang an bekannt vorgekommen, und jetzt wusste ich auch warum.

Steve, sicher, nur irgendein Steve. Stephen Fisher, kein Geringerer, der große Reeder. Stephen Fisher, Erfinder von C-Tran, dem weltweit automatisierten Netzwerk für den Frachtverkehr. Stephen Fisher, der Milliardär, einer der größten Industriemagnaten Europas – und der Verrückteste, der Mann, gegen den Howard Hughes wie ein umgänglicher Mensch erschien, und Bill Gates …

Na ja, das vielleicht doch nicht, aber weit war er von dem geistigen Handicap dieser Klasse nicht entfernt; so viel stand fest. In *Hello!* war eine Kurzbiografie über ihn erschienen, während ich im Knast gesessen hatte; da drin liest man nach einer Weile einfach alles. Der Artikel hatte den Redakteuren angeblich eine Menge Arbeit bereitet, weil Fisher monatelang irgendwo in der Wildnis zu verschwinden pflegte, wenn er sich nicht in einer seiner unzähligen Burgen irgendwo in Europa aufhielt. In seinem schottischen Prachtschloss hatten sie ihn dann erwischt, einem Anwesen voller alter schottischer Breitschwerter, Banner und offener Feuerstellen, mittelalterlich wie die Hölle mit einem Hubschrauberlandeplatz auf dem Dach und einem Keller voller Computer. Was mir vor allem im Gedächtnis geblieben war, waren die Bilder von seiner Frau – nicht übel, wenn man auf den harten, athletischen Typ stand, und sie hatte Augen, die ein Loch in eine Betonmauer hätten brennen können. Sie war genau die Sorte Weib, von der man im Knast träumt, aber im wahren Leben hätte sie mir eine Scheißangst eingejagt. Offenbar war sie irgendeine Art Cop, was einiges erklärte. Ich erinnerte mich, dass ich damals gedacht hatte, Fisher müsse ziemlich wahnsinnig sein, sich mit diesem Baby einzulassen. In dem Artikel stand, sie teilten den gleichen Sinn für Humor oder so was in der Art.

Das konnte ich mir gut vorstellen. Es passte alles einfach zu gut zusammen: ein bedenklich reicher Spinner mit einem Hang zur Größe und zum Mittelalter – und der Rest war vermutlich nur ein böser Streich.

Abgesehen von der Tatsache, dass ich Dinge gesehen hatte, die niemand einfach so inszenieren konnte, nicht ohne eine verdammt gute Special-Effects-Ausrüstung. Abgesehen vielleicht von meinem eigenen Verstand, passend frisiert mit – na ja, Stoff, posthypnotischen Befehlen und Gehirnmanipulation. Vielleicht hatte jemand Gott gespielt, und ich war ein perfektes Versuchskaninchen, ein Niemand, nicht in der Position, mich zu wehren. Aber ich glaubte nicht an diese Möglichkeit. Ich spürte noch immer die diamantharte Luft in meinen Lungen, hörte diesen Schrei …

Ich begann zu zittern. Es gab noch eine andere, schlimmere Möglichkeit. All diese Erfahrungen könnten real, und Fisher könnte trotzdem für sie verantwortlich sein. Da war diese mysteriöse Figur unter den Banditen, vielleicht sogar zwei; ich hatte sie nie wirklich deutlich erkennen können. Und die Art, wie die Leute in dem Pub auf Fisher reagiert hatten. Er hatte gewusst, dass etwas passieren würde, wenn ich den Weg vom Autobahnkreuz fort einschlagen würde.

Jesus, womit hatte ich es eigentlich zu tun? War der Kerl eine Art wirtschaftlich erfolgreicher Schwarzmagier? Ich wusste nicht mehr, was ich glauben sollte. Die ganze Geschichte war einfach zum Kotzen.

Ein teigiges Gesicht brüllte mir aus einem der vorbeifahrenden Autos etwas zu. Der Kerl fragte sich wohl, ob ich springen wollte; vielleicht war es auch eine Aufforderung. Es würde bald dunkel werden. Ich musste den nächsten Zug machen – irgendwie. Vielleicht sollte ich einfach runtergehen und mir einen Weg zu dieser Hecke suchen. Dort warteten auf die ein oder andere Art die Antworten. Und wenn diese unheimlichen Gestalten auch nur ein weiteres Mal auftauchen sollten, dann könnte es in gewisser Weise sehr wichtig für mich werden, diese Antworten zu kennen.

Ich latschte den Weg hinunter und fragte mich, ob es denn wirklich so falsch wäre, zusammen mit diesem verlorenen Haufen Hurensöhne davonzusegeln, wer auch immer sie sein mochten. War das etwa schlimmer, als für Chaddy und nebenher noch für Ahwaz zu arbeiten? Schlimmer, als von dieser stinkenden Peepshow zurück in mein stinkendes Loch unter dem Dach zu kriechen?

Schlimmer, als ich selbst zu sein?

Okay, sie waren ein bisschen raubeinig. Vielleicht war es für mich an der Zeit aufzubrechen. Ich straffte die Schultern und genoss das Gewicht eines anständigen Mantels, das auf ihnen lastete. Wie lange war es her, dass ich so etwas gefühlt hatte? Ich war als

Winzling geboren worden und hatte als Winzling gelebt. Autos ließen mich den Körper fühlen, den ich nicht besaß; Autos vermittelten mir ein Gefühl der Größe und brachten mir die Aufmerksamkeit anderer Menschen ein. Und vielleicht würden diese Halsabschneider das auch tun. Was sie mir versprochen hatten, ging weit über vier Räder hinaus. Schön, Menschen mochten verletzt werden, aber ich war auch verletzt worden. Ich hatte Schulden zu bezahlen. Der Gedanke versetzte meine Eingeweide in Schwingungen und hinterließ eine Spannung in meiner Hose. Menschen würden verletzt werden. Diejenigen, die mich verletzt hatten. Vielleicht sollten sie sich schon mal anstellen …

Starren Blickes blieb ich stehen und beugte mich so weit über das Geländer, dass ich in Gefahr geriet herunterzufallen, hätten sich meine Finger nicht krampfhaft um den Handlauf geschlossen und mein Rückrad unter der plötzlichen Erregung versteift. Der Wind zerzauste mir das Haar, aber er kam mir nicht länger kalt vor; die Erregung war stärker. Jenseits der Auf-fahrt zum Kreuz fiel ein Strahl rötlichen Sonnenlichts über eine ungepflegte dreieckige Grasfläche. Plötzlich flammten zwei tiefe Furchen scharlachrot auf und deuteten wie Pfeile auf die kaum verblassten Schleuderspuren auf der staubigen Straße – Spuren breiter Rennreifen, außergewöhnliche Spuren. Und diese wiederum deuteten auf einen Teil der Hecke, den ich genauso in Augenschein genommen hatte wie alles andere. Nun jedoch fiel das Licht der niedrig stehenden Sonne auf eine Lücke im Strauchwerk, einen Einschnitt, halb verborgen hinter dem Gewirr aus Laub und Zweigen. Es war nicht der schönste Anblick; sah irgendwie aus wie eine Wunde. Aber es war die erste Spur, die ich in all der Zeit hatte entdecken können, und Spuren wie diese stammten bestimmt nicht von einem gewöhnlichen Fahrzeug.

Ich richtete mich wieder auf und trottete den Fußweg hinab. Nach etwa einer Minute begann ich zu rennen.

Es war nicht leicht, mich aus dem Aufnahmewinkel der Kameras herauszuhalten, aber zu Fuß konnte man sie wenigstens beobachten und seine nächsten Schritte planen – besonders, da sie sich im Allgemeinen auf die Abschnitte konzentrierten, in denen am meisten Verkehr herrschte. Ich war in solchen Dingen ziemlich geübt. Trotzdem kam ich mir ein bisschen vor wie in *1984.* Manchmal fragte ich mich, was aus diesem Land noch werden sollte. Die Hälfte der Stadt wurde schon von Kameras überwacht. Sie verletzten die Freiheit jedes einzelnen Bürgers, was dazu führte, dass man entweder auf Händen und Knien zu den Autos krabbeln oder verdammt schnell arbeiten musste. Ich nenne so etwas totalitär.

Vielleicht hätte mich das nachdenklich stimmen sollen; doch erst als ich den Rand der Verkehrsinsel betrat und all das rote Sonnenlicht vor mir sah, ging mir ein Licht auf. Ich wurde geführt.

Ausgerechnet jetzt verlegte sich das größte Verkehrsaufkommen in meine Richtung, und die Kamera folgte ihm. Ich konnte nicht mehr zurück – und wohin zum Teufel sollte ich auch gehen? Ich sprang über den Randstein, prallte gegen die Hecke und versuchte, durch die Lücke zu sehen. Ein plötzlich aufflammendes scharlachrotes Licht blendete mich und ließ mich zögern, bis es fast zu spät war. Ein Dinosaurier brüllte durch das Zwielicht, und dann fegte ein Monstrum von einer Zugmaschine samt Anhänger um die Kurve, viel zu schnell und viel zu nah. Der Luftzug würde mich wie trockenes Laub im Straßengraben anziehen. Ich dachte nicht einmal über mögliche Alternativen nach, sondern sprang einfach. Trockene Zweige gerieten rund um mich herum in Bewegung, als das Monstrum vorbeiraste; so nah war es.

Und da stand ich nun auf dem Feld.

Nur war das eine andere Grünfläche als die, die ich von oben gesehen hatte, und das scharlachrote Licht stammte von den letzten Sonnenstrahlen, die von der abgerissenen, aber sonst intakten Tür des abgewrackten Ferrari reflektiert wurden. Und unmittelbar neben dem Wagen, noch immer auf die gewaltige Sense gestützt, stand Willum.

Er sah nicht besser aus als beim letzten Mal. Ich hatte schon Vogelscheuchen gesehen, die weniger Ähnlichkeit mit ausgetrockneten Wurzeln besessen hatten, und die hatten immerhin größtenteils aus Holz bestanden. Sogar seine Miene war unverändert. Hätte ich nicht selber gesehen, dass er sich bewegt hatte, ich hätte geschworen, das wäre unmöglich. Und doch war irgendetwas anders an ihm. Ich wusste nicht, was es war, aber es bescherte mir ein ungutes Gefühl.

»*Arr*«, machte er.

»Hi, Willum«, sagte ich. »Hör mal, ich wollte nur ...«

»Wieder da, was?«

»Ja«, antwortete ich geduldig. Er war nicht größer als ich, seine Sense aber schon. »Ich will zurück zu dem Pub und mich nach ...«

»Hättst da drin sterben könn'n«, sagte er plötzlich, ehe er mir vor die Füße spuckte.

»Das ist mir schon klar. Hör mal, ich will nur ...«

Langsam, sehr, sehr langsam schüttelte er den Kopf. Seine starren Augen erinnerten mich an die einer Kröte, genauso ausdruckslos, genauso reglos. »Hier geht's nich' weiter. Sin' schon zu viele von euch da.«

»*Was?*« Am liebsten hätte ich mich irgendwo verkrochen. »Was soll das? Ich bin's doch nur.«

Dann sah ich, was diesmal anders an ihm war – es war der kleine Unterschied zwischen einem Stier, der nur guckt, und einem, der jeden Augenblick angreifen konnte. Ich bewegte mich. Um genau zu sein, ich sprang weg wie ein Hase. Gerade noch rechtzeitig.

Kaum einen Sekundenbruchteil später blitzte die Sense auf, mehr nicht – und dann schimmerte der Stahl an genau der Stelle, an der ich gestanden hatte, die Schneide bis zur Hälfte in die Tür des Ferrari eingegraben.

»Bist du verrückt geworden?«, schrie ich, nur um gleich wieder wegzuhüpfen. Trotzdem hätte die Sense mich erwischt, wäre da nicht die Tür gewesen, die noch immer an der Klinge hing. Das Ergebnis hätte vermutlich ohne Schwierigkeiten Eingang in die Saatchi-Sammlung gefunden – Agro/Aggro oder so, Symbol der ländlichen Revolution gegen die Konsumgesellschaft vielleicht. Der Luftwiderstand musste enorm gewesen sein, ganz zu schweigen von dem Gewicht; aber beides schien den Burschen überhaupt nicht zu kümmern. Mich kümmerte es schon, doch ich war längst auf und davon, bestritt das diesjährige Kornfeld-Hindernisrennen, ab durch die Mitte, ohne Rücksicht auf die harten Halme, die ich unter meinen Füßen zermalmte. Und nie ist ein Kunstkritiker zur Stelle, wenn man einen braucht.

»Komm da raus!«, brüllte Willum. Er klang aufrichtig erbost, und der Luftzug, den die türbeladene Sense auslöste, strich über meinen Nacken. Ich vergeudete keine Worte mehr, sondern schrie und rannte noch schneller, quer über das Feld und um die Bäume herum in Richtung Pub. Irgendwann in dem Durcheinander sah ich eine Tür wie eine Frisbeescheibe über den Himmel segeln, und ich wusste, das Handicap hatte sich geändert; aber die entsetzliche Angst machte dieses Ungleichgewicht von meiner Seite aus wieder wett – das und die geringfügig längeren Beine. Dann sah ich im Vorgarten des Gasthauses eine Gestalt, die ich kannte, eine Gestalt, die offensichtlich damit beschäftigt war, die Rosen zurückzuschneiden.

»*Popp-yy!*«, kreischte ich. Scheinbar nicht sehr überrascht drehte sie sich um, doch die Situation hatte sie auf den ersten Blick erfasst. Ich stolperte keuchend auf den Gartenzaun zu und schaffte es gerade eben, über ihn hinwegzuspringen.

Geschwindigkeit heißt das Geheimnis.

»*Willum!*« Poppy stürmte über den Kiesweg auf uns zu und wedelte mit einem Handtuch, als wäre es eine ernst zu nehmende Waffe. »Willum, du böser, böser Junge, du hörst sofort damit auf, hast du verstanden? Allein die Vorstellung – und dann noch dieser arme Herr, der gerade erst einen Unfall erlitten hat!«

Zu meiner Verblüffung senkte Willum die Sense, blieb auf der Stelle stehen und starrte Poppy aus großen Augen an wie ein Schaf. Er war so überzeugend, hätte er geblökt, jemand hätte versucht, ihn zu scheren.

»War nich' mein Fehler«, murrte er rebellisch. »Siehst ihn doch selbst. Sind schon zu viele von denen hier. Der zieht nur noch mehr an. Hätte in dem kaputten Ferrari abkratzen soll'n. Kann ihn doch nich' einfach so hier rumlaufen lassen …«

»Deshalb musst du doch nicht gleich auf ihn losgehen, Willum. Der arme Herr hat Probleme genug, auch ohne dass du ihn mit der Sense bedrohst.«

Geistesabwesend schwang Willum die Sense zwischen uns vor und zurück. »Mag sein«, brummte er, »aber frag ihn doch … Na los, frag ihn …«

»Was soll sie mich verdammt noch mal fragen?« keuchte ich, während ich mir die Stirn mit dem ersten nicht aus Papier bestehenden Taschentuch abtupfte, dass ich in den letzten fünf Jahren als mein Eigentum hatte bezeichnen können. »Ich weiß doch überhaupt nichts! Darum bin ich ja hier: um nachzufragen! So ein Bursche namens Steve sagte mir, ich könnte …«

»Ah!«, rief Poppy mit zutiefst befriedigter Miene. »Hast du das gehört, Willum? Master Stephen hat ihm gesagt, er kann jederzeit hierher kommen! Master

Stephen persönlich, merk dir das! Ihm willst du doch bestimmt nicht widersprechen, oder? Häh?«

Ihre Worte hatte auf Willum eine beachtliche Wirkung. Etwas wie Lebendigkeit flutete in die winzigen Schweinsäuglein, und die breiten Lippen arbeiteten. »Ähhh«, machte er trotzig, und die Sense glitt enttäuscht zu Boden. »Hätt er mir verflixt noch mal sagen soll'n. Bin doch kein verdammter Gedanken-leser. Blödes Gesindel mit seinen albernen Ferraris ... Sind trotzdem zu viele ... Ich mach nur meinen Job ...« Damit machte er kehrt und trottete davon. Die Sense zog er beleidigt wie ein unartiges Kind hinter sich her, wenn er sie nicht gerade dazu benutzte, aus purer Gehässigkeit den einen oder anderen unschuldigen Grashalm zu kappen. Er musste kaum mit dem Handgelenk zucken, und schon war die Luft erfüllt von herumfliegenden Löwenzahnblättern.

Vorsichtig betastete ich meinen Nacken ... nur für den Fall, dass mein Hals bereits durchtrennt war und nur darauf wartete, dass ich zu nicken versuchte.

Poppy schüttelte traurig den Kopf. »Der lernt's auch nicht mehr. Allein der Gedanke! Aber nimm dir seine Worte nicht zu Herzen. Vergiss, was er über den Wagen gesagt hat. Geht ihn sowieso nichts an. Er ist nur wütend, weil der Wagen immer noch auf dem Feld liegt. Und was hat er mit zu vielen von euch gemeint?«

Sie betrachtete mich neugierig. »Ich kann nur einen sehen und von dem auch nicht gerade viel. Komm rein, Süßer; dann werden wir dir ein bisschen Fleisch auf die Rippen legen. Weißt du«, fügte sie hinzu, »Willum kann vieles sehen, mehr als die meisten von uns. Nur mit dem Verstehen hapert's. Was bringen die Visionen schon, wenn einer kein höfliches Wort rausbringen kann – oder will, nur weil er so gehässig ist. Aber das ist Willum. Dein Master Stephen, das ist ein furchtbar netter Kerl und so höflich – ein bisschen abweisend vielleicht, aber er hat auch viel Verantwortung zu tragen. Doch wenn du ihn nett fragst, sagt er dir bestimmt alles, was du wissen willst.«

Und schon war ich drin, ehe ich noch ein Wort sagen konnte, und saß mit einem riesigen irdenen Krug voller Bier am besten Tisch des Hauses unter der am wenigsten rauchenden Lampe. Die üblichen Bauerntrampel waren auch da, offensichtlich an Ort und Stelle angenagelt, seit ich das letzte Mal hier gewesen war. Sonst konnte ich jedoch niemanden entdecken. »Das ist, na ja, wirklich ermutigend, Poppy – dass du glaubst, er wird mir helfen, meine ich. Glaubst du, er wird heute noch herkommen?«

Poppy schob die Unterlippe vor und gab ein Geräusch von sich, wie ein hartnäckig festsitzender Korken, der gewaltsam aus dem Flaschenhals gezogen wird. »Ach je, das kann ich wirklich nich sagen. Manchmal bekommen wir ihn ein Jahr oder länger nich zu Gesicht – oh, aber bisher hat niemand nach ihm verlangt, und er war seit beinahe einem Monat alle paar Tage hier. Hat gesagt, er hätte in der Gegend zu tun; aber natürlich hab ich ihn nich weiter danach gefragt. Geht mich auch nichts an, Süßer. Bleib einfach sitzen, und trink dein Bier. Ich geh dann nach hinten und frag, ob irgendjemand weiß, wo er ist, in Ordnung?«

Und das Bier tat gut. Also, Poppy kannte und mochte Fisher. Und sie vertraute ihm. Das war doch schon mal was. Andererseits schien sie mich auch zu mögen, was ein schlechtes Licht auf ihr Urteilsvermögen warf. Ich würde mich nicht mal geschenkt haben wollen.

Kopfschüttelnd kehrte sie zurück. »Nee, Süßer, er war erst gestern hier; dann kommt er heute wohl nicht mehr. Sie haben gesagt, er sei wegen irgendetwas besorgt gewesen, und das passt gar nicht zu ihm. Aber du kannst ihm eine Nachricht hinterlassen, wenn du willst. Ich werd' dafür sorgen, dass er sie bekommt –

und, mit ein bisschen Glück, schon bevor er wieder herkommt.«

»Könntest du das tun? Poppy du bist wunderbar. Willst du mich heiraten?«

»Na, ich würd dir aber ganz schön zu schaffen machen. Du siehst gar nicht fit aus, und ich hab's gern, einen Mann auf Trab zu halten. Trink aus; dann bring ich dir ein Neues. Und'n bisschen Futter, wenn du magst. Heute gibt's Wurst.«

Es war Wurst, riesig, fett, ein Fest für Falstaff mit öbszönen Rissen, aus denen das Fett brodelnd und zischend auf das Holzbrett spritzte, das zwischen einem Berg Kartoffelbrei, glasierten Karotten, Erbsen, Bohnen und geröstetem Brot noch vage erkennbar war.

»Hau rein«, sagte Poppy streng. »Dann können wir dich auch noch erkennen, wenn du uns dein Profil zeigst, Süßer. Abgesehen von dem Riesenzinken, mein ich.«

»Puh, danke«, konterte ich gereizt. »Das ist eine aristokratische Nase. Ich frage mich immer, ob der Herzog von Wellington mit seiner jemals derartige Probleme gehabt hat.«

»Nur, wenn er seine Hände nicht unter Kontrolle halten konnte, Süßer. Hab ihm gesagt, er kann seine französischen Nutten betatschen, wie's ihm gefällt; aber ein in Freiheit geborenes englisches Mädchen mag es nicht, begrabscht zu werden wie 'ne Forelle. Wenigstens nicht, wenn der Kerl nicht mal vorher seine Hände anwärmt. Na ja, pass auf, dass dir die Katze dein Futter nicht klaut, mein Süßer. Und pfeif, wenn du noch ein Bier willst.«

Da ging sie hin und ließ mich verblüfft blinzelnd vor meinem Teller sitzen. Der Herzog von Wellington? Na ja, warum auch nicht? Warum eigentlich nicht? Sollte ich hier noch lange rumhängen, würde mir vermutlich Stroh aus dem Kopf wachsen.

Ich nahm mir Pollys Rat zu Herzen und stürzte mich auf die Würste. Sie waren grob, aber köstlich, ganz anderes Fleisch als diese triefenden Schmierbeutel, die sie einem heutzutage an Autobahnraststätten vorsetzen. Das nächste Mal, wenn mir jemand so einen Dreck andrehen würde, bekäme er ihn postwendend zurück – im Wellington-Stil. Und ich würde mir vorher nicht die Hände wärmen.

»Einen guten Abend wünsche ich Euch, mein guter Herr«, sagte eine fröhliche Stimme hinter mir. »Ich nehme an, dieser Platz ist noch frei?« Ich war viel zu sehr damit beschäftigt, mir das Essen ins Gesicht zu stopfen, um auch nur aufzusehen; also winkte ich nur kurz. Jemand ließ sich ziemlich ruppig neben mir auf die Bank fallen. Dann glaubte ich einen Augenblick tatsächlich, die Katze wäre hinter meiner Wurst her, als etwas Pelziges, Weißes über die Tischplatte strich.

Ich würgte heftig und spukte Wurststücke quer über den Tisch. Es war ein langer weißer Bart.

»Du meine Güte!«, rief ich entsetzt. Das oder etwas in der Art. Außerdem hätten sowieso nur die Fledermäuse meine Worte hören können. Wie der Blitz wirbelte ich herum, nur um mich gleich darauf Nase an Nase mit dem schielenden Gesicht aus dem Spiegel wiederzufinden.

»Oh, nur keine Aufregung, Sir!«, sagte der Mann mit einem Akzent, der seine Sprache so undeutlich machte, dass ich ihn kaum verstehen konnte. »Um nichts in der Welt wollten wir Euch Unbehagen bereiten. Mit Verlaub, guter Herr, setzt Euch wieder, und seid ganz beruhigt.«

Nase an Nase mit mir ist noch immer ziemlich weit entfernt; trotzdem hatte ich soeben den Beweis für die Echtheit dieser Begegnung erhalten. Nicht einmal eine astrale Projektion konnte einen derart schlechten Atem haben.

Wie auch immer, ich war bereits dabei, schon aus

Prinzip die Flucht zu ergreifen, als eine große Hand sich um meinen Arm legte. Die unerwartete Kraft dieser Hand versetzte mich in Angst und Schrecken, aber das anzügliche Grinsen wirkte in Fleisch und Blut doch mehr wie ein freundliches Lächeln.

Widerstrebend ließ ich mich von dem Mann wieder auf die Bank ziehen. Natürlich wollte ich ihn nur in Sicherheit wiegen – aber der Alte blockierte meine andere Flanke und schnitt höflich lächelnd eine Grimasse nach der anderen. Ihn konnte ich ein wenig besser erkennen.

»Nun, guter Herr, Ihr scheint in Aufbruchstimmung zu sein. Doch bitte, fasst Euch, ich flehe Euch an.« Der andere Kerl ließ sich ebenfalls auf die Bank sinken, wobei er sich auf den silbernen Knauf seines Gehstocks stützte, ehe er mir wohlwollend den Arm tätschelte. »Wir wollen Euch nur Segensreiches, Herr! Sicher, wir mögen Euch durch die Manifestationen unserer hellsichtigen Experimente ein wenig beunruhigt haben. Aber natürlich mussten wir annehmen, dass derartige Vorkommnisse in Euren Tagen nichts Ungewöhnliches sind, schwanden doch in der Geburtsstunde der Jahrhunderte völkische Irrungen wie Geister im Morgengrauen rationaler Philosophie …«

»Er meint, wir haben gedacht, Ihr wärt an derartige Geschehnisse gewöhnt«, erklärte der andere Mann lachend. »Verzeiht meinem gelehrten Freund, dem Doktor. Er spricht oft wie sein Bart: rein wie Schnee, aber endlos in der Länge. Wir haben uns wagemutig der Hoffnung hingegeben, dass unsere Erkenntnisse in Eurer Zeit Wurzeln geschlagen hätten und dieser Weg der Kommunikation zu einer ganz alltäglichen Angelegenheit geworden sei – das ist alles. Wir hatten gewiss nicht die Absicht, Euch … nun … mit unseren Erscheinungen Unbehagen zu verursachen!«

»Un*behagen?*«, sprudelte ich wutentbrannt hervor. Wenigstens half mir die Wurst, das Bier bei mir zu behalten. Ich war so wütend, dass ich es gleich wieder inhalierte. »Ich dachte schon, ich muss in die Geschlossene! Im Kreis laufen und vor mich hinmurmeln! Ich dachte …«

Ich dachte, sie wären nicht aus Fleisch und Blut. Aber zumindest hier und jetzt waren sie es. Okay, sogar der Alte war größer als ich – so gerade – und der andere war muskulös; aber ich hatte beide schon laufen sehen wie die Hasen und diesen Weihnachtsmann hier übel erschreckt. Da hatten sie ziemlich blöd ausgesehen, und was mir einmal gelungen war …

Mein Gesicht muss Bände gesprochen haben, oder es lag an dem Dampf, der mir aus den Ohren quoll. Auf jeden Fall sprang der jüngere Typ – Bruder Edward, richtig? – eilends über die Bank zurück. Der alte Knabe blieb, wo er war, was daran gelegen haben könnte, dass ich bedächtig seinen Bart um meine Faust gewickelt hatte.

»Mein guter Herr! Haltet ein!«, babbelte er. »Ich bitte Euch, lasst nicht zu, dass Ihr durch dieses Ärgernis zu übereilten Taten hingerissen werdet.«

»Sir, haltet ein!«, krächzte der andere. »Lasst doch ab.«

»Sobald ich diesen Staubwedel geradewegs in seinen Schädel gestopft …«

»Nein!« Seine schweren Hände landeten auf meiner Schulter und drückten mich auf die Bank. »Wollt Ihr uns denn nicht anhören? Aye, Euch ist Arges widerfahren, doch ist es nicht allein unsere Tat gewesen. Ja, man könnte sogar sagen, Ihr selbst wart auch daran beteiligt! Wollt Ihr also Gerechtigkeit walten lassen und warten, was wir Euch zu sagen haben?«

Ich hielt inne, ließ aber nicht von dem Alten ab, so wenig wie der zweite Bärtige von mir. Natürlich hätte ich mich wehren können, aber diese Arme schienen sich nicht sonderlich anstrengen zu müssen. Wie stets in einer solchen Lage dämmerte mir wieder einmal, dass ich trotz allem kein Schläger war wie Ahwaz, und das war etwas, worauf ich stolz sein konnte. Außerdem war mir gerade aufgefallen, dass der Jüngere ein Schwert trug.

Der Alte legte den zottigen Kopf auf die Seite und betrachtete mich nachdenklich wie eine Drossel eine Schnecke beäugen mochte. »Vielleicht können wir etwas tun, Euch zu erweichen?«

Ich erwiderte seinen Blick. »Und was?«

»Nun, das Wohl der Menschheit ...«

Ich zupfte träge an dem Bart.

»Und eine gerechte und großzügige Entschädigung!«, kreischte der alte Mann hastig und ein wenig stotternd, da ich noch immer an seinem Bart zupfte. »Sir, wir bieten Euch nicht nur unsere Hilfe dabei an, Eure derzeitigen Schwierigkeiten zu bereinigen, sondern auch Wiedergutmachung für die erduldeten Leiden. Unsere Ehre fordert nicht weniger; und durch Gottes Gnade und das Wohlwollen großer Männer sind wir in der Lage, Euch beides bieten zu können. Eine materielle Wiedergutmachung!«

»Was du nicht sagst.« Ich ließ seinen Bart los, lehnte mich auf der Bank zurück und wedelte geistesabwesend den Rauch fort, der plötzlich in der Luft lag. Ich regte mich ziemlich schnell wieder ab; aber ich war furchtbar wütend gewesen, fast so wütend wie auf Ahwaz ...

Diesmal gab es keine explodierenden Telefone oder Banditen, die herbeieilten, um irgendwelchen Leuten die Köpfe einzuschlagen. Dann kam mir ein Gedanke, und ich senkte rasch den Blick. Der Tisch fühlte sich unter meinen Fingern heiß an. Dort, wo ich mich aufgestützt hatte, erkannte ich leicht verkohlte Umrisse auf der geschliffenen Eichenplatte, und sie besaßen die Form meiner Hand.

Ich blinzelte verblüfft, doch das war nicht der Ursprung des Qualms. Der alte Knabe gab ein lustiges

Geräusch von sich, während er verzweifelt versuchte, seinen Bart zu glätten. Dieser hatte sich zu einem strammen Knoten aufgerollt, als hätte ihn jemand zu einer mächtigen, rot glühenden Spirale aufgewickelt.

Und so roch er auch. Aber auch das war nicht der Ursprung des Rauchs. Plötzlich kam mir ein hässlicher Gedanke, und ich betastete vorsichtig meine Ohren. Sie brannten; aber ich glaube nicht, dass das an dem Gesabbel meiner beiden Freunde lag.

Warzengesicht setzte sich ermattet wieder an den Tisch. »Ich nehme an«, erklärte er dem Älteren, »dass unsere Freundschaft leichter gedeihen kann, wenn wir uns dem Meister, äh, Maxie, vorstellen.«

»Ah, ein guter Gedanke«, stimmte ihm der Alte nickend zu, während er weiter geistesabwesend versuchte, seinen Bart zu ordnen. »Nun, mein guter Herr, dort, zu Eurer anderen Seite, sitzt mein junger, aber doch überaus fähiger und gesegneter Bruder, Sir Edward Talbot Kelley, einst Gelehrter am Worcester College zu Oxford, jüngst zum Ritter des Heiligen Römischen Reiches ernannt und nun in seinem vierunddreißigsten Jahr.« Kelley erhob sich halb und verbeugte sich. »Und vor Euch sitzt der wahre und einzige John Dee, *Aetatis* zweiundsechzig, im Range eines Gentleman Esquire, graduierter Doktor der Philosophie an der ehrwürdigen Universität zu Cambridge, heute königlicher Astrologe im Dienste ihrer hochgeschätzten Majestät Königin Elizabeth.«

Meine Augen wurden immer schmaler. »Die Königin beschäftigt einen Astrologen? Ich weiß, dass Nancy Reagan so etwas getan hat – aber die Königin?«

»Und nicht nur sie erfreut sich dieser Dienste, sondern ein jeder am Hofe, von seiner Lordschaft von Walsingham bis hin zum niedersten Stallburschen.«

»Walsingham? Wartet mal – *welche* Königin Elizabeth?«

Kelley kicherte. »Nun, die Königin von England, wer denn sonst? Gibt es noch eine andere, von der ich noch nicht weiß?«

»Na ja«, sagte ich zögernd. »Ja, witzigerweise. Ich meine, ich denke doch an die Richtige? Armada, Körper-einer-schwachen-Frau-Herz-eines-etcetera, Vormachtstellung in Europa? Die gute alte Königin Bess?«

Dee blickte sich gehetzt um. »Wir, äh, sollten ein wenig zurückhaltend sein, selbst an einem so abgelegenen Ort wie diesem. Die Spione des königlichen Hofes …«

»Oh, großartig. Hey, ihr habt ihr aber nicht erzählt, sie würde irgendwelchen großen, dunklen Fremden begegnen, oder?«

Der alte Knabe sah sich unbehaglich um. »Nun – ähem! – wie der Zufall und die Konstellation der Gestirne wollten …«

Kelley kicherte. »Und? Sie ist Lord Dudleys Neffen begegnet, dem jungen Earl of Essex …«

»Ach, der. Auf den müsst ihr achten. Er endet als Rolle für Errol Flynn.«

»Gute Güte!« Einen Augenblick lang machte der alte Knabe einen regelrecht entsetzten Eindruck, doch dann hob sich seine Stimmung wieder. »Nun gut, das soll uns zu diesem Zeitpunkt nicht belasten, denn ich stehe vorübergehend nicht in ihren Diensten. Neben anderen Sorgen galt mein Bemühen der Suche nach Euch, junger Herr; und dem Himmel sei Dank, dass wir Euch gefunden haben!«

»Yeah, ich wäre vor Freude fast in Ohnmacht gefallen!«

Der Kelley-Typ kicherte schon wieder. »Sir, Sir, es war doch nicht zu ändern! Irgendwie mussten wir Euch erreichen, und das hat uns seit unserer letzten, äh, Begegnung fünf lange Jahre gekostet!«

Wieder blinzelte ich verwundert. »Fünf? Einen Augenblick mal, das war doch erst vorletzte Nacht.«

Kelley zwinkerte mir grinsend zu. »Ah, Sir, aber dies sind die seltsamen Wege dieses sonderbaren Schattenreiches. Eine Nacht und noch eine für Euch; für uns eine Handvoll Jahre.«

Ich lehnte mich zurück und starrte vor mich hin. Fünfhundert Jahre oder fünf, sie gehörten nicht in dieselbe Zeit wie ich. Oder etwa doch? Sie sprachen mit Akzent; sie sprachen überhaupt ziemlich merkwürdig. Zuerst war es mir schwer gefallen, sie zu verstehen, aber inzwischen schien ich mich ein wenig an ihre Sprache gewöhnt zu haben. Das allein war schon eigentümlich genug. Und trotzdem glaubte ich ihnen, so, wie ich auch alles andere an diesem unheimlichen Ort glaubte … bis jetzt, jedenfalls.

»Also, wie zur Hölle habt ihr mich gefunden? Privatschnüffler?«

Dee sah verwirrt aus. »Schnüffler? Welche Ausgeburt der Hölle mag das sein? Nein, Sir, wir haben die seltene und subtile Kunst wahren Sehens kultiviert. Wobei es sich, falls Ihr das nicht wisst, um Hellseherei mit Hilfe eines Spiegels handelt. Obwohl Metall oder polierter Stein ebenso dienlich sein können, oder die Oberfläche eines stillen Gewässers, das imstande ist, ein Bild zu reflektieren. Philosophisch gesehen – hermetisch mithin – könnten wir all diese Bilder als identisch betrachten, oder, um genau zu sein, als universell, sodass der Fragende seine Gedanken den geheimen Strömen der …«

Kelley hustete, und der alte Knabe lächelte. »Nun gut, es ist eine Kunst, die zu erklären um diese Stunde wohl zu kompliziert sein dürfte, und überdies ist Bruder Edward im Umgang mit ihr geschickter, als ich es bin.« Er klopfte Kelley auf die Schulter. »Eine Kunst, um die ich ihn beneide, auch wenn Neid eine Sünde ist. Denn während all unserer Anfangsstudien sah ich nichts außer meinem eigenen närrischen Antlitz, wohingegen er schon bald in Trance fiel und

Zwiesprache mit den Geistern des Lichts hielt und unaussprechliche Wunder schauen durfte, die so verblüffend waren, dass ich ihm kaum glauben mochte.«

In einer Geste unschuldiger Bewunderung wedelte er mit der Hand, und ich betrachtete Kelley eingehender. Er hatte die Art falsch-freundlichen Benehmens und besaß ein derbes, eher jungenhaftes Gesicht, das sämtliche Alarmglocken in mir zum Klingen brachte.

»Ach, das ist doch nichts!«, protestierte er mit einem bescheidenen Lachen. »Eine Gabe, keine Leistung meiner selbst. Und, um der Wahrheit genüge zu tun, sie erwies sich in Bezug auf die Probleme des Alltags als wenig nützlich.«

»Wahrheit!«, kommentierte Dee glucksend. »Dafür mussten wir unsere Forschungen weiter voranbringen, hinein in dieses seltsame Grenzland unserer alltäglichen Welt, Rad oder Spirale, oder wie auch immer die Heiden diesen Ort nennen mögen. Wir sind durch Zufall über diese Welt gestolpert, als wir feststellen durften, dass unsere Experimente an bestimmten Orten stets erfolgreicher verliefen als an anderen, so, als gäbe es dort eine Quelle der Macht, von der wir zehren durften. Also machten wir uns mit einem schlichten Kunstgriff daran herauszufinden, wo diese Macht am stärksten war, und dort drangen wir dann immer weiter vor, bis wir die Grenze überwunden hatten. So erreichten wir jenen abgelegenen Ort im Sumpfland von Wales …«

Sumpfland von Wales? Wir waren nicht einmal in der Nähe von Wales. Aber ob Dee imstande war, das zu realisieren? Langsam dämmerte mir, dass er mit dieser Spiralengeschichte nicht halb so vertraut war, wie es den Anschein hatte – was immerhin einiges von dem Durcheinander erklären würde.

»Und von da ging es weiter zu einem besseren Ort!«, rief Kelley enthusiastisch. »Einem weit besseren! Ganz Europa haben wir auf der Suche nach dieser

Macht bereist, bis wir uns an einem Ort von wahrhaft unübertrefflichem Potenzial wiederfanden. Und an einem, an dem wir unseren Forschungen in Frieden nachgehen konnten, unbehelligt von den Nachstellungen der Kirche und jener Ignoranten, die sie zu den Messen bevölkern! Ein Ort, an dem wahre Philosophen einen erleuchteten Schutzherrn finden, gnädig und großzügig gegenüber jenen, über die er wacht. Diesen Ort haben wir entdeckt! Und dort haben wir unsere Studien vorangetrieben.«

Dee wedelte mit seinem Bart. »Aye! In einem glorreichen Augenblick konnte auch ich die Visionen im Glas erkennen – wenngleich nur die aus dieser Welt«, fügte er ein wenig bekümmert hinzu.

Kelley rieb sich die Hände. »Wie auch immer, wir perfektionierten unsere Riten weit über unsere ersten stümperhaften Versuche hinaus. Und diesmal sollte es keine Ungewissheiten geben, mein Wort darauf! Von da an haben wir geforscht und Spuren verfolgt …«

Einen Augenblick lang machten beide einen beinahe peinlich berührten Eindruck.

»Wir sind den Pfaden des Mystischen und Unerklärlichen gefolgt und haben herausgefunden, dass wir auf diesen Wegen die Grenzen von Raum und Zeit passieren und uns nach eigenem Gutdünken zwischen Welten und Zeitaltern bewegen können! Auf diese Weise haben wir Euch gefunden und sind an jenem Tage zu Euch gestoßen. Und wo, denkt Ihr, sind wir hergekommen?«

Triumphierend sah er mich an. Ich zuckte mit den Schultern.

»Aus Böhmen! Aus dem Herzen Europas, innerhalb weniger Stunden, auf geheimen Wegen unter der Erdoberfläche, die Ihr Euch nicht einmal vorstellen könnt.«

Reisen bildet – so viel dazu. Ich fragte mich, was sie wohl über den Eurotunnel denken würden.

»Okay, nun seid ihr also hier«, sagte ich entschieden unbeeindruckt. »Wie wäre es, wenn ihr mir nun auch noch erzählen würdet, weshalb ihr hergekommen seid. Abgesehen davon, um mich halb zu Tode zu erschrecken, natürlich.«

Kelley ergriff meinen Arm und starrte mir voller Ernst in die Augen. »Um Euch zu befreien selbstverständlich! Um Euch mitzunehmen an jenen Ort und die Last von Euch zu nehmen, die Euch unglückseligerweise zugefallen ist, und um daraus Segen für die ganze Menschheit zu gewinnen!« Er lehnte sich zurück. »Da wir es waren, die, wenngleich gänzlich unbeabsichtigt, Euch diese Bürde aufgeladen haben, sind es auch wir, die sie Euch mit größter Gewissheit wieder abnehmen können. Ist es nicht so, Bruder?«

Dee nickte ernst. »So ist es, Bruder.«

»Na toll!«, sagte ich. Ich gab mich immer noch ziemlich cool. Je mehr sie über ihre guten Absichten erzählten, desto genauer sollte man auf das Kleingedruckte achten. »Stellen wir trotzdem eine Sache klar: Ehe ich mich von euch oder irgendjemandem über irgendwelche mystischen Pfade führen lasse, will ich wissen, wohin sie führen! Also, raus damit: Worauf seid ihr aus? Was soll das alles?«

Dee wirkte besorgt. »Habt Ihr denn nicht verstanden? Aber darum seid Ihr doch hergekommen, oder nicht? Um den Rat von Freunden einzuholen? Habt Ihr nicht … nun, sagen wir, sonderbare Dinge erlebt? Begegnungen, die zu erklären Ihr nicht imstande seid?«

»Von euch zwei abgesehen, meinst du? Verdammt richtig, das habe ich. Genug, um mich den Rest meines Lebens in Albträumen zu wälzen.«

»Albträume?« Kelley klappte den Mund auf, um etwas zu sagen, doch Dee plapperte weiter, ohne auf ihn zu achten. »Aber doch gewiss nichts so Ernstes! Wir haben damit gerechnet, dass ihr verwirrt und ein wenig verzagt ob der Dinge seid, mit denen Ihr Euch so unerwartet konfrontiert sehen musstet. Die Visionen – die erwiesene Macht, die Ihr doch kaum kontrollieren könnt – vielleicht gar das Auftauchen seltsamer und machtvoller Besucher. Ist es nicht das, was Ihr erlebt habt?«

Nun geriet ich doch ein wenig ins Wanken. »Nun ja«, gestand ich. »So war es, richtig. Aber die Visionen – die Besucher – sie waren verdammt albtraumhaft.«

Nun lachte Kelley zur Abwechslung einmal nicht. »Das ist doch gewiss dem Einfluss des Schocks zuzuschreiben, meint Ihr nicht?«

»Nein, das ist es verflucht noch einmal nicht. Jedenfalls nicht nur.«

Kelleys Stimme nahm einen beunruhigten Tonfall an. »Aber haben sie … haben sie Euch in irgendeiner Weise bedroht?«

»Ja – nein! Vielleicht – nein! Jesus, ich weiß nicht, was ich denken soll.«

Der alte Mann nickte. »Wenn Ihr von einem Albtraum erzählt, so verliert er die Macht, Euch zu ängstigen, habe ich Recht? *Primo*, mein junger Herr, müssen wir genau erfahren, was mit Euch geschehen ist. *Secundo*, können wir Euch erklären, wie wir Euch zu befreien suchen – und zu belohnen, soweit es in unseren Möglichkeiten liegt. Junger Herr, wollt Ihr Euch denn nicht erweichen lassen und uns ein wenig Vertrauen entgegenbringen?«

Dee machte einen aufrichtigen Eindruck, aber andererseits war ich darin früher selbst ziemlich geübt gewesen. Trotzdem brannte ich regelrecht darauf, irgendjemandem von all dem zu erzählen – jemandem, der mir glauben würde. »Na gut«, sagte ich. »Ich werd's euch erzählen.«

Es dauerte nicht lange, die ganze Geschichte herunterzubeten, während die beiden nickten und weise vor sich hin brummten, als wäre ich ein berühmter

Dozent. Nur hier und da meldeten sie sich zu Wort, wenn ich irgendein Detail ausließ. Und ihre Fragen waren durchaus intelligent. Sie fragten nach dem Wind in der Nacht, nach den einzelnen Banditen, so was eben. Auf ihre Art, das musste ich zugeben, waren die beiden wirklich beeindruckend. Dee war ein wenig weitschweifend, verfügte aber offensichtlich über ein beachtliches Wissen. Kelley gab sich scharfsichtig und praktisch. Ich erkenne ein funktionstüchtiges Hirn, wenn mir eines begegnet, aber da war noch mehr. Beinahe schien es, als hätte ich eine Koryphäe der theoretischen Physik vor mir, samt dem Ingenieur, der ihre geistigen Ergüsse in die Praxis umsetzt. Mir machte dieser Umstand allerdings ein wenig zu schaffen. Schließlich konnte ich nicht preisgeben, wer ich wirklich war, und es war nicht leicht, die nackte Wahrheit angemessen zu kostümieren.

Oder wenigstens ein bisschen elegant zu verpacken.

Dee schüttelte mitfühlend den Kopf und gab das eine oder andere ›Na, na!‹ von sich. Mir entging jedoch nicht, dass seine Nase langsam immer höher wanderte. Kelley gluckste nur amüsiert. Als ich endlich zum Ende kam, sah Kelly Dee mit unverhohlener Hochachtung an.

Der alte Mann seufzte und zupfte an seiner dunklen Kleidung, Robe oder was auch immer. »Nun, junger Herr, ich bedauere zutiefst, was Euch widerfahren ist. Bitte nehmt meine Entschuldigung an. Doch muss ich Euch ebenso mitteilen, dass weit mehr Eurer Schwierigkeiten Euren eigenen Taten entspringen, als ich angenommen hatte. Ihr könntet sogar tatsächlich der Urheber all dessen sein!«

»Der *Urheber*? Soll das heißen, ich habe mir das alles ausgedacht? Hör zu, du verdammter, selbstgefälliger alter Haufen Sch…«

»Beruhigt Euch, Herr, ich bitte Euch!« Dee pochte

mit seinem Gehstock auf den Boden. Er besaß weit mehr Autorität, als ich ihm je zugetraut hätte. »Ich habe Euch bis zum Ende angehört! Wollt Ihr nun auch mich anhören?«

Ich gab auf, und er nickte. »Gut. Es liegt mir fern, Euch zu verspotten. Das diese … Vorfälle passiert sind, glaube ich uneingeschränkt. Aber ich glaube auch, dass das verständliche Entsetzen, das sie über Euch gebracht haben, Euch dazu inspiriert hat … nun, manche Aspekte in dunkleren und, hmmm, dämonischeren Schattierungen darzustellen, als angemessen wäre. Denkt nach!«, verlangte er, als ich den Mund öffnete, um ihm laut zu widersprechen. »Denkt genau nach, was wahrhaftig mit Euch geschehen ist! Euch wurde Hilfe zuteil, nicht wahr? Und dazu brauchte es nicht mehr als einen Gedankens! Ihr wurdet gerettet. Ihr habt machtvollen Beistand erhalten.«

Ich war in Versuchung, ihn zu fragen, ob er mich verarschen wollte; aber das hätte er wohl nicht kapiert. »Nun, vielleicht – aber, Jesus, wenn gerettet werden so aussieht, dann ist es auch nicht viel besser, als gefangen werden! Außerdem galt das vermutlich nicht in erster Linie mir. Ich meine, wen kümmert schon …«

Dee zog die Augenbrauen hoch. »Habt Ihr denn noch nie von Schutzengeln gehört?«

Ich starrte ihn aus weit aufgerissenen Augen an. Dann lachte ich und setzte die letzten Wurstfetzen frei. »*Engel?* Immer langsam, Doc. Wenn diese Kerle von dem Schiff aus dem Himmel kamen, dann will ich das gar nicht wissen.«

»Aber ich, Meister Maxie«, sagte Dee und lehnte sich bequem zurück. »Ich will es wissen.«

Nachdenklich strich er über seinen Bart. »Mein ganzes langes Leben habe ich damit verbracht, Wissen zu sammeln und weiterzugeben und noch mehr Wissen zu horten. Die Arbeit, die ich dafür aufgewandt habe, hätte mir in einem anderen Gewerbe weit mehr Profit gebracht. Warum, mögt ihr nun fragen. Weil ich einen Weg finden wollte, die Grenzen unseres weltlichen Seins zu überwinden. Einen direkteren Weg zur Quelle der Schöpfung, durch den die Leiden der Menschheit beigelegt werden können, auf dass alle Menschen fortan wie Brüder leben sollten.«

Immer der gleiche alte Traum. Aber vielleicht war diese Denkweise vor fünfhundert Jahren gar nicht so verrückt gewesen, wer weiß das schon? Ich sicher nicht. Ich habe immer Kain für den ersten Menschen gehalten, der so etwas von sich gegeben haben mag.

Dee starrte in eine unbestimmte Ferne. »Zu diesem Zweck habe ich mich jedem Zweig der Kunst und der Philosophie verschrieben. In der Tiefe mathematischen Denkens entdeckte ich das Versprechen einer solchen Möglichkeit, ebenso wie in den Schriften so bedeutender Astrologen wie dem großen Meister Tycho Brahe aus Dänemark. Doch erst, als ich über diese Lehren hinausging und mich den Gelehrten vergangener Zeiten wie dem Meister Ramon Lull und dem Conte Pico della Mirandola widmete, und weiter noch dem großen Henricus Cornelius Agrippa und seinem Meister, dem Abt Johannes Trithemius von Sponheim – erst da zeigte sich mir der große Weg, doch ihn zu öffnen – ach, das musste noch warten, bis mein junger Freund, der Meister Kelley, zu mir stieß. Und sagte ich nicht schon, dass er von Beginn an Kontakt zu anderen Sphären hatte?«

Kein Wunder, dass mir Kelleys Gesicht so vertraut vorkam. Er hätte einen brillanten Versicherungsvertreter abgegeben. Oder einen Kühlgeräteverkäufer am Nordpol. Derzeit hatte er ein bescheidenes Lächeln aufgesetzt und überließ Dee das Reden.

»Soll das heißen ... Er spricht tatsächlich mit *Engeln*?«

»In der Tat!« Der alte Knabe war ernsthaft davon überzeugt. Sein Kräuselbart wippte unter der Leidenschaft seiner Worte aufgeregt auf und ab.

Ich blinzelte ungläubig. »Wow. Worüber redet ihr so? Das Wetter? Harfenstunden?«

Dee runzelte die Stirn. »Ihr solltet derartige Dinge nicht gar so sehr auf die leichte Schulter nehmen, junger Herr. Ehe dies alles vorüber ist, werdet ihr notwendigerweise mehr über sie erfahren. Wir selbst hatten bereits den ein oder anderen Fortschritt zu verzeichnen. Botschaften erreichten uns, Anleitung ebenso. Uns wurde beschieden, wie wir unser Leben bessern können, auf dass wir ein derartiges Privileg verdienen.« Er wackelte mit dem Kopf. »Oft in unerwarteter Weise. Könnt Ihr Euch denken …«

Kelley hob sanft die Hand. »Lasst uns diese Tiefen zu einem späteren Zeitpunkt diskutieren. Begnügen wir uns mit dem, was wir unternommen haben, einem Projekt von ehrfurchtgebietender Tragweite.«

»Es ist so«, sagte Dee, wobei er erneut an seinem Bart herumzupfte. »Mit der Hilfe eines komplizierten Rituals wollten wir einen großen Engel herbeirufen! Und wir wollten eine Basis schaffen, die Ihr als eine besondere Bindung oder Nähe bezeichnen mögt, welche es uns ermöglichen würde, uns eines Fragmentes seiner unermesslichen Macht zu bedienen.«

Langsam richteten sich meine Nackenhaare auf. »Wartet mal eine Minute … So langsam komme ich dahinter. Ihr wolltet euch ein Privileg sichern, sozusagen ins Franchising einsteigen, und einer von euch sollte den Franchisenehmer spielen oder was auch immer?«

Dee nickte bestätigend. Offenbar hatte er verstanden, was mit Franchising gemeint war. »Ich wagte gar zu träumen, die Ehre könnte mir zufallen. Eine so erstaunliche Macht um des Guten willen zu führen, ein wundersamer Quell des Heils für die ganze Welt!« Seine Augen glänzten mit einem Ausdruck enthaltsamer Freude. »Aber offenbar wollten die Engel, dass dies Privileg einem anderen zufallen sollte …«

Kelleys Lächeln wurde breiter. »*Vorübergehend* einem anderen zufallen sollte«, korrigierte er.

»Oh, dann habt ihr also gerade eines eurer … Rituale oder was auch immer abgehalten, als ich … na ja, hereingeschneit bin?«

»Nicht nur ein Ritual«, sagte Kelley eindringlich. »*Das* Ritual. Gefährlich wie die schwärzeste Nacht und ebenso unergründlich. Es ist so unendlich mühsam, dass es der Arbeit des Sisyphos gleicht. Es ist imstande, den Geist bis zum Zerbersten zu beugen wie einen Weidenzweig. Nie zuvor waren wir so weit gekommen, und inmitten all unsere Bemühungen – seid Ihr gestürzt.«

»Ich hatte Angst, das war alles! Ich war lediglich auf der Suche nach einem Versteck! Irgendetwas ist auf den Feldern rund um das Haus umhergelaufen, etwas, das mir die Scheiße aus dem Leib …«

»Gott hat es so gewollt«, erklärte Dee nicht allzu demütig. Er sah aus, als hätte er soeben von einer Art himmlischer Cocktailstunde erfahren. »Um seiner erhabenen Ziele willen, zweifelsohne. Und so wurden Gefäß und Quelle der überfließenden Macht der Engel bei Eurem unerwarteten Erscheinen …« Er seufzte. »Zu Eurem zweifellos verdienten, doch unvorbereiteten Selbst.«

Er sprach wie ein Bibellehrer, und irgendwie schien sich der Kreis zu schließen.

Am liebsten wäre ich laut schnatternd durch den ganzen Raum gerannt. Engel? Glauben, egal an was, war nie meine starke Seite gewesen. Sehen wir der Sache doch ins Gesicht: Ich allein habe in meinem kurzen Leben vielen Leuten viel Unsinn angedreht. Da war der Richter, der mir abgenommen hatte, ich wäre lediglich mit dem Kopf in der Fensteröffnung eines Wagens erwischt worden, weil ich einen Blick auf die Uhr hätte werfen wollen. Die Passanten, die ich beiseite gezogen und im Namen eines Kultes um ihr Geld erleichtert hatte, der ihnen angeblich helfen konnte, ihr Unterbewusstsein durch die Kraft ihres Über-Ichs zu stärken. Die potenziellen Kunden der Stripshow, denen ich das ultimative erotische Erlebnis versprochen hatte. All die Gläubigen, die ich für meinen löffelbiegenden Magier hinters Licht geführt hatte. Je mehr sie geglaubt hatten, desto weniger hatte ich glauben können. Und Engel … Nun, man könnte sagen, sie standen ziemlich oben auf meiner Negativliste.

Teufel, na ja, das war eine andere Geschichte; ich meine, man musste sich ja nur die ganz gewöhnliche Menschenansammlung an einem beliebigen Abend am Hafen von Mahon betrachten. Da war wirklich alles vertreten; nur Engel waren nie zu sehen, nicht einmal an der Hotelbar.

Andererseits hatte dieser Kerl, Steve, behauptet, hier draußen wäre alles möglich, und ich kam gerade erst dahinter, wie viel er mit ›alles‹ gemeint haben könnte. »Was ich gesehen habe, sah nicht gerade engelhaft aus«, sagte ich gedehnt.

»Aye«, brummte Dee erneut ein bisschen verstört. »Und ich gestehe, dass auch ich dies nicht zur Gänze verstehe. Der Charakter dieser … Räuber, dieser Heimsuchungen …«

»Ach, aber ist denn das nicht so klar wie Tageslicht und Wasser?«, mischte sich Kelley ein. »Soll denn nicht der menschliche Stellvertreter engelhaften Lichts dieses fokussieren wie ein Brennglas? Sollen ihm denn nicht seine eigene Färbung verleihen wie eine Scheibe Buntglas? Ist es nicht sein Ziel und Zweck zu bestimmen, welche Form diese Macht erhalten soll?«

»Aha!«, brüllte Dee und stieß seinen Gehstock erneut geräuschvoll auf den Boden. »Gut gesprochen, Bruder! Das muss es sein, in der Tat! *Primo*, die himmlische Hilfe manifestierte sich in einer etwas außergewöhnlichen Form, junger Herr, weil sie nicht ab *initio* für Euch bestimmt gewesen ist. *Secundo*, weil Ihr weder mit ihr gerechnet habt, noch fähig wart, sie zu kontrollieren. Ein Pferd ist ein wunderbarer und graziöser Gefährte, doch nicht ohne Zügel und Zaumzeug oder die Kunst des Reitens selbst. *Tertio*, weil Ihr, nun, sagen wir …«

»Dreck am Stecken habt!«, warf Kelley mit einem Grinsen ein, das mich interessanterweise weniger kümmerte als Dees peinlich berührtes Um-den-heißen-Brei-reden.

»Ähem, lasset uns nachsichtig sein und sagen … dass Ihr Euch weit abseits vom Pfad der Tugend bewegt.« Alles, nur nicht zugeben, dass man sich im Gespräch mit einem selbsterklärten Verbrecher befindet, ganz zu schweigen davon, mit so einem am selben Tisch zu sitzen.

Ich schlug mit der Faust auf den Tisch. »Nein, jetzt wartet aber verdammt noch mal!«, platzte ich heraus, und ich fühlte, wie sich das ganze, ach so vernünftige Geschwätz in meinem Kopf drehte wie eine Ratte in einer Kaffeekanne. »Nur, um das klarzustellen: Ihr behauptet also, dass mich all diese Albtraumgestalten heimgesucht haben anstelle der Nachthemd-und-Heiligenschein-Brigade, weil ich keine netten Gedanken hege?«

»Weil Ihr keine guten Taten verbringt«, korrigierte Dee tadelnd. »Könnt Ihr das denn nicht verstehen? Warum sollen Engel nicht wie Teufel erscheinen, wenn man sie durch einen Zerrspiegel betrachtet? Ein lebhaftes Pferd mag dem, der es zu beherrschen vermag, eine wahre Freude sein; doch es ist für jeden ein Graus, dem es an dieser Fähigkeit mangelt.«

»Mag sein«, konterte ich, »aber ihr zwei wart doch bereit dafür, richtig?«

»Bereit, aye – aber voller Furcht und Zagen. Zum rechten Gefäß so ehrfurchtgebietender Macht zu werden, erfordert Disziplin und Selbstläuterung über viele Jahre hinweg, so wie es die Kunst der Magie stets verlangt. Ein jeder, der nicht ausreichend gerüstet ist, wird hingegen Schrecken vorfinden – umso mehr, wie es scheint, einer, der seine bösen Gedanken nicht unter Kontrolle halten kann. Ich sage nicht, dass Ihr ein so übler Sünder seid«, fügte er dann hastig hinzu, wobei er aufgeregt an seinem Bart zupfte. »Jung, wild und unkultiviert, ohne Zweifel. Nichtsdestotrotz ...«

»Die Macht ist zu Euch gekommen, Bursche, als Ihr sie gebraucht habt«, sagte Kelley durchaus nicht unfreundlich. »Aber Ihr seid die falsche Person mit den falschen Absichten, und so kam sie in der falschen Gestalt. Sie tut Euch nur Gutes, doch auf die beängstigendste Weise! Und so lange Ihr so weitermacht, werdet ihr nichts als ein blinder Bettler auf einem durchgegangenen Pferd sein.«

Ich staunte nicht schlecht. Auf eine widerwärtige Art ergaben seine Worte durchaus Sinn. Da war das reine Licht oder was auch immer hervorgebrochen, und ich hatte ihm im Weg gestanden wie ein kackfarbener Filter. Ja, das war Maxie, wie er leibte und lebte.

Dennoch hatte ich mich nie als einen Typ erlebt, der Telefone in die Luft jagt und Leute zu Hackfleisch verarbeitet, nicht mal so miese Typen wie Fallon. Autos klauen, ja, jeden Tag; aber die Conan-Methode passte einfach nicht zu mir. Zumindest war mir nichts dergleichen bewusst. War es möglich, dass all dieses harte Zeug in meinem Unbewussten kursierte? Waren all diese Schläger nur eine Reflexion meines wahren Ich? War ich am Ende so eine Art Westentaschen-Ahwaz? Allein der Gedanke war unglaublich deprimierend.

Der alte Knabe klopfte mir väterlich auf die Schulter – herablassend väterlich, verdammt herablassend. »Kein Wunder, dass Euch all das mit solch einer Furcht erfüllt hat, mein armer junger Freund. Und doch müsst Ihr wissen, dass ich Euch gar darum beneide, schon um den kürzesten Eindruck jener Macht.«

»Es mag schon sein, dass die Färbung nicht allein ihm entspringt«, fügte Kelley hinzu. »Denn wir wissen aus unseren Experimenten, dass derartige Forschungen stets mit Gefahr verbunden sind. Sie ziehen die … nun, vielleicht sollten wir sagen, die gegnerischen Mächte an. Da mag es durchaus sein, dass sie sich während des ungeweihten Stadiums dieses Experiments Zutritt verschafft haben, was wir ihnen vermutlich auch nicht hätten verweigern können.«

»Und in diesem Fall«, sagte Dee von tiefem Ernst erfüllt, »ist es von größter Dringlichkeit, Euch von dieser Macht zu lösen. Anderenfalles mag es Euch ergehen wie dem Doktor Johannes von Knittlingen, der sich einen Dämon zum Diener nahm und so, obgleich er Gutes tun wollte, nur mehr Böses schuf. Faust war wohl sein Familienname, soweit ich mich erinnere.«

»Also von dem habe ich auch schon gehört«, bemerkte ich.

»Ein wahrlich trauriger Fall«, sagte Dee. »Ich traf ihn selbst einmal kurz in Köln. Es ist noch nicht lange her. Wirklich traurig. Und abscheulich.«

»Oh«, machte ich.

»Dann werdet Ihr uns begleiten?«, verlangte Kelley zu erfahren.

Ich vollführte eine hilflose Geste, woraufhin er auf den Tisch schlug.

»Seht Euch um, Mann. Seht Euch die Welt an, zu Eurer Zeit oder zu unserer! Schmeichelt sie Eurem Auge? Ihr seid ein Mann von Bildung, von Begabung, nur gefallen, weil sich das Glück gegen Euch gewendet hat. Wollt Ihr denn nicht Euren rechtmäßigen Platz zurückerobern? Wir können Euch dazu verhelfen, Mann, das und noch viel mehr!«

Dann lehnte er sich zurück und zuckte mit den Schultern.

»Doch darauf müsst Ihr nicht vertrauen, wenn Ihr das nicht wünscht. Es genügt zu sagen, dass wir Euch von all dem Schrecken befreien können. Und Ihr könnt ohne jeden Schaden in Eure Zeit zurückkehren, doch belastet allein mit reichem Lohn. Ihr müsst auf nichts verzichten, was die Schatzkammern des Römischen Reiches und seine Hoheit Rudolf von Habsburg zu bieten haben. Denn er ist unser Gönner, der heilige Herrscher des Römischen Reiches Deutscher Nation persönlich. Er selbst befiehlt Euch zu sich. Wir … Wir bitten Euch nur. Doch, soweit Ihr nicht jenen anderen vertraut, diesen Banditen oder was sie auch sein mögen, steckte ich in Euren Schuhen, ich würde keine Zeit verlieren.«

Ich lehnte mich ebenfalls zurück und starrte mit großen Augen vor mich hin. Ich hatte mir verzweifelt gewünscht, die ganze Geschichte würde einen Sinn ergeben, und nun tat sie es gewissermaßen. Okay, der Sinn war ein guter Grund, mir die Haare zu Berge stehen zu lassen, und er untergrub sämtliche Formen von Logik und rationellem Denken, die mir je vertraut gewesen waren. Andererseits hingen diese Formen so oder so ziemlich in der Luft, solange mir an jeder Ecke seltsame Banditen auflauerten und zwei elisabethanische Weise mal auf einen Drink vorbeischauten.

Mir wurde allmählich schwindelig. Ich wusste weder was ich tun, noch wohin ich gehen sollte. Wenn doch nur dieser Fisher-Typ hier wäre; aber warum sollte ich ihm mehr vertrauen als diesen beiden? Immerhin hatte er mich geradewegs in diese Scheiße hineingeführt.

Und außerdem traute ich Dee auf gewisse Weise tatsächlich. Er war ein bisschen aufgeblasen, vielleicht auch überheblich, okay. Trotzdem war ich überzeugt, dass ihm wirklich am Wohl der Menschheit gelegen war. Allerdings haben diejenigen, die am lautesten über den armen Menschen in der Masse klagen oft keinerlei Skrupel, ihren direkten Nachbarn eiskalt über den Tisch zu ziehen. Offenbar fiel es diesen Leuten schwer, ihren Blickwinkel auf einen kleineren Bereich zu konzentrieren.

Trotzdem fiel mir keine erfolgversprechendere Lösung ein, und die Vorstellung, noch länger eine Art loser Faden im Engelsgewebe zu bleiben, gefiel mir überhaupt nicht.

»Und wie lange soll das alles dauern?«, erkundigte ich mich entnervt.

»Nur einen Tag Eures Lebens«, sagte Kelley achselzuckend. »Nur einen Tag, ein einfaches Ritual ...«

»Sagen wir lieber, einen oder zwei Tage, Bruder Edward«, unterbrach ihn Dee tadelnd. »Wir wollen nicht unangemessener Hast erliegen! Zunächst müssen wir die Nativitäten bestimmen, die Omen deuten und all die anderen Vorbereitungen mit größter Sorgfalt treffen, auf dass unser Ritual diesmal sicher vonstatten gehen wird.«

»Natürlich, natürlich«, entgegnete Kelley widerwillig. »Obwohl es auf jeden Fall einen sicheren Verlauf nehmen sollte. Und sind wir erst soweit, so können wir Euch über dieselben mystischen Pfade zu dem Augenblick zurückbringen, an dem alles seinen Anfang genommen hat. Nun kommt, guter Herr, unsere Pferde hinterlassen nutzlos Spuren im Kies. Wollt Ihr um all des Guten willen nicht mit uns kommen? Wollt Ihr lieber weitere Heimsuchungen von noch grausigerer Art riskieren? Vielleicht gar hier, wo die Mächte, denen Ihr begegnen werdet, ohne Zweifel stärker sein müssen?«

Ich schluckte. Plötzlich war mein Gaumen schrecklich trocken, und ich stürzte den Rest meines Biers hinunter. Das gab nun endgültig den Ausschlag. Ich erhob mich und brüllte nach Poppy.

»Einen Augenblick, Süßer!«, ertönte ihre Stimme aus der Küche.

»Ich muss gehen, Liebling!«, rief ich. »Aber vergiss meine Nachricht nicht, ja?«

»Ich bin vielleicht kein Elefant, mein Süßer«, konterte sie, während sie mir von der Küchentür aus zum Abschied zuwinkte, »aber du musst dir trotzdem keine Sorgen machen.«

Ich winkte ihr ebenfalls zu. Dee und Kelley waren bereits draußen, und ich hörte das leise Wiehern von Pferden. Mystische Pfade? Nun, wie es aussah, hatte ich mich so oder so schon in einem mystischen Irrgarten verlaufen.

Ich machte kehrt und lief hinaus in die Dunkelheit.

Kapitel 6

Schleudergefahr

Inzwischen herrschte tintenschwarze Nacht außerhalb des gelben Schimmers der Laternen auf der Veranda vor dem Pub. Motten tanzten im fahlen Licht und warfen fantastische Schatten auf den Kiesweg. Dort standen drei ungeduldig mit den Köpfen nickende Pferde, die sogleich ihre Nasen an uns rieben, als wir uns ihnen näherten. An diesen Viechern gab es jedenfalls nichts Mystisches. Sie waren kleiner und zottiger als die meisten, soweit ich das beurteilen konnte. Und mir fiel auf, dass sie recht streng rochen. »Wollt Ihr nicht aufsteigen, Sir?«, erkundigte sich Kelley selbstzufrieden, während er wie ein Stallbursche die Hände zur Räuberleiter faltete, um mir in den Sattel zu helfen. Allerdings war ich längst dabei, Gurte und Zaumzeug zu überprüfen und mich selbst auf den Rücken des Pferdes zu schwingen.

»Ah«, sagte Kelley grinsend. »Und ich dachte, in Eurer Zeit hätte schon jedermann die Kunst der Reiterei zu Gunsten dieser dämonischen Feuerwagen aufgegeben, und Ihr umso mehr.«

Ich erwiderte sein Grinsen und bemühte mich um eine einigermaßen angenehme Sitzhaltung in dem eher derben Sattel. Eine Sache, an der ich mich als Jugendlicher ein wenig beteiligt hatte, war die Parforcejagd, weil das nun mal jeder tat – na ja, jeder aus meiner Familie. Ich bin nicht lang dabei geblieben; zu anstrengend und zu brutal. Außerdem, wenn man schon Füchse umbringen wollte, dann hätte ich sie lieber geschossen, so wie Fasane und Moorhühner. Am besten sitzend und von hinten; in Getreidefeldern oder hohem Gras und außerhalb der Saison, was das betrifft. Übrigens wollte ich dauernd einen Gang hoch- oder runterschalten.

Der alte Knabe zog schwungvoll seine Robe hoch, unter der lederne Hosen zum Vorschein kamen, ehe er erstaunlich hurtig auf das führende Pferd sprang. Kelley mit seinen Stummelbeinen hatte dagegen eine Menge zu tun, sich auf sein Pferd zu hieven, und sein Rapier stieß wild gegen seine Stiefel, während seine Beine ins Leere traten. Oben angekommen knöpfte er seine Lederjacke auf, deren kitschiger Zierrat sogar in diesem schwachen Licht schimmerte, und schob sich eine bestickte Kappe über das zottige Haar. Dann zupfte er an der Feder, bis sie sich aufrichtete, blinzelte mir zu, deutete mit dem Daumen auf den Doktor und sagte irgendetwas.

In diesem Augenblick klang er wie eine Cartoonfigur, vielleicht ein sprechender Grassame. Hatten sie sich die ganze Zeit über bemüht, mir gegenüber in so etwas wie modernem Englisch zu sprechen? Vermutlich hatten sie mich nicht verunsichern wollen. Bestimmt sogar. Aber irgendwie kam es mir so vor, als wäre noch etwas anderes nicht mehr im Lot, obwohl ich nicht recht wusste, was das sein könnte.

Dee nickte und sah sich um wie ein Hund, der die Nase in die Nachtluft hielt. Dann schnalzte er mit der Zunge und trieb sein Pferd in die Finsternis voran. Er zögerte nicht. Ich schon; aber Kelley versetzte meinem Pferd einen Klaps und reihte sich hinter mir ein. Damit war er genau dort, wo ich ihn bestimmt nicht haben wollte, obwohl er bis zu meinem Hals eine ziemlich lange Drahtschlinge brauchen würde.

Die Dunkelheit schloss sich um uns. Nicht einmal ein Stern funkelte am Himmel, und die Luft war so kalt, dass ich das Gefühl hatte, ersticken zu müssen. So weit ich sehen konnte, entfernten wir uns von dem Feld, umkreisten den Pub gegen den Uhrzeigersinn und ritten an einem Pappelhain vorbei. Für mich war dieser Ritt ziemlich nervenaufreibend, nicht zuletzt, weil Willum irgendwo da draußen lauerte.

Nachdem sich meine Augen an die Dunkelheit gewöhnt hatten, konnte ich jenseits der Straße vage einige Häuschen erkennen. Hier schienen sie dichter beieinander zu stehen und ihre schiefen Mauern überragten den Weg, während das Dachstroh sich unregelmäßig vor dem dunklen Himmel abhob. In den Fenstern brannten keine Lichter; nichts regte sich. Wir schienen die Hauptstraße zu Gunsten eines schmalen Pfades zu verlassen, der sich zwischen Anbauten und baufälligen Scheunen und Schuppen hindurchwand, die den muffigen Geruch von Stroh und Hühnern verströmten, gepaart mit dem Duft trocknender Äpfel und dann und wann auch den tränentreibenden Ausdünstungen von Schweinen. Irgendwo in der Ferne erklang das Dröhnen des Autobahnkreuzes, und manchmal tauchte eine Auffahrt oder eine Überführung vage aus der Finsternis auf, vernebelt von dunstig gelbem Scheinwerferlicht. Der Anblick wirkte unerträglich heimelig, verheißungsvoll und verlockend. Und wenn Sie nun noch nicht kapiert haben, wie verzweifelt ich war, dann werden Sie es nie begreifen.

Bald darauf blieben auch die Bauernhäuser hinter uns zurück und wackelige Zäune und ungepflegte Hecken nahmen ihren Platz ein, hier und da durchbrochen von dem ein oder anderen Baum; doch nie raschelte auch nur ein Blatt in der drückenden Luft. Nervös umklammerte ich die Zügel. Ich hatte das Reiten über die Jahre nicht verlernt, aber ich hatte auch die notwendigen Muskeln nicht mehr benutzt, soweit ich sie denn je besessen hatte. Und ich erwartete unentwegt, dass das Pferd im Dunkeln stolpern oder mir plötzlich ein Ast ins Gesicht peitschen würde. Aber vielleicht würde ich auch nur in einem von diesen allgegenwärtigen Schlammlöcher landen.

Nichts passierte, und ich fing an, andere Dinge wahrzunehmen: Blubbern, Gurgeln und das leise, drohende Flüstern fließenden Wassers, und jenseits von alldem einen dumpfen, irdenen Pulsschlag, weniger ein Geräusch, mehr ein Gefühl. Doch das einzige Geräusch, was lauter zu werden schien, war das Dröhnen der Kreuzung. Ich blickte nach vorn, doch ich konnte nicht weiter als bis zu Dee sehen – und der riss plötzlich die Hand hoch, um uns Halten zu gebieten. Was allerdings nicht notwendig gewesen wäre. Ich dachte, ich wäre geradewegs gegen eine Ziegelmauer geritten. Mein Pferd blieb wiehernd und ohne Vorwarnung stehen, während ich würgte und mich nur schwankend im Sattel hielt. Die Schweineställe waren nichts gegen das.

»Aye, welch seltener Gestank!«, rief Kelley hinter mir, grinste und betupfte seine Nase mit einem Stoffstreifen. »Aber nach ein paar Atemzügen ist er kaum mehr zu wahrzunehmen.«

»Ich habe eine bessere Idee«, schniefte ich. »Warum … reiten wir nicht einfach weiter?«

»Weil dies, wie ich fürchte, unsere Straße ist«, intonierte Dee milde, während er mit geübter Leichtigkeit aus dem Sattel glitt. »Ein wenig unerfreulich, gewiss, aber eine so seltsame Reise ist stets mit Mühen verbunden. *Per Stercoraria in Cloaca.*«

»*Wie bitte?*«, fragte ich mit einem langen Blick in die Finsternis, während ich im Kopf nach den Fragmenten meiner längst verstorbenen Lateinkenntnisse suchte. *Durch* – irgendwas – in – irgendwas anderes. Was vor uns lag machte jedoch nicht gerade einen altertümlichen Eindruck. Im Gegenteil, es war geradezu peinigend modern: massive Betonteile, kantige Umrisse, aber mit etwas Rundem im Inneren und etwas Beweglichem darüber, tröpfelnd, zischend. Kreisende Arme über kreisrunden Betonwannen.

»Einen Augenblick mal!«, begehrte ich auf. »*Das* soll Euer Rückweg sein? Das ist eine gottverfluchte Kläranlage!«

Gdunk, gdunk, gdunk, pulsierte die Anlage, pumpte die braune Flut der Zivilisation durch Rohre, Filter und Bakterienkulturen unter unseren Füßen und ließ nichts zurück außer dem Gestank, der um die stahlgesicherten Gebäude mit ihren riesigen Ventilatoren und Entlüftungsrohren waberte. Und der war sogar für einen Ort wie diesen ein bisschen heftig: Ammoniak, Methan und alle möglichen anderen unerfreulichen organischen Verbindungen. Die schlimmste Gasladung schien fröhlich im Wind zu treiben, der genau von vorn wehte. Von dort, wo Dee sein Pferd hinführte.

Dort war eine halb geöffnete Tür zu sehen, gut. Hinter ihr nichts als Schwärze, aber man konnte der herausströmenden Luft praktisch dabei zusehen, wie sie sich kräuselte und gelblich verfärbte. Der austretende Gestank war so aufdringlich vertraulich wie ein Kundenwerber vor einem Striplokal.

»Nein – ich sagte, *wartet!* Ihr wollt doch nicht … Ihr bekommt mich da nicht …«

Niemand nahm auch nur im Geringsten Notiz von mir. Die gewaltigen Becken mit den riesigen kreisenden und triefenden Rührarmen sahen aus wie stehen gebliebene Uhren, als würde hier tatsächlich die Zeit selbst im Nirgendwo versickern.

Ich schwang mich gerade noch rechtzeitig aus dem Sattel, um einer Kollision mit dem Türsturz aus dem Weg zu gehen, als mein Pferd ungefragt Dees Reittier folgte. Ich wickelte mir die Zügel um die Hand, konnte aber den Kopf des Tieres nicht herumzerren. Das ganze Gebäude war ein verfallener Haufen aus altersschwachem Beton, der vor allem durch alte Gewohnheit und das Unkraut zusammengehalten wurde, das aus jeder Ritze spross. Die Tür war aufgebrochen worden, das Schloss schon vor langer Zeit verbogen und zerstört. Das *Gdunk* hallte über das rostbefleckte Dach. Es gab keinen Bodenbelag; nur eine dunkle Rampe führte hinab in unergründliche Tiefen.

»Wir müssen uns sputen!«, sagte Dee ernst. »Hier sammeln sich üble Gase!«

»Ach, wirklich? Ist mir gar nicht aufgefallen.«

Er sah sich mit einem ungläubigen Blinzeln zu mir um. »Tatsächlich? Ihr müsst in wahrhaft harten Zeiten leben.« Wieder einmal klopfte er mir tröstend auf die Schulter. »Aber hier geht es um mehr als nur um den Gestank. Hier zu verweilen, hieße, den Erstickungstod zu riskieren. Führt Euer Pferd am Zügel, und beeilt Euch.«

Gerade wollte ich meiner Meinung über diesen ganzen Mist Ausdruck verleihen, doch Dee war schon wieder weg, und mein Pferd folgte dem seinen unbeirrt, so wie Pferde das nun einmal tun – nur, dass meine Hand noch immer am Zügel hing. Das Vieh riss mich von den Füßen, und einer von ihnen glitt über die Kante der unebenmäßigen Rampe und löste Stücke aus dem zerbröselnden Beton. Hinter mir drängte Kelleys Pferd nach, und in der Finsternis bemerkte niemand meine Notlage. Ich selbst konnte absolut nichts tun, nicht einmal schreien – das hätte nämlich bedeutet, zuerst einmal tief einzuatmen. Also ließ ich mich hüpfend, schnaufend und schnatternd in die Dunkelheit hinab schanghaien.

Die Hufe klapperten auf dem Beton, und ich betete, dass sie keine Funken aus dem Boden schlagen würden; das Methangas würde hochgehen wie eine Bombe, und wir würden über die Hälfte der Grafschaften im Umkreis von London fliegen, und zwar in einem Regen von …

Extrem veränderten Proportionen.

Und was ich am wenigsten hören wollte, war ein Plätschern. Doch genau das hörte ich vor mir in kaum einem Meter Entfernung. Ich wimmerte leise.

»Nur keine Hast, Meister Maxie!«, zischte Kelley. »Hier müssen wir wieder aufsteigen! Lieber Bruder, wir könnten ein Licht gebrauchen.«

»Nichts leichter als das!«, erklärte Dees Stimme, ehe ich auch nur schreien konnte. Bitte, Gott, kein Zunderbeutel oder so was …

Das Licht war anders. Zu ebenmäßig, zu schwach, zu kalt. Das Erste, was ich in seinem Schein erkennen konnte, war Dee, in der einen Hand seinen Gehstock, in der anderen den silbernen Knauf; und an der Spitze des Stocks, die bis dahin unter dem Silber verborgen gewesen war, glühte eine gläserne Kugel, in deren Innerem etwas perlmuttartig schimmerte. Das Licht war von der gleichen Farbe, und als Dee den Stock hoch hielt, wurde es stärker. Die Rampe endete auf einem Betonsockel, schmutzig und schmierig, hinter dem uns eine blubbernde, plätschernde braune Flut erwartete. Dees Pferd stand bereits bis zu den Fesseln ziemlich deprimiert in der Brühe, während Dee seine langen Beine samt den Steigbügeln angezogen hatte, um jeglichem Kontakt mit dem Unrat aus dem Weg zu gehen.

»So haben wir die Spuren der Macht verfolgt«, erzählte er leutselig. »Eine simple Erfindung, aber angetrieben durch magische Energien. Licht durchströmt alles, auch wenn unser Auge es nicht sehen kann. Nun müssen wir nur das Licht mit Hilfe einer solchen Erfindung den Grenzen unserer Sehfähigkeit anpassen. Sowie das Gerät zu arbeiten beginnt und auch nur ein schwacher Schimmer das Auge erreicht, sind die Grenzen zu den Reichen der Magie erreicht. Wenn es aber, wie hier, so hell strahlt – nun, dann befinden wir uns in den Randbezirken des Großen Rades.«

Ich zitterte furchtbar. Der alte Bastard war selbst ziemlich hell. Er hatte einen Spiralen-Detektor erfunden. Und hier waren wir nun, nicht gerade auf der Kante, eher schon bis zum Hals drin. Und in einigen anderen Substanzen.

»Nun«, verkündete er in entschlossenem Tonfall, »begeben wir uns auf unsere Straße.«

Ich stieß ein leises Lachen aus, dass sich aus mir unerfindlichen Gründen in ein hysterisches Gackern wandelte. »In die Abwasserkanäle? Das ist euer verdammter mystischer Pfad?«

Der alte Mann nickte. »So sonderbar Euch das auch erscheinen mag, doch so ist es.«

»Hey, nun hört schon auf! Es ist kein großes Geheimnis, wo die hinführen. Seht euch doch einfach an, was uns entgegenkommt.«

Dee schüttelte tadelnd den Kopf. »Seid nur geduldig, junger Herr, dann werdet Ihr schon sehen. Gewiss, es ist ein schändlicher Weg, der durch den Schmutz zum Lichte führt. Doch ist das nicht die menschliche Bestimmung, von der Geburt bis zum Tode? Warum sollte dies dann so anders sein?«

Ein Punkt für ihn. Bei meinem Lebensstil sollte ich mich eigentlich wie zu Hause fühlen. Immerhin hatte ich den größten Teil meines Lebens im Erwachsenenalter in der Gosse zugebracht. Jetzt war ich schlicht in der Kanalisation angekommen. Ganz natürlich, finden Sie nicht?

Die Pferde schüttelten ihre Mähnen und schnaubten unzufrieden. »Geht mir ähnlich, Kumpel«, erklärte ich meinem besänftigend. »Aber du hast mir auch keine große Wahl gelassen. Und je mehr ich über diese Spirale erfahre …«

Desto schneller sollte ich sie weit hinter mir lassen. Ich stieg in den Sattel und hoffte verzweifelt, dass ich nicht abrutschen würde. Dees Pferd war schon wieder unterwegs, und seine Hufe rutschten ein wenig auf was auch immer sich an widerlichem Schlamm unter der trüben Oberfläche verbarg. Und dann kam mir ein Gedanke: Wenn der verrückte alte Dee irgendwie über eine Möglichkeit gestolpert war, die Wellenlängen von, nun, sagen wir, kosmischer Strahlung zu verändern, bis sie der sichtbaren Lichts entsprach; wenn es Möglichkeiten gab, so mit der Physik herumzuspielen … die Vorstellung ließ mir das Blut in den Adern gefrieren. Entropie bis zur Hölle, und alles futsch, so, für den Anfang. Was mochte da noch kommen? Dieser Bastard, Fisher, hatte mir nicht einmal die Hälfte erzählt. Alles nur häppchenweise.

Und nach allem, was ich erkennen konnte, gehörte sogar ein Ritt durch die U-Bahn-Station am Piccadilly Circus dazu.

Wir bewegten uns im Gegensatz zu allem anderen stromaufwärts durch eine Betonröhre. Hier und dort zweigten jedoch älter aussehende, mit Backsteinmauern begrenzte Kanäle ab – die meisten in recht gutem Zustand, abgesehen von der krümeligen, von Salpetersäure zerfressenen Oberfläche. Der älteste Kanal war mit schlichten Steinplatten ausgekleidet und stark erodiert, obwohl so oder so nur ein dünnes gelbes Rinnsal in seiner Mitte verlief. Dee streckte ungerührt die Hand in seine Richtung aus, und wir führten unsere Pferde hinein. Wir ritten direkt durch die Wasserrinne, schweigend und mit gekrümmten Rücken, um den kleinen Stalaktiten auszuweichen, die von der Decke herabhingen, wenn wir nicht gerade unter den eisigen Wassertropfen zusammenzuckten, die dann und wann auf uns herniedergingen. Hier war die Luft etwas sauberer, was jedoch nicht viel zu sagen hatte. Die Hufe plätscherten und hallten im Chor mit Kelleys heiserem Husten, doch sonst war kein Geräusch zu hören.

Immer wieder passierten wir abzweigende Kanäle, von denen einige noch älter aussahen und uns ihren eisigen, stinkenden Pesthauch entgegenschleuderten, wenn wir an ihnen vorüberritten. Gelegentlich spuckte einer von ihnen eine Flut Wasser oder einen dickflüssigen Strom giftigen Schlamms aus. In einen dieser Kanäle, der sich für mein Auge von den anderen nicht im Mindesten unterschied, führte uns Dee, dann über eine offene Fläche mit einem Kuppeldach in den nächsten, flankiert von den Überresten eines verrosteten alten Metallgeländers. Schweigend ritten wir weiter. Mein Pferd folgte Dees, der aufrecht und unerschrocken, ohne sich auch nur einmal umzusehen und seines Weges offenbar vollkommen sicher die Vorhut bildete. Plötzlich fiel mir auf, dass Kelley neben mir ritt.

»Ihr seid recht schweigsam.«

»Jesus, was erwartet ihr eigentlich von mir? Weise Sprüche in der Scheißebrü…«

Er gluckste. »Nur keine Furcht!« Seine Zähne schimmerten trübe. »Er weiß, was er tut. Er wird uns nicht in die Irre führen und nicht um einen Schritt vom richtigen Wege abweichen.«

Ich warf Kelley einen finsteren Blick zu. »Hervorra … Jemand hat mir erzählt, man müsste schon ein überragender Navigator sein, um seinen Weg durch die Spirale zu finden. Instinktiv.«

»Die Spirale?« Kelley lachte leise. »Ich hörte, dieses Reich würde das Rad genannt, wie das Gasthaus, aber wer weiß das schon? Spirale erscheint mir passend, ja, sogar passender. Dem Doktor wird das sicher gefallen.«

Plötzlich erklang hinter uns ein Rascheln und ein leises, fernes Fiepen. Kelley wirbelte herum, die Hand am Heft seines Schwertes, entspannte sich dann aber wieder und seufzte erleichtert.

»Und was war das? Kanalratten?«

»Nein.«

Meine Nackenhaare sträubten sich. »Was soll das heißen, nein? Was denn dann?«

»Woher soll ich das wissen. Warum sollte ich es überhaupt wissen wollen?« Er beugte sich zu mir herüber. Hier unten hätte man annehmen sollen, dass sein Atem eine angenehme Erfrischung bieten würde, aber weit gefehlt. »Viele Pfade kreuzen sich hier. Die meisten stammen von Menschenhand; manche aber nicht. Nur wenige bereiten Anlass zur Sorge, vorausgesetzt, wir reiten nicht mitten hindurch. Was wir übrigens nicht tun werden.« Mit einem Nicken deutete er auf Dee. »Seht nur wie sicher er seinen Weg findet. Und das gelänge ihm auch ohne jegliches Licht genauso gut, während ein gewöhnlicher Mensch schon beim ersten Schritt ins Straucheln geriete. Ich denke, seine Sicherheit ist auch seine Stärke, und er ist sicher, weil er nicht einmal auf den Gedanken verfallen würde, er könnte irren.«

Unbehaglich folgten wir Dee, wendeten uns hierhin und dorthin durch ein Netzwerk Übelkeit erregender Röhren, das kein Ende zu nehmen schien. Nur die Bauart der Tunnel veränderte sich, von Ziegelmauern über Beton zu Backsteinen und umgekehrt, zwischendurch gespickt mit ziemlich erschreckenden Variationen. Viktorianische farbige Fliesen, deren leuchtende Oberfläche in dieser Umgebung geradezu absurd wirkte – oder fanden hier Picknickpartys statt, bei denen Hygienefanatiker die prunkvolle Ausgestaltung bewundern durften?

Etwas, das nach einer nahtlosen Keramikoberfläche aussah, dominierte ein kurzes Teilstück, weit entfernt von dem nur noch leise vernehmbaren Summen der gewaltigen Maschinen, während ganz in der Nähe etwas mit enormer Geschwindigkeit vorbeihuschte und dabei ein Klappern verursachte, das gefährlich an sechs Beine gemahnte – schwere, metallische Beine und verdammt schnelle dazu. Ich versuchte, mir einzureden, dass es sich nur um eine Art Reinigungsroboter handeln konnte, aber schließlich war ich immer schon ein verlogener kleiner Mistkerl gewesen.

Es ging um eine weitere Biegung und, ups, plitschplatsch in eine Art breiten Entwässerungskanal, in dem jedes Geräusch schaurig von der Gewölbedecke widerhallte; römisch, vielleicht auch mittelalterlich. Dauernd veränderte sich die Umgebung, manchmal an jeder Ecke. Nur der stinkende Sud zu unseren Füßen blieb immer der Gleiche – der kleinste gemeinsame Nenner aller Menschen.

Und die Zeit, die verging oder auch nicht; und die drückende Stille. Es war, als wäre sie irgendwie körperlich, ein erbarmungsloses Gewicht, das sich schmerzhaft auf unsere Trommelfelle legte, gepaart mit der immensen Masse tiefer Schwärze über unseren Köpfen. Aus Selbstschutz fingen wir an, uns zu unterhalten. Vor allem Kelley und ich suchten das Gespräch, wobei er mich begierig nach meinen Erfahrungen, dem 21. Jahrhundert und jedem Fetzen Wissen befragte, den ich ihm liefern konnte. Trotz seines stinkenden Aasvogelatems besaß er Charme, und er wusste ihn zu nutzen. Dee kümmerte es nicht. Nur dann und wann mischte er sich mit einer Frage ins Gespräch, freundlich und gönnerhaft wie ein Onkel, der dem Geschwätz seiner Lieblingsneffen zuhört.

Das jedenfalls war das Gefühl, das diese Fragen hinterließen. Und sie sagten mir einiges über ihn.

Ich kannte diesen Typ gut genug. Beinahe hätte ich selbst so einer werden können, einige der notwendigen Qualifikationen konnte ich durchaus vorweisen. Sie lebten nicht in Elfenbeintürmen; sie *waren* Elfenbeintürme, mächtige Gebilde, die über das Schachbrett fegten, sämtliche im Weg stehenden Bauern ignorierten und nur ihresgleichen wirklich anerkannten. Nicht die schablonenhaften Oberklassetrottel; nein, sie sprudelten oftmals geradezu über vor geistigen Fähigkeiten und musischer Begabung. Aber tatsächlich hatte ihnen das seit ihrer Kindheit jeder erzählt, oder, schlimmer, eingeredet. Mühelos glitten sie auf vorgefertigten Schienen über den Dienst am Staat weiter zur freien Wirtschaft, in eine akademische Karriere, sogar in die Medien, und sie hielten das alles für vollkommen normal. Und damit dachten sie nur ein ganz kleines bisschen abfällig über jeden, der sich darum *bemühen* musste.

Oh, sie konnten wahre Philantropen sein, sogar Idealisten; sie konnten wirklich nett sein. *Furchtbar* nett. Aber immer nur von oben nach unten und zwar über einen verdammt großen Höhenunterschied hinweg. Diese Isolation war ihre Stärke, oft genug eine beängstigende Stärke; sie half ihnen, auf eine Weise gut und nett zu sein, die Normalbürger nie zustande bringen würden. Aber sie verlieh ihnen auch eine erstaunliche Naivität, ganz besonders in zwischenmenschlichen Fragen. Und wenn sie zu naiv waren, gab es unten immer welche, die nur auf sie warteten.

Ich wusste das. Auf mich hatten sie gewartet.

Dee besaß genau diese Art unbewusster Arroganz. Mit Engeln reden! Er glaubte bestimmt, er könnte das tun – zumindest aber, er hätte das Recht und den Anspruch darauf, und was bedeutete es schon, dass sonst niemand so etwas konnte? Er wäre der Letzte, der sich als übertrieben ehrgeizig oder gar überheblich einstufen würde. Vermutlich hielt er sich im Gegenteil eher für bescheiden und demütig. Wahrscheinlich *war* er sogar bescheiden und demütig – wenigstens so lange, bis irgendetwas seiner grundlegenden Selbsteinschätzung zuwiderlief.

Gefängnisbesucher der sozialen Art und andere intellektuelle Gutmenschen der einen oder anderen Kategorie sind immer schnell bereit, Chancengleichheit und soziale Gerechtigkeit bei Tee und Gurkensandwiches im eigenen Garten einzuklagen – aber wenn die Gurkenscheiben nicht dünn genug sind, dann gnade Gott dem armen Au-pair-Mädchen. Um ihnen Gerechtigkeit widerfahren zu lassen: Sie würden sogar einen potenziellen Axtmörder in ihre vier Wände einladen, wenn er nur sprechen konnte. Sie hätten auch mich eingeladen, vorausgesetzt ich gab mich einigermaßen überzeugend wie ein Prol; mein echter Akzent hätte ihnen nie genügt.

Reden, das konnten sie respektieren, hatte ich festgestellt. Sie nahmen einfach an, bewusst oder unbewusst, dass nur jemand mit einem akademischen Background imstande war, sich vernünftig zu unterhalten. Wenn sie also auf der Straße irgendeinen Gauner auflasen, der über einen einigermaßen anständigen Jargon und ausreichend Halbwissen verfügte, so war er für sie gleich wie ein ungeschliffener Diamant, ein verkrachter Intellektueller, und schon fielen sie mit all ihrem Wohlwollen über ihn her. Sie waren so sehr von ihrer eigenen Unfehlbarkeit überzeugt, dass sie überhaupt nicht begriffen, wie fehlbar andere sein konnten. Ich selbst kannte eine Oberschicht-Anwältin, die mit einer ganzen Reihe von gescheiterten Existenzen ins Bett gesprungen war – schön, mich eingeschlossen –, bis sie schließlich einen fürchterlichen Schläger mit massigem Leib geheiratet hatte. Einen gefallenen Engel, nannte sie ihn.

Und Dee glaubte, er könnte mit Engeln reden.

Kelley konnte ich nicht so leicht einschätzen. Er war freundlicher, entgegenkommender, versprühte herben Charme unter seinen buschigen Barthaaren; aber es war schwer zu erkennen, was sich unter dieser Oberfläche abspielte. Wenn ich ihm zur Abwechslung Fragen stellte, bekam ich ziemlich allgemein gehaltene Antworten, und abgesehen von der Tatsache, dass er in Worcester geboren und nach Oxford gegangen war, erfuhr ich kaum etwas über ihn. Über seine Forschungen mit Dee redete er bereitwillig, doch es klang mir alles zu sehr nach leerem Geschwafel. Ich konnte daraus gerade erkennen, dass es um eine Mischung aus Mathematik, Astrologie, allen möglichen umständlichen Beschwörungen höherer Mächte und noch etwas anderes ging, das in einem Comicstrip wohl durch aus Augen fliegende Dolche versinnbildlicht würde.

Die Hellseherei schien sich auf einer ähnlichen Ebene zu bewegen wie Wahrsagen mit einer guten alten Kristallkugel – tatsächlich benutzten sie neben anderen Requisiten selbst eine Kristallkugel. Ich versuchte gar nicht erst, ihm zu erklären, dass die ganze Geschichte mit den Kristallkugeln auf Roger Bacons Versuch zurückging, eine einfache Linse darzustellen, so wenig wie ich einen neuzeitlichen Teeblattleser darüber aufklären würde, dass so etwas nur mit *chinesischen* Teeblättern funktionieren konnte, die sich dazu zu Mustern des *I Ging* anordnen mussten. Leg dich nie mit einem Vollidioten an, das wussten schon die alten Wikinger; du hast immer mehr zu verlieren als er.

Wohlgemerkt, die beiden hatten mich mit ihrer Hellseherei über vierhundert Jahre und Gott weiß wie viele Meilen gesucht, und sie hatten mich gefunden. Also, wer war hier der Vollidiot?

Dinge trieben vorüber. Einige erkannte ich, andere wollte ich nicht erkennen. Ein oder zwei Dinge schienen sich aus eigener Kraft zu bewegen, aber wir waren glücklicherweise zu weit weg, um das herauszufinden. Hin und wieder erklang ein Rascheln und Zirpen, und an einer langgezogenen Engstelle, an der wir uns unter verrotteten Trägern und einer niedrigen Backsteindecke hindurchducken mussten, hörte ich plötzlich ein kurzes Scharren, gefolgt von einem Plätschern, als hätte sich irgendein schweres Objekt selbst zu Wasser gelassen. Allerdings kam es nie in die Nähe unseres Lichtes.

Mehr als nur einmal hörte ich die Geräusche watender Füße; sehr leise, weit entfernt, ein- oder zweimal auch Stimmen. Aber nur ein einziges Mal auf diesem Ritt sah ich eine andere Person. Diese passierte gerade einen recht modern aussehenden Tunnel, in dem das Abwasser knöcheltief sein musste. Es war eine massige Gestalt mit dunklem Hut und schwerem Mantel, nichts Außergewöhnliches. Zielstrebig wanderte der Mann von einem Tunnel in den nächsten und war verschwunden, scheinbar ohne uns auch nur wahrgenommen zu haben. Und das war alles; bis auf das Plätschern und die Rufe, die hinter ihm aus dem Tunnel hallten, als hätte er eine ganze Meute auf den Fersen. Das gab mir zu denken. Mir gefiel das alles nicht. Also fragte ich Dee, ob wir uns allmählich dem Ende unserer Reise näherten.

Dee lächelte nachsichtig. »Aye, das tun wir in der Tat. Wir haben mit wenigen Schritten eine weite Strecke zurückgelegt, und der größte Teil liegt bereits hinter uns.«

»Dann könnten wir jetzt, na ja, sagen wir, Wien erreicht haben?«

Er starrte mich erstaunt an. »Wir befinden uns unmittelbar unter den Straßen Wiens. Aber wie konntet Ihr das wissen?«

Verstohlen sah ich auf die Uhr. Ich konnte die Zither beinahe hören. Jeden Augenblick …

Der Klang jagte bebend über die niedrige Decke, erschütternd und explosiv, aber immer noch als einzelner Schuss erkennbar. Ich zuckte mit den Schultern, obwohl mir eine Gänsehaut über den Rücken lief. »War nur 'ne Frage.«

Das Reich der Legende. Schon klar.

Während ich noch immer über diesem Vorfall brütete, blieb Dees Pferd plötzlich stehen. Meines glücklicherweise auch; andernfalls hätte ich mich einem ziemlich eindringlichen Studium schwarzbrauner Brühe widmen dürfen. Doch andererseits, gab es einen besseren Ort dafür?

Die Mauern um uns herum waren grob, wirkten aber einigermaßen standfest. Wir befanden uns in einem schmalen Tunnel, von dem noch niedrigere Röhren abzweigten. Irgendwo in der Nähe rauschte Wasser, schneller und kräftiger als die Brühe in den Abwasserleitungen, und von den moosbewachsenen Wänden rannen Tropfen klaren Wassers herab. »Wir haben unser Ziel dank Gottes unendlicher Gnade erreicht!«, verkündete Dee vergnügt. »Dort liegt eine alte Zisterne nahe dem Fluss, neuerdings aufgebohrt, um das Abwasser aus den Straßen aufzunehmen, darüber hinaus beinahe vergessen. Wir müssen die Tiere hinausführen. Glücklicherweise ist es derzeit recht trocken.«

Vorsichtig stieg ich vom Pferd. Meine Hüftmuskulatur knarrte protestierend; ich war jedoch nicht so steif, wie ich befürchtet hatte. Wir konnten höchstens ein oder zwei Stunden auf den Rücken der Pferde zugebracht haben, doch mir kam es vor, als wären Jahrhunderte vergangen. Der Boden war schlüpfrig, aber es gelang mir, auf den Beinen zu bleiben, und der abzweigende Tunnel, der sich steil bergauf wand, war trocken, wie Dee gesagt hatte. Trotzdem war die Decke furchtbar niedrig, und es kostete einige Überredungskunst, die Pferde dazu zu bewegen, ihn zu betreten. Die Sättel kratzten über die Decke, und Dee musste sich tief bücken, sodass er das Licht mit seinem Leib blockierte. Schwärze verschluckte uns. Plötzlich jedoch löste sich Dreck unter unseren Füßen, und die Decke war nicht mehr da. Vage konnte ich verfallene Wände erkennen, niedrige Schutthaufen, auf denen Nachtkerzen in dichten Büscheln wuchsen, und dichtes, knorriges Dornengestrüpp. Ich spürte das Spiel des nächtlichen Windes auf meinem Kopf und atmete die erste Luft seit langer Zeit, die nicht nach einem Kneipenkeller stank, in dem gerade die Fässer gewechselt wurden. Sie roch nach etwas, roch kräftig – Kohlen, Rauch, Kohlenrauch. Nicht wie die industriellen Abgase. Sie war sauber, wirklich sauber. Meine Sohlen glitten quietschend über das schmutzige Pflaster, und die Hufe klirrten auf den Steinen. Die Pferde selbst schnaubten zufrieden.

Kelley gluckste, spuckte aus und klopfte mir auf die Schulter. »Gut geritten, junger Herr! Und dies ist das Ende der schmutzigen Trasse.«

Er drückte mein Kinn hoch. Dees Licht leuchtete gedämpft. Ich konnte den Himmel sehen!

Es war nur ein schmaler Streifen zwischen hoch aufragenden Gebäuden; aber nach diesen Katakomben kam er mir strahlend schön vor. Er war dunkel und voller Sterne, obwohl Wolkenstreifen über den Dächern hinwegzogen. Es war seltsame Dächer, irgendwie archaisch, hohe, schmale Spitzdächer, gekrönt mit Eisenspitzen, Kreuzen oder langgezogenen, knubbeligen Gittern, die an verrückten Giebelwänden endeten, die sich vorzubeugen und durch ihre kleinen kahlen Fenster auf die schmale Straße hinabzustarren schienen. Die wiederum wand sich zwischen ihnen hin und her, als versuche sie, ihnen auszuweichen, nur um gleich darauf im Schatten eines weiteren vorspringenden Giebels zu landen, während sie sich, wenn auch bergan, auf- und abschlängelte wie eine

Kinderachterbahn auf dem Rummelplatz. An jeder Ecke tauchten dunkle Straßenmündungen auf, und kleine Pfützen schimmerten im Schein des sinkenden Mondes. Ein hohes, gekröpftes Giebeldach ragte vor seine Viertelscheibe. Eine Katze schlich über den First und fauchte irgendetwas unter ihr wütend an. Fast rechnete ich damit, jeden Augenblick einen Besenstiel vorbeifliegen zu sehen.

»Mann, großartig!«, sagte ich ein wenig verunsichert. Dee winkte und führte die Pferde stillschweigend die Straße hinab. Stellenweise war sie so schmal, dass die oberen Stockwerke der Häuser, welche, von Balken getragen über die unteren hinausragten, über unseren Köpfen beinahe zusammenstießen. Die Balken waren mit Schnitzereien verziert, vormals farbigen Schnitzereien; hier und da fingen Fragmente von etwas, das einmal Blattgold gewesen sein dürfte, das Mondlicht ein, aber der Zahn der Zeit hatte kräftig an den Häusern genagt und die Giebel baufällig und trostlos zurückgelassen. Ich sah keine Lichter außer der einen oder anderen trüben Kerzenflamme, die flackernd hinter einem geschlossenen Fensterladen brannte. Gewöhnlich standen die Kerzen, wie ich bei einem Blick durch die rissigen Läden erkannte, vor einem verblassten Bild irgendeines Heiligen. Dann, ziemlich abrupt, breitete sich die Straße aus wie ein verkrampfter Mann bei Dehnübungen. Hinter einer kahlen Fläche steiniger, zerfurchter Erde spiegelte sich der Mondschein in dem Gewässer, dessen Rauschen ich gehört hatte. Es war ein Fluss, breit und schnell fließend, schwarz, wogend und kalt. Vor uns, hoch über dem Ufer, erhob sich ein Torhaus nebst befestigtem Turm, der in einem spitzen Dach endete, und zwischen diesem Turm und seinem Zwilling am anderen Ufer, gleichsam als steiniger Gegensatz zu der schnell dahinfließenden Energie des Wassers, spannte sich eine Brücke über den Fluss.

»Die Karlsbrücke«, wisperte Kelley. »Steht schon über hundert Jahre und ist noch für mindestens genauso viel gut. Die Wachen werden wohl trotz Ausgangssperre zu dieser Stunde schlafen.«

Mir gefiel nicht, wie sich das anhörte. »Hey, ich dachte, ich sollte gewissermaßen eine Art Gast dieses Kaisers sein!«

»Aye, und wir ebenso«, murmelte Kelley ein wenig verlegen. »Aber es ist besser, wenn er nicht weiß, wann wir kommen und gehen. Oder dass wir verborgene Wege kennen, seine Stadt zu verlassen.«

»Er ist wirklich ein gütiger und freundlicher Herrscher«, sagte Dee in sanftem, aber tadelndem Tonfall. »Gewiss, er mag beizeiten ein wenig von seinen weltlichen Sorgen eingenommen sein. Wer sollte ihm das auch verübeln, wenn sein unmittelbares Interesse bodenständigeren Künsten als der Magie gilt – dem Erhalt des Reichtums, der Verlängerung des Lebens und, nun, männlicher Vitalität, der Vereitelung feindlicher Strategien und derlei alltäglichem Zeug? Dennoch hat er nie aufgehört, Wissen zu sammeln, sogar unter den Juden, stets mit offenem Geist und einer großzügigen Rechten. Oh, gewiss, er ist streng und grimmig, wenn er sich hintergangen fühlt, aye! Aber wenn Ihr ihm stets mit dem angemessenen Respekt begegnet, ist er so sanft wie ein Lamm. Dann und wann plagen ihn Phasen tiefer Melancholie, wenn die Sorgen der Welt zu schwer auf seinen Schultern lasten; doch ebenso gibt es Zeiten großer Begeisterung, zu denen Ihr mit ihm beinahe wie ein Gleicher unter Gleichen sprechen könnt. Er ist ein Förderer der Künste, ein Prinz der Freuden, ein Regent des Wissens! Ach, würden doch alle großen Herrscher Gelehrte so in Ehren halten wie er uns! Er ist ein wahrlich großer und verdienstvoller Monarch!«

Ich nickte, doch nicht aus den Gründen, die Dee vermuten musste. Wenn ich nicht irrte, hatte ich soeben eine gefällige Beschreibung eines habgierigen, geilen, wollüstigen, paranoiden, abergläubischen und vermutlich auch noch manisch-depressiven Hurensohnes vernommen. Ein verzogenes Balg, das so lange um seine Günstlinge herumscharwenzelte, wie jene ihm folgsam das Hinterteil küssten, aber ein Teufel auf Rädern, kaum dass ihm jemand den geringsten Anlass gab aufzubrausen. Ähnliche Geschichten verbreiteten alte Gauner über die Kray-Zwillinge und andere legendäre Unterweltbosse des Londoner East End. Ich fragte mich, was Kelley wohl von diesem Kaiser halten mochte.

Der stämmige Bursche zuckte mit den Schultern. »Gewiss, seine Gunst strahlt auf uns herab wie die Sonne.«

»Aber zu heiß, um wirklich angenehm zu sein und immer schnell hinter Wolken verschwunden?«

Sogar im tiefen Schatten des Tores konnte ich Kelleys Grinsen deutlich sehen. »Wir verstehen uns, aye! Und darum sollte man stets einen Mantel tragen, wenn man es mit seiner Majestät zu tun hat.«

Bis zu diesem Zeitpunkt hatte ich mich kaum umgesehen, weshalb mich der Ausblick auch überraschte, als wir uns der Mitte der Brücke näherten. Die Stadt war an Hänge gebaut, an deren Fuß wir uns befanden. Wogen hoch aufragender Dächer wallten um uns herum auf, ein zerklüftetes Durcheinander gotischer Häuser und Türme, die sich wie gebrochene Holzkohle dem Himmel entgegenreckten. Kaum zwei Dächer glichen sich in diesem Bild. Manche waren stark geneigt, vorgewölbt wie alte Männer, die sich mühsam auf ihre Gehstöcke stützen, andere kuppelförmig, majestätisch oder hochaufragend und spitz, umrahmt von eleganten Spitztürmen. Vor uns wogten die Gebäude bis zu einem düsteren Schatten hinauf, der alles überragte, einem riesigen, weitläufigen Schloss, aus dem hohe Kirchtürme emporragten, die das steinerne Band unter dem verschleierten Himmel krönten. Hier und dort fing sich das Mondlicht in gemusterten grauen Fliesen, hob ein Dach in die dritte Dimension, aber größtenteils erschien mir die ganze Szenerie wie die Hintergrundfolie einer Pantomimenshow oder ein Bild aus einem Disney-Film vor – aus einem der weniger familientauglichen.

Irgendwie kam es mir nicht wirklich vor. Alles schien sich mit jeder vorbeitreibenden Wolke zu verändern, zu bewegen. Meine Augen verfolgten jeden Lichtschimmer zwischen den unzähligen Giebelwänden, Lichter, die ich nie klar erkennen konnte. Erst, als ich auf den Fluss hinabblickte, ergab der Anblick einen Augenblick lang in der Spiegelung auf der wogenden Wasseroberfläche einen Sinn. Es war, als stünde dort im Hintergrund jenseits all der buck-ligen Dächer noch ein anderes Gebäude, ein größeres Bauwerk mit glatten Wänden, hoch aufragend, ein glitzernder Turm, übersät mit erleuchteten Fenstern, ein Glaspalast ... sonderbar, wie märchenhaft das klingt, obwohl unsere Städte doch vor solchen Monstren nur so strotzen. Einen Augenblick war es da, im Wasser klar erkennbar; aber als ich wieder aufblickte, waren da nur noch die schwachen, schwer erfassbaren Lichter und das musische Rauschen des Wassers, das die Brückenpfeiler umspülte. Mein gesunder Menschenverstand vollführte auf leisen Sohlen einen kurzen Stepptanz. Eines der Lichter flackerte noch immer, und in einem dieser Fenster fing auch wie üblich die Leuchtstoffröhre an zu flackern.

Hier konnte man leicht an Magie glauben. Verdammt leicht.

Dann trieb eine Erinnerung an die Oberfläche, und ich klammerte mich verzweifelt an sie. Plötzlich war ich Stephen Fisher beinahe schmerzlich dankbar.

Nun erst fiel mir auf, dass Dee und Kelley mich anstarrten. Ebenso wie die Pferde. Vielleicht hatte ich vor Staunen geschnattert. Dee gab einen Laut des Mitgefühls von sich. »Habt Ihr zufällig etwas gesehen, eine Vision, etwas, das hier nicht hergehört?« Er sah sich um. »Ein flüchtiger Eindruck einer anderen Zeit, möglicherweise? Aye, so ist es. Auch uns ist es manchmal so ergangen; und ich gestehe, ich begreife diese Erscheinungen noch immer nicht zur Gänze. Es scheint, als würde die Stadt aller Zeiten in all ihren Gestalten auch im Hintergrund des Prags unserer Tage existieren.«

»Schatten in der Spirale«, murmelte ich, während Fishers leise, ruhige und sichere Stimme in meinem Kopf nachhallte. »Schatten, die die lebendige Stadt auf die Zeit geworfen hat. Schatten des Prags von gestern, heute und morgen, verbunden zu einem größeren Prag, zu dem Prag der Legende, und das wartet hinter jeder verdammten Ecke auf uns.«

Dees buschige Brauen näherten sich eindrucksvoll seinem Haaransatz. »Ihr seid ein Philosoph, Sir? Wie ist es möglich, dass Ihr zu verstehen scheint …«

»Ich werde mit jeder Sekunde immer philosophischer, weil die einzige Alternative lautet, dass ich vollkommen wahnsinnig sein muss! Jemand hat mir das einmal erklärt, das ist alles. Und er hat gesagt, es könnte gefährlich sein.«

»Das mag sein«, erwiderte Dee mit ruhiger Stimme. »Denn ohne Zweifel sind es die schlimmsten Zeiten, die die stärksten Legenden hervorbringen. Aber was wurde je Gutes ohne ein Risiko gewonnen? Und wir stehen im Dienste der Engel.«

»Okay, so weit, so gut. Vorausgesetzt, sie bestehen nicht darauf, dass ich mich ihnen anschließe, verstanden?«

Als wir den anderen Turm erreichten, sah ich mich noch einmal um. Ich konnte sie noch immer sehen, diese Lichter zwischen den Dächern der Häuser, doch jetzt erschienen sie mir rötlich und flackerten stärker.

Das mochte lediglich eine Art Luftspiegelung gewesen sein, aber ich dachte an die Herdfeuer von Belagerern und die brennenden Dachbalken geplünderter Höfe. Waren nicht die Mongolen einst hier gewesen – oder waren es die osmanischen Türken? Jedenfalls welche dieser Spezialisten für Raub, Mord, Vergewaltigung und Plünderung. Was, wenn ihre Legenden sich nachts immer noch hier rumtrieben?

In den dunklen Straßen auf der anderen Seite rührte sich nichts. Wir bewegten uns zwischen unbeleuchteten Fenstern hindurch und hielten die Zügel der Pferde so kurz wie nur möglich. Ein leiser, klagender Laut durchbrach die Stille, eine Art Horn, gepaart mit einer irgendwie hohl tönenden Stimme. Kelley blickte Dee scharf an. Der schüttelte den Kopf. »Die Nachtwache. Weit entfernt.«

Kelley grunzte. »Für mich kann sie nicht weit genug entfernt sein. Österreichische Söldner, die meisten jedenfalls«, erklärte er mir. »Wie die Kaiserliche Garde. Man muss schon weit reisen, um ein schlimmeres Rudel Hurensöhne zu finden.«

»Ihr solltet die Jungs vom Dezernat für Kapitalverbrechen kennen lernen. Die bestehen nur aus Ärschen, ganz ohne Köpfe.«

Wie war das noch … Wenn Ebenbürtige aufeinander treffen, lächeln sie?

Wir ritten noch immer bergan, inzwischen näher am Schloss. Plötzlich – und unerwartet – schlugen überall in der Stadt Glocken die Stunde. Tief im Schatten der Mauern öffnete sich ein Schlitz, aus dem roter Lichtschein über das Pflaster fiel. Dee und Kelley wechselten zufriedene Blicke und eilten weiter. Die Glocken schlugen; das blechern klingende Horn hallte zwischen den Mauern nach, und das Echo des klagenden Singsangs fing sich in den Straßen. Wie hier irgendjemand schlafen konnte, überstieg mein Vorstellungsvermögen.

Das rote Licht kam aus einem Tor in der Mauer vor uns und ergoss sich wie eine rote Zunge über die Straße. Es fiel durch einen schmalen Schlitz in der Doppeltür und wurde bald schwächer, als würde irgendjemand durch die Öffnung hinausblicken. Kelley seinerseits sah angestrengt die Straße hinauf und hinunter, ehe wir sie überqueren konnten; dann deutete er drängend auf das Tor und führte uns eilig über das Pflaster. Knarrend glitt die Tür zurück, während Kelley uns voranging. Ich konnte kaum die Straße vor meiner Nase sehen; trotzdem erkannte ich, dass das Tor zu einem schmalen Haus gehörte, einem von vielen, die sich in ihrer Form vollkommen glichen und nur durch dekoratives Beiwerk voneinander zu unterscheiden waren. Hoch wie die Häuser waren, wurden sie doch von einer noch weit höheren Mauer aus mächtigen grauen Steinquadern überragt, die mir einen eisigen Schauder über den Leib jagte; dies war der Sockel jenes gewaltigen Schlosses, und das Haus, trotz seiner beachtlichen Höhe, schien sich vor dessen Fundamente zu kauern.

Hinein ging es, mitten durch das Tor über den roten Teppich aus Licht, und hinter uns wurde die Tür mit einem leisen Knarren hastig wieder geschlossen. Wir betraten den flackernden Lichtkegel einer einzelnen Fackel. Die Pferde schnaubten leise. Sie waren offenbar froh, wieder zu Hause zu sein. Ein Riegel klapperte, gerade laut genug, um noch gehört zu werden. Jemand seufzte tief: Kelley.

Dee glitt bereits aus dem Sattel. Ziemlich steif, aber mit Würde, folgte ich seinem Beispiel. Kelley fluchte und beschimpfte den Knaben, der versuchte, ihm beim Absteigen zu helfen, vermutlich ein Stallbursche. Er und einige andere sammelten die Pferde ein und redeten leise in einer fremden, komplizierten Sprache – vermutlich Tschechisch – auf sie ein, während sie sie davonführten. Dee rief leise etwas in derselben

Sprache. Die Männer legten die Finger an ihre Kappen, und andere Gestalten eilten herbei, dunkle Schatten im roten Lichtschein. Kelley hastete auf mich zu, ergriff meinen Arm und drehte mich herum, und zwar gewaltsamer als mir lieb gewesen wäre. »Kommt, Herr, besser, wir bringen Euch rasch hinein ...«

Plötzlich gab Dee einen furchtbar albernen Laut von sich, der mich an eine Glucke erinnerte. »Ah, siehst du wohl, meine kleine Stute, mein Weibsstück? Bin ich nicht zu der Stunde zurückgekehrt, die ich vorhergesagt habe?« Er wandte sich zu uns um. »Seid doch nicht gar so ungeduldig, Bruder! Dürfen wir uns denn nicht einen Augenblick lang unserer Heimkehr widmen und unseren Gast mit unseren holden Weibern bekannt machen?«

Wir standen unmittelbar unter dem runden Torbogen, von dem aus ein Torweg auf einen nur geringfügig größeren Innenhof hinausführte, auf dem sich, wie mir meine Nase verriet, die Ställe befinden mussten. Zu einer Seite des Bogenganges stand nun eine Tür offen, ein erleuchtetes Rechteck, in dem die Silhouetten zweier Gestalten zu sehen waren. Eine von ihnen hielt eine Kerze hoch, und die Dinge hellten sich in verschiedenster Weise auf.

Die Frauen bildeten einen beachtlichen Kontrast zueinander. Die Ältere war ziemlich hausbacken und hatte ihre weichen Pfunde nachlässig in ihre Kleider gezwängt. Strähnen ihres langen braunen Haars lugten überall unter der Haube hervor, die ihren Kopf bedeckte. Ihr Gesicht war genauso formlos, eine liebenswürdige Kartoffel, deren Ausstrahlung von ihrem freundlichen Lächeln aufgewertet wurde. Sie sah nicht sonderlich helle aus, aber überaus herzlich und wohlwollend – genau die richtige Art Stubenhockerin, um das Bett eines alten Gelehrten anzuwärmen. Aber die zweite Frau war von einem anderen Kaliber.

Sie schien geradewegs einem dieser elisabethanischen Gemälde entsprungen zu sein, grünes Gewand unter hohen Brüsten, die Sorte. Diese großen Augen, ebenso grün, aber schläfrig und sittsam gesenkt, umrahmt von blonden Locken über starken Wangenknochen und vollen, weichen Lippen. Okay, damals galten andere Schönheitsideale. Für diese Leute mochte sie gar nicht so furchtbar schön sein, aber das war deren Problem. Für meinem Geschmack war sie überwältigend, und sie konnte nicht viel älter sein als ich. Und sie hatte diese besondere sexuelle Anziehungskraft, die sie weit über ihr Aussehen hinaus begehrenswert machte. Schon wie sie nur da stand, strahlte pure Erotik von ihr aus, ebenso wie aus ihrem gleitenden Schritt, als sie die Stufe herabstieg, um uns zu begrüßen. Kelley, dieser Bastard. Wer hätte ihm das zugetraut? Und sie sah nicht übermäßig glücklich aus, ihn wiederzusehen.

Dee breitete die Arme aus. »Komm, halt mich ganz fest, und sag mir, worauf gründen sich nun all deine närrischen Ängste, meine Henne? *Gak-gak-gak-gaaak!*«

Und mich soll der Teufel holen, wenn nicht die, die vortrat, um Dee zu umarmen und sich eine weitere Ladung Hühnergeschwätz abzuholen, die Blonde war.

Die Kartoffel wogte derweil fröhlich auf Kelley zu, der sie nachlässig drückte, in die Wange kniff und ihr einen Klaps auf den Po versetzte. Dee legte ihr väterlich den Arm über die Schultern und schob beide zurück ins Haus. »Nun kommt, meine Lieben, und begrüßt Meister Maxie, der von Fern gekommen ist, um uns bei dieser bedeutenden Arbeit zu helfen! Fragt ihn zu dieser Stunde nicht weiter, doch lasst mich ihn euch als unseren hochgeschätzten Gast ans Herz legen.«

Damit, so beschloss ich für mich, würde ich wohl so gerade eben klarkommen.

»Meister Maxie, darf ich Euch unseren werten Gemahlinnen vorstellen – die gute Frau Joan Kelley und die meine, getauft auf den Namen Jane und tugendhaft und hingebungsvoll, wie selbst ich es kaum verdient haben kann.«

Das war eine harte Nuss. Glücklicherweise hatte ich tatsächlich einmal gelernt, wie man sich verbeugt, auch wenn es lange her war. Anderenfalls hätte ich wohl nur mit herabgesacktem Unterkiefer dagestanden. Wenn diese alte Bohnenstange von einem Gelehrten mit einem jungen Hüpfer wie der mithalten konnte, dann mochte wohl doch etwas an dem magischen Dingsbums dran sein. Die Blonde grüßte mich mit einem aristokratischen Knicks, der mir einen winzigen Einblick in ihr Dekolleté gestattete, ehe sie sich wieder aufrichtete und den Kopf leicht auf die Seite legte, um einen Kuss auf ihrer Wange in Empfang zu nehmen.

Meine ursprüngliche Empfindung löste sich in Nichts auf, als ich ihre eisige, erstarrte Miene bemerkte. Das war eine Formalität, weiter nichts; kein Willkommen hier. Aus dieser kurzen Entfernung sah ich schwarze Schatten unter diesen Augen und ein leichtes Zittern in den Mundwinkeln. Die Frau wirkte angespannt und kühl, und sie sagte keinen Ton. Vielleicht kam Dee doch nicht so gut mit ihr aus. Zumindest herrschte hier eine sonderbare Atmosphäre. Die wurde jedoch von Joan Kelley gleich wieder fortgeblasen, als sie herbeirollte, um sich ebenfalls einen Kuss abzu-holen und dabei fröhlich vor sich hin schnatterte, aber auch so undeutlich, dass ich höchstens eins von drei Worten verstehen konnte. Zu denen gehörte so etwas wie: willkommen, nehmt ... Stuhl und heißen Wein, was sich für mich ziemlich verlockend anhörte. Vielleicht hatte tatsächlich Kelley das große Los gezogen.

Joan Kelley verfrachtete mich hinein, während Jane Dee mit der Kerze vor uns herschwebte, die Stufen hinauf und in einen großen Raum, eigentlich mehr ein Saal, der von einem gewaltigen Kamin an der gegenüberliegenden Wand beherrscht wurde, um den herum Bänke und Stühle zum Sitzen einluden. Die Mitte des Raumes nahm ein riesiger Tisch ein, bedeckt von unzähligen Büchern, Papieren, Schiefertafeln und unheimlichen Apparaturen. Ich hatte mich ein wenig mit alten wissenschaftlichen Geräten beschäftigt, als ich einem alten Freund dabei geholfen hatte, sich mit gefälschten Astrolabien den ein oder anderen Hunderter nebenbei zu verdienen, also konnte ich mir einigermaßen vorstellen, was das Zeug auf dem Tisch wert sein musste.

Aber den seltsamsten Anblick bot ein einzeln stehender Tisch an der Wand, auf dem sich ein wirklich außergewöhnlicher Apparat befand.

Er bestand aus miteinander verbundenen Röhren und Bechern und Glaskugeln voller abscheulich gefärbter Flüssigkeiten, Schalen mit Pulver und Kohlepfannen aus Messing, die vor Asche förmlich überquollen. Irgendwie besaß das Ding ein verschrobenes, instabiles, ja explosives Aussehen, das noch durch vielsagende Rußflecken an den verblassten Wandbehängen gleich hinter der Apparatur und auf der darunter liegenden Metallplatte verstärkt wurde. Kelley schob mich eine Spur zu eilig daran vorbei, und ich vermerkte in Gedanken, dass es sich vielleicht lohnen könnte, diesem Gerät ein wenig mehr Aufmerksamkeit zu widmen. Stattdessen ergriff ich jedoch ein nettes Kleinod, das wie eine Art Kultgegenstand aussah, ein Handspiegel aus geschliffenem schwarzen Gestein. Er reflektierte das Licht in zauberhafter Weise, und als ich wieder aufblickte, sah ich, dass die beiden Männer mich anstarrten.

»Oh, tut mir Leid …«, setzte ich an, ehe mir bewusst wurde, dass dies eine andere Art von Anstarren war.

»Da seht Ihr es, Bruder Edward!«, hauchte der alte

Mann. »Habe ich es Euch nicht gesagt? Hat er nicht gleich nach dem wahren Juwel gegriffen?«

»Ich gestehe, ich habe ihm nichts davon erzählt«, sagte Kelley knapp, und ich glaubte beinahe sehen können, wie die Räder in seinem Hirn sich in Bewegung setzten. »Wisst Ihr, was Ihr da in Händen haltet, mein ... junger Herr?«

Ich zuckte mit den Schultern und tat, als wollte ich den Spiegel wieder weglegen, aber Dee hob die Hand. »Das ist nicht nötig. Könnt Ihr etwas sehen?«

»Nur mein Gesicht. Sieht so aus wie sonst auch.«

»Ich bitte Euch, seht noch einmal genauer hin«, sagte Dee feierlich. »Denn dies ist das erste unter all meinen Hellseher-Utensilien, das je zu einem Ergebnis geführt hat. Es stammt aus der Neuen Welt, ein heiliger Spiegel der Heiden in Mexiko, gefertigt aus einem Stein von großer Macht. Dass Ihr gerade ihn erwählt habt, das ist ... interessant.«

»Ich schätze, das ist Obsidian«, bemerkte ich, während ich ihn eingehend betrachtete. »Eine Art Glas, das sich in Vulkanen bildet.«

Dee zog erfreut die buschigen Brauen hoch. »Wirklich? Ist das so? Ein passender Ursprung. Die Feuer der Schöpfung! Seht Ihr noch immer nichts? Behaltet ihn dennoch bei Euch, solange wir im Haus sind. Seht hinein, so oft Ihr Muße habt, und wenn, dann so, als wolltet Ihr in weite Ferne schauen. Wer weiß, vielleicht werden wir noch einen Hellseher aus Euch machen! Nicht allen Menschen ist diese Kunst angeboren. Ich selbst konnte erst hier in ihm etwas sehen. Zuvor gab es einen Mann namens Saul, der mir versicherte, ein hohes Maß in ihm lesen zu können, doch nun weiß ich, dass er das alles nur erfunden hat. Auch hatte ich Hoffnung in meinen Sohn Arthur gesetzt, aber erst, als man Bruder Edward zu mir schickte, ist es uns gelungen, eine wahre Verbindung zum Reich der Engel aufzubauen.«

Ein oder zwei Dinge nahmen in rasanter Geschwindigkeit klarere Konturen an. »Also … sprechen sie größtenteils durch ihn?«, erkundigte ich mich unschuldig, während ich den Spiegel mal hierhin, mal dorthin drehte.

»So ist es«, bestätigte Dee, während er uns zuwinkte, ihm zu den gepolsterten Bänken am Kamin zu folgen. »Wenngleich mit meiner unmaßgeblichen Unterstützung bei den Ritualen, welche die Wege zu ihnen öffnen, und bei der Deutung ihrer Worte. Denn vieles, was jene heiligen Wesen zu sagen haben, ist zu erhaben für unseren Verständnishorizont, und ihre Gebote, obschon von edler Natur, erscheinen uns oft gar zu fremdartig. Stellt Euch nur vor, dass …«

»Müssen wir denn unseren jungen Freund schon jetzt mit diesen komplizierten Einzelheiten belasten?«, unterbrach ihn Kelley so aalglatt, dass die Alarmglocken in meinem Kopf erneut klingelten. »All das ist durchaus dazu angetan, einen Menschen zu verstören, der nicht über das breite Fundament des Wissens verfügt …«

»Aber wozu irgendwas verheimlichen«, erkundigte ich mich in freundlichem Ton, »wenn doch eines Tages alle Menschen die Worte der Engel hören sollen?«

»Wahrhaftig!«, rief Dee offensichtlich zutiefst ergriffen. »So wisset, dass sie uns eine neue Weltordnung befohlen haben, in der alle Menschen die Unschuld des Paradieses zurückerobern und wie Brüder zusammenleben sollen. Alle müssen für das kommende Gute zusammenarbeiten«, fügte er aufgeregt hinzu. »Und alle Habe soll allen gemein sein, um allen Menschen gleichermaßen zu dienen!«

Ich konnte nicht widerstehen. »Was? Soll das heißen, jeder gibt, was er kann, damit jeder bekommt, was er braucht? So was in der Art?«

Dee starrte mich entzückt an. »Wohl gesprochen, junger Herr! Er ist gewiss bereit zur Erleuchtung, meint Ihr nicht, Bruder Edward? Nun, der Seraphim mag erwarten, dass wir ein Exempel statuieren, er und ich …«

»Und noch andere!«, unterbrach ihn Kelley sichtlich erleichtert, dass es ihm gelungen war, das Steuer buchstäblich im letzten Augenblick noch einmal herumzureißen. Was wollte er nicht, das Dee aussprach? Das musste ja 'ne dolle Sache sein. »Aber wir sollten hier nicht zu lange verweilen, mein Freund. Das Ritual, das Euch befreien wird, kann nicht in diesem Haus stattfinden, in dem die Wände Augen und Ohren und die Spirale nur eingeschränkte Macht hat. Wir haben einen Hügel jenseits der Mauern entdeckt, der ebenfalls einen machtvollen Nexus darstellt, vor allem in der Dämmerung, gleich ob am Morgen oder am Abend. Wenn es uns noch gelingen soll, vor Tagesanbruch die Tore zu erreichen und auf den Hügel zu steigen, ehe die Sonne aufgegangen ist, dann müssen wir so bald wie möglich …«

»Auf keinen Fall!«, rief Dee entsetzt. »Bruder, lasst nicht zu, dass Euer naturgegebener Eifer, unseren Freund zu befreien, Euch allzu zu großer Eile treibt! Dies ist keine Kleinigkeit, nicht dazu angetan, sich ihrer auf schnellstem Wege zu entledigen. Wir werden einige Tage für die Vorbereitungen aufwenden müssen, so wir denn vermeiden wollen, dass unser Vorhaben missglückt und wir alle in große Gefahr geraten, vor allem unser tapferer Meister Maxie!«

»Hört mal, ich habe ja nichts dagegen, wenn wir uns beeilen, aber was soll das mit der Gefahr bedeuten? So verdammt tapfer bin ich nicht.«

»Horoskope erstellen, Gebete, Rituale des Fastens und der Reinigung«, brabbelte Dee weiter wie ein verirrter Eisbrecher. »Ostung, Konstellationen, Abweichungen, Prüfungen – oh, Gefahr? Ich sollte Euch wirklich nicht mit derartigen Dingen ängstigen. In diesem Ritual sind Aspekte enthalten, die zu einem

Fehlschlag führen können. Stets halten sich böse, feindselige Mächte in unserer Nähe auf, wie in der Nähe aller menschlicher Aktivität. Aber die Engel haben uns versichert, sie würden uns vor jeglicher Gefahr bewahren. Solltet Ihr es also wahrhaftig eilig haben …«

Joan Kelley begann, Teller mit Brot und Rührei und hölzerne Krüge mit dampfendem, heißen Bier zu verteilen. Ich nahm einen tiefen Schluck. »Yeah. Na ja, das ist wirklich, äh, beruhigend. Aber am besten kümmerst du dich einfach um deine Vorbereitungen, wie du es für richtig hältst. Ähhh, Engel helfen denen, die sich selbst helfen, so was in der Art, richtig?«

Dee seufzte. »Ah, ja – der Kaiser selbst äußerte sich in ähnlicher Weise, als wir versucht haben, ihm ihre Botschaft zu überbringen.«

»Kann ich mir vorstellen. Ihr habt wohl gehofft, er würde sich eurer Bruderschaft anschließen, was?«

»O ja!«, rief Dee aufgeregt. »Wir haben unser Bestes getan, ihm zu erklären, dass das Allheilmittel gegen alle Übel in seinem Reich darin besteht, seine Statthalter von ihren weltlichen Sorgen zu erlösen, auf dass sie sich dem Befehl der Engel unterwerfen. Merkwürdigerweise schien ihn das gar nicht zu interessieren.«

»Wow. Das stell' sich einer vor.«

»Aye, es ist wirklich schwer zu glauben. Und der päpstliche Legat ebenso. Man sollte doch annehmen, dass gerade er daran interessiert sein müsste, den Klerus strikten christlichen Prinzipien zu unterwerfen, aber nein … Als wir ihm die Botschaft der Engel zu übermitteln versuchten, drohte er doch tatsächlich, uns aus dem Fenster werfen zu lassen! Eine nicht unübliche Barbarei in hiesigen Palästen, müsst Ihr wissen.«

»Klingt tatsächlich ein bisschen würdelos.«

»Sein Empfangszimmer liegt im vierten Stock«,

erklärte Kelley wütend. »Was auch nicht ungewöhnlich ist.«

»Oh, aber ...«

»Nein, junger Herr!«, unterbrach Dee ungehalten und wedelte mit einem langen Finger vor meiner Nase. Das Bier hatte eine zarte Röte auf seinen Wangen hinterlassen. »Alle Menschen sollten fähig sein, ihre niederen Gelüste im Zaum zu halten – und in der Not sind sie das auch. Und haben nicht Bruder Edward und ich diese Bedingung ebenso erfüllen müssen? Und auf eine durchaus unerwartete Weise ...«

»Aye!«, fiel ihm Bruder Edward rasch ins Wort, scheinbar getrieben von visionärem Eifer. »Denn wer der Bruderschaft der Engel angehört, der wird weder Einsamkeit noch Konflikt erfahren, sondern sich einem gemeinsamen Streben unterwerfen ...«

»Aye! Gemeinsames Streben!« Offenbar gab es keine Möglichkeit mehr, Dee zum Schweigen zu bringen. »Selbst in jenen Bereichen, die gewöhnlich zum Objekt der niedersten Eifersüchteleien unter Menschen werden.«

Ich stutzte. Mein Gott, meinte der etwa ...?

Wirklich?

»Aye, bis hin zu den geheiligsten Besitztümern!«, brüllte Dee mit glühender Leidenschaft. »Alles müssen wir untereinander teilen, selbst den heiligen Ehestand. Alles muss allen gehören, sogar unser Liebstes, unsere geliebten Eheweiber! Und so hart das auch ist ... Stimmt irgendetwas nicht, Meister Maxie?«

»Nein, nein, alles bestens!«, beeilte ich mich zu sagen. »Nur ... da war was in dem Stein. Dachte, ich hätte was gesehen. Vielleicht ein verschwommenes Bild. Aber jetzt ist es weg.«

Ich hatte nicht gelogen. Jane Dee, die sich über mich beugte, um mein Bier aus einem dampfenden irdenen Krug wieder aufzufüllen. Jane Dees Spiegelbild, starr und steif im flackernden Flammenschein. In dem dunklen Spiegel trafen sich unsere Blicke, und sie schlug eilends die Augen nieder. Aber nicht, ehe mir ein bisschen mehr über Meister Edward Kelley klar geworden war.

»Oh, wunderbar!«, gluckste Dee hocherfreut. »Ich bitte Euch, versucht es noch einmal! So oft Ihr nur mögt. Wie ich schon sagte, es war hart für uns - wenngleich wir in einer Form aus ihm haben Nutzen ziehen können, an die ich nie gedacht hätte, wie ich offen eingestehen muss. Und doch waren Bruder Edward und ich imstande, unsere niederen Instinkte zu unterdrücken. Und wenn wir beide dazu fähig sind, warum dann nicht auch alle anderen Männer?«

»Und alle Frauen?«, erkundigte ich mich. Jane Dee hatte meinen Krug nachgefüllt und streckte ihn mir höflich mit beiden Händen entgegen. Ihr sprödes Gesicht verriet rein gar nichts mehr von dem, was ich im Spiegel in ihm gelesen hatte.

»Oh, ja, ja, auch sie«, fügte Dee ein wenig geistesabwesend hinzu. »In einer idealen Gemeinschaft sollte genug Raum sein für alle ...«

Ich ließ ihn reden. Offenbar konnten sogar Frauen und Diener in die Bruderschaft aufgenommen werden, obwohl er scheinbar vergessen hatte, zu erforschen, warum Letztere auch dann weiterhin Diener bleiben sollten. »Wenn wir nur die Botschaft der Engel mehr Menschen begreiflich machen könnten, so würde ich dies dankbar als sinnvollen Gebrauch der Gaben ansehen, mit denen ich eines Tages wieder vor unseren Herrn treten werde, nicht wahr, Bruder?«

Kelley hatte sich still verhalten, still, aber wachsam. Nun, da ich angesichts von Dees Enthüllungen nicht in schallendes Gelächter ausbrach oder ihn, was schlimmer gewesen wäre, noch weiter herausforderte, schien er sich ein wenig zu entspannen. Dieser Steinspiegel hatte tatsächlich gewisse Vorzüge. »Ich bin beeindruckt«, sagte ich, und ich meinte es auch so.

Dee strahlte; aber ihn hatte ich nicht gemeint. Ich verdankte dem schwarzen Stein tatsächlich eine Art Offenbarung. Und eine Idee.

»Wer weiß? Wer weiß?«, trällerte Dee beglückt. »Eines Tages, vielleicht. Ja, vielleicht werdet Ihr, junger Herr, eines Tages ebenfalls das Wort vernehmen. Lasst uns sehen, was Euer Horoskop uns mitzuteilen hat …«

»Das ist auch höchste Zeit«, stimmte ihm Kelley erfreut zu. »Bevor wir Meister Maxie mit unseren Moralpredigten bestürmen, sollten wir schließlich mit gutem Beispiel vorangehen. Wenn wir all diese Vorbereitungen treffen müssen, ob nützlich oder nicht, dann sollten wir rasch damit beginnen.«

»Wahre Worte, Bruder«, sagte Dee. Er lehnte sich zurück und glättete seinen Bart, der sich rasch von der Misshandlung durch eine brutale Faust erholte. Was nicht weiter überraschend war; diese Katakombenluft hätte allem die Spannung nehmen können, vermutlich auch mir.

»Wir haben eine schlaflose Nacht hinter uns und eine anstrengende Reise dazu; aber ich denke, es wird mich nicht über Gebühr beanspruchen, ein Horoskop zu erstellen. Dort, Bruder, neben Eurer Hand, ist das Astrolabium? Schiefer und Kreide? Wir werden später eine saubere Niederschrift anfertigen. Nun, junger Herr, beginnen wir mit Euch. Euer Geburtsdatum, und, wenn möglich, die Tageszeit, solltet Ihr … was? Herrje, es ist nicht leicht, ein Horoskop für einen Mann zu erstellen, der erst in vierhundert Jahren von heute an das Licht der Welt erblicken soll, was, ha, ha? Doch die Wege des Himmels verändern sich nicht. Die mächtige Uhr tickt ewig. Und der Ort der Geburt? Aha, aha …«

Schlimmer als ein Cop mit seinem Aktenvordruck. Beinahe wie in der Fernsehwerbung, Ihr persönliches Horoskop, Telefon 0190 …, nicht ganz so schlimm, nehme ich an, aber es waren genug Daten, um mir den Atem zu rauben.

Geburtsdatum – Ort – Familie – Geburtsdatum von Vater und Mutter – Todesdaten dazu – das Gleiche mit den Großeltern – alles zusammenmischen zu einer Art stellarem Eintopf, während Dee murmelte und mit der Kreide über die Schiefertafel kratzte, dass mir kalte Schauder über den Rücken liefen. Es war beinahe, als wäre ich wieder im Kindergarten.

Kelley huschte geschäftig umher und suchte allerlei Bücher und unheimliche Instrumente zusammen. Ich war nicht gelangweilt. Ich saß nur da und spachtelte. In der Petticoat Lane hätte ich das Zeug gegen ein kleines Vermögen eintauschen können.

Was in Kelleys Kopf vorging, ließ sich wie üblich nicht erkennen, aber er war anscheinend wieder guter Dinge. Vielleicht dachte er, mir wären bestimmte Punkte in Dees Offenbarung entgangen oder ich würde sie schlicht für Formalitäten halten; aber da irrte er.

Plötzlich verstummte das hektische Kreischen der Kreide. »Jemine«, murmelte Dee. »Merkur in den Häusern von Jupiter und Venus? Eine schlechte Vermählung, vermengt mit Diebstahl und Hurerei im Namen der Lust!«

Ups. Ich hatte mir nie die Zeit genommen, mich mit Astrologie zu beschäftigen, aber jemand da oben schien mich verdammt gut einschätzen zu können.

»Nur weiter«, sagte Kelley. »Derlei Untugenden dienen gleichfalls der Macht und der Schönheit – keine so üble Sache für einen jungen Burschen, denke ich.« Über Dees Kopf hinweg grinste er mich an.

»Gewiss, gewiss«, sagte der alte Mann. »Da müssen wir wohl Zugeständnisse machen. Aber wie soll ich Mars, unvereinbar im Zeichen des Krebses verstehen? Und Saturn, der heute im Zeichen des Steinbocks weilt? Bedeutet dies denn nicht, dass Tapferkeit und

Weisheit zu großen Teilen der Verwirrung anheim gefallen sind?«

Oh, Scheiße! Ihr redet über Maxie, Jungs.

»Ein Mann des Friedens, so könnte man sagen«, schlug Kelley in feierlichem Tonfall vor. »Wenngleich vom Schicksal nicht zum Gelehrten bestimmt.«

Dee sah aus, als wollte er jeden Augenblick in Tränen ausbrechen angesichts dieses ungnädigen Loses. »Und im Zeichen des Wassermanns, ja, dort, die Ungeduld, das Rebellische ...«

Und so ging es weiter. Man könnte es auch als stückweisen Meuchelmord an meinem Charakter bezeichnen, nur dass mein Charakter die Grenze zum Vorurteil schon vor langer Zeit ausgiebig hatte kennen lernen dürfen.

Kelley gab nicht auf, die Erkenntnisse so weit zu verdrehen, bis sie bessere Interpretationsmöglichkeiten erlaubten, allerdings so offensichtlich, dass jeder, der nicht ganz so brillant war wie Dee, ihn durchschauen musste. Anscheinend glaubte er, er täte mir einen Gefallen. Tatsächlich ging er mir jedoch schlicht auf den Zeiger, von anderen Bereichen ganz zu schweigen. Ich weiß, dass ich ein Versager bin, aber das zumindest *bin* ich, nicht eine Ansammlung fadenscheiniger Entschuldigungen. Schlimmer war, dass ich langsam eine Vorstellung davon bekam, was Kelley war, und mir gefiel nicht, wie er versuchte, mich einzuwickeln.

Im Geiste zog ich zugegebenermaßen meinen Hut vor dem verschlagenen Hundesohn. Wie er das geschafft hatte, war wohl kein so großes Geheimnis. Der alte Dee hing an jedem Wort von Kellys himmlischen Gönnern; die betörende Jane war in unmittelbarer Reichweite – die Gelegenheit war wohl einfach zu gut gewesen. Begabte Hochstapler versuchen solche Sachen immer wieder, wollen sich dauernd selbst übertreffen und jede Grenze auskundschaften. Das hat wohl etwas damit zu tun, dass sie das Gefühl der Überlegenheit kosten wollten, denn Überlegenheit war das Gefühl, was sie mehr als alles andere brauchten.

Alle Gauner tun das bis zu einem gewissen Grad; ich will gar keinen eigenen Ferrari, ich will *deinen*! Und wenn ich ihn kriege, Asche auf dein Haupt – und zwar aus verdammt großer Höhe.

Das Problem war nur, dass es mir hier einfach nicht gelingen wollte, mein altes zynisches Grinsen aufzusetzen. Ich mochte Dee, so arrogant der alte Zausel auch sein mochte. Und ich kannte Kelleys Art von überquellendem Charme nur allzu gut. Manche Dinge ändern sich eben nie. Es war die Art Charme, die stets an der Schwelle zur Wohnung einer alten Dame auftaucht, wenn ein Besucher behauptet, er sei gekommen, das Telefon zu reparieren oder einen Wellensittich vom Dach zu retten. Die Art Charme, die ein Mädchen nicht nur dazu bringen konnte, sich auf die Straße zu stellen, sondern auch noch zurückzukommen, um *ihm* den Lohn ihrer Arbeit abzutreten. Auf mich wirkte er kaum noch. Ich erkannte nicht nur das Muster; mir waren auch die Phrasen vertraut. Ich hatte viele davon schon selbst benutzt.

Und was war mit Jane Dee? Sie sah, na ja, nett aus. Nicht nur zum drüberrutschen - nett. Ein Scheißwort, okay, aber mir fiel nichts Besseres ein. Nett passte einfach zu ihr. Also, was war mit ihr? Nicht eine verräterische Spur in den Zügen, und das allein sagte mehr als genug. Irgendwie fühlte ich mich wieder mal ziemlich angeschissen.

Plötzlich kreischte Dees Kreidestumpen erneut über die Tafel, wieder mit haaresträubender Nebenwirkung. Der unerwartete Lärm schreckte uns alle auf.

»Was zum Teufel …?«, setzte Kelley an, und seine Augen huschten mit dem vertrauten Reflex kleiner Ganoven unstet hin und her, ein Reflex, antrainiert in Jahren der ständigen Suche nach dem nächsten

Fluchtweg. Möglicherweise taten meine das Gleiche. Es war Dee, der schließlich zur Tür und die Stufen zum Bogengang hinunter ging, wo die Diener bereits den Riegel zurückschoben. Während ich langsam hinterherdackelte, machte ich mir meine eigenen Gedanken. Da war also jemand an der Tür, dem die Diener öffneten, ohne sich der Zustimmung ihres Herrn zu vergewissern, und ich konnte mir verdammt gut vorstellen, wer. Sie stammten aus der Gegend. Ich spürte, wie meine Augäpfel sich in den Höhlen drehten.

Vor dem Tor sah ich nur ein Glitzern im grauen Licht, hörte vages Klappern und Klimpern und das Stampfen schwerer Stiefel auf dem Pflaster. Nur eine Gestalt trat ein, und die war so vollkommen von Kopf bis Fuß von ihrer Rüstung eingehüllt, dass ich beinahe damit rechnete, irgendwo einen Ring zum Öffnen vorzufinden, wie bei einer Fischkonserve. Jedenfalls konnte über seine Funktion kein Zweifel aufkommen. Der Universal Sergeant drehte sich zu uns um, als wir durch die Tür traten, schlug sich klappernd mit dem Panzerhandschuh an den Helm und spuckte vor Kelley einen Schwall deutscher Worte aus. Kelley breitete in hilfloser Geste die Arme aus und deutete auf Dee. Kelley sprach also kein Deutsch. Aber Dee, sehr gut sogar. Das Ganze ging etwa eine Minute zwischen den beiden hin und her; dann wandte sich der alte Mann an uns. »Wie es scheint, soll uns eine große Ehre zuteil werden«, erklärte er quietschvergnügt. »Der Kaiser selbst wünscht unsere Anwesenheit bei seinem Empfang – mit unserem Gast.«

»Und woher weiß er davon?«, erkundigte sich Kelley argwöhnisch, während ich mich verzweifelt bemühte, nicht gleich zu winseln.

Dee zuckte gänzlich sorglos mit den Schultern; aber ich war überrascht, dass Kelley ihn überhaupt fragen musste. Es musste wohl einen Diener im Haus geben, vielleicht auch gleich alle Diener, gut bezahlt oder genötigt, Informationen über die düsteren Rampen zu schicken, die gleich über uns lauerten.

Mannhaft bekämpfte ich den Drang, laut schreiend davonzulaufen. Wäre wohl der direkteste Weg in den kaiserlichen Kerker gewesen. Bis jetzt war es Dee und Kelley gelungen, sich von diesen Räumlichkeiten fernzu halten. Besser, ich verließ mich auf sie - oder, sollte ich dazu gezwungen werden, ich lieferte sie ans Messer, um mir meine Freiheit zu erkaufen. Immerhin hatten sie mich überhaupt erst in diese Sache hineingezogen.

»So gewandet könnt Ihr dort nicht erscheinen!«, rief Dee gerade aufgeregt.

»Was soll das heißen? Dieser Aufzug hat mich ein Vermögen gekostet – und der Ritt hat ihm auch nicht nicht gerade gut getan! Außerdem, was will seine Hoheit überhaupt von mir?«

Dee hörte wie gewöhnlich nicht zu. »Keine meiner Roben würde Eurem Maß genügen. Ah, Bruder Edward, wie wäre es mit einer Eurer Roben, vielleicht die Grüne. Und eine anständige Kopfbedeckung ...«

Zu meiner Überraschung standen mir die Klamotten verdammt gut, vermutlich besser als dem stämmigen Bruder Edward, edles Zeug, geschmückt mit schwerer Goldstickerei. »Sagt ihm nicht, dass ich es Euch verraten habe«, gluckste Dee in verschwörerischen Tonfall, als er mir mit der furchtbar kratzenden Halskrause half, »aber Edward hat diese Robe von den Schauspielern erstanden.«

»Schauspieler?«

»Aye! Ihr müsst wissen, Männer von hohem Stand hinterlassen ihre besten Gewänder oft nicht ihren Angehörigen, die es verschmähen könnten, sie zu tragen, oder ihren Dienern, für die sich derartiger Staat nicht geziemen würde. Also verkaufen sie sie für ein oder zwei Schilling an die Schauspieler als Bühnengarderobe. Aber manchmal, in harten Zeiten, wenn die Theater die Pforten schließen müssen, verkaufen jene sie an Herren von weniger hohem Stande weiter! Also haltet den Kopf stolz erhoben, denn ihr könnt durchaus gerade eine Robe Julius Cäsars am Leibe tragen! Oder von König Herodes!« Ein harmloser kleiner Scherz, an dem Dee sich gewaltig freute, und zwar so sehr, dass ich den Ver-dacht hegte, dies könnte seine Art sein, unbewusst Dampf über ›Bruder Edward‹ abzulassen – und vielleicht auch, mich zu ermutigen.

Als wir auf dem Weg nach draußen an dem Tisch vorbeigingen, sah ich die Schiefertafel dort liegen. Ein dicker Kreidestrich zog sich über die ganze Länge. Soweit es die Sterne betraf, war die Geschichte wohl ins Wasser gefallen.

Sergeant Sardine verbeugte sich vor uns, ehe er ruckartig Haltung annahm. »Gähen wirr. Mirr nach!«

»Ein Flegel, doch nicht ohne Verstand«, kommentierte Dee leise, als der Blechmann kehrt machte und durch das Tor hinausklapperte. »Ich warne Euch. Hier sprechen nur wenige die englische Sprache, auch der Kaiser nicht. Unter den Soldaten sind ihrer mehr, denn sie haben ihre Reihen mit schottischen Söldnern aufgefüllt.«

Während uns die Frauen ängstlich beobachteten, wurden wir höflich zum Tor hinaus und auf die Straße geleitet. Ich hatte erwartet, dort Pferde vorzufinden, aber so nahe am Schloss schien es normal zu sein, sich auf eigenen Füßen zu bewegen. Unsere kleine Prozession erregte unterwegs eine Menge Aufmerksamkeit mit dem Dosenfisch mit der Fackel an der Spitze und den anderen Konserven, die hinter uns im Gleichschritt klapperten. Dee schritt mit einer beachtlichen, lässigen Würde aus. Er war prachtvoll anzusehen in seiner mit schwarzem Fell abgesetzten Gelehrtenrobe, dem feinen Käppchen mit der breiten Krempe und dem Spazierstock mit dem silbernen Knauf, auf den er sich bei jedem Schritt stützte. Bildete ich mir die Glut nur ein, die wieder und wieder unter seinen Fingern aufflackerte?

Die Straßen der Stadt hatten sich bereits vor Sonnenaufgang mit Leben gefüllt, und der Kohlenrauch steigerte sich von einem unangenehmen Geruch zu einer die Augen verätzenden Wolke, die den Ausdünstungen unserer modernen Rush-Hour nicht im Geringsten nachstand. Neugierig sah ich mich um, aber ich hätte bestimmt mehr sehen können, wenn mir Kelleys Hut nicht dauernd über die Augen gerutscht wäre. Die Fackel war mehr als nur schmückendes Beiwerk; ohne sie hätten wir Schlaglöcher und Schlimmeres übersehen können. Trotz allem waren die Straßen weit sauberer, als man es nach unseren Geschichtsbüchern hätte erwarten sollen – andererseits war das aber auch ein besseres Viertel, dessen Bewohner im Großen und Ganzen gut genährt und kerngesund aussahen. Auch die Pferde waren wohl genährt; daher das Problem mit der Straße. Und sie hatten bessere Zähne.

Alles in allem – abgesehen von dem Mangel an (Benzin-)Kutschen, die nur darauf warteten, gestohlen zu werden; aber ich konnte ja jeder Zeit auf Pferde umsteigen – fühlte ich mich keineswegs so fremd, wie man erwarten sollte, nicht spürbar anders als in irgendeiner anderen fremden Stadt. Menschen waren Menschen, zu jeder Zeit und an jedem Ort. Allerdings hatte ich auch das Gefühl, einen höllisch weiten Heimweg vor mir zu haben.

Ein Gefühl, das nie stärker war, als zu der Zeit, da wir über eine lange Treppe zum Tor des Schlosses hinaufstiegen, über uns ein gewaltiges, öliges Fallgatter und eine Mauer, gekrönt von etwas, das aussah wie Reihen verschrumpelter, auf Speerspitzen aufgespießt Rüben. Es dauerte ein paar Schritte, bis mir bewusst wurde, welche Art Rüben ich da gesehen hatte.

»Fürchtet Euch nicht«, zischte Kelley mir aufmunternd ins Ohr. »Der Kaiser wird Euch schon nicht den Kopf abreißen. Das Bürschlein hegt eine monströse Gier nach allem, was mit Magie oder Alchemie zu tun hat, und er gibt sich überaus liberal gegenüber jenen, die mit diesen Künsten umgehen! Sogar die verdammten Juden schützt er, ob Ihr es glaubt oder nicht. Es steht ihnen doch tatsächlich frei, ihre Bezirke zu verlassen und wie wir Christen durch die ganze Stadt zu wandern. Ja, sogar am kaiserlichen Hofe trifft man sie an und das am hellichten Tag! Alles nur wegen ihrer blasphemischen Rabbis und ihrer Kabbala. Gotteslästerung ist das!«

»Wirklich erstaunlich«, sagte ich vorsichtig. »Brauchen sie seinen Schutz?«

»Ob sie ihn brauchen?« Kelley kicherte. »Wenn er nicht wäre, würden die beherzten Männer dieser Stadt in einer einzigen Nacht unter ihnen aufräumen, und aus wär's mit ihnen allen, Schlampen, Kinder, alle wie sie da sind! Es wär eine Schande, die gute Moldau mit ihnen zu beschmutzen, aber das ist auch schon alles.«

»Anzunehmen«, sagte ich nach wie vor überaus vorsichtig. Bei aller Nachsicht wurde ich es langsam doch leid, mir Bruder Edwards Gerede anzuhören. Andererseits vergass ich durch sein Gefasel wenigstens, dass ich eigentlich Angst hatte.

Bis wir im Schloss angelangt waren.

Es war gewaltig. Es war nicht nur ein einzelnes Gebäude, sondern ein Art Miniaturstadt, die das ganze Felsplateau einnahm, mit einer Kathedrale am äußeren Ende, umringt von vier oder fünf Palastbauten und einem Gewirr kleinerer Gebäude wie Klöster, Barracken und Ställe, an die sich eine von kleinen Häusern gesäumte Straße anschloss, alles umrahmt von den bedrohlich aufragenden Türmen und Mauern. Auch hier herrschte reges Treiben, doch offenbar zielgerichteter als draußen in der Stadt. Überall waren Soldaten zu sehen. Dieser Ort strahlte Macht aus, eine Macht, über die kein König und kein Präsident in meiner Welt verfügte. Der Kreml mochte vielleicht ähnlich gewesen sein, bevor ich geboren worden war, aber nur der Kreml. Es war kaum zu glauben, dass nur ein einziger Mann an der Spitze all dessen stand; und wir waren unterwegs, um *ihn* zu besuchen.

Den Zauberer von Oz hätte ich jederzeit vorgezogen. Sogar die Hexe des Westens wäre mir lieber gewesen.

»Seine Majestät empfängt heute im Wladislawsaal«, verkündete Dee, als wir einen gewaltigen, hallenden, mit Steinplatten ausgelegten Korridor betraten, ehe wir eine endlose steinerne Treppe hinaufstiegen. »Wäre uns das Wetter gnädiger gesonnen, hätte er uns womöglich in seinen Sommerpalast oder sogar in die Gärten bestellt, die zu den schönsten der Welt zählen. Wenngleich ich eingestehen muss, dass das Gebrüll der wilden Tiere in seiner Menagerie ein wenig beängstigend sein mag …«

»Er lässt sie hungern«, kommentierte Kelley sarkastisch. Auf einem weit oben gelegenen Treppenabsatz, einer Art Vorzimmer voll von gestressten Lakaien, wurden wir angewiesen zu warten. Der Raum war zweifellos dazu eingerichtet, Besucher zu beeindrucken. Allerdings wohl nicht auf die Weise, in der ich beeindruckt war. Edle, goldverzierte Gobelins, mit Schnitzereien überzogenes Mobiliar, silberne Lampen, die von der hohen Decke herabbaumelten, Gemälde – mir wollte schon wieder der Speichel aus den Mundwinkeln triefen. Wenn ich nur einen einzigen kleinen Möbelwagen hierher bringen könnte … Vergessen Sie die Petticoat Lane, dieses Zeug hätte ich bei Sotheby's unterbringen können.

Der gute Rudolf wusste zu leben, so viel stand fest. Ein paar von diesen Stühlen hätten mir gereicht, mich auf einem netten Finanzpolster auszuruhen – jedenfalls, nachdem ein Bursche, den ich zufällig kannte, noch vier weitere ›Restaurationen‹ angefertigt hätte. Oder eines dieser Gemälde, auch wenn die Maler bestimmt keine Impressionisten waren. Der Stil jener Tage schien sich auf der ganzen Schiene zwischen hoher Kunst und übelstem Schund zu bewegen, wie die kleineren Porträts deutlich belegten, die die hohen Türen umrahmten.

»Ah, ja«, sagte Dee und nickte, als er mein Stutzen bemerkte. »Von Meister Arcimboldo, einem der bevorzugten Hofmaler seiner Majestät, wenngleich mir nicht bekannt ist, wie er zu dieser Ehre gekommen ist. Dies sind seine Porträts von den kaiserlichen Hoheiten.«

»Porträts? Nichts als Obst und Gemüse!« Äpfel als Wangen, eine Melone als Stirn, Weintrauben und Spargel als Haare, Erbsenhülsen anstelle der Lider, Kirschen, Pflaumen, Auberginen, Gurken und so weiter. Trotzdem traten die Gesichter immer deutlicher zum Vorschein, je intensiver man sie betrachtete. So bekam ich einen ersten Eindruck von Rudolf. Mit den hervorquellenden Apfelwangen gab er einen lustigen Hurensohn ab; aber darüber sah ich auch ziemlich schmale Augen, und die gefielen mir überhaupt nicht.

»Nur gut, dass sie nicht lebensgroß sind«, bemerkte ich. Kelley wäre vor Lachen fast zusammengebrochen; Dee sah schlicht verwirrt aus.

»Da gibt es noch ein Bild, das nur wenige zu Gesicht bekommen«, flüsterte mir Kelley zu, wobei er vielsagend mit dem Finger an seine Nase tippte. »Einer der Kammerherren hat es mir einst heimlich gezeigt. Bei jenem Gemälde hat Arcimboldo keine Früchte benutzt, sondern die Leiber hübscher Frauen – zurückgelehnt als Brauen, eine gekrümmt als Nase, sodass der verlängerte Rücken – Ihr könnt mir folgen?« Er kicherte. »Ein wahrhaft lebendiges Porträt.«

Die Doppeltür wurde aufgerissen. Ein Lakai bellte irgendetwas in mein Ohr, und wir wurden in den Raum jenseits der Tür mehr oder minder geschoben.

Der Raum war gewaltig, noch größer als der riesige Korridor, erbaut aus warmen, gelblichen Steinen unter einer hohen Gewölbedecke mit offenen Streben, die Art Decke, unter der Wolkenbildung bestimmt keine Überraschung wäre, und großzügigen Glasflächen, durch die Licht in den Raum fiel. Das Geräusch unserer Schritte auf dem Steinboden verhallte in endloser Ferne. Jetzt fehlte nur noch eine Stimme, die die Ankunft des 8.15-Uhr-Zuges nach Philadelphia verkündete. Mit all den Höflingen, Lakaien, Damen und sonstigen Kletten, das hiesige Äquivalent der Erdnuss- und Popcornverkäufer eingeschlossen, herrschte hier ein Gedränge wie in der Grand Central Station oder in St. Pancras. Und vermutlich war es hier auch nicht viel sicherer.

Aber die Menge teilte sich rasch vor uns und strömte erst hinter uns wieder zusammen. Die Menschen gaben sich den Anschein, weder uns noch dem riesigen, kunstvoll verzierten Stuhl samt Himmel unter dem hohen Fenster am Ende des Raumes besondere Aufmerksamkeit zu widmen. Aber in dem Augenblick, da ich den Besitzer des Stuhls erblickte, wusste ich, dass sie diese Gleichgültigkeit nur vortäuschten. Oder, sagen wir, in dem Augenblick, in dem er mich erblickte.

Das war der Augenblick, in dem ich mich daran erinnerte, dass ich einen Mordsbammel hatte. Sonderbar, wie solche Dinge ungebeten zurückkommen können.

In gewisser Weise zollte ich diesem Arcimboldo-Typen Tribut. Für einen Moment glaubte ich einen Haufen vegetarischer Lebensmittel vor mir zu sehen, so genau hatte der Maler auf seine Weise das Aussehen seiner Majestät eingefangen. Aber ich hätte auch ohne das Portait sofort erkannt wer da vor mir saß, oder besser, hockte. Keine Krone, keine Juwelen, nichts Zeremonielles; tatsächlich war er sogar die einzige Person im Raum, die sich nicht die Mühe gemacht hatte, sich standesgemäß zu kleiden. Der Kaiser war ein richtiger Zwerg, vielleicht ein bisschen größer als ich, und die goldenen Stickereien auf seiner grauen Robe lieferten sich einen Kampf mit einem subtilen Muster aus Essensresten und Fettflecken. Das Nachthemd aus schwerer Seide, das er ebenso verdreckt unter der Robe trug, entfleuchte in alle Richtungen, und ich konnte es ihm nicht verdenken. Zerzaustes, sandgraues Haar lugte wirr unter einer purpurfarbenen seidenen Nachthaube hervor, und sein buschiger Bart war mit rötlichen Weinflecken übersät, die farblich hervorragend zu der herabhängenden Unterlippe passten. Er hatte sich bequem auf dem gepolsterten Thron ausgebreitet, ein Bein über der Armlehne, auf eine Hand gestützt, während die andere damit beschäftigt war, ihn an allen möglichen und unmöglichen Stellen zu kratzen, und er betrachtete die Welt um sich herum durch verquollene, wachsame Augen.

Die Miene des Kaisers glich der auf dem Porträt, freundlich, sogar vergnügt. Er sah aus, als stünde sein Barometer für den heutigen Tag auf milder Manie, nicht weiter schlimm, aber es waren diese Augen, die mich förmlich festnagelten. Da war nichts Stechendes an diesem Blick, doch er jagte mir eine Heidenangst ein – etwa so wie der Richter bei meiner ersten Verhandlung vor dem Jugendstrafgericht. Er erforschte mich, nicht wie ein menschliches Wesen, sondern wie eine Art potenzieller Bezugsquelle – wovon würde sich später zeigen.

Dee und Kelley betätigten sich als Schlangenmenschen. Ich selbst brachte eine einigermaßen anständige Verbeugung zustande und beließ es dabei. Rudolf erwiderte Dees Gruß mit einem höflichen

Nicken; Kelley hingegen bedachte er mit einem ganz und gar anderen Blick, weniger respektvoll, aber viel interessierter. Der Kaiser rieb mit den schmalen Händen über die Schnitzereien des Throns, als wollte er die Rundungen liebkosen.

»Nun, Magister, er hat also einen neuen Gast aufgenommen! Mache er uns bekannt!«

Dee wiederholte die abstrakte Körperverdrehung. »Mein hoher und mächtiger Herr, gestattet Eurem demütigen Diener, Euch meinen hochgeschätzten Kollegen, den Meister Maxie, einen jungen, aber wohl unterrichteten Studenten der Philosophie vorzustellen, der erst heute Morgen aus England eingetroffen ist, um uns bei unserer Arbeit zu Eurem Vorteil zu unterstützen.«

Das war doch schon mal was; Deutsch eignet sich einfach besser zum Quatschen als Englisch, und Dee hatte sich gerade mit dem Ball auf und davon gemacht. Rudolf hörte ihm jedenfalls zu, wie man einen Fußballkommentar verfolgen würde, geistesabwesend und weit mehr mit der zwanghaften und ein wenig klammernden Liebkosung der Schnitzereien befasst. Übrigens die einzig polierten Bereiche dieses riesigen Throns.

Als Dee endlich fertig war, sagte er nur: »Ach so«, und seine Stimme klang so teilnahmslos, dass sie einen geradezu schrillen Kontrapunkt zu Dees Geschwafel setzte. Rudolf hievte sich weiter auf den Thron hinauf und verabreichte seiner Kehrseite eine ausgiebige und liebevolle Behandlung durch seine Fingernägel, die er mit einem zufriedenen Grunzen begleitete. Dann wandte er sich an mich. »Er sei in Gottes Namen gegrüßt.«

Ich verbeugte mich erneut und kramte meinerseits meine Deutschkenntnisse hervor. »Ich danke Sie, Durchlaucht! Es ist mir der grosseste Ehre, zu treten ein in Ihre Dienste!«

Kelley hatte schon die ganze Zeit nur dagestanden wie ein begriffsstutziges Rindvieh, doch jetzt wirkte er wirklich vollends verblüfft. Dee strahlte. Die Augen des Kaisers öffneten sich eine Spur weiter; sie waren schmutzig grün, kalt und blutunterlaufen. Er schmatzte mit den wulstigen Lippen. »Gut, gut! Nicht perfekt, aber gut. Er hat einen sonderbaren Akzent – fast wie ein Holländer oder ein Friese.«

Was er gehört hatte, war das 20. Jahrhundert. »Ich hoffe, zu verbessern das bei viel Übung, Majestät«, sagte ich.

Er nickte und jagte einen Juckreiz rund um den Halsausschnitt seiner Robe. »Er sei willkommen, und das nicht allein als der Kollege dieser gelehrten Zeitgenossen.« Nette Worte, aber er starrte mich noch immer argwöhnisch an. »Ist er von edlem Geblüt? Er sieht so aus. Doch nennt er auch einen Titel sein Eigen?«

Den Stempel hatte ich tatsächlich. Meine Großmutter war eine bayrische Gräfin. »Ich bin nicht der Erstgeborene, Euer Hoheit. In England erben die jüngeren Söhne nichts, weder Land noch Titel.«

Er schnaubte gereizt und wischte sich die Nase mit dem Daumen ab. »Wäre es nur hier genauso, dann würden mich nicht so viele Prinzchen umschwirren! Und so ist er also zum Gelehrten geworden. Aber er ist noch sehr jung. Verfügt er wahrhaftig über die Gaben, diesen beiden Herren zu helfen, ihr *Magnum Operem* zu vollenden?«

Wollte wohl meine Lateinkenntnisse prüfen. Aber Maxie ist nicht auf den Kopf gefallen. Tatsächlich hatte ich sogar meinen Spaß. Als Kind hatte ich höfisches Benehmen gelernt; aber es gibt in London nicht viele Gelegenheiten, solche Feinheiten anzuwenden, auch nicht in den modernsten Gefängnissen. Ich verbeugte mich erneut. »Ein großes Werk, in der Tat, Eure Hoheit. Aber es sind nur wenige, die so wahrhaftig wie ich von sich behaupten können, einen Blick auf eine andere Welt geworfen zu haben.«

Er schnaubte noch schlimmer, und seine zupackenden Hände wanderten in die Leistengegend. »Ach, das Gerede mit den Engeln! Zweifellos eine gute Sache! Aber haben die Herren ihm auch etwas über den Wert von Ritter Edwards Projekt erzählt? Haben sie ihn in den Plan eingeweiht, Merkur und Magnesia zu vermählen?«

Mein Unterkiefer klappte herunter, doch zur Abwechslung einmal nicht, weil ich nicht verstanden hätte. Ich verstand ihn nur zu gut, und das lag nicht an meinen Erfahrungen aus der Peepshow. Dieses alte Schwein hatte nicht von irgendeinem großen Werk gesprochen – es ging um *das* Große Werk. Alchemie – und ich konnte mir gut vorstellen, was ihn daran am meisten interessieren dürfte. Und das erklärte natürlich auch Kelleys Heath-Robinson-Maschine.

»Mir sind in der Tat gewisse Techniken zu ihrer Durchführung vertraut, Eure Hoheit.« *Man braucht nichts weiter als einen netten kleinen Teilchenbeschleuniger …*

Dieser Bastard, Kelley, hatte ihm versprochen, Gold für ihn zu machen.

Dee sah mich ebenso angespannt wie verblüfft an; Kelley hatte ein Pokerface aufgesetzt, wirkte aber alles andere als entspannt. Ich ignorierte beide und hüstelte missbilligend. »Eine, äh, Errungenschaft, die zu akzeptablen Ergebnissen führen sollte.«

Die fleischigen Wangen blähten sich auf. »Hmpf! Das ist exakt das, was Meister Kelley mir wieder und wieder erzählt. Dennoch muss ich anerkennen, dass er sein Wort gehalten und mir einen Beweis seiner Fähigkeiten geliefert hat.«

Einen Beweis?

Die eisigen Augen erglühten in kaltem Licht. »Ich konnte es selbst kaum glauben, hätte ich nicht persönlich den Apparat bedient. Hätte ich nicht die Klumpen niederen Metalls mit eigenen Händen in den Kreislauf eingeführt! Und dann zu sehen, wie diese kostbaren Stücke in dem Wasserkessel erschienen ...« Er ergab sich dem Luxus eines kleinen Schauders, was ihn nicht davon abhielt, sich intensiv in der Achselhöhle zu kratzen. Dann hefteten sich die Augen wieder auf mich, und das Barometer schlug noch deutlicher Richtung Manie aus.

»Perfektioniere er mir diesen Vorgang, ob mit Hilfe der Engel oder nicht, und er wird von mir auf das Fürstlichste belohnt werden. Schon jetzt gehören mir Besitzungen und Provinzen in ordentlicher Zahl, doch mit einer dergestalten Quelle des Reichtums wäre ich imstande, über fremde Kronen zu gebieten, wie es mir gefällt. Er möge das nicht vergessen. Und noch etwas anderes muss er bedenken: Ein anderer gelehrter Alchemist bot mir ein Lebenselixier. Was er mir darbrachte, ließ ich testen – an seiner jungfräulichen Tochter. Die schöne Maid fiel in tiefe Ohnmacht, aus der sie wohl nie wieder erwachen wird. Derzeit überdenkt er seine Erkenntnisse in einem meiner ganz privaten Räume, in dem er keinerlei Störungen ausgesetzt ist. Auch das möge er nicht vergessen!« Einen Augenblick lang fummelte er ziemlich obszön unter seiner Robe herum, was mich einigermaßen beunruhigte. Doch gleich darauf zog er die Hand samt einer kleinen Börse wieder heraus.

Er warf sie mir zu. »Ein Vorgeschmack auf das, was er zu erwarten hat! Nun möge er sich seiner Arbeit zuwenden, und dass er mir nicht mit einem Fehlschlag komme.«

Das Verlassen des Audienzsaales erforderte unzählige Verbeugungen und Lobhudeleien. Wäre es nach mir gegangen, hätten sie von mir allerdings nur noch eine Staubwolke gesehen.

Beweis! Finster starrte ich auf Kelleys Kehrseite,

während jener vor mir auf- und niederschnellte, und ich musste mich schwer zusammenreißen, diesem Anblick nicht gleich einen heftigen Tritt zu versetzen. Wieder eines seiner kleinen Spielchen – und er hatte mich auch diesmal wieder mit hineingezogen.

Kapitel 7

Querverkehr beachten

Die Klapperbrigade eskortierte uns nach Hause zurück. Eine Ehre, sicher, aber eine, die eindrucksvoll dafür sorgte, dass niemand, dem sie zuteil wurde, seine Pflichten vergessen würde. Dee schritt so würdevoll einher wie zuvor, aber ich konnte ihm ansehen, dass er lieber wie ein kleiner Junge nach Schulschluss über die Straße gehüpft wäre. Ich war sicher, jeden Augenblick würde er seinen Gehstock herumwirbeln wie ein Funkenmariechen. Als die Soldaten uns am Tor allein ließen, klopfte er mir verblüffenderweise auf die Schulter.

»Nun, junger Herr, Ihr habt Euch im Angesicht seiner Majestät wahrhaft gut geschlagen! Stimmt Ihr mir nicht zu, Bruder Edward?«

Kelley war freundlich wie immer, und ebenso leicht zu durchschauen. »Oh, aye, wirklich gut und sittsam wie ein Mädchen. Aber er ist auch in der Tat ein arg verschlossener Mann. Hätte er doch nur daran gedacht, uns bei seinen Worten einzubeziehen …«

Dee gluckste milde. »Und wessen Nachlässigkeit war das, lieber Bruder? Habe ich Euch nicht immer wieder gedrängt, die hiesige Sprache zu lernen? Ihr könnt mit den himmlischen Heerscharen plaudern und seid doch kaum in der Lage, ein Bier im Gasthaus zu bestellen!« Und wieder ein humoriger Seitenhieb von Dee. Ich förderte ein pflichtschuldiges Lächeln zu Tage. Kein Wunder dass Shakespeares Clowns sang- und klanglos untergegangen sind.

»Wie auch immer, Ihr hattet keinen Anlass zur Furcht«, fügte er hinzu. »Meister Maxie hat Euch und Eure Bemühungen in einem guten politischen Stil unterstützt.«

»Sie haben über meine Bemühungen gesprochen«, konterte Kelley. »So viel war auch mir klar.«

»Natürlich haben sie das«, entgegnete Dee. »Und Meister Maxie hat feierlich seine Hilfe zugesichert. Wofür Euch unser ewiger Dank gilt, Sir.« Väterlich legte er mir den Arm um die Schultern und führte uns hinein. »Nun wisst Ihr, welchem Ziel wir dienen und warum wir gesagt haben, Ihr würdet reich belohnt werden. Wenn es uns gelingen soll, die Weltordnung der Engel zu etablieren, so werden wir vorübergehend in eine Machtposition rücken müssen - natürlich nur, um die anderen Menschen anzuleiten. Und der Schlüssel dazu ist der Kaiser! Aber, ach, der Schlüssel zu seinen Zielen ist Gold. Nur damit kann er der Macht des korrupten Rom standhalten, den verstockten Griechen und dem wilden Moskau und seine Kreuzfahrer in die Welt hinaussenden. Darum müssen wir uns sputen, ihm zu geben, was er will.«

Im Vorübergehen pochte er auf Kelleys Hommage an Reuben Goldberg. »In der jüngsten Zeit sind unsere Bemühungen in diesem Punkt ins Stocken geraten. Wir könnten Hilfe brauchen, und vielleicht werden wir sie durch Euch finden, Sir. Stellt Euch das nur vor!«

»Aye, aber unsere Probleme werden nicht mehr lange währen«, warf Kelley eine Spur unfreundlicher ein. »Die Bürde, die Ihr zu tragen habt, mag uns der Weisheit näher bringen, an der es uns noch mangelt. Je eher wir Euch von ihr befreien, desto besser für uns alle!« Stampfenden Schrittes ging er zum Kamin und stocherte wild im Feuer herum.

»*Festina lente, festina lente!*«, sagte Dee in leicht tadelndem Ton. »Natürlich stimme ich Euch zu, Bruder. Dennoch dürfen wir unsere Vorbereitungen nicht vernachlässigen. Wir müssen die Omen deuten und die Sterne beobachten, um die günstigste Stunde zu bestimmen.« Nachdenklich betrachtete er die verwischten Notizen auf der Schiefertafel. »Doch scheint die Weisheit der Sterne derzeit ein wenig vernebelt. Vielleicht sollten wir uns ein paar Stunden Ruhe gönnen, ehe wir fortfahren.«

Trotz größter Mühe konnte ich ein Gähnen nicht unterdrücken. »Ich könnte Erholung brauchen.« Ich ließ mich schlaff auf den bequemsten Stuhl in der Nähe des Kamins fallen und wartete darauf, dass meine Füße gar wurden.

Kelley ergriff den Obsidianspiegel. »Vielleicht. Aber was, wenn die beste, ja, womöglich die einzig gute Stunde in der nächsten Zeit am heutigen Abend vorüberzieht? Dann bleibt uns keine Zeit mehr für lange Vorbereitungen. Ich bin nicht so müde. Ich könnte Geist und Körper noch immer der hellsichtigen Kunst überantworten.«

»Welch edler Zug, Bruder!«, rief Dee beglückt. »Und es liegt viel Wahres in Euren Worten! Aber Meister Maxie schien zuvor einer Offenbarung nahe zu sein, und das Ritual, das wir durchzuführen beabsichtigen, soll doch zuallererst ihm dienen. Vielleicht sollte er, soweit er nicht zu müde ist, als erster nach Erleuchtung suchen.«

Zu diesem Zeitpunkt hatte ich allerdings das Gefühl, bereits mehr gesehen zu haben, als mir lieb sein konnte; andererseits konnte ich mir gut vorstellen, welche Art Antwort Kelley von seinen Engeln überbringen würde. Ich musste den ersten Schritt tun, und sei es nur, um mir diesen verdammten Mistkerl vom Hals zu halten. Er war wie gewohnt freundlich; aber die Tatsache, dass ich mich mit dem Kaiser auf Deutsch verständigt hatte, hatte Spuren hinterlassen – sozusagen das verborgene Äquivalent eines mittelschweren Kollers bei einem weniger kontrollierten Menschen. Ich reizte ihn, und ich wusste verdammt gut warum.

Der Kerl wollte aus Scheiße Gold machen. Die Masche war mindestens so alt wie die *Canterbury Tales*. Natürlich waren die gerade jetzt wieder viel jünger als zu meiner Zeit, in der manchmal ähnliche Tricks mit Diamanten laufen oder, bei ganz üblen Sophisten, mit Designerdrogen; doch das Grundprinzip hat sich nicht im Mindesten verändert. Billiges Zeug, das nach einem mysteriösen Prozess als teure Ware wieder zum Vorschein kommt.

Allerdings konnte die Spirale einiges geschehen lassen, und wir waren ihr hier nahe genug; ich erinnerte mich an das Licht, das Dees Stock hervorgebracht hatte. Also war es durchaus möglich, dass Kelley tatsächlich Glück haben würde. Vermutlich hatte er es schon versucht. Er musste einen höllischen Schock bekommen haben, als er festgestellt hatte, dass seine Hellseherei an diesem Ort wirklich funktionierte. Danach dürfte er sich dann keck eingebildet haben, dass hier auch die Transmutation möglich sein musste. Aber irgendwie glaubte ich nicht, dass er damit Erfolg gehabt hatte. Womit sich die übliche Frage aufdrängte, die typische Opfer niemals stellten und die auch Rudolf offensichtlich bisher nicht gestellt hatte, nämlich: Wenn auch nur die geringste Hoffnung besteht, dass das Ding funktioniert, warum zur Hölle will dieser Kerl es mir dann verkaufen?

Sollte Kelley je imstande sein, Gold auf Bestellung herbeizuzaubern, würde er ganz sicher nicht herumsitzen und Rudolf umwerben, egal, was die Weltordnung der Engel dazu sagen mochte. Aber auf diesen

Gedanken kam seine Majestät nicht. Das ist das Geheimnis der geborenen Opfer: Sie selbst machen dabei die halbe Arbeit allein. Du musst sie dann nur noch bei der Stange halten und ihnen eine anständige Anzahlung abknöpfen. Wenn sie erst einmal bezahlt haben, hast du sie am Haken; dann sind sie beteiligt und umso mehr an deinem Erfolg interessiert. Sie werden dich gegen alle Angriffe verteidigen, denn sie verteidigen damit auch ihr eigenes Urteilsvermögen und halten ihre Träume am Leben. Fragen Sie einen Werbetexter, einen Kosmetiker, einen Haarwuchsmittelverkäufer oder jemanden, der Ihnen mysteriöse Zusatzgeräte für Ihre Stereoanlage andrehen will, die angeblich den Klang verbessern – und Sie werden glauben, die Dinger funktionieren, weil Sie dafür bezahlt haben.

Dollars zu Doughnuts, könnte man sagen, nichts weiter als ein klassischer Betrug. Alle wichtigen Anzeichen stimmten – wie beispielsweise Rudolf selbst die Maschine bedienen zu lassen. Das ist eine der ausgefeilteren Variationen, die dem Opfer einen richtigen Kick versetzt und ihm das Gefühl vermittelt, damit wäre irgendetwas bewiesen.

Aber das ist es nicht. Da kann das Opfer das Golddingsbums prüfen lassen, versiegeln, bezeugen, was auch immer ihm gefällt, völlig egal. Es braucht nicht mehr als einen fingerfertigen Gauner, der imstande ist, den Prozess in Gang zu halten und allem einen komplexen und wissenschaftlichen Anschein zu verleihen. Dann und wann baut er sich vor dem Opfer auf und erzählt, wie gefährlich das alles ist und das es nicht immer funktioniert; er zeigt ihm, wie er die Zange anfassen muss oder ›rettet‹ ihn vor herumspritzendem geschmolzenem Metall, oder blendet vielleicht sämtliche Zuschauer mit einer Magnesiumflamme im Ofen, was nur eines von mindestens tausend möglichen Ablenkungsmanövern ist. Und presto! Ein bisschen Staub oder scheinbar gerade erst wieder erstarrte

Goldklümpchen zu dem ganzen Krempel, damit das Opfer etwas zu sehen bekommt. Tricks gibt es genug. Man könnte das Zeug mit einer Metalllegierung umhüllen, die fast genauso aussieht wie Blei, aber schon in kochendem Wasser wegschmilzt, scheinbar beim Abkühlen. Jede Generation erfindet neue Kniffe, doch das Spiel bleibt immer das Gleiche.

Wirklich, ich hätte meinen Hut vor Bruder Edward ziehen können. Behaglich lehnte ich mich auf meinem Platz zurück, röstete meine Zehen, sann über das Schicksal nach und fragte mich, ob es vielleicht auch etwas gab, das ich seiner kratzwütigen Majestät hätte andrehen können. Vielleicht doppelt verglaste Fensterscheiben. Oder Aluminiumfassadenplatten – der Hradschin konnte bestimmt eine ganze Menge davon brauchen …

Dann überkam mich diese scheußliche Beklommenheit. Bei allen Arten des Betruges gab es einen Hacken. Und auch da trifft das gute alte Prinzip von Aktion und Reaktion zu. Je rettungsloser das Opfer am Haken zappelt, desto mehr schmerzt es, sollte es je herausfinden, was gespielt wird. Wenn der Betrug ans Tageslicht käme, wäre der Betrogene ein unglaublich bösartiger Gegner, denn er wird all die Schuld, die Scham und die Dummheit, unter der er leidet, auf den Betrüger abladen. Das ist im besten Fall eine verdammt haarige Sache. Fast jedes lohnende Opfer verfügt auch über einen gewissen Einfluss. Aber wenn das Opfer ein Alleinherrscher ist, absolut in seiner Macht und ein vollkommener Hurensohn dazu, mit eigenen Kerkern und, kein Zweifel, einem ganz persönlichen Folterkeller …

Selbstmord, reiner Selbstmord. Man musste schon ziemlich wahnsinnig sein, so etwas zu versuchen.

Ich beobachtete Kelley und seinen speziellen Panzer gutmütiger Freundlichkeit. Oh, Scheiße!

Entweder war er wahnsinnig oder geradezu unglaublich selbstgefällig. Jetzt erkannte ich den Typ endgültig in seiner vollen Ausprägung, einen Typ, der mir nur allzu gut vertraut war. Ein cleverer Kerl und ein ziemlicher Draufgänger, glaubte bestimmt, dass die Sonne allein für ihn aufging. Auf der einen Seite viel zu zufrieden mit sich, nachdem er all diese klugen Köpfe schon eine ganze Weile zum Narren gehalten hatte. Wie das weitergehen dürfte, konnte er nicht wissen, denn Lincoln hatte es noch nicht gesagt, und er selbst käme wohl kaum auf den Gedanken. Ihm konnte so etwas einfach nicht passieren. Punkt. Und sollte doch etwas schief gehen, dann wäre es nicht seine Schuld; es wäre Dees Schuld, meine, die von Gott-weiß-wem.

Und durch genau diese beinahe psychopathische Blindheit war er auch exakt der Richtige, um sich mit zweifelhaften Mächten wie diesen Halsabschneidern oder was auch immer dahinter stecken mochte einzulassen. Was Macht betraf, verhielt er sich wie eine Motte, die eine Kerzenflamme umschwirrte. Fehlschläge waren etwas, das nur anderen zustoßen konnte. Kelley dagegen würde immer gewinnen.

Rivalen dürften ihm auch nicht sonderlich gefallen. Ich ertappte mich dabei, wie ich über den bedauernswerten griechischen Alchemisten nachdachte und darüber, wer ihn wohl dazu gebracht haben mochte, dem Kaiser eine ungetestete Mixtur anzubieten. Vielleicht steckte doch noch mehr hinter Kelleys Eile. Vielleicht wollte er, dass mir etwas zustieß, damit er sicher sein konnte, dass diese Macht nur ihm allein diente …

Schließlich beschloss ich, mich bei der erstbesten Gelegenheit einmal mit Dee zu unterhalten – lange, ausführlich und unter vier Augen. Aber wie zur Hölle sollte ich ihn dazu bringen, mir auch nur ein Wort zu glauben?

Ich ergriff den schwarzen Steinspiegel. »Ich werde es noch einmal probieren.«

Dee strahlte. »Wunderbar!«

»Sollten wir uns nicht erst der Kugel zuwenden?«, widersprach Kelley, und diesmal klang ohne Zweifel eine Spur tiefen Misstrauens in seiner Stimme an. »Mit der Kugel habe ich immer die besten Ergebnisse erzielt.«

Dee schüttelte streng den Kopf. »Aber mit diesem Spiegel konnten wir hier unseren ersten Erfolg zeitigen. Für einen Neuling mag er besser geeignet sein. Spiegel besitzen große Macht. Mit ihnen habe ich meine ersten Versuche angestellt, später dann mit der Oberfläche von Wasser, Wein oder anderen Flüssigkeiten, wie Artephius sie in der *Ars Scintillia* beschrieben hat. Und Psellus ...«

Kelleys Achselzucken mochte vieles ausgesagt haben. Auf jeden Fall drosselte es Dees Vortragsfreude, und zumindest dafür war ich ihm dankbar. Ich drehte den Spiegel hin und her. In der Mitte war er absolut glatt poliert, aber der Lichthof am Rand erzeugte Reflexionen, die einen irgendwie vernebelten, abgehobenen Eindruck hinterließen. Vermutlich war es nicht schwer, daraus alles Mögliche zu lesen. »Was soll ich tun?«

Dee kratzte mit seiner Kreide auf einer frischen Tafel herum. »Was Ihr jetzt auch schon tut, nur müsst Ihr Euren Geist und Eure Seele allein auf die Wahrheit konzentrieren. Schaut in den Spiegel, als wolltet Ihr in weite Ferne blicken. Bemüht Euch, auch das kleinste Flackern zu erforschen. Für eine so einfache Untersuchung wie diese sind Vorbereitungen wie Bittgebete und dergleichen nicht notwendig – zumindest nicht zu diesem Zeitpunkt. Trotzdem sollten wir nicht auf ein kurzes Gebet für unseren Erfolg verzichten.«

Dees Vorstellung von ›kurz‹ hatte mit meiner wenig gemeinsam. Ich war schon zu Tode gelangweilt, lange bevor er fertig wurde. Alles, was ich in dem Stein erkennen konnte, war mein eigenes Spiegelbild, und ich war nicht so versessen darauf, mich unentwegt anzustarren. Dafür sah ich einfach zu viel.

Schlimmer war jedoch das störende Geräusch in meinen Ohren, das an ein Summen erinnerte, als wäre irgendein Insekt im Raum … Ich konnte nur hoffen, dass es keines von Rudolfs Haustieren war. Wahrscheinlich nur ein Haar. Ich tastete danach, doch das machte es nur noch schlimmer. Eine Art Tinnitus – Vielleicht hatte ich mir durch diese von Kohlenrauch verseuchte Luft einen Katarrh eingefangen. Wunderbar; das alles und noch ein bisschen Rotz dazu.

Es war zum Verrücktwerden, fast wie ein beharrliches Flüstern. Und ich konnte nichts anderes tun, als ihm möglichst wenig Beachtung zu schenken und zu hoffen, dass es von selbst wieder aufhörte. Um mich abzulenken fing ich an, mich im Raum umzusehen. Kurz sah ich die Frauen durch eine offen stehende Tür, die einen Augenblick lang innehielten und lauschten, ehe sie ihren Weg fortsetzten. Joan trug ein nachsichtiges Lächeln in ihrem teigigen Gesicht, so, als würde sie zusehen, wie Männe seine Kumpels um sich versammelt, um sich das große Spiel reinzuziehen; doch Jane Dee wirkte angespannt und nervös. Sonst gab es weiter nichts Interessantes, und als sich das Gebet endlich dem Amen näherte, legte ich den Spiegel auf meine Knie. Das Summen war noch immer da. Es klang sogar noch lauter und ungleichmäßig, als wollte sich etwas in dem Geräusch ausdrücken. Mir war bewusst, dass Dee und Kelley mir über die Schulter blickten.

»Ich dachte …«, begann Kelley mit unheilschwangerer Stimme, ehe er abrupt abbrach. Dee keuchte. Mein Unterkiefer klappte vor Verblüffung herunter, doch das Geräusch, das aus meiner Kehle drang, klang mehr wie ein Schrei. Ich sprang auf und schleuderte den Spiegel fort, als hätte er mich gebissen. Dee quiekte entsetzt, doch der Spiegel landete glücklich zwischen den Papieren auf dem Tisch. Über das, was dann folgte, bin ich mir nicht vollkommen klar, obwohl ich mich daran erinnere, dass der Boden sich wie eine träge, große Welle unter meinen Füßen hob und senkte. Ich glaube nicht, dass ich ohnmächtig geworden bin, aber die Brandung, die in meinem Gehör dröhnte, war mein eigener Herzschlag, und ich kauerte aus irgendeinem Grund plötzlich zitternd auf der Bank. Dee schüttelte mich vorsichtig an der Schulter. »Was ist mit Euch, Sir? Woher die Furcht und Aufregung?«

Ich atmete tief durch. Diesmal hatte ich mich arg gehen lassen. Ich hatte einfach vergessen, dass die Hellseherei unabhängig von Kelleys Betrügereien tatsächlich funktionierte. Mir war nur nicht klar gewesen, dass sie auch bei mir funktionieren würde. »Habt ihr das denn nicht gesehen, verdammt noch mal?«

»Aye, gewiss«, sagte Dee väterlich. »Wahrhaftig, ein so ehrfurchtgebietender Anblick vermag wohl abzuschrecken, doch es besteht kein Anlass zur Furcht.«

»Nicht?«

»Niemals! Sagte ich Euch das nicht? Nein? Nun, mir ergeht es ganz wie Euch. Viele Male wurde mir die Ehre zuteil, einen Blick auf dieses prachtvolle Bild zu werfen, aber nur Bruder Edward allein ist imstande, mit den Engeln zu kommunizieren …«

»Einen Augenblick mal«, unterbrach ich ihn. »*Das* soll ein Engel gewesen sein?«

Er starrte mich verwundert an. »Nun, was sonst? Die anmutige Gestalt, der Kranz aus Wolken, die edlen Züge …« Wieder verlor er sich in seinen Träumen.

Ich zitterte noch immer unter dem Einfluss des Schocks. Was auch immer er gesehen hatte, es war nicht das, was ich gesehen hatte. Und Kelley? Sein Lächeln verriet rein gar nichts. »Das Bild eines Wunders, wie stets. Und bevor die Verbindung so vorzeitig gelöst wurde, hat es zu mir gesprochen und verfügt, dass wir die Riten nun ohne weitere Verzögerung abhalten sollen, schon heute Abend.«

Dee wirkte besorgt. »Seid Ihr wirklich sicher, Bruder? Es war nur eine vorübergehende Vision. Vielleicht sollten wir genauere Nachforschungen anstellen.«

Kelley schien nachzudenken. »Ihr habt zweifellos Recht, Bruder. Vielleicht hat Meister Maxies Vision unter Erschöpfung und mangelnder Vorbereitung gelitten.«

Dee seufzte erleichtert. »So wird es sein. Mein junger Herr, ich schulde Euch Abbitte. In meinem Eifer hatte ich vergessen, dass viele Tage des Reisens und der Schlaflosigkeit hinter Euch liegen. Weib, ist das Zimmer für unseren Gast vorbereitet? Dann sei so gut und leuchte ihm. Fürchtet keine Störung; ich habe das Haus gegen alles Übel abgeschirmt. Ihr mögt schlafen, so lange ihr wollt, Meister Maxie. Hier seid Ihr in Sicherheit. Und wenn Ihr schließlich erwacht, so werden wir um Rat ersuchen.«

Es war vermutlich gerade später Vormittag; trotzdem vermittelte mir schon allein der Gedanke an ein Bett das Gefühl, mit einer weichen Decke niedergeschlagen zu werden. Meine Glieder wurden bleischwer, und die Vorstellung, sie auszustrecken und mein Gehirn abzuschalten war unwiderstehlich. Nuschelnd verabschiedete ich mich und ließ mich von Jane Dee mit der Kerze in der Hand über eine schmale, dunkle Treppe hinauf zu den oberen Räumen führen, wo mich bereits ein Zimmer mit einladend geöffneter Tür erwartete.

Die Hausherrin gab sich so kühl und reserviert wie immer; dennoch hatte ich das Gefühl, es stecke mehr dahinter. Sie behielt mich unentwegt im Auge, als läge ihr unausgesprochen eine Frage auf der Zunge, die sie jedoch nicht zu stellen wagte. Das Zimmer war spärlich eingerichtet: ein hölzerner Schrank, verziert mit Schnitzereien, eine Bank und ein schmales Bett mit

Pfosten und schweren Vorhängen. Allerdings hätte auf mich bis auf einen Ameisenhaufen so ziemlich alles einladend gewirkt. Jane Dee stellte die Kerze auf dem Tisch ab, fing an die Vorhänge zurückzuziehen, zögerte dann aber, die Hand krampfhaft in dem Stoff verkrallt.

»Bitte …« Ihr Akzent klang weit schwerer als der der Männer.

»Ja, äh, … Mylady?«

»Darf ich fragen Euch … war wirklich ein Engel, was Ihr gesehen?«

»Ich weiß es nicht, Mylady. Aber da Ihr schon fragt … Ich glaube nicht.«

»Aber mein Gemahl und der Meester Kelley …«

»Vielleicht hat Euer Gemahl etwas anderes gesehen als ich.«

»Und Meester Kelley? Es spricht doch mit ihm, oder nicht?«

»Nun … Ich habe etwas gehört. Es könnte eine Stimme gewesen sein, vielleicht auch mehrere. Aber auch das …«

»Nicht wie Engel?«

Die Erinnerung ließ mich noch immer schaudern, und ich wich ihrem Blick aus. »Ich … Ich weiß es nicht.«

Nun sah sie mich zum ersten Mal richtig an. »Dennoch danke ich Euch, guter Herr. Ruht in Frieden. Hier wird Euch nichts geschehen.« Dann machte sie einen Knicks und wandte sich ab, ehe ich noch ein Wort sagen konnte. Würdevoll schritt sie hinaus. Ihr weiter Rock fegte über den Boden, und schon hatte sie die Tür leise ins Schloss gezogen. Ihr Gang hatte etwas an sich, etwas Leichtes, das auf herrliche Beine unter all dem Stoff schließen ließ. Was soll's, wieder ein Geheimnis, das Maxie nie lösen wird.

In welches Bett würde sie sich legen. Bruder

Bastard Kelleys? Oder teilten sie sich … Nein, das konnte ich mir nun wirklich nicht vorstellen. Dieser verdammte Dreckskerl. Ich wusste, dass der Augenblick des Entsetzens mir die ganze großartige Idee versaut hatte, aber ich war zu erschöpft, mich noch darum zu sorgen. Ich befreite mich bis auf die neue seidene Unterwäsche von meinen Kleidern, tauchte in die rauen Leinentücher ein und versank in der Federmatratze wie in den Armen einer fettleibigen Tante. Es war ein gutes Gefühl, und der Schlaf überrollte mich mit der Geschwindigkeit eines Schnellzuges. Doch hinter diesem Wohlgefühl verbarg sich eine fiebrige Ruhelosigkeit. Zum ersten Mal hatte ich Zeit mir klarzumachen, wie weit ich von Zuhause entfernt war, fort von meiner Zeit, fort von meinem Leben, umgeben von Gefahren aller Art und furchtbar allein. In wirklich jeder Hinsicht. Und der Schnellzug raste mit schrillem Pfeifen weiter …

Die Fäuste geballt erwachte ich von einem Augenblick auf den anderen. Jemand hatte gesprochen, nicht laut, aber deutlich, kaum ein paar Zentimeter von meinem Ohr entfernt. Ich konnte mich nicht daran erinnern, was die Stimme gesagt hatte; also zog ich die Vorhänge zurück, doch außer mir war niemand zu sehen. Die Schatten hatten sich kaum bewegt. Demnach konnte ich höchstens ein paar Minuten geschlafen haben. Schweratmend sank ich auf die Matratze zurück, fiel tiefer und tiefer …

Fiel durch die Kissen, durch den modrigen Berg aus Federn hinab in tiefe Finsternis. Genau das, was ich am besten konnte, nicht wahr? Fallen. Das hatte ich schon mein ganzes Leben lang getan. Bilder drangen auf mich ein: die klamme Kälte der Laken in den Schulbetten als ich in der Nacht wach im Bett lag, nachdem die Schule mich hinausgeworfen hatte, wach und voller Angst vor meinem Vater, der mich am nächsten Morgen holen würde. Das hämische Gesicht des Lehrers, der Jungs von meiner ›Sorte‹ verabscheute. Die feixenden Cops, die mich aus meinem ersten Autowrack gezogen hatten. Das Ratschen, als meine Hand den Halsausschnitt am Partykleid meiner ersten Freundin zerrissen hatte. Die Gefängniswärter, die sich am Vorabend meines letzten Prozesstages voller Klassenfeindschaft auf mich gestürtzt hatten. Der widerliche Geruch meines ersten Zellengenossen, ein Typ mit kurzgeschorenen Haaren, der davon gelebt hatte, Rentner auszurauben und sich damit vergnügte, mir eine Todesangst einzujagen. Das Dreckwasser am nächsten Morgen – jeden Morgen. Der Dreck und die Kälte der Gosse meiner ersten Nacht unter freiem Himmel, kotzbetrunken aufgesammelt von einer Nutte, die mir meine gesamte Habe gestohlen hatte. Hoffnungslos, schleifte ich mich von Vorstellungsgespräch zu Vorstellungsgespräch. Die Aktien, die ich mir hatte andrehen lassen, abgestürzt, nur noch Müll; Pferde, die nicht ins Ziel kamen; dann der Außenseiter mit dem Riesengewinn und die Schläger des Buchmachers, die mich in die Mangel genommen hatten, als ich mir meinen Gewinn hatte abholen wollen. Der Bankangestellte, der mir mit ausdrucksloser Miene erklärte, der Rest meines Geldes wäre für irgendwelche Kosten und Forderungen draufgegangen, mein Überziehungskredit gekündigt. Dann plötzlich die heiße Feuchtigkeit meiner Hosen im Kindergarten und die Stimme meines Kindermädchens, diesem verfluchten alten Miststück.

Wo zur Hölle kam das nur alles her? Ich hatte nicht das Gefühl, dass ich dafür verantwortlich war. Es schien mehr, als hätte jemand die Angel nach meinem Unbewussten ausgeworfen und angefangen, nach all den wirklich deftigen Demütigungen meines Lebens zu fischen. Ich kämpfte dagegen an, versuchte mich zu befreien, um mich endlich der Vergessenheit tiefen Schlafes hingeben zu können. Aber es wurde nur schlimmer und schlimmer, denn die Schwärze um mich herum schien einen glasigen Schimmer zu bekommen so wie der verdammte Spiegel. Ich hatte beschissene Angst davor, dass dieses Ding wieder auftauchen könnte.

Es kam und ging in einem einzigen Augenblick. Ebenso gut hätte es einer dieser kleinen halberotischen Tagträume sein können, eine zufällige Kombination aus Umrissen und Farben, deren Reflexion irgendwie an die Gestalten zweier Frauen erinnerte, nackt, von hinten, wohlig ausgestreckt, als wäre eine das Spiegelbild der anderen, die Füße dicht beieinander, sodass ihre Körper gemeinsam ein ›V‹ formten. Haut von mediterranem Oliv, schwarze Locken, die sich in der Dunkelheit verloren, Hinweise, dass es die Frauen aus der Halsabschneiderhorde waren. Und das Bild verweilte noch einen Augenblick länger. Nichts veränderte sich; aber der grünliche Schimmer der Haut schien kräftiger zu werden, die Schatten entlang der Wirbelsäule schwärzer, und mit einer entsetzlichen Abruptheit verwandelten sich die Frauen in schlitzförmige, böse starrende Augen. Augen ohne Gesicht, wie glühende Schlitze in einem dunklen Vorhang; barbarische, hungrige Augen, ein schaurig konzentrierter Blick, konzentriert auf mich.

Und ich kreischte, versuchte, den Spiegel fortzuschleudern. Aber sie war da, die Oberfläche meines Schlafes, die sich erhob, um mich zu wecken, und gespiegelt in ihr der bösartige Blick. Verloren zwischen Erwachen und Albtraum warf ich mich verzweifelt herum, wälzte mich mit Gliedern, die wie gefesselt schienen. Frauen. Was ich sah waren Frauen, keine Augen. Lass es Frauen sein …

Und ich bekam, was ich wollte – eine Frau. Die Peitschenkünstlerin, die, ein höhnisches Lächeln auf dem Raubtiergesicht, herausfordernd mit ihrer schwarzen Zunge über ihre Brüste strich.

Peitschen waren auch im besten Fall einfach nicht mein Ding, und in diesem sogar noch weniger. Nicht sie! Irgendeine andere Frau. Nachspüren. Maddy, die Striptänzerin. Die rothaarige Georgina. Irgendeine. Alle. Mist. Ich konnte mir nicht eine einzige ins Gedächtnis rufen, nicht einmal Lyd, die bei einem Jaguarhändler arbeitete und einen echten E-Type mit ledernen Polstern fuhr. Den E-Type konnte ich herbeizitieren, sogar die Lederpolster, aber nicht Lyd.

Jemand anderes, vielleicht irgendwie näherliegend. Poppy, das Mädchen aus dem Pub, vergnügt und rund wie eine Melkerin, gesund wie Vollkornbrot. Nichts. Stattdessen und zwar verdammt lebendig bekam ich Jane Dee, Traumfigur, gehetzter Blick. Eine echte Frau, die Art, bei der ich nie eine Chance bekommen würde. Und dieser Bastard Kelley …

Plötzlich brach Feuer im Dach der Schule aus und der Lehrer verschwand unter einem Regen aus Dachschindeln. Das Partykleid riss noch weiter auf und ihre Brüste fielen mir in die Hände. Meine Faust grub sich in die Fresse dieses lausigen Dreckskerls, und die Wärter zuckten vor dem neuen harten Kerl zurück; ich schüttete den Kübel mit Schmutzwasser über ihnen aus, und die anderen Knastbrüder jubelten mir zu. Bankmanager krochen vor mir zu Kreuze und kamen für alle Schäden auf. Die Schläger von dem Buchmacher wurden von einem wilden Wind davongefegt, und ich hatte den Buchmacher an seinem Pelzkragen gepackt und hielt ihm das kleine Messer aufgeklappt unter die rote Nase. Dann diese diebische Hure und ihr Lude, das Reißen, der erstickte Schrei …

Ich?

Der brüllende Aufprall, als der Wagen aus dem Graben schoss, mitten in die Cops, sie hierhin und dorthin über die Straße schleuderte …

Ich?

Das war nicht ich. Mehr als die Zierleiste an der

Seitenscheibe eines BMW habe ich in meinem ganzen Leben nicht kaputtgemacht, und mehr habe ich auch nie gewollt. Mir stand der Sinn nicht nach Rache. Ich wollte meine Vergangenheit lediglich abschütteln. Aber wer oder was auch all diese Erinnerungsfetzen aus meinem Gedächtnis ausgrub, wollte das nicht zulassen. Ich fühlte mich regelrecht gefangen, verheddert in meinem Leben wie ein Schwimmer, der sich in Algen verfangen hatte, verzweifelt im Kampf gegen die glitschigen schwarzen Bande, die mich umfingen. Das war die verfluchte Peitsche! Kein Leder, Seide, glänzend, fast wie geflochtenes Haar …

Sie beugte sich über mich. Ihre Lippen formten sich langsam zu einem Lächeln, und ihre Augen waren unglaublich grün. »Ich dachte immer, du würdest mich am meisten mögen, *mio Maxie* …« Hinter ihr wirbelte Schwärze, vernebelt, und ihr Gesicht schien den Himmel auszufüllen. Ihre Hand berührte meine Haut, und sie war rau und heiß wie eine Klaue.

Im nächsten Augenblick war ich hellwach und aus dem Bett heraus und unter ihm – genauer gesagt, unkontrolliert auf den blanken Bodenbrettern zitternd und wimmernd. Ich musste mich zwingen, damit aufzuhören. Das Wimmern hallte schaurig von dem silbernen Nachtgeschirr wider.

Fürchtet keine Störung. Hah, verdammt noch mal!

Inzwischen war es dunkel, der Raum lag in tiefem Schatten, und nur eine schwache Himmelsglut schimmerte jenseits des Fensters. Endlich fand ich die Nerven wieder, unter dem Bett hervorzukriechen. Ich zog mir die schwere Tagesdecke über den Kopf und brach stöhnend zusammen. Etwa fünf Minuten später berührte jemand meine Schulter, und ich schoss schreiend hoch.

»Erwacht, junger Herr«, sagte Kelley ebenso knapp wie vergnügt. Ich zwang mich, meine verklebten Lider zu öffnen, um ihn finsteren Blickes zu mustern.

»Ich nehme an, Ihr habt gut geschlafen. Einen Tag und eine Nacht, ohne Unterbrechung. Aber nun muss es genug sein mit der Langschläferei. Wir müssen aufstehen und uns unserer Arbeit widmen. Der Doktor stimmt mit mir überein, dass es, da Euch Eure erste hellsichtige Erfahrung so erschreckt hat, besser ist, wenn ich von nun an die Engel für Euch befrage.«

Das hatte er sich wohl nicht verkneifen können. Und darum hatte er mich auch schlafen lassen; um Dee zu bearbeiten, und in diesem Punkt konnte er auf jahrelange Erfahrung zurückgreifen. Jetzt glaubte er, mich in der Tasche zu haben. Einen Augenblick lang empfand ich vollkommene Verzweiflung, aber nur einen Augenblick lang. Bei all den Schattenbildern war mir doch ein bisschen Zeit zum Nachdenken geblieben, und ich hatte sie genutzt.

Die Banditen, oder wer auch immer all diese Erinnerungen ausgegraben hatte, verfolgten ein bestimmtes Ziel. Vielleicht hatten sie mich mental angreifbarer machen wollen; vielleicht hatten sie Rachgier in mir wecken wollen, eine Gier, so heftig, dass ich mich allein um der Macht willen ohne weiteres Zögern diesen Halsabschneidern angeschlossen hätte. Vielleicht konnten sie sich mir hier nicht nähern; vielleicht waren die Schutzmaßnahmen des Doktors dafür gut genug. Und vielleicht versuchten sie deshalb, mich zu korrumpieren. Aber alles, was sie erreicht hatten, war, dass ich ihnen auf keinen Fall noch einmal ausgeliefert sein wollte. Gut, mein Plan war fehlgeschlagen; aber vielleicht konnte ich improvisieren.

Ich zog Kelleys Robe an, weil sie wärmer war als meine Jacke, und die Morgenluft war beißend kalt. Außerdem würde er sich darüber vermutlich ärgern. Unten wartete bereits ein Frühstück auf mich: Brot und Eier mit Schinken. Von Rechts wegen, allein aufgrund der hiesigen Hygienebedingungen und so, hätte es wohl verdorben sein müssen. Tatsächlich schmeckte es jedoch großartig, besonders im Vergleich zu den ledrigen Corn Flakes, die ich üblicherweise zum Frühstück vertilgte. Ich war nicht sonderlich scharf auf das heiße Lagerbier, schal, aber gewürzt; doch es war mir lieber als Wasser – mir war *alles* lieber als Wasser. Was ich wirklich hätte brauchen können, war ein Kaffee, türkisch und stark, in rauen Mengen und am besten intravenös. Dee quasselte ohne Unterlass über seinen Philosophie – die Insignien der Schöpfung, das Streben nach Weisheit und was es da sonst noch alles gab. Nach der Nacht, die ich gerade hinter mir hatte, hätte ich gut und gerne meinen eigenen Senf dazu abgeben können. Stattdessen rang ich mir jedoch lediglich ein möglichst einsichtsvolles Lächeln ab. Ich war auf ihn angewiesen. Und heute schien es, als würden wir nun aufs Ganze gehen.

Kelley scheuchte bereits die Frauen herum und befreite den großen Tisch von den Bücherstapeln, Schriftrollen, Schiefertafeln und Pergamentfetzen, unter der eine in bestickten Stoff gehüllte Erhebung zum Vorschein kam. Dee tätschelte sie fürsorglich. »Das Prinzip des Spiegels heißt Reflexion. So kann man sagen, er wirft das Bild des Betrachters auf jenen zurück, was dem Anlass angemessen ist. Denn der Mensch als Mikrokosmos ist selbst das Glas, das das All reflektiert. Also liegt alle Wahrheit auch in ihm. Darüber hinaus kennen wir das Prinzip endloser Ferne, in der die wahre Seele gefunden werden kann, wofür sowohl die Reflexion wie auch die Transparenz vonnöten sind. Psellus – hatte ich Psellus nicht gestern schon erwähnt? – nun, er wollte dieses Prinzip ausweiten, wollte, so glaube ich, durch Wasser in einer großen Schale den flüchtigen Geist erfassen, Wasser, welches in dieser Form sowohl die Reflexion als auch die Transparenz besitzt. Meister Paracelsus hat jedoch einige interessante Beobachtungen über die Möglichkeiten des Kristalls und der Juwelen in seiner *Ars*

Beryllistica berichtet, und das wiederum erinnerte mich ...«, mit ehrfürchtiger Miene zog er das Tuch fort, »... an die Kristallkugel des großen Meisters Roger Bacon.«

Die Kugel war nicht so groß, wie ich erwartet hatte. Die Höhe, die sich unter dem Tuch abgezeichnet hatte, war vor allem das Produkt eines kunstvollen Ständers, einer Art Miniaturtisch mit einem goldenen Kreis verschlungener nackter Gestalten in der Mitte. Und sie war nicht wirklich klar, eher flaschengrün und mit einer vernebelten Stelle im Zentrum. »Klarheit war von jeher das Problem«, gestand Dee. »Bergkristall von ausreichender Reinheit ist selten. Doch wie das Glück will, wird hier in Prag das beste Kristallglas hergestellt, und ich hatte mehrere Versuche in Auftrag gegeben, ehe ich mich auf eine bestimmte Vorgehensweise festgelegt habe. Werden in Eurer Zeit bessere Stücke gefertigt?«

Ich räusperte mich taktvoll. Sogar das billige Ding aus der Fernsehwerbung sah besser aus. »Tatsächlich? Nichtsdestotrotz ist die Kunst der Hellseherei dennoch auch in jener Zeit nicht allgemein verbreitet. Nun, Bruder Edward und ich werden uns nun unserem Ritual widmen. Schaut zu, und unterstützt uns durch Eure Gebete.«

Ich setzte mein bestes Wie-es-euch-gefällt-Lächeln auf. »Wenn es Euch nicht allzu viel Mühe bereitet, könntet ihr mir dann auch eine Aufgabe zuweisen?«

Eine Wolke zog über Kelleys freundliche Miene. »Wir dürfen nicht noch einmal Schindluder treiben, wenn wir unsere himmlischen Ratgeber nicht brüskieren wollen. Das würde all unsere Pläne in Gefahr bringen.«

Der würde nicht mal Butter zum Schmelzen bringen. »Oh, ich wollte mich nicht in eure Arbeit einmischen, aber vielleicht könnte ich den Prozess gewissermaßen begleiten – vielleicht mit dem Spiegel.

Diesmal bin ich besser vorbereitet. Außerdem könnte ich ein wenig experimentieren. Hat beispielsweise je jemand versucht, den Kristall mit dem Spiegel zu reflektieren?«

Dee starrte mich ein wenig aus dem Konzept geraten und mit großen Augen an. »Bei meiner Ehre, ich weiß nicht, was ich sagen soll. Haben wir den Kristall schon einmal gespiegelt, Bruder Edward?«

»Das haben wir nicht«, antwortete Kelley kurz angebunden. »Und es wird besser sein, Meister Maxie beschränkt sich darauf zuzusehen, statt sich in Dinge einzumischen, die er nicht versteht!«

»Oh, Friede, Bruder, Friede«, sagte Dee in tadelndem Tonfall. »Ihr seid zu hart. War denn nicht ich selbst auch schockiert angesichts meiner ersten hellsichtigen Erfahrung? Und Ihr ebenso, soweit ich mich erinnere.«

Darauf wette ich, dachte ich.

»Überdies ist seine Frage durchaus interessant. Aye, junger Herr, verfahrt nur, wie es Euch beliebt! Und habt keine Furcht, was auch passieren mag. Schon in der *Clavicula Solomonis* gilt dies als rechtmäßige Anrufung höherer Mächte. Bruder Edward?«

Mit mürrischer Miene ergriff Kelley den Kristall. Dee richtete mit ehrfurchtsvollem Blick den Ständer aus, wozu er den schlichten Kompass benutzte, der, wie ich erst jetzt bemerkte, in die Mitte des Standfußes eingelassen war. Danach breitete er erneut das scharlachrote Tuch aus, wobei er sorgsam auf die Anordnung der durch goldene Stickereien dargestellten Symbole achtete. »Sehet das *Sigillum Dei Aemeth*! Dies sind die Zeichen, die mir durch die Erzengel selbst offenbart wurden, denn sogar sie sind der Macht des Steins in den Händen gottesfürchtiger Männer ergeben! Und diese Mächtigen rufe ich nun an!«

Ich hatte erwartet, dass Kelley ein guter Schauspieler wäre, aber da hatte ich mich geirrt. Vorsichtig stellte er die große Kugel ab und lehnte sich auf seinem Stuhl zurück, wobei er scheinbar ehrfürchtig die Fingerspitzen aneinander legte. Dee war derjenige, der die ganze Arbeit machen musste, und er war beeindruckend. Warum auch nicht? Er glaubte an diesen Kram. Genau wie Rudolf erledigte auch er den größten Teil des Jobs allein.

Und das machte er ziemlich gut. Die Frauen legten ihm eine schwarze Seidenrobe über die Schultern, drückten ihm den Stab in die Hand und platzierten die frisch gewischte Tafel samt Kreide neben ihm auf dem Tisch, ehe sie sich zum Kamin zurückzogen, um die Vorgänge aus der Entfernung zu verfolgen. Dee hob die Arme über den Tisch, breitete sie weit aus und gab sich einem Gequassel hin, das so gekünstelt war, dass ich es nicht sofort als eine Art Gebet hatte erkennen können.

Mit seinem langen, wallenden Bart erinnerte er an Cecil B. de Mille. Seine sonst eher hohe Stimme schien um eine ganze Oktave abgesunken zu sein, und die klaren, tragenden Worte rollten förmlich durch den Raum. Zum ersten Mal erfuhr ich, wie sich die King James Bibel eigentlich anhören sollte. Ganz sicher bemühte er sich nicht, mir entgegenzukommen; trotzdem konnte ich ihn klar und deutlich verstehen. Hatten er und Kelley sich tatsächlich die ganze Zeit bemüht, ein halbwegs modernes Englisch zu sprechen, oder hatte ich mich irgendwie ihrer Sprache angepasst? Vielleicht war auch das im Einflussbereich der Spirale durchaus normal.

Das Gebet war ziemlich blumig, ganz zu schweigen von ausufernd, endlos und voller Gefasel. Dee rief ›mystische Namen‹, mit denen er Gottes Hilfe erbat, allerdings auf eine Art, die eher der Erteilung von Befehlen ähnelte. Ich bin zwar nicht religiös, doch irgendwie konnte ich mir nicht vorstellen, dass Gott einfach so seine geheime E-Mail-Adresse rausgeben würde, was im Zusammenhang mit dieser Ansprache fast schon nahe liegend schien. Dee arbeitete sich durch einen riesigen Haufen guter Engel. Und er machte es so förmlich, als ginge es um einen Kaufvertrag für Kunststofffenster.

» … und mit diesen mystischen Namen unseres Gottes, die über eine besondere Macht verfügen, euch zu rufen, oh AIAOAI und OIIIT, verlange und wünsche ich in dem tiefem Vertrauen, dass ihr allein und persönlich mir erscheinen sollt, mir, dem genannten JOHN, friedvoll, willens und sichtbar. Und mit dem Einverständnis, euch mir friedvoll zu zeigen, mir, dem genannten JOHN, fordere ich, dass ihr all meine Bitten, die eure Fähigkeiten in Hinblick auf Transformation, Wissen und Macht betreffen, vollständig, wahrhaftig, ohne Fehl und beweisbar erfüllt, wann immer ich, der genannte JOHN, von jedem, einem oder allen von euch diese Hilfe erbitte …«

Und noch viel mehr in diesem Stil. O Gott, *viel* mehr.

Viel, viel mehr, auf Englisch und Latein, während das Feuer im Kamin herunterbrannte und graue, rauchige Luft den Raum flutete. Alles in dem gleichen verfluchten Tu-dies-tu-das-Ton. Wäre ich Gott gewesen, was ich aus irgendeinem mir unerfindlichen Grund niemals war noch sein werde, ich hätte ihn zum Teufel geschickt. Und sollten Engel Namen haben, die wie Keyboard Error #33 klingen, dann will ich das nicht wissen.

Ich tat, als würde ich den Obsidianspiegel studieren, und während Dee weiterleierte, drehte ich den Spiegel mal in diese, mal in jene Richtung. Ein paar Mal versuchte ich, den Kristall einzufangen, doch immer nur sehr kurz. Irgendetwas anderes als ein ganz gewöhnliches Spiegelbild in dem Stein zu sehen war genau das, was ich auf keinen Fall wollte. In meinen Ohren summte es wieder, aber ich ignorierte das

Geräusch und beschäftigte mich vor allem damit, verstohlene Blicke auf Jane Dee zu werfen.

Auch Kelley sah inzwischen aus, als würde er mitten in dem endlosen Sermon einschlafen. Doch plötzlich fing er an, sich unbehaglich zu verdrehen und zu zucken. Wer wollte ihm das auch vorwerfen? Als es schlimmer wurde, fragte ich mich langsam, ob er sich einen von Rudolfs kleinen Gästen eingefangen hatte. Dann fiel sein Kopf nach vorne; sein Unterkiefer sackte herab, und er gab einen langen, gequälten Seufzer von sich. Wenn sein Problem die Langeweile gewesen wäre, hätte ich mit ihm gefühlt; aber irgendwie glaubte ich nicht, dass es darum ging. Dee hörte mit seinem Gebet auf und streckte die Arme nach der ächzenden Gestalt aus.

»Sprich, Geist! Bei den heiligen Namen, sprich zu uns! Ich beschwöre dich! Zeige diesen, deinen geringeren Brüdern in der Weltordnung der Engel alles Denkbare in diesem Kristall, auf dass wir deinen Zwecken dienen können, und halte nichts vor uns zurück.«

Flackernd öffneten sich Kelleys Augen, weiter als je zuvor. Noch immer leise stöhnend stemmte er sich hoch, die Augen starr auf den grünen Kristall gerichtet. Dee beugte sich zu mir herüber.

»Nun ergreift der Geist Besitz von ihm«, flüsterte er aufgeregt. »Und wurde Euch schon eine Offenbarung zuteil?«

Vernünftigerweise drehte ich den Spiegel von seiner Gemahlin fort und konfrontierte mich mit meinem eigenen Anblick: riesige Nase, strohgelbe Haut, wunderbar. Eines erfuhr ich nun tatsächlich – in Kelleys grün-goldenem Staat sah ich aus wie ein exotischer Kanarienvogel. Wenn das eine Offenbarung war, meinetwegen.

Trotzdem erfüllte der schwarze Spiegel alles, was er reflektierte, mit einer Art traumähnlicher Qualität, ganz besonders im Randbereich, wo das Bild unter dem flackernden Feuerschein erzitterte. Er zeigte mir eine andere Art Gesicht, obwohl ich nicht imstande war zu sagen, in welcher Weise anders. Irgendwie konnte ich es nicht richtig erkennen. Bis auf eines – dieses Gesicht hatte zumindest eine andere Miene aufgesetzt als Kelleys.

»Etwas, ja, irgendwie fremdartig. Nichts Definitives. Aber was würde das für den Geist auch für einen Unterschied machen?«

»Eine subtile Frage! Was in dem Kristall Gestalt annimmt, können wir beide sehen – aye, und Ihr scheinbar ebenfalls. Aber nur mit Bruder Edwards Hilfe findet es auch eine Stimme.«

Das war klar! Ich war ziemlich gut auf das vorbereitet, was nun kommen würde, doch das hätte ich mir auch sparen können. Die Stimme erklang, aber sie kam nicht von Kelley, sondern aus dem Kristall, und sie war düster, grabestief, ganz anders als seine, nuschelnd und unebenmäßig.

»*ABNO!*«, rief sie wie eine verzauberte sprechende Waage. »*NAOCO! OCANM! SHAL!*«

»Die Erzengel der vier Himmelsrichtungen«, flüsterte Dee ergriffen. »Sie beehren uns mit ihrem Ratschlag.«

»*Sehet!*«, schrie die Stimme. »*Und höret!*«

Aber worauf, sollten wir nie herausfinden. Ein schrilles Pfeifen brach aus der Kristallkugel hervor, ein Trillern wie von einem übernatürlichen Vogel. Kelley hatte die Augen weit aufgerissen, scheinbar völlig entgeistert und nicht zu Unrecht. Bauchreden war eine nette Nummer; aber ich hatte meine Tricks vier Jahrhunderte nach ihm gelernt.

Das war mein Zeichen. Ich sprang auf die Füße, dabei jedoch vollkommen erhaben, als würde ich einem machtvollen Befehl gehorchen, und hielt den Spiegel hoch über mich, sodass er den Feuerschein einfing, auf den Kristall reflektierte und glitzernde rubinrote Funken in dem von Blasen durchzogenen Glas zum Leben erweckte.

»Ich höre Euch, o strahlende Macht!«, brüllte ich. »Sprecht mit mir, ich bitte Euch!«

Und der Kristall sprach mit einer anderen Stimme, höher und unheimlicher.

»Jia, ich bin das Walross! Ich bin der Eiermann! Wahrlich sehet, ich bin der Narr auf dem Berggipfel, der die Sonne auf ihrem Weg zum Horizont siedet und dessen Augen die Welt in ihrem ewigen Lauf schauen!«

Dee gaffte den Kristall mit offenem Mund an. »Der was? Der Narr – ist das nicht ein Symbol aus dem Tarot? – ich meine, ich fordere dich auf, Geist, sprich! Gib uns ein Zeichen deiner Kunst und deines guten Willens, deiner Wahrhaftigkeit und Güte!«

»Aye!«, polterte Kelley, auf mysteriöse Weise wieder zu Bewusstsein gekommen. »Und dafür, dass du kein falscher und trügerischer Sohn einer … Sohn des Gräuels bist! Beweise es, oder sei verdammt!«

»Ich bin der Mann der tausend Stimmen, laut und deutlich zu verstehen! Zeichen der Wahrheit will ich euch geben. Nehmt eure Tafel und schreibt, was ich euch eingeben werde.«

Nicht schlecht. Langsam fing die Sache an, Spaß zu machen. Allerdings zerrte sie auch heftig an meinen Nerven. Mit Kugelschreiber und Papier hätte ich mich sicher gefühlt, sogar mit einem modernen Kreidestift. Dieser Stummel war einfach nicht lang genug. Trotzdem, weiter im Text.

»Das Angesicht abgekehrt von allen Blicken der euren, schreibet welchen Namen ihr auch wollt, gleich wie geheimnisvoll, gleich wie heilig, schreibet nieder, welch Name euch offenbart worden! Schreibt ihn sauber und mit Respekt, so will ich euch sagen, wie er lautet.«

Beide stutzten und zogen wunderbar lange Gesichter. Am Feuer waren die Damen aufgesprungen und beobachteten die Vorgänge mit großen Augen und verwunderten Mienen. Wie ein Träumender ergriff Dee die Tafel, hielt sie dicht an seine Brust und schrieb langsam einen kurzen Namen.

»Du hast ORO geschrieben!«

Dees Kinn sackte herab. »Der erste der Zwölf Namen Gottes! Es ist wahr!«

Kelley schnappte sich die Tafel. »Das glaube ich nicht! Du bist nichts als ein trügerischer Dämon.«

»Nej, nej, Bruder!«, hauchte der alte Mann. »Es ist wahr!«

»Dann möge er dies lesen«, knurrte Kelley und schrieb hastig und mit kreischenden Kreidestrichen eine Folge aus Buchstaben nieder.

»Du schreibst falsch, Mann von geringem Glauben! Doch höre dies, und sei berichtigt. LLZACA wagtest du zu missbrauchen!«

Kelleys Augen flackerten. Er sah sich wohl nach einem Fluchtweg um.

»Der göttliche Titel, um die Engel im Osten anzurufen«, sagte Dee, zitternd vor Freude. »O Bruder, zweifelt nicht länger! Meister Maxie, habe ich es Euch nicht vorausgesagt? Eine neue Offenbarung wird uns heute zuteil!«

Sauber und mit Respekt schreiben – das setzte ausgiebige, ruhige Bewegungen der Hand voraus, denen ich folgen konnte. Mit einem Kugelschreiber oder Federhalter oder irgendeinem anderen länglichen Stift wäre es leichter gewesen, denn dann hätte ich auch das Zittern des oberen Endes beobachten können; aber ich hatte schon einmal zugesehen, als Dee die Tafel beschrieben hatte. Der Trick ist uralt; doch er hat schon bei den viktorianischen Spiritisten funktioniert, bei Houdini, und sogar bei meinem früheren Arbeitgeber, jedenfalls bis sie diese Videobänder von seinen privaten Hypnosesitzungen gefunden haben. Mein Zauber hatte mir ein paar grundlegende Kenntnisse vermittelt, um einen besseren Handlanger aus mir zu machen – vorwiegend kleine Zauberkunststücke für Kindergeburtstage, aber die beherrschte ich bis zur Perfektion, und sie waren allem, was diese Leute kannten, meilenweit voraus.

Kelley kochte innerlich. Er wusste, dass er es mit Bauchrednerei zu tun hatte, schön. Aber ihm blieb keine Möglichkeit, auch nur den Verdacht zu äußern, ohne dabei gleichzeitig mit ausgestrecktem Zeigefinger auf sich selbst zu deuten. »Nun, vielleicht, Bruder John, vielleicht. Doch erinnert Euch an jenen Tag, an dem Ihr einen Befehl angezweifelt hattet, den die Engel mir übermittelt hatten. Sie erwiesen mir die Gunst eines niedergeschriebenen Mandats, gezeichnet auf reinem Pergament, das aus himmlischen Höhen zu uns gelangte. Können wir eine derartige Gunst nicht noch einmal erbitten?«

Mist.

Hatte der Kerl doch noch ein Schlupfloch entdeckt. Aber ich hatte mit irgendeiner Art von Ärger gerechnet, und ein guter Zauberer-Assistent war nicht so leicht zu überlisten.

»Oh, ein Zeichen ist, was du willst! So soll es dir gewährt werden. Du selbst sollst es niederlegen! Nimm jungfräuliches Pergament zur Hand«, – glücklicherweise beherrschte ich inzwischen ihre Aussprache –, *»und beschrifte es nach meiner Weisung …«*

Wenige Minuten später starrten wir gemeinsam auf einen Bogen Pergament mit kreisförmig angeordneten Buchstaben. Und ich fragte Dee, was das alles wohl zu bedeuten habe. Bekümmert schüttelte er den Kopf. »Nej, das ist alles noch neu für mich. Die Engel haben uns komplizierte Methoden gezeigt, einzelne Buchstaben aus dem Alphabet durch eine bestimmte gekreuzte Anordnung zu wählen. Auf diese Weise schenkten sie uns das Wissen um jene heiligen Namen, die Ihr eben gehört habt, und sie wiesen uns in ihre geheime Sprache ein.« Soweit war ich in meinen Überlegungen auch schon gekommen. Diese Methode war in der elisabethanischen Zeit ziemlich beliebt und ein Grund dafür, warum die Namen wie zufällige Aneinanderreihungen verschiedener Buchstaben klangen. Was ich ihnen zu bieten hatte, hatten sie bestimmt noch nicht ausprobiert.

Jane Dee trat mit einem eleganten, zierlichen Kristallkelch zu uns. »Es ist der Beste, den wir haben«, sagte sie nicht so recht davon überzeugt.

»Dann, Frau, wird er reichen müssen!«, entgegnete Dee zufrieden, während er den Kelch kopfüber in die Mitte des Kreises setzte, wie es ihm die Stimme zuvor befohlen hatte. »Nun, Bruder?«

Kelleys infernalisch gute Laune hatte sich beinahe vollständig verflüchtet – eine unglaubliche Erleichterung für uns alle. Mürrisch setzte er sich auf die gegenüberliegende Seite. »Das gefällt mir nicht«, murrte er. »Können wir nicht auf die bewährte Weise um Führung bitten?«

Genau, und ich wusste verdammt gut, was er dabei zu erfahren gedachte. Zu meiner grenzenlosen Überraschung reagierte Dee ziemlich gereizt. »Ich möchte Euch daran erinnern, Bruder, dass wir diese Forschungen nur angestellt haben, um neue Wege der Kommunikation zu erschließen! Habt Ihr selbst mir nicht oft genug geraten, meinen Geist zu öffnen und Vertrauen zu haben? Gut. Dann folgt Eurem Rat nun selbst.«

Er legte einen Finger an den Fuß des Glases. Ich legte meinen dazu, und schließlich bequemte sich auch Kelley unter Dees gestrengem Blick widerwillig einen mit Hornhaut überwucherten Finger an das Glas zu legen.

»Ein kurzes Gebet?«, schlug ich Dee nicht ohne böse Hintergedanken vor.

Etwa eine Viertelstunde später wirkte Kelleys frommes Lächeln ziemlich verbraucht. Mir sollte es recht sein; je ermatteter er und vor allem sein Finger war, desto besser.

Plötzlich stieß Joan Kelley, die uns gemeinsam mit Jane beobachtete, ein atemloses Quieken aus. Langsam begann das Glas sich zu bewegen. Alle starrten es an wie eine giftige Schlange, als es langsam im Kreis wanderte – und bei dem Buchstaben ›F‹ stehen blieb. Kelley riss den Finger zurück, als hätte er auf eine heiße Herdplatte gefasst, doch Dee hielt ihn fest, und es gelang ihm tatsächlich, ihn zurück auf das Glas zu zwingen. Wieder setzte sich der Kelch in Bewegung; wieder stoppte er, diesmal beim ›R‹. »Wer ist dafür verantwortlich?«, fragte Kelley, dessen Züge sich in einem neugierigen Aschgrau zeigten. »Ich schwöre, das muss Hexerei sein.«

»Ihr sollt Gott nicht lästern, Bruder!«, verwarnte Dee ihn streng. »Habt Ihr nicht schon zuvor ebenso große Wunder geschaut? Keines Menschen Hand treibt dieses Glas, soweit ich sehen kann.«

In gewisser Weise hatte er sogar Recht. Das Wunder des Ouija-Bretts ist nichts weiter als eine Frage der vorherrschenden Spannung. Jeder Spaßvogel kann die Bewegungen des Glases mühelos steuern und den Druck all der anderen Finger dazu nutzen, ihm eine bestimmte Richtung zu geben. Auf diese Weise formulierte es jedenfalls gerade das Wort ›RES‹.

»Latein!«, keuchte Dee. »Es bedeutet … Aber es geht schon wieder los!« Kelley schluckte und schimpfte still vor sich hin, als das Glas sich den Worten ›IPSA‹ und ›LOQVITVR‹ widmete. Ich war darauf vorbereitet, dass er versuchen könnte, mir mein Spielzeug wegzunehmen, aber die unheimlichen Bewegungen des Glases hatten ihn wohl aus der Fassung gebracht.

»Die Angelegenheit möge für sich sprechen«, übersetzte Dee verblüfft. »Was nun? *Fidete*, heißt es, als wollte es sagen, *vertraut mir*.«

Ich war ziemlich stolz auf die Idee, ›U‹ gegen ›V‹ auszutauschen. Auf diese Weise sahen die Worte so nett altertümlich aus. Nicht, dass ich mit Latein besonders viel anzufangen gewusst hätte, aber ich hatte den ein oder anderen Fetzen aufgeschnappt, Formulierungen, die wunderbar vage waren, doch zugleich beeindruckend wirkten.

»*Fidete – cvm – amicvs* … vertraut einem Freund, aye, aye!« Dee nickte aufgeregt vor sich hin. »*Fratercvlvmqve* – und als … junger Bruder – *in fraternam – et in omnis* … in Bruderschaft und allem anderen. Ah … äh … Bruderschaft?«

Langes Schweigen. Eine bestimmte Art Schweigen. Dee zupfte an seinem Bart, der sich schon wieder aufgerollt zu haben schien. Auf Kelleys Gesicht prangte noch immer das wohlwollende Lächeln; allerdings sah es inzwischen irgendwie schief aus. Sein Körper gab sich hingegen verräterisch; er war angespannt wie eine Sprungfeder, die Fäuste krampfhaft geballt. Wenn Blicke töten könnten, hätte dieser mich auf der Stelle abgefackelt, ehe er zufrieden durch die Asche getanzt wäre.

Kelley war zu neunzig Prozent davon überzeugt, dass ich sie zum Narren gehalten hatte – aber von sich wusste er es. Und stellen Sie sich vor, ich hätte sie doch nicht betrogen. Stellen Sie sich vor, es wäre mir irgendwie gelungen, die Ströme echter Magie anzuzapfen, die uns hier offenbar ständig umgaben. Wo würde er dann bleiben? Ich war seine einzige Chance, das zu bekommen, was er sich so dringend wünschte. Was auch immer in seinem Kopf vorgehen mochte, er wagte es nicht, auch nur ein Wort gegen mich zu sagen, denn was er auch tat, er wäre zuerst dran.

Ich blinzelte Dee vertrauensselig zu. »Macht Euch keine Mühe, Sir. Ich bin dieser Ehre sicher nicht würdig.«

»*In omnis* …«, murmelte der alte Mann, offenbar

gänzlich seines Elans beraubt. »Nein, nein, ich weiß längst, dass Ihr ein würdiger Mann seid. Es ist nicht so, dass ich an Euch zweifelte oder gar an dem Befehl. Nein, es fällt mir nur schwer, mein eigenes minderwertiges Selbst zu unterwerfen – schwerer als zuvor, denn Meister Kelley und ich haben so viele Jahre schon erfolgreich zusammengearbeitet. Und doch weiß ich um die Richtigkeit und den Nutzen.« Er klopfte mir auf die Schulter. »Wenn wir durch Euch mehr erreichen können, warum dann nicht alles teilen – nicht wahr, Bruder Edward?«

Unschuldig blinzelnd konzentrierte ich mich auf Kelley. Wie erwartet war er klug genug, nicht zu protestieren, um sein eigenes Kartenhaus nicht in akute Einsturzgefahr zu bringen. Er murmelte etwas Unverständliches vor sich hin. Ich beschloss, es als Segensspruch zu werten, erhob mich und verbeugte mich höflich vor ihm. Eine Geste, die seine Stimmung offenbar auch nicht bessern konnte.

»So soll es sein«, seufzte Dee, wobei er besorgt den Kopf schüttelte. »Noch heute Nachmittag werden wir Euch mit den Ritualen der Bruderschaft vertraut machen, aber zuerst müssen wir unsere Gemahlinnen von diesen Neuigkeiten in Kenntnis setzen.« Er atmete tief durch, als sähe er der nächsten Zukunft keineswegs erfreut entgegen. »Oh, da seid ihr ja, meine Lieben! Herrliche Neuigkeiten, wirklich wunderbar. Ich muss euch sofort unterrichten ...«

Schön, nun wussten sie also Bescheid. Mrs. Kelley strahlte mich lediglich an, machte einen Knicks und hielt mir die Wange zu einem unschuldigen Kuss hin. Jane Dee war steif wie ein Felsen, ihre Wange eisig, doch nach dem Kuss verfärbte sie sich plötzlich grellrot. Eine Sekunde lang trafen sich unsere Blicke, und ich sah einen ganz besonderen Ausdruck in ihren Augen. Schon mal ein Tier in der Falle gesehen?

Ich nicht, aber ich war schon mal eines.

Ich wusste, wie sich dieser Blick von innen anfühlte. Das geht ganz tief rein, das können Sie mir glauben. Zorn, Schmerz und Erniedrigung, wilde Fuchtelei unter den Mauern aus Haut, Fleisch und Knochen, die Art Panik, die einen Fuchs dazu treiben kann, sich ein Bein abzunagen, um seine Freiheit wiederzuerlangen.

»Haltet ein, Brüder«, sagte ich rasch. »Mir ist ... Mir ist, als spräche eine Stimme zu mir. Als ...«

Ich gab mir alle Mühe zu kneifen. Im Geist allerdings trat ich mich selbst in den Hintern, sagte mir, ich möge kein so verdammter Idiot sein und einmal in meinem Leben das nehmen, was ich wirklich wollte. Gott weiß, dass ich hart genug dafür gearbeitet hatte. Aber ich konnte die Worte nicht zurückhalten, und die Spannung schien ihnen noch zusätzlich Gewicht zu verleihen. »Ich höre!«

Ich war versucht, die hohe Stimme erneut zu benutzen, doch es war besser, wenn die Worte diemal von mir kamen. »Um mich der Bruderschaft der Engel anzuschließen, ja – um alles zu teilen, gut, okay, gut, es ist ein bisschen vernebelt. Mein Weib soll das eure sein, äh, sobald ich verheiratet bin, natürlich. Aber ich glaube, ich verstehe die Anweisungen der Engel deutlicher als ihr es getan habt. Diese ganze Geschichte mit dem Teilen, das ist ein symbolischer Bund, richtig? Ich meine, nein, ihr habt nichts Falsches getan, das kann frei von Sünde, äh, vollzogen werden, kein Zweifel.«

»Das steht außer Frage!«, rief Dee verwundert. »Was soll das alles?«

»Nun, stellt euch vor, ihr könnt ... aber ihr lasst es. Die Kunst ist, nicht zu tun, was ihr tun könntet, versteht ihr?« Dee hörte mir total verblüfft zu. Jane konnte ich nicht sehen. »Ich meine ... okay, weil euch erlaubt ist, mit der Frau eures jeweiligen Bruders zu schlafen, ist das okay, moralisch einwandfrei, gestattet und alles. Na ja, ist es denn nicht gerade dann die wahre Kunst, Verzicht zu üben? Sich einfach wie früher auf die eigene Frau zu beschränken? Könnte das nicht eine magisch wirksame Handlungsweise sein? Sozusagen ein moralischer Zusatzantrieb?«

Kelley starrte mich wie versteinert an. Na ja, war wohl ein guter Start. Sein Gesicht glich noch mehr als sonst einem Käse – einer ziemlich übelriechenden Sorte. Dee gaffte mich mit offenem Mund an wie ein Fisch auf dem Trockenen – ebenso wie Jane, auf deren Wangen sich grellrote Flecken von der blutleeren weißen Haut abhoben. Sogar Joan Kelley nickte gedankenverloren vor sich hin.

Dann sprang Dee plötzlich in einem wilden Durcheinander langer Stoffbahnen auf und schlug mit der knochigen Hand auf den Tisch. »O ihr großen Philosophen, wie ist es möglich, dass ein Kind, kaum der Wiege entwachsen, uns so zurechtweisen muss? Nej, Bruder, ich habe Euch Unrecht getan, denn Ihr seid ein Gefäß himmlischer Weisheit, und dafür möget Ihr gesegnet sein. Bruder Edward, Bruder Edward, habe ich nicht mich selbst als unwürdig ob meiner Zweifel an den Worten der Engel erachtet? Und nun, plötzlich, klärt sich alles auf! Kommt nur, Maxie, guter Bruder, lasst mich Euch an mein Herz drücken, denn Ihr habt es heute tausendfach erleuchtet!«

»So wie das meine!«, hörte ich Jane Dee leise rufen; halb lachte, halb weinte sie. »Wie das meine!« Leise, weil ich beinahe unter dem Gewicht aus Seide und Wolle, beides nicht allzu sauber, erstickte, bis Dee mich an seine Frau weiterreichte.

Aufrichtiger, als gerade jetzt, hatte mich noch nie eine Frau in die Arme geschlossen. Okay, das erinnerte mich auch ziemlich heimtückisch an die Chance, die ich eben erst einfach zum Fenster hinausgeworfen hatte, doch das würde ich wohl auch noch überleben.

Etwas Ähnliches las ich in Kelleys Zügen, als ich mich schließlich zu ihm umwandte und sagte: »Wir wollen dich nicht vergessen, Bruder.« Dann küsste ich ihn im General-de-Gaulle-Stil auf beide Wangen.

Ich wusste, dass derartige Gesten in der elisabethanischen Ära ein wenig bedenklich waren. Hätte ich nicht gewusst, wie selbstbeherrscht er war, hätte ich es bestimmt nicht gewagt. Wie es jedoch schien, bekam er leichte Atemprobleme, und die Adern an seinen Schläfen plusterten sich wunderschön auf. Immer das Gleiche mit diesen Analerotikern. Mit ein bisschen Glück traf ihn vor lauter Ärger noch der Schlag. Joan Kelley strahlte mich nur an und hielt mir die andere Wange hin.

Und das, liebe Leute, ist der Grund, warum Waxie Maxie an diesem Nachmittag feierlich in der Bruderschaft der Engel aufgenommen wurde – und der Ansicht war, es auch verdient zu haben, nachdem er dieser Versuchung widerstanden hatte. Nur gut, dass Jane Dee keine Räder hatte.

Was dann geschah, kann ich leider nicht offenbaren. Nicht wegen all der feierlichen Schwüre, die ich abzulegen hatte, sondern weil die ganze Zeremonie mir mit ihrer hirnerweichenden Langatmigkeit so unglaublich auf die Eier ging. Nur Kelley verdankte ich ein wenig Amüsement, denn ihm erschien es ebenso zu ergehen. Aber natürlich war er derjenige, der sich dieses ganze Brimborium hatte einfallen lassen, um Dee zu beeindrucken, mit freundlicher Genehmigung der himmlischen Website. Vermutlich hätte er nie damit gerechnet, das alles noch einmal über sich ergehen lassen zu müssen. Und dass er meinetwegen leiden musste, machte die Sache wohl auch nicht besser.

Dee merkte nichts davon; er war ganz in seinem Element, völlig *stoned* von seiner eigenen heiteren Stimme. So sehr ich den alten Knaben auch mochte, an diesem Nachmittag hätte ich ihn mit der größten Freude noch einmal gefesselt und geknebelt.

Als wir endlich fertig waren, gab es zum Ausgleich

ein Festessen und ein gutes noch dazu. Ich hegte den Verdacht, dass Jane Dee sich mit diesem Mahl besondere Mühe gegeben hatte. Mein Teller wurde nie ganz leer; mein Glas auch nicht, und zur Feier des Tages gab es Wein, einen guten, trockenen Wein, der ein wenig auf der Zunge prickelte. Das Ergebnis war, dass sogar Kelleys Stimmung wieder etwas besser wurde, und schließlich fingen wir an zu singen. Es waren Lieder, die Dee als mehrstimmige Canons bezeichnete und von denen einige tatsächlich ziemlich unzüchtig waren. Irgendwann stolperte ich die Stufen zu meinem Zimmer hinauf, und wieder ging Jane Dee mit einer Kerze voran. Der Flammenschein flackerte im Rhythmus ihres Schluckaufs. Ich schwankte wohlgestimmt zu meinem Bett, bereit, mich süßen Träumen zu ergeben. Vergessen waren all die schrecklichen Augenblicke der vorangegangenen Nacht.

Hoffnung.

Zufrieden legte ich mich nieder. Sie hatten es geschluckt wie Kleinkinder, alle. Hier könnte ich wirklich mein Glück machen. Zauberkunststücke für Kindergeburtstage – da ließe sich was draus machen, musste mir nur ein paar Requisiten anfertigen, vielleicht den Zylinder mit dem verborgenen Fach und die verknoteten Schnüre, eine Kiste mit doppeltem Boden. Aber bestimmt nichts zum Leute durchsägen, und kein Schwertkabinett. Solche Spielchen betrieben sie hier ganz ohne Tricks, und es war bestimmt nicht gut, sie auf neue Ideen zu bringen …

Etwas weckte mich ruckartig aus meinen Träumen, zerrte wie eine Katze an mir. Zugluft blähte die Bettvorhänge; dann hörte ich die Türangeln leise knarren, und der Stoff beruhigte sich wieder. Ein leises Klicken, danach das Schaben des Riegels, den ich zu schließen vergessen hatte. Ich lag da wie erstarrt, versuchte meinen keuchenden Atem zu beruhigen, beobachtete die Vorhänge, erwartete, dass sie sich jeden Augenblick öffnen würden – oder würden sie einfach von der Klinge eines Rapiers durchbohrt werden?

Die Versuchung, zu fragen: »Wer ist da?«, war überwältigend, genau wie in Vampirfilmen – und ich wünschte wirklich, ich hätte nicht an so etwas gedacht. Diese Stadt sah so oder so schon aus wie ein Ferienlager von Hammer Productions.

Außerdem musste ich wohl eher mit Edward Kelley rechnen als mit Christopher Lee, was jedoch schlimm genug war. Mit Sicherheit war er gekommen, um eine Rechnung mit mir zu begleichen und sich den Weg zu der Macht freizumachen, nach der er so sehr gierte. Bodenbretter knarrten, und ich wünschte, ich wüsste, wie ich jetzt diese verfluchte Macht herbeirufen konnte. Noch ein Knarren. Hastiges, schweres Atmen. Die Vorhänge bebten. Ich ballte, was ich lächerlicherweise als Faust bezeichnete, und bereitete mich auf den Sprung vor.

In der Finsternis erklang ein gedämpftes Hicksen.

»?«, mehr brachte ich nicht heraus.

»*Sss - Hicks! - ssh!*«

Ein Finger legte sich sanft auf meine Lippen. »Nur ruhig, Meister Maxie! Oder wollt Ihr – *Hicks!* – mich verraten?«

Etwas in der Art wie ein Nagetier unter Strom krabbelte meinen Rücken hinauf. »Mrs. Dee? N-n-niemals …«

Neben mir quietschte das Bett leise. Sacht wie eine Feder strich ein kühler Atemhauch über meine Wange. »Dann sprecht nicht. Ihr habt Euch als mein Freund erwiesen und als junger Bruder meines Gemahls, dessen Gelehrtheit und geistige Reife überragend, doch dessen weltliche Weisheit eher kümmerlich ist, eben jene, auf die Ihr Euch so gut versteht. Und so sehr er mir in anderer Hinsicht gefällt, er wird allmählich alt und ist – *Hicks!* – kaum noch imstande, mich zufrieden zu stellen.«

»Oh, das tut mir leid.«

Sie kam immer näher. »Aber Ihr dürft nicht glauben, dass irgendetwas anderes als der Befehl unseres Gottes mich dazu hätte bewegen können, mein Bett mit diesem Mann, Kelley, zu teilen! Pfui! Er ist eine Bestie – *Hicks!* – eine ziemlich bestialische Bestie, ein Affe mit schmutzigen Händen, der sich kaum öfter als einmal im Vierteljahr wäscht und mir … mir alle möglichen unfeinen Praktiken aufgezwungen hat! Pfui! Ich, die ich am Hofe ihrer Majestät mich eine Lady nennen durfte! Ein Monster. Ein Satyr. Und Ihr seid mein heiliger Georg, der mich von ihm erlöst hat.«

Sie hickste und schniefte ein wenig, und ich roch ihren Duft. Sie trug ein schweres Parfüm – Rosenöl, vermutlich, vielleicht mit einem Hauch Moschus – aber es war nicht imstande, ihren Eigengeruch zu überdecken. Nach modernen Maßstäben wusch sie sich definitiv zu selten; trotzdem war der Geruch nicht unangenehm, sondern gesund und animalisch. Ihr Tonfall wurde ein wenig mädchenhaft. »Ein wahrer Bruder … und die Engel sagen, es sei keine Sünde, mit einem Bruder …«

Zarte Finger berührten meinen nackten Arm, ergriffen meine Hand. »Schon jetzt habt Ihr mein Herz gerührt. Nun führt es zur Tafel. Lasst es sich an dem köstlichen Trank laben!« Sie drückte meine Hand buchstäblich gewaltsam an ihre Brust. Hätten sie damals schon elektrischen Strom gehabt, sie hätte mich genauso gut an die Steckdose anschließen können.

Ein dünnes Leinennachthemd hob zweifelsfrei hervor, was sich unter ihm befand und was nicht. Ihre Brust liebkoste meine Handfläche. Eigentlich bin ich gar nicht so scheu, aber in ihrer Nähe konnte ich mich einfach nicht rühren. Ihre andere Hand strich mir das Haar aus der Stirn, glitt über meinen Hals herab und legte sich schließlich flach auf meine Brust. Sie lachte leise. »So mager! Ein echter Gelehrter. Gewiss habt Ihr keine Frau, die sich um Euch kümmert! Mein armer Maxie!« Ihre Hand wanderte weiter herab. Die Finger schlossen sich, und sie erging sich in rhythmischen Bewegungen. »Armer, armer Maxie!«

Wie hypnotisiert beugte ich mich vor. Ihre Hand bewegte sich ganz gleichmäßig. Eine milde Mischung aus Wein und Blumenduft wehte mir ins Gesicht, und ihre Lippen waren heiß, ein bisschen trocken und sehr weich. Ich konnte es nicht fassen. Jetzt war ich wirklich in einer anderen Welt. Ich drückte ihre Lippen mit der Zunge auseinander, jagte nach ihrer, bis sie hickste und kicherte und ihre glühende Wange an meine Schulter legte. »A-ha-ha. Bei aller Einfalt seid Ihr doch keine Jungfrau mehr.«

Halb träumend schlang ich die Arme um sie, strich mit den Händen ihren Rücken hinauf und wieder hinab, vor allem hinab, wühlte in dem verdammten Nachthemd. Wie konnte ich dieses Ding nur loswerden? Dann löste es sich plötzlich wie von selbst, und sie presste sich stöhnend gegen meinen Körper.

Mann, o Mann, und wie sie das tat. Sie war ganz schön heiß, und sie verlor keine Zeit. Ich konnte noch immer nicht recht glauben, dass das wirklich passierte. Auch wusste ich nicht warum, oder wer genau ich eigentlich war, aber inzwischen war es so oder so zu spät. Sie hatte die Beine um meine Hüften geschlungen, die Fußgelenke überkreuz, und das Bett schwankte und wackelte und sang ein knarrendes Liedchen, während wir uns eng umschlungen in die Federmatratze bohrten. Einen Augenblick lang hegte ich tatsächlich Bedenken, dass uns jemand hören könnte, doch dann hatten wir schon sämtliche Hürden hinter uns gelassen und setzten zum Endspurt an. Sie hauchte mir ihr leises, rasendes Wimmern ins Ohr. Wen außer uns sollte es da noch geben?

Langsam ließ das Bumsen nach. Keuchend, schwitzend, das Gesicht dem Bett zugewandt und halb erstickt mit einem Mundvoll Leinen und Federn fragte ich mich, ob ich wirklich lieber über eine lange, freie sechsspurige Asphaltdecke rasen würde, vielleicht in einem Porsche Targa, der jemandem gehörte, den ich nicht ausstehen konnte – Ahwaz zum Beispiel.

Ja, stellte ich fest.

Aber nur so gerade eben.

Ich drehte mich zur Seite, spürte, wie der Schweiß trocknete und klebrig meine Haut zusammenzog. Dann atmete ich tief durch, glücklich und zufrieden. Eine Hand strich über meine Wange. »Ah, guter Maxie! Bist ein hurtiger Spitzbube und geschickt mit den Händen.«

»Mmm. Du hast mich doch dazu getrieben. Aber vielleicht haben wir uns ein bisschen zu sehr beeilt.«

»Böser Maxie. Was könnten wir noch mehr verlangen ...«

Ich demonstrierte es ihr. »Oh«, machte sie einige Male, und eins führte zum anderen. Als sich die Federn diesmal wieder zu Boden senkten, lag sie als warme, anschmiegsame Last auf meiner Brust, knabberte an meinem Ohr und hickste. Ich massierte ihr Hinterteil und wünschte mir, es wäre nicht so dunkel. Ich glaubte mich zu erinnern, dass damals andere Ideale in Bezug auf die Figur einer Frau gegolten hatten, aber aus dem kurzen Blick, den ich auf ihre Silhouette vor dem Fenster hatte erhaschen können, schloss ich, dass Jane modernen Maßstäben mehr als genügte. Sie fuhr mit der Zunge durch meine Ohrmuschel.

»Maxie, mein süßer Schatz, meine Zuckermaus ...«

»So hat mich noch niemand genannt.«

»Diese unfeinen Praktiken ...«

»Na ja, ich wollte nur ...«

Etwas später waren die Decken auf dem Boden und wir in wirrem Durcheinander auf halbem Wege. Ich küsste ihren Rücken zwischen den Schulterblättern und manövrierte mich unbeholfen wieder hinauf. Alles Gute war irgendwann zu Ende, und ich hatte das wirklich ungute Gefühl, dass genau dieser Fall nun eintreten musste.

Sie blieb unten, auf ihre Ellbogen gestützt, und wedelte träge mit den Füßen in der Luft herum. »Du hattest Recht, liebster Maxie. Herrje, wer hätte auch gedacht, dass es so anders sein kann? Es liegt nicht an der Technik, sondern an der Person.« Sie seufzte verträumt. »Du könntest eine richtige Cleopatra aus mir machen. Wollüstig und schamlos ...«

Ich streckte die Hand aus, um ihr aufzuhelfen, aber sie stürzte sich stattdessen unter die zerwühlten Decken und schwang sich dann auf die Knie. »Und du? Wie wirst du von jetzt an über mich denken? Ein treuloses Weib, ein leichtes Mädchen, eine Straßendirne, nur dazu da, bestiegen und liegen gelassen zu werden?«

Ich streichelte ihr übers Haar. »Ich möchte wieder nach Hause zurückgehen. In meine Stadt und in meine Zeit. Ich kann nicht hier bleiben, und du kannst nicht mit mir kommen. Aber vergessen werde ich dich nie!«

»Ihr habt schon viele Frauen geliebt, das weiß ich sicher. Was sollte mit mir schon anders gewesen sein?«

Mir war nicht entgangen, dass sie von dem vertraulichen ›Du‹ wieder zu der förmlichen Anrede gewechselt hatte. »Geliebt? Ihr müsst scherzen. Und glaubt nur nicht, dass auch nur eine von ihnen mich je ihrer Liebe für wert befunden hat. Mit Euch – ja, das hätte anders sein können. Aber wir können es nicht geschehen lassen, nicht wahr?«

»Nein, das können wir auf keinen Fall!« Sie wirkte beinahe erleichtert. Ich hätte vielleicht beleidigt sein sollen, aber ich verstand sie. »Wir haben diese Nacht, und ... unsere Erinnerungen.«

»Ich werde Euch sicher nicht so schnell vergessen,

glaubt mir. Dies war die schönste Nacht meines Lebens.«

»Mir geht es ebenso. Aber uns bleiben noch Stunden, mehr Erinnerungen zu schaffen.« Ihr Haar kitzelte in meinem Bauchnabel.

»Was? Du musst doch …«

War sie nicht.

Das erste Tageslicht war etwa so fahl wie ich mich fühlte. Rekorde zu brechen gehört nicht zu meinen Gewohnheiten, und bestimmt konnte ich auch für die Verdienste der vergangenen Nacht nichts dergleichen einfordern. Ich betrachtete Jane, die auf dem Bett ausgestreckt leise vor sich hinsummte, mit einem gewissen Respekt.

Einmal hatte ich einen alten Mini Cooper erbeutet – eine nüchterne kleine Blechkiste, doch in dem Augenblick, in dem man aufs Gas tritt, werden gewaltige Kräfte freigesetzt. Das Ding hätte mich beinahe am nächsten Laternenpfahl abgeladen, und viel besser fühlte ich mich jetzt auch nicht.

Ich konnte nur hoffen, dass sie diese Verrenkungen nicht mit Dee ausprobieren würde; in seinem Alter würde er das wohl kaum aushalten. Doch andererseits, vielleicht hatte sie es schon ausprobiert. Vielleicht war er gar nicht alt, vielleicht nur so alt wie ich. Ich jedenfalls fühlte mich zu diesem Zeitpunkt mindestens so alt wie er.

Jane setzte sich auf, streckte sich und fuhr sich träge mit den Fingern durchs Haar. »Es ist Zeit. Er erwacht mit dem ersten Hahnenschrei. Und ob Sünde oder nicht, ich möchte, dass es unser Geheimnis bleibt.«

»Ich auch. Ich habe nicht viele so schöne Geheimnisse.«

Sie beugte sich über mich. »Ihr unterschätzt Euch, mein guter Herr. Es ruht mehr in Euch, als der Anschein glauben machen will.«

Ich ächzte. »Ihr wisst nicht mal die Hälfte. Das ist

es, was Kelley und Euer Gemahl von mir wollen. Eine Art … Macht, die sie für sich haben wollten, die aber durch Zufall bei mir gelandet ist. Okay, sie können sie haben, doch der Weg dahin ist lang und manchmal sehr gefährlich für mich. Was denkt Ihr, wonach mag Bruder Edward wühlen?«

Sie legte eine zarte Hand auf meine Brust. »Nach etwas Wertvollem? Dann wird mein Gemahl wenig davon sehen, wenn Kelley seinen Willen bekommt. Er ist ein Mann des Bösen, und das sage ich nicht ohne Grund. Er gibt sich nur den Anschein eines gottesfürchtigen Menschen, bis er alle Masken fallen lässt und sich einfach nimmt, wonach ihm der Sinn steht.« Sie schwang sich auf die Beine und bückte sich langsam und aufreizend, um ihr Nachthemd vom Boden aufzuheben. Sie hatte wirklich wunderschöne Beine. »Ich muss nun fort, mein lieber Maxie. Mögen die Engel über Euch wachen und Euch sicher nach Hause geleiten.«

Ich sah ihr nach, als sie zur Tür hinausglitt, nur eine vorüberhuschende Silhouette im schwachen Licht, dann nichts mehr. Wie ein Vampir, einer von der Ingrid-Pitt-Sorte, ließ sie mich völlig ausgelaugt zurück.

Die tote Faust der Erschöpfung streckte mich auf der Matratze nieder. Janes Duft füllte den Raum, so wie auch die Federn aus der Matratze, was im Grunde nicht allzu verwunderlich war. Noch eine Runde, und ich wäre ein toter Mann gewesen, vermutlich an Selbstentzündung gestorben, oder ich wäre einfach durchgedreht. So wie es jetzt stand, glühten Teile von mir nach dem Einfluss einer gewissen Reibung. Was ich jetzt wirklich gebraucht hätte – wieder einmal –, wäre eine lange Zeit tiefen Schlafes gewesen, ohne weitere Unterbrechungen. Natürlich hatte ich meine Augen kaum geschlossen, als der Ärger schon wieder losging.

Genug der Träume, Zeit für neue Visionen. Meine Vergangenheit meldete sich zurück, nicht so sehr als Bildfolge, die in raschem Tempo an meinem inneren Auge vorbeiraste, sondern mehr wie ein gemächliche Stripshow mit Lasereffekten. Dieselben alten Demütigungen, dazu ein paar Neue, die ich tatsächlich schon verdrängt hatte – und dann wieder die eiskalten Korrekturen, gekrönt von Rachegelüsten. Ich rollte mich zu einer Kugel zusammen, doch ich war nicht ganz so am Boden zerstört wie beim ersten Mal. Jane hatte mir wirklich gut getan. Ich war emotionell ausgelaugt, und meine Stimmung hatte ein wenig Auftrieb erhalten. Fast konnte ich so etwas wie Stolz auf mich empfinden. Wer auch immer für diese Bilder verantwortlich war, er sollte sie sich sonstwo hinstecken. Außerdem musste ihnen irgendwann das Material ausgehen. Irgendwann …

Als hätte jemand meine Gedanken gelesen, verblassten die Visionen. Und das ging verdammt schnell, was mich nur noch mehr Nerven kostete, denn etwas anderes nahm sogleich ihren Platz ein. Oder eher nichts. Kein Bild, kein Laut, nur das Gefühl, belauert zu werden. Wie das übermäßig lange Schweigen, wenn man den Telefonhörer abgenommen hat, unmittelbar bevor die schweren Atemgeräusche ertönen. Etwas sollte passieren; und es würde passieren.

»Du hast mich nicht sprechen lassen«, sagte eine ruhige Stimme in meinem Ohr. Der Raum war verlassen. Ich drehte mich fiebrig auf den Bauch und presste die zerknautschten Kissen auf meine Ohren. Sie rochen nach Jane. »Du hast mir keine Chance gegeben. Genau wie die anderen.«

Ruhig, sachlich, vernünftig. Bariton, aber irgendwie weiblich; vielleicht mit einem schwachen Akzent, so wie die Frauen bei den Banditen, doch nicht so extravagant, so brüllend. Die Kissen halfen nicht. Ich wusste, womit ich es zu tun hatte, obwohl ich mir gar nicht vorstellen wollte, was dieses ›Es‹ wirklich sein mochte. Und warum sprach es jetzt direkt zu mir? Etwas hatte sich verändert. Vielleicht seine Einschätzung meiner Intelligenz oder meines Charakters.

»Was ist mit dem, was *ich* will? Ich suche einen Meister. Wie wir alle. Ohne einen Meister, der uns führt, fehlt es uns trotz all unserer Macht an Orientierung. Wir haben kein Ziel. Wir kommen zurück zu dir. Wir werden dir gehören, samt all unserer Macht und all unseren Erfolgen. Du sollst über uns befehlen. Willst du mit unserer Hilfe Gutes tun? Das kannst du. Oder willst du uns lieber der Herrschaft eines anderen überlassen, der uns zu bösen Taten missbrauchen könnte?«

Ich lockerte den Griff um die Kissen. Tolles Versprechen – und ein verdammt gutes Argument. Eine wirklich geschickte Kombination aus Verlockung und Drohung. Janes Name hing unausgesprochen in der Luft. Diese Kreaturen würden Kelley nicht zweimal bitten müssen; er würde sich diese Gelegenheit bestimmt nicht entgehen lassen. Und dann, mit dieser Macht, einer Macht, die schon bei der geringsten Provokation in den eigenen Händen aufglühte … Was würde dann mit Jane geschehen? Und mit Dee? Wimmernd zerrte ich an den Laken.

Sie waren nicht nur ziemlich geschickt, sie waren *teuflisch* geschickt. Dämonisch.

»Kein Handel, keine Strafe, keine Gegenleistung. Du musst nichts weiter tun, als uns zu befehlen, und wir werden dir folgen. Wir werden dich finden, schon sehr bald.«

Donner krachte über den Himmel. Kreischend setzte ich mich auf, schleuderte das Kissen von mir und tauchte wieder unter das Bett ab. Während ich knapp einem Zusammenprall mit dem Nachtgeschirr entging, das seit meinem letzten Besuch benutzt worden war, wurde mir allmählich klar, dass ich wach war und das Donnern wirklich hörte. Nur, dass es kein Donner war.

Etwas hämmerte gegen die Haustür – ein Pikenschaft, nahm ich an, nachdem ich zum Fenster gekrochen war und einen Blick auf die Gardisten seiner Majestät geworfen hatte, die klimpernd und klappernd vor dem Haus warteten. Dee hastete auf sie zu, noch im Laufen damit beschäftigt, seinen Hausmantel zu gürten. Der Mann in der Rüstung tippte sich mit einer Pergamentrolle an den Helm, ehe er sie Dee überreichte, welcher das Siegel in einer großartigen Vorstellung tiefer Demut brach. Blinzelnd überflog er die ersten ein bis zwei Zeilen. Dann blickte er auf, sah mich am Fenster und winkte mir aufgeregt zu herunterzukommen. Hüpfend, mit nur einem Schuh am Fuß traf ich unten ein.

»Eine Nachricht des Kammerherrn seiner kaiserlichen Majestät!«, sagte Dee nervös. »Bezugnehmend auf eine Meldung der Miliz. Ihre Spitzel berichten von mysteriösen Fremden, die in der vergangenen Nacht die Stadt ausspioniert haben sollen. Sie haben sich nach jemandem von Eurem Namen und Eurer Statur erkundigt, junger Mann! In allen Tavernen und Gasthäusern haben sie Fragen gestellt, ah, und in allen billigen Absteigen. Ein Mann und eine Frau, berichtet einer; vielleicht auch zwei Frauen. Beide von furchterregender Gestalt.«

Dee zog eine Braue hoch. Ich schluckte und zuckte mit den Schultern.

»Trifft das zu, so bedeutet es, dass diese Kreaturen gesetzlos und überaus gefährlich sind. Versuche, sie festzunehmen, wurden durch – meine Güte – heftigen bewaffneten Widerstand abgewehrt. Einstweilen, so heißt es hier, sind sie entkommen. Seine Lordschaft, der Kammerherr weist Euch, Meister Maxie, an, gut auf Euch und Eure Sicherheit zu achten.« Er unterbrach sich. Dann: »Und solltet Ihr etwas wissen, das den Dienern seiner kaiserlichen Majestät dienlich sein könnte, so seid Ihr aufgefordert, Bericht zu erstatten. Sofort.«

Kapitel 8

Tschechisch im Eiltempo

Na, das war ja ein tolles Erwachen. Zog mir beinahe die Schuhe gleich wieder aus. Nur, um meine Stimmung noch weiter zu verbessern, hatte Kelley natürlich alles mit angehört.

Da stand er in seinem Nachthemd, zwischen mir und den Stufen, die Nase hoch erhoben, die Stimme triumphierend.

»Seht Ihr, junger Herr? Habe ich nicht wahr gesprochen? Ihr könnt schon bald von einem Dolch durchdrungen werden, so wie von der Macht, die nie für Euch gedacht war. Und jede Hoffnung, diese noch auszuüben …«

Ich schob mich an ihm vorbei. Er sah auch nicht aus, als hätte er besonders viel Schlaf bekommen. Plötzlich packte er meinen Arm mit schmerzhaft kräftigem Griff und zog mich zur Seite. Dann senkte er die Stimme, sodass Dee ihn nicht hören konnte.

»Genug der Maskerade und der Spielchen! Seit unserer ersten Begegnung habt Ihr es für angebracht gehalten, meine Pläne zu durchkreuzen. Und in der letzten Nacht habt ihr jenen Acker gepflügt, den ich hätte bestellen sollen! Haltet Ihr mich tatsächlich für einen weichlichen Narren, der still vor sich hin leidet? Glaubt Ihr, ich lasse euch einfach so davonkommen, samt dem Lohn, den ich zu ernten gedenke?« Seine fleischige Hand schüttelte mich bei jedem Wort, das er mir wütend engegenspie. »Ein faules, saftloses, betrügerisches Gossenkind wie Euch? Da habt Ihr Euch verrechnet. Ihr seid der Wahrheit so fern wie Eurer eigenen Zeit!«

»Verpiss dich!«, keuchte ich. »Dee ist nahe genug, die Nummer mitzukriegen.«

Er schnaubte. »So, ist er das? Nun, mit dem werde ich fertig, und mit Euch auch. Oder glaubt Ihr etwa, er könnte Euch auf ewig vor Euren Häschern schützen? Die Macht sucht sich ihren eigenen Ausweg, genau, wie ich es vorhergesehen habe. An diesem Ort, in dieser Zeit, wird sie stärker, und Ihr – was seid Ihr schon, nur Ausschuss, ein Schwächling aus einem Zeitalter der Schwäche. Lasst zu, dass sie Besitz von Euch ergreift, und sie wird Euch beherrschen, nicht Ihr sie! Also, Ihr werdet sie nun ohne weitere Verzögerung mir überlassen, dem Mann, für den sie wahrhaftig bestimmt ist, oder ich werde Euch die Kehle aufschlitzen und sie mir mit Gewalt aneignen müssen?« Er lachte leise. »Oder soll ich diesen sonderbaren Fremden lieber einen kleinen Hinweis geben?«

»Jesus, glaubst du wirklich, ich will, dass das immer so weitergeht? Soweit es mich betrifft, kannst du alles haben und es dir sonstwo hinstopfen!«

Er grinste hündisch. »Erspart mir das Gerede, Ihr jämmerlicher Haufen Drachenscheiße! Ihr wollt mir einreden, Ihr würdet auf eine solche Chance verzichten? Genauso wie auf Jane, nehme ich an. Mieser Versuch!«

»Genauso meine ich es! Du bist diesen … Kreaturen nie begegnet! Was bringt dich auf die Idee, du kämst besser mit ihnen zurecht als ich?«

»Stärke, Nichtsnutz. Ich bin stark, und ich habe keine Angst.«

Dee stapfte die Treppe wieder hinauf und nickte seinen beiden Brüdern zu, als er sie in ein freundschaftliches Gespräch vertieft erblickte. Ich öffnete den Mund, aber Kelleys Griff um meinen Arm spannte sich. Meine Knochen quittierten die Brutalität mit einem überraschenden Knirschen, und das Fleisch unter seinen Fingern fühlte sich an, als wollte es aufplatzen wie eine reife Kirsche. Immerhin bewahrte mich das davor auszusprechen, was mir auf der Zunge lag. Diesen Schläger jetzt auch noch herauszufordern, wäre das Dümmste gewesen, was ich hätte tun können.

»Schon gut«, winselte ich, und das fiel mir überhaupt nicht schwer. »Ich gebe sie dir. Ich mache es. Haltet die Zeremonie einfach ab, wann immer ihr wollt! Ich habe doch gesagt, dass ich das ebenfalls will ...«

Sein Grinsen wurde breiter. »Ah, nun werdet Ihr also doch noch vernünftig, mein guter Freund!« Er packte noch härter zu, dieser verdammte Bastard, ehe er plötzlich von mir abließ. Ich ließ mich keuchend auf den Tisch fallen und hielt mir den Arm. »Ja, ja, ich kann auch entgegenkommend sein. Die Morgendämmerung ist bereits hereingebrochen; also müssen wir auf den Abend warten und können uns in aller Ruhe vorbereiten. Ich werde Bruder John über Eure Entscheidung in Kenntnis setzen.«

»Was denn, keine mühseligen Vorbereitungen? Nicht einmal Fasten? Kein Schlafentzug und all der Müll?«, kommentierte ich bitter, während ich mir den schmerzenden Arm massierte.

Kelley setzte ein bösartiges Lächeln auf. »Euer nächtlicher Tanz durch die Betten, noch dazu mit der Frau eines anderen, war das nicht Schlafentzug genug? Geht nur hin und tut, was Euch gefällt, mir soll es recht sein. Aber versucht nicht, das Haus zu verlassen! Die Dienstboten werden alle von mir bezahlt, sie werden Euch so oder so nicht gehen lassen.«

Daran zweifelte ich. Die meisten waren Ortsansässige, und er sprach kaum ein paar Worte Tschechisch oder Deutsch, und sie noch weniger Englisch. Vermutlich würden sie für ihn keinen Finger rühren; eher schon gegen ihn. Mistkerl. Aber mir blieb nur eine Möglichkeit, das herauszufinden.

Kelley las in meinem Gesicht und gluckste zufrieden. »Aye, und was dann? Zurück in Eure Zeit flüchten? Euch allein und ohne Führung dem Rad entgegenstellen? Mit diesen Häschern auf den Fersen? Seht Euch doch nur an; Ihr seid nur ein mickriger Zwerg. Also denkt nach, und entscheidet klug. Von mir habt Ihr immer noch eine Belohnung zu erwarten. Alles Gold der Welt wird mir schon bald nichts mehr bedeuten.«

Vergnügt zog er von dannen und betrachtete die Welt mit strahlender Miene. Ich starrte ihm finsteren Blickes nach. O ja, diesen Typ kannte ich. Die liberale Sorte aus meiner sündhaft teuren Schule, die brutale aus der Zeit im Jugendarrest. Alles unkontrollierte Kinder der Ellbogengesellschaft, von denen die meisten nicht einmal einen Knast von innen zu sehen bekamen, obwohl sie es verdient hätten. Und ganz oben auf beiden Misthaufen thronten Hähne wie dieser Kelley, Tyrannen, Sadisten, Drahtzieher und Psychopathen. Ganz oben oder in der Gosse – immer auf der Jagd nach dem Extrem. Und immer gewalttätig oder von Gewalt getrieben. Manche von ihnen wachsen da heraus, andere vergeistigen; aber die echten Psychopathen lernen lediglich, die Spuren ihres Wahns zu übertünchen. Auch ohne Janes Warnung wäre sein plötzlich bedrohliches Auftreten keine echte Überraschung gewesen. Allerdings hatte ich mir mehr Zeit erhofft, bis er sich enttarnte. Nun musste ich dringend überlegen, was ich tun sollte.

Unglücklicherweise hatte der Mistkerl Recht. Ich war einfach verdammt blöd gewesen, Dee überhaupt zu vertrauen und ihm hierher zu folgen. Selbst wenn

Dees Vorsichtsmaßnahmen ihren Zweck erfüllten, würden diese Banditen mich früher oder später aufspüren, weil ein lebendiger Mensch nun einmal Spuren hinterlässt. Ich konnte Dee nicht überreden, mich wieder nach Hause zu geleiten; und ich wusste, dass ich ihn über Kelleys wahren Charakter nicht aufklären konnte, zumindest noch nicht. Was, also, sollte ich tun? Jedenfalls nicht ohne Führung durch die Spirale spazieren – ich besaß allenfalls den Orientierungssinn einer Stubenfliege.

Konnte ich mir vielleicht einige von Dees Orientierungspunkten ins Gedächtnis rufen? Vielleicht, aber ich wäre ein verdammter Idiot, das zu riskieren, falls es noch noch einen Ausweg gab. Nein, es musste einfach noch eine andere Möglichkeit geben. Ich hatte eine Verbündete an diesem gottverlassenen Ort, und ich würde sie benutzen.

»Ich werde tun, was immer Ihr wünscht, liebster Herr, und ich werde es gern tun!« Jane beugte sich vor, um mir mehr Eier auf den Teller zu schaufeln, und senkte ihre Stimme zu einem Flüstern. »Auf dass meinem Gemahl, wie Ihr versprochen habt, kein Übel widerfährt. Für mich ist's ohne Bedeutung, aber für Euch … Es ist weise, doch gebt Acht! Dies ist eine gefährliche Furt – ein einziger Fehltritt, und Ihr werdet scheitern.«

»Erklärt es mir!«, entgegnete ich ebenfalls flüsternd. Der einzige Grund, es mit einem derartigen Stunt zu versuchen, war, dass alle anderen Alternativen mir noch mehr Angst einjagten – und Kelley zu geben, wonach er verlangte, war die schlimmste Vorstellung von allen.

Als er Dee erzählte, dass ich zugestimmt hätte weiterzumachen, hatte der alte Knabe mit Überraschung und Besorgnis reagiert. Er tat wahrlich sein Bestes, mich zum Warten zu überreden. Aber ich sagte ihm – immerhin wahrheitsgemäß – dass diese Fremden, woher sie auch gekommen waren, den Tropfen darstellten, der das Fass zum Überlaufen brachte, und in diesem Punkt stimmte er mir zu. »Obwohl ich glaube, sie wollen Euch nichts Böses, mögen sie im Dienste der guten Sache durchaus beabsichtigen, Euch einzuschüchtern, um Eure Zustimmung zu erringen. Vielleicht ist es besser, Ihr kommt ihnen zuvor und trefft Eure Entscheidung aus freien Stücken. So soll es sein! Ich werde mich sofort meinen Vorbereitungen widmen, und schon heute Abend werdet Ihr frei sein. In der Zwischenzeit empfehle ich Euch, zu meditieren und um Führung zu bitten – nicht wahr, Bruder Edward?«

»Aye, Bruder John. In seinem Zimmer, schlage ich vor.«, sagte Kelley grinsend. Nun, da der Sieg für ihn in greifbare Nähe rückte, wurde seine Fassade allmählich brüchig, und unter der Maske wohlwollenden Entgegenkommens zeigte sich der ein oder andere verschlagene Zug. Er wusste, dass es in meinem Zimmer kein Fenster zur Straße gab, also konnte ich von dort aus nicht einmal die Nummer mit den verknoteten Bettlaken versuchen.

»Ein guter Ort zum Ausruhen«, stimmte Dee ihm nickend zu. »Ich werde Euch Brot und Bier zur Stärkung bringen lassen.«

»Eine gute Idee!«, rief Kelley. Seine Maske saß wieder am angestammten Platz. »Und vergesst nie, dass wir in Gedanken immer bei Euch sein werden, junger Herr. Wir werden über Euch wachen – darauf könnt Ihr Euch getrost verlassen!«

Es machte mir nichts aus, allein zu sein. So bekam ich wenigstens Gelegenheit nachzudenken, mich durch meine Erinnerungen zu wühlen und die eine oder andere Notiz auf einem Fetzen Pergament niederzuschreiben. Jane hatte mir gebracht, worum ich sie gebeten hatte, und als sie mit meinem Essen auftauchte, empfand ich schon fast wieder so etwas wie

Zuversicht – umso mehr nach der einen oder anderen Umarmung im Vorübergehen. Dann blieb mir nichts mehr zu tun, als dazuliegen, zu dösen und meinen Gedanken nachzuhängen: über die Abwasserkanäle, die Alchemie und Kelleys Goldherstellungsapparat. Kein Wunder, dass er es so eilig hatte. Rudolf dürfte ungeduldiger sein denn je, nun, da ich auch noch aufgetaucht war. Vermutlich rechnete er jeden Augenblick damit, dass der endlose Strom kostbarer Goldstücke zu fließen begann …

Die Tür ging auf. Kelley, eingehüllt in einen dunklen Umhang, stand auf der Schwelle, und er trug etwas auf dem Arm. Ich war überrascht, wie grau das Fenster plötzlich aussah. Vielleicht war ich eingeschlafen, vielleicht hatte ich auch nur gedöst; aber von weiteren Visionen war ich verschont geblieben. Dann wurde mir bewusst, dass da etwas anderes gewesen war, und es war immer noch da. Eine schwere, windstille Ruhe lag in der Luft, als würde eine riesige Kreatur den Atem anhalten. Kelley warf mir einen Mantel zu. »Ich hätte gern meinen Umhang zurück, junger Herr. Unter dem da werdet Ihr keine höfischen Kleider brauchen!«

Ich zuckte mit den Schultern. »Steht mir aber. Weißt du, sie hatte schon Recht, du solltest dich zwischendurch mal waschen. Könnte dir bei deinem Problem mit den Frauen vielleicht helfen. Und wieder eine Erkenntnis aus dem 21. Jahrhundert …« Er grunzte nur, doch ich hatte inzwischen gelernt, in seinem teilnahmslosen Gesicht zu lesen. Ich legte mir den Mantel über meine Regenjacke aus dem 21. Jahrhundert und folgte ihm die Treppe hinunter. Jane Dee war dort, zusammen mit Mrs. Kelley, und unsere Blicke trafen sich, als wir vorübergingen. Ihre Augen funkelten, und ich fühlte kalte Erregung. Ich hatte getan, was ich konnte, und sie ebenfalls. Wenn es nur schnell genug ging …

Dee nahm mich in Empfang. »Habt keine Furcht, mein junger Bruder. Ich werde Euch in dieser Sache und in allen anderen Punkten beistehen, so standhaft wie auch unser Bruder Edward. Obwohl Ihr Euch für die schnellere Variante entschieden habt, habt Ihr kaum ein Risiko zu fürchten. Wir haben das Ritual inzwischen perfektioniert. Das Übergangsstadium wird kurz, die Belohnung reichlich sein. Und schon seid Ihr, wenn Ihr es wünscht, zurück in Eurer eigenen Stadt und in Eurer eigenen Zeit. Wenngleich wir Euch nur sehr ungern ziehen lassen werden, die Damen und ich, nicht wahr, meine Lieben?« Er seufzte. »Nun gut. Zu den Pferden, Brüder. Der Menschheit großer Tag beginnt, wenn dieser endet.«

Im grauen Nachmittagslicht traten wir schweigend hinaus und schwangen uns in die Sättel. Als sich das Tor knarrend vor uns öffnete, fiel es mir schwer, nicht zu erwartungsvoll auszusehen. Mit ein bisschen Glück …

Mein Glück hatte sich offenbar zu einer langen Mittagspause zurückgezogen. Da war nichts außer dem üblichen Gewimmel, Passanten, die uns kaum Beachtung schenkten.

Eine kleine Gänseschar watschelte missgestimmt schnatternd an uns vorüber. Ich fühlte mit ihnen. Wenn es nach Kelley ging, würde auch ich bald gefüllt und gebraten werden.

Als die Pferde mit klappernden Hufen langsam auf die Straße trabten, fiel mir auf, dass er die Führung übernahm. Langsam war gut. Je langsamer desto besser, soweit es mich betraf. Angestrengt starrte ich in das rauchgeschwängerte, winterliche Licht, aber ich konnte keine Spur von dem entdecken, worauf ich so dringend wartete. Leise fluchte ich vor mich hin; vielleicht, wenn wir die Tore erreichten …

Mein Sattel fühlte sich an, als wäre er mit elektrisch geladenen Eiszapfen gespickt. Während ich mich so aufgeregt nach einer Sache umgesehen hatte, hatte ich eine andere völlig vergessen.

Aus einer Nebenstraße traten zwei großgewachsene Gestalten hervor, die sich so offensichtlich suchend umsahen, wie ich es gerade selbst getan hatte. Wie alle anderen hatten sie sich zum Schutz vor der Kälte in Mäntel gehüllt; aber eine Sekunde lang blieben diese Mäntel an den Mauern hängen, die die schmale Gasse begrenzten, und was darunter zum Vorschein kam, ließ keine Zweifel entstehen. Es waren Frauen. Aber auch ihr selbstsicherer Schritt ließ keine Zweifel aufkommen; noch weniger die langen Schwerter an ihren Seiten. Wie viele Frauen liefen schon mit Schwertern rum? Das dürfte sogar in diesen Zeiten eher Seltenheitswert haben.

Und in dem Augenblick, in dem mir das bewusst wurde, sah ich, wie ihre von Kapuzen verhüllten Köpfe herumruckten und beide sich mir simultan zuwandten wie beutejagende Falken.

Für einen guten Autodieb waren schnelle Reflexe Grundvoraussetzung, und gerade zu diesem Zeitpunkt waren meine Adrenalindrüsen ziemlich gereizt. Ich ließ mir keine Zeit zum Nachdenken, sondern beugte mich vor, die Stiefel in die Steigbügel gestemmt, und versetzte Kelleys Pferd mit den metallgefassten Enden meiner Zügel einen Hieb auf das Hinterteil, unmittelbar unter dem Schwanz.

Das arme Vieh tat mir ein wenig leid, aber der Effekt war vergleichsweise zufriedenstellend. Die Hufe schossen hoch, noch während ich zurückzuckte. Noch höher flog Bruder Edward, wie Batman auf Sprungfedern, raus aus den Steigbügeln, über den Hals mitten in einen stinkenden Gemüsestand.

Als er zwischen all den Kohlköpfen schließlich Bodenberührung hatte, war ich bereits aus meinen Steigbügeln heraus und hatte mich in die Menge gestürzt, die eilig näher drängte, um zu sehen, was die

Aufregung zu bedeuten hatte. Hinter mir hörte ich den alten Dee blöken, sein Bruder möge zurückkommen. Dee tat mir ein bisschen leid; trotzdem würde ich das bestimmt nicht riskieren. Plan A hatte nicht funktioniert, und jetzt waren die Häscher da. Ich musste das Weite suchen, Dee hin oder her.

Und sollte ich je in meine eigene Zeit zurückkehren, dann würde ich mir einen Ort suchen, zu dem die Spirale nicht vordringen konnte, und ihn nie, nie wieder verlassen.

Einen Ort unauffällig und in rasender Geschwindigkeit zu verlassen war eine meiner Spezialitäten. Kelley hätte sich vielleicht mit den Ellbogen einen Weg durch das Gedränge gebahnt, aber ich wusste, dass Dee nie imstande wäre, schnell genug durch die Menschenmenge zu reiten. Ich musste nur den Kopf einziehen und mich gegen den Strom bewegen, hin zu den Schatten der Schlossmauer. Hier fiel ich zwar mehr auf als ich es in meiner Zeit getan hätte, aber es gab genug größere Menschen, hinter denen ich mich verstecken konnte. Im Hintergrund hörte ich Kelley Zeter und Mordio brüllen, und eine andere Stimme, nicht weniger entrüstet, machte ihrem Ärger auf Deutsch Luft – vermutlich der Besitzer des Gemüsestandes. Ein feuchtes Klatschen deutete auf eine Kollision von Kohlköpfen mit einem menschlichen Schädel hin, und das Gebrüll der Menge bestätigte diesen Eindruck nachhaltig.

Ich sah mich um und verwünschte mich selbst. Dee kam besser voran, als ich erwartet hatte. Diese Prols waren offensichtlich geübt darin, einem hohen Herren den Weg freizumachen, vermutlich das Ergebnis wohlerwogener Anwendung von Tritten und Peitschenhieben.

Ich krebste an der Wand entlang, ständig auf der Suche nach einer Tür oder einer Nische, in der ich mich verbergen konnte. Was ich fand, war eine schwere

Seitentür, offenbar Teil des kaiserlichen Schlosses und wahrscheinlich verschlossen. Mir blieb nur, den Mantel um mich zu wickeln, mich in die Schatten zu kauern und zu hoffen, dass ich nicht gesehen wurde.

Knarrend öffnete sich hinter mir die Tür. Eine weiße Hand packte mich an der Schulter und zerrte mich hinein. Leise fiel die Tür wieder ins Schloss, und ich starrte in ein Paar glänzender dunkler Augen.

»Sie suchen dich?«, fragte die Frau in gebrochenem Deutsch.

»Äh … ja. Danke …«

»Du hättest sie zu mir geführt. Es gibt hier nicht viele Orte, um sich zu verstecken.« Keine Frau, ein Mädchen. Wahrscheinlich noch ein Teenager, falls es so etwas zu dieser Zeit schon gab. Sah gar nicht schlecht aus, wenn einem der dunkle Typ mit ausgeprägten Gesichtszügen gefiel. Sie war ein bisschen größer als ich. Ihr Gesicht besaß eine blasse Farbe; trotzdem schien sie sogar in dieser Dunkelheit vor Vitalität zu bersten. Nachdem sich meine Augen an die Lichtverhältnisse gewöhnt hatten, fiel mir auf, dass sie nicht gerade overdressed war – nur ein kurzes Hemd, möglicherweise ein Nachthemd. Sowas passiert mir zu Hause nie.

»Genug gestarrt?«, schnappte sie. »Ein wahrhaft dankbarer Herr würde mir seinen Mantel leihen.«

»Äh …« Ganz automatisch streifte ich ihn ab und wickelte ihn um ihre Schultern. Sie wirbelte ihn herum wie eine Primadonna, und ein zufriedener Zug machte sich um ihren breiten Mund bemerkbar. »Und wie heißt du?«, fragte ich.

Sie überlegte kurz. »Na schön! Elina.«

Das war kein tschechischer Name. Er klang eher … »Griechisch! Du bist … wieheißterdochgleich, der Alchemist! Du bist seine Tochter!«

Sie seufzte. »*Pater Haemon*, ja, sag es nur der ganzen

Welt. Elina, Tochter von Hieronymos Makropoulos, *Iatros*, nun eine Waise.«

»O Jesus. Soll das heißen, Rudolf …«

»Nein. Mein Vater hat den Dreck diesmal an sich selbst ausprobiert. Nur hat er die Formel geändert. Hätte er nicht tun sollen. Ich bin immer noch da.« Sie seufzte und zuckte mit den Schultern. »Rudolf hat beschlossen, mich hier zu behalten, um festzustellen, ob ich irgendwelche Anzeichen für Unsterblichkeit zeige. Mir hat seine Vorstellung davon, mich derweil zu beschäftigen, nicht gefallen. Bösartiger alter Scheißkerl. Also bin ich über ein paar Dächer geklettert, habe mich durch ein Gitter gequetscht, und hier bin ich nun und warte auf die Dunkelheit. Woher weißt du überhaupt von der Geschichte?«

»Ich glaube, Rudolf könnte den Platz deines Vaters für mich warmhalten wollen. Und dann ist da noch dieser Bastard Kelley, der versucht, mich in den Dreck zu reiten.«

Sie bedachte mich mit einem schiefen Grinsen. »Ach, der! Dann bist du also auch ein Zauberer.«

»Zumindest verfüge ich über die Weisheit, mir zu wünschen, ich wäre nie hierher gekommen! Ich bin unterwegs zurück in mein … mein Land.«

»Ich auch.« Elina legte den Kopf zur Seite und sah mich nachdenklich an. »Schade, dass wir nicht zusammen fortgehen können, aber du wärst mir nur im Weg. Du kannst nicht auf dieselbe Weise wie ich für ein Dach über dem Kopf bezahlen.« Finsteren Blickes beäugte sie meinen Gesichtsausdruck. »Singen, meinte ich. Ich bin eine sehr gute Sängerin. Danke für den Mantel.«

Und damit glitt sie zur Tür hinaus und war verschwunden. Ich setzte ihr nach, hielt dann aber inne. Nach Einbruch der Dunkelheit würde der Mantel mir nicht mehr so viel Schutz bieten. Außerdem hätte ich ihn ihr so oder so nicht einfach vom Leib gerissen –

und ich wette, das kleine Miststück wusste das. Na ja, vielleicht auch nicht. Immerhin war sie größer als ich.

Vorsichtig öffnete ich die Tür und sah hinaus. Auf den kalten Straßen herrschte noch mehr Betrieb als zuvor. Der Krawall hatte sich gelegt, und von Kelley und Dee war keine Spur mehr zu sehen. Ich zog meinen Regenmantel eng um die Taille, um ihm möglichst viel Ähnlichkeit mit einer gewöhnlichen Tunika zu verleihen, ehe ich zurück auf das Pflaster trat. Niemand würdigte mich eines zweiten Blickes, außer, er wunderte sich, warum ich keinen Hut trug. Dieses Problem löste ich, indem ich mir hinter einem Marktstand eine schmierige Lederkappe schnappte. Ihr Eigentümer würde vermutlich losziehen und sich die Kappe von irgendeinem anderen klauen und so weiter, und so breitete sich der Diebstahl wie die gleichmäßigen, ringförmig sich kräuselnden Wellen auf einem sonst ruhigen See in der Gesellschaft aus.

Eine böse Tat reist um die ganze Welt. Gewöhnlich so lange, bis sie bei mir gelandet ist und mir einen ordentlichen Nackenschlag verpasst. Wieder ein Grund, warum ich nicht in der Versicherungsbranche arbeitete, wo sich die respektablen Betrüger herumzutreiben pflegten.

Ich wusste, dass ich die Stadt samt der verdammten Brücke passieren musste, ehe es völlig dunkel war und die Sperrstunde begann. Allerdings brauchte ich keinen weiteren Anreiz, mich in Bewegung zu setzen. Der Wind stach mir wie ein stumpfes Messer in den Leib; meine Füße vereisten auf dem schmutzigen Pflaster, und ich zitterte vor Angst, wann immer jemand hinter mir auftauchte. Haben Sie sich je als praktizierender Paranoiker versucht? Warum nicht Profi werden – schon nach einer einzigen Lektion.

Trotzdem gestaltete sich mein Weg durch die Stadt gar nicht mal so schwierig. Viele Leute hatten offenbar dieselbe Idee. Hauptverkehrszeiten sind keine moderne Erfindung. Ich wurde im Strom der Unterklassetypen mitgerissen, alle in Eile, alle auf dem Weg in ihre Löcher, und Gott allein weiß warum. Einige von ihnen waren Straßenverkäufer, die sich offensichtlich mehr Zeit ließen, in der Hoffnung, noch einen letzten Kunden zu finden. Dank ihnen konnte ich mir ein paar schnelle Snacks aus vorbeiziehenden Körben zusammenklauben, Schwarzbrot, ein paar Wurstenden und so weiter – na ja, wäre doch eh bloß schlecht geworden. Sagen wir, noch schlechter, um der Sache gerecht zu werden. Außerdem hätte ich mir an dem Brot fast einen Zahn ausgebissen.

Von der Brücke an ging alles glatt. Ich bog zwar einmal falsch ab, aber schließlich konnte ich mich am Lauf des Flusses orientieren, und als ich mich meinem Ziel näherte, kam noch der Geruch hinzu, der sogar für die Verhältnisse des 16. Jahrhunderts ziemlich penetrant war. Kein Wunder, dass sich hier niemand häuslich niedergelassen hatte. Trotzdem hatte ich diesen Gestank nach meiner ersten Exkursion als saubere Luft empfunden. Das sagte wohl einiges über die Umstände, denen ich da unten ausgesetzt gewesen war; und diese Umstände warteten auch jetzt auf mich. Aus einem unerfindlichen Grund zögerte ich tatsächlich einen Augenblick lang.

Fast zu lang.

Ein Pferd wieherte. Dann sah ich den alten Dee, der gerade winkend über den Schotter kletterte. Natürlich hatte er sich nicht die Mühe gemacht, mir zu folgen; er war einfach zu dem einzigen Ort gegangen, den ich aufsuchen würde. Und genauso würde natürlich auch Kelley vorgehen. Fluchend stürmte ich hinab auf den gesprungenen Boden der Zisterne hinüber und weiter zu dem Abwasserkanal und in die endlose Dunkelheit.

Erst einen Augenblick später, als ich den Halt verlor, den Geröllhang herunterrutschte und hart auf dem Rücken landete, ging mir auf, dass Kelley bereits dort sein könnte. Noch etwas später, als Wasser meine Füße umspülte – ich hoffte, dass es Wasser war – fiel mir ein, dass ich auch auf Dees leuchtenden Stab würde verzichten müssen. Und hier gab es auch keine dieser freundlich fluoreszierenden Flechten, die so gern in Büchern beschrieben werden. Nicht einmal phosphoreszierende Fischköpfe, mit denen man hier durchaus hätte rechnen können. Vermutlich hatten sie den Konkurrenzkampf gegen den Dreck schon vor langer Zeit verloren.

Nur Schwärze, vollständige, absolute Schwärze. Heldenhaft stolperte ich etwa zehn Meter voran, prallte heftig gegen eine Mauer und konnte gerade noch verhindern, mit dem Hinterteil auf irgendeiner Scheußlichkeit am Boden zu landen. Nicht allzu weit entfernt hallte Dees aufgeregtes Gestammel durch die Dunkelheit, in der plötzlich ein Licht erglühte. Doch nicht allzu nah – gut so. Nah genug jedoch, um etwas sehen zu können – besser. Ich hüpfte leichtfüßig auf eine Öffnung zu, die mir irgendwie bekannt vorkam. Doch als sich die Finsternis über mich senkte und etwas unter meinen Füßen weghuschte, erkannte ich, dass es noch etwas gab, das Dee hatte und ich nicht – seinen Orientierungssinn.

Ich war ziemlich sicher, dass der Kanal sich vor mir teilte. Noch sicherer war ich allerdings, dass ich mich an nichts Derartiges erinnern konnte. Und das Licht kam näher. Natürlich hätte ich den alten Trottel problemlos überwältigen und ihm den Stab abnehmen können. Aus irgendeinem Grund wollte ich das aber nicht. Vielleicht, wenn ich mich ein paar Meter weit in die linke Abzweigung verkroch …

Etwa zwanzig Minuten später und völlig orientierungslos stolperte ich geradewegs auf den erstbesten grauen Lichtschimmer zu. Dee oder nicht Dee, alles Sichtbare war in meinen Augen ein Bild des Himmels.

Aber es war nicht Dee, es war besser: ein enger Schacht, in dessen Mauerwerk eiserne Sprossen eingelassen waren, und eine gesegnete Brise frischer Luft, die durch ein Gitter hereinströmte. Sogar blauer Himmel! Nichtsdestotrotz blieb ich wachsam, kletterte hinauf und lugte durch die Gitterstäbe, ehe ich das Hindernis ungeduldig aus dem Weg hievte. Hektisch krabbelte ich hinaus auf eine – *ja!* – eine moderne, geteerte Straße im kühlen Licht der Morgensonne. Große Gebäude, viktorianische Steinfassaden, gepflasterte Bürgersteige, Straßenbeleuchtung, weiße Linien – der schönste Anblick, der mir je vergönnt war. Eine Straße weiter fuhr knatternd ein Motorrad vorbei. Es war überraschend laut. Blumenbeete und fette Sträucher mit glänzendem Laub strahlten mich durch ein blitzblankes Geländer an der nächsten Ecke an – ein Paradies!

Ich kicherte wie im Delirium. Das war meine Zeit. Egal wo ich auch sein mochte, ich war auf jeden Fall zu Hause.

Aber nur einen Augenblick später erschien mir meine Umgebung bereits weit weniger vertraut. Da gab es Straßenbahnschienen und Kabel, die ich nicht kannte; aber keine Straßenbahnen. Überhaupt kein Verkehr in Sichtweite und nur ein schwaches Hintergrundgeräusch, viel leiser, als man erwarten sollte. Es agb auch keine Fahrradfahrer; einfach niemand. Na ja, vielleicht war früher Sonntag Morgen. Doch die Gebäude sahen seltsam aus, genau wie die Straßenschilder. Nur Konsonanten und genug Z's, um einen Scrabblespieler in Angst und Schrecken zu versetzten …

Verdammt. Ich war immer noch in Prag. Sicher, es gab schlimmere Orte, selbst dann, wenn man ohne Pass unterwegs war. Zumindest würden sie diesen Mangel nicht mit Gummihosen und elektrischen Anschlüssen in sensiblen Körperöffnungen quittieren wie seinerzeit unter den Kommunisten. Ich konnte eine Amnesie vortäuschen, über Kopfschmerzen klagen oder irgendwas; früher oder später würden sie mich einfach nach Hause schicken. Zur Hölle, ich konnte ihnen sogar die Wahrheit erzählen. Akuter Nervenzusammenbruch.

Es sei denn, natürlich … dies war die Zeit der Kommunisten …

Nur ein schwacher Hauch von Kohlerauch lag in der Luft. Alles sah ein bisschen altmodisch aus, fast mittelalterlich. Keine Fernsehantennen. Und die Straßenschilder entsprachen nicht europäischem Standard … Ich begann, leise zu wimmern.

Dann ein beschissener Knall.

Und noch einer, gefolgt vom Pfeifen vorbeifliegender Trümmer, die mit lautem Klirren an dem Geländer landeten. Und Stimmen, Schreie, und lautes Geknatter – mir war nicht klar, dass es sich dabei um Maschinengewehrfeuer handelte – durchbrochen vom tiefen Donnern schwerer Waffen. Die Luft summte wie ein Bienenschwarm. Sträucher erbebten und wurden gewaltsam entwurzelt. Die Blumenbeete lösten sich in einer Wolke abgerissener Blütenblätter auf. Drei Männer stürmten um die Ecke auf mich zu, Männer in derber, schäbiger Kleidung und mit Mützen, die sie sich tief in die Gesichter gezogen hatten. Einen Augenblick lang blickte ich in die Mündungen der Waffen in ihren Händen, große Revolver, vielleicht auch leichte Maschinenpistolen, von denen noch immer Rauch aufstieg. Ich starrte in verzerrte Gesichter, knurrende Münder, unrasiert, mit Schweiß und Schmutz verziert, eines mit einem großen Blutfleck besudelt. Dann rannten sie an mir vorbei und um die nächste Ecke. Ihre Schritte hallten durch eine Nebenstraße, wo es keine Schienen gab.

Mehr Schritte, und plötzlich war die ganze Welt erfüllt von einer Waffenmündung, schwarz, scheußlich, bösartig, aber nicht halb so schlimm wie die schweißglänzende Grimasse dahinter. Umrahmt von einem schwarzen Stahlhelm, hätte der Typ für den Mr. Quadratschädel 1939 kandidieren können. Aber wohlgemerkt, es waren die weißen Zwillingszickzacklinien, die S-Runen auf dem Kragenspiegel, die mir dieses seltsame Bild für alle Zeit ins Gedächtnis brannten.

Glücklicherweise hatten endlose Jahre des Studiums mir die korrekte Reaktion einprogrammiert. Schreiend duckte ich mich und deutete aufgeregt auf die Straßenecke. »*Nein, mir nicht! Dahin, drei tschechische Mann mit Pistolen! Dahin!*«

Maxie, der Untermensch in Reinkultur.

Der SS-Mann zögerte verärgert. Ich gehörte nicht zu den Männern, die er verfolgt hatte. Schlimmer noch, ich hätte ein Sudetendeutscher sein können, und die durften nicht einfach so aus dem Stegreif erschossen werden. Plötzlich erschien ein schwarzer Mercedes an der Kurve, die Karosserie verschmort und verbeult und mit roten Flecken übersät, sodass sie hervorragend zu den Fähnchen auf der Motorhaube passte. Schlaffe Arme baumelten über die Tür. Na toll, ich konnte mir schon vorstellen, wer in dem Wagen saß. Andere schwarz Uniformierte trampelten lärmend über die Fahrbahn.

»*Heh da!*«, brüllte der Soldat vor meiner Nase. »*Haltet den hier fest. Strenger Arrest. Der Rest folgt mir!*« Wuchtigen Schrittes stapfte er davon, und ich war plötzlich von schwarzen Uniformen und glänzenden Ledermänteln umringt.

»Hey!«, rief eine hohe, heisere Stimme. »Du hast wirklich eine Gabe, dich in die Scheiße zu reiten, was?«

»Har-har! Immer da wo's brodelt, das ist unser tapferer Maxie.«

»Aber beinah' hätt' er die Vernehmung über sich ergeh'n lass'n müss'n …«

Eine aufgerollte Peitschenschnur drückte meinen Kopf zurück. »Und wer kann dir dann helfen, *Señor* Maxie? Wer außer uns?«

Ich initiierte das Notfallprogramm, was beinhaltete, die Augen zu schließen und jämmerlich zu heulen.

Als ich sie wieder öffnete, hatten sich diese allzu vertrauten Gesichter noch dichter um mich geschart. Ihre Helme schirmten das Licht von mir ab, und sie waren mir so nahe, dass ich glaubte, ihren heißen Atem auf meinen Wangen zu spüren. Augen glänzten; Zähne schimmerten – noch näher, erdrückend nah. Die Ratte hatte die Kanalisation verlassen, und die Hunde hatten ihre Spur wieder aufgenommen.

Hetzjagden waren noch nie mein Fall gewesen.

»*Aufhören!*« Die Stimme war schrill und quengelig, aber auch von überraschender Autorität. »*Zurück!* Was immer ihr bezweckt, dieser Mann ist nichts als ein schwacher Sünder. Warum solltet ihr eure Ziele durch Furcht verfolgen? Ich beschwöre euch in brüderlicher Liebe, geht zurück!«

Und erstaunlicherweise taten sie es – oder sagen wir, die Menge vor meiner Nase teilte sich wie ein Vorhang. Dort stand Dee, noch immer in seine wogende Robe gekleidet, den Stab hochgereckt, das runzlige Gesicht besorgt, aber entschlossen. Eine der Frauen lachte. Irgendwie klang ihr Gelächter hohler als vorher.

Ich gehöre nicht zu denen, die sich eine gute Gelegenheit einfach entgehen lassen. Ich hörte Dee meinen Namen rufen, doch da hatte ich schon in zwei Sätzen die Straße überquert. Am 27. März 1942 herrschte an vielen Orten der Welt eine nicht gerade einladende Atmosphäre, ganz besonders nicht in Prag, wo tschechische Widerstandskämpfer gerade einem gewissen Reinhard Heydrich, seinen Freunden, falls er welche hatte, auch bekannt als die Blonde Bestie oder der Schlächter, eine körpereigene Klimaanlage verpasst hatten. Das hatte wiederum ein weiteres Schlachtfest ausgelöst, dem unter anderem die ganze Stadt Lidice zum Opfer gefallen ist. Wenn irgendein Ereignis einen Schatten werfen musste, dann das. Aber wie zur Hölle passten meine kleinen Banditenfreunde da hinein? Der Kanaleinstieg lag offen vor mir, und fast wäre ich gesprungen.

Plitsch, platsch, blubb, auf unerfreulichen Wegen dorthin zurück, woher ich gekommen war. Musste sein – oder etwa nicht? Da war nur dieser eine Kanal, in dem das Wasser in dieselbe Richtung wie vorher strömte. Endlich, nach etwa einer halben Stunde, ging es wieder aufwärts. Was allerdings noch immer keine Erklärung für die lästige Tür war, mit der ich im nächsten Augenblick kollidierte. Vielleicht war ich vorher irgendwie an ihr vorbeigestolpert; vielleicht war sie da auch noch nicht geschlossen gewesen. Vielleicht bekam der Papst Drillinge.

Vorsichtig versuchte ich es. Der Riegel war angerostet, quietschte wie ein Wildschwein, aber er bewegte sich. Keine wütenden Rufe auf der anderen Seite, nur ein leises, eigentümliches Gurgeln, doch das war in dieser Umgebung nichts Besonderes. Licht säumte die Tür. Vorsichtig stieß ich sie weiter auf, steckte meinen Kopf hindurch und starrte in ein langgezogenes Gewölbe voller …

Fässer, riesige, fette Dinger, deren Bäuche fröhlich vor sich hin gurgelten, und die selbst ebenfalls einen ziemlich kloakenhaften Geruch verströmten. Ich widerstand der Versuchung, rein zufällig gegen einen der Spundzapfen zu stoßen, und schlich auf Zehenspitzen weiter. Vielleicht lagerten weiter vorn auch Flaschen.

Fehlanzeige; aber da waren Fenster – sozusagen –, kleine, schmale Schlitze auf Gossenhöhe, deren vor Lufteinschlüssen strotzende Scheiben beinahe hinter den schweren Gitterstäben verschwanden. Von draußen hörte ich Stimmen, ein Geräusch wie singende Massen, rau und monoton, und das Trampeln von Füßen. Jenseits der Fensterreihe entdeckte ich eine Holztreppe und an deren Ende eine massive Falltür mit einem Riegel, den ich nur durch gutes Zureden in Bewegung setzen konnte. Nervös kletterte ich hinaus ins Licht – trübes Licht, aber nach der Kanalisation und dem Keller kam es mir blendend hell vor. Noch ein langgezogenes, verlassenes Gewölbe, diesmal vollgestellt mit Tischen. Überall standen Flaschen und Krüge, und alle Arten von Würsten und wer weiß was noch alles hing von den Deckenbalken rund um den riesigen Kamin herab. Es war eine Art Taverne; allmählich ging es voran. Über dem rußverschmierten Kaminsims befand sich eine Inschrift, große deutsche Lettern – Fraktur, genauer gesagt – und schon wieder diese vielen Konsonanten. Wieder mal in Prag, so wie es aussah, und noch immer in der gleichen Zeit. Wirklich zu schade. Ich musste wohl schon wieder von vorn anfangen. Wenigstens konnte ich hier ein paar Kerzen abstauben.

So leise wie möglich stöberte ich herum, konnte aber nur ein paar schmierige tönerne Lampen finden, in denen noch kleine Pfützen niedergebrannten Talgs verblieben waren, doch nichts, um sie anzuzünden. Ich schlich mich zu der großen Tür und lauschte. Es klang, als läge hinter ihr freier Himmel, unter dem unzählige Stimmen eine Art Hymne oder Psalm sangen. Ich rieb mir die Hände. Nette, freundliche, gottesfürchtige Menschen, immer ein bisschen mehr als andere bereit, im Zweifelsfalle zu jemandes Gunsten zu entscheiden. Ich wartete, bis etwas mehr Ruhe eingekehrt war, ehe ich vorsichtig die Tür öffnete. Eine Straße, schön, windschiefe alte Prager Dächer, aber belebter als der Trafalgar Square an Neujahr oder der Times Square in der Freiluftsaison. Es sah aus wie tausend Menschen, die auf ihren Knien im Dreck hockten und wie hingerissen einen Kerl in schwarzer Robe und schäbiger Halskrause angafften, der eine bombastische Rede hielt. Andere kiebitzten nur; Soldaten hingen in Rudeln herum und kratzten sich unter ihren Brustplatten, und ihre Kommandanten hockten unter leuchtenden Bannern gelangweilt auf ihren Pferden. Und da wir gerade dabei sind … Viele dieser andächtigen Menschen waren bewaffnet, und einige der gefährlich aussehenden Sensen erinnerten mich bedrohlich an Willum. Ein junger Bursche, der ganz in der Nähe an einer Mauer lehnte, drehte sich überrascht zu mir um. Ich setzte ein schmieriges Lächeln auf und schaltete mein Deutsch wieder ein.

»Entschuldigen Sie mir bitte, aber haben Sie …«

Ich hatte nicht mit dem mörderischen Blick gerechnet, den mir das einbrachte. »*Nemecku? Jsi speher Zikmundov?*« Hände näherten sich von überall her, rissen mich nieder, und diesmal starrte ich direkt auf die Klinge eines Dolches. Der Konvent oder was auch immer ging langsam zu Ende, und schon versammelte sich alle Welt samt Gemahlinnen um mich, deutete auf mich hinunter und murrte finster: »*Speher! Speher!*«

Natürlich kann man den Weg einzelner Worte zwischen den Sprachen durchaus verfolgen. Fragen Sie einmal einen Franzosen nach dem Begriff ›Con-trick‹ oder einen Engländer nach den deutschen Straßenschildern ›Einfahrt‹ oder ›Ausfahrt‹. Oder jemanden, der schon einmal Zeuge des Aufheulens wurde, wenn am Flugplatz ein Österreicher aufgerufen wird: »Mr. Prick bitte zum Flugsteig sechsundzwanzig«. Manche Worte klingen einfach sehr ähnlich. Wie zum Beispiel: *Speher – Espion – Spione – Spy.* Spion.

»*Hej!*«, kreischte so ein blöder Heini. »*Hejtmany! Speher Zikmundov, uz je to jiste!*«

Geschrei wurde laut, verstummte jedoch, als Befehle gebrüllt wurden und eine Horde Soldaten sich mit Hilfe ihrer Piken durch die Menge drängte. Eisenbewehrte Lederhandschuhe umklammerten meine Arme und zerrten mich unsanft mit. Bösartige Mienen und wallende, schmierige Bärte, die irgendwie an Ochsen beim Fellwechsel erinnerten … Diese Burschen gehörten bestimmt nicht zur mildtätigen Sorte. Soldaten bedeuteten Fragen, und Fragen bedeuteten Zehennägel oder Zähne, da elektrischer Strom und Gummihosen noch nicht entdeckt worden waren. Oder Schlimmeres. Und dabei wusste ich nicht einmal, wer Zigmund war.

Sie zerrten mich quer durch die jubelnde Menge. Ich brüllte: *»Nix Spione! Bin Engländer!«*, aber irgendwie hegte ich den Verdacht, dass England in deren geistigem Horizont keine nennenswerte Bedeutung besaß. Wir hielten auf die Kerle mit den Pferden zu. Okay, vielleicht waren die Offiziere ja gebildeter. Ich riss mich los, was nicht sonderlich schwer war, da der Soldat mich so oder so gerade vorwärts schleudern wollte, und warf mich vor dem größten Pferd auf die Knie, einem gewaltigen Vieh, mehr ein Zug- als ein Reitpferd.

»Gnade, Mylord! Ich bin kein Spion, sondern ein Mann von Ehre, den es in weite Ferne von seiner Heimat verschlagen hat …«

»Na, wenigstens bei einer von zwei Gelegenheiten liegst sogar du richtig, Maxie.«

Entsetzt starrte ich das grausame Grinsen an, das auf mich herabfunkelte. Dieser verdammte Orientale passte so gut hierher wie eine McDonalds-Filiale, aber das schien außer mir niemandem aufzufallen, am wenigsten den Schlägern, die mich geschnappt hatten. Sie zuckten mit keiner Wimper, als ein anderes Pferd sich zu ihnen umdrehte, und dort war sie, die Frau mit den dunklen Locken, wie eine Sardine eingezwängt in ihre Rüstung, und ihre wilden Strähnen ringelten sich unordentlich um ihr Visier herum. »Nirgends hin hat es dich verschlagen, *Signor*! Auch bist du nicht in Gefahr, wenn du dich uns nur anschließt. Wo wir sind, bist du unser Herr und Meister, wenn du uns doch nur haben wolltest ...«

Eine Pike bohrte sich zwischen meine Rippen. »Warum kniest du im Dreck? Gefällt es dir da?« Jetzt war ich endgültig perplex. Dort, in der Rüstung eines Unteroffiziers, stand der holländische Halsabschneider oder was auch immer er sein mochte. Doch nur eine Sekunde zuvor hatte das Gesicht eines anderen aus der Halsberge geschaut. »Bringt dich nirgends so schnell hin. Wer'n hier'n heilig'n Krieg führ'n. Muss jede Minute losgeh'n. Keine Zeit für so'n Schnickschnack wie Verhandlung – wenn du Glück hast, knüpf'n se dich einfach nur auf, wenn nich' – Mann, Scheiße, besser du betest, dass wir dir helf'n, Maxie!« Ich versuchte, aufzuspringen, doch eine andere Pike erwischte mich unter dem Brustbein. Die Menge johlte. Unter dem nächsten Helm in der Reihe lugte der Robert-Newton-Klon hervor.

»Wenn wir nich wär'n, hätt'n sie dich schon in Stücke gerissen, Kerl! Kann immer noch passier'n, dauert nur ein'n Herzschlag!«

Ein heiliger Krieg? Ich erinnerte mich, von so etwas gelesen zu haben. Vermengung von Religion und Nationalismus. Die Blütezeit des Nahen Ostens. Typen, die sich Hussiten nannten, um sich prügelten oder geprügelt wurden. Tod auf dem Scheiterhaufen und so ein Zeug. Ich konnte mir gut vorstellen, dass das einen Schatten in der Spirale hinterlassen hatte. Die Menschenmenge lauerte wie eine knurrende Bestie hinter mir. Vielleicht war das alles wirklich passiert – irgendein armer Idiot, der unangebrachterweise Deutsch gesprochen hatte und dafür gelyncht worden war. Und diese Banditen hatten sich irgendwie in diese Szene hineinprojiziert und die Rollen übernommen, die ihren Zwecken am besten dienten. Sobald sie sich zurückzogen, würden die Gesichter sich verändern und das Drama würde seinen Lauf nehmen. Und zwar mit mir in der Hauptrolle.

»Was-was-was wollt ihr von mir? Was soll ich tun?«

Die Frau mit den harten Zügen verzog ihre Lippen sehr, sehr langsam zu einem Lächeln. Lang und spitz blitzten ihre Zähne auf. »Was immer dir in den Sinn kommt, Maxie. So wie am Telefon. Ein Gedanke, und du kannst diesen ganzen Scheißhaufen wegfegen.«

Irgendwie klang ihre Stimme verändert, so als würde ein Echo mitschwingen, und der Akzent war schwächer. Ich blinzelte verwirrt. Dieser Mob heulte nach meinem Blut – und ich könnte Feuer und Blitze auf ihn herniedergehen lassen. Aber wollte ich das auch? Vielleicht hatten diese Leute schon genug Ärger am Hals. Ich konnte mir vorstellen, dass die Londoner sich während der Bombardierung nicht viel anders verhalten hätten, wenn sie geglaubt hätten, einen Spion vor der Nase zu haben, oder Briten zur Zeit Napoleons. Alles, was ich zu tun hatte, war nachdenken – und das war das Problem. Ich kämpfte darum, *nicht* zu denken. Schon mal versucht?

Bei Sonnenuntergang werden sich die Blumen in Gold verwandeln, aber nur, wenn Sie *nicht* an einen blauen Affen denken.

»Oh, Scheiße«, jaulte ich, darum bemüht, das Wort nicht mit einer passenden Handlung zu bereichern. Gedanken sind nicht nur frei; sie sind so schwer zu bändigen wie eine Katze im Hundezwinger. Ich war vor Angst wie erstarrt. Jeden Augenblick würde ich mir einfach den Weg freibrennen, und ich konnte nichts dagegen tun. Den Weg durch Hunderte von Menschen freibrennen …

Jetzt waren sie alle da, sogar die andere Frau und der schwarze Typ, und der fiel wirklich auf. Trotzdem schienen die Ortsansässigen keine Notiz von ihnen zu nehmen. Sie lächelten so kalt wie ihre Rüstungen glänzten. Irgendwie sahen sie nicht besonders vertrauenerweckend aus.

Die hohe Stimme hallte über das fauchende Stimmengewirr der Umstehenden hinweg. »*Vzhuru! Vzhuru! Krizaci prebodili Vltava!*«, und dann auf Deutsch: »Erhebt euch! Die Kreuzfahrer haben die Donau überquert!«

Eine Trompetenfanfare erklang, und plötzlich war alles in Bewegung. Als hätte jemand den Stöpsel gezogen, leerte sich der Platz mit rasender Geschwindigkeit. Wütendes Gebrüll ertönte, und die ganze riesige Menge strömte drohend die Waffen schwingend und gleich einer menschlicher Flutwelle von dannen; sogar die Hunde folgten ihnen mit wildem Gebell. Mich vergaßen sie, aber die Banditen hatten keine Chance. Sie wurden einfach von der Flut brüderlicher Kämpfer mitgerissen. Eine Sekunde waren sie noch zu sehen, ehe sie in der Masse untergingen. Stimmen verhallten, Gebrüll, Gesang, irgendwas Raues, Donnerndes. Nur zwei Gestalten verblieben auf dem Platz, ich und, an der Tür zur Taverne, Dr. Dee.

»Die Geschichte hat sie fortgetragen«, sagte er ein wenig traurig, als er auf mich zukam. Ich wich zurück. »Sie ziehen los, um die Ritter des Kaisers Sigismund des Heiligen Römischen Reiches im Namen ihres Propheten Jan Hus in die Flucht zu schlagen. Und sie werden es schaffen. Für eine Weile.«

Ich nickte. In seiner Zeit saß Rudolf wieder fest im Sattel. So viel zu Revolutionen.

»Die Geschichte trägt auch mich fort. Danke für die Hilfe, aber ich will nur noch weg. Diese Kreaturen, diese Banditen …«

Er wirkte besorgt. »Etwas stimmt offensichtlich nicht. Wenn Ihr doch nur standhalten und nach einer Erklärung suchen …«

»Erklärung? Weißt du eigentlich, wozu die mich beinahe getrieben haben?«

»Möglicherweise unterziehen sie Euch einer Prüfung – bedenkt man Eure, äh, Neigungen …«

»Blödsinn! Wer hat sich das ausgedacht – Bruder Edward? Dachte ich mir doch!«

»Wenn Ihr doch nur Euer Misstrauen ihm gegenüber zügeln könntet …«

»Nach allem, was du geschluckt hast … *Achtung! Sie kommen zurück!*«

Und auch das schluckte er. Ich war schon an ihm vorbei und durch die Tür hindurch, während er noch immer auf den Platz hinausstarrte. Eilig schob ich den gewaltigen Riegel vor. Ich hörte ihn an die Tür hämmern und jämmerlich blöken, während ich wie wild nach einer Lichtquelle suchte. Glücklicherweise hatte eine umsichtige Seele die Asche im Kamin für das Wiederanzünden aufgehäuft, wodurch das ein oder andere Stück Kohle noch immer schwach glühte. Als ich schließlich, die kleine Lampe sorgsam mit der Hand abgeschirmt, wieder durch die Falltür kletterte, hörte ich noch immer leise Dees Gezeter.

»Bruder Maxie! Werdet Ihr nun diese Tür öffnen, oder muss ich erst sündhaft wütend werden?«

Ich lächelte und dachte an ein wutentbranntes Schaf. Dann ertönte ein beängstigender Knall, und ich zog gerade noch rechtzeitig den Kopf ein, als etwas über mich hinwegraste und mit lauten Krachen gegen die Mauer schlug. Es war die Tür samt Riegel und Angeln. Ohne mich damit aufzuhalten, die Falltür ebenfalls zu schließen, hastete ich die Treppe hinunter. Schließlich wollte ich nicht, dass diese Tür ebenfalls gleich hinter mir herflog. Zu spät kamen mir Rammböcke in den Sinn, und Dee trug derzeit zweifellos Hörner. In Zukunft würde ich vorsichtiger sein müssen.

Der Abwassergeruch – Canal No. 5 – stieg aus dem Kanal empor und überfiel mich, als ich die Tür erreichte, doch ich war auf ihn vorbereitet. Und ich hatte eine Lampe; ohne Licht hatte ich mich, so viel stand wohl fest, nur von einer gefährlichen Situation in die nächste treiben lassen können. Jetzt würde ich selbst meinen Weg bestimmen. Und selbst wenn ich nur Wien 1946 erreichen konnte, wäre das schon was; wenn dort Platz war für Harry Lime, dann sollte es dort auch eine Zuflucht für mich geben. Diesmal würde die Spirale mich nicht bekommen.

Na ja, vielleicht war ich ein bisschen zu optimistisch. Ich konnte nichts weiter tun, als durch einen stinkenden Tunnel nach dem anderen zu tappen, ohne dass sich eine Erinnerung meldete, um mich herauszulotsen. Das Licht war in gewisser Weise beruhigend, obwohl es unablässig zischte und knallte, wenn sich winzige Schwaden giftiger Gase an der Flamme entzündeten. Und alles, was es mir zeigte, war, wie sehr ein grob gemauerter Kanal dem anderen ähnelte, besonders, wenn die Wände mit Salpeter und Flechten überzogen waren – und allerlei anderen Abscheulichkeiten. Außerdem konnte ich jetzt auch sehen, was in der Mitte des Kanals trieb, und ich verbrachte eine Menge Zeit damit, dem in einer Art breitbeinigem Chaplin-Gang aus dem Weg zu gehen, um zu verhindern, dass es meine Schuhe fraß.

Schließlich musste ich mir eingestehen, dass ich ziellos umherirrte und das nicht mal sonderlich schnell. Das heißt, bis ich an eine Abzweigung kam, die aussah wie alle anderen auch, nur, dass die brüchigen Mauern mit einem Rahmen aus ziemlich neu aussehendem Stahl abgestützt waren, schwarz lackiert und verschraubt. Schrauben, Bolzen und Lack – industrielle Produkte. Also was auch immer da oben sein mochte, es musste einigermaßen modern sein. Okay, ich könnte wieder bei den Nazis landen, aber es war an der Zeit, mich zu vergewissern.

Schon bald entdeckte ich noch mehr moderne Stahlkonstruktionen, beispielsweise eine Leiter, die zum Deckel eines ganz normal aussehenden Schachtes führte. Ich stellte die Lampe auf einem Sims ab und drückte vorsichtig den Deckel hoch – nur für den Fall, dass er sich mitten auf einer Kreuzung befand, an der jeden Augenblick die Ampel umspringen konnte, Sie verstehen. Dem war jedoch nicht so. Der Betonschacht war in Kopfsteinpflaster eingelassen, und er war das Einzige auf dieser holprigen kleinen Achterbahn von einer Straße, was einigermaßen modern erschien. Das hätte ebenso gut die Straße am Rand der Zisterne sein können – nur, dass es dunkel war, über der Straße aber nette kleine Laternen brannten. Und der Kohlenrauch war stärker. Später Abend, dachte ich. Und Regen lag in der Luft. Vor dem bewölkten Himmel konnte ich gerade noch die Umrisse des Hradschin erkennen, und die sahen genauso aus wie zu Rudolfs Tagen. Aber auf einer Reklametafel direkt über mir prangten bunte Poster, und die waren definitiv modern.

Nervös krabbelte ich heraus und sah mich um. Niemand zu sehen; auch keine Autos, aber ich konnte eins oder zwei von Ferne hören. Ich schlich ein paar Schritte weiter, um die Poster zu betrachten. Größtenteils im Stil Art-Deco, wirklich nett. Dreißiger Jahre Revival – oder einfach nur Dreißiger Jahre? Verdammt, ich konnte es nicht erkennen. Nicht einmal anhand der Produktwerbung – Pilsener Bier, Zigaretten, ein Opernbild mit einer umwerfenden Brünetten in pseudo-chinesischer Aufmachung, *Emilia Marty na ›Turandot‹*. Jede Wette, die *Primadonna* sah in Wirklichkeit nicht so aus – obwohl sie mir irgendwie bekannt vorkam. Wie auch immer, das brachte mich nicht weiter. Wo ich auch gelandet sein mochte, ich brauchte Informationen und Essen und vielleicht eine Taschenlampe oder auch zwei. Ganz in der Nähe sah ich vielversprechende Fenster; also schlich ich mich an das nächste von ihnen heran, ohne dabei meine Umgebung aus den Augen zu lassen. Sind historische

Gebäude nicht einfach schön? So ungeeignet für anständige Schlösser, ganz zu schweigen von Alarmanlagen. Keine Spur davon …

Eine Hand packte meinen Kragen mit roher Gewalt. Vermutlich war ich längst immun gegen Herzanfälle, aber ich tat mein Bestes. Dann zischte eine Stimme neben meinem Ohr.

Schon wieder Tschechisch. Ich erdrosselte mich beinahe bei dem Versuch, den Kopf zu schütteln. Die Stimme wechselte zu Deutsch. »*Was machen Sie da?*«

»Nichts«, gurgelte ich. Jedenfalls versuchte ich es. »Nur – umsehen …«

»Ja, sicher«, stimmte mir die Stimme sarkastisch zu. »Darauf wette ich! Und Sie steigen wohl auch immer aus Kanalschächten, was? Ihre Art, sich umzusehen, kenne ich!« Er klang jung, anmaßend und cool. Ich drehte mich leise protestierend um. Und da war er – wahrscheinlich jünger als ich, aber ein ganzes Stück größer und stärker, ein hoch aufgeschossener Bursche mit hagerem, intelligentem Gesicht und tief in den Höhlen liegenden, ausdrucksstarken Augen. Jude, nahm ich an; er sah einem Rechtsanwalt ähnlich, mit dem ich es einmal zu tun gehabt hatte. Genauer gesagt, ich hatte mich an seinem BMW zu schaffen gemacht. Und dieser Typ hier sah nicht so aus, als ließe er sich leichter hinters Licht führen als der Rechtsverdreher.

Aber das war nicht mein einziges Problem, es sei denn, eine Art Retro-Mode wäre zufällig über Prag hereingebrochen. Öliges Haar, breites Revers, schmale Krawatte, kurze Jacke – späte Zwanziger, frühe Dreißiger vielleicht. Und er starrte meine Kleidung genauso neugierig an. »Das tragen Einbrecher also heutzutage? Na ja, ich schätze, euch kleinen Küchenschaben verdanke ich meine Karriere – Versicherungen, wissen Sie – aber … *Heh, Polizei, hierher! Polizei!*«

Von irgendwoher, etwa eine oder zwei Straßen entfernt, ertönte Gebrüll, gefolgt von dem schrillen Pfiff einer Trillerpfeife. Ich hasse Versicherungsfritzen. Und ich hasse Schaben und Leute, die die Polizei rufen. »Mann, du hast Nerven!«, knurrte ich. »Versicherungen? Ihr seid doch die schlimmsten Gauner von allen. Ich soll eine beschissene Schabe sein? *Und was ist mit dir?*«

Da war ein schauderhaftes Reißen, und die Laternen wurden trüber. Ein anderes Licht flutete die Straße, ein roter, strahlender Blitz, der über mich hinwegzuckte und mich mit einem nervösen Kribbeln zurückließ. Plötzlich war die Hand an meinem Kragen fort. Ich sah zu Boden und stieß ein Heulen aus, das sich irgendwie in meiner Kehle verkantete. Ich hasse Schaben, und ich habe sie nie mehr gehasst als in diesem Augenblick, da ich dieses sechs Fuß lange stinkende Monster vor mir auf dem Rücken liegen und mit den Beinen strampeln sah. Ich wich zurück, bis ich mit dem Rücken gegen einen Laternenpfahl stieß. Bereit, den Pfahl hinaufzuklettern, hörte ich kaum die raschen Schritte auf dem Kopfsteinpflaster.

Eine feste Hand in einer schweren Uniformmanschette legte sich in klassischer Manier auf meine Schulter.

Die Haut war schwarz. »Siehst du«, sagte eine hohe Stimme in der Dunkelheit, »das nenne ich geschmackvoll.«

Die Uniform schimmerte grün im Licht der Straßenlaternen, halb militärisch, ein wenig altmodisch – wäre da nicht der Revolver gewesen, ich wäre mir vorgekommen wie in einer komischen Oper.

»Hey, *si!*«, stimmte eine andere Stimme aus der Dunkelheit zu, die mir ebenso bekannt vorkam. »Er lernt doch noch was.«

»Junge, ich wette, das hat Spaß gemacht! Was meinst du, Maxie? Hat's dir gefallen?«

Einer nach dem anderen kam grinsend aus den Schatten hervor. Alle in den gleichen Uniformen. Das wusste ich nicht, aber das musste ich auch nicht wissen. Polizeiuniformen verursachten mir an jedem Ort und zu jeder Zeit das gleiche Unbehagen, nur dass in diesen keine Polizisten steckten, so viel stand fest.

»Was zum Teufel wollt ihr?«, schnatterte ich. »Jesus, ich war das nicht! Ich weiß nicht, wie … Ich habe nur … Ihr habt das getan! *Ihr wart es!*«

Dunkle Augen glitzerten wie zerbrochenes Glas. »Dann, *Caro mio Signor*, können wir es sicher auch wieder in Ordnung bringen, und niemand sonst – außer dir, wenn du es willst. Aber wenn nicht, dann wollen wir auch nicht.«

»S'is ganz leicht«, spottete der schwarze Typ. »Musst nur …«

Ich streckte bereits meine Hand über dem kläglich strampelnden Ding aus, nach Kräften darum bemüht, meinen Mageninhalt an Ort und Stelle zu behalten.

Kein Ding. Ein Mann, da war ein Mann drin …

Diesmal keine Ablehnung und kein Leugnen. Ich fühlte, wie ich es tat, als würden meine Fingerkuppen aufplatzen und Blut verströmen. Licht brannte unter meiner Haut, glühte rot über den Gelenken. Jeder Knochen in meiner Hand glomm wie Kohle im Feuer. Eine gewaltige Hitze trat unter meinen Fingernägeln hervor und ergoss sich über das Pflaster. Wieder das widerliche Reißen … und ein Mann kauerte mit hilflos rudernden Armen am Boden.

Er rollte sich herum, gaffte zuerst mich voller Entsetzen an und dann den Kreis der Banditen in ihren Uniformen, die über ihm vergnügt lachten. Unbeholfen stemmte er sich auf die Beine, zuckte ängstlich zurück, als ich versuchte, ihm zu helfen und stand schließlich unsicher vor mir. Dann stieß er eine Art dünnes, gepresstes Keuchen aus, das klang, als würde Dampf unter Druck entweichen. Schließlich brach er durch den Kreis der Banditen und rannte Hals über Kopf die Straße hinunter, prallte gegen Mauern und ruderte wie wild mit den Armen, um nur nicht zu stürzen, als gäbe es nichts Wichtigeres auf der ganzen Welt.

Derweil überlegte ich flüchtig, wie ich mich wohl als Schabe fühlen würde. Doch dann brach ich den Gedankengang abrupt wieder ab. Zu viele Vorstellungen wurden hier plötzlich zur Realität.

Na ja, ich dachte mir, er würde schon irgendwie darüber hinwegkommen. Außerdem hatte ich genug eigene Probleme. Sie lachten mich immer noch aus.

»Macht Spaß, was? Toller Trick! Und du kannst das tun, wann immer du willst.«

»Das oder irgendwas anderes.«

»Verjag' deine Feinde, gewinn' neue Freunde, wisch einfach weg, was dir im Weg ist.«

Plötzlich fingen die Frauen an zu jauchzen. »Oh! Seht nur! Da ist einer, den du loswerden willst. Willst du doch oder nicht?«

»Ein Klotz am Bein, ein dummer Esel, ein Arschloch!«

»Nein, ein Hornochse!« Sie legte beide Hände an den Kopf und deutete mit den Fingern Hörner an. »Mach einen Ochsen aus ihm, *Señor*!«

Die Männer lachten heiser, und dann traten sie unter höhnischen Verbeugungen zur Seite um mir den Blick auf Dee freizugeben, der mit schief auf dem Schädel hängender Kopfbedeckung mühsam aus dem Schacht krabbelte. Erstaunt blinzelnd sah er sich um. Ich konnte es ihm nicht verdenken. Diese Kreaturen hörten sich immer weniger wie Engel an. Und wenn sie keine waren, was mochten sie dann sein? Allerdings konnte ich mir auch gut vorstellen, dass er nicht bereit war, sich diesem Gedanken zu stellen, noch nicht – vielleicht nie.

Und in der Zwischenzeit würde er weiter Kelleys

Arbeit tun, bis es schließlich zu spät sein würde. Unschuldig mochte er ja sein, aber er war auch höllisch gefährlich, und ich hatte zum ersten Mal eine Möglichkeit, mit Gefahren fertig zu werden. Und wenn er einfach verschwand und Kelley mit ihm, dann war da noch Jane Dee ...

Ich hob die Hände, die Handflächen vorgestreckt, und fühlte, wie das Licht durch meine Arme brodelte. Dees Unterkiefer klappte herunter, als sich eine Korona aus gleißendem Licht zwischen den Händen bildete.

»Wenn ich so etwas tun kann«, krächzte ich, »dann kann ich euch Mistkerlen bestimmt auch noch das Tanzen beibringen!« Ich wirbelte zu den Banditen herum, in der Erwartung irgendeines wie auch immer gearteten Gegenschlages. Aber das Licht glühte weiter wie eine Seifenblase, die den flackernden Schein eines Feuers reflektiert, und die Banditen wichen vor mir zurück, einen Schritt, dann noch einen. Ich keuchte vor Erleichterung und Aufregung und rief noch mehr Macht herbei. Plötzlich leuchteten die grünen Uniformen auf und warfen einen farbigen Schimmer auf die Gesichter der Kreaturen. Der grüne Schein wuchs zu einem schmutzig grün glühenden Nebel an, und sie warfen die Arme hoch, als würden sie eine erfrischende Dusche genießen.

Die dunkelhäutige Frau kicherte. »Spiel mit uns, wie es dir gefällt, *Caro mio Maxie!* Du gibst uns nur zurück, was unser ist!«

»Was wir sind! Was du sein kannst! Was uns nicht verletzen kann!«

Der Schnurrbärtige nickte. »Gutes Gefühl, was Maxie? Nur zu ... Benutz die Macht; erfreu dich an ihr; fühl sie!«

»Lern sie kennen und lieben!«

»Und wenn du dann bereit bist, mein Junge ...«

»Dann werden wir da sein!«

Eine Minute lang schienen sich der rote und der

grüne Schimmer zu vermengen, bis sie an einen Ölfilm erinnerten, dann brach Schwärze aus ihnen hervor. Die Schatten waren jeglicher Existenz beraubt. Sie waren abgehauen.

Ich fühlte … ich wusste nicht was. Unbehagen. Nervosität. Schwäche. Eine Minute lang war ich zwei Meter groß gewesen – nein, sechs. Und unangreifbar. Gott, das war wie Dope, wie das beste, reinste Dope. Und jetzt setzte der Adrenalinrausch ein. Nur, dass Dope nicht gerade das richtige Mittel ist, jemanden zum Handeln zu bringen. Man glaubt höchstens, man würde etwas tun. Das machte es einfacher, sich von dem Zeug fernzuhalten, jedenfalls für mich. Ein völlig ausgeflippter, total bekiffter Autodieb am Steuer ist ein Problem, das sich ganz schnell von selbst löst. Aber das hier war etwas anderes. Beängstigend, solange ich es nicht kontrollieren konnte – aber vielleicht war ich gerade dabei, das zu lernen …

Dee hatte ich diesmal jedenfalls nicht gebraucht. Da stand er nun, allein unter der Straßenlaterne, völlig fehl am Platze unter dem grell geschminkten Gesicht der Operndiva, das auf ihn herabstarrte. Und er stand direkt zwischen mir und dem Schacht.

»Beweg dich, Doc«, sagte ich. »Ich will dir nicht wehtun.«

»Warum müsst Ihr nur immer wieder vor mir weglaufen?«, fragte der alte Mann. Er sah bekümmert aus, doch auch streng. »Immer wieder habt Ihr zugestimmt, Euch von uns helfen zu lassen, und wir wollen Euch nichts als Gutes tun.«

»Oh, sicher. Du vielleicht. Aber wer fragt dich schon?«

Beleidigt trat er einen Schritt zurück. »Ich weiß nicht, was Ihr damit sagen wollt. Aber wenn Ihr mir nicht vertraut, dann respektiert wenigstens die himmlischen Mächte, die Euch folgen! Die himmlischen Jäger auf der Jagd nach einer menschlichen Seele!«

»Jäger, richtig. Aber himmlisch?«

Er blinzelte. »Was sonst?«

»Sag du es mir. Oder geh hin, und frag Bruder Edward. Falls er nicht gerade wieder jemandem fast den Arm bricht, so wie er es bei mir gemacht hat, um meine Zustimmung zu der Zeremonie zu erzwingen. Frag ihn, warum die Macht, die sie mir geben, gerade dafür gesorgt hat, dass ich einen Menschen in etwas Entsetzliches verwandelt habe. Frag ihn, warum sie daneben gestanden und gelacht haben.«

»Gelacht? Das scheint mir schwer zu glauben!«

Ich seufzte. »Meinst du, ja? Und genau darum habe ich keine Lust, mich in deiner Nähe aufzuhalten. Also hör auf, mir nachzulaufen, oder …« Ich hob die Hände, und die rote Glut glomm erneut auf. Sie tanzte über des alten Mannes Bart; trotzdem rührte er sich nicht. Schwer atmend zwang ich die Macht zurück. Es gefiel mir einfach nicht, ganz und gar nicht. »Hast du das gesehen? Das ist deine himmlische Macht. Das ist es, was Bruder Edward bei dieser Zeremonie an sich reißen will. Mir macht das Angst, verdammte, beschissene Angst. Aber was mir noch mehr Angst macht, ist das Gefühl, dass Kelley ganz in seinem Element sein wird … Wirst du dich jetzt bewegen?«

Stur blieb er stehen. Ich trat einen Schritt auf ihn zu, bereit, mich auf ihn zu stürzen. Er blieb immer noch stehen und hob seinen Stab. Furcht und Wut brodelten in mir. Rote und grüne Funken knisterten über meinen Fingerspitzen. Genug von diesem Scheiß! Ich würde nie wieder vor irgendjemandem weglaufen, nie wieder!

Aber genau das tat ich. Wenn nur der letzte Favorit beim Derby so schnell gewesen wäre. Ich mochte den alten Knaben, dagegen kam ich einfach nicht an, wütend oder nicht. Außerdem war eine Riesenschabe genug für einen Abend, genug für ein ganzes Leben. Besser, ich suchte mir einfach einen anderen Kanaldeckel.

Nur schien es weit und breit keinen zu geben. Nicht einen einzigen. Vielleicht suchte ich in den falschen Straßen; vielleicht steckte aber auch etwas anderes dahinter. Bald hatte ich das Gefühl, schon stundenlang durch diese erbärmlichen Gassen zu wandern. Zur Orientierung blieb mir nur die dunkle Silhouette des Schlosses. Dann fing es an zu nieseln, und ich verlor auch diesen letzten Anhaltspunkt. Auf den Straßen waren viele Leute unterwegs. Einige sprachen sogar Deutsch, aber Sie können ja mal versuchen, jemanden nach dem Weg zu fragen, nachdem sie sich stundenlang in der Kanalisation herumgetrieben haben. Wo ich auch auftauchte, verstummte jedes Gespräch, und die Leute wechselten rasch von einer Straßenseite auf die andere und wieder zurück, wenn ich es ihnen gleichtat.

In diesem Zusammenhang war ich geradezu dankbar für den Regen. Als ich wieder einmal am Fluss anlangte, war mir nach einem Bad zumute; viel nasser hätte ich dabei auch nicht mehr werden können. In der Nähe befand sich eine weitere Brücke und am anderen Ufer ein großes, stinkvornehmes Gebäude, hell erleuchtet und mit diesen grell bunten Postern gepflastert. Menschen in Frack und langen Kleidern strömten aus dem Haus heraus auf die wartenden Limousinen und Kutschen zu. Die Eleganz der alten Welt, bevor der Erste Weltkrieg sie fortgefegt hatte; für die andere Seite dieser speziellen Medaille hätte ich Modell stehen können. Ich fühlte mich reif für die Gosse; zur Hölle, ich fühlte mich wie die Gosse mit all dem Wasser, das mir über den Rücken und an den Hosenbeinen hinauslief.

Dann kroch ein heftiger Schauder die gleiche Route in Gegenrichtung wieder hinauf, und das lag nicht an dem Wasser. Starren Blickes machte ich mich auf den Weg über die Brücke und ignorierte die vorbeihastenden Gestalten mit ihren Regenschirmen, die vor mir stets zur Seite wichen. Die gleichen Poster, das gleiche Gesicht, das aus ihnen herausstarrte; und abgesehen von der Art-Deco-Aufmachung und dem pseudo-chinesischen Make-up kannte ich es nur allzu gut.

Auf der anderen Seite des Gebäudes entdeckte ich einen Bühneneingang, belagert von einer ganzen Wagenladung feiner Pinkel mit halb verwelkten Blumen. Als ich mich zwischen ihnen hindurchdrängte, traten sie trotzdem in stillem Respekt zurück und brachten ihre Fracks in Sicherheit. Die Tür wurde von dem üblichen verkrusteten alten Narren hinter einer Fensteröffnung bewacht, der sich mit gesträubtem Schnurrbart vorbeugte, nur um sofort zurückzuzucken und sich heftig den Kopf zu stoßen, als ich ihn freundlich angrinste. Als er aus seinem Verschlag herauskam, war ich längst an ihm vorbei und auf dem Weg durch die Korridore hinter der Bühne. Was ich suchte, sollte nicht schwer zu finden sein. War es auch nicht. Nicht mit all dem roten Samt über der Tür und der hübschen kleinen Namenskarte, auf der stand: *Mme Marty*.

Ohne auch nur anzuklopfen trat ich ein. Ein ängstliches Kreischen, und ein erschrockenes Mädchen zuckte zusammen; aber sie war nicht, wonach ich suchte. »Du schuldest mir einen Mantel«, sagte ich.

Langsam erhob sie sich. Sie trug fast das Gleiche wie bei unserer letzten Begegnung, vielleicht ein bisschen weniger. Aber viel ausgefallener, nur Seide und Spitze und *La Vie Parisienne*; und sie war es gewohnt, so angesehen zu werden, das war spürbar. Aber äußerlich hatte sie sich nicht verändert. Absolut nicht.

»Kenne ich Sie?«, erkundigte sie sich kühl. Das Mädchen gaffte mich voller Furcht an und hielt sich ein Taschentuch an die Nase. Sie musste glauben, ich wäre irgendein Wahnsinniger.

»Du hattest mir erzählt, dass du gut singst, Elina. Ich muss zugeben, du hattest Recht.«

»Mein Name ist Em…« Sie unterbrach sich, starrte mich an und nickte dann langsam. »Der Zauberer. Du also auch?«

»Nein. Ich bin auf einem anderen Weg hierher gekommen. Wir haben uns erst heute Morgen kennen gelernt.«

Auch dafür hatte sie nur ein Nicken übrig. Absolut kalt und nicht im Geringsten überrascht. »Der Mantel war hilfreich … *Hör auf zu wimmern, Mädchen!*«, fuhr sie zwischendurch das Mädchen an. »Also, was willst du? Erpressung? Fühl dich herzlich eingeladen. Dir wird sowieso niemand glauben.«

»Nein. Nur deine Hilfe. Nichts Großes.« Sie zuckte mit den Schultern und griff nach der Brieftasche auf der Frisierkommode. »Kein Geld«, sagte ich.

»Was dann? Ich erwarte bald Besuch von einem Gentleman.«

»Ich will …« Ich unterbrach mich. Was konnte ich zu dieser Zeit erwarten? »Ich will frische Kleidung, trockene, anständige Kleidung. Ich will ein Paar Gummistiefel und eine Art Laterne oder besser, eine Taschenlampe. Ich will etwas zu essen, etwas, das ich mitnehmen kann. Und ich nehme an, dieses Theater ist an die Kanalisation angeschlossen. Ich will wissen, wo der Schacht ist.«

Plötzlich stieß sie ein heiseres Lachen aus – arme Melina Mercouri. Irgendwie hatte ich das Gefühl, dass sie so etwas nicht sehr oft tat. Ihr Gesicht war makellos, abgesehen von den winzigen Falten des Unmuts, die ihre Mundwinkel umgaben. »*Christos Soter!* Na ja, jedem das seine. Marie – *Marie!* Geh in die Garderobe. Sie sollen einen anständigen Anzug und einen Mantel für diesen … Gentleman schicken. Etwas Praktisches, vielleicht ein Jagdanzug? Schön. Und die Küche soll ein paar belegte Brote fertig machen. Dann sagst du Josef, er soll Stiefel heraufbringen, keine große Größe, und eine Laterne. Sofort. Sag dem Baron, er soll warten. Und ehe du gehst … Mach ein Fenster auf. Zufrieden, Zauberer?«

»Sehr zufrieden, El… Emilia.« Sie zuckte wieder nur mit den Schultern und machte es sich auf wenig elegante Art auf dem Sofa bequem. Dann zündete sie eine lange, schwarze Zigarette an, deren Rauch ihr Gesicht umrahmte. In dieser wenig reizvollen Pose enthüllte sie etwa genauso viel wie die Mädchen in der Peepshow, aber es machte ihr offensichtlich nicht halb so viel aus. Anscheinend hatte sie auch keine Fragen mehr. Sie hatte sich wirklich schnell auf die Situation eingestellt; andererseits nahm ich an, dass sie ziemlich geübt darin war.

Ich kam mir unheimlich verlassen vor. Es war, als würde ich mich mit einem Marsmenschen in einem Raum aufhalten.

»Und, Emilia«, sagte ich im Plauderton, »was ist das für ein Gefühl über dreihundert Jahre – wie alt, fünfzehn? – zu bleiben?«

Und dann wünschte ich mir, ich hätte nicht gefragt, denn sie erzählte es mir, die ganze Geschichte in demselben ruhigen, emotionslosen Tonfall. Nur gut, dass das Mädchen recht schnell mit Schnurrbart-Josef im Schlepptau zurückkam. Anderenfalls wäre ich womöglich aus dem Fenster gesprungen, geradewegs in den Fluss.

Josef reagierte sichtlich erzürnt auf meinen Anblick. Vermutlich hätte er mit der größten Freude eine lange Treppe mit bloßen Händen gebaut, nur, um mich anschließend die Stufen hinunterzustoßen. Trotzdem nahm er Elinas/Emilias Anweisungen ohne Widerworte entgegen, offensichtlich ebenso von ihrem eisigen Magnetismus verzaubert wie das Mädchen. Sogar ich geriet allmählich in Elinas Bann. Es war der pure Sex, doch verfeinert, zugespitzt und kalt wie eine Nadel. Sie vermittelte einem das Gefühl, dass sie zu fast allem bereit war und es auch tun würde, und das hervorragend und mit der überwältigenden Gleichgültigkeit, die sie auch allem anderen entgegenbrachte. Wenn sie das auf der Bühne herüberbringen konnte, dann war es kein Wunder, dass sie so berühmt geworden war.

Mit dem starren Interesse eines Krokodils sah sie mir beim Umziehen zu, doch sie sagte kein Wort – nicht, bis ich mir die auffällige Krawatte band. Dann plötzlich: »Ich habe die Formel dem einen oder anderen gegeben. Die meisten haben es nicht überlebt. Willst du sie?«

Nun zögerte ich doch. Auch wenn ich sie nicht selbst anwenden wollte … Wenn sie das Rezept immer noch hatte, könnten wir im Gesundheitswesen schon kräftig aufräumen. Die Politiker würden glatt überschnappen.

Aber die fünf Minuten, während derer ich ihr zugehört hatte, hatten ihre Wirkung hinterlassen. Und dann all die Prozesse wegen der Patienten, die nicht überlebten. »N … Nein. Danke.«

»Wie du willst. Im Augenblick ist sie sowieso bei einem Freund. Na ja, sagen wir, bei seinen Erben. Bist du jetzt fertig?«

Ich betrachtete mich im Spiegel. Lodenmantel und lederne Knickerbocker, deren Hosenbeine in steifen, gummiüberzogenen Reitstiefeln steckten, welche eine Spur zu groß für mich waren. »Alles bestens. Danke, Emilia.«

»Nicht der Rede wert. Josef wird dich rausbringen. Aber bevor du gehst …«

Da war eine Veränderung in ihrem Tonfall; fast klang sie interessiert. »Ja?«

»Du kommst aus einer Zeit, die noch nicht angebrochen ist, wie mir scheint. Werde ich dann immer noch berühmt sein?«

»Als Opernstar? Schon möglich. Ist nicht mein Ding, aber ich werde nach dir Ausschau halten, sollte ich je wieder zurückkehren. Vielleicht komme ich vorbei, und besuche dich.«

Sie zuckte mit den Schultern. »Sicher. Aber such dir einen besseren Weg.«

»Okay, okay. Und danke.«

Das war der ganze gefühlvolle Abschied. Da war es fast eine Erleichterung, dem warmen, menschlichen Hass Josefs ausgesetzt zu sein, als jener mich über endlose Treppen in die Kellerräume des Gebäudes führte. Für Phantome war hier kein Platz; das Theater war ziemlich neu und gut geplant. Josef berichtete über jedes Detail mit fanatischem Stolz; offensichtlich glaubte er, das Gebäude würde ihm gehören, wie ein durchschnittlicher Schulhausmeister. Und er konnte sich auch für das Abwassersystem begeistern, weshalb er angesichts meines offenkundigen Interesses schließlich doch noch auftaute.

»Ja, ja, wir sind schon angeschlossen seit das Haus gebaut worden ist; 1881 war das – ist abgebrannt, ehe wir eröffnen konnten, wissen Sie, aber wir haben es einfach wieder aufgebaut. Die Kanalisation, ja … Wir waren die ersten in diesem Viertel, die angeschlossen wurden, aber sie wollen sie sogar bis in den Osten der Vorstadt ausdehnen, in der ich lebe.« Er blähte die bärtigen Wangen. »Irgendwann, vielleicht in fünfzig Jahren. Oder in hundert!«

»Wird wohl so kommen … Können Sie mir zeigen, wo die neuesten Kanäle liegen? Da raus und dann immer geradeaus?«

Ich gratulierte mir herzlich zu meiner Idee, als ich durch den Kanal planschte, die nette neue Lampe auf die Decke gerichtet, damit ich nicht sehen musste, was ich unter meinen Füßen zermatschte. Bisher hatte ich mich von der Spirale herumschubsen lassen, aber jetzt war ich fest entschlossen, die ganze Sache logisch anzugehen. Ich würde losziehen und mir den neuesten, den absolut neuesten Kanalab-schnitt dieser Tage suchen, und dann würde ich mich nach einer noch neueren Strecke umsehen; nach einer, die nicht in dieser Zeit erbaut worden war. So würde ich meiner eigenen Zeit immer näher kommen. Und so sonderbar es klingt, das war genau das, was ich fand. Neues Mauerwerk, das etwa an der Stelle begann, von der mir Josef erklärt hatte, dass hier die Kanäle endeten; und an den Mauern prangten Pfeile und Nummern und – *ja!* – dicke Kabelstränge sprossen hier und dort aus dem Mauerwerk, wenn ein System in ein anderes überging. Wenn ich nun nicht gleich beim ersten Lichtschimmer zuschlug, sondern diesen Kanälen folgte, soweit sie führten, und dann ganz vorsichtig an die Oberfläche kletterte ..

Ich war so glücklich, dass ich nicht mehr sorgfältig auf meine Füße achtete. Worauf ich folglich getreten bin, wollen Sie bestimmt nicht wissen, aber einer meiner Füße glitt auf der neueren, schmierigeren Oberfläche unter mir weg. Ich stolperte, ruderte wild mit den Armen, verzweifelt darum bemüht, nicht das Gleichgewicht zu verlieren und zu stürzen – alles, nur bitte nicht stürzen. In diesen steifen Stiefeln war das jedoch alles andere als leicht. Ich schätze, ich sah aus, als würde ich einen wilden Volkstanz aufführen – Kloakenreel, Scheißetreten oder was auch immer.

Und nachdem es mir gelungen war, mein Gleichgewicht wiederzufinden, flog mir die Lampe aus den Fingern, knallte gegen die Decke und fiel mitten in die widerliche Brühe, die sie gierig verschlang. Einen Augenblick lang sah ich einen gelben Schimmer unter der schäumenden Oberfläche, dann war er verloschen. Ich könnte schwören, das verdammte Zeug hat auch noch gerülpst.

Dunkelheit senkte sich über mich. Ich sprach ein Wort, und zwar verdammt laut. Hier unten hätte es ein Kommentar sein können, eine Definition, eine Anrufung, sogar eine Art allgemeiner Beschreibung.

Als Fluch kam es mir jedoch keineswegs angemessen vor.

Tatsächlich suchte ich wie erstarrt nach einem passenden Begriff; ich musste mich abreagieren und stattdessen eine Runde nachdenken. Ganz bestimmt würde ich der Lampe nicht hinterhertauchen. Selbst, wenn sie nicht kaputt war, fing sie vermutlich jetzt schon an zu rosten – oder sie wurde gerade verdaut.

Mich nur blind vorantasten zu können, schien mir nun schwerer als je zuvor. Okay, ich hatte gesehen, in welche Richtung ich ging – zumindest glaubte ich das. Wenigstens kannte ich den Tunnel ein bisschen. Aber was sollte ich nun tun? Ich konnte doch nicht einfach …

Oder doch?

Ich blickte an mir herab zu der Stelle, an der meine Fingernägel sein sollten. Sie waren nicht da; aber ein paar Zentimeter höher sah ich ein Glimmen wie von einem Leuchtkäfer vor dem absoluten Nichts. Ich dachte an Kelley, und plötzlich tauchten zehn in Feuer gebadete, geisterhafte Finger aus der Finsternis auf. Der Anblick war höllisch gruselig; trotzdem konzentrierte ich mich auf meine Hände, und das Licht wurde stärker. Langsam erkannte ich die Umrisse des Tunnels um mich herum. Begrenzt durch harte Schatten sah er wie ein Vorzimmer zur Hölle aus. Aber – war das noch dieselbe Stelle, oder hatte ich mich bei diesem Volkstanz irgendwie verirrt?

Noch während dieser Gedanke in meinem Kopf Gestalt annahm, nahm das Licht weiter zu und schwebte voran zu der Nummer und dem Kabelstrang, den ich gesehen hatte. Heiß. Zeigte mir das Licht den richtigen Weg? Konnte es mir den Weg zurück in meine eigene Zeit weisen?

Ein heller Funke zischte durch die Luft. Licht bohrte sich durch den Abwasserkanal in die Tiefe. Da unten? Na ja, wo sollte ich schon sonst hingehen? Ich stapfte weiter voran, doch vorsichtiger als bisher. Das Licht behielt die Richtung bei, und ich folgte ihm aufgeregt immer weiter.

Ein Abfluss zweigte aus dem Tunnel ab, aber das Licht schien ihm auszuweichen und wies noch immer geradeaus. Tja, warum nicht? Jetzt fehlten mir nur noch Glöckchen.

Den Gedanken vergaß ich jedoch schnell wieder und lief einfach weiter. Wenn Wünsche Pferde wären, hätten Bettler höllisch viel Futter zu bezahlen.

Fast kam es mir vor, als wäre überhaupt keine Zeit vergangen, als das Licht plötzlich vor mir verharrte und auf einen bestimmten Punkt wies. Da war eine gelbe Leiter in einem stählernen Korb. Überall prangten Symbole für allerlei Sicherheitsmaßnahmen: Helme, Schutzkleidung, so was in der Art, nur um zu verhindern, dass sich jemand in Ballkleid und mit Stirnreif hier unten herumtreiben würde. Zeichen der Zeit, sollte es so etwas geben.

Aufgeregt planschte ich weiter. Sogar dieses scheußliche Kotzgelb mit den netten popelgrünen Flecken sah nach dem vorherrschenden braunen Dekor in den Kanälen frisch und fröhlich aus. Ich musste mich zusammenreißen, die Stahlrohre nicht zu umklammern und in Tränen auszubrechen. Stattdessen kletterte ich hastig die Sprossen hinauf, und es kam mir vor, als würden lange, schmutzige Jahre der Geschichte von meinen Stiefeln abtropfen. Am oberen Ende der Leiter erwartete mich ein stählerner Kanaldeckel, sehr modern – und sehr verschlossen, aber das konnte mich jetzt auch nicht mehr aufhalten. Einer meiner Fingernägel spuckte einen Feuerstrahl aus, und das Schloss löste sich und fiel mit einem häßlichen Platschen in die Brühe weit unter mir. Noch immer vorsichtig öffnete ich den Deckel und sah Pflastersteine und ein großes Schaufenster voller Bücher. Ich kostete den Augenblick voll aus, während ich den Deckel weiter zur Seite schob und steif herauskrabbelte.

Milde Luft empfing mich, vermutlich zu ihrem größten Bedauern. Eine breite, ruhige Straße an einem freundlichen Frühlingsabend, eine Allee mit Bushaltestellen und bunt lackierten Wartehäuschen, Stromkabeln, Fernsehantennen, ein paar geparkten Wagen, der ein oder anderen Reklametafel …

Offenbar befand ich mich noch immer in Prag. Die Titel der Bücher sahen für mich wie Buchstabensuppe aus. Aber das war mir inzwischen völlig egal. Mir reichte es. Es war vollkommen, danke.

Nun musste ich nur noch ein paar Bullen und das britische Konsulat auftreiben. Ich hatte mir den Kopf oft genug angeschlagen, um mir ein paar nette Beulen zu holen, und ich stank vermutlich schlimmer als der Geierkäfig im Zoo. Folglich konnte ich nur ein respektabler britischer Tourist sein, der ausgeraubt, niedergeschlagen und in die Gosse geworfen worden war, war verständlicherweise ein wenig durcheinander und musste dringend nach Hause ausgeflogen und in ein nettes warmes Krankenhausbett verfrachtet werden, wo sich hübsche Krankenschwestern ausgiebig um mich kümmern würden.

Ich atmete tief durch. Wenn ich das geschafft hatte, musste ich nur noch möglichst viel Abstand zwischen mich und die Spirale bringen und nie, niemals auch nur davon träumen, diese Macht noch einmal zu benutzen …

Fragte sich nur, ob ich mich nicht längst daran gewöhnt hatte. Ups. Aber nur vorübergehend. Schließlich hatte ich bereits gewusst, in welche Richtung ich unterwegs war, zumindest grob. Sie konnten mich nicht hierher gelockt haben …

Wo waren die alle?

Die Straßen verlassen, nur ein beschissenes Rumpeln, ein tiefes Grollen, das von den Mauern der hohen Gebäude widerhallte. Ich weiß, wie sich ein Motor anhört, und dieser war neu. Er klang wie ein riesiger Bulldozer im roten Bereich, untermalt von dem heiseren Schnaufen einer überlasteten Maschine. Nur, dass Bulldozer zumeist nicht von Schreien begleitet werden.

Wie in einem Monsterfilm kam die Menschenmenge um die Ecke. Die Leute rannten und sahen sich immer wieder um, aber was ihnen im Nacken saß war keine gigantische Tarantel oder das Monstrum aus ›Panik in New York‹, es war ein riesiger, schmutzig grüner Panzer.

Allerdings brüllte er wie ein Monstrum, und seine Ketten rissen die Teerdecke auf. Eine der Ketten erwischte in der Kurve einen geparkten Wagen, der sich innerhalb eines Augenblicks metallischen Kreischens und splitternden Glases in eine Sardinenbüchse verwandelte. Der Panzer streifte einen schönen, großen Baum, dessen Stamm sich zur Seite bog und mit lautem Krachen barst. Ein paar Nachzügler drehten sich brüllend um und wedelten drohend mit den Fäusten. Das Maschinengewehr zerfetzte die Teerdecke, und die Leute rannten wie verrückt weiter.

Wie ein Fischschwarm auf der Flucht vor einem Hai jagte die Menge an mir vorbei. Einige zerrten an meinen Ärmeln, brüllten, ich sollte die Beine in die Hand nehmen – dazu musste ich die Sprache nicht verstehen. Aber ich stand nur mit völlig entgleisten Gesichtszügen da, niedergeschmettert von einer Art unwirklicher Benommenheit. Dann sah ich, wie sich der Geschützturm des Panzers mit dem großen roten Stern drehte und das gewaltige Kanonenrohr grob in meine Richtung herumschwang. Das reichte. Ich machte kehrt und rannte mit den anderen mit.

Hinter mir erklang ein Donnern, gefolgt von einem kurzen Pfeifen, und das Wartehäuschen vor mir explodierte in einem gleißenden Lichtblitz. Hitze schlug mir ins Gesicht, und Trümmer prallten gegen meinen Leib und warfen mich zu Boden. Bäume flogen um mich herum, als ich benommen unter dem Regen glühender Bruchstücke über die Straße rollte. Endlich, erschöpft und mit einem Klingeln in den Ohren, kam ich wieder zum Stillstand, konnte mich aber nicht rühren. Mein einziger Gedanke war, was ich für ein Glück gehabt hatte, nicht näher an dem Wartehäuschen gewesen zu sein. Ich konnte Menschen sehen, die nicht so gut dran waren, darunter eine scheinbar noch junge Frau, nicht, dass ich ihr Gesicht hätte erkennen können; sie lagen regungslos vor mir auf der Straße, und bitterer Rauch trieb über ihre Leiber hinweg.

Das Dröhnen hinter mir wurde lauter. Noch immer halb betäubt schnappte ich keuchend nach Luft und versuchte, meine tauben Glieder zum Gehorsam zu zwingen. Vielleicht war ich selbst schon halb zerfetzt und spürte nur wegen des Schocks nichts davon. Ich schaffte es gerade eben, mich kläglich zappelnd zur Seite zu werfen, doch das half mir kein Stück weiter. Das grau-grüne Monstrum schien die ganze Welt auszufüllen, knarrend und knirschend, das noch rauchende Geschütz aufwärts gerichtet, als wollte es den Himmel sprengen und auf mich niederstürzen lassen. Keine hundert Meter entfernt ruckelten gewaltige Stahlglieder über die Räder, um die Straße zu zerfressen, über die sie hinwegdonnerten, und sie kamen direkt auf mich zu. In meiner Panik glaubte ich sie bereits an meiner Haut nagen zu spüren, glaubte das furchtbare Gewicht auf meiner Brust zu spüren; immer schwerer drückte es mich nieder, während der rasselnde Stahl meine Rippen zerfetzte …

Kaum konnte ich wieder richtig atmen, schrie ich aus Leibeskräften. Und die Ketten wurden langsamer und blieben schließlich stehen, gerade gut einen Meter vor meiner Nase.

Mühsam versuchte ich, aufzustehen oder mich

wenigstens ein wenig zur Seite zu schleppen. Ich stemmte mich mit den Armen hoch und sackte sofort wieder zusammen. Nicht gut. Irgendwo über mir ertönte ein Klirren und das Klappern von Stiefeln auf Metall.

»Wen haben wir denn hier?«, erkundigte sich eine kehlige Stimme. »Noch so ein Volksfeind, was?«

»Seht euch nur seine ausgefallene Kleidung an«, sagte eine andere Stimme, diesmal eine weibliche. »Ein imperialistischer Spitzel, der hergeschickt wurde, um das Volk dazu zu verleiten, sich den gerechten Streitkräften unseres Sicherheitsbündnisses entgegenzustellen.«

Auch bekannt als Warschauer Pakt, wie mir trotz aller Benommenheit bewusst wurde. Diesmal hatte ich wirklich ins Schwarze getroffen. Prag 1968 – immer noch mehr als zehn Jahre vor meiner Geburt, als russische und ostdeutsche Panzer jeden noch so schwachen Ansatz eines Lächelns radikal aus dem Antlitz des Ostblocks ausradiert hatten. Unter dem Vorwand der Bekämpfung westlicher Agenten und Konterrevolutionäre waren Panzer durch Prag gerollt, und das bedeutete, ich war wie ein Geschenk des Himmels hier gelandet. Wenn die herausfanden, dass ich Brite war, dann würden sie tatsächlich die Gummihosen anwärmen und die Anschlussklemmen polieren.

»Vielleicht können wir ihn überreden, sich unserer Volksbewegung anzuschließen«, sagte eine andere Stimme. Meine Ohren hörten auf zu summen, und mein Kopf wurde langsam wieder klar. Etwas kam mir bekannt vor. Und hatten die Ostdeutschen je wirklich so gesprochen, abgesehen von diesem Agitprop-Geschwafel?

Da war ein leises Poltern, als jemand vom Panzer heruntersprang. Stiefel und Kriegsneurosen vernebelten meine Wahrnehmung, und der furchterregende Schaft einer AK-47 schwang vor meiner Nase durch die Luft, als sie neben mir in die Knie gingen. Lange braune Finger strichen über mein Haar, und Bruchstücke eines Wartehäuschens rieselten heraus.

»*Buon Giorno, mio Signor Maxie!*«, sagte die langhaarige Frau.

Ich stemmte mich noch einmal hoch und kotzte feierlich auf die Straße. »Warum … Warum zur Hölle könnt ihr mich nicht in Ruhe lassen?«

Die beiden Frauen zerrten mich an den Achselhöhlen hoch und lehnten mich an den Panzer. »Nicht wir, *Señor*. Du selbst bürdest dir diese Qualen auf. Aber du musst nicht leiden. Nie wieder.«

Mein Kopf wurde immer klarer, und ich schien keine größeren Lecks aufzuweisen. »Ja, sicher«, konterte ich matt. »Ich wäre verdammt noch mal überhaupt nicht hier, wenn ihr nicht wärt! Jesus, warum wollt ihr denn unbedingt mich? Ich will *euch* nicht! Es muss Millionen Idioten geben, die viel besser zu euch passen. Dieser verrückte Kelley geifert geradezu nach einer Chance …«

»Ach, der!« Der Orientale ließ die Beine vom Panzer baumeln und lachte sein Kreissägenlachen. »Den würden wir fertig machen, würden ihm in Nullkommanichts das Mark aussaugen. Du, ja, mit dir ist es etwas anderes.«

»Dös is wahr«, stimmte ihm der blonde Halsabschneider mit dem Schwarzenegger-Akzent zu, der auf der Luke des Geschützturmes hockte. Ein Rudel Soldaten trampelte vorbei und jagte eine kleine Gruppe Demonstranten vor sich her. Sie warfen mir rasche Blicke voller Furcht und Mitgefühl zu. »Du, ja, du hast was, Maxie. Was, das wir brauchen können. Das wars Erste, was wir über dich erfahr'n ham. Deshalb ham wir dich hergelockt.«

»*Gelockt …?*«

Die spanische Frau lachte milde. »Sagen wir, wir haben dich auf den richtigen Kurs gebracht. Dein

Gesicht, junger Herr, als der Möbelwagen vor dir aufgetaucht …«

»Der Truck!« Ich schrie beinahe. »Ihr habt das getan? Ihr habt mich von der Straße gefegt? Ihr habt mich bis zum Hals in – dieses Feld, der Weg, die Taverne – ihr habt mich dahin gelockt! Und später, in meinem Zimmer –«

Der Schwarze kicherte. »Deine eigene Angst hat dich verlockt, Maxie. Wir mussten nur, sagen wir, die Dinge hier und da ein bisschen korrigieren. Weißt du, wir kommen nur selten so weit ins Grenzland der Spirale. Warum sollten wir auch? Aber sie haben uns gerufen, diese beiden.«

»Und dann?«, seufzte die Spanierin lustlos. »Je näher wir kamen, je mehr wir sahen, desto weniger gefiel uns die Sache. Ein steifer alter Bücherwurm voller Skrupel. Ein erbärmlicher Schläger und Schwindler, der vor Stolz über seine eigene Schläue kaum an sich halten kann. Wie hätten wir Spaß daran haben sollen, denen zu dienen. Wo bleibt das Abenteuer? Also haben wir unsere Netze so weit gespannt, wie wir konnten in dieser Stunde der Dämmerung, in der Hoffnung, unter denen, die vorüberfuhren, einen Besseren zu finden.«

Die Wahrheit bahnte sich einen Weg in mein Bewusstsein, hässlich und demütigend wie alle Wahrheiten, die ich je hatte hören müssen. »Irgendein armes Schwein, das ihr beherrschen konntet! Jemand, dem ihr und euer Anführer, wer auch immer das sein mag, nicht hättet gehorchen müssen.«

Die Frauen lachten. »Nein, nein, Maxie, so nicht! Bildest du dir ein, wir hätten diesen idiotischen Kelley nicht auf der Stelle unterwerfen können? Wohingegen du, *caro Signor* …«

Der bittere Nachgeschmack von Kotze lag auf meiner Zunge. »Wie bitte? Ich meine, wir reden hier von mir, und ich kenne mich.«

»Und genau das tust du nicht, *Señor* Maxie. Stell dich am Steuer eines schnellen Wagens vor, der sich zwischen all den unbedeutenden Gestalten auf seinem Weg hindurchschlängelt, sie alle überholt, für niemanden anhält. Darin findest du Befriedigung, *si, como no?*«

»Ja, schön. Ich habe nun mal nie ...«

»Aber doch nur, weil du *Macht* über die Autos hast, richtig? Nur über Autos. Autos bringen dich von denen weg, die sich dir gegenüber als Herr und Meister aufspielen wollen. Doch was wäre, wenn du auch in allen anderen Bereichen deines Lebens über diese Macht gebieten könntest?«

Ich gaffte sie an. Zum ersten Mal schien ihr Gerede einen Sinn zu ergeben.

Die Finger der anderen Frau strichen sacht über meine Wange. »Lass uns dein Auto sein, *Señor*. Steuere uns durch die Welt, wie es dir beliebt. Dann wird dich kein Lastwagen mehr aufhalten, und kein Bulle wird dich schnappen, wie hart sie dir auch auf den Fersen sein mögen!«

»Das ist die Sorte, der wir folgen wollen!«, rief der schwarze Mann lachend.

»Jau!«, stimmte ihm der Piratentyp zu. »Einer, der weiß, was Leben is, kapiert?«

»Jemand«, schloss sich der Orientale gewandt an, »der genug Grips hat, sein Leben in die Hand zu nehmen - egal, wie viel er bisher daraus gemacht hat. Jemand, durch den auch wir wieder lebendig sein können, so wie wir es zu unserer Zeit gewesen sind. Jemand, der noch einmal für uns die Weinkrüge leert.«

Ich starrte ihn an. »Ihr habt euch verändert. Ihr habt euch alle verändert. Ihr klingt - intelligenter. Überzeugender. Als würdet ihr mehr über mich wissen ...« Ein Gedanke jagte mir Schauder über den Rücken. »Es liegt an mir, nicht wahr? Ihr holt euch das von mir! Je näher ihr mir kommt, und je schwächer ich bin, desto mehr könnt ihr - was? In meinen Gedanken lesen?«

Die Frau mit dem lockigen Haar zuckte mit den Schultern. »*Si, como no?* Ist das denn so schlimm? Dass wir dir einen Spiegel vorhalten, um dir zu zeigen, dass du besser bist, als du denkst? Wir haben unser Leben gelebt – ein langes, sehr langes Leben –, und es gibt für jeden Geist nur ein einziges Leben, sogar mit der Macht, die wir errungen haben. Aber du kannst mit dieser Macht leben wie ein Komet, kannst über Jahre leuchten, und wir mit dir. So wie du später einmal durch andere leben kannst, wenn sich deine Zeit auch im Überdruss erschöpft.«

Das alles war höllisch verlockend und ergab auf eine schauderhafte Weise tatsächlich einen Sinn. Ich dachte an Elina, an Emilia und die schreckliche Leere in ihrer Stimme, Jahrhunderte, durch die sie wie durch ein verlassenes Gewölbe gewandert war, und die in ihr nachhallten, bis alle menschliche Erfahrung ihr nurmehr als immer gleiche Wiederholung erscheinen konnte.

»Richtig, wie das Mädchen Elina!«, schnappte der hispanische Typ. »Warum hätten wir dich sonst zu ihr führen sollen? Wir wollten dir ein Schicksal zeigen, das nicht das deine sein muss. Du kannst ebenso lange leben; aber du kannst das Leben in vollen Zügen genießen! Und dann wirst du wieder leben.«

»Was nicht allen offen steht«, fügte der Orientale hinzu. »Kelley nicht. Wir könnten ihn eine Weile reiten mit all seinen billigen Gelüsten, seinen erbärmlichen Begierden, als wäre er nur ein Lastesel. Dee, vielleicht, aber er ist alt und welk. Aber du, Maxie ... Du kannst es. Du *wirst* es. Und du musst nicht mehr aufgeben als die intime Vertraulichkeit deiner Gedanken. Und was ist das schon, wenn nicht der Grund für die endlose Einsamkeit der Menschen? Du musst unser nicht einmal gewahr werden, es sei denn, du willst es so; aber wenn du uns brauchst, dann werden wir da sein. Du musst nie wieder einsam sein.«

Ich schüttelte den Kopf, ein wenig bestürzt, benommen. Da musste noch mehr dran sein; doch es gelang mir nicht, meine Gedanken zu ordnen …

Der blonde Kerl beugte sich vom Panzer herunter. »Glaubst du, wir würden es ausnutzen, dass du geschwächt bist, verletzt?« Vor meiner Nase schnippte er mit den Fingern. »Du musst dich nicht so fühlen. Nie mehr. Heile dich selbst.«

Ein roter Funke glühte zwischen seinen Fingern. Vorsichtig hob ich die Hand und ahmte ihn nach. Noch ein Funke, einer, der explodierte wie ein Feuerwerk. Flammen rasten über meinen Arm, strömten in meine Brust, fluteten meinen Leib, jagten in meinen anderen Arm und durch meine Beine, jagten Schmerz und Schwäche vor sich her, sausten kribbelnd über meine Nerven, pulsierten in meinen Adern und brodelten schließlich durch meinen schmerzenden Hals, erfüllten Mund und Nase und erblühten wie Blumen in meinem Hirn. Ich glaubte, mir müssten sämtliche Haare zu Berge stehen, müssten sich krümmen und Funken sprühen unter dem Einfluss der Energie, die mich durchströmte.

Die Energie schien mich aufzupumpen wie einen platten Reifen, schien mich zu stärken wie eine welke Blume in einem Bad stark gedüngten Wassers. Plötzlich fühlte ich mich gesünder und stärker als je zuvor in meinem Leben, klarer, entschlossener, viel besser imstande, die Kontrolle über mein Schicksal zu übernehmen. Ich spürte, wie jeder Zentimeter meines Körpers unter dem heilenden Feuer aufblühte.

Die Banditen beobachteten mich begeistert, jeder von ihnen. Das war das stärkste Argument, das sie mir hatten liefern können, und sie wussten es. Und ich stand kurz vor einer Entscheidung.

»Da ist noch eine Sache«, sagte ich, und meine Stimme klang plötzlich volltönender in meinen Ohren. »Wenn ich mich euch anschließe, dann will ich euch sehen – euch alle, alle zusammen. Es gibt noch mehr von euch, richtig? Ein paar bleiben immer im Hintergrund, immer im Schatten. Ich weiß nicht, wie viele …«

»Das sin' nur die älteren Jungs«, entgegnete die Schlägervisage achselzuckend. »Von denen is' wenig zu seh'n. Verschmelzen mit dem Ursprung, werden so 'ne Art Einheit. Das is' alles.«

»Sicher, der Ursprung«, äffte ich ihn nach. »Und was ist das? Oder sollte ich fragen, wer? Da ist doch jemand, der über euch befiehlt, nicht wahr? Jemand, der euch alle leitet – der sogar mich geleitet hat. Wie eine beschissene Marionette …«

Die Frauen ergriffen meine Arme. »Aber, Maxie …«

Ich schüttelte sie ab. »Ich werde mich niemandem anschließen, nicht so blind, wie ich bin. Nicht, ehe ich euch alle gesehen habe. Ihr könnt euch ja auch einen anderen Dummen suchen.«

Der Orientale lächelte. »Du bist nach vielen Tagen der Suche der Beste, den wir finden konnten, Maxie. Nur wenige können so leben wie du. Und jetzt, da wir dich endlich haben, haben wir nicht die Absicht, dich wieder gehen zu lassen.«

Die Hände der Frauen griffen erneut nach meinen Armen, diesmal fester. Dann wurde ich auf die Straße gestoßen, lag flach auf dem Rücken im Straßendreck. Ihre Haare flogen auf, und ihre Augen funkelten auf mich herab. Über ihnen tauchten, wehmütig die Köpfe schüttelnd, die anderen Gaunervisagen auf. Der Orientale beugte sich ein wenig zu mir herab. »Du willst uns alle sehen? Das könnte schwierig werden.«

»Das ist mir egal! Macht es möglich, tut, was notwendig ist, oder haut ab, und lasst mich endlich in Ruhe!«

Die Augen der Frauen strahlten. »Wie du wünscht. So soll es geschehen.«

Die Motoren des Panzers brüllten und hämmerten und zerschmetterten die Luft mit explosiver Gewalt. Bitterer Dieselqualm, nur halb verbrannt, wogte über mich hinweg und fing sich in meinen Augen, meiner Nase, meiner Kehle. Die Banditen, Orientale, Freibeuter, Schläger und die Frauen, alle waren irgendwie verschwunden, wie geplatzte Seifenblasen; trotzdem hielt mich immer noch etwas am Boden fest. Langsam, unendlich langsam, setzten sich die Ketten wieder in Bewegung, kam der massive Berg aus Metall mahlend auf mich zu und schob sich vor den Himmel, als er über irgendein unsichtbares Hindernis hinwegsetzte, um schon im nächsten Augenblick auf mich herabzustürzen, mich zu zerfetzen, auszulöschen. Die Hand, die ich aus der Umklammerung befreien konnte, wirkte vor diesem Anblick schlicht lächerlich.

»So soll es geschehen«, flüsterte mir der Orientale ins Ohr. »Wir werden dieser Hatz langsam müde.«

»Schließ dich uns an«, wisperte die Frau mit dem zotteligen Haar. »Werde einer von uns!«

»Sieh mit unseren Augen«, grollte der Pirat.

»Fühle mit unseren Händen«, donnerte der blonde Riese. »Spanne unsere Muskeln.«

»Erinnere dich unserer Erinnerungen«, murmelte der schwarze Mann. »Atme unseren Atem.«

»Wirf dich in das Wasser unserer Gedanken«, sagte der Orientale leise. »Schwimm, wie wir es tun. Einer für alle! Lebe, wie du willst, in einem oder in vielen.«

»Dein Herz zaudert!«, kreischten die Frauen. »Dein Atem versiegt! Deine Vergangenheit ist die unsere, unsere Gegenwart die deine! Sieh uns an, *Señor* Maxie! *Wir sind hier!*«

Die Motoren donnerten, und die Kettenglieder wirbelten wie ein stählerner Wasserfall vor meinen Augen. Das brüllende Monstrum stürzte auf mich zu. Ich schrie …

Und plötzlich setzte ich mich auf und starrte in

totale Finsternis. Ich brauchte einen Augenblick, ehe mir klar wurde, dass Dees Robe wie eine ausgebreitete Schwinge über mein Gesicht geglitten war. Er selbst stand zwischen mir und dem Panzer, die Arme erhoben wie eine riesige Fledermaus, und wirkte zweimal so groß wie er war. Das Motorengeräusch verklang zu einem drohenden, aber untätigen Tuckern.

»Habe ich euch je Engel genannt?«, fragte er leise, aber bestimmt. »Habe ich euch mit Ehrfurcht behandelt oder zu verstehen gesucht? Jagd, Zwang, Gewalt, Terror und Betrug zur Unterdrückung des freien Willens … Ist das nicht das Verhalten von Dämonen? Doch was auch immer ihr sein mögt, ich will euch warnen: Wenn ihr euch in der Gestalt des Bösen zeigt, so müsst ihr auch seine Not ertragen.«

Von irgendwoher waren die Banditen wieder aufgetaucht, klebten am Geschützturm des Panzers, lachten auf ihn hernieder und knurrten wie wilde Tiere. Die langhaarige Frau schlug mit ihrer Peitsche nach Dees Stab, und der alte Doc stolperte.

Dann ein Schlag, eine mächtige Explosion, und plötzlich fegte sengende Hitze über die Straße. Noch ein Schlag, und diesmal sah ich die Ursache, eine Flasche mit einem brennenden Tuch im Hals; ein Molotowcocktail segelte durch die Luft. Dieses Mal traf es den Panzer, und die Banditen wirbelten erschrocken herum, als das Feuer über sie hereinbrach. Die Straße war plötzlich voller junger Menschen, Menschen die brüllten, winkten, sangen - das gleiche Lied, das ich schon fünf Jahrhunderte früher gehört hatte. Lange Zeit später fand ich heraus, was die Zeilen zu bedeuten hatten:

Slyset, slyset, rytieri bozi!
Pripravtese jiz k boji!

Hört, hört, ihr Ritter Gottes!
Macht euch bereit zum Kampf!

Wie ein gehetzter Bulle ratterte der Panzer seines Weges, immerhin aus eigener Kraft. Von den Banditen und von Dee war weit und breit keine Spur mehr zu sehen.

Ich nahm die Gelegenheit wahr, rappelte mich auf und rannte. Da war der Buchladen, die Schaufensterscheibe durch die Erschütterung geborsten, die schönen Bücher verstreut wie tote Schmetterlinge. Da war der Schacht. Ich sprang hinein, verfehlte die Leiter und fiel schreiend in die finstere Tiefe.

»Na ja«, dachte ich, »auch kein schlechtes Ende für so ein Kriegsspielchen.«

Rette dich …

Licht flammte auf. Ich hing in absoluter Finsternis, nur in das Licht eingehüllt, dass immer noch von mir ausstrahlte, über meinen Händen, meinen Füßen und jedem Zentimeter sichtbarer Haut leuchtete wie ein außer Kontrolle geratener Leuchtturm. Es war beeindruckend: Maxie, der menschliche Weihnachtsbaum. Meine ganze abgerissene Erscheinung leuchtete wie eine bizarre Stehlampe, und das Licht brach durch jede Öffnung und jeden Riss, sogar durch die Spitzen meiner Schuhe. Dann kam mir ein Gedanke, den ich näher untersuchen wollte. Wow! Schade, dass ich das Jane Dee nicht zeigen konnte. Leuchtkondome sind nichts dagegen. Dann wünschte ich mir verzweifelt, ich hätte nicht an Jane gedacht, denn ich hatte arge Probleme, den Reißverschluss wieder zu schließen.

Ich war voller Elan. Es war ein Gefühl, als hätte ich sechs Monate in einer Gesundheitsfarm mit angeschlossenem Gourmetrestaurant verbracht. Ich rieb, was ich als mein Kinn bezeichnete, und stellte fest, dass mir in den letzten sechs Sekunden ein ansehnlicher Bart gewachsen war. Schade, dass das Kinn nicht mitgewachsen war …

Wieder so ein Gedanke, den ich eilends von mir wies. Man konnte derartige Dinge auch zu weit treiben. Plötzlich verblasste das Licht, was daran lag, dass sich die Risse in meiner Kleidung geschlossen hatten. Sauber waren die Sachen auch wieder, sogar die Schuhe, einschließlich intakter Sohlen und so. Brandneu, sozusagen. Na ja, ganz geil soweit. Der einzige Ärger war, dass ich so oder so wieder zurück in den Dreck musste.

Oder nicht? Macht war schon eine tolle Sache. Ich konnte tun und lassen, was ich wollte. Es werde Licht, für den Anfang; und es ward. Der Gestank war widerlich – okay, dann vielleicht etwas Netteres. Rosen, naheliegend; aber in dieser Konzentration stanken sie beinahe genauso übel. Ich versuchte es mit frittierten Zwiebelringen, Armanac – dann entschied ich mich für Aramis Aftershave. Unter mir erklang hysterisches Quieken. Den Ratten schien meine Wahl weniger zu gefallen.

Aber ich hatte jetzt den Ball. Musste ich überhaupt noch weiter durch die Abwasserkanäle tapsen?

Herrisch winkte ich mit der Hand. »Nach Hause, James!«

Schon wurde das Licht stärker, drehte sich und wirbelte wie ein Wasserstrudel um mich herum. Ich schwebte in einem Wirbel furchterregender Energien, unangetastet und schwindelig vor Vergnügen.

Ich registrierte die spöttischen Stimmen kaum, irgendwo in meinem Hinterkopf, nur Erinnerungen an eine dunkle Straße.

Benutze sie. Erfreu dich an ihr. Fühl sie. Lern sie kennen und lieben. Und wenn du dann bereit bist …

Dann werden wir da sein.

Finsternis.

Kapitel 9

Ausfahrt gesperrt

Finsternis und Stille.

Na ja, abgesehen von dem schwachen Klingeln in meinen Ohren und meinem keuchenden Atem. Ich stand auf irgendeinem festen Grund, und das war auch schon alles, was ich erkennen konnte. Die Dunkelheit, die sich um mich geschlossen hatte, war mehr als nur ein physikalisches Phänomen. Ich kannte dieses Gefühl nur allzu gut. Vom schaumigen Kamm glitt ich geradewegs hinab ins finsterste Tal, von der manischen Höhe des Sprungbretts hinab in eine depressive Sackgasse. Schwitzend, ausgelaugt, ein wenig gereizt durch die Erinnerung an diesen künstlichen Rausch und doch bereit, mich gleich wieder hineinzustürzen – das gleiche Gefühl wie immer. Nur, dass es diesmal keine Chemikalien waren; es war Macht, reine Macht. Das war nichts, das in meinem Kopf explodierte, die Welt um mich herum aber unverändert ließ. Das war wirklich passiert – war es doch, oder? *Nach Hause,* hatte ich verlangt, und es hatte mich fortgetragen ... wohin?

Nicht in ein Zuhause, an das ich mich hätte erinnern können. Es sei denn, die Macht war soweit gegangen, mich zurück in die Gebärmutter zu verfrachten. Ich wünschte, ich hätte nicht daran gedacht. Okay, ich wollte noch einmal neu anfangen, aber diese Methode konnte einen echt neurotisch machen. Denken Sie nur an das Geburtstrauma ...

Ich zwang mich, ruhig zu atmen, und lauschte. Da war das Geräusch fetter Tropfen, die ins Wasser fielen; und eine erstickende Woge Aramis. Na großartig; ich war also noch immer in der Kanalisation. Vielleicht war das mein naturgemäßes Zuhause. Vielleicht kamen jetzt die Rattengene durch.

Dies war wirklich ein Ort, an dem man keinen Schritt ohne guten Grund tut. Ich zögerte verunsichert. Die freudige Erregung sickerte aus mir heraus, während ich versuchte, meine Lage zu sondieren. Nach einer Weile erkannte ich, dass von oben Licht einfiel, gerade genug, um die Konturen eines weiteren grob gemauerten Rundbogenganges zu erkennen, Bruchsteinmauern. Sah nicht besonders vielversprechend aus, aber schließlich konnte ich nicht ewig hier rumhängen. Ich beschloss, dass ich ebenso gut anfangen konnte zu klettern.

Dann hielt ich inne und fluchte laut und aus tiefstem Herzen. Bitterkeit brodelte in meinen körpereigenen Entsorgungsschächten. Wieder reingefallen, Maxie.

Diese Macht, ich hatte sie nie wirklich selbst benutzt. Sie hatten sie mir einfach zum Spielen überlassen, als wäre ich ein Kind, hatten aber unsichtbar dauernd den Finger draufgehalten. Nach Hause hatte ich gewollt, nach Hause hatte sie mich gebracht – das Zuhause, das ihnen am besten passte. Die ausgetretenen Spuren am Hang vor mir, das und die Prägung darüber … Das war die Stelle, an der ich ausgerutscht war, als ich die Kanalisation betreten hatte. Ich war wieder an meinem Ausgangspunkt.

Ich hätte es wissen müssen. Ich konnte fast alles tun, wonach mir der Sinn stand, vorausgesetzt, es passte ihnen in den Kram. Ich konnte die Karten mischen wie ich wollte, ich spielte doch immer mit dem Blatt, das sie mir gaben. Ich konnte jede Farbe bekommen, die ich wollte, vorausgesetzt, ich wollte Schwarz.

Das war, als wäre ich Gott, der Allmächtige, mit Stützrädern.

Sie konnten es sich nicht leisten, mich in meine

eigene Zeit zurückkehren zu lassen, weit entfernt von der Spirale. Lieber wollten sie mich hier sehen, allein und hilflos. Hier, wo sie mehr Macht hatten – und ich mich auf sie verlassen musste. Und sollte das nicht reichen, dann war da immer noch Kelley.

Dieser Gedanke erinnerte mich an etwas, das ich vor ein oder zwei Minuten gehört hatte: ein leises Rascheln über mir, ein Geräusch, als versuche jemand, sich ganz langsam und leise zu bewegen. Ich wich in den Schatten zurück und starrte zu dem fahlen Lichtschein hinauf. Ein Stein rollte den abschüssigen Schacht hinab, gefolgt von etwas Schotter – und da war eine Silhouette, die keine Zweifel aufkommen ließ. Heja-ho, da läuft der Mistkerl ja.

Natürlich hatte er die gleichen Schlüsse gezogen wie Dee und war hergekommen, um hier nach mir zu suchen – vermutlich in der Annahme, ich würde so oder so nicht weit kommen und zurückkehren. Vielleicht hatte er es auch mit seiner Hellseherei versucht. Wie auch immer, er hatte sich offensichtlich zu einer rabiaten Vorgehensweise entschlossen. Das scharfe Glitzern in seiner Hand stammte von einem gezogenen Rapier.

Scheinbar zögerlich sah er sich am oberen Rand der Rampe sorgfältig um, als würde er angestrengt lauschen. Ich hörte ihn schnüffeln. Das Aftershave verwirrte ihn sichtlich. Und es alarmierte ihn, verschaffte ihm vielleicht eine Ahnung davon, was ich zu tun imstande war. Ich bemühte mich, so flach wie möglich zu atmen, während ich überlegte, warum er nicht herunterkam. Wahrscheinlich hatte er Angst, ich könnte ihm im Dunkeln auflauern und ihn zu Fall bringen; und das war gar keine so schlechte Idee. Es sei denn … Es sei denn, ich winkte einfach mit der Hand und verteilte ihn über halb Prag – in kleinen Fetzen.

Ein verlockender Gedanke. Gott, war das verlockend. Kelley hätte es ohne zu zögern getan; und vielleicht war es dieser Gedanke, der mich gerade lange genug zaudern ließ. Ich ertappte mich dabei, wie ich bereits meine Finger spannte, erfüllt von der reinen, erregenden Begeisterung angesichts dieser Vorstellung. Zu wissen, dass ich so etwas tun konnte, plötzlich, explosiv oder ganz langsam … Das war Leben! Besser als Sex, sogar besser als Autos …

Ich biss mir heftig auf die Lippe. Jetzt war ich wirklich zu weit gegangen. Wer flüsterte mir das ein? Ich war das nicht. Nicht mal das Ich, das sich am Steuer in ein wildes Tier zu verwandeln pflegte. Ich hatte noch nie jemandem wirklich wehtun wollen, nicht einmal den Cops. Jedenfalls nicht ernsthaft.

Ich bin einfach nicht der Typ dafür. Also, was trieb mich dann dazu? Abwasserkanäle voller Aramis, um Gottes willen! Was wäre ich für ein Mensch, wenn ich wirklich so viel Macht besäße, dass ich einfach nach Gutdünken mit ihr spielen könnte? Wie weit ist es von Aftershave in Abwasserkanälen bis zu flüssigem Blei in den Adern eines lebenden Menschen?

Nicht so weit, wie Sie vielleicht glauben. Tun Sie es auch nur einmal, werden sie nie wieder derselbe Mensch sein. Und das war vermutlich genau das, was sie von mir wollten. Darum hatten sie mich wieder hierher gezerrt – um mich mit Kelley zu konfrontieren. Sie hatten mir die Zügel gelassen; also konnte ich die Macht benutzen. Und je freier ich mit ihr umging, desto stärker wurde die Versuchung, den einfachen Weg zu wählen, die vollständige, absolute Lösung, meine persönliche Endlösung. In dem Augenblick, in dem ich mich hinreißen ließe zu töten, würde ich ihnen gehören.

Der Gedanke bereitete mir Übelkeit. Allein die Vorstellung, auch nur mit dieser Macht in Berührung gekommen zu sein, war Material für die Twilight Zone, und der Geruch des Rasierwassers, der mich umgab, kam mir vor wie ein schlechter Scherz. Ehrlich, sogar Scheiße riecht angenehmer … Na ja, vielleicht auch nicht, aber die würde mich wenigstens nicht daran erinnern, wie weit ich mich schon hatte gehen lassen. Ich würde es wieder gutmachen. Ich spannte meine Finger so stark, dass die Gelenke krachten, und eine Korona leuchtender Funken knisterte zwischen den Fingerkuppen und jagte einen Schimmer weißen Lichts über die dunkle Rampe.

»*Ah-hah!*«, knurrte Kelley und sprang mit erhobenem Schwert vor. Ich wedelte wie wild mit den Händen, und der locker aufgeschichtete Schotter gab noch ein wenig mehr nach. Die Erde knirschte und ächzte unter Kelleys Füßen, und er begann zu rutschen. Unkontrolliert mit den Armen rudernd glitt er herab, direkt an mir vorbei, prallte gegen einen Stein, versuchte, durch einen Sprung sein Gleichgewicht zu wahren, und verschwand in dem stinkenden, frischen Klärschlamm hinter dem Stein.

Unglücklicherweise versank er nicht tief genug; und er hatte immer noch das Rapier. Er schoss aus dem Schlamm heraus wie jemand, den Dante bestimmt nicht gemocht hätte, und schlug nach meinen Beinen, während ich versuchte, die Rampe hinaufzuklettern. Er verfehlte mich knapp, und ich kroch zum Licht hinauf.

Bin geklettert wie Holey Moley auf Speed, nur nicht schnell genug. Kelleys Rapier drosch direkt hinter mir durch den Dreck. Ich würde ihn nicht loswerden – nicht ohne Hilfe.

Endlich sprang ich hinaus in die frische Luft – na ja, so frisch nun auch nicht – und rannte was das Zeug hält über den Schotter und durch das Gestrüpp, das hier tatsächlich Wurzeln geschlagen hatte. Hinter mir explodierte Kelley wie ein wütender Bulle und brüllte zornig hinter mir her. Leise winselnd sprang ich über das herumliegende Geröll auf der Suche nach irgendeinem Schlupfloch. Aber es war ziemlich dunkel und vor mir befand sich nichts außer einer ziemlich beachtlichen Mauer. Wenn ich da drüber kam, vielleicht …

Nirgends war ein passender Geröllhaufen zu finden. In der Not frisst der Teufel Fliegen, richtig? Ich atmete tief durch, schwor, dass dies das endgültig letzte Mal sein würde, und rief das Licht herbei.

Nichts geschah. Hinter mir konnte ich Kelley über das Geröll toben hören. Er hieb auf die Büsche ein, und er kam unentwegt näher. Noch immer nichts – aber wir mussten der Spirale doch nahe genug sein, oder?«

Dann, ziemlich schockiert, erkannte ich, was los war. Das war die Falle, die sie mir gestellt hatten. Sie wollten, dass ich mich Kelley stellte. Und vermutlich wollten sie auch, dass ich ihn tötete. Sie wollten diese Veränderung in mir herbeiführen. Solange ich der Versuchung widerstand, konnten sie meiner nicht sicher sein; also keine Macht mehr für Maxie. Dann würden sie sich lieber mit Kelley zufrieden geben. Und wenn er mich erst umgebracht hatte, konnte er sich mit aller Hingabe seiner Zauberei widmen. Das würde ihnen gefallen.

Allerdings dürfte Dee, vorsichtig ausgedrückt, inzwischen misstrauisch geworden sein. Vermutlich konnte Kelley diesmal aber auf Dees Hilfe verzichten – oder ihn zwingen, mitzumachen? Das bezweifelte ich. Es sei denn, er würde Jane bedrohen.

Dieser Gedanke gefiel mir absolut nicht.

Ich konnte Kelley nicht ausstehen, und mein Groll gesellte sich zu all den anderen Ärgernissen. Im Augenblick war Kelley in meinen Augen ohnehin für die meisten davon verantwortlich. Meine Lippen bebten, und ich dachte an das Telefon. Ich könnte ihn einfach verbrennen – nein. Diese Schranke in mir war unüberwindbar, so sicher wie die Stimme in meinen Ohren. Kein Mord, keine Macht. Und jetzt kam er auf mich zu.

Ich drückte mich mit dem Rücken an die Mauer. Dann dachte ich daran, wie Kelley Dee und Jane reingelegt hatte. Der Kerl hatte eine Abreibung mehr als verdient. Na, wenn das alles war …

Ich stellte mir den schlimmsten, vernichtendsten Hieb vor, den ich mir ausmalen konnte. Ich sah, wie die Kraft meines Willens auf Kelley eindrosch und ihn direkt vor meiner Nase gegen die Wand schmetterte, sodass nur noch ein schmieriger Fleck übrig blieb. Ich fühlte, wie die Macht erwachte, sah es, als hätte ich Augen im Hinterkopf, eine rote Woge, die sich auf einer Flut des Gelächters erhob. Und dahinter das Gesicht, dessen Augen aus den Leibern von Frauen zu bestehen schienen, und dessen Züge sich qualvoll krümmten.

Mit einem triumphalen Knurren brach ein über und über mit Scheiße verkrusteter Kelley durch das Gestrüpp.

Hastig zog ich den Kopf ein und starrte auf den Boden unter meinen Füßen. Die Welle brach, und die Macht strömte aus mir heraus. Licht glühte unter meinen Füßen auf, und ich hob ab wie eine Rakete – nichts geht über Aktion und Reaktion. Kelleys Schwung trieb sein Rapier genau an die Stelle, an der ich gerade noch gestanden hatte, und es wurde ihm aus der Hand gerissen und schmolz binnen eines Augenblicks zu einer dünnen Lache flüssigen Metalls.

Verdammt – wieder versagt.

Beinahe augenblicklich zog sich die Macht zurück, doch da war ich schon knapp fünf Meter weit die Wand hinaufgeschossen und hing nun an der Mauerkrone. Ich zog mich hinauf und sah mich um. Eine Straße; erträgliche Falltiefe. Ich blickte mich um und streckte einen einzelnen Finger in die Luft, ganz nach amerikanischer Manier. Sollte Kelley die Geste wahrgenommen haben, so war mir das ganz recht; aber sie galt nicht ihm. Dann schwang ich meine Beine herum, spreizte sie, wie ein Fassadenkletterer es mich gelehrt hatte, und ließ mich fallen.

Ich prallte auf den Boden, fing die Wucht des Aufpralls ab und lehnte mich keuchend an die Mauer. Sie konnte nicht zu dem alten Gebäude gehören; sie sah viel neuer aus, obwohl viele der Steine aus einer Ruine stammen mochten. Die Straße vor der Mauer – und das war wirklich seltsam, sah aus wie das geteilte Berlin – wirkte noch älter und schäbiger als alles andere, eine Reihe wild zusammengewürfelter, schiefer Häuser, deren Giebelwände auf die Straße hinausragten wie Hexennasen. Hier und dort fielen ein paar höhere Dächer aus der Reihe, manche davon wirklich groß. Ordentlich mit Schindeln gedeckt ragten sie über großzügige Fenster hinaus, und ihre hohen, kunstvoll verzierten Giebel glänzten, als wären sie gerade erst erbaut worden. Andere befanden sich tatsächlich noch im Bau. Sie schossen zwischen den kleinen alten Bruchbuden hervor wie junge Triebe im Frühjahr, anmaßend und kraftstrotzend. Die Straße selbst bestand nur aus festgetrampelter Erde, aber auch sie war bemerkenswert sauber verglichen mit dem Rest der Stadt. Und nun wurde der Kontrast wirklich schrill: Irgendetwas musste hier gezündet haben, als hätte es Geld geregnet, oder Selbstbewusstsein. Nur, dass alles hinter einer Mauer verborgen lag.

Das ergab keinen Sinn, aber ich hatte andere und wichtigere Sorgen. Hastig trottete ich von dannen, die Ohren gespitzt, falls Kelley mir hinterherklettern sollte; doch es blieb vollkommen still. Vielleicht litt er unter einem Schock, und das geschah dem verdammten Dreckskerl ganz recht. Ich hatte sein Leben verschont und deshalb ein großes Risiko auf mich genommen … und vermutlich meine einzige Chance vergeudet, die Banditen auf diese Weise reinzulegen.

Von nun an würden sie wohl auf der Hut sein. Alles nur, um Kelley zu retten, so ungern ich ihm den Gefallen auch getan hatte. Ironie des Schicksals.

Wie es aussah, würde er Dee wohl einiges zu erklären haben; und danach war Dee vielleicht eher bereit, mir zu helfen. Aber bis dahin hielt ich mich besser außer Sichtweite. Doch wie sollte ich das anstellen, vier Jahrhunderte vor meiner Geburt, der Sprache kaum mächtig und, noch schlimmer, völlig abgebrannt? Tolle Aussichten. Ich brauchte Hilfe – aber wo sollte ich die finden, vier Jahrhunderte – et cetera, et cetera …?

Den Kaiser anbetteln? Haarige Sache, könnte man sagen. Gerechtigkeit erschöpfte sich, soweit es ihn betraf, in *Selbst*gerechtigkeit. Ich überlegte, ob ich die parapsychologische Schiene fahren konnte, aber ich war nicht sicher, ob ich Rudolf auf diese Weise nicht eher auf die Palme bringen würde. Wenn ich mich nur ein bisschen besser in der Geschichte ausgekannt hätte, dann hätte ich ihm die Zukunft weissagen können, aber ich konnte mich ums Verrecken nicht erinnern.

Inzwischen schritt ich schneller aus, obwohl ich nicht die geringste Ahnung hatte, wohin ich ging. Nein, so kam ich nicht weiter. Sobald es wieder hell war, würde ich mich zurück in die parfümierte Grotte schleichen, hoffen, dass Kelley inzwischen fort war und einen neuen hoffnungslosen Versuch unternehmen, den Weg nach Hause zu finden. Ich zitterte vor Verzweiflung. All die Mühe, alles umsonst. Zehn zu eins, dass ich nie wieder zurückfand; und wen sollte das auch stören? Wer würde auch nur einen Gedanken daran verschwenden?

Hab Maxie schon lange nicht mehr gesehen.

Stimmt. Gut, dass wir ihn los sind.

Genau.

So viel zu meiner Totenrede. Vermutlich würde

jedermann glauben, Ahwaz hätte sich für seine neue Frisur gerächt.

Ich rannte gegen eine Mauer und jaulte. Vor einer Minute war sie noch nicht da gewesen. Keine Mauer – ein Sockel, gemeißelt, ziemlich brüchig und breit genug, fast die ganze Straße einzunehmen. Eine riesige, kalte Klaue legte sich über meinen Nacken und hob mich offenbar mühelos in die Luft.

»Urrk!«, protestierte ich, während ich halb erstickt um mich tretend versuchte, die Klammer um meinen Hals zu lösen. Die Klaue gehörte zu einem Monstrum von einem Mann, und plötzlich gefror mir das Blut in den Adern. Der Unsichtbare, der wahre Herr und Meister der Banditen – er hatte genug von mir und war gekommen, um mich zu holen. Ich baumelte unmittelbar vor einem im Schatten verborgenen Gesicht, und ich konnte mir gut vorstellen, wie es aussah – wie das Gesicht aus meinem Traum. Jeden Augenblick mussten sich die schlitzförmigen Augen öffnen …

Der Mond kam hinter einer Wolke hervor. »*Lass mich los!*«, schrie ich, oder besser, gurgelte ich. Das war ziemlich albern, aber auch ziemlich entschuldbar, schätze ich. Es war ein monströses Gesicht, umrahmt von einem dichten Schopf borstigen, glatten Haares; doch es war nicht das Gesicht, das ich gesehen hatte. Die Züge waren derb, abstoßend und brutal, aber mit einer unverkennbaren Spur verborgener Intelligenz; und die Augen waren offen, gut; sie waren so glatt und nichtssagend wie der Rest. Ich starrte in das Gesicht einer Statue.

Vor ein oder zwei Tagen hätte mir dieser Anblick den Rest gegeben, aber inzwischen hatte ich – na ja, nichts wirklich Schlimmeres gesehen, dafür aber an Sturheit gewonnen. Dann sah ich Schlimmeres.

Das Licht stammte nicht vom Mond; es war grün, und die Lichtquelle lag irgendwo hinter mir. Ich wand und drehte mich, und schließlich erkannte ich aus den

Augenwinkeln heraus eine grüne Glut hinter der Mauer, die mit jeder Sekunde stärker wurde, wie ein Jäger, der sich an seine Beute heranschleicht. Verzweifelt verdoppelte ich meine Anstrengungen, die Klammer um meinen Hals zu lösen. Nur war es keine Klammer; es war ein steinerner Daumen und ein ebensolcher Zeigefinger. Ich fing an, auf Deutsch zu schreien: *»Lass mich los! Ich will nicht! Ich war's nicht. Bin kein Mörder ...«*

Eine ruhige Stimme ertönte irgendwo in der Nähe meiner Knie. Vage wurde mir die zierliche Gestalt in der dunklen Robe bewusst, die plötzlich neben dem Ding aufgetaucht war, das mich in Klauen hielt. Er hielt etwas hoch, eine Art flacher Tafel, und sprach einige Worte in einer Sprache, die weder Deutsch noch Tschechisch sein konnte. Die Stimme klang wenig beeindruckend; trotzdem hallten die Worte ehrfurchtgebietend durch die Luft. Einen Augenblick lang flutete die grüne Glut die Tafel und erzitterte. Schatten erfüllten die auf ihr skizzierten Figuren plötzlich mit Leben. Dann schrumpfte die Glut so abrupt wie ein Aufschrei, verschwand wie ein Fernsehbild, das einfach abgeschaltet wurde. Der gewaltige Arm sank herab, bis meine Füße den Boden berührten. Er ließ aber nicht los.

»Also«, sagte die schmächtige kleine Stimme in arg kehligem Deutsch. »Nun, da das aus dem Weg ist, wie wäre es, wenn du meinem Freund und mir erzählst, welcher Mörder du nicht bist?«

Ich konnte den Mann nicht mehr sehen, aber seine Stimme hatte nicht geklungen, als würde er scherzen. »Etwas verfolgt mich ...«, krächzte ich. »Etwas ... Böses. So was wie Dämonen ...«

Der unsichtbare Mann gab ein sonderbares Geräusch von sich, das dem Klang nach, aus den Nebenhöhlen aufgestiegen sein musste. »Was du nicht sagst. Aber jetzt folgt dir niemand. Also rede!« Dann sagte er noch etwas, sehr leise, und die Finger lösten sich von meinem Hals. Ich sackte zusammen wie ein Ballon, aus dem jemand die Luft abgelassen hatte, und zu meinem Entsetzen fing ich an zu weinen; ich konnte nichts dagegen tun. Dann zuckte ich heftig zusammen; eine Hand klopfte mir auf die Schulter.

»*Ach, geh!* Du wurdest vom Bösen berührt, ja. Aber es hat keine Gewalt über dich, noch nicht. Sei ein Mann, und komm.«

Irgendwie gelang es mir, aufzustehen und mit dem Schluchzen aufzuhören – mehr oder weniger. Aus der Nähe konnte ich trotz der Dunkelheit ein wenig mehr von dem Mann sehen. Er war nicht gerade beeindruckend, sogar noch kleiner als ich, ein wenig gebückt und mit einer düsteren Robe mit einem Kreis auf der Rückseite und einer Art rundem Hut bekleidet. Er musterte mich mit leuchtenden Augen von Kopf bis Fuß wie ein misstrauischer Vogel. Überhaupt sah er einem Vogel ziemlich ähnlich. »Ja, an dir haftet der Geruch von Ärger – unter anderem, *puh*!« Er hatte Recht. Etwas von dem Miasma der Kanalisation klebte noch immer an mir. Zumindest hoffte ich das. »Nun, in der Tat bin ich nicht mit der Weisheit Shlomos – ihr würdet ihn wohl Solomonus nennen, ja! – gesegnet, doch zumindest besitze ich eine gute Nase für derlei Dinge.«

Die hatte er bestimmt, und er betastete sie nicht ohne Stolz. Seine langen Locken wackelten über seinen Spanielohren hin und her. Auf mich wirkte er in lächerlicher Weise beruhigend, und ich erwischte mich dabei, wie ich ihn fröhlich angrinste. »Ich auch, aber ich habe sie in einige ziemlich unerfreuliche Sachen gesteckt. Vielleicht sollte ich lieber nicht riskieren, dich da mit hinein…«

Der kleine Mann schüttelte entschlossen den Kopf. »Dafür ist es längst zu spät, und schließlich ist das meine Aufgabe. Jede derartige Kraft, die innerhalb dieser Mauern freigesetzt wird, muss meine Sorge sein. Außerdem bist du offensichtlich fremd hier und brauchst Hilfe und Gastfreundschaft, was uns eine heilige Pflicht ist. Ich bin Jakob, Sohn des David, genannt Loew, und ich habe die Ehre, Gelehrter zu sein, Lehrer und ein *Reb* – du weißt, was das bedeutet? – hier im jüdischen Viertel.«

»Dann … Dann ist das hier das Ghetto?«

»Das was? Ist das ein italienisches Wort? Ich fürchte, ich habe es noch nie gehört. Dies ist der Ort, an dem das Volk Israel sich eine Weile von seiner Wanderschaft erholen darf dank der gnädigen Erlaubnis des christlichen Kaisers. Menschen deines Glaubens ist der Aufenthalt hier verboten, aber du bist in Not. Du wirst mit mir in mein bescheidenes Heim kommen, ein Glas Wein mit mir trinken und mir von deinen Problemen erzählen.«

Noch zögerlicher als zuvor sah ich ihn an. »Soweit ich weiß, stellt diese Sache für niemanden außer mir eine Gefahr dar. Jedenfalls nicht direkt. Das ist mein Problem. War sowieso reiner Zufall, dass ich über dich gestolpert bin.«

Wieder dieses seltsame Schnauben wie von einer erkälteten Ziege. »Zufall? Kaum anzunehmen, Jüngelchen. Haben nicht die Omen mir verraten, dass sich ein Übel hier draußen herumtreibt? Eine neue Übeltat unserer christlichen Nachbarn hatte ich vermutet. Und von denen gibt es viel zu viele! Manchmal sind es nur Räuber und Diebe auf der Suche nach Beute, die kein großes Wagnis eingehen wollen und keine Scham kennen. Oft auch Lustmörder von der gleichen Sorte. Dann und wann …« Er gestikulierte vieldeutig, »Schlimmeres. Fanatiker, böse Menschen, die Unheil säen. Aber nun … so lange ich lebe, werden sie sich dem Schrecken stellen müssen, der des Nachts durch unsere Straßen wandelt.«

Liebevoll tätschelte er den gigantischen Arm. Seit er

mich abgesetzt hatte, hatte der Arm sich keinen Milimeter gerührt. Reglos wie ein Ast hing er über meinem Nacken. »Komm nur. Er wird dir kein Leid antun.« Der Jude ging an der gewaltigen Gestalt vorbei, und ich duckte mich vorsichtig unter dem Arm hindurch und folgte ihm.

Meine Nerven waren zu diesem Zeitpunkt nicht die Besten, aber vermutlich hätte ich so oder so geschrieen. Kaum war ich vorbei, wirbelte das Monstrum steifbeinig herum und trampelte hinter uns her. Der kleine Rabbi lachte. »Geh nur. Nimm seine Hand!«

Ich wollte – ich weiß nicht recht, wen – nicht kränken. Vorsichtig streckte ich die Fingerspitzen aus und zitterte vor Angst, als ein zweiter Satz Finger, doppelt so groß wie meine, sie berührte, über meine Handfläche glitt und sich schließlich sanft mit angenehmem Druck um meine Hand schloss. Die Hand fühlte sich wirklich seltsam an. Steinig – aber nicht wie die Steine, über die man im Allgemeinen stolperte. Rau, pudrig, porös. Die Berührung weckte Erinnerungen zu neuem Leben, Erinnerungen an die Schule, den Kunstunterricht, an grobe, mit unbeholfenen Daumen geformte Töpfe – »Wie Ton«, sagte ich. »Ungebrannter Ton. Aber es bewegt sich.«

»Und innen feucht, genau wie wir«, fügte der Rabbi mit einem Nicken hinzu. »Daraus hat der Herr, unser Gott, Adam erschaffen, und darum ist das auch sein Name.«

»Adam«, wiederholte ich, und die gewaltige Gestalt beugte sich zu mir herab. Die leeren Augen lagen im Dunkel, aber das Gefühl, beobachtet zu werden, schien dadurch nur noch größer zu werden. Ich ließ die Hand los, und sie verharrte einen Augenblick lang an Ort und Stelle, ehe sie langsam wieder herabsank. Wie eine Maschine, doch das war keine Maschine. Ich wünschte, ich könnte behaupten, ich hätte das alles einfach nicht geglaubt, aber nach den letzten ein oder zwei Tagen hätte ich nicht einmal mit der Wimper gezuckt, wenn der Osterhase oder die Zahnfee vorbeigekommen wären. »Und ... das hast du gemacht?«

Der kleine Mann lächelte wehmütig. »Meine Hände haben ihm Form gegeben, ja; aber nach der Weisheit unserer Ahnen und dem Willen des allmächtigen Gottes habe ich nur getan, was ein Handwerker tut – Wissen benutzt, um schwachen Händen Kraft zu verleihen. Ungewöhnliches Wissen, gewiss; aber die Zeiten sind hart und gefährlich, und wir brauchten einen Kämpfer. Meine Hände kneteten aus der formlosen Masse Ton einen *Golem*. Doch es war allein der Gott Israels, der einen mächtigen Geist entsandte, für eine Weile in diesen Gliedern zu hausen, gebunden durch das Zeichen der Macht auf seiner Stirn.« Die Stimme des Rabbiners klang plötzlich hart und eindringlich. »An diesem, seinem heimischen Ort, an dem das alte Wissen noch stark ist, und in der Nacht, seiner Zeit des Tages, können nicht einmal die Soldaten des Kaisers ihm die Stirn bieten!« Er kicherte. »Und der Kaiser hat ihn gesehen und weiß das.«

»Da wäre ich gern dabei gewesen, notfalls als Fliege an der Wand.«

Der Rabbi gluckste und schlang den Arm um den meinen. »Amüsanter Gedanke, doch sei froh, dass du nicht dort warst. Denn durch die Wand ist Adam bar-Jakob eingetreten! Komm, komm, mein Haus liegt am Ende der Straße. Dort können wir uns in Ruhe unterhalten.«

Es war ein außergewöhnliches kleines Haus. An der Straße standen einige neue, höhere Häuser, die offenbar Händlern und Geldverleihern ein Zuhause boten, und dazwischen ein noch höheres Haus, von dem mir Loew mit einigem Amüsement erzählte, es wäre die neue Synagoge, erbaut vom Bürgermeister höchstpersönlich. Loews Synagoge, in der er die Talmudschule führte, war kleiner, aber nicht weniger würdevoll, nicht zuletzt, weil sie so unermesslich alt aussah. Sein Haus lehnte sich quasi an ihre Mauern und machte auf mich einen ganz ähnlichen Eindruck. Die vom Rauch vergilbten Mauern des großen Raumes in der Mitte des Gebäudes waren vom Alter so zusammengeschrumpft, dass ich mir beinahe wie in einer Höhle oder einem Bau vorkam. Er war nur sparsam möbliert: ein langer, vom langen Gebrauch abgenutzter Tisch, Bänke, ein paar hohe Sessel am Kamin, einige Truhen und Kisten. Aber über dem Tisch befand sich ein Regal, gekrönt von einer *Menorah* und anderen Gefäßen und Gegenständen aus patiniertem Silber, sowie einer beachtlichen Anzahl Bücher – für diese Zeiten vermutlich eine ziemlich große Anzahl. Die runden Schultern und der gebeugte Rücken des Rabbis schienen den Mauern angepasst zu sein, als hätten sie ihn geformt, und sein Schatten raste in dem einschläfernden Kerzenschein über die Wände, während er geschäftig umherhuschte, um mir Brot und Wein zu bringen.

Der monströse Adam war über eine Außentreppe in eine Art Keller hinuntergepoltert, was mir nur recht sein konnte. Er war eine beängstigende Kreatur – oder was auch immer. Nun, da er fort war, fühlte ich mich ruhiger, sogar sicher, mehr als seit, ich weiß nicht wann. Es kam mir vor, als wäre es mein ganzes Leben. Doch ich fühlte mich auch fremd, und nicht nur fern meiner eigenen Zeit. Ich hatte nie viel über die Juden nachgedacht, die ich kannte. Manche waren wirklich widerliche Amöben; der Geist der Gebrüder Kray hatte das East End noch nicht vollkommen verlassen. Aber genauso viele waren einfach nette Jungs, so wie Joe vom Delikatessenladen, der immer so großzügig mit Pökelfleisch und ›gefillte‹ Fisch umging, wenn ich mal wieder ganz am Ende war. Alles in allem bildeten sie, wie ich es sehe, eine genauso bunte Mischung wie der Rest der Menschheit, vielleicht mit etwas mehr Hirn. Aber hier war diese alte Kultur noch sehr lebendig und einschüchternd, und die Macht der Spirale erweckte ihren Schatten zu einem schaurigen Eigenleben. Ich betrachtete die *Menorah* und die *Shofar* und dachte an Propheten und Richter, an Josua und Elia und an und das Ding namens Adam in der Dunkelheit unter meinen Füßen, und ich erschauerte ein wenig.

Rabbi Loew bemerkte meinen Blick, als er Wein und Roggenbrot zusammen mit einer kleinen Schale Salz vor mir abstellte. »Das sind nur Kleinigkeiten«, sagte er lächelnd, »aber sie sind alt – aus spanischen Landen, einige zumindest. Du weißt, wo das ist? Ein paar von den Schriftrollen auch, aus Toledo und Santiago zur Zeit der Mauren, vor Hunderten von Jahren. In mancherlei Hinsicht war dies eine freundlichere Zeit als die unsere.« Er zögerte, und zum ersten Mal fiel mir auf, das der Kreis auf seiner Robe gelb war. »Du musst entschuldigen, wenn ich nicht …« Er wollte nicht von einem Nichtjuden berührt werden, auch nicht von einem freundlich Gesonnenen.

»Natürlich, sicher. Ich würde das so oder so nicht wollen. Weißt du, ich bin nur ein Dieb …«

Nachdenklich legte er den Kopf auf die Seite. »Nun, das ist mehr, als irgendein anderer mir bekannter Dieb je eingestehen würde, und in dieser Stadt gibt es mehr Diebe als Ratten. Das gibt Anlass zu der Vermutung, dass du dich eines Besseren besonnen hast. Aber falls nicht, dann bediene dich jenseits der Mauer bei den deinen. Bei uns haben sie eh schon alles ausgeräumt, jedenfalls in den Häusern derer, die sich keine Wachen oder anständige Schlösser leisten können.«

»Nein, nein, ich war nicht auf Diebestour. Wollte mich nur retten – oder meine Seele, wenn dir das besser gefällt. Aber die Klauerei hat mich erst in diese Situation gebracht.«

Rabbi Loew wedelte mit einer erstaunlich langfingrigen, schmalen Hand. »Dann erzähl mir davon. Meine Frau und meine Familie sind längst zu Bett gegangen, und ich brauche nicht viel Schlaf. Sollte ich einnicken, dann weck mich einfach. Die Ohren der Gerechten dürfen sich den Worten Notleidender nie verschließen, aber die Augen mögen schon einmal ermatten.«

So schrecklich alt war er gar nicht, auch wenn er auf mich im ersten Augenblick den Eindruck eines ehrwürdigen Greises gemacht hatte. Vermutlich war er gerade Mitte fünfzig, was allerdings zu dieser Zeit noch ein höheres Alter gewesen war, als in unseren Tagen; das Haar, das wirr unter seiner Kopfbedeckung hervorlugte, war mehr schwarz als weiß. Auch war er nach meiner Einschätzung gar nicht so gebrechlich, wie er aussah; die Finger, deren Spitzen nun an seiner Nase ruhten, waren die eines Arbeiters, drahtig und voller Schwielen. Ich erzählte ihm alles, was mir in den Sinn kam, und er hörte mir reglos zu. Die ganze Zeit über zeigte er keinerlei Anzeichen der Ermüdung. Nur die Schatten an der Wand sanken immer tiefer unter dem Licht der Lampe, das sich in seinen hellen Augen spiegelte.

Ich beobachtete die Lichtreflexe, während ich erzählte, und in meinem Hinterkopf regten sich wieder Gedanken über diesen Bastard Fischer und darüber, wie Menschen ihre Schatten auf die Spirale warfen, Schatten der Legende. Ich fragte mich, mit wem ich gerade sprach, mit einem Mann oder seinem Schatten; und ich fragte mich, was zwischen ihnen stand. Konnten sie einander je begegnen? Das wäre, als würde man seinen Doppelgänger treffen – und ich erinnerte mich an diesen Film, *Der Student von Prag*. Prag, die Stadt, in der die Spirale so machtvoll war. Welche Art Schatten mochte ich hier wohl hinterlassen?

Meine Geschichte verlor sich im Nichts, und ich

verfiel in Schweigen und fühlte mich wie der letzte Dreck. Auch der Rabbi schwieg, während ich mich innerlich krümmte. Ich war einfach zu ehrlich gewesen. Jetzt musste er mich für völlig übergeschnappt halten. Plötzlich richtete er sich auf und sprach.

»Du bist also wahrhaftig entschlossen, diesen Kreaturen zu widerstehen, diesen dämonischen Dienern und was auch immer sich hinter ihnen verbergen mag? Trotz der Macht, die sie dir anbieten?«

Erleichtert sackte ich auf meinem Platz zusammen. Natürlich, und das hatte ich völlig vergessen, sollte ein Mann, der einen in Heimarbeit gefertigten *Golem* in seinem Keller beherbergte, eine ziemlich liberale Einstellung zu Fragen der Magie und dergleichen haben. »Macht? Gott, du weißt ja nicht, wie das ist. Als würde man mit den Füßen in einer gewaltigen Flut herumplanschen. Sie versucht ständig, mich mitzureißen, und hinabzuziehen ... Nein, ich will sie loswerden, koste es, was es wolle! Was auch immer ich vielleicht bieten ... Egal, ich tue alles dafür! Alles!« Zitternd schlang ich die Arme um meinen Oberkörper.

Der Rabbi starrte zu Boden. »Diese ... Diese Spirale, von der du sprichst – von so etwas habe ich schon einmal gehört, wenn auch unter einem anderen Namen. Sie steht nicht wirklich im Einklang mit den Grundlagen unseres Schicksals, aber nach dem *Zohan* von de Leon gibt es Aspekte des kabbalistischen Glaubens ... Doch durch die Zeit zu reisen wie auf einem Fluss – stromaufwärts an diesem Tag, stromabwärts am Vortag ... Vielleicht dauert es nicht einmal einen Tag, wenn man nur schnell genug paddelt. Aber was macht das schon? Ich kann weder ja noch nein sagen. Es muss uns wohl reichen, dass die Kunst der Magie hier stärker ist als anderen Ortes, aus welchem Grund auch immer. Deshalb strömen auch viele Gelehrte in dieser Stadt zusammen. So viel kann ich glauben.« Er strich sich mit den Fingern über den Bart und nickte.

»Und in einem Punkt bin ich mir sicher. Diese Wesen, die dich verfolgen, sind in der Tat böse, ja. Aber sie sind keine Dämonen, wie wir sie uns vorstellen – ich denke, das trifft auch auf deinen Glauben zu. Dafür haftet ihnen noch zu viel Menschliches an. Vielleicht sind es Menschen, die sich selbst zur Verkörperung von Dämonen gemacht haben; aber dafür sind sie zu mächtig und zu zielstrebig. Du fürchtest um deine Seele, sagst du. Doch was auch immer von ihnen zu befürchten sein mag, ich glaube nicht, dass es um *Sheol* geht – eure Hölle.«

Ich starrte ihn wütend an. »Du hast sie nicht gesehen! Du hast nicht gefühlt …«

»Nein. Und ich habe nicht gesagt, es gäbe nichts zu befürchten.«

»Dann … Du bist doch eine Art Magier, ein mächtiger sogar. Darf ich dich bitten, mir irgendwie zu helfen? Ich kann dem alten Dee nicht trauen. Er meint es gut, sicher, aber wenn er dieses Ritual ausprobiert, dann wette ich, dass Kelley es irgendwie zu seinem Vorteil missbrauchen wird. Und was dann mit mir passiert – jedenfalls nichts Gutes. Dafür wird Kelley schon sorgen.« Mein Mund fühlte sich furchtbar trocken an. »Außerdem …«

»Ja?«

»Wenn Kelley in den Besitz dieser Macht kommt, noch dazu in seinem derzeitigen Zustand, dann fürchte ich, könnten entsetzlich viele Menschen zu Schaden kommen. Und selbst, wenn die Macht bei Dee bleibt, na ja, wer weiß? Auch ein alter Gelehrter kann verführt werden. Was, wenn sich diese Kreaturen auf ihn konzentrieren?«

Rabbi Loew sah mich streng an. »Wie es scheint, vertraust du niemandem im Umgang mit dieser Macht. Du urteilst über alle anderen nach deinem eigenen, geringen Niveau.«

»Na ja … okay, das tue ich. Ich habe in meinem

Leben viele Menschen kennen gelernt. Vielleicht die falsche Sorte, schön; aber wenn ich mir das ganze Pack respektabler Typen ansehe – Politiker, ausgestopfte Hemden aller Art, wie du sie auch nennen willst –, dann sehe ich, dass sie sich meistens genauso verhalten wie der schlimmste Abschaum. Wo also liegt der Unterschied?«

Loew gab wieder dieses schnaubende Glucksen von sich, und sein mickriger Bart wackelte fröhlich hin und her. »Es tut mir leid. Ausgestopfte Hemden, hehhehheh, das ist gut, wirklich gut!« Er schlug sich vor Vergnügen auf die Oberschenkel.

»Das ist nicht originell, okay? Mein Vater ... Er dachte, er wäre ein wichtiger Stützpfeiler der Wirtschaft, aber er war ein schlimmerer Dieb als ich es je sein werde. Ich vertraue *niemandem*! Nicht im mindesten. Nie.«

Der Rabbi lächelte. »Dann besitzt du offenbar Verstand. Nun, diese Kreaturen suchen einen Meister, dem sie dienen können, denn so erringen sie Macht. Das kann kaum ihr Schaden sein, wenn sie dich mit jedem Zug, den sie machen, tiefer in ihr übles Netz verstricken. Sie wollen durch dich wieder leben! Sie haben die Wahrheit gesagt, denn das ist die machtvollste Lüge. Sie beherrschen dich durch deine eigenen Triebe, stützen dich jedesmal, wenn du Schwäche zeigst, bis du ohne ihre Hilfe gar nichts mehr zustande bringst und kaum noch etwas anderes als ihr Geschöpf bist. Und dann wird der Diener in der Tat zum Herrn! Dein Leben würde ihnen gehören. Sie würden es absorbieren, dich verzehren, dich ihrem vorherrschenden Willen unterwerfen. Ein *Vrkolak,* den die Deutschen *Vampir* nennen, könnte nichts Schlimmeres anrichten.«

Meine Kehle fühlte sich an, als wäre sie voller Glassplitter, vollkommen ausgedörrt und unfähig zu sprechen. Rabbi Loew hatte genau das in Worte gefasst, was ich empfand. Seine Hand bewegte sich, und sein Schatten vollführte im Feuerschein eine machtvolle Geste.

»Vermutlich wurden sie selbst zu ihrer Zeit auf diese Weise verführt. Ich kann sie mir vorstellen, so wie du sie beschrieben hast: schwache, verbitterte Männer, aye, und Frauen, die glaubten, in diesem vorherrschenden Willen, was immer auch dahinter stecken mag, eine Chance zu bekommen, das zu werden, was sie ihrer Meinung nach hätten sein sollen. Kleine Gauner – du musst verzeihen – sehen sich selbst oft als wagemutige, romantische Banditen. Zumindest in ihrer Vorstellung.«

Ich zuckte regelrecht zusammen. Das alles war mir nur zu verständlich. Ich lebte sozusagen nach der neuesten Version, weshalb ich nur am Steuer eines schnellen Wagens wirklich zufrieden war; und ich konnte von Glück reden, dass die Banditen mich nie an diesem Punkt erwischt hatten.

»Ja«, sagte Loew nachdenklich. »Dieser Kelley. Ein Schurke, aber wie viel bösartiger wäre er, würde nicht Furcht oder Schwäche ihn beschränken? Und wer von uns ist davon schon ausgenommen? Ist es nicht eine Gnade, dass die Macht, die ich entdeckt habe, nun in den Händen eines alten Mannes liegt, den im Diesseits nur noch wenige Wünsche plagen? Du hast wohl getan zu widerstehen, junger Freund.«

»Dann … wirst du mir helfen?«

Loew schwieg einen Augenblick lang, und mein Herz rutschte in die Hose. »Hier und jetzt, ja, hier kann ich dich schützen. Böse Wesen können meine Schwelle nicht überqueren. Aber die Kette, die hier geschmiedet wurde, das Tau, das die Macht an dich bindet … Ich weiß nicht, wie ich dieses Band lösen könnte. Nach meinem Dafürhalten ist es das Beste, wenn der, der dieses Band geschaffen, auch der ist, der es wieder löst. Es gibt in meinem Glauben, nun, du würdest es wohl Exorzismusrituale nennen, aber sie sind nicht für Christen gedacht.«

Ich fühlte, wie die Panik langsam meine Hosenbeine emporkroch. »Ja, schön, aber ich bin eigentlich gar kein richtiger Christ. Ich bin, wie heißt das noch mal, ökumenisch, das ist es …«

Loews Lächeln war streng genug, um als Stirnrunzeln durchzugehen. »Daran zweifle ich nicht. Dennoch, nein. Und dieses Ritual von deinem Dr. Dee kann doch nur ein christliches sein, richtig? Als *Reb* darf ich damit nichts zu tun haben.«

Ich sackte auf meinem Platz zusammen. Also wieder zurück in die Kanalisation. Ich konnte ebenso gut kämpfend untergehen.

Loew lächelte immer noch. »Wie auch immer«, fügte er in freundlichem Ton hinzu, woraufhin sich mein Rückgrat sofort wieder pfeilgerade aufrichtete, »ich kann versuchen, das Böse durch Gebete aufzuhalten, ganz gleich an welchem Ort und in welcher Gesellschaft. Das ist immer rechtens. Es ist sogar meine Pflicht. Und schließlich muss ich ja nicht darauf achten, was sonst noch so geschnattert wird, nicht wahr? Also, wenn dein Dr. Dee mich haben will …«

Ich schoss von meinem Stuhl hoch und schnappte mir seine Hand. »Oh, er will, er will! Er ist ein guter Mensch. Er wird es verstehen. Ihm wird verdammt nichts anderes übrig bleiben, wenn er mich will. Danke. Ich kann gar nicht sagen … Ich werde das nie wieder gutmachen können.«

Loew schüttelte den Kopf, und nun sah er erst richtig streng aus, umgeben von diesem Schatten, der sich nun aufrecht über die Wand zog. »Ah, doch, das kannst du in der Tat. Im Voraus, wenn du willst. Und großzügig. Siehst du, wir haben es schon seit langer Zeit und in so vielen Ländern schwer gehabt, und jetzt, hier, scheint es für uns ein wenig leichter zu werden. Rudolf ist ein besserer Herrscher für uns als alle anderen lebenden christlichen Monarchen – nicht zuletzt, weil er Wert auf unser Geld legt. Hier gedeihen wir nun allmählich wie an keinem anderen Ort der Welt. Und doch geht sein Schutz nicht weiter – nicht in die Herzen und Gedanken seiner Untertanen; zumindest gilt das für die meisten. Also leben wir immer noch hinter Mauern, tragen ein gelbes Schandmal und ... Hoffnung ist ein Glied, das lange reglos geblieben ist und sich nur unter Schmerzen bewegen kann. Darf ich dich fragen ...« Er blickte zu Boden. Zum ersten Mal wirkte er nervös. »Du, der du aus einer Zeit kommst, die noch vor uns liegt, du könntest mir sagen ...«

»Ja?«, hakte ich nach, denn er sah so gepeinigt aus wie ich wohl noch vor einem Augenblick.

»Du könntest mir sagen – welches Schicksal mein Volk erwartet.«

Ich muss ihn wohl eine Sekunde vollkommen blöd angestarrt haben. Mein Hirn kochte. Progrome; Emigration; Deportation; Amerika; Auschwitz; die Rothschilds; Lampenschirme; Israel; Gaskammern; Fundamentalisten; Sobibor; der Sechs-Tage-Krieg – alles wollte sich in den Vordergrund drängen.

Ich atmete tief durch. »Na ja ...«, fing ich an.

In dieser Nacht schlief ich am Kamin, gewärmt durch das langsam verlöschende Feuer. Der Rabbi besaß nur Betten für sich und seine Familie; aber die Strohmatratze, die er herbeigezerrt hatte, war entschieden bequemer als ein durchschnittlicher hypermoderner Futon, und die Decken waren mehr als genug für mich. Die Lampe hatte zu flackern begonnen und war schließlich ausgegangen, noch bevor ich mit meinen Geschichtskonserven fertig war, und so hatten wir fast ohne Licht beisammen gesessen. Aber der Feuerschein reichte mir, um das Mienenspiel in Loews hageren Zügen zu erkennen, ebenso wie seine spezielle Art, sich dann und wann am Bart zu zupfen.

Einmal zog er heftig die Brauen hoch, und das war nicht zu einem Zeitpunkt, zu dem ich damit gerechnet hätte. Vermutlich fiel mein Bericht ein wenig unbeholfen aus; doch am Ende sagte Loew eine ganze Weile kein einziges Wort, und als er wieder das Wort ergriff, redete er vom Bett und von Gebeten.

Am nächsten Morgen wurde ich von Loews Weibsvolk geweckt, Ehefrau, Schwiegertochter und Enkelin, alle ziemlich amüsiert, aber sehr nett, obwohl nur das junge Mädchen die deutsche Sprache beherrschte. Es war ein nettes, fröhliches Trio, wie man es jederzeit in Golders Green antreffen konnte, abgesehen von diesen gelben Kreisen. Loew und sein Sohn, ebenfalls ein Talmud-Lehrer, waren offensichtlich schon gegangen, zur Schule und um eine Art Botschaft auszusenden, und als er allein zurückkehrte, war er noch immer in einer sehr nachdenklichen Stimmung. Über das, was ich ihm erzählt hatte, verlor er kein Wort; aber ich hatte das Gefühl, dass er innerlich zutiefst aufgewühlt war.

Außerdem schien er auf etwas zu warten; und gegen Mittag traf es ein, meldete sich mit einem Pochen an der Tür.

Ein junger Mann bückte sich unter dem Türsturz hindurch. Kunstvoll gelockte Strähnen wedelten unter dem breiten Schlapphut hervor, und ein gelber Kreis zierte sein elegantes Wams. Wo er hingehörte, konnte ich an der – so schnell wie möglich unterdrückten – Reaktion der Enkelin deutlich erkennen, und an dem misstrauischen Blick, mit dem er mich musterte. Er wechselte rasch ein paar Worte mit dem Rabbi, der mit einem Nicken auf mich deutete. »Sie sind hier!«

Sie? Ich wich zurück, als plötzlich zwei weitere Personen eintraten, trotz des milden Wetters in Mäntel mit gelben Kreisen eingewickelt. Einer stieß sich den Kopf am Türbalken, gab aber nur ein Geräusch würdevollen Protests von sich. Der andere …

Niemand musste mir erzählen, wer der andere war. Da war dieser schwache, aber nachhaltige Gestank.

Ich starrte Loew finster an. »*Er* hätte nicht hier sein sollen!«

Dee schob seine Mütze zurück und sah sich mit dem Gehabe eines Adligen, der sich zum ersten Mal in einer öffentlichen Toilette wiederfand, blinzelnd um. »Ohne Bruder Edward wäre ich nicht gekommen. Er hat das Recht, in dieser Sache für sich zu sprechen.«

Ich stieß mit der Kehrseite gegen einen günstig stehenden Tisch. »Ach, hat er das? Letzte Nacht war er mit einem Rapier hinter mir her! Außerdem hat er dich die ganze Zeit über reingelegt. Betrogen hat er dich. Dich und den Kaiser, einfach jeden!«

Kelley machte sich nicht die Mühe, den Mantel auszuziehen. Er trat einen Schritt auf mich zu, langte nach seinem Gürtel und erstarrte, die Hand am Heft seines Dolches. Der junge Jude hatte seinen Dolch, ein weit längeres und bedrohlicheres Exemplar, bereits gezogen, und seine Spitze deutete auf eine Stelle unmittelbar unter Kelleys Brustbein. Er grinste zufrieden angesichts meiner Feigheit.

Der Rabbi nickte. »Mein zukünftiger Schwiegersohn, Nathan. Ein Gelehrter will er sein. Wenn er doch nur mit der Feder genauso schnell wäre. Willkommen in meinem bescheidenen Heim, meine Herren – fühlt euch wie zu Hause – und benehmt Euch auch so, verehrter *Ritter* Kelley. Wollt Ihr Euch nicht setzen. Leah, bring uns etwas Wein!«

Dee ließ sich vorsichtig auf dem besten Stuhl des Rabbi nieder und sah sich um – unbehaglich, aber neugierig, ganz besonders in Bezug auf die Manuskripte. Kelley räusperte sich und wollte gerade auf die Bank spucken, als er sich des Dolches erinnerte, sich polternd fallen ließ, die Schultern hoch zog und finster unter seiner Kapuze hervorlugte. Er und Dee wanden sich wie Bibelfanatiker in einer Schwulenbar, offenbar schraken sie sogar davor zurück, die Möbel zu berühren aus Furcht, kontaminiert zu werden. Plötzlich wurde mir bewusst, dass mein Verhalten Loew vermutlich weit mehr über die Zukunft verraten hatte, als mein frisierter Geschichtsüberblick.

Doch Dee sollte mich wieder einmal verblüffen. Er zögerte nur einen Augenblick lang, als Loew ihm Wein einschenkte, und als er dann das Glas ergriff – na ja, man kann es nicht gerade eine Verbeugung nennen, aber die Erstarrung seines Nackens löste sich vorübergehend ein wenig. »Ich – äh – bin mir Eures Namens und Eures Rufes bewusst, mein Herr«, brachte er nahezu mühelos über die Lippen. »Ich kann Hebräisch lesen, wenn ich die Sprache auch nicht spreche, und … Wie auch immer die gängigen Vorurteile aussehen, ich war nie geneigt, die Weisheit Eures Volkes oder die Tugenden Eurer Philosophie zu unterschätzen.«

»Ah, genauso habe ich stets über Euer Volk gedacht«, entgegnete Loew und zwinkerte verschmitzt. »Wie auch immer die gängigen Vorurteile lauten. Und an Eurer Kunst kann es keinen Zweifel geben, guter Herr. Meister Maxie ist der beste Beweis dafür. Ich bin besonders Euch, Meister Kelley, dankbar dafür, dass Ihr ihn zu mir gesandt habt. Die wahre Kunst wird sein, ihn nun zurück nach Hause zu befördern, nicht wahr?«

»Nach Hause und in Freiheit!«, schnappte ich. »Frei von dieser verdammten Verkettung, die ich nur euch zu verdanken habe – und zwar ohne dass die Macht auf unseren Bruder Edward hier übergeht. Oder auf dich, Doc, oder auf irgendjemanden. Womit ihr euch auch eingelassen habt, es waren so sicher wie die Hölle keine Engel. Das hast du sogar selbst sehen können.«

»Dummes Gerede!«, grollte Kelley. »Habe ich nicht schon deutlich genug gesagt, dass sie in meinem

Namen gerufen wurden? Dies ist ein Dieb, ein Feigling, ein Lügner und ein Lustmolch, eine Kreatur schlimmster Lasterhaftigkeit! Kein Wunder, dass die Engel eine unerwartete Gestalt angenommen haben, um ihn ihren Zorn spüren zu lassen.«

Dee sah schrecklich besorgt aus. »Das allein kann nicht erklären, was ich gesehen habe«, sagte er mit leiser Stimme. »Sicher ist selbst das flammende Schwert ebenso ein Instrument der Gnade wie des Entsetzens. Ich sah und fühlte dennoch etwas anderes. Und dem gegenüber bleibt mir nur …«

»Dir bleibt das Wort der Engel!«, unterbrach ihn Kelley scharf.

»Aye«, bestätigte Dee kläglich. »Das Wort der Engel, das ich nur durch dich vernehmen durfte, Bruder. Und so steht es auch mit vielen anderen Dingen. Aber warum ist das so? Wenn ich diesen Kreaturen von Angesicht zu Angesicht begegnen darf, warum haben sie dann nie direkt zu mir gesprochen, nicht einmal, nachdem sich auch mir die Kunst der Hellsichtigkeit geöffnet hat?«

»Das ist immer so ein Problem mit den Medien«, warf ich ein. »Warum sollte etwas, das wahr und richtig ist, sich darstellen wie der Trick eines Zauberkünstlers? Und zwar zum Nutzen des Zauberkünstlers?«

Dee wurde kreidebleich. Kelley – schon mal was von Körpersprache gehört? Es sprach Bände.

Rabbi Loews Blick wanderte hin und her, und er strich unentwegt über seinen zerzausten Bart. »Bis jetzt, meine Herren, habe ich nur durch Meister Maxies Augen sehen können, und er ist, wie er selbst zugibt, nicht unbefleckt; aber ich glaube nicht, dass er lügt. Dieser Kanal zur Macht ist falsch und voller Gefahren. Er muss abgeriegelt werden.«

Kelley explodierte, gab aber sofort wieder auf. Nicht wegen des Dolches, sondern weil Dee ihm zu schweigen bedeutete. Die Kieferknochen des alten Mannes arbeiteten heftig; trotzdem sprach er mit ruhiger Stimme. »Wozu also ratet Ihr, Loew?«

Loew erhob sich und legte mir die Hand auf die Schulter. »Zu dem, was dieser junge Mann erbittet. Dass Ihr, gelehrter Herr und Doktor, Euer Exorzismusritual durchführt; und dass Ihr, Meister Kelley, nicht daran teilnehmt. Und dass ich mich bereithalte, um … die Umgebung zu bewachen, sozusagen. Um Störungen abzuwehren.«

»Ihr?« Dees Brauen ruckten hoch. »Aber dies ist ein heiliges Ritual!«

Loew zuckte mit den Schultern. »So? Nun, ich hörte von Inquisitoren, die da anderer Meinung sind. Und Euer Scheiterhaufen wird höher aufgeschichtet werden als meiner, glaubt mir. Was nun mich betrifft, so steht dem nichts im Wege, solange wir dem Guten dienen und ich nicht direkt an dem Ritual beteiligt bin, sondern mich nur einem jeden Übel entgegenstelle, das zur nämlichen Zeit in Erscheinung treten mag.«

Dee sah aus wie ein enttäuschtes Kind – was er in gewisser Hinsicht auch war. Alle möglichen Gefühle schlugen sich in seinen Zügen nieder; aber schon im nächsten Augenblick hob er die Hand.

»Goldene Aussichten!«, heulte Kelley, offenbar einem Schlaganfall nahe. »Ihr wollt diese Gelegenheit einfach wegwerfen.«

Mit einem Gesichtsausdruck, der mich verdächtig an Mitleid erinnerte, sah Dee ihn an. »Nur jener, der in der Not nicht zaudert, so zu handeln, ist wahrhaft frei. Wir werden vorgehen, wie Ihr es vorgeschlagen habt, meine Herren!«

Kapitel 10

Notbremsung

Es war bereits früher Abend, als wir, Dee und ich gemeinsam, die Stadttore passierten. Wie es schien, hatten die Juden weit größere Probleme mit verdächtigen Aktivitäten wie Kommen und Gehen. Loew jedenfalls hatte sich entschlossen, einen anderen Weg zu beschreiten, möglicherweise eine geheime Route. Wir waren unterwegs zu Dees bevorzugter Abschussrampe, einem Hügel außerhalb der Stadtmauern, der schon unser Ziel gewesen war, als ich Bruder Edward zwischen den Kohlköpfen abgeladen hatte. Und das gefiel mir überhaupt nicht, denn es bedeutete, dass auch er diesen Ort kannte. Dee hatte hartnäckig behauptet, dass es weit und breit keinen anderen Platz gäbe, der auch nur annähernd so geeignet sei, noch dazu geschützt vor neugierigen Blicken. Und außerdem, warum sollte Meister Kelley uns behindern wollen? Hatte er denn nicht feierlich gelobt …

Es war einfacher, dem alten Knaben seinen Willen zu lassen. Zumindest wären wir in der Lage, Ärger schon von weitem zu erkennen. Vermutlich gab es dort oben eines Tages ein Touristenhotel des 20. Jahrhunderts; zu diesem Zeitpunkt aber war die Hügelkuppe jedoch nur öde und verlassen, Heimstatt für nichts außer dürrem Gestrüpp und ein paar verkrüppelten, windgebeugten Bäumen, die sich drohend gegen die grauen Wolken abzeichneten. Im Geiste sah ich hinter jedem einzelnen einen der Banditen lauern, bereit brüllend aus seinem Versteck herauszuspringen: *ÜBERRASCHUNG!*

Wir glitten aus den Sätteln, banden die Pferde am Fuß des Hügels fest und machten uns an den Aufstieg über den grasbewachsenen Hang. Er war nicht gerade steil, aber Dee war alt, und ich schnaufte und winselte unter dem gewaltigen Gewicht des Sackes voller diverser Utensilien. »Jesus, was ist da drin, die verdammte Küchen…« Dann fiel mir ein, dass Spülen noch gar nicht erfunden worden waren. »…ausstattung?«

»Nej, Herr«, antwortete Dee voller Ernst. »Nur der heilige Altar meiner Kunst und das Gestell, das ihn tragen soll. Ich hoffe, er wird es überstehen, so herumgeschleppt zu werden.«

»Na, großartig. Und was ist mit mir?«

»Große Mühen wirken reinigend«, sagte Dee gelassen, während er seinen Gehstock in den Boden bohrte. »Ich hoffe, das wird Euch im Sinne der Zeremonie von Euren Sünden reinwaschen.«

Ich wollte noch etwas sagen, das meine Reinigung um bestimmt ein Jahr zurückgeworfen hätte, als Dee die Schutzkappe vom Griff seines Stockes zog. In der trüben Dämmerung leuchtete der Kopf in einem perlweißen Licht und viel heller als damals in der Kanalisation. »Seht Ihr? Diese übergreifende Welt, die Ihr die Spirale nennt, übt hier einen besonders starken Einfluss aus.«

»Ich dachte, es wären Kreuzungen nötig oder so.« Mehr fiel mir nicht ein.

»Und so ist es auch«, sagte Dee, wobei er mit seinem Stock auf die weißen Steinplatten deutete, die unter den Sträuchern verborgen lagen. »Zur Zeit der römischen Herrschaft – und vielleicht auch schon vorher, wer weiß? – hat es dort drüben einen Wachturm gegeben, von dem aus die Soldaten die Kreuzwege von Fluss und Straße überwachen konnten, einschließlich des Handels und möglicher Eroberer auf diesen Wegen. Hier lief alles zusammen. Und es mögen noch andere Kräfte am Werk sein, vielleicht in den Wolken. Hier oben hatte ich Visionen von Dingen, über die ich wenig zu sagen weiß, aber vielleicht kennt man derlei in Eurer Zeit. Riesige Räder, leuchtende Scheiben …«

»Oh. Du redest nicht zufällig von fliegenden Untertassen, oder?«

Dee gluckste. »Eine treffende Beschreibung. Von Zeit zu Zeit zeigt Ihr Euch wirklich gewitzt, junger Herr. Und was wisst Ihr über sie?«

»Nicht viel. Solltest einen Kerl namens Fisher suchen und ihn fragen, was er darüber denkt. Kann ich mich bitte einen Moment ausruhen?«

»Oh, es sind nur noch ein paar Schritte.«

»Urrg.«

Endlich stolperte ich durch ein letztes Gebüsch und kollabierte inmitten einer grasbewachsenen Senke umgeben von verfallenem Mauerwerk. Dee nahm mir den Sack ab und fing an, seine Ausrüstung aufzubauen, während ich um Atem ringend auf der Nase lag, vollends und absolut gereinigt.

Da war er, der verdammte Tisch, in einer mit einem Vorhängeschloss gesicherten Kiste, eingewickelt in all diese bestickten Tücher. Unter ihnen kam eine weiß gestrichene Fläche zum Vorschein, etwa einen Quadratmeter groß und umgeben von einem goldenen Rahmen mit allerlei Zeichen, die mich an hebräische Lettern erinnerten. In der Mitte befand sich ein sechsstrahliger Stern, den Dee als Hexagramm bezeichnete, gebildet aus zwei Dreiecken, in deren Zentrum ein Quadrat prangte, welches wiederum in zwölf kleinere Quadrate aufgeteilt war, und in jedem war ein anderes Zeichen in Blau, Weiß und Gold zu sehen. Wie die Stickereien auf den Tüchern sah auch dieses Muster sehr ansprechend und ziemlich kostspielig aus. Dee hielt seine magischen Rituale offenbar gern in stilvollem Rahmen ab.

Dee huschte geschäftig umher, um seinen Auftritt oder was weiß ich was vorzubereiten, murmelte beständig vor sich hin, zog hier und da eine Linie über den Boden und verbeugte sich, wie ich annahm, in die vier Himmelsrichtungen. Offenbar durften die übernatürlichen Mächte mit einer guten Show rechnen.

Er faltete etwas auseinander, was ich für ein Tischtuch hielt, das sich jedoch als großes, quadratisches Segeltuch entpuppte, über und über bemalt mit schwarzen Linien und Lettern wie ein Kreuzworträtsel. Hastig krabbelte ich zurück, als Dee das Tuch auf dem Gras ausbreitete; ich hatte das grün beleuchtete Muster auf dem Boden des einsamen Bauernhauses nicht vergessen. Dee stellte den Tisch auf und sicherte die Beine mit kleinen Kästchen, die ich erst für schlichte Keile gehalten hatte und die, geschützt von Vorhängeschlössern, offenbar magische Siegel enthielten. Hüpf, hüpf, bück, bück, murmel, murmel, ohne Pause.

Dann, nachdem er mich sanft aus dem Weg gescheucht hatte, zog er einige Stöcke hervor, die miteinander verbunden einen gewaltigen Zirkel bildeten. Ein Ende sorgfältig in der Mitte des Tisches, zog er einen großen Kreis in das Gras rund um die Mulde, markierte ihn hier und dort mit Steinen und zog die Linie mit Kreidepulver nach. Dafür brauchte er eine Weile, weil er noch immer nicht mit den Kniefällen und dem Gemurmel aufgehört hatte. Einmal ließ er die Kreide fallen und verschwand heftig niesend in einer Art selbstgebasteltem Schneesturm.

Dann griff er erneut zu dem Zirkel und benutzte seinen Stab als Lineal, um einen weiteren Sechsstern in den Kreis zu zeichnen, dessen Linien er mit Goldbrokatbändern markierte. Immer wieder schwang er den Zirkel wild gestikulierend über den Kopf. Murmel, murmel, feg und wisch; allmählich kam der Alte richtig in Fahrt. Er entfernte die Steine, die den Kreis markiert hatten, und ersetzte sie durch kleine Schalen, in die er eine Art dickflüssigen, übelriechenden Schleim aus einer Flasche schüttete. »Mumie!«, rief er, als ich hastig zurückwich.

»Wie bitte?«

»Mumienpaste – unter großen Mühen aus der Wüste Ägyptens hergebracht und von mir persönlich fein zerstoßen. Ein wirklich edles Stück, fast der ganze Arm, immer noch eingewickelt und angefüllt mit vielen kostbaren Kräutern und Ölen. Unübertrefflich bei der Behandlung von Rheuma und vielen anderen Leiden, aber auch überaus wirksam in diversen Mixturen. In diesem Fall haben wir Schwefel, Petroleum, Grünspan, Myrrhe, Pech und viele andere Substanzen …«

»Hi, Ramses«, murmelte ich, und bemühte mich, nicht zu würgen. Dee schnüffelte hingebungsvoll an dem Zeug, hustete furchtbar – was eine Wolke weißen Kreidestaubs aus seinem Bart freisetzte – und stöpselte die Flasche mit entschlossener Miene wieder zu.

»Ich wünschte, Ihr könntet mir assistieren«, sagte er traurig, »oder dass Bruder Edward – allein dauert es so viel länger. Aber nun sind die Vorbereitungen abgeschlossen, und wir können mit unserer Zeremonie beginnen. In der Tat sollten wir das tun, ohne noch mehr Zeit verstreichen zu lassen.« Er blickte auf. Die Sonne stand inzwischen unmittelbar über dem Horizont, eine kühle Scheibe hinter gewaltigen Wolken grauen Rauches, die sich allmählich rosa färbte. Ich stemmte mich hoch und sah mich um. Nirgends war eine Spur von dem Rabbi zu sehen.

Dee schnaubte gereizt. »Schön, schön. Vielleicht noch ein paar Minuten. Dennoch sollten wir so schnell wie möglich mit den einleitenden Gebeten beginnen. Anderenfalls bleibt uns nicht mehr genug Zeit, bis die Nacht hereinbricht.« Sorgsam hob er eine der Schalen auf dem Kreisbogen hoch, trat in das Innere des Kreises und stellte sie wieder zurück.

»Äh … sollte ich nicht auch da drin sein?«

»Auf gar keinen Fall!«, rief Dee entsetzt. »Inmitten einer solchen Enklave der Macht zu stehen wäre überaus gefährlich für Euch. Ihr wärt jeglichen Mächten, die innerhalb des Kreises herbeigerufen werden, schutzlos ausgeliefert. So habt Ihr Euch diese Bürde seinerzeit aufgeladen, als Ihr von oben in das Hexagramm gestürzt seid, ohne den äußeren Kreis zu durchbrechen, wodurch der Bann gelöst worden wäre. Ihr dürft ihn weder kreuzen noch brechen, oder Ihr bringt Euch in Todesgefahr! Ist von Eurem Freund, dem Juden, immer noch nichts zu sehen?«

Es war vielleicht lächerlich, aber ich fühlte mich außerhalb des Kreises irgendwie Gott weiß was ausgeliefert, als wäre Dee auf eine Art geschützt, die mir vorenthalten blieb. »Nichts«, sagte ich, während ich durch die Büsche streifte. »Du denkst doch nicht, es könnte ihm …«

Dee schnaubte, wie andere Leute mit den Schultern zucken. Langsam sah er wirklich gereizt aus, und sollte das daran liegen, dass er die Kälte ebenso spürte wie ich, so konnte ich ihm keinen Vorwurf machen. Eine kalte Brise flüsterte ziellos durch die Baumkronen. Plötzlich rief Dee ungeduldig: »Genug! Ich muss jetzt wirklich anfangen. Meine Füße erfrieren noch.«

Und ohne sich weiter um meinen Protest zu scheren, zog er eine Zunderbüchse hervor und entzündete eine lange Wachskerze. Als sie im grauen Zwielicht aufflammte, trug er sie zu der ersten Schale und zündete den Schleim darin an. Die grüne Flamme, die gleich darauf aufleuchtete, war mir nur allzu gut vertraut, obwohl sie nicht mehr so hoch und hell brannte, nachdem er sie rasch mit einem gelochten Deckel abgedeckt hatte. Schnell, aber feierlich, entzündete er den Schleim in den anderen Schalen. Gerade wollte er sich der letzten widmen, als plötzlich eine eisige Brise von Gott-weiß-woher um mich herumwirbelte und die Flamme ausblies.

Dann, übergangslos, folgte eine noch stärkere Bö, und die übrigen Lichter verloschen unter Schwaden bitteren Rauchs, der sich erstickend auf meine Lungen legte. Büsche und Bäume bogen sich. Die Kreide wirbelt auf und das Brokatband bäumte sich auf und hob vom Boden ab, als würden winzige, wieselflinke Kreaturen unter ihm durch das flach an den Boden gedrückte Gras huschen. Der Deckel einer Schale flog herab und rollte mit leisem Klingeln über das Gras.

»Holt ihn zurück!«, schrie Dee, gerade als der Wind ihm den Bart über die Augen wehte. Mühsam behütete er seine Ausrüstung, während der Wind an ihr zerrte, einen Fuß auf dem Brokatband, eine Hand auf dem heiligen Tisch. Das Gras bewegte sich in Wellen wie Wogen im Ozean und sträubte sich dann und wann wie die Nackenhaare einer Katze. Ich schnappte mir den Deckel, verbrannte mir die Finger, stolperte fluchend durch die Gegend, und nur Dees entsetzter Aufschrei warnte mich, als ich am Rand des Kreises entlangtaumelte, mich schwankend gegen den Wind stemmte, der sich wie unzählige Hände auf meinem Körper anfühlte, die versuchten, mich über den Rand zu stoßen.

Dann stolperte vor dem rötlichen Himmel eine ärmlich erscheinende, zierliche Gestalt in mein Blickfeld, eingehüllt in einen aufgeblähten Umhang, der drohte, sie himmelwärts hinfortzufegen wie einen zerfetzten Drachen, während sie immer noch ihren absurden Hut umklammerte. Rabbi Loew winkte vergnügt, zumindest sah es so aus. Auf einmal sank seine Robe herab, als hätte jemand die Luft aus ihm abgelassen; die brodelnden Wogen im Gras legten sich, und ich stand endlich wieder sicher auf den Beinen. Der Rabbi beugte sich über das Gestrüpp. »Guten Abend! Ist vielleicht ein wenig unruhig, heute.«

Dee klebte das dünne Haar unter seine Kopfbedeckung, die beinahe davongeweht worden wäre. »Ähem! Eine gewisse … Störung. Nicht vollkommen unbekannt. Ich bekenne, ich war nicht auf eine Manifestation von solchem Ausmaß gefasst, allein, wie ich nun bin. Ich danke Euch sehr für Eure Unterstützung. *Claviculum Solomonis?*

Der Rabbi lächelte und hob etwas hoch, das aussah wie eine irdene Tafel. »*Idem*. Ich bin ebenfalls überrascht worden. Aber unterstreicht dies nicht die Wahrhaftigkeit dessen, was unser junger Freund uns erzählt hat?«

»Das tut es«, stimmte ihm Dee bekümmert zu. »Je früher Meister Maxie von dieser Last befreit ist, desto besser. Wer weiß, was sich anderenfalls als Nächstes durch ihn manifestiert?«

Ich starrte ihn wie benebelt an. »Moment mal … Was soll das heißen, *durch* mich?«

Der Rabbi zwinkerte verwundert. »War dir das denn nicht bewusst? Nun, natürlich konntest du die Dinge nicht so klar sehen, wie ich es tat. Das Gras, die Bäume … Du warst die Quelle dieses dämonischen Windes, mein Sohn. Aus welchen Schatten er auch gerufen wurde, durch dich hat er geweht. In dir steckt genug von ihnen, dich als ihren Kanal zu nutzen. Nun, ich will mich nicht länger aufhalten. Ich habe selbst noch Vorbereitungen zu treffen.«

»Gebt Acht auf Euch und auf Meister Maxie«, rief Dee besorgt. »Wenn … mein Verdacht zutrifft, dann haben wir noch mehr zu befürchten, sowohl von Menschenhand wie auch aus Quellen jenseits der Naturgesetze.« Ich setzte zu einem Protest an, doch Dee schüttelte nur streng den Kopf. »Verweilt nun auf diesem Fleck, junger Herr! Zu Eurem eigenen Besten, regt Euch nicht, sprecht nicht, und tut nichts, ohne vorher von mir dazu aufgefordert zu sein.«

Säuberlich glättete Dee Brokatband und Tuch, ehe er den Deckel der Schale wieder an sich nahm und die

Flammen erneut entzündete, diesmal ohne Zwischenfall. Der Rabbi nickte uns freundlich zu und zog sich an den Rand der Baumgruppe zurück. Dort kniete er zwischen den Steinen nieder und fing an, seinerseits Symbole auf den Boden zu zeichnen. Ich konnte ihn leise singen hören – ein hoher, schriller Laut, der mir Schauer über den Leib jagte. In der Zwischenzeit hatte Dee damit begonnen, den Kreis abzugehen. Den Stock in der einen Hand, deutete er bei jeder Runde auf die Schalen, leierte einen Sprechgesang herunter und verbeugte sich sehr langsam und sehr tief. Als sich meine Ohren ein wenig an den Klang gewöhnt hatten, erkannte ich, dass er Latein sprach – mönchisch, vermutlich, mit ganz eigenem Stil und Vokabular, die Art Latein, die im Umfeld der Kirche überlebt hatte, in Liturgien und solchem Kram. Zuerst wirkte der nasale Singsang des Rabbi wie eine Art saublöder Begleitstimme zu Dees erhabenem Brummen, aber nach einigen Minuten schien dieser Missklang nachzulassen, und als ich mich umblickte, sah ich Loew davonschlendern, und bald waren nur noch seine Kritzeleien in der Grasfläche von ihm zurückgeblieben.

Es war kalt, und es war langweilig, und ich verspürte das immer dringendere Bedürfnis, mich zu erleichtern. Dee leierte weiter, und ich wagte nicht, ihn zu unterbrechen. Und dann, nach einer Weile, erkannte ich, dass der Wind wieder da war. Nur war diesmal die Richtung, aus der er wehte, eindeutig bestimmbar; von Osten über die Stadt hinweg, trug er im letzten verblassenden Tageslicht schwarze Wolken heran. Wie zerlumpte Hexenkleider rasten sie gemeinsam dahin und zogen dünne Schleier nebligen Nieselregens über die Spitztürme, während sie sich dem Hügel näherten. Der Wind zerrte bösartig an Dees Robe und suchte sich flüsternd einen Weg unter meinen Mantel bis hinein in die letzten noch warmen Schlupfwinkel. Ich trat von einem Fuß auf den anderen und fluchte – lautlos, schließlich wollte ich nicht riskieren, Dees Beschwörung damit zu stören.

Es war, als hätte ich eine schlafende Bestie aufgeweckt. Der Boden unter meinen Füßen bewegte sich. Ich stolperte, beinahe bis in den Kreis. Die trockenen Zweige der Büsche rasselten drohend, und das Gras in der Mulde geriet in Aufruhr, aber diesmal nicht wellenförmig wie zuvor, sondern in gewaltigen, pulsierenden Wogen, die die Erde unter meinen Füßen erschütterten und die Steine klappernd aus dem Boden lösten. Stimmen stöhnten unter mir; gequältes Gestein ächzte jämmerlich. Ich stolperte mal hier-, mal dorthin und hatte Mühe, mich auf den Beinen zu halten; aber obwohl aus dem Kreisbogen Kreidewolken aufstoben, rührte sich im Inneren nichts. Dee, seine Schalen und sein Tisch standen reglos am Boden, während seine Worte in die windgepeitschte Luft aufstiegen.

Der Regen kam und ging in kurzen, heftigen Schauern. Im einen Augenblick glänzten die steilen Dächer der Stadt feucht im Dunkeln, dann schlug mir brennend ein gewaltiger Wind in die Augen, und alles verschwand. Innerhalb der Wolken wandelten Lichtpunkte, Irrlichter, die von hier nach da hüpften, schimmernde Schatten, die sich wie groteske Stelzenläufer auftürmten und gleich darauf verschwunden waren und der Regen mit ihnen. Nur von den nassen Blättern troffen noch einzelne Tropfen herab. Plötzlich fiel mir das Atmen schwer, und ich fing an, angestrengt zu keuchen. Dee jedoch geriet nicht einmal aus seinem Rhythmus, soweit ich das beurteilen konnte. Kurz herrschte Flaute, dann der nächste noch schlimmere Windstoß gepaart mit einem Heulen, das gut aus einem weit aufgerissenen Mund hätte stammen können. Der Boden bebte immer noch, nicht ständig, aber plötzlich, immer dann, wenn ich gerade glaubte, es wäre vorbei, und ich hörte, wie sich einzelne Steine aus den verfallenen Mauern lösten.

Dann schien die Regenfront buchstäblich wie ein Vorhang aufzureißen, und ich starrte direkt in Edward Kelleys Visage. Er stand hoch oben auf einer der Mauern, eingehüllt in die grüne Robe, die er mir geliehen hatte; aber über seiner Schulter lag eine breite Schärpe aus edlem Stoff, wie Dees Tuch bemalt mit Vierecken und Symbolen. Auf der anderen Schulter lag etwas Schweres, Graues, vielleicht ein Sack; und er trug ebenfalls einen Stab bei sich, ein riesiges Ding, das aussah wie eine Keule und mit einem gelben Metallband eingefasst war. Sein Gesicht war eine starre Maske, ausdruckslos wie bei unserer ersten Begegnung, doch seine Haltung offenbarte den Zorn, der bei meinem Anblick in ihm tobte.

Er war schnell, wie immer. Mit einer einzigen, brutalen Drehung hob er die Last von seiner Schulter und schwang sie hoch über seinem Kopf. Dabei bewegte er den stämmigen Arm so gewaltsam, dass sie schwungvoll im Kreis wirbelte, ehe er losließ. Das Ding segelte durch die Luft, und unterwegs öffnete es sich wie eine Art Qualle. Über meinem Kopf sank es herab und riss mich mit dem verbliebenen Schwung von den Beinen. Ich stürzte, alle Viere von mir gestreckt, und zerrte an dem Ding, das mich gefangen hatte. Es besaß kaum Substanz; dennoch schnitt es in meine Finger und wollte einfach nicht reißen. Es war ein Netz, Fasern, so fein wie Gazé, aber aus Seide, nahm ich an, am Rand durch Gewichte verstärkt, sodass es auch auf einige Entfernung geworfen werden konnte.

Aber warum? Ich brauchte doch höchstens eine halbe Sekunde, um mich zu befreien.

Und dann sah ich die Symbole und begriff, warum das Netz rund war. Der Rand, die Dreiecke, die Zeichen – die gleichen wie auf dem verdammten Tisch. Er hatte mich unmittelbar im Zentrum eines Hexagramms gefangen; und plötzlich war die Luft erfüllt von grünem Licht.

Ich schrie, kämpfte mit den verhedderten Strängen, aber sie klebten dicht an mir, saugten sich mit jedem Atemzug näher an mein Gesicht. Vage erkannte ich, wie Kelley von seinem Thron heruntersprang und über den bebenden Erdboden mit vorgestrecktem Stab auf mich zukam.

»*Redidendum est!*«, brüllte er. »*In loco sacrificium sacrificatus est! Venite, venite, potentissime, recipite, redone, refulgete!*«

»*Hilfe!*«, widersprach ich. Jedenfalls so in der Art. Die Seide wölbte sich über mir auf, und plötzlich schielte wieder der Kreis allzu vertrauter Gesichter gehässig auf mich herab: die dunkeläugige Frau, der schwarze Kerl und all die anderen. Diesmal waren die Gesichter alles, was ich von ihnen sehen konnte. Scheinbar haltlos hingen sie in dem heller werdenden Licht. Mit jedem Pulsieren dieses Lichtscheins veränderten sie sich, wandelten sich schemenhaft zu stierenden monströsen Karikaturen ihrer selbst. Ihre Augen rollten und ihre Kiefer arbeiteten in absolut gleichem Rhythmus. Die bläulichen Lippen wichen über triefenden Zähnen zurück, die nun nicht mehr menschlich aussahen, nicht einmal mehr animalisch. Und aus diesen aufklaffenden, körperlosen Kehlen löste sich der gleiche eisige Schrei, der mich in jener Nacht in der Einsamkeit der Felder geängstigt hatte, hungrig, grässlich, gierig. Sie wirbelten rund um mich herum, die heulenden Visagen, schneller und immer schneller, bis ich nur noch einen schwindelerregenden Strudel sehen konnte. Ich zerrte an dem Netz, doch es war sinnlos. Über mir stand Kelley, die Beine gespreizt. Den Stab hoch erhoben, krächzte er aus tiefster Kehle.

»*Refugete! Redite! Zu eurem wahren Herrn!*«

Der Stab sank herab.

Und flog auseinander. Unter dem Druck der gewaltigen Hand, die sich ihm in den Weg gestellt hatte, brach er wie ein verrotteter Zweig. Kelley schrie heiser auf, als die Hand ihn am Genick packte und vom Boden hob. Die nebelhaften Schatten verdichteten sich, wichen augenblicklich in unendliche, schreiende Ferne zurück – oder Tiefe. Dann, mit überwältigender Geschwindigkeit, war da nur noch Finsternis, heiß und schimmernd, und tief in ihr brach ein grelles Leuchten auf, dessen Farbe sich von schleimigem Grün zu brodelndem Karmesinrot und wieder zurück verwandelte. Die Augen meines Albtraums öffneten sich flackernd.

Zum ersten Mal strahlte ihr zorniges Licht so hell, dass auch der Rest des Gesichtes klar erkennbar war, haarig, bestialisch, mit einer vorgereckten Wolfsschnauze und einer sabbernden, geifernden Zunge. Doch der wahre Schrecken der zuckenden Züge lauerte unter dem räudigen, lückenhaften Pelz, denn die Haut bestand aus einer albtraumhaften Mischung von Gestalten, deren Konturen halb zersetzt und doch noch unterscheidbar waren.

Später, als die Nachtmahre wiederkehrten, erinnerte ich mich an Arcimboldos Porträt und an das andere Bild, das, das Kelley heimlich hatte betrachten dürfen; und ich fragte mich im Stillen, wo der Maler sich seine Ideen geholt hatte.

Die geschlitzten Augen bestanden aus weiblichen Leibern, nackt und grausam verdreht; das Licht strahlte durch ihre milchige Haut hindurch. Nase und Wangenknochen waren die gebeugten Körper von Männern. Ihr fahles Fleisch bildete das Gesicht vor meinen Augen, ihr wogendes Haar den Pelz. Da war kein Detail, das nicht aus ihnen bestanden hätte, verrenkt und in qualvolle Posituren gezwungen; aber schlimmer als alles andere waren die vagen Andeutungen, hier ein einsamer Arm, dort die halb verdeckte Rundung einer Hüfte, die eine Lücke zwischen den Leibern schloss, Hinweise auf weitere Gestalten, die unter den anderen verborgen lagen. Sie wanden sich wie unruhige Schläfer, und die Miene der Kreatur veränderte sich. Die Schnauze verzog sich zu einem triumphalen, geifernden Grinsen. Eine Zunge rollte heraus, der Körper einer Frau, kaum erkennbar unter der Woge schleimigen Sekrets. Die wuchtigen Kiefer öffneten sich, um mich zu verschlingen.

Rumms.

Ein gewaltiger, zehenloser Fuß landete Zentimeter von meinem Kopf entfernt auf dem Netz, und eine riesige Hand schloss sich um den Rand. Ein ohrenbetäubendes Wutgeheul hallte zwischen Himmel und Erde wider; aber die Hand riss das Netz mühelos von mir, doch mit derart roher Gewalt, dass ich über das Gras geschleudert wurde und mich mehrmals überschlug.

Mir war es egal. Ich lachte hysterisch. Aber es gelang mir, damit aufzuhören, als ich meinen schmerzenden Kopf in der kalten Luft zurücklehnte. Ich sah zu Kelley hinauf, der mit ungefähr acht Beinen wild in der dämmrigen Luft um sich trat, so reglos gefangen wie ich es zuvor gewesen war. Das Netz lag zerknautscht und zerrissen neben mir, die Vision hatte sich mit ihm gelüftet. Donner krachte in der Ferne, und ein blaues Flackern leuchtete in den Wolken auf.

»Danke, Adam«, sagte ich. Und das verdammte Ding neigte den Kopf, als wollte es sagen: »Keine Ursache.«

Ich kann mich kaum an die folgenden Minuten erinnern. Als sich der Nebel in meinem Kopf lichtete, war ich immer noch am Boden, doch nun saß ich und spürte das Beißen von billigem Schnaps in meiner Kehle. Rabbi Loew sah mit einem mitfühlenden Nicken auf mich herunter; hinter ihm wechselten Dee und Kelley einige Worte. Ziemlich harte Worte. Wenn ein stets beherrschter Mann in Rage gerät, weiß er meist nicht, wie er damit umgehen soll. Dee heulte und schrie gleichermaßen und hielt seinem Bruder die

Faust drohend vor die Nase, wenn er nicht gerade damit beschäftigt war, sein Gesicht mit Speichel zu benetzen. Kelley, den Kopf zwischen die Schultern gezogen wie ein angriffsbereiter Stier, schäumte und tobte, die freie Hand zur Faust geballt und erhoben, als wolle er den Doktor schlagen. Doch jedesmal, wenn er ausholte, riss ihn die gewaltige Hand an seinem anderen Arm zurück, ohne seinen ausufernden Flüchen Beachtung zu schenken.

»Na, wieder zurück unter den Lebenden?«, fragte der Rabbi.

»Gewissermaßen«, gestand ich widerwillig. »Oh Gott. Gott, das war knapp, oder?«

»Ein wenig. Er hatte Helfer, üble Gestalten, und es dauerte einen Augenblick, bis Adam mit ihnen fertig war. Jetzt schlafen sie friedlich am Hang; und ich glaube nicht, dass irgendjemand sich den Ärger machen will, sie wieder aufzuwecken, vielleicht abgesehen von eurem penetrant nachsichtigen Nazarener.«

Wieder fielen ein paar Tropfen Regen, diesmal aber weniger unangenehm. Ich kippte gierig noch mehr von dem brennenden Zeug runter – Pfirsichschnaps, nahm ich an. »Und … das war alles?«

Der Rabbi dachte nach. »Wahrscheinlich. Diese Kreaturen sind nicht vernichtet; dazu braucht es einen größeren Mannes als mich, eines weit größeren. Aber, ja, die Verbindung ist unterbrochen, gewiss. Nun können sie dich nicht mehr durch ihre Macht in Versuchung führen oder ihren Arm noch länger nach dir ausstrecken. Hier haben sie keinen Zugriff mehr auf dich. Und wenn du erst wieder in deiner eigenen Zeit bist, wie sollen sie dich dann noch finden? Hier, trink noch einen Schluck. Dann müssen wir deine Brüder auseinander bringen – *Adam!*«

Dee hatte Kelley inzwischen ein hübsches blaues Auge verpasst. Ich ließ ihn hochleben. Noch ehe Adam eingreifen konnte, schlug Dee erneut zu, diesmal jedoch mit seinem Stab, direkt auf Kelleys ungeschützten Kopf, und der Schwung trieb den Stab weiter bis zu Kelleys Nase. Adam packte Dees freie Hand und stand zwischen ihnen wie ein gigantisches Kindermädchen mit zwei raufenden Kleinkindern.

Rabbi Loews rascher Blick zum Himmel beendete die ganze Geschichte. »Bist du stark genug zum Gehen? Ich würde Adam anweisen, dich zu tragen, aber …« Er zuckte mit den Schultern. »Wir müssen auf jeden Fall fort sein, ehe der Regen kommt, und wir müssen vorsichtig sein. Der Hügel war hell genug erleuchtet, um das Misstrauen der kaiserlichen Garde zu wecken. Von den Hexenjägern ganz zu schweigen.«

Neuerliches Knurren wurde laut. »Fasst Euch, meine Herren! Oder sollen wir euch im Sattel gefesselt zurückschicken?« Er ließ sie in Adams Griff baumeln und ging fort, um seine eigenen Utensilien wieder einzusammeln. Einen Augenblick später raffte ich mich zitternd auf und gab mein Bestes, Dees Zeug für ihn zusammenzupacken. Der alte Mann war still geworden. Völlig verzagt ließ er den Kopf hängen.

»Ich werde diesen Ort verlassen«, sagte er dann. »In Schande werde ich ihn verlassen. All meine Forschungen, nichts als Narretei …«

»O nein, das wirst du nicht«, knurrte Kelley. »Seine jämmerliche Majestät wird dich nicht gehen lassen, glaub mir! Du wirst bleiben – und du wirst mir helfen, hast du verstanden?«

»O nein, das wird er nicht!«, sagte ich, und ich genoss es mit jeder Faser meines Seins. Dieser Bastard hatte so oder so schon die meisten davon bis an den Rand des Zerreißens beansprucht. »Er ist fertig mit dir. Eigentlich sind wir alle absolut fertig mit dir, du räudiger Hurensohn. Du bist erledigt. Am Ende. Fertig. Kaputt. Du hast verdammt noch mal verloren, und zwar endgültig, klar?«

Mann, wie mir das gefallen hat.

»Der Doktor und ich werden in die Stadt zurückgehen. Und er wird mir den Heimweg zeigen – nicht wahr, Doc?«

Dee nickte schweigend, ließ aber immer noch den Kopf hängen. »Genau!«, krähte ich zufrieden. »Und *du* wirst mit Adam und dem Rabbi gehen, und wenn du sehr, sehr brav bist, wird er dich vielleicht irgendwo in der Nähe der Stadtmauer freilassen. Außerhalb der Stadtmauern natürlich, und wenn du weißt, was gut für dich ist, dann wirst du gar nicht erst versuchen, wieder in die Stadt hineinzukommen. Das ist das einzige Angebot für dich, und du darfst dem Rabbi auf Knien danken. Wenn ich die Knöpfe an Adam drücken könnte, dann hätte er dich gleich hier abgesetzt und es sich auf dir bequem gemacht, aber ich bin ja auch nicht religiös.«

»Du Brut einer dreckigen Sau!«, geiferte Kelley. »Wärst du in dem Bauernhaus nicht mitten in …«

»Dann hättest du in meinen Schuhen gesteckt, sicher. Und du hättest es verdient. Glaub mir, dir hat noch nie jemand einen größeren Gefallen getan.«

Kelley knurrte etwas recht Bemerkenswertes.

»Mach, was du willst«, beschied ich ihm. »Wenn ich das nächste Mal Klärschlamm rieche, werde ich an dich denken.«

Und so trennten wir uns vorerst. Zu Dees Ehre sei gesagt, dass er sich anständig vor dem Rabbi verbeugte und eine nette kleine Ansprache hielt. Loew gab sich ähnlich feierlich, hielt eine ebenso nette kleine Ansprache und ruinierte die Wirkung durch eine unauffällige *Mazeltov*-Geste in meine Richtung. Dann ging er im langsam stärker einsetzenden Regen davon, und sein Tonriese, Kelley ordentlich unter den Arm gestopft, brachte den Hügel unmittelbar hinter ihm zum Beben. Wir gingen zu unseren Pferden zurück, und Dee hörte nicht auf, den Kopf zu schütteln und herzerweichend zu seufzen.

»Armer Edward! Armer Edward! Ein so ungeduldiger Mensch. So begierig, derartige Dinge zum Leben zu erwecken. Ich bin überzeugt, das war es, was ihn getrieben hat ...«

Ich unterbrach ihn. »Nein, Doktor, nein! Gleich wirst du noch behaupten, er wäre lediglich ein Träumer, der sich selbst etwas vorgemacht hat. Das ist in meiner Zeit für jeden Gauner die letzte Verteidigungslinie. Aber es ist nicht wahr. Sie sind einfach nur verlogene Dreckskerle.«

Walter Mittys nennen sie sich – oder ihre Sprachrohre tun es für sie. Aber Mitty hat nie versucht, irgendjemandem *seine* Träume zu verkaufen.

»Nein, nein, Meister Maxie ...«

Allmählich wurde ich ernsthaft wütend. »Mir kannst du das ruhig glauben. Ich bin einer von ihnen.«

Zum ersten Mal in dieser Nacht wirkte Dee wenigstens ein bisschen amüsiert. »Nein, Meister Maxie, das seid Ihr nicht. Wäre das der Fall, so hättet Ihr Edwards Rolle von Anfang an übernommen, oder seine Kreaturen. Stattdessen habt Ihr mich davor geschützt, Opfer eines monströsen Schwindels zu werden. Als Rattenfänger, junger Herr, seid Ihr wohl ein absoluter Misserfolg. In der Tat habe ich herausgefunden, dass Ihr geradezu scheußlich rechtschaffen seid.«

»Oh«, sagte ich. »Na ja, hier gibt's ja auch weit und breit keine Autos.«

»Und? Seid Ihr unter diesen Umständen sicher, dass Ihr wieder nach Hause zurückkehren wollt?«

»Ja. Gott, jederzeit – sofort! Sozusagen. Ich meine ... *Scheiße!*«

»Vielleicht denkt Ihr noch einmal darüber nach. Mein Sohn ist noch zu jung und zeigt wenig Neigung, mich bei meinen Studien zu unterstützen, und ich habe jetzt keinen Assistenten mehr. Und auch keinen Bruder. Ebenso wie meine Gemahlin Jane.«

Und wenn ich Ihnen jetzt erzählen würde, das hätte

mir nicht zu Denken gegeben, dann wäre ich ein verlogener Bastard.

Sie wartete im Haus auf uns, sie und Joan Kelley. Einen Augenblick lang fühlte ich mich schrecklich, bis sie anfingen, vor Freude über unsere Rückkehr um uns herumzutanzen. Ja, *beide.* Auch die gute Frau Kelley; und auch sie stürzte sich begeistert auf Dee, um ihn angemessen zu begrüßen. Und als er ihnen erzählte, sie würden heimkehren …

»Sie geht mit euch?«, fragte ich Jane Dee, die geschäftig herumfuhrwerkte, um ein großes Festmahl zu organisieren, wobei sie die Dienstmägde in einem schweinischen Deutsch durch die Gegend scheuchte.

»Aye, aye, das arme Mädchen!«, seufzte Jane und ließ einen Augenblick lang von dem Wirbelsturm aus Tischdecken ab, um sich Luft zuzufächeln. »Wusstet Ihr das nicht? Sie war furchtbar unglücklich mit dem Schuft, und er hat sie von Herzen verabscheut. Immer hat er gesagt, die Engel hätten ihn dazu gebracht, sie zu heiraten – aye, die goldenen Engel in ihrem Säckel, das hat ihn dazu gebracht! Nun wird sie mit meinem John und mir nach England zurückkehren und den Haushalt gemeinsam mit uns führen, denn sie ist eine wahrlich gute Küchenfee – besser als ich, die ich nur zur Hofdame erzogen wurde.«

So fiel mir also ein weiterer Stein vom Herzen. Aber das war nicht die einzige Überraschung, die ich von Joan Kelley zu erwarten hatte. Ich hatte noch immer das Gefühl, ihr irgendetwas sagen zu müssen, aber als ich es versuchte, fand ich mich gleich darauf in einer innigen Umarmung wieder. »Mir ein Leid getan?«, war alles, was ich ihrem breiten Dialekt entnehmen konnte. »Nej, sagt doch sowas nicht! Ihr seid mein tapferer Held, der mich aus den Klauen einer bösartigen schmutzigen Bestie befreit hat! Die Engel dies, die Engel das, und kaum angerührt hat er mich, aber meine gute Lady Jane. Asche über sein Haupt.« Sie kicherte verstohlen. »Doch mit dem guten Doktor John hat er sich trotz all seiner Jahre nicht messen können!«

Langsam ging mir auf, dass so ein Tausch zwei Seiten hat. »Soll das heißen … Ihr und *Dee*?«

Nun kicherte sie furchtbar dreckig, und plötzlich ähnelte sie einer Kartoffel gar nicht mehr so sehr. »Oooh, so was fragt man doch nicht.« Sie knuffte mich in die Rippen. »Aber Euch kann ich doch nichts abschlagen, junger Herr. O ja, er ist ein feiner Mann, trotz seines hohen Alters. Sehr heißblütig, aye – und standhaft. Und meine arme Lady Jane, sie ist so kühl, so mager und würdevoll, sie konnte doch nie wirklich gut für ihn sein. Es ist ein gesunder Körper, den er braucht. Und nun werden wir frei sein, uns nach Gutdünken zu tummeln, und mein nutzloser Gatte darf seinen Kopf über die Welt schütteln, wie es ihm beliebt. Aber Achtung, junger Herr, kein Wort zu Mylady! Nicht ein Wort!«

Ich glaube, ich hätte nicht einmal ein Wort über die Lippen gebracht, wenn ich dafür bezahlt worden wäre. Und das meine ich wirklich ernst.

Na schön – *chacun à son gout*, wie die alte Jungfer sagte, als sie ihre Katze küsste. Es war eindeutig Zeit, nach Hause zu gehen. Mit diesen Leuten kam ich einfach nicht mit.

Aber zuerst mussten noch ein paar Dinge erledigt, mussten Pflichten erfüllt werden. Von einem kaiserlichen Hof stiehlt man sich nicht einfach fort. Dee, als Oberhaupt der Truppe, musste Rudolfs Erlaubnis erringen. Das würde ein wenig Zeit erfordern, aber irgendwie glaubte ich nicht, dass es ihm allzu schwer fallen würde, jetzt nicht mehr. Inzwischen würde er mich durch die Kanalisation führen und später allein wieder hierher zurückkehren. Doch zuerst mussten wir noch einen Besuch hinter uns bringen, und der war wirklich verpflichtend.

Am nächsten Abend sah man uns erneut mit

Mantel und Kapuze auf dem Heimweg vom jüdischen Viertel. Dee hatte mir Geld gegeben, um dem Rabbi ein Geschenk zu kaufen, mir aber zugestimmt, dass jede Gabe schnell den Weg zu den Armen finden würde; und er hatte ein kostbares Manuskript aus seiner eigenen Bibliothek geopfert. In letzter Zeit gefiel mir der alte Knabe immer besser.

Wir unterhielten uns fröhlich, als wir die Straße zu Dees Haus betraten, überlegten, was wir Adam hätten schenken können – eine Tonne Ton und ein Modell der Venus von Milo vielleicht? – als uns jemand in den Weg sprang. Direkt in den Weg, und ›springen‹ trifft es eigentlich nicht richtig. Er schlich mehr, etwa so wie ein hungriger Leopard schleichen dürfte. Er schlich, und er stank, schlimmer als je zuvor. Die grüne Robe lag immer noch über seinen Schultern, inzwischen ein bisschen zerfetzt, und seine Hose war bis zu den Oberschenkeln mit Schmutz verkrustet.

»Na ja«, sagte ich gedankenverloren, den Blick auf das Messer in seiner Hand gerichtet, »wenigstens wissen wir, auf welchem Weg du zurückgekommen bist.«

Kelley knurrte bissig. »So spät noch unterwegs, die Herren? Ich habe auf euch gewartet. Wie es aussieht, sind ein paar Leute unterwegs, um euch zu besuchen. Sollen wir warten, bis sie da sind?«

Und genau in diesem Augenblick hörte ich das vertraute Klimpern und Rasseln der kaiserlichen Garde, deren Tritte das Straßenpflaster erschütterten. Dee und ich sahen einander an, atmeten tief durch – was wir auf der Stelle bereuten – und traten ein oder zwei Schritte zurück. Die Pikeniere kamen bereits um die Ecke.

»Vielleicht hätte ich seine kaiserliche Majestät früher um eine Audienz bitten sollen …«, überlegte Dee laut.

»Wachen!«, brüllte Kelley. »Hierher! Hier sind sie!«

Ohne auch nur einen Augenblick lang zu zögern,

marschierten sie geradewegs auf uns zu. Mit einem letzten, heldenhaften Klappern blieben sie dann direkt vor uns stehen.

»Du!«, brüllte Kelley ihrem Anführer entgegen. »Ich kenne dich. Du verstehst ein wenig Englisch, richtig? Nimm diese beiden gefährlichen Zauberer fest, die mich daran hindern, dem Kaiser Gold zu machen! Es ist alles nur ihre Schuld gewesen ...«

Die Stiefel des Hauptmanns folterten das Pflaster noch schlimmer. »Im Namen seiner kaiserlichen Majestät, Ihr steht unter Hausarrest. Ihr werdet sofort in Euer Haus zurückkehren.«

Als ich das letzte Mal ein Grinsen gesehen hatte, wie es zu diesem Zeitpunkt in Kelleys Gesicht prangte, war Fütterungszeit gewesen, und das Grinsen hatte Streifen. Dee und ich blickten achselzuckend einander an. Der Hauptmann räusperte sich lautstark, und die Pikeniere senkten bedrohlich ihre Waffen. Seufzend klopfte Dee ans Tor. Schon beim ersten Schlag schwang es auf, doch war weit und breit kein Diener zu sehen. Langsam wurde mir verdammt mulmig zumute, aber es gab nicht viel, was ich dagegen hätte tun können – jedenfalls nicht unter Zeugen.

Ich stieß die Tür weit auf, und wir gingen hinein. Die Soldaten klapperten hinter uns her. Der Hauptmann winkte uns in den großen Saal, und als ich die Stufen hinaufstieg, sah ich Jane und Joan Kelley an der gegenüberliegenden Wand stehen. Sie sahen ängstlich und verunsichert aus, was sich bei unserem Anblick zu blankem Entsetzen steigerte. Sie sagten nichts, aber ihre Augen huschten panisch in eine bestimmte Richtung. Ich folgte ihren Blicken und wäre vor Schreck beinahe umgefallen.

Dort, hinter Kelleys komischem Apparat, flankiert von zwei Gardisten, voll und ganz damit beschäftigt, das Ding zu untersuchen, als würde es ihm gehören – was es schließlich auch tat – saß der Kaiser höchstpersönlich, offenkundig immer noch von Juckreiz geplagt.

Die Soldaten blieben draußen, aber der Hauptmann folgte uns klirrend ins Zimmer. Rudolf erhob sich, verzog die Mundwinkel zu einem wohlwollenden Lächeln, sagte aber kein Wort. Dann streckte er sich auf Dees bestem Stuhl aus und winkte seinem Hauptmann.

Der Zinnsoldat befreite ein weiteres Mal donnernd seine Kehle, fixierte die Luft über unseren Köpfen und fing mit hoher Singsangstimme an zu sprechen: »Wenn Eure Exzellenzen gestatten! Am Morgen des vergangenen Tages wurde ein mysteriöses Sendschreiben in erbärmlichem Deutsch, doch auf feinstem Pergament, seiner Exzellenz, dem Schatzkanzler, von einer unbekannten Frau, eingehüllt in Mantel und Kapuze, übergeben, bestimmt, so sagte sie, allein für Hände und Augen seiner Majestät des Kaisers. Pflichtgemäß wurde vorgenanntes Papier seiner Majestät übergeben. Hier wurde nun der Titel des Schreibens offenbar, welcher da lautete: *Die schnelle Hand täuscht das Auge*. Nachfolgend wurden bestimmte Fingerfertigkeiten beschrieben, mit denen Leichtgläubige unter dem Vorwand der Zauberei oder alchemistischer Experimente betrogen werden können. Seine Majestät beschloss, zur Widerlegung derartiger Verleumdung, so unbegründet sie auch sein mögen, Sir Edward Kelley aufzufordern, erneut die Arbeitsweise seiner wunderbaren Erfindung in allen Einzelheiten zu demonstrieren. Um sicherzustellen, dass das Experiment korrekt vonstatten geht, soll Meister Maxie jeden Vorgang persönlich bezeugen. Ihr mögt nun Meister Edward demgemäß in Kenntnis setzen.«

Es war eine Wonne zuzusehen, wie Kelleys Lächeln verblasste und sämtliches Blut aus seinem Gesicht wich, als Dee ihm die Erklärung übersetzte. »Natürlich, Majestät«, sagte er heiser. »Gebt mir nur zwei

Tage Zeit, einen Tag … Morgen schon werde ich gewiss in der Lage sein …«

»Erneut«, schnappte der Hauptmann, »und sofort! Hier und jetzt, wie seine Majestät befiehlt.«

Rudolf strahlte ganz unbefangen und fuhr fort, sich ausgiebig zu kratzen.

»Aber … aber … das Material … der Prozess … Ich brauche Zeit, um alles vorzubereiten …«

Rudolf zog eine Braue hoch, und der Hauptmann tippte Kelley heftig mit dem Zeigefinger auf die Brust. »Nach all dem Geld, das seine Majestät Euch zur Verfügung gestellt hat, und all der Arbeit, von der Ihr seiner Majestät berichtet habt, verfügt Ihr nicht über einen anständigen Vorrat aller notwendigen Materialien?«

Als Kelley endlich begriffen hatte, nahm sein Gesicht die Farbe gut gelagerten Gorgonzolas an, vollkommen weiß mit blauen Adern. Die Optik passte zum Geruch. »Natürlich, gewiss doch«, murmelte er. »Es ist nur, dass ich so viel verbraucht habe, aber ich könnte noch etwas übrig haben. Ich versuche es, ich versuche es …«

»Seine Majestät erinnert sich des Vorgangs recht detailliert«, sagte der Hauptmann. »Wenn Ihr es wünscht, wird er Euch helfen, festzustellen, wie viel noch …«

»Nein, nicht nötig«, murmelte Kelley und tauchte zu dem Schränkchen unter dem Gerät ab. »Ich bin Euch überaus dankbar, aber Ihr werdet schon bald sehen …«

Wie durch einen wundersamen Zufall schien von allem genug vorhanden zu sein. Kelley protestierte, Kelley bettelte, Kelley tat alles außer im Kopfstand Hula zu tanzen. Offenbar hatte er die Situation absolut nicht im Griff. Dee ging zu den Frauen hinüber, hielt ihre Hände und sah sogar noch besorgter aus als sein ehemaliger Assistent; aber er steuerte nicht ein

Wort bei, um Kelley zu helfen, selbst als der Mistkerl ihn direkt darum bat. Je weiter die Sache gedieh, desto schlechter sah sie aus; und das schien auch er zumindest zu ahnen. Er warf mir einen langen, bösartigen Blick zu, doch ich hatte in letzter Zeit schon erheblich Schlimmeres zu sehen bekommen. Dann, langsam und bedächtig, machte Kelley sich an die Arbeit.

Um ehrlich zu sein, ich selbst fühlte mich auch nicht sonderlich wohl. Es ist eine Sache, voller Überzeugung zu predigen, wie leicht Taschenspielertricks zu durchschauen sind, doch eine andere, sie durchschauen zu müssen – jedenfalls beim ersten Versuch. Man muss gleichzeitig zwei Hände beobachten, vielleicht sogar noch die Füße. Magier sind oft Schlangenmenschen und können ihre Füße fast genauso geschickt einsetzen wie ihre Hände. Und es half mir auch nicht, dass Kelley darauf bestand, die Fensterläden zu schließen und überall entlang dem Gerät kleine Kohlenpfannen aufzustellen, deren strahlend helle Flammen alles außerhalb ihres Lichtkegels in tiefem Schatten verschwinden ließen. Kelley wieselte um den Wirrwarr aus Röhren und Retorten herum, goss hier eine farbige Flüssigkeit ein, von der dichter Dampf aufstieg, dort Pulver, die zerschmolzen, aufbrodelten und Rauch ausspuckten, der schlimmer stank als er.

Ich war dankbar dafür, dass er den Dienern auftrug, in dieser Feuerfalle von einem Raum wenigstens Wasserkübel bereitzustellen. Immer wieder erhob er die Hände zu einem plötzlichen, leidenschaftlichen Gebet, und in dieser religiösen Zeit senkten sich automatisch alle Köpfe – bis auf meinen. Dann wieder zog er den Kopf ein, murmelte Bittgebete und Beschwörungen und blinzelte ins Feuer, das seinen derben, aber attraktiven Zügen das Aussehen eines Gargylen mit bösartig funkelnden Augen verlieh. Und plötzlich ertappt man sich dabei, die Augen anstelle der Hände zu beobachten.

Ich musste zugeben, dass er eine höllisch gute Vorstellung ablieferte, besonders für einen Mann, der gerade erst durchgemacht hatte, was er hatte durchmachen müssen. Manchmal bewegte er sich beinahe automatisch, wie ein Tänzer zu einer vorgegebenen Choreographie. Und sein Apparat war auch gut; und das bereitete mir am meisten Sorgen. Es war eine komplizierte Anordnung verdrehter Röhren aus Messing, Kupfer und Gusseisen, die aus verschiedenen Retorten mit Flüssigkeiten und Pülverchen versorgt wurden, hakenschlagend und vielfach gekrümmt durch Kühlwannen verliefen, nur um gleich darauf wieder erhitzt zu werden. Das Blei schmolz in einem Schmelztiegel an einem Ende, und nachdem er es durch einen Trichter in das Gerät eingefüllt hatte, konnte man tatsächlich sehen, wie ein Hitzeschimmer über die Rohre rann.

Kein Wunder, dass Rudolf auf einer Demonstration bestanden hatte; dies war ein geschlossenes System und nicht annähernd so leicht zu durchschauen, wie ich gehofft hatte – besonders mit dem geschmolzenen Metall in den Rohren. Das mochte bedeuten, dass der Austausch erst am Ende erfolgen würde, wenn die Röhre in die letzte Kühlwanne mündete, unterhalb der Oberfläche des Kühlwassers. Dampfwolken, die das dann wieder feste und folglich leicht zu handhabende Blei irgendwie versteckten und das schon vorher eingeschmolzene Gold hinein. Das wäre perfekt. So musste es sein.

Ich war mir dessen so sicher, dass ich mich fast darauf verlassen hätte – bis mir etwas an Kelleys Miene auffiel. Vielleicht ein gewisses Strahlen, ich weiß es nicht; vielleicht war es auch nur die wilde Energie, die sich in seinen Zügen niederschlug. In all dieser Hitze lief mir plötzlich ein kalter Schauder über den Rücken.

Trotz seines geballten Protestes hatte er offensichtlich seinen Spaß an der Sache. Und vielleicht hatte er den die ganze Zeit gehabt; darum hatte er mit seinem Widerspruch so übertrieben, um die Erwartungen seiner Zuschauer zu verwirren. Die würden sich dann umso mieser vorkommen, wenn er es geschafft hatte. Wenn er sich seiner Sache aber so sicher war … Er musste den Apparat für einen Fall wie diesen vorbereitet haben. Ich hätte es bestimmt getan. Und er musste auch diese ins Auge springende Kühlwanne entsprechend angeordnet haben, als Aufhänger für misstrauische Zeitgenossen, auf den sie getrost ihr Augenmerk richten konnten. Niemand ist leichter hinters Licht zu führen als der, der glaubt, er hätte den Trick bereits durchschaut …

Was bedeutete, Kelley hatte den Austausch bereits mit dem geschmolzenen Blei vorgenommen, in einem Stadium, in dem jeder glaubte, es wäre völlig unmöglich. Also musste das Zeug aus einer anderen Quelle kommen …

»Ah!«, brüllte er, und Rudolf musste seine Worte bestimmt nicht verstehen, um die Erleichterung und die Aufregung in seiner Stimme wahrzunehmen. »Im Namen der Engel, es ist vollbracht. Es hat sich verwandelt. Es fließt!«

Es war fast zu spät, und ich musste aufgesprungen sein wie ein Verrückter. Alle zuckten zusammen, Rudolf eingeschlossen. Kelley beugte sich gerade über die Maschine, um die letzte Kohlepfanne zu füllen, wobei seine Hand weit von den Röhren entfernt war. Es war seine andere Hand, jene, die momentan durch seinen Körper und die grelle Glut aus der Kohlepfanne vor neugierigen Blicken geschützt war, die ich zur Seite schlug. Rudolf sprang auf. Kelley schrie laut auf und holte aus, als wollte er mich über seinen Apparat hinwegstoßen – aber der Hauptmann, erstaunlich schnell unter all dem Blech, packte seinen

Arm und hielt ihn fest, und zwar kraftvoll. Kelley hatte inzwischen allen Ernstes Schaum vor dem Mund.

»Du hast es kaputt gemacht, du kleiner Hurensohn, du Sohn einer dreckigen …«

Ich schnappte mir einen der Wassereimer und schüttete ihn über den Teil des Apparates, vor dem Kelley sich aufgebaut hatte. »Darauf kannst du wetten, Sonnenschein! Ihr habt es gesehen, Son… äh, Majestät?«, keuchte ich, während die Dampfschwaden sich verzogen und die Röhren anfingen, sich unter plötzlichen, starken Erschütterungen zu verbiegen. »Da, wo es dampft, weit entfernt von der Kohlepfanne? Da hat er das geschmolzene Blei umgeleitet, mit diesem kleinen Schieber. Das ist ein Hahn, ein Zapfen. Wie bei einem Bierfass.«

Der Hahn lag sorgfältig unter einem verwundenen Rohr verborgen. Hätte Kelley mich nicht darauf gestoßen, ich hätte ihn vermutlich nie entdeckt, aber sobald ich wusste, dass er da war, stach er mir förmlich ins Auge wie der Appendix in einem Verdauungssystem. Es war ein Abfluss, dazu gedacht, etwas aus dem Stammsystem abzulassen. Ein wohlproportioniertes Etwas.

»Aber hier dampft es auch«, murmelte Rudolf noch nicht recht überzeugt, wobei er nervös auf eine andere Röhre deutete, die sich ebenfalls weit von den Kohlepfannen entfernt befand. In diesem Augenblick fiel mir gar nicht auf, dass dies die erste Gelegenheit war, zu der er selbst das Wort ergriffen hatte.

»So bringt er das Gold hinein« Ich verfolgte das kurze Eisenrohr zurück und verbrannte mir dabei den Finger. »Au! Von dieser Kohlepfanne hier. Es muss einen verborgenen Schmelztiegel im Inneren geben, und das Gold beginnt erst zu fließen, wenn es heiß genug ist. Solange das nicht der Fall ist, kommt auch nichts durch, und darum fällt die ganze Sache auch überhaupt nicht auf. Und durch seinen Schrei wollte er unser aller Aufmerksamkeit auf die Wanne lenken!«

»In der etwas erscheinen sollte«, stellte Dee leise fest. »Aber etwas … Da!«

Geschmolzenes Metall floss zischend ins Wasser, und ich wäre beinahe einer Herzattacke erlegen. Aber als die groben Nuggets auf den Boden der Wanne sanken, war der trübe Schimmer ihrer Oberfläche unverkennbar. Rudolf stieß die Hand ins Wasser und fischte das immer noch dampfende Metall heraus. Ich streckte die Hand aus, und er ließ es in meine Handfläche fallen.

»Blei!«, sagte Dee verbittert. »Aber kaum ein Zehntel von dem, was er hineingetan hat. Ich erinnere mich, dass unter dem Gold, das bei den vergangenen Versuchen austrat, auch immer etwas Blei war. Erinnert Ihr Euch, Edward? Ich hielt das für einen schlagenden Beweis, dass die Transformation funktionierte, der Prozess aber noch nicht vollkommen …«

Mit einer barschen Geste zog Rudolf den Dolch und schlug mit dem Heft gegen das Eisenrohr. Durch die abrupte Abkühlung war es vermutlich bereits rissig geworden. Nun brach es auf, und das Gold fiel in glänzenden Bruchstücken zu Boden.

Ich prügelte mit dem Eimer auf das Appendixrohr, das nachgab und ebenfalls brach. Ich bückte mich, um es wieder aufzuheben.

»Und?«, fragte Rudolf schroff.

Ich drehte es um und zeigte ihm das offene Ende. Das Rohr war mit dem gleichen, stumpf glänzenden Metall verstopft.

Der Kaiser des Heiligen Römischen Reiches Deutscher Nation spuckte derart gottlose Töne, dass sogar ich verblüfft war. Dann winkte er seinem Hauptmann, der Kelley fallen ließ und salutierte. Rudolf machte auf dem Absatz kehrt und stolzierte hinaus. Die aufgeschreckten Pikeniere flatterten beiseite wie galvanisierte Tauben.

Der Hauptmann gab ein Geräusch von sich, das mich an eine Bombe in einem Kübel vol-ler Schleim erinnerte.

»*Ä-hem!* Die angeforderte Demonstration wurde nicht zur Zufriedenheit des beaufsichtigenden Offiziers seiner Majestät, namentlich ich, durchgeführt. Das Verfahren gilt mithin als illegal, verwerflich und gottlos. Ich bin weiterhin beauftragt, jede Person, die im Verdacht steht, sich an derartigen illegalen Aktivitäten beteiligt zu haben, sofort in den Palast zu eskortieren. Natürlich gilt solches nicht für seine Exzellenz, den Doktor Dee, der über jeden Verdacht erhaben ist und niemals materielle Forderungen gestellt hat. Eure Exzellenz, Meister Maxie …«

Er fixierte mich mit den glänzenden Äuglein, die sich offenbar alle Cops überall und zu jeder Zeit allein für mich wachsen ließen. Doch dann verbeugte er sich.

» … ist erst seit kurzer Zeit in der Stadt und hat sich bereits große Verdienste erworben. Dafür gilt Euch das Lob und die Anerkennung seiner Majestät. Und nun bitte ich Euch, seine Exzellenz, Sir Edward Kelley, darüber zu informieren, dass er uns unverzüglich zu begleiten hat.«

Kelley brachte die klassische Von-aschfahl-zu-puterrot-Nummer.

»*Ich?*«, brüllte er. »Habt Ihr den Verstand verloren? Ich habe nie …«

Wie verrückt suchte er nach einem Ausweg, als die Pikeniere sich ihm näherten. »Ich bin unschuldig! Es hätte funktioniert …«

Die Augen des Hauptmanns blickten noch vogelartiger. »*Du kommst with mir auf die Stelle! Oder ich trete your Arsch out of die Fenster! Zu Befehl!*«, radebrach er.

Kluger Bursche, wenn auch grammatikalisch weniger bewandert. Und vielleicht ein bisschen zu stark von diesen schottischen Söldnern beeinflusst.

Es *hätte* funktioniert?

Noch von der nachlassenden Anspannung zittrig, stützte ich mich auf den Tisch. Das abgebrochene Rohr samt dem Gewicht des darin befindlichen Metalls brannte noch immer in meiner Handfläche, und vielleicht hatte ich es nicht besser verdient. Mir war schwindelig von dem Tempo, in dem ich hatte handeln müssen, nicht einmal, sondern zweimal, und von dem Gedanken, was alles hätte passieren können. Der Urvater kalten Schweißes brach mir aus allen Poren.

Wenn Rudolf nur ein wenig genauer hingesehen hätte ... Aber er war wohl schon gedemütigt genug gewesen.

Wenn Kelley auf den Gedanken gekommen wäre, genauer hinzusehen ...

Andererseits hatte er nie daran geglaubt, dass seine Maschine funktionierte oder auch nur funktionieren *könnte*. Nachdenklich betrachtete ich die Fäden ziehenden Bleibrocken, die der Kaiser aus der Wanne gefischt hatte. Die Römer hatten solche Bleiklumpen benutzt, um die Zukunft vorherzusagen. Meine hätten sie bestimmt vorhergesagt. Es war reines Glück, dass ich genug von ihnen in meiner Hand verborgen halten konnte, um sie später ins offene Ende des Appendixrohres zu stopfen.

Genug, um zu tarnen, was sich wirklich darin befand.

Nicht, dass Kelley davon gewusst hätte. Er hatte sich nicht einmal die Mühe gemacht, einen Blick darauf zu werfen oder eine genauere Untersuchung zu verlangen. Er hatte erwartet, dass ich Blei entdecken würde. Aber dieses eine Mal, nur dieses eine Mal, hatte sein Apparat lediglich dazu gedient, die Beweise wegzuschaffen, die ihn entlastet und uns wahrlich und wahrhaftig in die Scheiße geritten hätten. In königliche Scheiße, könnte man sagen, kaiserliche sogar.

Dieses eine Mal hatte die Transformation funktioniert. Er hatte tatsächlich Gold gemacht.

Und da war er nun und brüllte, er wäre unschuldig. Er hatte jeden reingelegt, und am Ende hatte er sich selbst reingelegt. Und dann hatte ich ihn auch noch reinlegen müssen.

Die schnelle Hand täuscht das Auge. Na ja, klingt doch ganz vernünftig.

Warum hatte es funktioniert? Das hatte es nie zuvor, so viel war offensichtlich. Es konnte nicht funktioniert haben, sonst hätte Kelley es herausgefunden, wenn er das geschmolzene Metall aus dem Appendix abgelassen hatte. Vielleicht war es ihm nun endlich doch noch gelungen, die Macht der Spirale anzuzapfen – möglicherweise durch die besondere Aufregung, die der kaiserliche Druck ihm auferlegt hatte. Aber es gab noch eine weniger erfreuliche Möglichkeit: Konnte jemand anderes angefangen haben, ihn mit Macht auszustatten, so, wie sie es mit mir und dem Telefon gemacht hatten? Vielleicht hatte sein fehlgeschlagenes Ritual ihm eine Art Bindeglied zurückgelassen. Eines, das ihn befreien könnte, wie es mich befreit hatte. Wenn das so weiter ging, war hier bald wirklich die Kacke am Dampfen.

Der Hauptmann verbeugte sich noch einmal. »Bitte teilt seiner Exzellenz mit, dass er nach wie vor Gelegenheit haben wird, die Funktionstüchtigkeit seiner Apparatur unter Beweis zu stellen. Ihm wird ein Raum im stillsten Turm eines fernen Schlosses zur Verfügung gestellt werden, gut möbliert und mit all seinen Apparaturen, wo nichts mehr seine Exzellenz von der Arbeit ablenken kann. Natürlich nur, bis zu gegebener Zeit die Mühen seiner Exzellenz von Erfolg gekrönt sein werden. Bitte teilt ihm auch das mit.«

Ein fernes Schloss. Weit weg von Prag, weit weg

von den Grenzen der Spirale, ganz ohne Zweifel. Ein Ort, an dem nichts wirklich zu ihm durchdringen konnte.

Überhaupt nichts.

»Hauptmann«, sagte ich, wobei ich mich selbst ein wenig nach vorn neigte, »es wird mir eine überwältigende Freude sein.«

Kapitel 11

Gefälle

Das Donnern wurde immer lauter, während die Ponys voranplanschten.

»Im Grunde«, entschuldigte sich Dee nun wohl zum tausendsten Mal, »tut es mir sehr leid, Euch unter so geringer Ehrbezeugung nach Hause zu geleiten. Keine Kutsche, nicht einmal eine Eskorte.«

Ich lachte. »Ich habe dir doch gesagt, so etwas brauche ich nicht!« Als ich zum letzten Mal eine Eskorte hatte, steckten meine Handgelenke in Handschellen.

Dees Bart wackelte. »Ihr seid zu gütig, junger Herr. Und gewiss steht es einem Gelehrten gut an, seine Reisen nicht mit unangemessenem Prunk zu erfüllen. Ich hatte erwogen, eventuell selbst mit großem Staat heimzukehren, sollten unsere Bemühungen von Erfolg gekrönt sein, aber nun bin ich dafür zu ernüchtert. Ich will nur die notwendigsten Vorkehrungen für meine liebe Jane und mich treffen. Nicht mehr als ein paar Kutschen – vier, vielleicht, oder sogar nur drei. Ein Wagenzug für unser bescheidenes Gepäck, etwa ein Dutzend Vorreiter. Ein paar Bewaffnete können wir dann noch an den Poststationen heuern. Die Welt wird uns kaum vorüberziehen sehen. Armer Edward! Armer Edward!«

»Na ja«, sagte ich in dem Bemühen, diesen besonderen Gedankengang auszukuppeln, »eine Kutsche und eine Kavallerieeskorte wären hier unten irgendwie fehl am Platz. Damit hätten wir wohl einen schlimmen Stau verursacht.«

»Aye, das mag wohl sein«, antwortete Dee voller Ernst. Fast automatisch lenkte er sein Pferd in den niedrigen, modrigen Zugang zu einem weiteren Tunnel, den ich vermutlich völlig übersehen hätte. Das Plätschern veränderte sich, und das Donnern wurde noch immer stetig lauter. »Denkt nur, ich erwäge, ihre königliche Majestät Königin Elisabeth zu bitten, den armen Edward aus Rudolfs Fängen zu befreien.«

»Du weißt«, sagte ich überaus vorsichtig, »dass er dir ein paar Mal übel mitgespielt hat. Und er hätte dich bei Rudolf noch weit tiefer in die Scheiße reiten können.«

»Oh, aye, das weiß ich wohl. Ihr wart mir bei der Aufdeckung dieses Übels ein guter Freund, wenngleich ein unbequemer. Dennoch kann ich den armen, irregeleiteten Jungen doch nach so vielen Jahren gemeinsamer Arbeit, in denen er meinen Acker bestellt hat, nicht einfach im Stich lassen. Vieles von dem, was er getan hat, war nur die Antwort auf die Enttäuschung über unsere Misserfolge. Davon bin ich wahrhaft überzeugt, und wohl ebenso die Folge des frommen Wunschs, mir eine Freude bereiten zu können. Gewiss wird unsere Königin einen Mann von seinen Tugenden ebenfalls in ihrer Nähe wissen wollen. Ich werde ihm schreiben, oft, auf dass er den Mut nicht verliert.«

Ich gab es auf. Kelley war ein Teil von Dees Welt, der Welt, in der Engel mit ihm sprachen und er ihre Botschaften all den respektablen Königen und

Staatsmännern überbringen konnte. Die Tatsache, dass Kelley vor allem seine eigenen Früchte hatte ernten wollen, ziemlich üble Früchte noch dazu, schien ihm völlig entgangen zu sein. Menschen immer und immer wieder zu vergeben, ist der leichtere Weg, leichter, als sich den Tatsachen zu stellen und ihren wahren Charakter wahrzunehmen, oder auch den eigenen. Die Kelleys dieser Welt wussten das. Genau wie die Maxies, was das betrifft, aber wir sind nicht so gut darin, unsere Opfer zu schröpfen.

Trotzdem dürfte nach allem, was mir aus der Geschichte bekannt war, die gute alte Bessie eine weit härtere Nuss darstellen als Rudolf – die hatte wirklich Haare auf den Zähnen. Vielleicht mochte sie Dee, aber sie würde bestimmt keinen Finger für Kelley rühren. Was Kelley vermutlich durchaus bewusst war; und eingepfercht, mitten im Nirgendwo, ohne Hoffnung, aber auch ohne das endlose aufmunternde Blöken von Dee, könnte tatsächlich eine schwerere Strafe sein, als der Bastard verdient hatte.

Das gab der Sache den letzten Schliff, jedenfalls in meinen Augen.

Das metallische Donnern der Maschinen erschütterte die faulige Luft um uns herum. Dee hielt seinen Stab hoch, und ich sah die Rampe vor mir, sah den geborstenen Beton und das Unkraut, das in jeder Ritze wucherte. Ebenso gut hätte es die Treppe zum Himmel sein können. »Dort liegt Euer Weg«, verkündete Dee. »Aber ich will mich nicht schon hier in diesen abscheulichen Tiefen von Euch verabschieden. Ich werde Euch noch für einen Augenblick im Morast Eurer fremdartigen Zukunft Gesellschaft leisten.«

Als wir hinaustraten, war es immer noch kühl und dunkel, und die Sterne glitzerten fröhlich am Himmel, als würden sie überlegen, was sich ihnen da aus der Tiefe näherte. Ich erkannte das Geräusch sofort, sogar vor dem Hintergrund der pumpenden Maschinen.

Das Summen und Brummen traf mich tief im Herzen: Drohnen aus dem Bienenstock des 21. Jahrhunderts. Besonders freute mich das Summen der Drohnen, die sich bereitwillig von mir hereinlegen lassen wollten.

»Ich bedaure sehr, dass ich Eure Welt mit all ihren Wundern niemals wiedersehen werde«, sagte Dee wehmütig. »Aber noch mehr bedaure ich, dass ich von nun an auf Eure Gesellschaft werde verzichten müssen. Gehabt Euch wohl, mein Junge, und kehrt nicht wieder in Euer altes, unredliches Leben zurück. In Euch ist mehr Gutes als in vielen, von denen ich gehört habe, sie seien ehrliche Menschen und achtbare Bürger. Ich kann Euch die Belohnung, die wir Euch für all Eure Mühen versprochen hatten, nicht geben, aber hier habe ich eine Kleinigkeit für Euch.« Er reichte mir eine Börse, aus der ein interessantes Klimpern ertönte. »Ah, und da ist noch dieser Brief von meiner lieben Jane und von – ähem! – der guten Frau Joan. Könnt Ihr Euch vorstellen, dass ich ihnen schwören musste, dass der Brief nicht in meinem Beisein geöffnet werden wird? Ach, weibisch wie immer!« Er lachte liebevoll.

Und ich auch, wenn auch aus anderen Gründen. Aber, wenn ich es recht bedenke, so sehr unterschieden sie sich nun auch nicht von seinen. »Du solltest auch auf dich aufpassen. Ich meine, ich sage ja nicht, vergiss die Engel, okay? Nur die Medien. Wenn dir jemand sagt, er hätte eine Botschaft für dich, na ja, dann könntest du ihn doch fragen, warum die Engel sich nicht gleich an dich gewandt haben. Sieh es einmal so: Das Medium ist die Botschaft.«

Dee dachte einen Augenblick lang nach. Dann nickte er. »Wahrlich tiefschürfend, mein Junge, wahrlich und wahrhaftig. Nun, ich fürchte, der Zeitpunkt des Abschieds ist gekommen. So kommt, und umarmt mich!«

Von einem Mann umarmt zu werden entsprach nicht gerade meiner Vorstellung von purer Freude.

Klein, blond und jung, wie ich war, war ich derartigen Sympathiebekundungen einige Male nur knapp entronnen. Aber in Dees Zeit gehörte so etwas zu den ganz normalen Gepflogenheiten. Auch der alte Loew hatte es getan, und in Dees Bart klebte zumindest weder Öl noch Knoblauch. Loews Bart war der reinste Salat.

Als ich zusah, wie Dee die geduldigen Ponys wieder über die scheußliche Rampe in die Kanalisation hinunterführte, erkannte ich außerdem, dass ich sie beide vermissen würde. Sie hatten mich weder dafür verurteilt, was ich war, noch hatten sie geschrieen, gepredigt oder mich gönnerhaft behandelt – oder zumindest nur in Maßen. Irgendwie war an ihrer religiösen Haltung schon etwas dran. Vielleicht würde ich es auch eines Tages probieren, falls ich etwas fände, woran ich wirklich glauben könnte: Erste Reformierte Gemeinde der Siebzehntentags-Ferrari-Fetischisten?

Dann schon eher die Hölle auf Rädern, Maxie.

Einen Augenblick lang stand ich reglos da und fühlte mich furchtbar verlassen. Dann öffnete ich den Umschlag und sah im fahlen Licht der Kläranlagenbeleuchtung hinein. Da war ein Brief, und wenn Sie wissen wollen, was darin stand, dann kann ich Ihnen nur sagen: Kümmern Sie sich um ihren eigenen Dreck! Außerdem hatte ich keine Ahnung, welche Vergleichsmöglichkeiten ihr je zur Verfügung gestanden hatten, obwohl mir irgendetwas sagte, es waren mehr als nur die anderen beiden. Aber vielleicht hatte sie sich auch nur von Joans Expertenmeinung leiten lassen. Aber da war auch noch ein Ring, ein sehr schöner noch dazu, Gold mit einem blauen Stein. Zumindest ihn würde ich nie in die Pfandleihe tragen, komme was da wolle.

Wohlgemerkt, das sagte ich auch schon über meine Uhr und über die meines alten Herrn. Auch echte Champions und feurige Liebhaber müssen mal was essen.

In der Börse wartete Gold auf mich, hübsche, strahlende, nagelneue österreichische Taler, die jeder Experte auf den ersten Blick würde erkennen können – als Fälschungen, weil sie nun mal neu waren. Ich kannte einen Kerl, der das für mich regeln konnte, obwohl es eine neue Erfahrung für ihn sein dürfte, etwas Echtes auf alt zu frisieren. Alles in allem dürfte das Zeug unter Sammlern mindestens einen Riesen wert sein. Und in meinem kleinen Schlupfwinkel unter dem Dach warteten noch weitere sexy süße fünfzig von der gleichen Sorte auf mich, vorausgesetzt, die Bullen hatten sie nicht entdeckt – und darauf hätte ich Dollars gegen Doughnuts gesetzt.

In meinen Ohren klingelte es wie in einer Registrierkasse bei diesem Gedanken. Ich brauchte einen Drink, um das alles zu feiern. Und wo sollte ich den wohl besser nehmen als im *Rad*? Na ja, wenn Sie schon fragen, … Da gibt es eine Menge besserer Orte, aber die Taverne war wenigstens in der Nähe, und das ist für eine Kneipe immer ein Pluspunkt. Ich könnte versuchen, Poppy reinzulegen – oder sagen wir, flach. Ausgewickelt oder alles zusammen. Treffen Sie jetzt ihre Wahl. Vielleicht konnte ich ihr Janes Brief als Empfehlungsschreiben vorlegen.

Diese Vorstellung war so belebend, dass ich den Weg förmlich hinunterhüpfte, auch ohne überirdische Mächte. Zu Fuß dauerte es länger. Außerdem schien der Weg sich seit meinem letzten Besuch ein paar Extrakurven wachsen gelassen zu haben; trotzdem hielt ich an dem Gedanken fest. Und so lange schien es dann auch nicht zu dauern, bis die Randbezirke des Dorfes in Sicht kamen und ich über die Dächer der Häuser hinweg vor dem grauen Himmel die Pappeln sah, die den Pub umgaben.

Grauer Himmel, Mist, verdammter. Vermutlich lagen alle friedlich in der Heia, und ich musste noch länger auf meinen Drink warten. Andererseits erwischte ich Poppy vielleicht im Nachthemd oder, noch besser, nicht mehr ganz drin. Ich schlenderte den Pfad hinunter, hüpfte über Pfützen und trat Steine durch die Gegend wie der Achtjährige, der ich mental vermutlich immer geblieben bin. Nach allem, was ich durchgemacht hatte, erschien mir fast jeder Ort wie ein warmes Zuhause. Ich bummelte durch das Dorf, hörte den Hahnenschreien zu und lächelte den Wachhunden gütig zu, die mich vom Ende ihrer Leinen aus ankläfften.

Was gab es beim universellen *Ye Olde* wohl zum Frühstück? Brot, natürlich und Eier, Schinken, Würstchen bestimmt auch. Vielleicht auch Kaffee oder Tee; aber ich konnte jetzt ein Bier vertragen. Heiß und gewürzt, um die Kälte zu vertreiben. Nach allem, was ich durchgemacht hatte seit jener ersten Nacht, in der ich diesem Pfad gefolgt war, hatte ich es mir verdient. Vielleicht war sogar Fisher da, sodass ich ihm sagen konnte,was ich von ihm und seinen Ratschlägen hielt. Von hier aus konnte ich den Pfad sehen, wie er sich von der Kreuzung zu den Hügeln hinaufschlängelte, wo diese Idioten standen und winkten …

Oh.

Sie standen unmittelbar am Ende des Pfades, oben auf dem Hügel, lungerten da rum, als hätten sie auf mich gewartet.

Oh, *Scheiße!*

Die Kreuzung lag genau zwischen meinem Standort und dem Pub. Bei der Geschwindigkeit, mit der die sich bewegen konnten, brauchten sie für den Pfad vermutlich nur einen Augenblick. Sie hätten mich am Arsch, noch ehe ich zwei Schritte auf die Kreuzung getan hätte.

Eine der Frauen legte die Hände trichterförmig um den Mund und brüllte: »*Wo geht's denn hin, Maxie?*«

Ich blinzelte verwundert. Die Stimme gehörte ihr, aber der Akzent war der von dem lustigen schwarzen

Kerl. Und der hatte beinahe die gleiche Geste vollführt. Ich war wie hypnotisiert, die Ratte im Angesicht der Schlange; nur war diese Ratte ziemlich wütend. »*Ihr!*«, brüllte ich zurück. »Wir haben euch Drecksvolk exorziert! Wir haben euch ausgetrieben! Ihr könnt mich nicht mehr verfolgen, und ihr könnt mich nicht mehr verlocken! Wie seid ihr verdammt noch mal hierher gekommen?«

»Nicht durch den gleichen Kanal wie du, *Señor*!« Das war der Orientale; nur war seine Stimme weiblich, und die Worte klangen, als hätte die Spanierin gesprochen.

»Wirst uns nicht so leicht los, Maxie!«, rief der blonde Mann höhnisch. »Ausgetrieben – huh! Aber wozu zerbrichst du dir den Kopf? Wir haben dich hergebracht! Wir haben dich hier gefunden! Wir mussten nur zurückkommen und lange genug hier rumhängen. Wir wussten, dass wir dich früher oder später kriegen. Früher, genauer gesagt. Jetzt – und wir werden dich nicht wieder loslassen, diesmal nicht, ganz bestimmt nicht. Also, warum machst du es dir nicht leicht und kommst her, damit wir uns unterhalten können wie zivilisierte Menschen?«

Er hatte mit der Ansprache begonnen; aber irgendwann hatte der Orientale übergangslos übernommen, und die letzten Worte fielen aus dem – wie immer lächelnden – Mund des Schwarzen. Endlich fing ich an zu verstehen, und diese Erkenntnis ließ mir vor eisigem Schreck das Blut in den Adern gefrieren. »Zivilisiert? Ich unterhalte mich mit Menschen, die Namen haben! Eure kenne ich nicht einmal! Ich weiß überhaupt nichts über euch!«

Das kümmerte sie nun auch nicht mehr. Sie lachten nur – das gleiche Lachen bei allen, von Mund zu Mund und wieder Retour, und irgendwie klangen sie größer, machtvoller, als die Summe der Stimmen. »Nur weiter!«, brüllte ich wütend gegen den frühmorgendlichen Wind an. »Ihr glaubt, ihr kriegt mich? Dann gibt es keinen Grund, mir eure Namen zu verheimlichen. Zeigt euch mir – alle! Wer sind die, die ihr versteckt? Wer ist die wahre Macht hinter euch? Das wahre Gesicht? Wer von euch war der Erste?«

»*Der Erste?*« Das Gelächter war gewaltig – und entsetzlich. Es schien die schläfrigen Strohdächer zu erschüttern, schien sie anzuziehen, sie in sich aufzusaugen. Ein Fensterladen wurde donnernd zugeschlagen, und Babygeheul zerriss den Morgen. »Es gibt keinen Ersten! Es gibt keinen Ersten. Warum sollte ich mich erinnern? Warum sollte ich wissen oder wissen wollen? Ich kenne nur das Jetzt und das was kommen wird! Es gibt nur *Mich*!«

»Wozu brauchst du mich dann?«, schrie ich den windumtosten Echos entgegen. Blätter wirbelten um meinen Kopf herum, und Staub peitschte in mein Gesicht. »Warum lasst ihr mich verdammt noch mal nicht endlich in Ruhe?«

Das Gelächter klang kalt. »Weil du Unsere Macht gekostet hast, Maxie! Weil Wir wissen, dass du ihr am Ende nicht wirst widerstehen können.«

»Das wünscht ihr euch! Aber warum ich? In der ganzen verdammten Spirale verfolgt ihr ausgerechnet mich! Warum?«

Das war's. Ich hatte sie verstanden, noch bevor sie irgendetwas gesagt hatten, und das schienen sie zu spüren, denn sie stießen wieder dieses schaurige Lachen aus. »Weil du nicht zur Spirale gehörst, Maxie! Weil Wir dich aus dem Zentrum herausgelockt haben, damit du Unsere Brücke wirst, Maxie, Unser Kanal! Unser Gefäß, Unser Fahrschein in eine Welt, die nicht auf Uns vorbereitet ist, die sich nicht vor Uns schützen kann! Und durch dich, in dir, werden Wir das Leben an der Kehle packen – nicht nur das schattenhafte Leben in der Spirale, sondern das wahre Leben im Zentrum!«

»Ihr Dreckskerle!« Vage war ich mir der heißen

Tränen bewusst, die über meine Wangen rannen. »Ihr verdammten, verfickten Scheißkerle! Ihr wollt … mich übernehmen, das ist es doch? Mich reiten! Mich stehlen! Wie einen beschissenen Wagen!«

Das war ein Gelächter. »Du hast dich selbst gestohlen, Maxie! Wenn du nicht mit Uns kommst, werden Wir zu dir kommen! Du hast von Unserem Wein gekostet … *Nun gehörst du Uns!*«

Es klang mehr wie ein animalisches Grollen – ein bestialisches sogar. Die Gestalten auf der Hügelkuppe schienen sich zusammenzukrümmen, wuchsen und wuchsen, als würde ich sie in einem Zerrspiegel betrachten. Das war anders als jede Computeranimation. Sie wucherten, aber nicht fließend und geschmeidig. Da war gar nichts Angenehmes, nur eine schlürfende, zehrende Verzerrung, die Glieder und Gesichter in einen rudimentären Wirbel schleuderte, in dem nur einen Augenblick lang noch die individuellen Züge erkennbar waren, gedehnt bis zu einem hauchdünnen Film der vertrauten Farben und Formen. Und das Gebrüll hallte durch die Morgendämmerung, und die Pappeln bogen sich im Wind.

»Komm zu mir, Maxie! Mein Name ist *Legion!*«

Und plötzlich quoll aus dem Wirbel ein Gesicht hervor, das Albtraumgesicht, das ich gesehen hatte, nun aber stofflich und nicht mehr aus sich windenden menschlichen Leibern geformt – zumindest konnte man sie nicht sehen. Und es war gewaltig. Es war das Gesicht eines Wolfes, einer Fledermaus, eines Menschen, die haarige, räuberische Vision aller animalischen Ängste, die sich wuchtig über die Hügelkuppe erhob. Und durch die wabernden Nebel unter dem Gesicht richtete sich der Körper auf, menschenähnlich, klotzig, aber über und über mit dem gleichen stinkenden matten Fell bedeckt. Und die Schultern waren groß wie Berge, schwarze Flügel, ausgebreitet, das Licht der Dämmerung zu ersticken.

Mir lag nicht daran, übertrieben kritisch zu erscheinen, und religiös bin ich auch nicht, aber diese Gestalt, direkt dem kollektiven Unterbewusstsein entsprungen, erschütterte mich von den Augen bis zu den Beinen mit einem kurzen Umweg über das Hirn. Ich rannte bereits, als sich der gewaltige Arm streckte, rannte durch den schwarzen Wasserfall aus Schatten, den die Hand vor sich hertrieb, den Hügel hinab und auf die Kreuzung zu.

Rennen oder – nein, nicht sterben. Ich hatte durchaus eine Vorstellung von dem, was mich erwartete, und es war nicht der Tod, nicht einmal die Hölle. Aber das Entsetzen, das dieser Vorstellung entsprang, vibrierte durch meine Beine und verwandelte meine Sehnen in rot glühende Drähte. Meine Lungen drohten zu kollabieren; der Puls dröhnte in meinen Ohren, und während ich rannte, spürte ich plötzlich ein Beben in der Erde. Das war einer dieser furchtbaren Schritte, an die ich mich so überdeutlich erinnern konnte, und der Himmel hinter mir flammte grün auf. Vor mir lag die Kreuzung – und eine tiefe Schwärze verschlang sie, der Bodensatz der zu Ende gehenden Nacht. Ich schrie, nehme ich an. Im Laufschritt nahm ich die Kreuzung ein, und als mein Fuß sie berührte, fing ich an, mich in großen Sprüngen zu bewegen. Es war, als würde ich über eine Tiefkühltruhe springen, eine tödliche Kälte stieg um mich herum auf, legte sich schwer auf meinen Bauch und bedeckte mein Haar mit Reif.

Dann klatschte der steinige Pfad gegen meine ausgetretenen Schuhsohlen, und ich war durch. Schatten, das war alles, der Schatten des ausgestreckten Arms, nicht seine Masse, nichts Stoffliches. Langsam und über eine weite Strecke hinweg reckte der Arm sich mir entgegen. Sehnen, dick wie Unterseekabel, spannten sich an klauenbewehrten Fingern; aber ich war durch, weg, verloren, auf dem Weg zum *Rad*. Ich rannte wie wild, schrie nach Poppy, rannte wie ein Besessener – oder wie einer, der es bald sein könnte.

Mehr als nur einmal stürzte ich, rollte durch den Staub und merkte es kaum, sprang wieder auf und kreischte, als der Schatten sich über die Wände und die Bäume im Umkreis der stillen Häuser legte. Einzweimal erzitterte der Boden unter diesen beängstigenden Schritten, gedehnter als zuvor, schwerer, gewaltiger, eine massige Drohung, die kein Hindernis aufhalten konnte. Ich hatte das Gefühl, ein ganzes Jahrhundert wäre dahingezogen, ehe ich endlich die Mauer des Pubs erreicht hatte. Ich stolperte über den niedrigen Zaun, ohne in meiner wilden Flucht innezuhalten. Die Tür war geshlossen, vielleicht verriegelt, doch ich war verdammt nahe dran, sie einfach einzurennen – Comic-Stil.

Das blieb mir jedoch erspart. Die Tür öffnete sich, während ich noch durch die dornigen Rosenbüsche brach und über den Rasen rannte. Sie öffnete sich, und Poppy war da, eingehüllt in Haube, Schultertuch und ein langes weißes Nachthemd, einen Kerzenhalter in der einen, einen drohend erhobenen Besen in der anderen Hand. Ich warf mich ihr zu Füßen, unfähig, noch einen Schritt zu tun. Warum, wusste ich selbst nicht. Was konnte sie oder irgendjemand schon gegen diese Monstrosität ausrichten? Aber das war der sicherste Ort, den ich mir vorstellen konnte. Ich plapperte, ich schrie; ich weiß nicht, ob meine Worte irgendeinen Sinn ergaben, aber das war auch gar nicht notwendig.

Der Arm tiefer Schwärze lag inzwischen über dem ganzen Dorf. Das Ding hing am Himmel. Flirrend hob sich sein Panzer aus scheußlich grünem Licht vor der grauen Dämmerung ab. Der Arm, der den Schatten warf, senkte sich zu den Strohdächern herab, langsam, mühsam, als wäre die Luft plötzlich dick und klebrig wie Sirup, aber gleichzeitig auch erschreckend unaufhaltsam. Immer weiter auf uns zu, immer näher, immer mühsamer ... Aber die Gestalt war so riesig, sie würde uns ohnehin erwischen und das schon bald. Je näher sie kam, desto undeutlicher konnte ich sie sehen. Ich dachte, das läge an meinen Augen, dachte, sie würden sich nicht scharfstellen, aber es war das Ding selbst. Die Konturen seines fransigen Fells waberten und schimmerten in allen Farben des Regenbogens, als würde ich es durch eine billige Prismenlinse betrachten.

Ich kniete zu Poppys Füßen. Der Atem pfiff durch meine überanstrengten Lungen, und ich war zu schwach, mich auch nur an ihre Beine zu klammern; aber sie beugte sich zu mir herab und legte mir schützend den Arm um die Schultern. Ihre solide Art und ihre Ruhe brachten mir erst zu Bewusstsein, wie sehr ich zitterte. Und ich wusste auch warum. Mir war nur allzu klar, was dieses Ding war.

Was hatte Loew gesagt? Menschen, die sich selbst zur Verkörperung von Dämonen gemacht haben? Von einem Detail abgesehen, hatte er Recht behalten. Nicht Dämonen, ein Dämon.

Eine Mischung. Eine Verschmelzung. Ein zusammengesetztes Monster, entstanden aus seinen eigenen Opfern, die von der Macht angezogen worden waren, welche der Dämon ihnen verlieh. Bis der Gebrauch dieser Macht sie mehr und mehr zu einem Teil von ihm hatte werden lassen und von ihrer Individualität nur noch die äußere Schale übrig war, ihre Persönlichkeit verloren, aufgelöst in einem größeren Selbstbildnis. Ein Porträt im Stile Arcimboldos, Faust und Mephistopheles in einer Person.

Selbst von dieser Höhe fixierten mich diese schmalen Augen, flammend rot, stechend, hungrig – ein Hunger, den ich fühlen konnte, der Hunger nach der Individualität, die ich besaß, er aber nicht, trotz all seiner geballten Macht, der Durst jener Geister, deren eigenes Leben längst verloren war, der Durst, durch einen anderen noch einmal zu leben. Da waren nicht nur die paar Gestalten, die ich zu sehen bekommen hatte, die acht oder so; die Andeutung der schattenhaften Figuren hinter ihnen war alles, was ich von jenen wahrgenommen hatte, die vor ihnen gegangen waren. Beinahe nur ein Symbol, ein langer Strang bedauernswerter Opfer, der sich der Vergessenheit entgegenwand.

Und bald würde es auch mich haben, würde in meiner Gestalt umherwandeln, verfolgt von einer riesigen, unsichtbaren Menge, die sich mir wie der segmentierte Leib eines Wurms anschließen würde. Genau wie bei allen anderen und doch schlimmer, denn durch mich konnte das Monstrum in das Zentrum vordringen, in die Welt, die ich kannte. Plötzlich öffnete sich ihm die Chance, die Tore jenes unwägbaren Chaos zu öffnen, das die Spirale darstellte. Hier bot sich ihm die Gelegenheit, das unsägliche Verlangen zu stillen und die Hölle zu den Lebenden zu bringen. Ein entfesselter Dämon, losgelassen, um jedes Gesetz mit Füßen zu treten, Naturgesetze ebenso wie die der Menschen – mein Dämon, Maxies Dämon.

Durch mich, solange ich es überdauern würde. Bis ich ausgehöhlt und ausgebrannt wäre, zerbrochen, nur noch ein Teil der wahnsinnigen, fragmentierten Triebe hinter mir, bis ich keinen eigenen Willen mehr besitzen würde. Bis ich eingehen würde in die Spitze dieses Stranges, in den schaurigen Leib, bis ich mich mit meinen schattenhaften Kameraden davonschlängeln würde, um einen anderen armen Teufel zu umgarnen und in seinen eigenen Schwächen zu fangen.

Die Wolfskiefer öffneten sich, und zwischen den fleckigen Säbelzähnen rollte geifernd die lange Zunge hervor, von der Schaum herabtropfte, der im Nirgendwo verdampfte. Die zugreifende Klaue schien unter einer gewaltigen Anstrengung zu erbeben, als wollte sie das ganze Universum erfassen. Der Gestank des Pelzes wurde stärker, und sogar das Gras um mich herum schien sich der Klaue entgegenzurecken, als würde es auf einen schaurigen Ruf reagieren.

Poppys volle Lippen verzogen sich zu einem Schmollmund. Ihr war Gesicht eine Miene eigensinnigen Trotzes. »Kusch! Weg mit dir! Widerliches großes Ding!« Voller Entrüstung schwang sie drohend ihren Besen.

Bei diesem Anblick brach ich in hilfloses Gelächter aus. Ich sprang auf, und die leichte Anstrengung schien mir den Boden unter den Füßen zu nehmen und mich direkt auf den dämonischen Sog zuzutreiben.

»Verschwinde!«, brüllte ich, obwohl ich kaum atmen konnte und meine Lippen sich weigerten, deutliche Worte zu bilden. »Es will nicht dich!«

»Es will jeden, mein Süßer. Am Ende will es jeden! Darauf können wir doch nicht warten, oder?«

Sie hatte Recht. Plötzlich fühlte ich mich sehr seltsam. Ich hatte noch immer verdammte Angst, fürchtete mich entsetzlich – aber gleichzeitig war ich von einer eisiger Ruhe erfüllt.

Es würde uns so oder so kriegen; doch plötzlich schien das nicht mehr wichtig zu sein. Wenn es unausweichlich war, dann war es auch nicht mehr von Bedeutung. Anders stand es mit der Frage, *wie* es uns kriegen würde. Umso mehr ein Grund, nicht auf allen Vieren auf das Ende zu warten. Oder wimmernd. Vielleicht ging es Soldaten in Kriegsgebieten manchmal ähnlich. Fast glaubte ich, ich würde die Offiziere aus den Kriegsfilmen brüllen hören: »Hunde, wollt ihr ewig leben?« Man wird nicht tapferer, wenn man so denkt – aber man wird wütend!

Die monströsen Finger streckten sich nach mir aus.

Ich reckte ihnen ein paar von meinen entgegen und würzte sie obendrein mit einer saftigen italienischen Geste. »Du willst mich?«, schrie ich. »Bist du sicher? Ich werde dir Magenschmerzen bereiten! Ich werde dir das Leben verdammt schwer machen! Ich mach dich fertig!«

Das war lahm, und es hatte noch lahmer geklungen, glauben Sie mir. Ein Furz in einem Tornado wäre eindrucksvoller gewesen. Aber zumindest fühlte ich mich nun etwas besser. Es wäre nett gewesen, wenn diese Klaue ihren langsamen Vorstoß einfach aufgegeben hätte, aber den Gefallen tat sie mir nicht.

»Geh rein, Poppy!«, mahnte ich noch einmal mit heiserer Stimme. »Wenn es noch näher kommt ...«

Das Mädchen kicherte doch tatsächlich. »Mach dir keine Sorgen, Herzchen! Dieses alte Haus bringt so leicht nichts zum Einstürzen, das kann ich dir sagen! Hat schon Schlimmeres gegeben zu meiner Zeit und davor auch ...«

»Schlimmer als das?«

»Oooh ja, und bis jetzt – oh, *da* bist du! Wir haben uns schon gewundert, wo du bleibst, nicht wahr, mein Herzchen?«

Fisher.

Fisher in einer eleganten grünen Jacke und einer lohfarbenen Freizeithose. Fast hätte ich geweint, denn dies waren die ersten normalen Klamotten, die ich, ich weiß nicht, seit hundert Jahren, zu sehen bekommen hatte, die erste Ahnung von einer Welt, in der Dinge wie Dämonen nicht vorkommen. Fisher, der zur Tür hinauskam, an mir vorbeiging, mich kaum eines Blickes würdigte und keine Spur von Furcht oder Unsicherheit offenbarte.

Fisher, aber nicht allein. Zwei Frauen waren bei ihm. Zwei furchteinflößende Frauen, die vor Leben förmlich zu bersten schienen und mich beinahe das schreckliche Monstrum über mir vergessen ließen.

Eine dunkel, mit kurzem Haar, geschmeidig wie ein Otter und genauso flink, mit scharfen, spöttisch glitzernden Augen inmitten der derben Züge einer Speerspitze von einem Gesicht. Ich kannte sie aus den Boulevardmagazinen. Es war Fishers Frau, doch jetzt trug sie eine Art Uniform, grau, und ein Kettenhemd über den Schultern, und an ihrer Hüfte baumelte ein beeindruckendes Schwert.

Die andere war noch größer. Sie trug ebenfalls ein Schwert, ein gewaltiges Ding mit einem Säbelkorbheft. Ihr blondes Haar wogte wie ein Wasserfall über ihre Schultern und um ein noch derberes, aber empfindsames Gesicht, gerade etwas zu grob, um wirklich schön zu sein, aber mit einem schiefen Grinsen und Augen, in denen sich ein Funke Weisheit spiegelte. Ihr enges Shirt und die Leggings aus einer Art flaumigem, mitternachtsschwarzen englischen Leder, ließen eine Menge gebräunter Haut frei, die sogar im Schatten golden über den drahtigen Muskeln schimmerte, als hätte sie die Strahlen einer tropischen Sonne gespeichert.

Und wenn all das nach ziemlich albernen Eindrücken im Angesicht des unaufhaltsam näherrückenden Endes klingt – na ja, Sie haben sie nicht gesehen.

»Alison, Mall, bleibt bei ihm!«, bellte Fisher. Er schlenderte auf die Rasenfläche hinaus, blieb stehen, stützte sich auf seinen Stock und starrte zu der lebenden Sturmwolke hinauf. Der Wind pfiff um ihn herum, und die Pappeln bogen sich immer weiter herab. Das Tor rappelte und das Schild schwankte knarrend, langsam und schwerfällig im Wind, als würde das Haus selbst im momentanen Ungleichgewicht des Schicksals schwanken. Dann sah ich, wie der Blick aus den gewaltigen Augen sich von mir löste, wie sich das rote Flackern von mir abwandte und auf Fisher konzentrierte. Fisher nickte schweigend, als würde er irgendetwas akzeptieren oder gar anerkennen.

Und diesmal zuckte die Klaue wirklich zurück.

Fisher bewegte sich so schnell, dass ich ihm mit Blicken kaum folgen konnte. So plötzlich wie der Vorstoß eines Fechters zuckte sein Stock aufwärts und dehnte sich in der Luft, schlug zu wie eine Schlange. Es war ein Speer, ein riesiger Speer, ein weißer Holzschaft mit einer glitzernden schwarzen Spitze …

Donnern erschütterte den Himmel. Einen Augenblick lang dachte ich, Fisher wäre vom Blitz getroffen worden; aber der Blitz fuhr in die Höhe. Die Erde jagte Feuer in den Himmel, als wollte sie Vergeltung üben für Jahrhunderte der Unterdrückung durch die Naturgewalten. Der Speer spuckte stählernes Licht in die schwarze Gestalt am Himmel, und das Licht bohrte sich hinein und hindurch, trat wieder aus und verzweigte sich. Es hämmerte auf das matte Fell ein, und der Dämon brüllte, schlug um sich und heulte wie ein Hurrikan. Wir alle taumelten und hielten uns die Ohren zu.

Nur Fisher nicht. Er stand da wie eine Statue, und das kalte Licht entströmte dem Ding in seiner erhobenen Hand. Blaue Netzhautbilder störten meine Sicht. Die schwarze Klaue glühte auf wie eine schmelzende Fackel. Schlangenartige Linien funkelnden Lichts rasten funkensprühend über den dämonischen Arm und brachen auf dem gewaltigen Leib in Flammen aus. Das Fell richtete sich auf, blähte sich, und blau-weiße Stränge zellularer Masse platzten auf. Das Ding zitterte gewaltig. Der Wolfskopf zuckte zurück und war plötzlich von einem blendenden Strahlen eingehüllt, das aus seinem Inneren hervorbrach.

Aus den Augen, der Kehle, den Nüstern drang das weiße Licht durch den Rauch und verdrängte den grünen Schimmer und das rote Flackern vollkommen. Dann war die ganze gequälte Schnauze in die

Feuersbrunst eingehüllt, und die riesige Kreatur explodierte mitten in der Luft. Licht flutete den Himmel, riss das Land farblos, aber in scharfem Kontrast aus dem Dämmerschein, während es sich von Horizont zu Horizont erstreckte, als wolle es das ganze Universum bleichen und in ewig gleiches Weiß hüllen.

Da war kein Monstrum, keine verstümmelten Körperteile, nur menschliche Leiber, aufgewirbelt wie in einem Tornado, der sie hinauszuschleudern schien, sobald sie sich seinen Grenzen näherten. Sie lebten; wie wahnsinnig ruderten sie mit Armen und Beinen. Aber einer nach dem anderen verschwand, bis nur noch ein einziger im Zentrum übrig blieb, einer, der einen Augenblick lang einfach in der Luft hing, dann aber herabstürzte wie der Verlierer in einem Hundekampf, mit Kondensstreifen und allem, was dazugehörte, geradewegs in unsere Richtung. Ich zog den Kopf ein, aber er fiel harmlos zu Boden, überschlug sich wieder und wieder und rollte hinab bis zum Rand von Willums Feld.

Ein Dreißig-Meter-Sturz – mindestens. Ich zuckte zusammen, als ich den Aufprall hörte.

Und plötzlich zeigte sich in der Luft die erste Spur von Wärme, und alle Vögel fingen an zu singen. Fisher senkte seinen Spazierstock und stützte sich mit zufriedener Miene auf.

»Na ja«, erinnere ich mich, gesagt zu haben, obwohl meine Stimme blechern und hohl in meinen Ohren klang, »ist wohl kein Wunder, dass er bei seinen Geschäften über Leichen geht.«

Die Frauen neben mir schnaubten. »Das hat er zuerst getan«, sagte seine Frau. »Der Rest kam später.«

Beide sahen Fisher an, was mir ziemlich gelegen kam. Ich wich zurück und war nur noch einen Schritt davon entfernt, mich davonzumachen, als sich zwei kraftvolle Hände auf meine Schultern legten. »Was denn, einfach abhauen, Meister Maxie?«, fragte die Blonde vergnügt.

»Das können wir doch nicht zulassen, oder?«, gurrte die Brünette. »Unser Held der Stunde! Steve würde für die Chance sterben, sich ein wenig mit dir zu unterhalten.«

›Held‹, hätte sicher aufmunternder geklungen, wenn ich nicht das Bild einer Katze vor Augen gehabt hätte, die ihre Krallen in den zuckenden Leib einer Maus schlug. Wenn Steve für irgendetwas, das mit mir zu tun hatte, sterben wollte, dann ließ er sich das jedenfalls nicht anmerken. Er schlenderte gemächlich auf uns zu, strich sich überflüssigerweise die Haare glatt und kniff der Brünetten sacht in die Wange. »Na, das wird ihm das Lachen wohl verderben, was?«

In meinen Ohren hatte das Gebrüll nicht gerade wie Gelächter geklungen, aber Fisher legte offenbar Wert auf eine etwas gestelzte Ausdrucksweise. Was ihn jedoch nicht davon abhielt, Poppy an sich zu drücken, den dreckigen kleinen Teufel. »Tut mir Leid, dass wir dich wecken mussten, Poppy, aber wenn wir uns früher gezeigt hätten, dann wäre der weg gewesen wie ein Wassertropfen auf der heißen Herdplatte. Wir mussten ihn so nah wie möglich hierher locken – und dass es funktioniert hat, verdanken wir unserem Köder hier.«

»*Köder?*«

Er bedachte mich mit einem kühlen Blick. »Ich fürchte, ja. Sie waren sozusagen im Weg.«

Aufbrausend versuchte ich vorzutreten, nur um gleich darauf erneut von diesen unglaublichen Händen aufgehalten zu werden. »Sie verdammter lausiger Bastard! Sie haben mich da reingezogen! Von Anfang an! Sie haben mich in dieser Nacht hinaus auf diese Straße geschickt!«

Kurz kratzte Fisher sich an seinem makellos glattrasierten Nacken. »Vielleicht erinnern Sie sich daran, dass ich Ihnen gesagt habe, sie wären besser auf dem Autobahnkreuz aufgehoben. Ich wusste, dass es versucht, jemanden herzulocken, jemanden, der zu ihm passen würde – oder zu ihnen, ganz wie es Ihnen gefällt. Natürlich wurde es von Dees und Kelleys kleinen Experimenten angezogen. Sie haben ihnen den Weg freigemacht, den Weg in Richtung Zentrum; und das hat mich alarmiert. Darum war ich in letzter Zeit immer wieder hier, in der Hoffnung, etwas Genaueres herauszufinden. Darum habe ich Sie in jener Nacht gewarnt.«

»Sie hätten sich verdammt noch mal etwas klarer ausdrücken können!«

»Was hätte ich denn sagen sollen? Dass ein dreißig Meter großer haariger Dämon hinter ihnen her ist? Und das hätten sie als Krönung all dessen, was ich Ihnen erzählt habe, wohl auch noch geglaubt, was?«

»Also haben Sie mich einfach hinaus in … in …«

»O nein. Ich habe nichts dergleichen getan. Jedenfalls nicht, solange ich noch andere Möglichkeiten sah. Aber Sie sind verdammt flink zu Fuß, Maxie, mein Junge. Ich bin Ihnen in jener Nacht gefolgt, doch ich bin zu weit hinter Ihnen geblieben. Sie haben mich abgehängt, und ich bin ihm direkt in die Arme gelaufen. Als das Monstrum auftauchte, war ich sehr besorgt, Sie könnten sich auf der Stelle mit ihm einlassen, aber mir ist es so schnell ausgewichen, dass ich nichts mehr tun konnte. Dann sind Sie weggelaufen. Seitdem haben wir Sie ununterbrochen gesucht. Bei den Bullen hätten wir Sie beinahe gehabt und in Prag auch. Wir hatten ein bisschen Ärger mit den Wachen, aber Mall und Alison haben sich trotzdem zu Ihnen vorgekämpft …«

Ächzend sackte ich in mir zusammen. Die Frauen mit den Schwertern … Das waren keine Geschöpfe des Dämons gewesen, sondern diese beiden Amazonenweiber.

»Ja«, sagte er ernst. »Und sie hätten uns allen viel Ärger erspart, wenn Sie einfach geblieben wären, wo Sie waren. Kelley hätten wir es schon noch früh genug besorgt.« Er pochte mit dem Ende seines Stocks an seinen Schuh, und ich zuckte zusammen.

»Ich wünschte, Sie würden das lassen«, murrte ich. Lieber hätte ich jemanden einen Steptanz auf einer Atombombe aufführen sehen wollen. In dieser Hinsicht hatte ich Bruder Edward wohl einen Gefallen getan.

Fisher grinste. »Wie auch immer, als wir Sie endlich wieder aufgespürt hatten, befanden Sie sich bereits auf dem Heimweg. Also schien es die einfachste Lösung zu sein, darauf zu warten, dass das Ding in Ihrem Schlepptau wieder auftaucht. Wir mussten es so nahe wie möglich heranlocken. Aber Sie waren nie wirklich in Gefahr.«

»Ach!« Mehr brachte ich dazu nicht heraus. »Da Sie ja so verdammt gesprächig sind, macht es Ihnen doch bestimmt nichts aus, mir zu erzählen, wer Sie wirklich sind ... Und warum zum Teufel hängen Sie hier überhaupt rum? Was ist mit diesem ... mit ihnen ...?«

»Ich? Ich bin nur irgendein exzentrischer Milliardär«, sagte er ein wenig geistesabwesend. »Aber in der Spirale bleibt man nicht lange so, wie man war. Genau wie Sie habe ich einige mächtige Kontaktpersonen. Und was diese Leute angeht, die dieses Ding geformt haben – das wollten Sie doch wissen, oder? – die sind wieder da, wo sie hergekommen sind, zurück in dem Augenblick der Zeit, in dem das Ding das erste Mal die Klauen auf sie gelegt hat. Als wäre nie irgendetwas passiert. Obwohl das für die meisten schon ziemlich schlimme Momente waren. Sie waren alle keine sonderlich netten Menschen. Sie haben die Macht des Dämons benutzt, um zu werden, was sie sein wollten, und Sie haben erlebt, wie das am Ende ausgesehen hat. Zumindest bei den letzten Opfern, denen, die noch individuell genug waren, sich in einer realen Gestalt zu zeigen. Alles nur Lumpen und Nichtsnutze. Sie haben sich vorübergehend vom Ganzen gelöst, weil sie sich dem Zentrum weiter nähern konnten als die Schatten, und weil sie nicht ganz so beängstigend aussahen. Aber sie haben lediglich als Gefäß für den Dämon gedient – für den Einen, den Sie nie deutlich sehen konnten, den, der den ganzen Vorgang eingeleitet hat, den, der die anderen mit hineingezogen hat.

»Ich glaube, das habe ich irgendwie gespürt. Na ja, dass das etwas wirklich Unheimliches und Unmenschliches war, jedenfalls.«

Fishers Frau nickte. »Sollten Sie wohl auch. Sie sind gewitzt und waren stark genug, den Köder nicht zu schlucken, den sie Ihnen vor die Nase gehalten haben. Das waren die anderen nicht. Die meisten von ihnen sind jetzt wieder auf dem Weg zurück in die Gosse oder zum Galgen.«

»Nicht alle«, sagte die Blonde, wobei sie ihre prachtvolle Mähne schüttelte. »Von einer weiß ich, dass sie aus ihren Fehlern gelernt hat und reich und mit einem guten und unangreifbaren Namen gestorben ist. Sie war sogar ein Stützpfeiler der Kirche.«

Fisher zuckte mit den Schultern. »Ja, auch so etwas passiert manchmal, aber das entzieht sich glücklicherweise meiner Kontrolle. Mein Leben ist auch so schon kompliziert genug.«

»Jesus, Sie glauben, Sie hätten Probleme?« All dieses Gerede über die Gosse und den Galgen hatte mir mein eigenes Leben in den schillerndsten Farben ins Gedächtnis zurückgerufen. »Was ist mit mir? Die Bullen glauben immer noch, ich wäre Mr. MacManiac! Und wenn die mich nicht kriegen, dann tut es Ahwaz – und das wird er auch dann, wenn ich im Knast lande! Ich bin völlig aufgeschmissen!«

Fisher schüttelte den Kopf. »Nein, nein, das stimmt

nicht. Hören Sie, ich brauche einen Drink und ein Frühstück, und ich bin sicher, Ihnen geht es ähnlich – aber lassen Sie uns trotzdem ein paar Schritte gehen. Lass ihn los, Mall. Poppy, meine Damen, ihr entschuldigt uns doch sicher für ein paar Minuten und vielleicht könnt ihr ein paar Eier mit Schinken organisieren.«

»Ich wünschte, Sie hätten den Drink nicht erwähnt«, grollte ich, während ich neben ihm und seinen höllisch langen Beinen einhertrottete. Er ging um die Mauerecke und wieder zurück Richtung Kreuzung. »Können wir den nicht erst runterkippen?«

»Es dauert nur eine Minute. Sehen Sie das?«

O Gott. Er deutete mit seinem Spazierstock über das Tor zu Willums Feld. Und ja, ich sah es, obwohl Gott wusste, dass ich es bestimmt nicht sehen wollte, nicht mit all dem Qualm und dem Gestank.

Ich schluckte. »Ich glaube, mir ist nicht mehr so sehr nach Schinken. Das war ...«

»Genau, das war Ihr Dämon. Der Mann, der die Kreatur geschaffen und diese ganze schreckliche Geschichte angefangen hat: der Mann, dessen gieriges Herz und dessen unbezähmbare Triebe anfingen, die Macht dazu zu nutzen, überall in der enormen Weite der Spirale andere zu verschlingen.«

Ich starrte das flache, schwarze Ding am Rand des Feldes an, ausgestreckt wie eine verkohlte Seelilie. »Ich habe sein Gesicht nie gesehen, und das werde ich auch nicht, so viel steht wohl fest. Wer war er? Woher kam er?«

»Ich habe keine Ahnung.« Fisher stützte sich auf das Tor wie ein typischer Großstadtpinkel, der versuchte, sich einen rustikal-bäuerlichen Anstrich zu geben. Jede Minute musste er anfangen, auf einem Grashalm herumzukauen. »Er könnte sonstwer gewesen sein, oder nicht? Ein Geheimpolizist. Ein Wachmann in einem Vernichtungslager. Ein Serienkiller. Ein religiöser Fanatiker, ein Rassist, ein Nationalist. Ein Terroristenführer vielleicht. Ein Gangsterboss. Sogar ein Ideologe, der sich nie selbst die Hände schmutzig gemacht, aber trotzdem mehr Menschen getötet und versklavt hat, als alle anderen zusammen. Vielleicht wurde er vor langer Zeit geboren; vielleicht hat er das Licht der Welt noch gar nicht erblickt. Braucht das Böse einen Namen? Soll er doch für sie alle stehen. Aber er muss schon eine Menge erreicht haben, ehe er die Spirale entdeckt hat und langsam durch sie hindurch auf den Randbereich zugedriftet ist. Dort werden Gut und Böse zu Absolutismen. Also hat er sich verändert, ist gewachsen und später in einer neuen Gestalt zurückgekehrt – einer erhöhten Gestalt. So scheint es immer zu sein.«

Er seufzte.

»Und so endet es nun. Alles nur, weil er nach neuen Erfahrungen gierte, nach einer Verbindung zum Zentrum. Also reiste er kreuz und quer durch die Spirale, immer auf der Suche nach Menschen, durch die er wieder leben, die er langsam übernehmen, verbrauchen und schließlich absorbieren konnte. Alle waren ihm untertan, alle wurden irgendwann ein Teil von ihm, bis sie am Ende in seinen Erinnerungen aufgingen. Und irgendwann vergass er sie. Hat doch ziemlich große Ähnlichkeit mit einem Dämon, finden Sie nicht?«

Ich nickte. »Aber warum ich?«, war das Intelligenteste, was ich über die Lippen brachte.

»Warum irgendwer? Er hat seine Netze ausgeworfen, um jemanden aus dem Zentrum einzufangen. Bekommen hat er Sie und Kelley; Sie hat er bevorzugt. Vielleicht dachte er, Sie wären begabter und aufgeweckter als Kelley, und ich würde ihm da zustimmen. Er dachte, Sie wären es wert, etwas zu riskieren. Ich war schon eine ganze Weile hinter ihm her, aber er war geschickt genug, sich nie zu sehr den Grenzen der

Spirale zu nähern. Er ist mir jedesmal entkommen. Sie haben ihn zu weit hinausgelockt, und dafür bin ich Ihnen dankbar; Sie haben sich ihre Belohnung redlich verdient.«

Er bückte sich und pflückte einen Grashalm. Ich riss ihn ihm aus dem Mund. »Was für eine beschissene Belohnung? Was reden Sie da für einen verdammten Dreck?«

Fisher deutete mit einem Nicken auf das Feld. »Das da. Ein Autowrack, neben dem ein anonymer, verbrannter Leichnam liegt, Herkunft unbekannt. Das hätten Sie sein können, der Mann, der den Wagen gestohlen hat. Sie könnten es immer noch sein.«

Ich gaffte ihn mit großen Augen an. »Sie sind doch verrückt! Okay, es gibt vielleicht keine Fingerabdrücke, aber die Bullen haben immer noch Gebissaufnahmen, Gewebeproben ... Sie werden wissen, dass ich das nicht bin!«

»Und wissen Sie auch, wer Sie sind?«

»Hören Sie, inzwischen dürfte die Geschichte in ganz Soho bekannt sein! Waxie Maxie sollte einen Ferrari besorgen und ... oh.«

Er grinste. »Jetzt kapiert? Wusste doch, dass Sie ein kluger Bursche sind. Die Polizei weiß weder, wer Waxie Maxie ist, noch wer er einmal war. Es gibt keine Akte unter dem Namen. Sie haben nur eine Leiche, die sie nicht indentifizieren können. Also werden sie annehmen, dass das ihr Mr. W. M. ist. Und die anderen, die, die wissen, dass Sie nicht der Tote sind, Ahwaz und so, werden davon ausgehen, dass es sie zusammen mit den anderen unten am Themseufer erwischt hat. Allerdings werden sie es nicht besonders eilig haben, die Polizei über diesen Verdacht in Kenntnis zu setzen, nicht wahr?«

Ich stützte mich auf das Tor und hielt mir den Schädel. »Wie geht es dann weiter? Ich bin tot. Also, was mache ich jetzt? Wo soll ich hin?«

»Wohin Sie wollen.« Fisher klopfte mir kameradschaftlich auf die Schulter. »Verstehen Sie denn nicht? Kennt Ahwaz Ihren richtigen Namen? Kennt ihn irgendjemand? Der Tote da ist wirklich Waxie Maxie. Sie sind ihn endlich losgeworden. Und mit ihm all die Trümmer ihres bisherigen Lebens. Der kleine Gauner ist tot. Nun gibt es nur noch …« Er unterbrach sich, zwinkerte mir zu und holte tief Luft.

» … Julian Everard Maximilian von Arnim de Belvere Hastings Ferris – *puh!* –, der einmal einen unbedeutenden Fehler begangen hat, aber das ist schon so lange her, dass sich niemand mehr daran erinnert. Und, wie der Zufall so will, diese Verurteilung wurde inzwischen aus den Akten getilgt. Also kann nicht einmal das noch gegen Sie verwendet werden.«

In letzter Zeit hatte ich ziemlich oft mit herabhängendem Kiefer und dümmlichem Gesicht dagestanden, aber nie so überzeugend wie in diesem Augenblick. Ich konnte nicht sprechen; ich konnte nicht einmal mehr einen vernünftigen Gedanken fassen. Also blieb mir nur, ihn mit entgleisten Gesichtszügen stumm anzugaffen.

»Also«, sagte er glucksend. »Meinen herzlichen Glückwunsch, Mr. Ferris. Jetzt müssen Sie sich nur noch entscheiden, was Sie mit ihrem neuen Leben anfangen wollen. Das dürfte Ihnen nicht schwer fallen, schließlich sind Sie ein kluger Bursche. Ich habe sogar – und verstehen Sie mich bitte nicht falsch – darüber nachgedacht, ob wir jemanden mit Ihrer Bildung und Ihrer, äh, Lebenserfahrung nicht bei C-Tran gebrauchen könnten. Das wäre Büroarbeit, sicher, aber trotzdem ziemlich interessant. Wie wäre es mit PR? Oder Marketing?« Er musterte mich einen Augenblick lang eingehend von Kopf bis Fuß, und ein kaum wahrnehmbarer Schatten huschte über sein Gesicht. »Marketing, eindeutig.«

Und genau in diesem Augenblick musste natürlich

mein Stolz verrückt spielen – nie dann, wenn ich ihn wirklich brauchte, wie sollte es auch anders sein? »Ein Job? Nein, danke. Noch dazu bei jemandem, der weiß, wer ich bin. Jemand, der immer ein bisschen ein Auge auf mich werfen wird. Der meine Arbeitszeiten überwacht, meine Spesenabrechnungen prüft und die Portokasse nachzählt.«

»Da haben Sie, fürchte ich, Recht«, bestätigte Fisher. Immerhin war er ehrlich, eine Tugend, die mir bei anderen immer schon sympathisch gewesen war. »Jedenfalls bis zu einem gewissen Punkt; und bestimmt nur während der ersten paar Jahre. Ich habe nun mal ein Unternehmen zu führen. Aber Sie können auch kaum damit rechnen, völlig ungestraft davonzukommen. Sie müssen sich selbst als leichtverwundeten Rekonvaleszenten sehen, dessen Verletzung langsam heilen wird. Damit haben Sie es weit besser getroffen als mancher andere.«

Ich sah ihn an, und ich dachte nach. Er schien es nicht eilig zu haben; andererseits schien das an diesem seltsamen Ort auf halbem Wege zwischen den Welten auf jedermann zuzutreffen. Außer auf mich, und vielleicht war das mein größter Fehler. »Schauen Sie«, sagte ich schließlich, »ich bin Ihnen wirklich dankbar, und ich weiß zu schätzen, was … na ja, einfach alles. Ich kann nicht behaupten, dass Ihr Vorschlag mich nicht reizen würde; und ich weiß verdammt gut, dass ich nicht zurück zu dem Leben will, das ich bisher geführt habe. Aber, na ja, ich habe immer die Fehler anderer Leute wiederholt, wenn Sie verstehen, was ich meine – angefangen mit denen meines Vaters. Jetzt gibt es nur noch mich, und ich besitze ein wenig Lebenserfahrung, wie Sie so schön sagten. Was auch immer ich tue, und was auch immer dabei herauskommen wird, es ist besser, wenn ich es auf meine Art versuche, sauber und natürlich. Vielleicht wird es auf diese Weise schwieriger, aber …«

Ich zuckte mit den Schultern.

Fisher folgte meinem Beispiel. »Ich dachte mir schon, dass Sie sich auf ›meine Art‹ versteifen würden. Nun, tun Sie, was Sie für richtig halten.«

»Das ist doch das Einzige, was ich tun kann, oder?«

Fisher nickte lächelnd. »Das Angebot steht, falls Sie es sich noch einmal überlegen sollten. Rufen Sie einfach in der Firma an. Wie wäre es jetzt mit einem Frühstück?«

»Nein, danke.« Ich deutete mit dem Daumen übers Tor hinweg. »Mir ist der Appetit vergangen. Und außerdem glaube ich, je schneller ich von hier verschwinde, desto besser. Grüßen Sie Poppy von mir, ja? Und natürlich auch Ihre Frau und die andere … Dame. Und Sie … Sie haben mich doch wirklich mitten ins Unglück rennen lassen, richtig?«

Fisher grinste. »Ich besitze Autos. Und ich habe am Ende trotzdem Ihre Haut gerettet.«

»Ja. Also dann, danke – Sie Mistkerl.«

»Nicht der Rede wert – Sie diebischer kleiner Nichtsnutz.«

Nun grinsten wir beide, bevor ich über das Tor kletterte. Das Zischen der Sense ließ mich gleich darauf an Ort und Stelle erstarren. Dieser psychotische Willum war plötzlich von wer weiß woher aufgetaucht und hatte angefangen, das Getreide zu mähen, ohne dem verkohlten Leichnam die geringste Beachtung zu schenken. Irgendwie schienen die Halme nie weniger zu werden.

Ich drehte mich noch einmal zu Fisher um. »Was schneidet der eigentlich wirklich?«

Fisher kaute auf einem frischen Grashalm herum. »Das wollen Sie gar nicht wissen. Glauben Sie mir, das wollen Sie *wirklich* nicht.«

Ich tastete mich vorsichtig über das Feld voran und wartete, bis ich die Hecke auf der anderen Seite erreicht hatte, ehe ich Willum mit einer rüden Geste bedachte. Willum blickte auf und tippte bedeutungsvoll an die Sense. Hastig kletterte ich durch das Loch hinaus und wäre auf der anderen Seite fast von einem frühmorgendlichen Brotlaster plattgemacht worden. Endlich wieder zu Hause und dazu noch frei.

Nur noch nicht ganz. Ich überlegte, ob ich einfach den Daumen raushalten sollte, bis ich die Sirenen hörte. Mindestens drei Streifenwagen jagten auf etwas zu, das nach einem schrecklichen Unfall auf der Grünfläche in der Mitte des Kreuzes aussah. Ich erkannte deutlich die rote Tür, die auf einer Seite am Boden lag, und beschloss, nicht genauer hinzusehen. Das Leben ist auch so schon kompliziert genug. Außerdem war ich immer noch allergisch gegen Bullen.

Und das erinnerte mich wieder an mein Dilemma. Ich war wirklich arg herumgestoßen worden, aber durch einen glücklichen Zufall, von dem anscheinend nicht einmal der mächtige Steve Fisher wusste, gab es nach wie vor die fünfzig Riesen im Mauerwerk des Kamins.

Vorausgesetzt, die Bullen hatten sie nicht gefunden. Vorausgesetzt, sie überwachten die Wohnung nicht. Vorausgesetzt, Ahwaz behielt meine Behausung nicht im Auge.

Vielleicht, wenn ich noch wartete – aber dann könnte der Schatz entdeckt werden. Vielleicht sollte ich sofort hingehen, doch dann könnte man mich schnappen. Trotzdem machte ich mir nicht allzu viele Gedanken. Was zählte, war Geschwindigkeit, so viel stand fest. Rein, raus, schnell … und willkommen in einem komplett neuen Leben.

Blieb noch immer die Frage, wie. All die Kohle wartete auf mich, und ich hatte mindestens den Gegenwert eines Riesen in meiner Tasche. Aber sämtliche Gegenwartswährung war mir in dem allgemeinen Stress abhanden gekommen, und ich konnte einem Taxifahrer jawohl schlecht einen Goldtaler anbieten;

dürfte ihm schon ziemliche Schwierigkeiten bereiten, mir mein Wechselgeld zu geben. Natürlich hätte ich Fisher um Fahrgeld anpumpen können, aber ich hatte nicht die Absicht zurückzugehen, nicht, solange Willum im Weg war. Also, was jetzt?

Nachdenklich schlenderte ich auf das Kreuz hinaus, sah mich um und überlegte. Nicht einmal eine einfache Busfahrt kam für mich in Frage, und würde ich jemanden anschnorren, so würde der mich vermutlich freundlich den Bullen empfehlen – vielleicht auch weniger freundlich. Als Anhalter bot ich nicht mehr den passenden Anblick, nicht mit diesen Klamotten. Aber ich musste irgendwie zurückkommen. Ich musste.

Wieder sah ich mich um. Dann schlenderte ich fast ohne nachzudenken auf den Parkplatz einer großen Tankstelle. Angesichts der frühen Stunde war er erstaunlich gut besucht. Eine Tageszeit, die mir besonders zusagte – zugesagt hatte, früher mal. Jede Menge Auswahl, jede Menge Versteckmöglichkeiten, niemand, der nach einer nächtlichen Fahrt noch sonderlich aufmerksam sein dürfte. Auch ein guter Zeitpunkt, wenn man einen Laster klauen wollte, aber das war nicht mein Ding. Lasterklauen war viel zu kompliziert. Besser, ich hielt mich an das, was ich wirklich konnte, nur noch dieses eine Mal.

Und über das Zielobjekt konnte es keinen Zweifel geben: ein flacher, offener Sport-Viersitzer, ein Fahrzeugtyp, mit dem ich mich auskannte. Die absichtlich altmodisch gehaltenen Linien verbargen einen mächtig willigen V8-Motor. Hinter seinen Nachbarn versteckt schlich ich neben ihn, kauerte mich zu Boden und lugte über die Tür. Das war ein besonders schönes Modell mit einem aufwendigen Innenleben: glänzend polierte antike Türgriffe, Schmucklackierung in Tiergestalt auf der Motorhaube, einfach alles – genau die richtige Art Auto, um mich ganz schnell von hier wegzubringen.

Natürlich nur als Leihgabe, nur noch ein letztes Mal.

Und nichts da, das mich hätte aufhalten können, außer ein paar Alarmanlagen und einer Wegfahrsperre – ein paar Sekunden Arbeit, sogar ohne mein geliebtes Schweizer Armeemesser, Modell *Autoknacker*. Wahrscheinlich gab es auch noch einen Sender – schwer zu finden, aber bis sie das Signal erfasst hätten, wäre ich schon längst wieder weg. Ich legte meine Finger um den Türgriff – und schrie.

Er war feucht; er war heiß, und er hatte Zähne, und die verbissen sich gerade in meinen Fingern. Ich schaffte es gerade noch, meinen Daumen von dem Dämonenschädel zu befreien, in den sich der Griff verwandelt hatte. Dann, während ich noch rückwärts stolperte und mir den schwellenden Daumen hielt, sah ich voller Entsetzen, dass das Bild auf der Motorhaube sich aufbäumte. Die Morgensonne spiegelte sich in seinen Chromklauen und -zähnen, und es sprang leichtfüßig auf die Teerdecke. Gerade noch rechtzeitig gab ich Fersengeld und rannte um mein Leben, während das kleine Monster meine Hosenbeine zerriss, nach meinen Unterschenkeln schnappte und in einem schrillen, metallischen Ton knurrte.

Ja, klar, die ganze Sache war vollkommen logisch, wenn man darüber nachdachte. Kein Parkplatz lag näher an dem Autobahnkreuz als dieser. Die Spirale musste sich bis hierhin auswirken. Niemand hatte von mir erwarten können, mich daran zu erinnen, dass Steve Fisher einen Morgan fuhr. Aber warum musste ich unter all den Autos auf der Welt ausgerechnet diesen aufbrechen wollen?

So etwas passiert mir nicht noch einmal, verlassen Sie sich drauf.

APPENDIX

Es ist wohl besser, darauf hinzuweisen, dass Maxies Einstellung zu Menschen, Polizei, Orten und dem Leben an sich eine ziemlich eisige Straße ist – am besten befahrbar mit mehr als nur einer Prise Salz. Auf jeden Fall repräsentiert sie nicht notwendigerweise die Haltung der Geschäftsleitung.

Prag

Die Stadt Prag wurde als Mittelpunkt Europas beschrieben – was wohl erklärt, warum Maxie sich so sehr zwischen ihren Straßen und Häusern verirrt hat. Sie scheint der Geburtsort oder auch die Zufluchtsstätte für mehr außergewöhnliche Charaktere zu sein, real oder fiktiv, als jeder andere Ort auf Erden. Manchmal fällt es schwer zu unterscheiden, was was ist. Wie steht es zum Beispiel mit dem unglückseligen Gregor Samsa, dessen Weltanschauung Maxie in *Kapitel 8* so radikal verändert? Sicher war es Samsas Job, Versicherungen zu verkaufen; aber Auftreten und Verhalten gehören seinem Schöpfer, Franz Kafka – der, was vielleicht ein bisschen überraschen mag, ein quietschfideler, sogar ein arroganter Extravertierter war, stets gut gekleidet und ein echter Frauenheld. Vielleicht lag es an seinen unterbewussten Regungen, dass sich die düsteren Straßen der Stadt durch ein so verzerrtes Schattenleben schlängelten.

Sie mögen auch eine Rolle in der Geschichte von Emilia Marty, ursprünglich Elina, gespielt haben. Namentlich wurde sie von dem tschechischen Autor Karel Capek geschaffen, dem Erfinder des Ausdrucks *Roboter*, als Figur in seinem Stück *Die Sache Makropolus*, doch besser bekannt ist wohl die berühmte Oper von Janácek. Mit ihrem schaurigen, zeitlosen Reiz ist auch sie eine Art Archetyp, die Verkörperung des Geistes der Stadt.

Kaiser Rudolf II. hingegen, der vermeintlich Verantwortliche für ihr Schicksal, war absolut real. Seine Porträts, einschließlich der unheimlichen Gemälde von Arcimboldo, stellen alle ein hübsches, vergnügtes rosiges Gesicht dar, allerdings mit einer unterschwelligen Sinnlichkeit und kühlen Schläue, die keine Schmeichelei übertünchen kann. Auf seine Art war er ein großer Herrscher und begeisterter Anhänger von Kunst und Vergnügen und – in seiner Zeit – bemerkenswert aufgeschlossen und verständig und kirchlichen Dogmen eher abgeneigt. Er war fasziniert von jeder Art außergewöhnlichen Wissens, und, nicht ungewöhnlich zu seiner Zeit, er machte keinen Unterschied zwischen ernsthafter Forschung und Zauberei. Es hieß, er hätte die Juden wegen ihrer kabbalistischen Magier unterstützt, vor allem aber wusste er ihre finanziellen Möglichkeiten zu schätzen.

Rudolfs Prag mag ein wenig toleranter gewesen sein, als Maxie es erlebt hat, aber die Juden mussten dennoch die charakteristischen gelben Kreise auf ihren Kleidern tragen und Verachtung, Übergriffe und hin und wieder auch Verfolgung hinnehmen. Nichtsdestotrotz wurden unter Rudolfs Herrschaft viele von ihnen reich – nicht zuletzt durch Kredite, die sie ihrem Kaiser gewährten – und bauten einige elegante Häuser im jüdischen Viertel, die bis auf den heutigen Tag überlebt haben. Nur dreißig Jahre später wurde der erste Jude in den Adelsstand erhoben, und die Juden wurden mehr und mehr zu einem integralen Teil der Stadt und bildeten eine der größten jüdischen Gemeinden in ganz Europa. Es ist eine Ironie der Geschichte, dass die Nazis, die diese Gemeinde dann schließlich auslöschten, ebenfalls darum bemüht waren, die Gebäude im jüdischen Viertel zu erhalten, um dort ein Museum zum Andenken an eine ›untergegangene‹ Rasse einzurichten.

Unter den erhalten gebliebenen Mahnmalen des jüdischen Viertels befindet sich auch der alte Friedhof, *Stary Zidovsky Hrbitov,* mit dem Grab einer anderen realen Figur, dem Rabbi Loew. Er gilt und galt als Wundertäter, und noch immer hinterlassen Menschen schriftliche Bittgebete um Hilfe in den Ritzen des Mauerwerks seiner Gruft. Sein Platz in der Alt-Neu-Synagoge trägt immer noch seinen Namen. Ob er tatsächlich ein kabbalistischer Magier war, ist nicht bekannt; aber der Legende nach liegen die Überreste des Golems noch immer irgendwo in dem Gebäude versteckt. Sollte das tatsächlich zutreffen, wartet auf jeden hingebungsvollen Restaurator eine ziemliche Überraschung.

Die Hussiten, mit denen wir es in *Kapitel 8* kurz zu tun hatten, stellten eine grimmige religiöse und nationalistische Bewegung im Böhmen des 15. Jahrhunderts dar – der heutigen Tschechischen Republik. Sie waren Anhänger des einflussreichen tschechischen Reformators Jan Hus, der, wie üblich, auf dem Scheiterhaufen verbrannt worden ist. Unter seinen Nachfolgern bekämpften sie das Heilige Römische Reich und errangen mehrere Siege gegen die katholischen Kreuzfahrerheere, und obwohl sie in Splittergruppen zerfallen und oftmals blutrünstige Fanatiker waren, waren sie auch die Begründer der tschechischen nationalen Identität. Sie nehmen im nationalen Bewusstsein der Tschechen ebenso viel Raum ein wie Washington und Lincoln in Amerika, Bruce und Wallace in Schottland und in England Churchill und … Bobby Charlton?

Doktor Dee

Obwohl einer der unglaubwürdigsten Charaktere der ganzen Geschichte, ist auch Doktor Dee eine historische Figur. Maxie ist sicher nicht der verlässlichste Zeuge, aber das verwickelte Verhältnis zwischen Dee, Kelley und ihren Ehefrauen scheint sich auch in der Realität in etwa so abgespielt zu haben, wie es in dieser Geschichte dargestellt wird. Dee war schon zu Lebzeiten ein berühmter Gelehrter und Magier und könnte für Shakespeares Prospero Modell gestanden haben. Er wurde 1527 als Sohn eines Londoner Weinhändlers geboren und studierte in Cambridge, Louvain und anderen europäischen Orten. John Aubrey, Chronist im 17. Jahrhundert, hatte Gelegenheit, sich Dee von Menschen beschreiben zu lassen, die ihn noch gekannt hatten: ›Er hatte einen sehr klaren, rosigen Teint; einen langen Bart, so weiß wie Milch. Er war groß und schlank; ein sehr attraktiver Mann …‹

Zweifellos war er einer der bedeutendsten Gelehrten seiner Zeit, dessen mathematische Werke dazu beitrugen, wissenschaftliche Bereiche wie Navigation und Astronomie voranzubringen; auf die gleiche Weise versuchte er auch Astrologie und Magie zu systematisieren. Er war ein echtes Genie; aber das wusste niemand besser als er selbst. Er war, um einen anderen Chronisten, den Astrologen William Lilly, zu zitieren ›… der strebsamste Mensch auf Erden und überaus begierig, Ruhm und Berühmtheit zu erlangen …‹ Dee war der Ansicht, Könige und Regenten sollten sich von der Weisheit berühmter Gelehrter leiten lassen – natürlich nur gegen angemessene Ehrungen und Entgelte, die einzufordern er sich nie zurückgehalten hatte. Wie es scheint, hat er auch die Engel ähnlich behandelt. Die Beschwörung gegen Ende der Geschichte entstammt seinen eigenen Aufzeichnungen. Er hatte noch andere Schwächen, eine unter besonders schöpferischen Menschen weit verbreitete Untugend, unter anderem eine völlig naive und irrationale Haltung, die Genies zu allen Zeiten mit all ihrer Brillanz oftmals bis zur Selbsttäuschung und mit zorniger Geringschätzung für alle weniger Begabten zu verteidigen pflegte, die ihre Meinung aus unerfindlichen Gründen nicht teilen wollten.

Königin Maria I. von England beschäftigte ihn als Astrologen, ließ in aber in den Kerker werfen, als ihr seine Vorhersagen nicht gefielen. Das ebnete ihm den Weg zu Elisabeth I., bei der er einen bemerkenswerten Eindruck hinterließ. Sie nannte ihn ihren Philosophen, und unter ihrem Schutz und mit ihrer Gönnerschaft trug er eine gewaltige und berühmte Bibliothek in seinem Haus in Mortlake zusammen, die bei Wissenschaftlern in ganz Europa auf reges Interesse stieß. Seine dritte Frau wurde die junge Hofdame Jane Fromond. Als ihm die Grenzen gewöhnlichen Wissens mehr und mehr bewusst wurden, fing er an, sich mit, wie wir heute sagen würden, Hellseherei zu beschäftigen, um Kontakt zu höheren Mächten herzustellen. Diverse ›Hellseher‹ strömten bereitwillig herbei, um die Gelegenheit zu ihren Gunsten auszunutzen, darunter, irgendwann im Jahr 1581 ein gewisser Barnabas Saul. Ein Jahr später, offenbar der dauernden Erfindung immer neuer kluger Mitteilungen aus himmlischen Gefilden müde, lief ihm Saul davon. Nur drei Tage später stellte sich ein junger Mann namens Edward Talbot mit einem Bericht über Sauls dunkle Vergangenheit bei Dee vor. Man darf annehmen, dass die Kunde über die freigewordene Stelle in gewissen Kreisen schnell die Runde gemacht hatte. Auch er fing an, aus Dees Ausrüstungsgegenständen hellzusehen, aber er brachte weitaus prächtigere, wildere und vor allem gelehrtere Offenbarungen hervor. Begeistert engagierte Dee Talbot gegen die fürstliche Bezahlung von fünfzig Pfund pro Jahr plus Kost und Logis. Ihre

Verbindung überlebte ein Jahr später sogar die Entdeckung, dass Edward Talbot in Wirklichkeit Edward Kelley hieß.

Edward Kelley

Aubreys Zeitgenossen Anthony Wood zufolge, wurde Kelley 1555 als Sohn eines Apothekers in der Nähe von Worcester geboren. Unter dem Namen Talbot studierte er in Oxford, möglicherweise gemeinsam mit einem weiteren gelehrten Magier namens Thomas Allen, verschwand dann aber unter nebulösen Umständen in der Versenkung. Später wurde er wegen Fälschung vor Gericht gestellt und verurteilt, sich die Ohren am Pranger zu Lancaster stutzen zu lassen; auch war er an der Ausgrabung einer Leiche zur Durchführung nekromantischer Riten beteiligt. Kurz nachdem er in Dees Dienste getreten war, heiratete er die Witwe Joan Cooper, eine offensichtlich unglückliche Verbindung; später gab er den Engeln die Schuld an seiner Heirat. Es gibt keine Beschreibung von Kelley, nur einen Holzschnitt unbekannter Herkunft, der einen beeindruckenden Mann mit harten Zügen, fließendem Haar und wallendem Bart zeigt – ein Umstand, der vermutlich dazu diente, die verstümmelten Ohren zu verstecken.

Kelley zeigte ein offensichtliches Interesse an Dees Erfolgen, und die Engelsbotschaften, die er vermittelte, nährten den Ehrgeiz des Doktors, dirigierten ihn fort vom englischen Hof und hin zu seinem polnischen Bewunderer, dem Magnaten Albert Laski. Unter dessen Schirmherrschaft fingen Dee, Kelley und ihre Familien an, ganz Europa zu beeindrucken.

Regenten wie Stephan Barthory von Polen und Kaiser Rudolf empfingen das Paar zunächst wahrhaft königlich, zum einen, weil Dee seine Beziehungen zu

Königin Elisabeth ziemlich übertrieben darstellte, aber auch, weil er ein Gedankengut repräsentierte, das frei von den Beschränkungen durch die Kirche war – und wegen Kelleys beeindruckender alchemistischer Demonstrationen. Nach dem Augenzeugenbericht von Sir Eward Dyer hatte er unedle Metalle zusammen mit einem geheimnisvollen pulverisierten Stein – vermutlich der Stein der Weisen – eingeschmolzen und so scheinbar Gold hervorgebracht. Lilly und sein Kollege, der Altertumsforscher Elias Ashmole, wussten von weiteren Vorführungen zu berichten. Unglücklicherweise hat Kelley 1586, vermutlich um sich bei seiner kaiserlichen Majestät einzuschmeicheln, eine taktlose Engelsbotschaft an das päpstliche Legat in Prag übermittelt, woraufhin versucht wurde, das Paar nach Rom zu locken – zweifellos für ein gemütliches Gespräch über Häresie am offenen Feuer. Als dieser Versuch fehlschlug, sah sich Rudolf gezwungen, sie zu inhaftieren. Dee und Kelley zogen sich eilends auf den Landsitz eines adligen Bewunderers zurück, kehrten aber schon 1589 für kurze Zeit nach Prag zurück, um ihre Position bei Rudolf wieder zu festigen. Der Kaiser schlug Kelley zum Ritter; Dee wurde mehr oder weniger ignoriert. Elisabeth schickte gleich zweimal Boten aus, um sie zurückzurufen, aber zu Dees außerordentlichem Verdruss war auch sie mehr an Kelleys Potential als an ihm interessiert.

Was dann geschah, weiß niemand – außer Maxie; aber Dee und Kelley trennten sich voneinander. Dee kehrte im großen Stil nach England zurück. Elisabeth setzte ihn auf einen akademischen Posten, doch Dee führte ein sehr kostspieliges Leben mit acht Kindern, die unterrichtet werden mussten, und einem sehr großen Haushalt. Kelley blieb zurück, vermutlich unfreiwillig, und wurde im Turm des Zerner Schlosses inhaftiert. Dee versuchte, Elisabeth dazu zu überreden, ihn zu befreien; aber 1595 stürzte Kelley aus einem Turmfenster – offiziell bei einem Fluchtversuch – und starb an seinen schweren Verletzungen.* Dees Tagebuch verzeichnet das Geschehen kommentarlos.

1605 starb Jane Dee an der Pest. Als kurz darauf Jakob I. den Thron bestieg, ein Herrscher, dem die Magie verhasst war, verblasste Dees Licht. Im Jahr 1608 starb er. Lilly berichtet, dass Dee in seinen letzten Jahren, in denen er von einer Tochter versorgt wurde, so arm war, dass er sogar seine kostbaren Bücher zu Geld machen musste, um sich etwas zu essen kaufen zu können.

Aubrey schreibt, Dees Sohn Arthur, inzwischen selbst ein erfolgreicher Arzt, erinnerte sich, als Kind mit Goldplättchen Wurfspiele gespielt zu haben, die während der Demonstrationen in Dr. Dees Prager Domizil hergestellt worden waren, und dass er den Stein der Weisen mehr als nur einmal zu Gesicht bekommen hatte.

Steven Fisher

Zusammen mit weiteren Berichten über die Spirale erzählt der mysteriöse Steven Fisher seine Geschichte in dem Bücherzyklus, der mit *Chase the Morning* anfängt, gefolgt von *The Gates of the Noon* und *Cloud Castles*.

* Zu Kelleys unrühmlichen Ende verzeichnen andere Quellen beispielsweise, er wäre im Kerker der Burg Koiboklát gefangen gehalten worden, und nicht einmal die Fürsprache der Königin Elisabeth I. hätte ihm noch helfen können. Abhängig von der Quelle heißt es weiter, er habe mehrere Fluchtversuche unternommen, die ihn – nacheinander – beide Beine gekostet hätten. Etwas häufiger taucht der Hinweis auf, er habe später (wann ist strittig) Selbstmord begangen, im Kerker, im Beisein seiner Frau oder, oder, oder … (Anmerkung des Übersetzers)

Das Hohe Haus, Abendsee, das seine Giebeldächer zwischen den großen Hügeln erhebt, die eine Landschaft voller Efeu, Rotdorn und Brombeersträuchern überragt, mit Früchten so süß und klein wie die Fingerspitzen eines Kindes, das Hohe Haus haben normale Sterbliche nur selten gesehen. Jene, die es besuchen, gelangen nicht durch Zufall dorthin, und jene, die in ihm leben, verweilen lange in seinen dunklen Hallen; nur selten wagen sie sich auf die gewundene Straße, die zu den Siedlungen der Menschen führt. Von allen die dort leben, war nur einer dort geboren worden und aufgewachsen — der Mann mit Namen Carter Anderson. Erst in der Zeit der Not hat das Haus ihn wieder zurückgerufen. Über sein Leben und die großen Taten, die er während des Großen Krieges des Hohen Hauses vollbracht hat, berichtet *Das Graue Buch von Abendsee*, doch diese Geschichte erzählt von einer Zeit lange vor diesen Heldentaten.

ISBN 3-404-20381-X

BASTEI
LÜBBE